MICHAEL ROBOTHAM
Todeskampf

AF178156

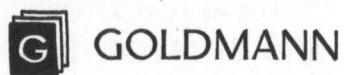
GOLDMANN

Buch

Als Detective Constable Alisha Barba ihre schwangere Schulfreundin Cate beim Ehemaligentreffen ihrer Schule endlich wiedersieht, ahnt sie nicht, dass diese Begegnung die letzte sein wird: Wenige Stunden später werden Cate und ihr Mann von einem PKW überfahren. Alisha ist sich sicher: Es war kein Unfall, sondern Mord. Denn wenige Tage zuvor hatte Cate Hilfe bei Alisha gesucht und den Verdacht geäußert, dass sie verfolgt werde. Als sich herausstellt, dass Cate ihre Schwangerschaft nur vorgetäuscht hat, ist Alishas Neugierde geweckt. Sie beginnt zu ermitteln, und es dauert nicht lange, bis sie auf eine dubiose Amsterdamer Adoptionsagentur, illegale finanzielle Transaktionen und einen brutalen Menschenhändler-Ring stößt. Je mehr sie jedoch erfährt, desto gefährlicher wird es für Alisha...

Michael Robotham im Goldmann Verlag:

Die Thriller mit Joe O'Loughlin und Vincent Ruiz:
Amnesie. Psychothriller
Adrenalin. Psychothriller
Todeskampf. Psychothriller
Dein Wille geschehe. Psychothriller
Todeswunsch. Psychothriller
Der Insider. Psychothriller
Bis du stirbst. Psychothriller
Sag, es tut dir leid. Psychothriller
Erlöse mich. Psychothriller
Der Schlafmacher. Psychothriller
Die andere Frau. Psychothriller

Die Thriller mit Cyrus Haven:
Schweige Still. Psychothrille
Fürchte die Schatten. Psychothriller
Der Erstgeborene. Psychothriller
Die Totgeglaubte. Psychothriller

Außerdem lieferbar:
Um Leben und Tod. Thriller
Die Rivalin. Thriller
Wenn du mir gehörst. Thriller

Alle Bücher sind auch als E-Book erhältlich.

Michael Robotham

Todeskampf

Psychothriller

Deutsch von Kristian Lutze

GOLDMANN

Die englische Originalausgabe erschien 2007 unter dem Titel
»The Night Ferry«
bei Time Warner Books, London.

Penguin Random House Verlagsgruppe FSC® N001967

15. Auflage
Taschenbuchausgabe April 2012
Copyright © der Originalausgabe 2007 by Michael Robotham
Copyright © der deutschsprachigen Ausgabe 2008
by Wilhelm Goldmann Verlag, München,
in der Penguin Random House Verlagsgruppe GmbH,
Neumarkter Str. 28, 81673 München
produktsicherheit@penguinrandomhouse.de
(Vorstehende Angaben sind zugleich Pflichtinformationen nach GPSR)

Umschlaggestaltung: UNO Werbeagentur, München
Umschlagmotiv: Getty Images/Jasper White,
plainpicture/C&P, FinePic®, München
Gestaltung der Umschlaginnenseiten: UNO Werbeagentur, München
Motiv der Umschlaginnenseiten: Getty Images/Jasper White,
plainpicture/C&P, FinePic®, München
Th · Herstellung: sc
Druck und Einband: GGP Media GmbH, Pößneck
Printed in Germany
ISBN: 978-3-442-47790-6

www.goldmann-verlag.de

Für Alpheus »Two Dogs« Williams,
einen Mentor und Freund

ERSTES BUCH

»Als das allererste Baby zum allerersten Mal lachte, da zerbrach sein Lachen in tausend Stücke, und sie sprangen alle herum, und es wurden Feen daraus.«

Sir James Barrie, *Peter Pan*

I

Es war Graham Greene, der einmal bemerkt hat, dass eine Geschichte weder Anfang noch Ende habe. Der Autor wähle einfach willkürlich den Moment aus, von dem aus er entweder nach vorn oder zurück blickt. Dieser Augenblick ist jetzt – ein Oktobermorgen –, als das metallische Geräusch einer Briefkastenklappe die Post ankündigt.

Auf der Matte vor meiner Wohnungstür liegt ein Umschlag, darin eine kleine, steife Briefkarte, die nichts und alles sagt.

Liebe Ali,
ich habe Probleme. Ich muss dich sprechen. Bitte komm zum Ehemaligentreffen.
Alles Liebe Cate.

Sechzehn Wörter. Lang genug für einen Abschiedsbrief. Kurz genug für das Ende einer Affäre. Ich weiß nicht, warum Cate mir jetzt geschrieben hat. Sie hasst mich. Das hat sie mir erklärt, als wir das letzte Mal miteinander gesprochen haben, vor acht Jahren. Vergangenheit. Bei ausreichender Bedenkzeit könnte ich Monat, Tag und Stunde benennen, aber diese Details sind unwichtig.

Das Jahr reicht völlig – 1998. Es hätte der Sommer sein sollen, in dem wir unser Examen machten; der Sommer, in dem wir als Rucksacktouristen durch Europa reisten; der Sommer, in

9

dem ich meine Unschuld an Brian Rusconi und nicht an Cates Vater verlor.

Stattdessen war es der Sommer, in dem sie fortging und ich zu Hause auszog – ein Sommer, der nicht groß genug war für alles, was damals geschah.

Jetzt will sie mich wiedersehen. Manchmal spürt man den Moment, wenn eine Geschichte anfängt.

2

An dem Tag, an dem man mich auffordert, den Kalender neu zu justieren, werde ich im Januar und Februar jeweils eine Woche wegnehmen und sie dem Oktober hinzufügen, der es verdient hat, mindestens vierzig Tage lang zu dauern.

Ich liebe diese Jahreszeit. Die Touristen sind schon lange wieder verschwunden und die Kinder zurück in der Schule. Im Fernsehen laufen nicht ständig Wiederholungen, und ich kann wieder unter einem Federbett schlafen. Vor allem jedoch liebe ich das Funkeln in der Luft ohne die Pollen der Platanen, sodass ich Atem holen und unbeschwert laufen kann.

Ich laufe jeden Morgen – drei Runden um den Victoria Park in Bethnal Green, jede gut eineinhalb Kilometer lang. Gerade komme ich an der Durward Street in Whitechapel vorbei. Jack-the-Ripper-Territorium. Das Opfer, an das ich mich am besten erinnern kann, war Mary Kelly. Sie ist an meinem Geburtstag gestorben, dem 9. November.

Die Leute vergessen, wie klein das Areal war, in dem sich Jack bewegt hat. Spitalfields, Shoreditch und Whitechapel machen kaum zweieinhalb Quadratkilometer aus, aber 1880 waren mehr als eine Million Menschen in Slums ohne Wasserversorgung und Kanalisation gepfercht. Heute ist die Gegend immer noch übervölkert und arm, aber nur im Vergleich mit Ecken wie Hampstead, Chiswick oder Holland Park. Armut ist ein relativer Zustand in einem reichen Land voller wohlhabender Menschen, die armselig herumjammern.

Es ist sieben Jahre her, seit ich zum letzten Mal an einem Rennlauf teilgenommen habe, an einem Septemberabend unter Flutlicht in Birmingham. Ich wollte zur Olympiade nach Sydney, aber nur zwei von uns sollten es schaffen. Vier Hundertstelsekunden trennen die Siegerin von der Fünften; ein halber Meter, ein Herzschlag, ein gebrochenes Herz.

Inzwischen laufe ich nicht mehr, um zu gewinnen. Ich laufe, weil ich es kann und weil ich schnell bin. So schnell, dass mein Blickfeld an den Rändern verschwimmt. Deswegen bin ich jetzt hier und sause über den Boden, während Schweiß zwischen meinen Brüsten hinabrinnt und mein T-Shirt an meinem Bauch klebt.

Beim Laufen werden meine Gedanken klarer. Ich denke meistens an meine Arbeit und stelle mir vor, dass mir jemand meinen alten Job wieder anbietet.

Vor einem Jahr war ich daran beteiligt, eine Entführung aufzuklären und ein vermisstes Mädchen wiederzufinden. Einer der Entführer hat mich auf eine Mauer geworfen und meine Wirbelsäule zertrümmert. Nach sechs Operationen und neun Monaten Physiotherapie bin ich wieder fit und habe mehr Stahl im Rückgrat als Englands Viererabwehrkette. Bei der Metropolitan Police weiß leider offenbar niemand, was er mit mir anfangen soll. Dort hält man mich für ein wackeliges Rädchen in der Maschinerie.

Auf einem Spielplatz fällt mir ein Mann auf, der auf einer Bank sitzt und Zeitung liest. Kein Kind klettert auf dem Klettergerüst hinter ihm, und die anderen Bänke stehen in der Sonne. Warum hat er den Schatten gewählt?

Er ist Mitte dreißig, trägt Hemd und Krawatte und hebt den Blick nicht, als ich vorbeilaufe. Er löst ein Kreuzworträtsel. Was für ein Mann löst morgens um diese Uhrzeit Kreuzworträtsel im Park? Ein Mann, der nicht schlafen kann. Ein Mann, der wartet.

Bis vor einem Jahr habe ich meinen Lebensunterhalt damit bestritten, auf andere Leute aufzupassen. Ich habe Diplomaten und zu Besuch weilende Staatsoberhäupter bewacht, deren Frauen bei Einkaufstouren zu Harrod's gefahren und ihre Kinder zur Schule gebracht. Es ist wahrscheinlich der langweiligste Job bei der Metropolitan Police, aber ich habe meine Sache gut gemacht. Während meiner fünf Jahre beim Personenschutz für das Diplomatische Korps habe ich keinen einzigen unüberlegten Schuss abgegeben oder auch nur einen Frisörtermin verpasst. Ich war wie einer dieser Soldaten, die in Raketensilos hocken und beten, dass das Telefon nie klingelt.

Auf meiner zweiten Runde um den Park sitzt er immer noch da. Er hat seine Wildlederjacke in den Schoß gelegt. Er hat Sommersprossen und glatte braune Haare, die zu einem Seitenscheitel nach links gekämmt sind, neben sich eine lederne Aktentasche.

Eine Böe reißt ihm die Zeitung aus der Hand. Mit drei Schritten bin ich als Erste da. Die Zeitung wickelt sich um meine Knöchel.

Eine Sekunde lang möchte er sich zurückziehen, als wäre er zu nah an einen Abgrund geraten. Seine Sommersprossen lassen ihn noch jünger wirken. Er meidet direkten Blickkontakt, zieht die Schultern hoch und bedankt sich schüchtern. Die Titelseite ist immer noch um meinen Knöchel geschlagen. Einen Moment lang bin ich versucht, mich ein wenig zu amüsieren. Ich könnte einen Witz darüber machen, dass ich mir vorkomme wie Fish and Chips vom Tag zuvor.

Eine Brise kühlt meinen Nacken. »Tut mir leid, ich bin ziemlich verschwitzt.«

Er fasst sich nervös an die Nase, nickt und fasst sich noch einmal an die Nase.

»Laufen Sie jeden Tag?«, fragt er plötzlich.

»Ich versuche es jedenfalls.«

»Wie weit?«

»Gut sechs Kilometer.«

Er hat einen amerikanischen Akzent und weiß nicht, was er sonst noch sagen soll.

»Ich muss weiter. Ich will mich nicht abkühlen.«

»Okay. Klar. Einen schönen Tag noch.« Aus dem Mund eines Amerikaners klingt das nicht abgedroschen.

Bei meiner dritten Runde um den Park ist die Bank leer. Ich sehe mich nach dem Mann um, kann aber auch auf der Straße niemanden ausmachen. Alles wieder wie immer.

Ein Stück die Straße hinauf an der Ecke, gerade noch so sichtbar, parkt ein Transporter am Straßenrand. Als ich näher komme, fällt mir ein weißes Plastikzelt auf, das über ein paar fehlende Pflastersteine gespannt ist. Um das Loch ist ein Metallgatter aufgestellt. Man hat sehr früh mit der Arbeit begonnen.

So etwas mache ich ständig. Ich registriere Leute und Fahrzeuge, bemerke Ungewöhnliches, Menschen am verkehrten Ort oder in unpassender Kleidung; falsch geparkte Autos, dasselbe Gesicht an unterschiedlichen Orten. Ich kann nicht aus meiner Haut.

Ich schnüre meine Laufschuhe auf, ziehe den Schlüssel unter der Einlegesohle hervor und schließe meine Haustür auf. Mein Nachbar Mr. Mordacai winkt mir von seinem Fenster aus zu. Ich habe ihn einmal nach seinem Vornamen gefragt, und er sagte, eigentlich müsste er Yo'mann heißen.

»Wieso?«

»Weil mich meine Jungen immer so nennen: ›Yo Mann, kann ich ein bisschen Geld haben?‹ ›Yo Mann, leihst du mir deinen Wagen?‹«

Sein Lachen klang wie Nüsse, die auf ein Dach prasseln.

In der Küche gieße ich mir ein großes Glas Wasser ein und stürze es gierig herunter. Dann lege ich ein Bein auf eine Stuhllehne, um meine Oberschenkelmuskulatur zu dehnen.

Diesen Moment wählt die Maus, die unter meinem Kühlschrank wohnt, für ihr Erscheinen aus. Es ist eine äußerst zwiespältige Maus, die kaum den Kopf hebt, um meine Anwesenheit zur Kenntnis zu nehmen. Außerdem stört sie sich offenbar nicht daran, dass mein jüngerer Bruder Hari unentwegt Mäusefallen aufstellt. Vielleicht weiß sie, dass ich sie entschärfe und den Käse herausnehme, wenn Hari nicht guckt.

Die Maus blickt schließlich doch zu mir auf, als wollte sie sich über den Mangel an Krümeln beschweren, bevor sie schnuppernd die Nase hebt und davonhuscht.

Hari taucht mit nacktem Oberkörper und barfüßig in der Tür auf, macht den Kühlschrank auf, nimmt einen Karton Orangensaft heraus und schraubt den Deckel auf. Er sieht mich an, erwägt seine Alternativen und nimmt ein Glas aus dem Schrank. Manchmal glaube ich, er ist hübscher als ich. Er hat längere Wimpern und dickeres Haar.

»Gehst du zu dem Ehemaligentreffen heute Abend?«, frage ich ihn.

»Nee.«

»Warum nicht?«

»Erzähl mir nicht, dass *du* hingehst. Du hast gesagt, eher würdest du tot über einem Zaun hängen wollen.«

»Ich hab es mir anders überlegt.«

Aus dem ersten Stock ertönt eine Stimme. »*Hey, hast du meine Unterhose gesehen?*«

Hari sieht mich verlegen an.

»*Ich weiß, dass ich eine anhatte. Auf dem Fußboden liegt sie nicht.*«

»Ich dachte, du wärst weg«, flüstert Hari.

»Ich bin gelaufen. Wer ist sie?«

»Eine alte Freundin.«

»Dann kennst du wohl auch ihren Namen.«

»Cheryl.«

»Cheryl Taylor!« (Sie ist eine Wasserstoffblondine, die im White Horse hinter der Theke arbeitet.) »Sie ist älter als ich.«

»Nein, ist sie nicht.«

»Was um alles in der Welt findest du an ihr?«

»Das ist doch egal.«

»Es interessiert mich aber.«

»Nun, sie hat Anlagen.«

»Anlagen?«

»Die besten.«

»Findest du?«

»Absolut.«

»Was ist mit Phoebe Griggs?«

»Zu klein.«

»Emma Shipley?«

»Zu schlaff.«

»Meine?«

»Sehr witzig.«

Cheryl kommt die Treppe herunter, und ich höre sie im Wohnzimmer herumkramen. »Ich hab sie gefunden«, ruft sie.

Als sie in die Küche kommt, zupft sie noch das Gummiband unter ihrem Rock zurecht.

»Oh«, quiekt sie.

»Cheryl, das ist meine Schwester Alisha.«

»Nett, dich wiederzusehen«, sagt sie, ohne es so zu meinen.

Schweigen macht sich breit. Vielleicht werde ich nie wieder sprechen. Schließlich entschuldige ich mich und gehe nach oben, um zu duschen. Wenn ich Glück habe, ist Cheryl verschwunden, wenn ich wieder nach unten komme.

Hari wohnt seit zwei Monaten bei mir, weil es für ihn näher zur Uni ist. Er sollte eigentlich über meine Tugend wachen und mir helfen, die Hypothek abzubezahlen, aber er ist mit seiner Miete vier Wochen im Rückstand und benutzt mein Gästezimmer als Lasterhöhle.

Meine Beine kribbeln. Ich liebe das Gefühl, wenn die Milchsäure sich wieder abbaut. Ich blicke in den Spiegel und streiche meine Haare zurück. Gelbe Flecken funkeln in meinen Augen wie Goldfische in einem Teich. Ich habe keine Falten. Braune Haut wird nicht rissig.

Meine »Anlagen« sind auch nicht so übel. Als ich noch Rennen gelaufen bin, war ich immer froh, dass sie eher klein waren und von einem Sport-BH festgehalten wurden. Jetzt hätte ich nichts dagegen, wenn sie eine Nummer größer wären, damit ich ein richtiges Dekolleté hätte.

»Hey Schwesterherz«, ruft Hari von unten, »ich nehm mir einen Zwanziger aus deinem Portemonnaie.«

»Warum?«

»Wenn ich ihn mir von fremden Leuten nehme, werden sie wütend.«

Sehr witzig. »Du schuldest mir noch die Miete.«

»Morgen.«

»Das hast du gestern auch schon gesagt.« *Und vorgestern.* Die Haustür fällt ins Schloss. Das Haus ist still.

Unten nehme ich Cates Karte wieder zur Hand und halte sie vorsichtig zwischen meinen Fingerspitzen, bevor ich sie an Salz- und Pfefferstreuer auf dem Tisch lehne und eine Weile anstarre.

Cate Elliot. Ihr Name entlockt mir noch immer ein Lächeln. Eines der seltsamen Dinge an einer Freundschaft ist, dass die gemeinsame Zeit nicht durch die Zeit des Getrenntseins getilgt wird. Man löscht den anderen nicht aus oder wägt auf einer unsichtbaren Waage ab. Man kann ein paar Stunden mit jemandem verbringen, die das eigene Leben umkrempeln, oder eine Ewigkeit mit einem Menschen zusammen sein, ohne sich im Geringsten zu verändern.

Wir sind beide geboren und aufgewachsen in Bethnal Green im East End von London, obwohl wir es geschafft haben, einander die ersten dreizehn Jahre mehr oder weniger zu meiden. Das Schicksal hat uns zusammengeführt, wenn man an so etwas glaubt.

Wir wurden unzertrennlich. Beinahe telepathisch verbunden. Wir waren Komplizinnen, stahlen Bier aus dem Kühlschrank ihres Vaters, machten Schaufensterbummel über die Kings Road, aßen auf dem Heimweg von der Schule Pommes mit Essig oder gingen heimlich zu Konzerten im Hammersmith Odeon oder zum Leicester Square, um Filmstars auf dem roten Teppich zu bewundern.

Unser Auslandsjahr verbrachten wir in Frankreich. Ich verursachte einen Mopedunfall, wurde wegen Benutzung eines gefälschten Studentenausweises verwarnt und probierte zum ersten Mal Haschisch. Bei einem mitternächtlichen Bad im Meer verlor Cate den Schlüssel unserer Jugendherberge, und wir mussten um zwei Uhr nachts über ein Gitter klettern.

Kein Zerwürfnis ist schlimmer als das von besten Freundinnen. Beendete Liebesaffären sind schmerzhaft, zerbrochene Ehen ein Schlamassel. Zerrüttete Familien sind manchmal ein Schritt nach vorn. Unsere Trennung war wirklich schlimm.

Und jetzt nach acht Jahren will sie mich sehen. Ein Kribbeln des Einverständnisses breitet sich über meine Haut aus, gefolgt von einer nagenden, nicht abzuschüttelnden Sorge. Sie hat Probleme.

Mein Autoschlüssel liegt im Wohnzimmer. Als ich ihn einstecke, fallen mir die Flecken auf der Glasplatte des Couchtisches auf. Bei näherer Betrachtung kann ich die unverkennbaren Abdrücke von zwei Pobacken sowie von zwei Ellenbogen erkennen. Ich könnte meinen Bruder umbringen!

3

Irgendjemand hat eine Bloody Mary über meine Schuhe gekippt. Das fände ich nicht so schlimm, aber es sind nicht meine eigenen. Ich habe sie geliehen, genau wie das zu große Oberteil. Zumindest trage ich meine eigene Unterwäsche. »Man soll sich nie Geld oder Unterwäsche leihen«, erklärt meine Mutter immer als Nachtrag zu ihrer Saubere-Unterwäsche-Rede, in der jedes Mal plastische Schilderungen von Autounfällen und Notärzten vorkommen, die meine Strumpfhosen aufschneiden müssen. Kein Wunder, dass ich Albträume habe.

Cate ist noch nicht da. Ich habe versucht, die Tür im Auge zu behalten und allen Gesprächen aus dem Weg zu gehen.

Ehemaligentreffen sollten gesetzlich verboten werden. Die Einladungen sollten mit einem Warnhinweis versehen werden. Der Zeitpunkt ist immer verkehrt. Man ist entweder zu jung oder zu alt oder zu dick.

Dies ist nicht einmal ein reguläres Ehemaligentreffen. Irgendjemand hat den naturwissenschaftlichen Trakt von Oaklands abgefackelt. Ein Vandale mit einem Kanister Benzin, kein bösartiger Bunsenbrenner. Jetzt wird das brandneue Gebäude feierlich von einem Staatssekretär oder dergleichen eröffnet.

Der Neubau wirkt gedrungen und funktional, so ganz ohne den Charme des viktorianischen Originalgebäudes. Die kathedralenartigen Decken und Bogenfenster sind durch Glasbetonelemente, Neonlicht und Aluminiumrahmen ersetzt worden.

Die Aula ist mit Fähnchen dekoriert, und Luftballons hängen von den Dachbalken. Quer über die Bühne wurde ein Banner der Schule drapiert.

Vor dem Spiegel in der Mädchentoilette hat sich eine Schlange gebildet. Lindsay Saunders beugt sich an mir vorbei übers Waschbecken und reibt sich Lippenstift von den Zähnen. Als sie mit sich zufrieden ist, wendet sie sich mir zu und taxiert mich.

»Hör endlich auf, dich wie eine Panjabi-Prinzessin aufzuführen, und entspann dich. Amüsier dich.«

»Ach, darum geht es hier?«

Ich trage ein bronzefarbenes Oberteil von Lindsay mit schnürsenkelschmalen Trägern, für das meine Oberweite nicht reicht. Ein Träger rutscht von meiner Schulter, und ich ziehe ihn wieder hoch.

»Ich weiß, dass du so tust, als ob dir das alles egal wäre. Du bist bloß nervös wegen Cate. Wo ist sie?«

»Ich weiß nicht.«

Lindsay zieht ihren Lippenstift nach und zupft ihr Kleid zurecht. Sie freut sich schon seit Wochen auf das Ehemaligentreffen wegen Rocco Manspiezer. Auf der Schule war sie sechs Jahre lang in ihn verschossen, hat aber nie den Mut aufgebracht, es ihm zu sagen.

»Was macht dich so sicher, dass du ihn diesmal kriegst?«

»Nun, ich hab schließlich nicht zweihundert Pfund für dieses Kleid ausgegeben und mich in diese verdammten Schuhe gezwängt, damit er mich wieder übersieht.«

Im Gegensatz zu Lindsay habe ich kein Bedürfnis, meine Zeit mit Menschen zu verbringen, die ich in den letzten zwölf Jahren mehr oder weniger erfolgreich gemieden habe. Ich will nicht hören, wie viel Geld sie verdienen und wie groß ihre Häuser sind, und ich will auch die Fotos ihrer Kinder nicht sehen, die Namen haben wie Shampoomarken.

Das ist das Problem bei einem Schultreffen – die Leute kommen nur, um ihr Leben an dem der anderen zu messen und deren Scheitern zu sehen. Sie wollen wissen, welche Schönheitskönigin von einst sechzig Pfund zugenommen hat und hilflos zusehen musste, wie ihr Mann mit seiner Sekretärin durchgebrannt ist; und welcher Lehrer dabei erwischt wurde, wie er Fotos in der Umkleidekabine gemacht hat.

»Komm schon, bist du nicht neugierig?«, fragt Lindsay.

»Natürlich bin ich neugierig. Ich hasse mich dafür, dass ich neugierig bin. Ich wünschte, ich wäre einfach unsichtbar.«

»Sei kein Spielverderber.« Sie reibt mir mit einem Finger über die Augenbraue. »Hast du Annabelle Trunzo gesehen? Mein Gott, dieses Kleid! Und was sagst du zu ihrem Haar?«

»Rocco hat gar keine Haare mehr.«

»Ja, aber er sieht immer noch fit aus.«

»Ist er verheiratet?«

»Bist du jetzt still?«

»Nun, ich finde, das solltest du zumindest herausfinden, bevor du mit ihm ins Bett gehst.«

Sie grinst mich schalkhaft an. »Ich frage ihn hinterher.«

Lindsay führt sich auf wie ein echter Vamp, aber ich weiß, dass sie eigentlich gar keine so große Jägerin ist. Das sage ich mir jedenfalls immer, aber ich würde sie trotzdem mit keinem meiner Brüder ausgehen lassen.

In der Aula ist das Licht gedimmt und die Musik aufgedreht worden. Statt Spandau Ballet laufen jetzt die Hymnen der 8oer. Die Frauen tragen Cocktailkleider oder Saris. Einige täuschen mit Lederjacken und Designerjeans Gleichgültigkeit vor.

In Oaklands gab es immer Stämme. Die Weißen waren eine Minderheit. Die meisten Schüler waren Bangas (Menschen aus Bangladesch) plus ein paar Pakis und Inder zur Auflockerung.

Ich war ein »Curry«, ein »Yindoo«, ein »Elefantentrainer«, falls es jemand genau wissen will, indisch und braun. Als bestimmendes Kennzeichen war in Oaklands nichts anderes auch nur annähernd so wichtig – nicht meine schwarzen Haare, meine Zahnklammer oder meine schlanken Beine, weder, dass ich mit sieben Drüsenfieber hatte, noch, dass ich rennen konnte wie der Wind. Alles andere verblasste zur Bedeutungslosigkeit neben meiner Hautfarbe und meiner Sikh-Abstammung.

Es ist nicht wahr, dass alle Sikhs Singh heißen. Und wir tragen auch nicht alle Krummdolche an der Brust (obwohl es im East End gar nicht so schlecht ist, einen entsprechenden Ruf zu genießen).

Auch heute hocken die Bangas zusammen. Man sitzt neben denselben Leuten, neben denen man in der Schule auch schon gesessen hat. Trotz allem, was in der Zwischenzeit passiert ist, sind die Kernfacetten unserer Persönlichkeiten unangetastet geblieben.

Auf der anderen Seite der Aula sehe ich Cate ankommen.

Sie ist blass und sieht umwerfend aus, mit kurzer Edelfrisur und billigen sexy Schuhen. Sie trägt einen langen hellbraunen Rock zu einer Seidenbluse und sieht elegant und, ja, schwanger aus. Sie streicht mit den Händen über die feine, kompakte Rundung. Eine ziemlich große Rundung, ein Wasserball. Es ist bald so weit.

Ich will nicht, dass sie sieht, wie ich sie anstarre, also wende ich mich ab.

»Alisha?«

»Klar. Wer sonst?« Ich drehe mich plötzlich um und setze ein dämliches Grinsen auf.

Cate beugt sich vor und küsst mich auf die Wange. Ich schließe die Augen nicht und sie auch nicht. Wir starren uns gegenseitig an. Überrascht. Sie riecht nach Kindheit.

In den Augenwinkeln hat sie winzige Fältchen. Ich war nicht dabei, um zu sehen, wie sie gezeichnet worden sind. Aber an die kleine Narbe an ihrer linken Schläfe direkt unterhalb des Haaransatzes kann ich mich erinnern.

Wir sind gleich alt, neunundzwanzig, und bis auf ihren runden Bauch von gleicher Gestalt. Ich habe dunklere Haut und verborgene Tiefen (wie alle Brünetten), aber ich kann kategorisch feststellen, dass ich nie so gut aussehen werde wie Cate. Sie hat es gelernt – nein, das klingt zu eingeübt –, sie wurde mit der Fähigkeit geboren, bei Männern Bewunderung auszulösen. Ich kenne das Geheimnis nicht. Ein Blick, eine Neigung des Kopfes, ein Tonfall oder die Art, einen Arm zu berühren, schafft einen Moment, eine Illusion, von der sich alle Männer, schwul und hetero, alt oder jung angezogen fühlen.

Die Leute beobachten sie jetzt, obwohl ich bezweifle, dass ihr das bewusst ist.

»Wie geht es dir?«

»Gut«, antworte ich zu schnell und korrigiere mich: »Geht so.«

»Nur geht so?«

Ich versuche zu lachen. »Aber schau dich an – du bist schwanger.«

»Ja.«

»Wann ist der Termin?«

»In vier Wochen.«

»Herzlichen Glückwunsch.«

»Danke.«

Die Fragen und Antworten sind zu abrupt und zu nüchtern. Konversation war nie so schwer – nicht mit Cate. Sie blickt nervös über meine Schulter, als hätte sie Angst, dass jemand unser Gespräch belauschen könnte.

»Verheiratet bist du doch mit –?«

»Felix Beaumont. Er ist da drüben.«

Ich folge ihrem Blick zu einer großen, schweren Gestalt in einer legeren Hose und einem weiten weißen Hemd. Felix war nicht auf Oaklands, und sein wahrer Name ist Buczkowski und nicht »Beaumont«. Sein Vater stammt aus Polen und hatte einen Elektroladen in der Tottenham Court Road.

Zurzeit ist er in ein Gespräch mit Annabelle Trunzo vertieft, deren Kleid aus einem Fetzen Stoff besteht, der nur von ihren Brüsten gehalten wird. Wenn sie ausatmet, rutscht es bis zu ihren Knöcheln.

»Weißt du, was ich an Abenden wie diesen immer am meisten gehasst habe?«, fragt Cate. »Eine ehemalige Mitschülerin zu treffen, die makellos aussieht und mir erzählt, sie hätte den ganzen Tag über ihre Kinder zum Ballett, Fußball oder Cricket kutschiert. Und dann stellt sie einem die naheliegende Frage: ›Hast du auch Kinder?‹ Und ich antworte: ›Nein, keine Kinder.‹ Und sie scherzt: ›Hey, warum nimmst du nicht eins von meinen?‹ Mein Gott, das kotzt mich so an.«

»Nun, das wird jetzt ja nicht mehr passieren.«

»Nein.«

Sie nimmt ein Glas Wein von einem Tablett, das vorbeigetragen wird, und sieht sich erneut abwesend um.

»Warum haben wir uns zerstritten? Es muss meine Schuld gewesen sein.«

»Ich bin sicher, du erinnerst dich«, sage ich.

»Es spielt keine Rolle mehr. Ich will übrigens, dass du Patin wirst.«

»Ich bin nicht mal Christin.«

»Oh, das ist egal.«

Sie umgeht das, worüber sie eigentlich sprechen will.

»Erzähl mir, was los ist.«

Sie zögert. »Diesmal bin ich zu weit gegangen, Ali. Ich habe alles riskiert.«

Ich fasse ihren Arm und steuere sie in eine ruhige Ecke. Einige beginnen zu tanzen. Die Musik ist zu laut. Cate spricht mir beinahe direkt ins Ohr. »Du musst mir helfen. Versprich mir, dass du mir hilfst.«

»Selbstverständlich.«

Sie unterdrückt ein Schluchzen, indem sie darauf herumkaut. »Sie wollen mir mein Baby wegnehmen. Das dürfen sie nicht. Du musst sie aufhalten ...«

Eine Hand berührt ihre Schulter, und sie fährt erschrocken zusammen.

»Hallo, wunderbare schwangere Lady, wen haben wir denn hier?«

Cate weicht einen Schritt zurück. »Niemanden. Nur eine alte Schulfreundin.«

In ihr scheint sich irgendetwas zu verändern. Sie will fliehen.

Felix Beaumont hat perfekte Zähne. Meine Mutter hat einen Tick bezüglich Zahnpflege und Kieferchirurgie. Es ist das Erste, was ihr an einem Menschen auffällt.

»Ich erinnere mich an Sie«, sagt er. »Sie befanden sich hinter mir.«

»In der Schule?«

»Nein, an der Bar.«

Er lacht und setzt eine amüsiert neugierige Miene auf.

Cate ist noch weiter zurückgewichen. Mein Blick findet den ihren. Die winzige Andeutung eines Kopfschüttelns sagt mir, dass ich sie gehen lassen soll. Ich empfinde eine aufwallende Zärtlichkeit für sie. »Ich hol mir nur eben Nachschub.«

»Schön vorsichtig mit dem Zeug, Schatz. Du bist nicht allein.« Er streicht über die Wölbung ihres Bauches.

»Das Letzte.«

Felix sieht ihr mit einer Mischung aus Traurigkeit und Sehnsucht hinterher, bevor er sich schließlich wieder mir zuwendet.

»Und, muss ich Miss oder Mrs. sagen?«

»Verzeihung?«

»Sind Sie verheiratet?«

Ich höre mich sagen »Ms.«, was klingt, als wäre ich lesbisch, verbessere mich zu »Miss« und platze dann heraus: »Ich bin Single.«

»Das erklärt alles.«

»Was?«

»Die mit Kindern haben Fotos. Die ohne Kinder haben schickere Kleider und weniger Falten.«

Soll das ein Kompliment sein?

Die Fältchen um seine Augen kräuseln sich zu einem Lächeln. Er bewegt sich wie ein Bär, von einem Fuß auf den anderen wiegend.

Ich strecke ihm meine Hand hin. »Ich heiße Alisha Barba.«

Er wirkt erstaunt. »Dann gibt es Sie also tatsächlich? Cate hat viel von Ihnen gesprochen, aber ich dachte schon, Sie wären vielleicht so eine imaginäre Kindheitsfreundin.«

»Sie hat von mir gesprochen?«

»Ja, oft. Und was machen Sie, Alisha?«

»Ich sitze den ganzen Tag in Pantoffeln zu Hause und guck mir die Seifenopern im Nachmittagsprogramm und alte Filme auf Channel 4 an.«

Er versteht nicht.

»Ich bin aus gesundheitlichen Gründen vom Dienst bei der Metropolitan Police beurlaubt.«

»Was ist passiert?«

»Ich habe mir das Rückgrat gebrochen. Jemand hat mich auf eine Mauer geworfen.«

Er zuckt mit den Augen. Mein Blick schweift an ihm vorbei.

»Sie kommt zurück«, sagt er, meine Gedanken lesend. »Sie lässt mich nie allzu lange mit einer schönen Frau plaudern.«

»Sie sind bestimmt ganz entzückt – wegen des Babys.«

Die glatte Kuhle unter seinem Adamsapfel rollt wie eine Welle, als er schluckt. »Es ist unser Wunderbaby. Wir haben es so lange probiert.«

Irgendjemand hat auf der Tanzfläche zu Congarhythmen eine Polonaise gestartet, die sich jetzt zwischen den Tischen entlangschlängelt. Gopal Dhir fasst mich an der Hüfte und wiegt mich hin und her. Irgendjemand zerrt Felix in einen anderen Teil der Schlange, und wir bewegen uns in entgegengesetzte Richtungen.

»Da schau her«, brüllt Gopal mir ins Ohr, »Alisha Barba. Läufst du noch?«

»Nur zum Spaß.«

»Ich war immer ein bisschen verschossen in dich, aber du warst viel zu schnell für mich.« Er dreht sich um und ruft irgendjemandem etwas zu. »Hey, Rao! Guck mal, wer hier ist – Alisha Barba. Hab ich nicht immer gesagt, dass sie süß ist?«

Bei der Musik hat Rao keine Chance, ihn zu verstehen, nickt jedoch lebhaft und wirft die Beine.

Ich löse mich aus Gopals Umklammerung.

»Warum gehst du?«

»Ich weigere mich, zu Congamusik zu tanzen, wenn niemand aus Trinidad dabei ist.«

Enttäuscht lässt er mich los und wiegt den Kopf hin und her. Irgendjemand Neues versucht mich zu fassen, aber ich springe zur Seite.

An der Bar ist es jetzt nicht mehr so voll. Ich kann Cate nirgendwo sehen. Leute sitzen auf der Treppe vor dem Gebäude und verteilen sich über den Schulhof. Auf der anderen Seite des Spielplatzes sehe ich die berühmte Eiche, die in diesem Licht beinahe silbern wirkt. Ihr Stamm ist mit Maschendraht umwickelt, um die Kinder am Klettern zu hindern. In meinem Abschlussjahr ist einer der Bangas hinuntergestürzt und hat sich den Arm gebrochen – ein Junge namens Paakhi, was auf Bengalisch Vogel heißt. Ist nomen wirklich omen?

Der neue naturwissenschaftliche Bau erhebt sich gedrungen und verlassen auf der gegenüberliegenden Seite empor. Ich überquere den Hof, stoße eine Tür auf und betrete einen langen Gang, von dem links eine Reihe von Klassenräumen abgehen. Ich schaue in eins der Zimmer. Geschwungene Wasserhähne und -rohre aus Chrom blitzen im schwachen Licht, das durch die Fenster hereinfällt.

Als ich mich an die Dunkelheit gewöhnt habe, sehe ich, dass sich in diesem Raum jemand bewegt. Eine Frau, das Kleid bis über die Hüfte nach oben geschoben, beugt sich über eine Bank, zwischen ihren Beinen ein Mann.

Als ich rückwärts zur Tür zurückschleiche, spüre ich, dass noch jemand sie beobachtet, blicke kurz zur Seite und entdecke ihn.

»Du guckst wohl gern zu, was, Yindoo?«, flüstert er.

Mein Atem stockt für einen Moment. Paul Donavons Gesicht erscheint dicht vor meinem. Sein Haar ist mit den Jahren ausgedünnt, und seine Wangen sind voller geworden, aber er hat noch dieselben Augen. Es ist erstaunlich, wie ich ihn nach all der Zeit noch immer mit gleicher Intensität hassen kann.

Selbst im Halbdunkel fällt mir das tätowierte Kreuz an seinem Hals auf. Er schnuppert an mir. »Wo ist Cate?«

»Lass sie in Ruhe«, sage ich zu laut.

Aus dem Dunkel ertönen Flüche. Lindsay und ihr Partner lösen sich voneinander. Rocco tanzt auf einem Bein, während er versucht, seine Hose hochzuziehen. Am anderen Ende des

Flures geht eine Tür auf, und Donavon verschwindet wie ein Schatten auf dem Hof.

»Mein Gott, Ali, hast du mir einen Schrecken eingejagt«, sagt Lindsay und zupft ihr Kleid zurecht.

»Tut mir leid.«

»Wer war denn noch hier?«

»Niemand. Tut mir wirklich leid. Macht einfach weiter.«

»Ich glaube, der Moment ist dahin.«

Rocco hastet bereits den Flur hinunter.

»Herzliche Grüße an deine Frau«, ruft Lindsay ihm nach.

Jetzt muss ich Cate finden. Sie sollte wissen, dass Donavon hier ist. Und ich will, dass sie mir erklärt, was sie gemeint hat. Wer will ihr das Baby wegnehmen?

Ich suche sie auf dem Flur und dem Hof. Keine Spur von ihr. Vielleicht ist sie schon gegangen. Es ist ein seltsames Gefühl, sich bewusst zu werden, sie verloren zu haben, nachdem wir uns gerade erst wiedergetroffen haben.

Ich gehe bis zum Tor der Schule. Auf beiden Seiten der Straße parken Autos, und auf dem Bürgersteig tummeln sich Leute. Auf der anderen Seite entdecke ich Cate und Felix. Sie spricht mit jemandem. Donavon. Sie hat eine Hand auf seinen Arm gelegt.

Sie sieht mich und winkt. Ich will zu ihr eilen, aber sie gibt mir ein Zeichen zu warten. Donavon wendet sich ab. Felix und Cate treten zwischen zwei parkende Wagen.

Im Hintergrund höre ich Donavon rufen, dann das gequälte Quietschen von Reifen auf Asphalt, als die Räder eines bremsenden Wagens blockieren. Köpfe schnellen wie aus einem Haken befreit herum.

Felix verschwindet unter den Rädern, die fast ohne ein Holpern über ihn hinwegrollen. Im selben Moment verbiegt sich Cates Körper über der Motorhaube und prallt zurück. In der Luft wendet sie den Kopf, bevor er von der Windschutzscheibe erfasst wird. In Zeitlupe wirbelt sie durch die Luft wie eine Tra-

27

pezkünstlerin, die sich sicher ist, aufgefangen zu werden. Aber niemand wartet mit kreidigen Händen.

Stattdessen kracht sie gegen einen zweiten Wagen, der auf der Gegenfahrbahn fährt. Der Fahrer bringt das Auto schlingernd zum Stehen. Cate rollt nach vorn und landet auf dem Rücken, einen Arm ausgestreckt, ein Bein unter dem Körper verdreht.

Wie bei einer Explosion rückwärts werden die Leute zum Zentrum der Detonation gezogen. Sie krabbeln aus ihren Autos, stürzen aus Türen. Donavon reagiert schneller als die meisten und ist als Erster bei Cate. Ich sinke neben ihm auf die Knie.

In einem Moment ausgedehnter Stille zieht es uns drei wieder an einen Punkt. Sie liegt auf der Straße. Aus ihrer Nase sickert Blut in eine tiefe, weiche, samtene Dunkelheit. Auf ihren leicht geöffneten Lippen bilden sich Blasen und Schaum. Sie hat den schönsten Mund überhaupt.

Ich bette ihren Kopf in meine Armbeuge. Was ist mit ihrem Schuh passiert? Sie hat nur einen an. Ich bin plötzlich ganz und gar auf den fehlenden Schuh fixiert und befrage die Umstehenden. Es ist wichtig, dass ich ihn finde. Schwarz mit halbem Absatz. Ihr Rock ist hochgerutscht. Sie trägt einen Schwangerschafts-Slip, der die Wölbung ihres Bauches bedeckt.

Ein junger Mann tritt höflich vor. »Ich habe den Notruf alarmiert.«

Seine Freundin sieht aus, als würde sie sich jeden Moment übergeben.

Donavon zieht Cates Rock nach unten. »Ihren Kopf nicht bewegen. Sie muss fixiert werden.« Er wendet sich an die Schaulustigen. »Wir brauchen Decken und einen Arzt.«

»Ist sie tot?«, fragt irgendjemand.

»Kennst du sie?«, fragt ein anderer.

»Sie ist schwanger!«, ruft eine Frau.

Cates Augen sind offen, und ich kann mein Spiegelbild darin sehen. Ein stämmiger Mann mit einem grauen Pferdeschwanz beugt sich über uns. Er spricht mit irischem Akzent.

»Sie sind einfach zwischen den parkenden Autos vorgetreten. Ich schwöre, ich habe sie nicht gesehen.«

Cate erstarrt am ganzen Körper und reißt die Augen auf. Selbst mit all dem Blut im Mund versucht sie zu schreien und wirft den Kopf hin und her.

Donavon springt auf und packt den Fahrer am Hemd. »Warum haben Sie nicht gebremst, Arschloch?«

»Ich habe sie nicht gesehen.«

»LÜGNER!« Seine Stimme ist heiser vor Hass. »Sie haben sie vorsätzlich überfahren.«

Der Fahrer sieht sich nervös zu den Schaulustigen um. »Ich weiß nicht, wovon er redet. Ich schwöre, es war ein Unfall. Er redet wirr –«

»Sie haben sie gesehen.«

»Erst als es zu spät war ...«

Er stößt Donavon weg. Knöpfe reißen ab, das Hemd des Fahrers öffnet sich über der Brust und entblößt die Tätowierung: ein gekreuzigter Christus.

Die Leute sind von der Feier auf die Straße gekommen, um zu sehen, was es mit dem Lärm auf sich hat. Einige rufen und versuchen, die Straße frei zu machen. Ich höre Sirenen.

Ein Notarzt drängt sich durch die Menge. Meine Finger sind klebrig und warm. Ich habe das Gefühl, Cates Kopf zusammenzuhalten. Zwei weitere Teams treffen ein, und die Notärzte tun sich zusammen. Ich kenne die Routine – kein Brand, kein Benzinleck und keine eingestürzten Strommasten –, zunächst wird die eigene Unversehrtheit abgesichert.

Ich drehe mich zu Felix um, dunkle Umrisse, die unter der Hinterachse des Wagens eingeklemmt sind. Reglos.

Ein Notarzt kriecht unter den Kotflügel. »Der hier ist hinüber«, ruft er.

Ein zweiter Notarzt schiebt seine Hände unter meine und übernimmt Cates Kopf. Zwei Ärzte kümmern sich um sie.

»Luftwege blockiert. Lege Guedeltubus.«

Er schiebt ihr einen gebogenen Plastikschlauch in den Mund und saugt das Blut heraus.

»Systolischer Blutdruck einhundertzehn zu neunzig. Rechte Pupille erweitert.«

»Leg eine Halsmanschette an.«

Irgendjemand spricht in ein Walkie-Talkie. »Wir haben ein schweres Schädeltrauma und innere Blutungen.«

»Sie ist schwanger«, höre ich mich sagen. Ich weiß nicht, ob sie mich hören können.

»Blutdruck sinkt. Puls schwach.«

»Sie blutet in ihren Schädel.«

»Wir müssen sie in den Wagen bewegen.«

»Sie braucht sofort Blutkonserven.«

Sie rollen Cate vorsichtig seitlich auf ein Spineboard und hieven sie auf die Trage.

»Sie ist schwanger«, sage ich noch einmal.

Der Notarzt dreht sich zu mir um.

»Kennen Sie sie?«

»Ja.«

»Wir haben noch Platz für eine Person. Sie können vorne mitfahren.« Er drückt auf einen Ambubeutel und pumpt Luft in ihre Lunge. »Wir brauchen Name, Geburtsdatum, Adresse – ist sie auf irgendwelche Medikamente allergisch?«

»Ich weiß nicht.«

»Wann ist der Termin?«

»In vier Wochen.«

Die Trage ist in dem Krankenwagen verschwunden. Die Notärzte steigen ein, und ein Sanitäter schiebt mich hastig auf den Beifahrersitz. Die Tür wird geschlossen, und wir fahren los. Durch das Fenster nehme ich die gaffende Menge wahr. Woher sind all die Leute gekommen? Donavon sitzt auf dem Bordstein und blickt benommen vor sich hin. Ich will, dass er mich ansieht. Ich will danke sagen.

Die Notärzte kümmern sich weiter um Cate. Einer von ihnen

spricht in ein Walkie-Talkie und benutzt Wörter und Kürzel wie Bradycardie und ICP. Ein Herzmonitor piept eine gebrochene Botschaft.

»Kommt sie durch?«

Niemand antwortet.

»Was ist mit dem Baby?«

Er knöpft ihre Bluse auf. »Ich gebe ihr zwei Beutel.«

»Nein, warte. Ich habe ihren Puls verloren.«

Auf dem Monitor ist nur noch eine flache Linie zu erkennen.

»PEA.«

»Beginne Herzdruckmassage.«

Er reißt ihre Bluse auf und entblößt BH und Leib.

Die Notärzte sehen sich an und ziehen die Brauen hoch – ein einziger wortloser Blick, der alles sagt. Um Cates Leib ist ein großes Schaumstoffpolster geschnallt, das sich an ihren Bauch schmiegt. Er reißt es weg, und Cate ist nicht mehr »schwanger«.

Der Arzt drückt abrupt und heftig auf ihre Brust und zählt die Kompressionen. Der Herzmonitor heult mit der Sirene um die Wette.

»Keine Reaktion.«

»Vielleicht müssen wir sie aufmachen.«

»Eine Ampulle Adrenalin.« Er beißt die Plastikkappe ab und injiziert ihr den Inhalt der Ampulle in den Hals.

Die nächsten Minuten verschwimmen zu einer Folge flackernder Lichter und Wortfetzen. Ich weiß, dass ich sie verliere. Ich habe es vermutlich die ganze Zeit gewusst. Die erweiterten Pupillen, die inneren Schädelblutungen – die klassischen Symptome einer Hirnverletzung. Cate ist an zu vielen Stellen verletzt, um wieder gesund zu werden.

Die Linie auf dem Monitor schlägt einmal aus und flacht wieder ab. Die Ärzte zählen die Kompressionen, fünf für jede Beatmung.

»Aus. Ende.«

»Was?«

»Ich stelle die Herzdruckmassage ein.«

»Warum?«

»Weil ich ihr sonst das Hirn aus dem Schädel drücke.«

Ihr Schädel ist direkt hinter dem rechten Ohr gebrochen.

»Mach weiter.«

»Aber –«

»Mach einfach weiter.«

»Was machen Sie jetzt?«

»Den Brustkorb öffnen.«

Eine Welle von Ekel spült durch meinen Mund. An den Rest der Fahrt oder die Ankunft im Krankenhaus kann ich mich nicht erinnern. Es gibt keine krachenden Türen und Flure hinunterhastende weiße Kittel. Stattdessen scheint alles langsamer zu werden.

Das Gebäude verschluckt Cate ganz, nein, nicht ganz, sondern schwer verletzt.

Ich hasse Krankenhäuser. Den Geruch, die Dunstglocke der Ungewissheit, das Weiß. Weiße Wände, weiße Laken, weiße Kleidung. Nicht weiß sind nur Blut und die afro-kubanischen Krankenschwestern.

Ich stehe noch immer neben dem Krankenwagen. Die Sanitäter kehren zurück und beginnen aufzuräumen.

»Meinen Sie, Sie kommen allein klar?«, fragt einer von ihnen, das Schaumstoffpolster in der Hand. Die baumelnden Riemen sehen aus wie die Beine eines sonderbaren Meerestieres.

Er gibt mir ein feuchtes Papierhandtuch. »Das können Sie vielleicht gebrauchen.«

Ich habe Blut an den Händen, und auch meine Jeans ist voller Flecken.

»Sie haben etwas übersehen.« Er zeigt auf meine Wange, aber ich wische die falsche ab.

»Darf ich?« Er nimmt das Tuch und hält mit einer Hand

mein Kinn, während er mit der anderen meine Wange abwischt.
»So.«

»Danke.«

Er möchte irgendetwas sagen. »Ist sie eine enge Freundin?«

»Wir sind zusammen zur Schule gegangen.«

Er nickt. »Warum würde sie – ich meine – warum hat sie eine Schwangerschaft vorgetäuscht?«

Ich blicke an ihm vorbei, weil ich auch keine Antwort weiß. Es erfüllt keinen Zweck und ergibt noch viel weniger Sinn. Sie wollte mich treffen. Sie hat gesagt, dass man ihr das Baby wegnehmen wollte. Welches Baby?

»Ist sie – wird sie durchkommen?«

Diesmal ist es an ihm, nicht zu antworten. Die Traurigkeit in seinem Blick ist wohl dosiert, weil andere sie später noch brauchen werden.

Ein Schlauch spritzt. Rosafarbenes Wasser fließt in einen Abfluss. Der Sanitäter gibt mir die Prothese, und ich spüre, wie etwas in mir zerbricht. Einmal dachte ich schon, Cate für immer verloren zu haben. Vielleicht habe ich es diesmal wirklich.

4

Krankenhauswartezimmer sind nutzlose Orte der Ohnmacht voller Geflüster und Gebete. Niemand richtet seinen Blick auf mich. Vielleicht liegt das an dem Blut auf meiner Kleidung. Ich habe versucht, Lindsays Top in der Toilette mit Handseife sauber zu schrubben, dabei den Fleck jedoch nur noch größer gemacht.

Ärzte und Krankenschwestern treten ein und aus, ohne sich je zu entspannen. Ein Patient auf einer Rolltrage sieht aus wie eine Fliege, die sich in einem Gewirr von Schläuchen und Drähten verfangen hat. Die Haut um seinen Mund ist runzelig und trocken.

Ich habe eigentlich nie über den Tod nachgedacht. Selbst als ich im Krankenhaus lag und mein Rückgrat von Nadeln und Nägeln zusammengehalten wurde, kam mir der Gedanke nicht in den Sinn. Ich habe Verdächtigen ins Auge gesehen, Autos verfolgt, Häuser gestürmt und verlassene Gebäude betreten, aber ich habe nie gedacht, dass ich sterben könnte. Vielleicht ist das einer der Vorteile von mangelndem Selbstwertgefühl.

Eine Krankenschwester notiert die Personalien von Cates Familie. Was Felix angeht, habe ich keine Ahnung. Seine Mutter lebt vielleicht noch. Niemand kann mir irgendwas sagen, außer dass Cate noch operiert wird. Die Schwestern sind gnadenlos positiv. Die Ärzte äußern sich vorsichtiger. Sie haben eine Wahrheit, mit der sie sich auseinandersetzen müssen – die Realität dessen, was sie reparieren können und was nicht.

An einem ganz gewöhnlichen Abend wird mitten auf einer ruhigen Straße ein Paar von einem Wagen überfahren. Der Mann ist tot, die Frau schwerstverletzt. Was ist mit Cates zweitem Schuh passiert? Und was mit ihrem Baby?

Ein Polizist kommt, um mich zu befragen. Er ist etwa so alt wie ich und trägt eine frisch gebügelte Uniform mit glänzenden Knöpfen, was mich in meinem Aufzug noch verlegener macht.

Er hat eine Liste von Fragen – was, wo, wann und warum. Ich versuche, mich so gut wie möglich an alles zu erinnern. Der Wagen kam aus dem Nichts. Donavon hat gerufen.

»Sie glauben also nicht, dass es ein Unfall war?«

»Ich weiß es nicht.«

In meinem Kopf höre ich, wie Donavon dem Fahrer vorwirft, die beiden absichtlich überfahren zu haben. Der Polizist gibt mir eine Visitenkarte. »Wenn Ihnen noch irgendwas einfällt, rufen Sie mich an.«

Durch die Schwingtüren sehe ich Cates Familie eintreffen, ihren Vater, ihre Mutter in einem Rollstuhl und ihren älteren Bruder Jarrod.

Barnaby Elliot hat die Stimme erhoben. »Was soll das heißen, es gibt kein Baby? Meine Tochter ist schwanger.«

»Was sagen sie, Barnaby?«, fragt seine Frau und zupft an seinem Ärmel.

»Sie sagen, sie war nicht schwanger.«

»Dann kann es nicht unsere Cate sein. Sie haben die falsche Person.«

»Wenn Sie bitte hier warten würden«, unterbricht der Arzt sie. »Ich schicke jemanden, der mit Ihnen spricht.«

Mrs. Elliot wird zunehmend hysterisch. »Heißt das, sie hat das Baby verloren?«

»Sie war nie schwanger. Sie *hatte* kein Baby.«

Jarrod versucht zu intervenieren. »Verzeihung, es muss sich um einen Irrtum handeln. Cate hatte ihren Termin in vier Wochen.«

»Ich verlange meine Tochter zu sehen«, fordert Barnaby. »Ich möchte auf der Stelle zu ihr.«

Jarrod ist drei Jahre älter als Cate. Seltsam, wie wenig ich mich an ihn erinnere. Er züchtete Tauben und trug bis zu seinem zwanzigsten Lebensjahr eine Klammer. Ich glaube, er hat in Schottland studiert und später einen Job in der City bekommen.

Im Gegensatz dazu ist nichts an Cate entfernt, diffus oder kleiner geworden. Ich kann mich noch daran erinnern, wann ich sie zum ersten Mal gesehen habe. Sie saß in weißen Socken, einem kurzen karierten Rock und Doc Martens auf einer Bank vor dem Schultor in Oaklands. Ihre Augen waren mit Mascara verschleiert und wirkten unglaublich groß, ihr toupiertes Haar schimmerte in allen Farben des Regenbogens.

Obwohl sie neu auf der Schule war, kannte Cate nach wenigen Tagen mehr Kinder und hatte mehr Freundinnen als ich. Sie konnte nicht still sitzen – ständig schlang sie ihre Arme um irgendjemanden, tippte mit einem Fuß auf oder wippte mit einem übergeschlagenen Bein.

Ihr Vater war Bauunternehmer, sagte sie, ein Zweiwort-Beruf, der einem Mann Würde verlieh wie ein doppelläufiger Nachname. »Lokführer« besteht auch aus zwei Wörtern, aber der Job meines Vaters war nicht so beeindruckend und hatte ungleich weniger gesellschaftliches Renommee.

Barnaby Elliot trug dunkle Anzüge, strahlend weiße Hemden und Krawatten von einem seiner diversen Clubs. Er hat zwei Mal in Bethnal Green für die Tories kandidiert und einen sicheren Labour-Sitz noch sicherer gemacht.

Ich habe den Verdacht, dass er Cate nur aus wahltaktischem Kalkül nach Oaklands geschickt hat. Er stellte sich selbst gern als einen Mann dar, der »die Unbilden der Straße« kannte und sich durchgekämpft hatte, mit Schmutz unter den Fingernägeln und Maschinenöl im Blut.

In Wahrheit hätten die Elliots ihre einzige Tochter lieber auf eine anglikanische Privatschule für Mädchen als nach Oaklands geschickt. Vor allem Mrs. Elliot betrachtete unsere Schule als ausländisches Territorium, das zu besuchen sie keinerlei Bedürfnis verspürte. Cate und ich sprachen fast ein Jahr lang nicht miteinander. Sie war das coolste, begehrenswerteste Mädchen der ganzen Schule, trotzdem nahm sie ihre Schönheit beiläufig, ja, beinahe widerwillig hin. Mädchen umringten sie schwatzend und lachend und suchten ihre Anerkennung, doch sie schien es nicht einmal zu bemerken.

Sie redete wie in einem Teenie-Film, schlagfertig und frech. Angeblich sprechen Jugendliche so, aber außer Cate habe ich nie jemanden getroffen, der wirklich so redet. Und sie war der einzige Mensch, den ich kannte, der seine Gefühle in Tropfen purer Liebe, Wut, Angst oder Glück destillieren konnte.

Ich kam von der weiter östlich gelegenen Isle of Dogs und ging nach Oaklands, weil meine Eltern wollten, dass ich »außerhalb des Viertels« zur Schule ging. Sikhs waren eine Minderheit, aber die Weißen auch, und die waren am meisten gefürchtet. Einige gebärdeten sich wie die wahren Ureinwohner des East End, als gälte es, eine königliche Cockney-Blutlinie zu schützen. Der Schlimmste von allen war Paul Donavon, ein Schläger und Rabauke, der sich für einen Playboy und Fußballer hielt. Sein bester Kumpel, Liam Bradley, war beinahe genauso übel. Er war einen Kopf größer als Donavon, und seine Stirn war übersät mit Pickeln, als würde er sich das Gesicht statt mit Seife mit einer Käsereibe schrubben.

Neue Schüler mussten initiiert werden. Die Jungen erwischte es am übelsten, aber auch Mädchen waren nicht immun, vor allem die hübschen. Donavon und Bradley waren siebzehn und hätten Cate auf jeden Fall aufgespürt. Schon mit vierzehn hatte sie »Potenzial«, wie die älteren Jungen es nannten, volle Lippen und einen J-Lo-Hintern, der in allem, was eng saß, gut aussah. Es war ein Po, dem die Blicke der Männer automatisch folgten. Männer, Jungen und Großväter.

Eines Tages erwischte Donavon sie allein während der fünften Stunde. Er stand vor dem Büro des Direktors und wartete auf die Bestrafung für seine jüngste Missetat. Cate war aus einem anderen Grund dort – sie sollte der Schulsekretärin einen Packen offizieller Entschuldigungen bringen.

Donavon sah sie in den Flur kommen. Sie musste direkt an ihm vorbei. Er folgte ihr ins Treppenhaus.

»Pass auf, dass du dich nicht verläufst«, sagte er spöttisch und versperrte ihr den Weg. Sie machte einen Schritt zur Seite, und er tat es ihr nach.

»Du hast einen wirklich süßen Arsch. Und eine süße Muschi. Und so wunderschöne Haut. Lass mich zugucken, wie du die Treppe hochgehst. Komm. Ich bleib einfach hier stehen und du gehst weiter. Vielleicht könntest du den Rock ein Stück hochziehen und mir deinen süßen Arsch und deine süße Muschi zeigen.«

Cate versuchte umzukehren, aber Donavon tänzelte um sie herum. Er war schon immer leichtfüßig. Auf dem Fußballplatz spielte er im Sturm die gegnerischen Verteidiger schwindelig.

Große schwere Brandschutztüren mit Querstreben versiegelten das Treppenhaus. Alle Geräusche hallten laut zwischen den harten Betonwänden wider, drangen jedoch nicht nach außen. Cate konnte sich nicht auf sein Gesicht konzentrieren, ohne sich umzudrehen.

»Es gibt ein Wort für Mädchen wie dich«, sagte er. »Mädchen, die solche Röcke tragen und ihren Arsch schütteln wie einen reifen Pfirsich.«

Donavon legte seinen Arm um ihre Schulter und presste seinen Mund an ihr Ohr. Mit einer Hand drückte er ihre beiden Arme an den Handgelenken über dem Kopf an die Wand, mit der anderen fuhr er an ihren Oberschenkeln entlang unter ihren Rock und zog ihren Slip beiseite. Er kratzte ihre trockene Haut auf, als er mit zwei Fingern in sie eindrang.

Cate kehrte nicht zum Unterricht zurück. Mrs. Pulanski schickte mich los, sie zu suchen. Ich fand sie auf der Mädchentoilette. Mascara hatte schwarze Tränenspuren auf ihren Wangen hinterlassen, und es sah aus, als würden ihre Augen schmelzen. Anfangs wollte sie mir nicht erzählen, was passiert war. Sie nahm meine Hand und presste sie in ihren Schoß. Ihr Rock war so kurz, dass meine Finger ihre Schenkel streiften.

»Bist du verletzt?«

Ihre Schultern bebten.

»Wer hat dir wehgetan?«

Sie presste die Knie fest zusammen. Ich betrachtete ihr Gesicht. Langsam spreizte ich ihre Beine. Eine dünne Blutspur zeichnete sich auf ihrem weißen Baumwollslip ab.

Irgendetwas in mir dehnte sich. Es dehnte sich immer weiter, bis es so angespannt war, dass es im Rhythmus mit meinem Herzen vibrierte. Meine Mutter sagt, ich solle das Wort »Hass« nie in den Mund nehmen. Ich weiß, dass sie Recht hat, aber sie lebt in einer sterilen Sikh-Welt.

Es klingelte zur Mittagspause. Schreie und Lachen erfüllten den Hof und hallten zwischen der nackten Backsteinmauer und dem löchrigen Asphalt wider. Donavon stand in einer Ecke des Hofes unter einer Eiche, in deren Stamm schon so viele Initialen geritzt worden waren, dass sie mit allem Recht tot sein sollte.

»Na, wen haben wir denn da?«, sagte er, als ich auf ihn zumarschierte. »Eine kleine Yindoo.«

»Guck dir mal ihr Gesicht an«, sagte Bradley. »Sie sieht aus, als würde sie jeden Moment explodieren.«

»Das Bratthermometer ist gerade aus ihrem Arsch gerutscht – sie ist gar.«

Das brachte ihm einen Lacher ein, und Donavon genoss den Augenblick, obwohl man ihm zugutehalten muss, dass er offenbar irgendeine Gefahr gewittert hatte, denn er wandte den Blick nicht von mir. Ich hatte mich einen Meter vor ihm aufgebaut. Mein Kopf reichte bis an seine Brust. Aber ich dachte weder an seine noch an meine Größe. Ich dachte an Cate.

»Das ist die kleine Läuferin«, sagte Bradley.

»Na, dann lauf, Yindoo, du verpestest die Luft.«

Ich brachte noch immer kein Wort heraus. Das Unbehagen in Donavons Blick wuchs. »Hör zu, du verrücktes Sikh-Huhn, verpiss dich.«

Dann entdeckte ich meine Stimme wieder. »Was hast du getan?«

»Ich habe gar nichts getan.«

Um uns hatte sich eine Menge von Schaulustigen versammelt. Donavon sah sie kommen und wirkte nicht mehr so sicher.

Es war, als hätte jemand anderes an meiner Stelle auf dem Schulhof gestanden und ihn in Grund und Boden gestarrt. Ich selbst sah von den Zweigen des Baumes aus zu wie ein Vogel. Ein kleiner dunkler Vogel.

»Ich hab gesagt, verpiss dich, du blöde Kuh.«

Donavon war schnell, aber ich war die Läuferin. Später sagten die Leute, ich wäre geflogen. Den letzten Meter legte ich mit dem Flügelschlag eines Schmetterlings zurück, und meine Finger fanden seine Augenhöhlen. Er brüllte und versuchte, mich abzuwerfen, aber ich attackierte weiter das weiche Gewebe und klammerte mich in einem tödlichen Griff an ihn.

Er griff mit beiden Händen in meine Haare, riss meinen Kopf nach hinten und wollte mich abschütteln, aber ich ließ nicht los. Er trommelte mit den Fäusten auf meinen Kopf und schrie: »Reiß sie los! Reiß sie los!«

Bradley hatte bisher nur zugesehen, zu schockiert, um zu reagieren. Er war sich immer unsicher, was er machen sollte, wenn Donavon es ihm nicht sagte. Erst versuchte er meinen Kopf in einen Klammergriff zu nehmen, er drückte mein Gesicht in seine feuchte Achselhöhle, die nach feuchten Socken und billigem Deo roch.

Ich hatte die Beine um Donavons Hüfte geschlungen und stach mit den Fingern weiter in seine Augen. Bradley unternahm einen neuen Anlauf, packte eine meiner Hände, bog die Finger nach hinten, bis mein Griff sich löste, und zog meinen Arm nach hinten. Ich kratzte mit den Fingernägeln über Donavons Gesicht. Obwohl er wegen seiner tränenden Augen nichts sah, schlug er blindlings aus und trat mir ins Gesicht. Mein Mund füllte sich mit Blut.

Bradley hatte jetzt meinen rechten Arm fest gepackt, aber meine Linke war immer noch frei. In einer Familie mit lauter Jungen lernt man, sich zu prügeln. Und als einziges Mädchen lernt man die schmutzigen Tricks.

Ich rappelte mich hoch und griff in Donavons Gesicht. Dann bohrte ich Zeige- und Mittelfinger in seine Nasenlöcher und nahm ihn auf den Haken wie einen Fisch, bevor ich die Faust schloss. Egal, was als Nächstes geschah, Donavon würde mir folgen. Bradley konnte mir den Arm brechen, mich rückwärts über den Hof schleifen oder mit einem Tritt zwischen den Torpfosten versenken, Donavon würde mitkommen wie ein Bulle mit einem Ring durch die Nase.

Aus seinem Mund drang nur ein leises Stöhnen. Seine Arme und Beine zuckten.

»Hör auf. Hör auf«, bettelte er. »Lass sie einfach los.«
Bradley lockerte den Griff um meinen Arm.

Donavons Augen waren fast zugeschwollen, und sein Nasen-trakt wurde von meinen Fingern nach außen gestülpt. Ich hielt ihn fest und drückte seinen Kopf in den Nacken, sodass sein Unterkiefer herunterklappte, als er nach Luft schnappte.

Miss Flowers, die Musiklehrerin, hatte an jenem Tag Schul-hofaufsicht. In Wahrheit saß sie rauchend im Lehrerzimmer im ersten Stock, als irgendjemand hereinstürzte, um sie zu alar-mieren.

Donavon blubberte ununterbrochen, dass es ihm leidtäte. Ich sagte kein Wort, denn in Wahrheit war nichts von all dem mir zugestoßen. Ich saß immer noch auf den Baumzweigen und sah zu. Es war irgendein anderes Mädchen, das seine Nase gepackt hatte. Miss Flowers war ein rüstiger, jugendlich-burschikoser Typ mit einer Vorliebe für französische Zigaretten und unse-re Sportlehrerin. Ziemlich unaufgeregt erfasste sie die Szenerie und erkannte, dass niemand mich zwingen konnte, Donavon loszulassen. Deshalb wählte sie einen konzilianteren Ansatz vol-ler tröstender Worte und beruhigender Appelle. Donavon war ganz still geworden. Je mehr er stillhielt, desto weniger tat es weh. Lammfromm.

Ich kannte Miss Flowers nicht besonders gut, aber ich glau-be, sie hat mich durchschaut. Ein dünnes indisches Mädchen mit Zahnklammer und Brille legt sich nicht ohne guten Grund mit dem Schulrabauken an. Sie setzte sich mit mir ins Kranken-zimmer, während ich Blut in eine Schüssel spuckte. Zwei Vor-derzähne waren aus der Klammer herausgerissen worden und hatten sich zwischen dem verbogenen Metall verklemmt.

Ich hatte ein Handtuch um den Hals und ein weiteres im Schoß. Ich weiß nicht, wohin sie Donavon gebracht haben. Miss Flowers hielt einen Eisbeutel an meinen Mund.

»Willst du mir erzählen, warum?«
Ich schüttelte den Kopf.

»Nun, ich bezweifle nicht, dass er es verdient hat, aber du musst mir schon einen Grund nennen.«

Ich antwortete nicht.

Sie seufzte. »Okay, also gut, das kann warten. Erstmal brauchst du eine saubere Uniform. Vielleicht gibt es unter den Fundsachen noch eine. Wir wollen doch, dass du sauber aussiehst, wenn deine Eltern kommen.«

»Ich will zurück in den Unterricht«, lispelte ich.

»Erst müssen wir deine Zähne wieder richten, Liebes.«

Als nicht Privatversicherter einen Notfallzahnarzt zu finden heißt normalerweise, dass man seinen Erstgeborenen der Kirche versprechen musste, aber ich hatte Beziehungen. Mein Onkel Sandhu hat eine Zahnarztpraxis in Ealing. (Er ist eigentlich gar nicht mein Onkel, aber alle älteren Asiaten, mit denen meine Familie bekannt war, wurden Onkel oder Tante genannt.) Onkel Sandhu hatte mir meine Zahnklammer verpasst, »zum Selbstkostenpreis«. Bada war so zufrieden, dass ich für Besucher lächeln musste, damit er meine Zähne präsentieren konnte.

Mama rief meine Schwägerin Nazeem an, und die beiden nahmen ein Taxi zur Schule. Nazeem hatte Zwillinge und war schon wieder schwanger. Ich wurde zu Onkel Sandhu kutschiert, der meine Klammer auseinandernahm und Fotos von meinen Zähnen machte. Danach sah ich wieder aus wie eine Sechsjährige und lispelte.

Der nächste Morgen war so frisch und klar und von einer so unverdorbenen Unschuld, dass er den Vortag Lügen strafte. Cate kam nicht zur Schule. Sie fehlte zwei Wochen bis zu den Sommerferien. Miss Flowers sagte, sie hätte eine Rippenfellentzündung.

An meinen wieder angeklebten Zähnen saugend kehrte ich in die Schule zurück. Die Leute behandelten mich anders. Irgendwas war an jenem Tag geschehen. Die Schuppen waren mir von den Augen gefallen; die Erde hatte sich die erforderlichen Male um die eigene Achse gedreht, und ich verabschiedete mich von der Kindheit.

Donavon wurde von Oaklands verwiesen und ging zur Armee, zu den Fallschirmjägern. Für Bosnien war es schon zu spät, aber es würde sich schon früh genug irgendein neuer Krieg ergeben. Bradley ging während der Ferien ab und begann eine Lehre als Kesselschmied. Ich sehe ihn gelegentlich immer noch auf einem Spielplatz in Bethnal Green, wo er seine Kinder beim Schaukeln anschubst.

Was Cate passiert war, wurde nie auch nur mit einem Wort erwähnt. Nur ich wusste es. Ich glaube, sie hat es nicht einmal ihren Eltern erzählt – ihrem Vater ganz bestimmt nicht. Digitale Penetration gilt juristisch nicht als Vergewaltigung, weil das Gesetz einen Unterschied zwischen einem Penis und einem Finger, einer Faust oder Flasche macht. Ich finde das falsch, aber das ist eine Debatte für hochnäsige Strafverteidiger.

Nach der Prügelei mit Donavon waren die Leute netter zu mir. Sie nahmen meine Existenz wahr. Ich war nicht mehr nur die »Läuferin«; ich hatte einen Namen. Einer der beiden herausgeschlagenen Zähne wuchs wieder an. Der andere wurde gelb, und Onkel Sandhu musste ihn durch einen falschen ersetzen.

In den Ferien erhielt ich einen Anruf von Cate. Ich weiß nicht, wie sie meine Nummer herausbekommen hatte.

»Ich dachte, du hättest vielleicht Lust, dir einen Film anzusehen.«

»Du meinst, wir beide zusammen?«

»Wir könnten in *Pretty Woman* gehen. Wenn du den nicht schon gesehen hast. Ich hab ihn schon drei Mal gesehen, aber ich würde ihn mir noch mal angucken.« Sie redete immer weiter. Ich hatte sie noch nie so nervös erlebt.

Meine Mutter erlaubte mir nicht, *Pretty Woman* zu sehen. Sie sagte, der Film würde von einer Hure handeln.

»Julia Roberts spielt eine Nutte mit Herz«, erklärte ich, was mir nur weiteren Ärger einbrachte. Offenbar war es in Ordnung, wenn sie das Wort »Hure« benutzte, während ich keineswegs »Nutte« sagen durfte. Am Ende sahen wir uns *Ghost* mit Patrick Swayze und Demi Moore an.

Cate sagte nichts über Donavon. Sie war immer noch schön, hatte immer noch reine Haut und trug nach wie vor kurze Röcke. Als wir in dem dunklen Kino saßen, berührten sich unsere Schultern, und ich tastete vorsichtig nach ihren Fingern. Sie drückte meine Hand. Und ich drückte zurück.

Das war der Anfang. Wir waren wie siamesische Zwillinge. Salz und Pfeffer, wie Miss Flowers uns nannte, aber mir war »Milch und Kekse« lieber, was Mr. Nelsons Bezeichnung war. Er war Amerikaner, unterrichtete Biologie und protestierte heftig, wenn die Leute sagten, dass es von den naturwissenschaftlichen Wahlfächern das leichteste sei.

Wir waren erst in der Schule und dann auf der Uni beste Freundinnen. Ich liebte sie. Nicht auf eine sexuelle Art, obwohl ich nicht glaube, dass ich mit vierzehn den Unterschied begriff.

Cate behauptete, die Zukunft vorhersagen zu können. Sie skizzierte unseren weiteren Lebensweg, inklusive Karriere, Liebhabern, Hochzeiten, Ehemännern und Kindern. Sie konnte sich sogar selbst traurig machen, indem sie sich vorstellte, dass unsere Freundschaft eines Tages enden würde.

»Ich hatte nie eine Freundin wie dich, und ich werde nie wieder eine solche Freundin haben. Niemals wieder.«

Ich war verlegen.

Und noch etwas sagte sie: »Ich werde jede Menge Babys haben, weil die mich lieben und nie verlassen werden.«

Ich weiß nicht, warum sie so redete. Sie behandelte Liebe und Freundschaft stets wie kleine Wesen, die in einen Eissturm geraten waren und ums Überleben kämpften. Vielleicht wusste sie damals etwas, was ich nicht wusste.

Ein anderer Morgen. Irgendwo scheint die Sonne. Ich sehe den zwischen Häusern eingeklemmten blauen Himmel und einen Baukran wie eine Kohleradierung vor einem lichthellen Hintergrund. Ich kann nicht sagen, wie viele Tage seit dem Unfall vergangen sind – vier oder vierzehn. Die Farben sind dieselben – die Luft, die Bäume, die Häuser –, nichts hat sich verändert.

Ich bin jeden Tag im Krankenhaus gewesen, wo ich das Wartezimmer mit Cates Familie meide und stattdessen in der Cafeteria sitze, bis sie gegangen sind.

Cate liegt im Koma. Maschinen helfen ihr beim Atmen. Laut offiziellem Krankenhausbericht hat sie eine Lungenperforation, ein gebrochenes Rückgrat und multiple Frakturen an beiden Beinen. Ihr Hinterkopf war regelrecht pulverisiert, aber mittels zweier Operationen konnte die Blutung gestoppt werden.

Ihr Neurochirurg versichert mir, dass das Koma etwas Gutes ist. Ihr Körper hat sich abgeschaltet und versucht, sich selbst zu heilen.

»Was ist mit Hirnschäden?«

Er spielt mit seinem Stethoskop und weicht meinem Blick aus. »Das menschliche Gehirn ist der am perfektesten konstruierte Apparat im uns bekannten Universum«, erklärt er mir. »Leider ist es nicht dafür gebaut, den Kräften eines Automobils zu widerstehen.«

»Und das heißt?«

»Wir klassifizieren schwere Schädelhirnverletzungen nach einer Komaskala. Bei acht oder weniger Punkten spricht man von einer schweren Bewusstseinsstörung. Mrs. Beaumont liegt bei vier auf der Skala. Es ist eine *sehr* schwere Kopfverletzung.«

Am späten Vormittag gibt es einen neuen Bericht. Ihr Zustand ist unverändert. In der Cafeteria laufe ich Jarrod über den Weg, und wir trinken einen Kaffee und plaudern über Alltäglichkeiten: Job und Familie, der Preis von Eiern und die Brüchigkeit moderner Papiertüten. Das Gespräch wird von langen Pausen unterbrochen, als ob das Schweigen selbst Teil der Sprache geworden wäre.

»Die Ärzte sagen, sie war gar nicht schwanger«, sagt er. »Sie hat das Baby nicht verloren. Es gab keine Fehlgeburt oder einen Abbruch. Mum und Dad sind außer sich. Sie wissen nicht, was sie davon halten sollen.«

»Irgendeinen Grund muss sie gehabt haben.«

»Ja, aber mir fällt keiner ein.« Ein Luftzug aus dem Lüftungsschlitz an der Decke zerzaust sein Haar.

»Glaubst du, Felix hat es gewusst?«

»Vermutlich. Wie soll man seinem Ehemann so etwas verheimlichen?« Er blickt auf seine Uhr. »Warst du schon bei ihr?«

»Nein.«

»Dann komm.«

Jarrod führt mich durch grellweiße Flure, die alle gleich aussehen, auf die Intensivstation in einem der oberen Stockwerke. Auf der Intensivstation sind nur jeweils zwei Besucher pro Patient erlaubt. Man muss eine Maske tragen und sich die Hände mit Desinfektionsmittel abschrubben. Jarrod kommt nicht mit. »Es ist bereits jemand bei ihr drinnen«, sagt er und fügt noch hinzu: »Sie wird schon nicht beißen.«

Mir rutscht das Herz in die Hose, aber es ist zu spät, um noch aus der Sache herauszukommen.

Die Vorhänge sind offen, durch das Fenster fällt Tageslicht ein und wirft ein helles Rechteck auf den Boden. Mrs. Elliot ist in ihrem Rollstuhl in dem Licht gefangen wie in einem Hologramm, ihre Haut so blass und fein wie weißes Porzellan.

Cate liegt neben ihr, Geisel eines Gewirrs aus Schläuchen, Plasmabeuteln und Edelstahl. Katheter bohren sich in ihre Haut, und ihr Kopf ist mit Verbänden umwickelt. Monitore und Maschinen blinken und summen und reduzieren ihre Existenz auf ein digitales Computerspiel.

Ich will sie auf der Stelle wecken. Ich will, dass sie die Augen aufmacht und den Atemschlauch beiseitewischt wie eine Haarsträhne, die sich in ihrem Mundwinkel verfangen hat.

Mrs. Elliot weist wortlos auf einen Stuhl neben dem Bett. »Als ich meiner Tochter zum letzten Mal beim Schlafen zugesehen habe, war sie acht Jahre alt und hatte eine Lungenentzündung. Ich glaube, sie hatte sie sich in einem der öffentlichen Schwimmbäder eingefangen. Jedes Mal, wenn sie gehustet hat, klang es, als ob jemand auf trockenem Boden ertrinken würde.«

Ich strecke meine Hand über das marmorgleiche Laken und ergreife Cates Finger. Ich spüre den Blick ihrer Mutter, sie mustert mich kühl. Sie will nicht, dass ich hier bin.

Ich kann mich an Mrs. Elliot erinnern, als sie noch gehen konnte – eine große, dünne Frau, die Cate immer eine Wange zum Küssen hinhielt, damit ihr Lippenstift nicht verschmierte. Früher war sie eine Schauspielerin, die hauptsächlich Werbespots drehte und immer makellos geschminkt war, allzeit bereit für die nächste Nahaufnahme. Das war selbstverständlich vor ihrem Schlaganfall, nach dem sie rechtsseitig gelähmt blieb. Jetzt hängt eins ihrer Augenlider herunter, und kein Make-up der Welt kann den Schaden kaschieren, den die zerstörten Nerven um ihren Mund angerichtet haben.

Flüsternd fragt sie: »Warum sollte sie wegen des Babys gelogen haben?«

»Ich weiß es nicht. Sie wollte mich treffen. Sie sagte, sie hätte eine Dummheit begangen und irgendjemand wolle ihr das Baby wegnehmen.«

»Welches Baby? Sie war gar nicht schwanger. *Nie!* Jetzt sagen die Ärzte, dass ihr Becken so übel zertrümmert ist, dass sie, auch wenn sie überlebt, niemals ein Kind austragen kann.«

Irgendetwas in mir erschaudert. Ich habe ein Déjà-vu aus einem anderen Krankenhaus zu einer anderen Zeit, als *meine* Knochen geflickt wurden. Für jede Operation bezahlt man einen Preis.

Mrs. Elliot drückt ein Kissen an ihre Brust. »Warum sollte sie so etwas tun? Warum hat sie uns angelogen?«

In ihrer Stimme schwingt keine Wärme mit. Sie fühlt sich betrogen. Bloßgestellt. Was soll sie den Nachbarn sagen? Ich möchte zurückschlagen und Cate verteidigen, denn sie hat mehr verdient als dies. Stattdessen schließe ich die Augen und lausche dem Piepen der elektronischen Geräte und dem Wind, der über die Dächer fegt.

Wie hat sie es geschafft – eine solche Lüge Wochen und Monate lang aufrechtzuerhalten? Es muss sie verfolgt haben. Auf gewisse Weise bin ich seltsam neidisch. Ich glaube nicht, dass ich je etwas *so* sehr wollte, nicht einmal olympische Medaillen. Als ich die Qualifikation für die Olympiamannschaft verpasst habe, stand ich weinend neben der Laufbahn, aber es waren bloß Tränen der Frustration. Das Mädchen, das meinen Platz bekam, *wollte* ihn mehr als ich.

Ich weiß, dass ich die Olympiaauswahl nicht mit einer Mutterschaft vergleichen sollte. Vielleicht sind meine Ansichten auch getrübt durch ein geflicktes Becken und ein verstärktes Rückgrat, die die Belastungen einer Schwangerschaft und Geburt nie überstehen würden. Kinder haben zu wollen ist ein gefährlicher Wunsch für mich.

Ich drücke Cates Hand und hoffe, sie weiß, dass ich hier bin. Jahrelang habe ich gehofft, dass sie mich anruft, sich mit mir versöhnt, mich braucht. Und als es schließlich so weit war, ist sie mir wieder entrissen worden wie eine halb beantwortete Frage. Ich muss herausfinden, was sie wollte. Ich muss verstehen, warum.

Die Euston Traffic Garage liegt in der Drummond Crescent zwischen dem Bahnhof Euston und der British Library. Daneben erhebt sich der Turm der St.-Aloysius-Kirche wie eine Rakete auf der Abschussrampe.

Die Collision Investigation Unit, wo Unfallfahrzeuge kriminaltechnisch untersucht werden, ist ein sonderbarer Ort, eine Mischung aus Hightech-Apparaten und altmodischer Kfz-Werkstatt mit Hebebühnen, Ölwannen und Maschinenwerkzeugen. Hier findet die automobile Entsprechung einer Obduktion statt, und der Vorgang ist im Großen und Ganzen der gleiche. Die zu untersuchenden Objekte werden geöffnet, auseinandergenommen, gewogen und gemessen.

Der Dienst habende Beamte, ein kugelrunder Sergeant im Blaumann, späht unter der verbogenen Kühlerhaube eines Wagens hervor. »Kann ich Ihnen helfen?«

Ich stelle mich vor und zeige ihm meine Dienstmarke. »Am Freitagabend gab es in der Old Bethnal Green Road einen Verkehrsunfall. Ein Paar wurde überfahren.«

»Ja, den hab ich mir angeguckt.« Er wischt sich die Hände an einem Lappen sauber und stopft ihn wieder in seine Tasche.

»Eine der beiden ist eine Freundin von mir.«

»Lebt sie noch?«

»Ja.«

»Dann hat sie Glück gehabt.«

»Wie weit sind Sie mit Ihrer Untersuchung?«

»Fertig. Ich muss nur noch den Bericht schreiben.«

»Und was ist Ihrer Meinung nach passiert?«

»Ich fand die Sache ziemlich offensichtlich. Ihre Freundin und ihr Mann haben versucht, ein Mini-Taxi umzurennen.« Er meint es nicht so gefühllos, es ist einfach seine Art. »Vielleicht hätte der Fahrer einen Tick früher bremsen können. Manchmal hat man einfach Pech. Man blickt im falschen Moment in den Rückspiegel, und dieser Bruchteil einer Sekunde fehlt einem an Reaktionszeit. Vielleicht hätte das einen Unterschied gemacht. Vielleicht auch nicht. Wir werden es nie erfahren.«

»Das heißt, Sie ermitteln nicht weiter gegen den Fahrer?«

»Weswegen?«

»Gefährliches Fahrverhalten, fahrlässige Tötung und Körperverletzung, irgendwas muss es doch geben.«

»Er hatte eine Beförderungslizenz, einen gültigen Führerschein, war versichert, registriert und straßentauglich – ich habe nichts in der Hand gegen den Mann.«

»Er ist zu schnell gefahren.«

»Er hat ausgesagt, die beiden wären direkt vor ihm auf die Straße getreten. Er konnte nicht mehr bremsen.«

»Haben Sie den Wagen untersucht?«

»Noch am Unfallort.«

»Wo ist er jetzt?«

Er seufzt. »Ich erkläre Ihnen mal die harte Realität, Detective Constable. Sehen Sie den Hof da?« Er weist auf ein offenes Rolltor, das auf einen ummauerten Hof führt. »Da draußen stehen achtundsechzig Fahrzeuge – jedes davon war in einen schweren Verkehrsunfall verwickelt. Wir müssen dreizehn Berichte für den Coroner fertigstellen, zwei Dutzend Gutachten für Strafprozesse, und ich verbringe den halben Tag im Zeugenstand und die andere Hälfte bis zu den Ellenbogen in Motoröl und Blut. Es gibt keine *guten* Verkehrsunfälle, aber aus meiner Sicht war der vom Freitag besser als die meisten anderen, weil er unkompliziert war – traurig, aber unkompliziert. Die beiden sind zwischen parkenden Wagen auf die Straße getreten. Der Fahrer konnte nicht mehr rechtzeitig bremsen. Schluss aus.«

Die leutselige Neugier in seinem Gesicht ist verschwunden. »Wir haben die Bremsen überprüft. Wir haben seinen Führerschein überprüft. Wir haben uns sein Unfallregister angesehen. Wir haben eine Blutprobe genommen. Wir haben am Unfallort seine Aussage zu Protokoll genommen und den armen Kerl nach Hause gehen lassen. Manchmal ist ein Unfall nur ein Unfall. Wenn Sie Gegenbeweise haben, legen Sie sie vor. Ansonsten wäre es sehr nett, wenn Sie mich einfach weiterarbeiten ließen.«

Einen Moment lang starren wir uns an. Er ist weniger wütend als vielmehr enttäuscht.

»Es tut mir leid. Ich wollte Ihre Fachkenntnis nicht anzweifeln.«

»Das haben Sie aber getan.« Seine Gesichtszüge werden weicher. »Aber das ist okay. Es tut mir leid wegen Ihrer Freundin.«

»Hätten Sie etwas dagegen, wenn ich mir die Aussage des Fahrers einmal ansehe?«

Er hat nichts dagegen. Er führt mich in ein Büro und weist auf einen Stuhl. Auf dem Schreibtisch summt ein Computer, und auf den Regalen reihen sich Aktenordner wie Pappziegelsteine. Der Sergeant gibt mir die Akte und das Video. Einen Moment lang lungert er an der Tür herum, weil er mich nicht allein lassen will.

Der Fahrer heißt Earl Blake, sein angegebener Beruf ist Hafenarbeiter. Im Nebenjob arbeitet er als Taxifahrer, um sich ein bisschen was dazuzuverdienen, wie er erklärt hat.

Das Video hat einen sekundengenauen Timecode und beginnt mit einer Weitwinkeleinstellung der Straße, aufgenommen mit wackeliger Handkamera wie ein Urlaubsvideo. Partygäste lungern vor den Toren von Oaklands auf dem Bürgersteig herum, einige noch mit einem Glas in der Hand oder mit Luftschlangen behängt.

Earl Blake steht ein Stück entfernt und spricht mit einem Polizisten. Als er die Kamera bemerkt, scheint er sich abzuwenden. Das könnte etwas bedeuten.

Es gibt Aussagen von einem Dutzend Zeugen. Die meisten haben das Quietschen der Bremsen gehört und den Aufprall gesehen. Ein Stück die Straße hinauf standen zwei Taxis an der Ecke Mansford Street. Das Minitaxi fuhr langsam an ihnen vorbei, als würde sein Fahrer eine Adresse suchen.

Ich suche eine Aussage von Donavon. Sein Name und seine Adresse wurden zwar notiert, aber eine Aussage liegt nicht vor.

»Ja, ich erinnere mich an ihn«, sagt der Sergeant. »Er hatte eine Tätowierung.« Er macht ein Kreuzzeichen an seinem Hals unterhalb des Adamsapfels. »Er hat gesagt, er hätte nichts gesehen.«

»Er hat *beobachtet*, wie es passiert ist.«

Der Sergeant zieht überrascht eine Braue hoch. »Mir hat er etwas anderes erzählt.«

Ich notiere Donavons Adresse auf einen Zettel.

»Sie versuchen doch nicht etwa, eine Privatermittlung zu führen, Detective Constable?«

»Nein, Sir.«

»Wenn Ihnen irgendwelche wichtigen Informationen im Bezug auf diesen Unfall vorliegen, sind Sie verpflichtet, Sie mir mitzuteilen.«

»Ja, Sir. Ich habe keine Informationen. Mr. Donavon hat versucht, das Leben meiner Freundin zu retten. Ich wollte mich nur bei ihm bedanken. Gute Manieren, verstehen Sie? Hat meine Mutter mir beigebracht.«

6

Earl Blake wohnt in einer kleinen Häuserreihe, die von der Pentonville Road am vernachlässigten Ende von King's Cross abzweigt. Es ist niemand zu Hause. Meine Beine sind eingeschlafen, weil ich schon so lange hier sitze, aus dem Fenster starre und mit den Fingern aufs Lenkrad trommele.

Ein Dealer lehnt sich an eine flache Mauer vor einem Pub an der Ecke. Sein Gesicht ist halb unter dem Schirm seiner Baseballkappe verborgen. Zwei Mädchen im Teenageralter gehen vorbei, und er sagt lächelnd etwas. Sie schütteln ihr Haar zurück und schlendern ein wenig flinker.

Ein roter Wagen mit Schrägheck parkt direkt vor mir. Eine Frau Mitte fünfzig in Krankenschwesterkleidung steigt aus. Sie nimmt eine Tüte mit Lebensmitteln aus dem Kofferraum, geht auf die Häuserreihe zu und flucht, als sie ihren Schlüssel fallen lässt.

»Sind Sie Mrs. Blake?«, frage ich.

»Wer will das wissen?« Ihr blaugraues Haar ist mit Spray in Form betoniert.

»Ich suche Ihren Mann.«

»Soll das ein Witz sein?«

Sie öffnet die Tür und betritt ihr Haus.

»Ihr Mann war am Freitagabend in einen Autounfall verwickelt.«

»Verdammt unwahrscheinlich.«

Sie verschwindet in einem Flur.

»Ich spreche von *Earl* Blake.«

»So heißt er.«

»Ich muss ihn sprechen.«

»Da kommen Sie sechs Jahre zu spät, Missy«, ruft sie über die Schulter. »So lange ist es her, dass ich ihn begraben habe.«

»Er ist tot?!«

»Das will ich doch hoffen.« Sie lacht humorlos.

Im Haus riecht es nach feuchtem Hund und WC-Duftspüler.

»Ich bin Polizistin«, rufe ich ihr nach. »Es tut mir leid, falls ein Irrtum vorliegt. Haben Sie einen Sohn namens Earl?«

»Nö.«

Sie stellt ihre Einkaufstasche auf den Küchentisch und dreht sich um. »Hören Sie, Herzchen, entweder Sie kommen rein, oder Sie bleiben draußen. Es kostet ein Vermögen, das verdammte Haus warm zu kriegen.«

Ich folge ihr ins Haus und schließe die Tür hinter mir. Sie hat am Küchentisch Platz genommen, sich die Schuhe abgestreift und reibt ihre in Stützstrümpfen steckenden Füße.

Ich blicke mich um. Auf der Fensterbank stehen Medikamente aufgereiht, Lebensmittelmarken sind mit Magneten an den Kühlschrank geheftet. Das Kalenderblatt zeigt ein Baby in einem ausgehöhlten Kürbis.

»Setzen Sie Wasser auf, Herzchen, ja?«

Der Wasserhahn spritzt und röchelt.

»Es tut mir leid wegen Ihres Mannes.«

»Da gibt es nichts, was Ihnen leidtun müsste. Er ist direkt hier tot umgefallen, mit dem Gesicht in sein Kartoffeleiergericht. Er nörgelte gerade, die Eier wären zu hart gekocht, und plumps!« Sie lässt die Hände auf den Tisch fallen. »Ich hab ihm immer gesagt, er soll sich zum Frühstück was anziehen, aber er hat nie auf mich gehört. Alle Nachbarn haben zugesehen, wie er in seiner Unterhose herausgerollt wurde.«

Sie schleudert ihre Schuhe in die Ecke neben der Hintertür. »Ich weiß, dass alle Männer einen irgendwann verlassen, aber doch nicht, wenn man ihnen gerade ein Kartoffeleiergericht gekocht hat. Aber Earl war immer so verdammt unaufmerksam.«

Mrs. Blake rappelt sich hoch und gießt heißes Wasser in die Kanne, um sie vorzuwärmen. »Sie sind übrigens nicht die Erste.«

»Wie meinen Sie das?«

»Gestern war schon ein Bursche hier. Er hat mir auch nicht geglaubt, als ich ihm erzählt habe, dass Earl tot ist. Er hat gesagt, er würde noch Geld von Earl kriegen. Von wegen! Ich kann mir nicht vorstellen, dass er aus dem Jenseits noch Spielschulden macht.«

»Wie sah dieser Mann denn aus?«

»Er hatte eine Tätowierung am Hals. Ein Kreuz.«

Donavon sucht Blake.

»Tätowierungen finde ich abstoßend«, fährt sie fort. »Earl hatte welche an den Unterarmen. Bevor wir uns kennen gelernt haben, war er bei der Handelsmarine. Er hat die ganze Welt bereist und ist mit diesen Souvenirs zurückgekommen. Für mich sind das Hautkrankheiten.«

»Hatte er hier eine Tätowierung?« Ich zeige auf meine Brust. »Jesus am Kreuz.«

»Earl war nicht fromm. Er hat immer gesagt, Religion wäre was für Leute, die an die Hölle glauben.«

»Haben Sie ein Foto von ihm?«

»Ja, ein paar. Er hat mal ziemlich gut ausgesehen.«

Sie führt mich ins Wohnzimmer, das voller 70er-Jahre-Möbel und verblichener Teppiche ist. Sie kramt in einem Schrank neben dem Gaskamin herum und zieht ein Fotoalbum heraus.

»Natürlich ist es jetzt leichter, das Haus sauber zu halten. Er war ein echtes Ferkel. Hat seine Klamotten fallen lassen, wo er stand, als wären es Krümel.«

Sie gibt mir einen Schnappschuss. Earl trägt eine Jacke mit Fellkragen und fluoreszierenden Streifen. Er sieht dem Fahrer des Minitaxis kein bisschen ähnlich, obwohl er etwa genauso alt ist wie er.

»Mrs. Blake, bekommen Sie je Post für Ihren verstorbenen Mann?«

»Ja, klar, Reklame. Banken schicken ihm ständig Anträge für Kreditkarten. Was will er denn mit einer Kreditkarte, hä?«

»Haben Sie seinen Führerschein annullieren lassen?«

»Nee, darum hab ich mich nicht gekümmert. Ich hab seinen alten Transporter verkauft und mir den neuen Wagen gekauft, aber ich glaube, der Händler hat mich beschissen, der Paki-Sack. Nie im Leben war der erst viertausend Meilen gelaufen.«

Sie bemerkt ihren Fauxpas. »Nichts für ungut, Herzchen.«

»Ich bin nicht aus Pakistan.«

»Ach so. Ich kenn mich mit den Unterschieden nicht so aus.«

Sie zeigt mir ein weiteres Foto.

»Haben Sie je Mieter oder Besucher über Nacht?«

»Nee.«

»Wurde bei Ihnen je eingebrochen?«

»Ja, vor ein paar Jahren.« Sie sieht mich argwöhnisch an.

Ich versuche ihr zu erklären, dass irgendjemand die Identität ihres Mannes angenommen hat, was gar nicht so schwierig ist, wie es klingt. Mit einem Bankauszug und einer Gasrechnung bekommt man eine Kreditauskunft, durch die man wiederum eine Sozialversicherungsnummer und eine Reihe früherer Adressen erhält. Alles andere ergibt sich daraus – Geburtsbescheinigung, Kreditkarten, Ausweis.

»Earl hat nie etwas Unrechtes getan«, sagt Mrs. Blake. »Er hat auch nicht viel Rechtes getan.«

Sie beugt sich ein wenig zu weit vor, und die Unterarme unter den kurzen Ärmeln ihrer Uniform zittern.

Zu ihrer Enttäuschung bleibe ich nicht auf eine Tasse Tee. Unbegleitet verlasse ich das Haus, bleibe für einen Moment auf der Außentreppe stehen und halte mein Gesicht in den Nieselregen. Drei Kinder probieren an der Mauer gegenüber ihre Rechtschreibefähigkeiten aus.

Ein Stück die Straße hinunter befindet sich ein kleiner dreieckiger Park mit einem Spielplatz und Bänken, die von einem Halbkreis aus Platanen und Rotbuchen umgeben sind. Irgendetwas in den unteren Ästen erregt meine Aufmerksamkeit.

Wenn Soldaten ausgebildet werden, sich im Dschungel zu verstecken, erklärt man ihnen, dass es vier Dinge gibt, die sie verraten können – Bewegung, Gestalt, Glitzern und Schatten. Die Bewegung ist am wichtigsten. Deswegen fällt es mir überhaupt auf. Eine Gestalt erhebt sich von einer Bank und entfernt sich. Ich erkenne den Gang.

Meine Reaktion ist eigenartig. Jahrelang breitete sich in dem Zwischenraum zwischen meinem Herzen und meiner Lunge jedes Mal ein Gefühl von Panik aus, wenn ich mir Donavons Gesicht vorstellte. Jetzt habe ich keine Angst vor ihm. Ich will Antworten bekommen. Warum interessiert er sich so für Cate Beaumont?

Er weiß, dass er ihn bemerkt habe. Er hat die Hände aus den Taschen genommen, und seine Arme pendeln beim Laufen. Wenn ich ihn bis zum Ende des Parks kommen lasse, entwischt er mir in den Nebenstraßen auf der anderen Seite.

An der Ecke beschleunige ich auf dem von einem Geländerzaun und hohen Büschen gesäumten Weg. An der gegenüberliegenden Ecke liegt ein altes Sortierzentrum der Post mit hohen Fenstern, die durch farbige Steine abgesetzt sind. Ich biege links ab und laufe weiter an dem Zaun um den Park entlang. Vor mir liegt der Ausgang. Niemand kommt heraus.

Am Tor bleibe ich stehen und lausche nach harten Schritten auf dem Bürgersteig. Nichts. Auf der gegenüberliegenden Seite des Parks wird ein Motorrad angelassen. Er hat in der Mitte kehrtgemacht. Clever.

Lauf, Hase, lauf. Ich weiß, wo du wohnst.

In meinem Flur riecht es nach Bleichmittel und dem abgestandenen Luftzug eines Staubsaugers. Meine Mutter hat sauber gemacht. Das ist ein Zeichen dafür, dass in meinem Leben nicht alles so läuft, wie es sollte. Egal wie oft ich mich beschwere, dass ich keine Putzfrau brauche, besteht sie darauf, mit dem Bus von der Isle of Dogs zu mir zu kommen, um »ein wenig Ordnung zu schaffen«.

»Ich taue das Eisfach ab«, verkündet sie aus der Küche.

»Das muss man nicht abtauen. Es funktioniert automatisch.«

Sie stößt verächtlich die Luft aus. Ihr blau-grüner Sari ist in ihre Stützstrumpfhose gestopft, sodass ihr Hintern riesig aussieht. Das ist eine optische Täuschung, genau wie die Augen hinter ihrer Brille, die feucht und braun glänzen wie frischer Kuhdung.

Sie wartet darauf, dass ich sie auf die Wange küsse. Ich muss mich bücken. Sie ist kaum 1,50 Meter groß und hat die Gestalt einer Birne mit abstehenden Ohren, mit denen sie hört wie eine Fledermaus, und einem Röntgenblick, wie ihn nur Mütter besitzen. Außerdem hat sie einen sonderbar selektiven Geruchssinn, mit dem sie imstande ist, den Hauch eines Parfüms auf fünfzehn Meter Entfernung zu riechen, jedoch gleichzeitig an den Unterhosen meiner Brüder zu schnüffeln, um festzustellen, ob sie gewaschen werden müssen, während mich schon bei dem bloßen Gedanken das Würgen ankommt.

»Warum hängt ein Schloss vor Haris Tür?«

»Privatsphäre vielleicht.«

»Nun, es war offen.«

Das ist seltsam. Hari achtet immer sorgfältig darauf, seine Türe abzuschließen.

Mama nimmt mein Gesicht in beide Hände. »Hast du heute schon was gegessen?«

»Ja.«

»Du lügst. Das sehe ich. Ich habe Dahl und Reis mitgebracht.«

Sie spricht perfektes Schulenglisch, wie man es im finsteren Mittelalter gelehrt hat, als sie zur Schule gegangen ist.

Ich bemerke den Koffer in der Ecke und befürchte einen Augenblick lang, dass sie vorhat zu bleiben, aber ein Koffer würde nie ausreichen.

»Dein Vater hat den Speicher aufgeräumt«, erklärt sie.

»Warum?«

»Weil er sonst nichts zu tun hat.« Sie klingt verzweifelt.

Mein Vater ist nach fünfunddreißig Jahren als Lokführer im Fernverkehr in Rente gegangen und immer noch mit der Anpassung an sein neues Leben beschäftigt. Letzte Woche hat er meine Vorratskammer durchforstet und die Lebensmittel nach Verfallsdatum sortiert.

Mama klappt den Koffer auf. Zuoberst liegt ordentlich gefaltet meine alte Schuluniform von Oaklands. Der Anblick versetzt mir einen Stich, und ich denke an Cate. Ich sollte im Krankenhaus anrufen und mich nach dem neuesten Stand erkundigen.

»Ich wollte nichts wegwerfen, ohne dich vorher zu fragen«, erklärt meine Mutter. Ich sehe Schals, Skizzenblöcke, Fotoalben, Tagebücher und Laufpokale. »Ich wusste gar nicht, dass du in Mr. Elliot verknallt warst.«

58

»Du hast mein Tagebuch *gelesen*.«

»Es ist einfach aufgeschlagen.«

Muttermord wäre eine Möglichkeit.

Sie wechselt rasch das Thema. »Und am Sonntag kommst du früher, um uns beim Kochen zu helfen. Sorg dafür, dass Hari etwas Hübsches anzieht. Sein elfenbeinfarbenes Hemd.«

Mein Vater feiert seinen 65. Geburtstag, und die Party wird schon seit Monaten geplant. Unter den Gästen wird zweifelsohne auch ein erwägenswerter unverheirateter Sikh sein. Meine Eltern wollen, dass ich einen guten Sikh-Jungen heirate, mit Bart selbstverständlich, keinen von diesen glatt rasierten Indern, die sich für Filmstars aus Bollywood halten. Dabei lassen sie die Tatsache außer Acht, dass alle meine Brüder sich das Haar abgeschnitten haben, mit Ausnahme von Prabakar, dem Ältesten, der der Hüter der Familienmoral ist.

Ich weiß, dass alle Kinder ihre Eltern für verschroben halten, aber meine sind besonders peinlich. Mein Vater ist beispielsweise ein furchtbarer Pedant in Sachen Energiesparen. Er studiert gewissenhaft jede Stromrechnung und vergleicht sie mit denen vorheriger Quartale und Jahre.

Mama streicht ganze Wochen im Voraus aus dem Kalender, damit sie »es nicht vergisst«.

»Aber woher weißt du, an welchem Tag sie kommt?«, habe ich sie einmal gefragt.

»Das weiß doch jeder«, erwiderte sie.

Gegen eine solche Logik kommt man nicht an.

»Dein Telefon ist übrigens wieder ganz«, verkündet sie. »Heute Nachmittag war ein sehr netter Mann hier.«

»Ich habe gar keine Störung gemeldet.«

»Nun, er war jedenfalls hier und hat es repariert.«

Ein kühler Luftzug streicht über meine Haut, als hätte jemand eine Tür offen stehen lassen. Ich bombardiere sie mit Fragen: Wie sah er aus? Was hatte er an? Hatte er einen Ausweis? Mama wirkt erst besorgt und dann verängstigt.

59

»Er hatte ein Klemmbrett und eine Werkzeugkiste.«

»Aber keinen Ausweis.«

»Ich habe nicht gefragt.«

»Er hätte ihn dir unaufgefordert zeigen müssen. Hast du ihn alleine gelassen?«

»Ich habe geputzt.«

Mein Blick huscht von einem Gegenstand zum nächsten, während ich Inventur mache. Ich gehe nach oben und überprüfe meinen Kleiderschrank und die Kommodenschubladen. Nichts von meinem Schmuck fehlt. Meine Kontoauszüge, Pass und ein Satz Ersatzschlüssel liegen noch in ihrer Schublade. Sorgfältig zähle ich die verbliebenen Schecks in meinem Scheckbuch.

»Vielleicht hat Hari die Störung gemeldet«, vermutet meine Mutter.

Ich rufe ihn auf dem Handy an. In dem Pub ist es so laut, dass er mich kaum versteht.

»Hast du eine Telefonstörung gemeldet?«

»Was?«

»Hast du die British Telecom angerufen?«

»Nein. Sollte ich?«

»Spielt keine Rolle.«

Meine Mutter wiegt den Kopf hin und her und gibt besorgte Laute von sich. »Sollten wir die Polizei alarmieren?«

Der Gedanke ist mir auch schon gekommen. Aber was würde ich melden? Es war kein Einbruch. Soweit ich es feststellen kann, wurde nichts gestohlen. Entweder war es das perfekte Verbrechen oder gar keins.

»Mach dir deswegen keine Sorgen, Mama.«

»Aber der Mann –«

»Er hat bloß das Telefon repariert.«

Ich will nicht, dass sie sich Sorgen macht. Sie ist auch so schon oft genug hier.

Mama blickt auf die Uhr. Wenn sie jetzt nicht geht, schafft sie es nicht bis zum Abendessen nach Hause. Ich biete an, sie zu fahren, und sie schenkt mir das breiteste und strahlendste Lächeln überhaupt. Kein Wunder, dass die Menschen tun, was sie sagt – sie möchten sie lächeln sehen.

Auf dem Nachttisch liegt ein Buch, das ich gestern Abend angefangen habe. Das Lesezeichen ist zwanzig Seiten zu weit vorn. Vielleicht habe ich es unbeabsichtigt selber bewegt. Paranoia ist nicht Realität in einem feineren Maßstab; es ist eine törichte Reaktion auf unbeantwortete Fragen.

7

An dem Tag vor ihrem siebzehnten Geburtstag fand Cate ihre Mutter bewusstlos in der Küche. Sie hatte einen Gehirnschlag erlitten, den man sich laut Cate wie eine Explosion im Kopf vorstellen musste.

Im Krankenhaus erlitt Ruth Elliot zwei weitere Schlaganfälle, die sie rechtsseitig lähmten. Cate gab sich die Schuld dafür. Sie hätte zu Hause sein sollen. Stattdessen hatten wir uns heimlich davongestohlen und die Beastie Boys in der Brixton Academy gesehen. An diesem Abend hat sich Cate von einem Mann küssen lassen. Er muss mindestens 25 gewesen sein. Uralt.

»Vielleicht ist das die Strafe für mein Lügen«, sagte sie.

»Aber deine Mum ist diejenige, die *in Wirklichkeit* bestraft wird«, bemerkte ich.

Danach begann Cate, zur Kirche zu gehen – zumindest eine Zeit lang. Eines Sonntags kam ich mit, kniete neben ihr und schloss die Augen.

»Was machst du da?«, flüsterte sie.

»Ich bete für deine Mum.«

»Aber du bist doch gar nicht anglikanisch. Wird dein Gott nicht glauben, dass du zur Gegenmannschaft überläufst?«

»Ich glaube nicht, dass es darauf ankommt, welcher Gott sie wieder gesund macht.«

Mrs. Elliot kam in einem Rollstuhl nach Hause und konnte nicht mehr richtig sprechen. Anfangs konnte sie nur ein Wort sagen: »Wann«, geäußert weniger als Frage denn als Feststellung.

Egal was man zu ihr sagte, sie antwortete immer gleich.

»Wie geht es Ihnen heute, Mrs. Elliot?«

»Wann, wann, wann.«

»Haben Sie Ihren Tee getrunken?«

»Wann, wann, wann.«

»Ich bin gekommen, um mit Cate zu lernen.«

»Wann, wann.«

Ich weiß, es klingt schrecklich, aber manchmal haben wir ihr Streiche gespielt.

»Wir schreiben einen Biologie-Test, Mrs. E.«

»Wann, wann.«

»Am Freitag.«

»Wann, wann, wann.«

»Vormittags.«

»Wann, wann.«

»Ungefähr um halb zehn.«

»Wann, wann.«

»Neun Uhr vierunddreißig, um genau zu sein. Greenwich-Zeit.«

Die Elliots hatten eine Krankenschwester engagiert, eine große Jamaikanerin namens Yvonne, mit Brüsten wie Kopfkissen, fleischigen Armen und fleckigen rosafarbenen Händen. Sie trug Kleider in schrillen Farben und Männerschuhe und gab dem schlechten englischen Wetter die Schuld für ihr Aussehen. Yvonne war kräftig genug, Mrs. Elliot hochzuheben, in die Dusche zu tragen und wieder in ihren Rollstuhl zu setzen. Dabei redete sie die ganze Zeit mit ihr und führte lange Gespräche, die absolut vernünftig klangen, bis man genauer hinhörte.

Yvonnes größte Gabe aber war es, das Haus mit Lachen und Liedern zu erfüllen, die die Düsterkeit vertrieben. Sie hatte selbst

Kinder – Caspar und Bethany –, die ihr Stahlwollen-Kraushaar und ihr Neonlächeln geerbt hatten. Was mit ihrem Mann war, weiß ich nicht – er wurde nie erwähnt –, aber ich weiß, dass Yvonne jeden Sonntag zur Kirche ging, dienstags frei hatte und den besten Limonen-Käsekuchen der Schöpfung buk.

An Wochenenden übernachtete ich manchmal bei Cate. Wir liehen ein Video aus und blieben lange auf. Ihr Dad kam nie vor neun nach Hause. Er war sonnengebräunt und unermüdlich und hatte eine tiefe Stimme und einen unerschöpflichen Vorrat abgedroschener Witze. Ich fand ihn unglaublich attraktiv.

Die Tragödie seiner Frau brachte Barnaby einen Haufen Mitgefühl ein, vor allem als er sich alle nur erdenkliche Mühe gab, ihr weiter das Gefühl zu vermitteln, die Frau seines Lebens zu sein. Vor allem weibliche Wesen bewunderten seine Hingabe.

Aber Ruth Elliot schien diese Bewunderung nicht zu teilen. Als sie nach monatelanger Therapie ihre Sprechfähigkeit zurückgewonnen hatte, attackierte sie Barnaby bei jeder sich bietenden Gelegenheit und demütigte ihn vor Yvonne, den Kindern und ihren Freunden.

»Habt ihr das gehört?«, fragte sie, wenn die Haustür geöffnet wurde. »Er ist *zu Hause*. Er kommt *immer* nach Hause. Nach wem riecht er heute Abend?«

»Also, bitte, Ruth, bitte«, sagte Barnaby, aber sie gab keine Ruhe.

»Er riecht nach Seife und Shampoo. Er riecht immer nach Seife und Shampoo. Warum duscht ein Mann, *bevor* er nach Hause kommt?«

»Du weißt doch, warum. Ich habe im Club Tennis gespielt.«

»Er wäscht sich, bevor er nach Hause kommt. Er wäscht den Geruch ab.«

»Ruth, Darling«, versuchte Barnaby zu beschwichtigen. »Lass uns oben darüber reden.«

Zunächst wehrte sie sich, doch dann ergab sie sich, wenn er sie ohne Mühe aus ihrem Stuhl hob und die sechzehn Stufen hinauftrug. Wir hörten sie kreischen und schließlich weinen. Er brachte sie ins Bett, beruhigte sie wie ein kleines Kind und gesellte sich dann auf eine Tasse heißen Kakao zu uns in die Küche.

Als ich Cate kennen lernte, war Barnaby schon vierzig, für sein Alter jedoch sehr attraktiv. Und die Menschen ließen ihm Dinge durchgehen, weil er so extrem selbstbewusst war. Zahllose Male habe ich zugesehen, wie er es gemacht hat, in Restaurants, an Tagen der offenen Tür in der Schule und mitten auf der Straße. Er konnte die größten Unverschämtheiten und unverhohlene Zweideutigkeiten äußern oder neckisch um sich grabschen, und die Frauen kicherten bloß und bekamen weiche Knie.

Er nannte mich seine »indische Prinzessin« und »Bollywood-Beauty«, und als wir einmal Reiten waren, wurde mir regelrecht schwindelig, als er seine Hände um meine Hüften legte und mich aus dem Sattel hob.

Ich hätte es nie einem Menschen gestanden, aber Cate erriet die Wahrheit. So schwer war das nicht. Ich lud mich ständig bei ihr ein und erfand Vorwände, um mit ihrem Vater zu sprechen. Und dabei wusste sie noch nicht einmal, wie oft ich mit meinem Fahrrad an seinem Büro vorbeigefahren war in der Hoffnung, dass er mich sehen und mir zuwinken würde.

Cate fand meine Vernarrtheit natürlich über die Maßen komisch und sorgte damit dafür, dass ich nie wieder zugab, irgendeinen Mann zu lieben.

An was für Sachen ich mich erinnere! Es kommt alles wieder hoch, das Gute, das Böse und das Hässliche. Ich habe Kopfschmerzen.

Vor diesem Augenblick habe ich mich gefürchtet – das Wiedersehen mit Barnaby. Seit dem Autounfall hat er laut Jarrod in Cates Haus geschlafen. Er war nicht bei der Arbeit und hat auch keine Anrufe entgegengenommen. Die Haustür hat getönte Scheiben und einen Türklopfer in Form eines nackten Frauenkörpers. Ich greife ihn an den Hüften. Niemand reagiert. Ich versuche es nochmal.

Ein Schlüssel dreht sich im Schloss, und die Tür wird einen Spalt breit geöffnet. Er ist unrasiert und ungewaschen und will mich nicht sehen. Sein Selbstmitleid braucht seine ungeteilte Aufmerksamkeit.

»Bitte, lass mich rein.«

Er zögert, öffnet dann aber die Tür. Beim Eintreten gehe ich um ihn herum, als wäre er von einem Kraftfeld umgeben. Das Haus ist stickig. Fenster müssten geöffnet, Pflanzen gegossen werden.

Ich folge ihm in den offenen Küchen-Essbereich mit Blick in den Garten. Überall kann man Cates Handschrift erkennen, von dem bäuerlichen Esstisch bis zu den Art-déco-Postern an den Wänden. Auf dem Kaminsims stehen Fotos. Ein Hochzeitsfoto zeigt Cate in einem perlmuttbesetzten Charleston-Kleid.

Barnaby lümmelt sich auf das Sofa und schlägt die Beine übereinander, sodass ein Hosenbein hochrutscht und sein kahles Schienbein entblößt ist. Die Leute haben immer gesagt, er würde nicht altern, und gescherzt, er müsse irgendwo auf dem Speicher ein Portrait von sich aufbewahren. Aber das stimmt nicht. Seine Züge sind zu weiblich, um gut zu altern. Anstatt Charakterlinien zu entwickeln ist er faltig geworden, und eines Tages in zehn Jahren wird er als alter Mann aufwachen.

Ich hatte mir nie vorgestellt, je wieder mit ihm zu sprechen. So schwer kommt es mir gar nicht vor, vielleicht auch, weil die Trauer alles vertrauter, intimer macht.

»Es heißt, der Vater ist immer der Letzte, der irgendwas weiß«, sagt er. »Cate hat mich immer ausgelacht. ›Lieber alter Dad‹, hat sie gesagt. ›Tappt ständig im Dunkeln.‹«

Verwirrung verschleiert seinen Blick. Zweifel.

»Hat Felix es gewusst?«

»Sie haben nicht zusammen geschlafen.«

»Das hat er dir erzählt.«

»Cate ließ ihn gar nicht mehr an sich heran. Sie sagte, das Baby könne Schaden nehmen. Sie haben in getrennten Betten geschlafen – in getrennten Räumen.«

»Aber ein Ehemann muss doch –«

»Sex und Ehe schließen einander nicht immer ein«, bemerkt er vielleicht ein wenig zu wissend. Ich spüre mein wachsendes Unbehagen. »Cate hat Felix sogar gesagt, er könne zu einer Prostituierten gehen, wenn er wollte. Sie meinte, sie hätte nichts dagegen. Welch eine Ehefrau sagt so etwas? Er hätte sehen müssen, dass irgendetwas nicht stimmt.«

»Warum konnte sie keine Kinder haben?«

»Ihre Gebärmutter hat die Spermien vernichtet. Ich kenne den medizinischen Fachausdruck nicht. Sie haben es sieben Jahre lang versucht. Künstliche Befruchtung, Medikamente, Spritzen, Kräuterheilmethoden; sie haben die bösen Geister aus dem Haus ausgetrieben und überall chinesisches Zitronengrasöl versprüht. Cate war ein wandelndes Lehrbuch über Unfruchtbarkeit. Deswegen war es ja auch eine solche Überraschung. Cate schwebte über den Wolken – ich habe sie noch nie so glücklich gesehen. Ich weiß noch, dass ich Felix angesehen habe. Er gab sich alle Mühe, begeistert zu wirken – und das war er vermutlich auch –, aber er machte den Eindruck, als würde ein Zweifel an ihm nagen, der nicht verstummen wollte.«

»Er hatte Bedenken?«

»Jahrelang stößt seine Frau sein Sperma ab, und plötzlich ist sie schwanger. Da wäre jeder Mann unsicher.«

»Aber wenn das so ist –«

»Er *wollte* es glauben, verstehst du nicht? Sie hat alle überzeugt.«

Er steht auf und macht mir ein Zeichen, ihm zu folgen. Seine Slipper flappen leise gegen seine Fußsohlen, als er die Treppe hochgeht. Die Tür zum Kinderzimmer steht offen. Der Raum ist frisch tapeziert und gestrichen. Die Möbel sind neu. Eine

Wiege, ein Wickeltisch und ein Sessel mit einem Winnie-Puuh-Kissen.

Er zieht eine Schublade auf und nimmt einen Ordner heraus. Er enthält Rechnungen für die Möbel und die Anleitung zur Selbstmontage der Wiege. Er stülpt einen Umschlag um und schüttelt ihn vorsichtig. Zwei Schwarz-Weiß-Aufnahmen fallen in seine offene Hand. Ultraschallbilder.

Jedes Foto ist nur ein paar Quadratzentimeter groß, weiße Bilder vor schwarzem Hintergrund. Einen Moment lang ist es, als würde man eines dieser Magisches-Auge-Bilder angucken, aus denen einem bei längerem Betrachten ein 3-D-Bild entgegentritt. In diesem Fall sehe ich winzige Arme und Beine. Ein Gesicht, eine Nase …

»Sie stammen aus der 23. Woche.«

»Wie?«

»Felix sollte dabei sein, aber Cate hat die Termine durcheinandergebracht. Sie ist mit diesen Fotos nach Hause gekommen.«

Der Rest des Ordners enthält weitere Belege für die Existenz eines ungeborenen Babys. Es gibt Anmeldeformulare für das Krankenhaus, Terminerinnerungen, ärztliche Berichte und Quittungen für die Kinderzimmermöbel. In einer Broschüre des National Health Service wird detailliert erklärt, wie man eine Geburt anmeldet. Eine andere erläutert die Vorteile von Folsäure in der frühen Phase der Schwangerschaft.

In der Schublade befinden sich weitere Dokumente, darunter ein Bündel privater Briefe in einer Ecke, Kontoauszüge, ein Pass und Policen von Krankenkassen. In einem extra Ordner sind die Details der In-vitro-Fertilisations-Behandlung gesammelt. Sohan Banerjee, ein Spezialist bei Unfruchtbarkeit, wird mehrfach erwähnt.

»Wo wollte sie das Baby zur Welt bringen?«

»Im Chelsea and Westminster Hospital.«

Ich betrachte eine Broschüre für Geburtsvorbereitungskurse.

»Was ich nicht verstehe, ist, wie es enden sollte. Was wollte Cate in vier Wochen tun?«

Barnaby zuckt die Achseln. »Als Lügnerin entlarvt werden.«

»Nein, überleg doch mal. Die Prothese war beinahe ein Kunstwerk. Sie muss sie im Laufe der Monate drei bis vier Mal geändert haben. Außerdem musste sie ärztliche Berichte und Terminzettel fälschen. Wo hatte sie die Ultraschallbilder her? Sie hat all diese Mühen auf sich genommen. Sie hatte ganz bestimmt einen Plan.«

»Zum Beispiel?«

»Vielleicht eine Leihmutterschaft oder private Adoption.«

»Warum sollte sie das geheim halten?«

»Vielleicht durfte es niemand wissen. Kommerzielle Leihmutterschaft ist illegal. Frauen dürfen kein Geld annehmen, um ein Baby zu gebären. Ich weiß, das klingt weit hergeholt, aber ist es nicht einen Gedanken wert?«

Er schnaubt. »Und in einem Monat wollte meine Tochter irgendwohin verschwinden, das Polster ablegen und mit einem maßgeschneiderten Baby auf Bestellung zurückkommen. Vielleicht gibt es die heutzutage auch bei Ikea.«

»Ich habe lediglich nach möglichen Gründen gesucht.«

»Ich *kenne* den Grund. Sie war besessen. Verzweifelt.«

»So verzweifelt, dass es die hier erklärt?« Ich zeige auf die Ultraschallbilder.

Er bückt sich, zieht eine zweite Schublade auf und nimmt eine weitere Aktenmappe heraus. Sie enthält Gerichtsprotokolle, eine Anklageschrift und ein Urteil.

»Vor achtzehn Monaten wurde Cate beim Stehlen von Babykleidung von *Mothercare* ertappt. Sie sagte, das Ganze wäre ein Missverständnis gewesen, aber wir wussten, dass es ein Hilferuf war. Die Richter waren sehr gütig und verhängten eine Bewährungsstrafe. Ein halbes Jahr lang war sie in Therapie, und es schien ihr zu helfen. Sie war wieder so wie früher. Es gab natürlich Orte wie Parks, Spielplätze und Schulen, die sie weiterhin meiden musste. Aber sie konnte nicht aufhören, sich selbst zu quälen. Sie guckte in Kinderwagen und knüpfte Gespräche mit Müttern an. Wenn sie Frauen mit mehreren Kindern sah, die wieder schwanger waren, wurde sie wütend. Es wäre ungerecht, sagte sie. Diese Frauen seien gierig.

Sie und Felix erwogen die Möglichkeit einer Adoption. Sie gingen zu den Vorgesprächen und wurden von Sozialarbeitern durchleuchtet. Unglücklicherweise sollte der Ladendiebstahl Cate verfolgen. Das Adoptionskomitee hielt sie für mental instabil. Das war der letzte Strohhalm. Danach ist sie vollkommen durchgedreht. Felix fand sie auf dem Boden im Kinderzimmer sitzend. Sie hatte einen Teddy im Arm und sagte: ›Sieh nur! Was für ein hübscher Junge.‹ Sie kam ins Krankenhaus und verbrachte zwei Wochen in der Psychiatrie. Dort hat man sie auf Anti-Depressiva gesetzt.«

»Ich hatte keine Ahnung.«

Er zuckte die Schultern. »Wie du siehst, Alisha, solltest du nicht den Fehler machen, meiner Tochter rationale Überlegungen zu unterstellen. Cate hatte keinen Plan. Verzweiflung ist die Mutter schlechter Ideen.«

Alles, was er sagt, klingt absolut einleuchtend, trotzdem kann ich das Bild von Cate bei dem Ehemaligentreffen nicht vergessen. Sie hat mich angefleht, ihr zu helfen. Sie hat gesagt, dass man ihr das Baby wegnehmen wollte. Wen hat sie gemeint?

Nichts ist so entwaffnend wie eine von Herzen kommende Bitte. Barnabys angeborene Vorsicht gerät ins Wanken.

»Was willst du?«

»Ich muss die Telefonrechnungen, Kreditkartenabrechnungen, Scheckabrisse und Terminkalender sehen. Sind in letzter Zeit größere Summen von Cates oder Felix' Konto abgehoben worden? Sind die beiden irgendwohin gereist oder haben neue Bekanntschaften geschlossen? War sie verschlossen in puncto Geld oder Terminen? Außerdem muss ich einen Blick in ihren Computer werfen. Vielleicht lassen ihre E-Mails irgendwelche Rückschlüsse zu.«

Er zögert, bringt das Wort Nein aber nicht über die Lippen. Irgendwas hat er im Sinn.

»Und wenn du etwas findest, das die Familie in Verlegenheit bringt?«

Seine Erbärmlichkeit macht mich wütend. Was immer Cate getan hat, sie braucht ihn jetzt.

Es klingelt. Überrascht stürzt er in die Richtung, aus der das Geräusch gekommen ist. Ich folge ihm die Treppe hinunter und warte im Flur, während er die Haustür öffnet.

Yvonne schluchzt aus tiefer Kehle, wirft die Arme um ihn und drückt seinen Kopf an ihre Brust.

»Es tut mir so leid, es tut mir so leid«, klagt sie und macht die Augen auf. »Alisha?«

»Hallo, Yvonne.«

Sie bugsiert Barnaby aus dem Weg und drückt mich an ihren Ausschnitt. Ich erinnere mich an das Gefühl. Es ist, als würde man in ein flauschiges Handtuch gewickelt, frisch aus dem Trockner. Sie fasst meine Unterarme und hält mich auf Armlänge Abstand fest. »Schau dich an. Wie erwachsen du geworden bist.«

»Ja.«

»Und deine wunderschönen Haare hast du abgeschnitten.«

»Schon vor Urzeiten.«

Yvonne hat sich nicht verändert. Wenn überhaupt, ist sie höchstens noch ein bisschen fetter und ihr vernarbtes Gesicht noch ein bisschen breiter geworden. Die überlasteten Adern in ihren Unterschenkeln treten hervor, und sie trägt immer noch Männerschuhe.

Auch nachdem Ruth Elliot ihre Sprache wiedergefunden hatte, blieb Yvonne bei der Familie, kochte, wusch und bügelte Barnabys Hemden. Sie war wie ein Faktotum, das mit den beiden alt wurde.

Sie möchte, dass ich bleibe, aber ich entschuldige mich unter einem Vorwand. Beim Wagen angekommen kann ich immer noch spüren, wo Barnabys Bartstoppeln meine Wange gekratzt haben, als er mich zum Abschied geküsst hat. Ich drehe mich zu dem Haus um und erinnere mich an eine andere Tragödie, einen anderen Abschied. Stimmen aus der Vergangenheit versuchen einander zu übertönen, bis sie schließlich verschmelzen. Die Traurigkeit ist erdrückend.

8

Donavon hat der Polizei eine Adresse in Hackney in der Nähe von London Fields genannt. Das heruntergekommene Reihenhaus liegt ein Stück von der Straße entfernt. Der Vorgarten besteht aus harter Erde und rissigem Beton. Auf einem Parkplatz steht ein verblichener Ford Escort Van neben einem Motorrad.

Eine junge Frau öffnet die Tür. Sie ist etwa fünfundzwanzig und trägt einen kurzen Rock. Sie hat Aknenarben auf den Wangen und ist offensichtlich schwanger. Sie balanciert auf ihren Fußballen, zwischen ihren Zehen klemmen Wattebäusche.

»Ich suche Donavon.«

»Hier wohnt niemand, der so heißt.«

»Schade. Ich schulde ihm Geld.«

»Ich kann es ihm geben.«

»Sie haben doch gesagt, er wohnt nicht hier.«

»Ich habe gemeint, er ist im Moment nicht da«, gibt sie schnippisch zurück. »Vielleicht kommt er später.«

»Ich würde es ihm lieber persönlich geben.«

Darüber denkt sie, immer noch auf ihren Fußballen balancierend, einen Moment nach. »Sind Sie von der Stadt?«

»Nein.«

»Vom Sozialamt?«

»Nein.«

Sie verschwindet, und Donavon tritt an ihre Stelle.

»Na, da schau her, wenn das nicht Yindoo ist.«

»Lass gut sein, Donavon.«

Er fährt mit der Zungenspitze über eine Kerbe in einem Schneidezahn und mustert mich von oben bis unten. Ich bekomme eine Gänsehaut.

»Hat deine Mutter dir nicht beigebracht, dass es unhöflich ist, andere Menschen anzustarren?«

»Meine Mutter hat mir gesagt, dass ich mich vor Fremden hüten soll, die Lügen darüber verbreiten, sie würden mir noch Geld schulden.«

»Kann ich reinkommen?«

»Kommt drauf an.«

»Worauf?«

»Ich bin verdammt sicher, dass ich ein Thai-Mädchen bestellt hatte, aber du tust es vermutlich auch.«

Er hat sich nicht verändert. Das schwangere Mädchen steht hinter ihm. »Das ist meine Schwester Carla«, sagt er.

Sie nickt mürrisch.

»Freut mich, dich kennen zu lernen, Carla. Ich bin mit deinem Bruder zur Schule gegangen. Warst du auch auf Oaklands?«

Donavon antwortet für sie. »In das spezielle Nest hatte ich schon geschissen.«

»Warum bist du gestern weggelaufen?«

Er zuckt die Achseln. »Du musst mich verwechseln.«

»Ich weiß, dass du es warst.«

Er hebt in gespielter Kapitulation die Hände. »Verhaften Sie mich jetzt, Frau Kommissarin? Ich hoffe, du hast deine Handschellen mitgebracht. Das ist immer ein Spaß.«

Ich folge ihm durch den Flur vorbei an einer Garderobe und diversen Schuhpaaren. Carla lackiert sich am Küchentisch weiter die Nägel. Sie ist kurzsichtig, aber gelenkig. Während sie den Lack mit dem feinen Pinsel aufträgt, hält sie ihren Fuß fast unter die Nase, ohne sich Gedanken darüber zu machen, dass dabei ihr Slip sichtbar wird.

Ein Hund unter dem Tisch wedelt ein paar Mal mit dem Schwanz, macht sich jedoch nicht die Mühe aufzustehen.

»Willst du was trinken?«

»Nein danke.«

»Ich schon. Hey, Carla, spring doch mal eben bis zur Ecke und hol uns ein paar Dosen.«

Sie schürzt schmollend die Oberlippe, als sie die Zwanzig-Pfund-Note aus seiner Faust zieht.

»Und diesmal will ich das Wechselgeld zurück.«

Donavon rüttelt sanft an einem Stuhl. »Willst du dich setzen?«

Ich warte, bis er Platz genommen hat. Der Gedanke, dass er vor, hinter oder neben mir steht, ist mir unbehaglich. »Ist das dein Haus?«, frage ich.

»Es gehört meinen Eltern. Mein Dad ist tot. Mum lebt in Spanien.«

»Du warst bei der Armee.«

»Ja, bei den Fallschirmjägern.« Seine Finger vibrieren auf der Tischplatte.

»Warum bist du ausgeschieden?«

Er weist auf sein Bein. »Aus medizinischen Gründen entlassen. Ich habe mir das Bein an zwölf verschiedenen Stellen gebrochen. Es war ein Übungssprung über Andover. Einer von den Neuen hat seinen Fallschirm um meinen gewickelt, und wir sind unter einem Schirm runtergekommen. Zu schnell. Danach durfte ich nicht mehr springen. Zuerst hieß es, ich würde eine Pension bekommen, aber dann hat die Regierung die Bestimmungen geändert. Ich muss arbeiten.«

Ich sehe mich in der Küche um, die mit all den Schachteln voller Lederbänder, Kristalle, Federn und bemalten Tonperlen aussieht wie eine Werkstatt. Auf dem Tisch liegen eine Drahtrolle und eine Zange.

»Was machst du?«

»Ich verkaufe Krempel auf den Märkten. Billigschmuck und so. Viel bringt das nicht –«

Der Satz bleibt unvollendet. Er redet noch eine Weile über die Fallschirmjäger, offensichtlich vermisst er das Leben in der Armee. Dann kommt Carla mit einem Sechserpack Bier und einer Packung Schokoladenkekse zurück. Sie zieht sich mit den Keksen auf die Treppe zurück und hört uns kauend zu. Durch eine Lücke im Geländer kann ich ihre lackierten Nägel sehen.

Donavon reißt eine Dose auf, trinkt geräuschvoll und wischt sich den Mund ab. »Wie geht es ihr?«

»Sie hat möglicherweise bleibende Hirnschäden erlitten.«

Seine Gesichtszüge werden hart. »Und was ist mit dem Baby?«

»Sie war nicht schwanger.«

»Was?«

»Sie hat es nur vorgetäuscht.«

»Was soll das heißen – nur vorgetäuscht? Wie sollte sie ...? Das gibt doch keinen Sinn, Scheiße noch mal.«

Es fällt ihm offenbar schwerer, die Phantomschwangerschaft zu akzeptieren als Cates Gesundheitszustand.

»Warum interessierst du dich für Earl Blake?«

»Aus demselben Grund wie du.«

»Ja, klar. Was für eine Rolle spielt das für dich?«

»Das würdest du doch nicht verstehn.«

»Versuch doch, es mir zu erklären.«

»Leck mich!«

»Das hättest du wohl gern!«

»Das Schwein hätte bremsen können«, sagt er unvermittelt, und seine Wut droht ins Gewalttätige umzuschlagen.

»Hast du gesehen, wie der Wagen beschleunigt hat? Hat er einen Schwenk in ihre Richtung gemacht?«

Er schüttelt den Kopf.

»Und was macht dich dann so sicher?«

»Er hat gelogen.«

»Das ist alles?«

Er zieht eine Schulter hoch, als wollte er sich das Ohr kratzen. »Vergiss es einfach, okay?«

»Nein, ich will es wissen. Du sagst, der Fahrer hat gelogen. Warum?«

Er schweigt. »Ich weiß es einfach«, sagt er schließlich. »Er hat gelogen. Er hat sie überfahren.«

»Und warum bist du dir so sicher?«

Er wendet sich murmelnd ab. »Manchmal bin ich mir eben sicher.«

Meine Mutter hat mir immer erzählt, dass Leute mit grünen Augen mit den Elfen verwandt sind, wie die Iren, und wenn ich je einen Menschen mit einem grünen und einem braunen Auge treffen würde, dann würde das bedeuten, dass dieser Mensch von einer Elfe besessen ist, aber nicht auf eine unheimliche Art. Donavon hingegen ist ernsthaft bedrohlich. Seine Schultern bewegen sich unter seinem Hemd.

»Ich hab ein paar Sachen über Blake herausgefunden«, sagt er und beruhigt sich wieder. »Er hat vor einer Woche bei der Minitaxifirma angefangen und immer nur tagsüber gearbeitet. Am Ende jeder Schicht hat er die achtzig Pfund Pacht bezahlt, aber der Kilometerstand stimmte nicht mit den abgerechneten Einnahmen überein. Er ist immer nur ein paar Kilometer gefahren. Einem Kollegen hat er erzählt, dass er Stammkunden hätte, die ihn gern auf Abruf buchen würden. Einer soll irgendein Filmproduzent gewesen sein, aber nie im Leben fährt ein bekannter Produzent in einem ramponierten Vauxhall Cavalier durch London.«

Mitgerissen von seiner eigenen Geschichte richtet er sich auf. »Also habe ich mich gefragt: ›Warum braucht jemand den ganzen Tag einen Wagen, wenn er nirgendwohin fährt?‹ Vielleicht weil er jemanden beobachtet – oder auf jemanden wartet.«

»Das ist aber eine kühne Theorie.«

»Tja, nun, aber ich hab den Blick gesehen, den Cate ihm zugeworfen hat. Sie hat ihn erkannt.«

Er hat es auch bemerkt.

Mit einem Tritt schiebt er seinen Stuhl zurück, steht auf und zieht eine Küchenschublade auf.

»Das habe ich gefunden. Cate muss es fallen gelassen haben.«

Er gibt mir einen zerknitterten Umschlag. Auf der Vorderseite steht mein Name in Cates geschwungener und verschnörkelter Handschrift. Ich klappe die Lasche auf und ziehe ein Foto heraus. Ein minderjähriges Mädchen blickt abwesend in die Kamera. Sie ist feingliedrig mit fransigen, vom Wind zerzausten Haaren. Sie hat volle Lippen, die an den Mundwinkeln ein wenig heruntergezogen sind, was sie ein wenig melancholisch wirken lässt. Sie trägt Jeans, Sandalen, eine Baumwollbluse und ein weißes Armband und lässt die offenen Hände herabhängen.

Ich drehe das Foto um. Auf der Rückseite steht ein Name. Samira.

»Wer ist das?«, fragt Donavon.

»Ich weiß es nicht.«

»Was ist mit der Nummer?«

In der unteren rechten Ecke stehen zehn Ziffern. Vielleicht eine Telefonnummer.

Ich drehe das Foto wieder um, ein Dutzend Fragen schießen mir durch den Kopf. Cate hat ihre Schwangerschaft vorgetäuscht. Hat dieses Mädchen irgendetwas damit zu tun? Sie sieht zu jung aus, um Mutter zu sein.

Ich ziehe mein Handy aus der Tasche und tippe die Nummer ein. Eine Ansage erklärt mir, dass sie nicht erreichbar ist. Die Vorwahl ist nicht aus Großbritannien. Also wohl eine ausländische Nummer.

Donavons Widerstandskraft scheint gebrochen. Vielleicht hat der Alkohol ihn besänftigt.

»Was willst du jetzt machen?«, fragt er.

»Ich weiß noch nicht.«

Ich bin aufgestanden und wende mich zur Tür. »Ich will behilflich sein«, ruft er mir nach.

»Warum?«

Er will es mir immer noch nicht sagen.

Carla fängt mich an der Haustür ab.

»Der baut voll ab, er rastet langsam aus«, flüstert sie. »Früher hatte er es echt drauf, aber in Afghanistan, oder wo immer sie ihn verdammt noch mal hingeschickt haben, ist irgendwas passiert. Er ist nicht mehr der Alte. Er schläft nicht. Manchmal verhält er sich völlig zwanghaft. Ich höre ihn nachts rumlaufen.«

»Glaubst du, er braucht Hilfe?«

»Irgendwas braucht er jedenfalls.«

9

Chief Superintendent Lachlan North hat ein Büro im 11. Stock von New Scotland Yard mit Blick auf die Victoria Street und Westminster Abbey. Er steht am Fenster und beobachtet durch ein Fernrohr den Straßenverkehr.

»Wenn dieser Schwachkopf glaubt, er könnte da abbiegen ...«

Er nimmt ein Funkgerät und setzt einen Ruf an die Verkehrspolizei ab.

Eine müde Stimme meldet sich. »*Ja, Sir.*«

»Irgend so ein Idiot hat gerade auf der Victoria Street gewendet. Haben Sie das gesehen?«

»*Ja, Sir, wir sind dran.*«

Der Superintendent spricht, während er weiter durch sein Fernrohr blickt. »Ich kann sein Nummernschild lesen.«

»*Alles unter Kontrolle, Sir.*«

»Saubere Arbeit. Over und Ende.«

Der Superintendent wendet sich vom Fenster ab und nimmt Platz. »Auf unseren Straßen sind eine Menge gefährlicher Idioten unterwegs, Detective Constable Barba.«

»Ja, Sir.«

»Nach meiner Erfahrung sind die Idioten gefährlicher als die Verbrecher.«

»Es gibt auf jeden Fall mehr, Sir.«

»Ja, absolut.«

Er taucht mit dem Kopf halb in eine Schreibtischschublade und zieht eine dunkelgrüne Aktenmappe heraus. Er blättert sie durch, räuspert sich und lächelt, bemüht, freundlicher und zerstreuter zu wirken. Ein nagender Zweifel setzt sich in meiner Brust fest.

»Die Ergebnisse Ihrer medizinischen Untersuchung sind berücksichtigt worden, Detective Constable Barba, ebenso wie das psychologische Gutachten. Ich muss sagen, Sie haben sich von Ihrer Verletzung wirklich bemerkenswert gut erholt. Ihr Antrag auf Rückkehr in den aktiven Dienst beim Personenschutz für das Diplomatische Corps liegt ebenfalls vor. Mutig ist das Wort, das einem spontan in den Sinn kommt.« Er zupft an seinen Manschetten. Jetzt kommt's. »Aber nach gründlicher Prüfung und unter Berücksichtigung sämtlicher Umstände ist entschieden worden, Sie vom Personenschutz abzuziehen. Sie könnten ein wenig schussscheu sein, was wohl kaum von Vorteil sein dürfte, wenn man Diplomaten und ausländische Staatsoberhäupter beschützt. Könnte peinlich werden.«

»Ich bin nicht schussscheu, Sir. Niemand hat auf mich geschossen.«

Er hebt eine Hand, um mich zum Schweigen zu bringen. »Wie dem auch sei, wir haben eine Verantwortung für den Schutz unserer ausländischen Gäste, und auch wenn ich persönlich absolutes Vertrauen in Sie setze, gibt es keine Möglichkeit, Ihre Belastbarkeit im Ernstfall zu testen, wenn der Terrorist Abdul aus dem Hinterhalt auf den israelischen Botschafter schießt.« Um diesen Punkt zu unterstreichen, tippt er mehrmals auf den Aktenordner.

»Die wichtigste Aufgabe meines Jobs ist es, mit Personal und Prioritäten zu jonglieren. Es ist eine undankbare Tätigkeit, aber ich verlange auch gar kein Lob und keine Orden. Ich bin schlicht ein bescheidener Diener der Öffentlichkeit.« Seine Brust schwillt. »Wir wollen Sie nicht verlieren, Detective Constable Barba. Wir brauchen bei der Metropolitan Police mehr Frauen wie Sie, und deshalb freut es mich, Ihnen eine Position im Bereich der Nachwuchsrekrutierung und Neueinstellung anzubieten. Wir müssen mehr jungen Frauen Mut machen, zur Polizei zu gehen, vor allem aus minoritären Bevölkerungsgruppen. Dabei können Sie ein Vorbild sein.«

Nebel scheint meine Sicht zu trüben. Er ist aufgestanden und erneut ans Fenster getreten, wo er sich wieder über sein Fernrohr beugt.

»Was für ein unglaublicher Schwachkopf!«, brüllt er und schüttelt den Kopf.

Er wendet sich wieder mir zu und pflanzt sein Hinterteil auf die Schreibtischkante. Hinter ihm hängt ein braunstichiges Schwarzweißfoto an der Wand, eine berühmte Aufnahme der Bow Street Runner, der ersten Polizeieinheit Londons mit Detectives in Zivil.

»Man erwartet große Dinge von Ihnen, Detective Constable Barba.«

»Bei allem Respekt, Sir, ich bin nicht schussscheu. Ich bin fitter denn je. Ich laufe die Meile in unter viereinhalb Minuten. Ich bin ein besserer Schütze als jeder andere Beamte beim Personenschutz für das Diplomatische Corps. Meine defensiven Fahrkünste bei hoher Geschwindigkeit sind exzellent. Ich bin dieselbe Polizistin wie früher –«

»Ja, ja, Sie sind überaus fähig, das weiß ich genau, aber die Entscheidung ist gefallen. Es liegt nicht in meiner Hand. Sie werden sich am Montagmorgen beim Police Recruitment Center in Hendon melden.«

Er öffnet seine Bürotür und wartet, dass ich gehe. »Sie sind nach wie vor ein wichtiges Mitglied unseres Teams, Ali. Wir sind froh, dass Sie wieder da sind.«

Der Fluss meiner Worte ist ausgetrocknet. Ich weiß, dass ich ihm widersprechen oder mit der Faust auf seinen Schreibtisch schlagen und eine Neubewertung meines Falles verlangen sollte. Stattdessen marschiere ich matt aus der Tür, die hinter mir ins Schloss fällt.

Draußen schlendere ich über die Victoria Street. Ich frage mich, ob der Chief Superintendent mich beobachtet. Ich bin versucht, mich zu seinem Fenster umzudrehen und ihm den Stinkefinger zu zeigen.

Aber das tue ich natürlich nicht. Ich bin einfach zu höflich. Das ist mein Problem. Ich schüchtere niemanden ein, dränge keinen an die Wand. Ich rede nicht in dummen Redensarten aus dem Sport, klopfe nicht auf Schultern und habe kein wabbeliges Ding zwischen den Beinen. Leider ist es auch nicht so, dass ich hervorstechende weibliche Waffen habe, auf die ich zurückgreifen könnte, wie zum Beispiel einen Mörder-Ausschnitt oder einen J-Lo-Hintern. Die einzigen Qualitäten, die ich mitbringe, sind mein Geschlecht und meine ethnische Glaubwürdigkeit. Etwas anderes will die Metropolitan Police nicht von mir.

Ich bin 29 Jahre alt und glaube immer noch, dass ich in meinem Leben etwas Bemerkenswertes leisten kann. Ich bin anders, einzigartig, unvergleichlich. Ich habe nicht Cates leuchtende Schönheit oder ihre grenzenlose Traurigkeit, nicht ihr musikalisches Lachen oder die Gabe, allen Männern das Gefühl zu vermitteln, sie seien Krieger. Aber ich verfüge über Weisheit und stählerne Entschlossenheit.

Mit sechzehn wollte ich olympisches Gold gewinnen. Jetzt will ich, dass meine Existenz etwas bewirkt. Vielleicht wird es meine bemerkenswerte Tat sein, mich zu verlieben. Ich werde das Herz eines anderen Menschen erforschen. Das ist bestimmt Herausforderung genug. Cate fand das jedenfalls immer.

Wenn ich nachdenken muss, laufe ich. Und wenn ich vergessen will, laufe ich auch. Laufen kann meinen Kopf von sämtlichen Gedanken befreien oder sie wie unter einer Lupe vergrößern, die alles jenseits der Linse schrumpfen lässt. Wenn ich so laufe, wie ich weiß, dass ich laufen kann, passiert alles in der Luft, der reinen Luft, über dem Boden schwebend, so wie große Läufer sich selbst in ihren Träumen sehen.

Die Ärzte sagten, dass ich vielleicht nie wieder gehen könnte. Ich habe die Vorhersagen widerlegt. Der Gedanke gefällt mir. Ich mache nicht gern etwas Vorhersagbares. Ich will nicht tun, was die Leute erwarten.

Ich begann wie ein Kleinkind. Kriech, bis du gehen kannst, sagte Simon, mein Physiotherapeut. Geh, bis du rennen kannst. Wir beide lieferten uns ein permanentes Scharmützel. Er schmeichelte mir, und ich beschimpfte ihn. Er verbog meinen Körper, und ich drohte, ihm den Arm zu brechen. Er nannte mich höhnisch Heulsuse, und ich beschimpfte ihn als Menschenschinder.

»Stell dich auf deine Zehen.«

»Ich versuche es.«

»Halt dich an meinem Arm fest. Mach die Augen zu. Spürst du die Dehnung in der Wade?«

»Ich spüre sie in meinen Augenhöhlen.«

Nach Monaten im Streckverband und weiterer Zeit im Rollstuhl hatte ich Probleme zu unterscheiden, wo meine Beine aufhörten und der Boden begann. Ich rannte gegen Mauern und stolperte über Bürgersteige. Jede Treppe war ein zweiter Mount Everest, mein Wohnzimmer der reinste Hindernisparcours.

Ich stellte mir kleine Herausforderungen und zwang mich, jeden Morgen aus dem Haus zu gehen. Aus fünf Minuten wurden zehn und dann zwanzig Minuten. Nach jeder Operation war es das Gleiche. Ich trieb mich durch Winter, Frühling und einen langen heißen Sommer, in dem die Luft stickig von Abgasen war und jeder Stein und jede Bodenplatte Hitze ausstrahlten.

Ich habe jeden Winkel des East End erkundet, und es ist wie eine riesige, ohrenbetäubende Fabrik aus einer Million beweglichen Teilen. Ich habe schon in anderen Gegenden von London gewohnt, ohne auch nur Blickkontakt mit einem Nachbarn zu bekommen. Jetzt habe ich immerhin Mr. Mordecai von nebenan, der den Rasen in meinem briefmarkengroßen Vorgarten mäht; und Mrs. Goldie von gegenüber, die meine Sachen für die Reinigung abholt.

Das Leben im East End hat eine schrille, zänkische Dringlichkeit. Jeder ist auf irgendeinen Vorteil aus – alle schachern, nörgeln, gestikulieren und schlagen sich an die Stirn. »Menschen des Abgrunds« hat Jack London sie genannt. Das war vor einem Jahrhundert. Vieles hat sich verändert. Der Rest ist geblieben, wie er war.

Fast eine Stunde lang laufe ich die Themse entlang, vorbei an Westminster, Vauxhall und der alten Battersea Power Station. Ich erkenne die Gegend – ich bin in den Nebenstraßen von Fulham. Ganz in der Nähe in der Rainville Road wohnt mein alter Chef, Vincent Ruiz, Detective Inspector im Ruhestand. Wir telefonieren gelegentlich. Er fragt mich jedes Mal dieselben beiden Fragen: Geht es Ihnen gut, brauchen Sie irgendwas? Ich antworte jedes Mal: Ja, mir geht es gut, und nein, ich brauche nichts.

Ich erkenne ihn schon aus der Entfernung. Er sitzt auf einem Klappstuhl am Fluss, eine Angelrute in der Hand und ein Buch im Schoß.

»Was machen Sie, Sir?«

»Ich angle.«

»Sie können doch kaum erwarten, hier etwas zu fangen.«

»Nein.«

»Warum machen Sie sich dann die Mühe?«

Er seufzt und schlägt seinen »Ach-Grashüpfer-du-musst-noch-viel-lernen«-Tonfall an.

»Beim Angeln geht es nicht immer darum, Fische zu fangen, Ali. Es geht nicht einmal um die Erwartung, Fische zu fangen. Es geht um Ausdauer, Geduld und vor allem ...« Er hebt eine Dose Export hoch. »Ums Biertrinken.«

Er hat seit seiner Pensionierung zugelegt – zu viel Gebäck zum Kaffee und dem Kreuzworträtsel der *Times* – und sich die Haare länger wachsen lassen. Der Gedanke, dass er kein Detective mehr ist, sondern nur noch ein gewöhnlicher Bürger, kommt mir seltsam vor.

Er holt die Schnur ein und klappt seinen Stuhl zusammen.

»Sie sehen aus, als wären Sie gerade einen Marathon gelaufen.«

»Nicht ganz so weit.«

Ich helfe ihm, seine Ausrüstung über die Straße in ein großes Reihenhaus mit befleckten Glasfenstern über leeren Blumenkästen zu tragen. Er setzt Wasser auf und räumt ein paar betippte Blätter vom Küchentisch.

»Und was haben Sie so getrieben, Sir?«

»Ich wünschte, Sie würden mich nicht immer Sir nennen.«

»Wie soll ich Sie denn nennen?«

»Vincent.«

»Wie wär's mit DI?«

»Ich bin aber kein Detective Inspector mehr.«

»Dann eben als eine Art Spitzname.«

Er zuckt die Achseln. »Sie frieren. Ich hole Ihnen einen Pullover.«

Ich höre ihn im Obergeschoss herumkramen, und er kommt mit einer Strickjacke zurück, die nach Lavendel und Mottenkugeln riecht. »Von meiner Mutter«, entschuldigt er sich.

Ich habe Mrs. Ruiz einmal getroffen. Sie war wie eine Gestalt aus einem Märchen – eine alte Frau mit Zahnlücken, einem Kopftuch, Ringen und klobigem Schmuck.

»Wie geht es ihr?«

»Sie ist verrückt wie ein Märzhase. Sie beschuldigt das Personal des Heims ständig, ihr Klistiere zu geben. Das ist mal einer von den echten Scheißjobs, die das Leben zu bieten hat. Der arme Kerl muss einem doch leidtun.«

Ruiz lacht laut, und das klingt schön. Normalerweise ist er einer der wortkargsten Menschen mit einer dauerverdrießlichen Miene und einer grundsätzlich geringen Meinung über die menschliche Rasse, aber das hat mich nie abgeschreckt. Ich weiß, dass sich hinter seiner rauen Schale kein Herz aus Gold verbirgt. Es ist viel wertvoller.

In einer Ecke entdecke ich eine altmodische Schreibmaschine.

»Schreiben Sie, DI?«

»Nein«, antwortet er zu hastig.

»Sie schreiben ein Buch.«

»Seien Sie nicht albern.«

Ich versuche, mein Lächeln zu unterdrücken, aber ich spüre es, wenn meine Mundwinkel nach oben ziehen. Er hasst es, wenn man über ihn lacht. Er nimmt das Manuskript und versucht, es in eine alte Aktentasche zu stopfen. Dann setzt er sich wieder an den Tisch und nippt an seiner Teetasse.

Ich lasse eine höfliche Pause verstreichen. »Und wovon handelt es?«

»Was?«

»Ihr Buch.«

»Es ist kein Buch. Es sind bloß ein paar Notizen.«

»Wie ein Tagebuch.«

»Nein. Wie *Notizen*.« Damit ist das Thema erledigt.

Ich habe seit dem Frühstück nichts mehr gegessen. Ruiz bietet an, mir etwas zu kochen. Pasta Putanesca. Sie ist perfekt – viel zu fein, als dass ich sie beschreiben könnte, und viel besser als alles, was ich hätte kochen können. Er reibt frischen Parmesan auf Sauerteigscheiben und überbackt sie unter dem Grill.

»Das ist sehr gut, DI.«

»Sie klingen überrascht.«

»Ich *bin* überrascht.«

»Nicht alle Männer sind in der Küche nutzlos.«

»Und nicht alle Frauen sind Göttinnen im Haushalt.« Ich rede öfter mit dem Besitzer des indischen Imbisses um die Ecke als mit meiner Mutter. Man nennt es auch die Tandoori-Diät.

Ruiz war an dem Tag dabei, als mein Rückgrat zertrümmert wurde. Wir haben nie ernsthaft darüber gesprochen, was passiert ist. Es ist eine Art unausgesprochener Pakt. Ich weiß, dass er sich verantwortlich fühlt, aber es war nicht seine Schuld. Er hat mich nicht gezwungen, dort zu sein, und er kann die Metropolitan Police nicht dazu bringen, mir meinen alten Job zurückzugeben.

Das Geschirr ist abgewaschen und wieder im Schrank verstaut.

»Ich werde Ihnen eine Geschichte erzählen«, erkläre ich ihm. »Es ist eine Geschichte, wie Sie sie mögen, weil sie um ein Rätsel kreist. Ich möchte, dass Sie mich nicht unterbrechen, und ich werde Ihnen auch nicht verraten, ob sie wirklich passiert oder erfunden ist. Sitzen Sie einfach still da, ich muss die Details der Reihe nach ausbreiten, um zu sehen, wie es sich anhört. Wenn ich fertig bin, werde ich Ihnen eine Frage stellen, die Sie mit Ja oder Nein beantworten können. Dann dürfen Sie eine Frage stellen.«

»Nur eine?«

»Ja. Ich will nicht, dass Sie meine Logik auseinandernehmen oder Löcher in meine Geschichte picken. Nicht sofort. Vielleicht morgen. Abgemacht?«

Er nickt.

Sorgfältig lege ich die Einzelheiten dar und erzähle ihm von Cate, Donavon und Earl Blake. Die Geschichte ist wie eine Angelschnur, die sich verknotet, wenn ich zu fest ziehe, und dann wird es schwieriger, Fakten und Vermutungen voneinander zu trennen.

»Was, wenn Cate eine Leihmutterschaft arrangiert hat und irgendwas ist schiefgelaufen? Irgendwo da draußen könnte Cates Baby warten.«

»Kommerzielle Leihmutterschaft ist illegal«, sagt er.

»Trotzdem kommt es vor. Frauen melden sich freiwillig. Sie bekommen alle Kosten bezahlt, was erlaubt ist, sie dürfen jedoch nicht von der Geburt profitieren.«

»Normalerweise sind die Frauen in irgendeiner Weise verwandt – eine Schwester oder Cousine.«

Ich zeige ihm das Foto von Samira. Er betrachtet es lange und forschend, als könnte ihr Gesicht ihm irgendetwas sagen. Er dreht das Foto um und bemerkt die Zahlen.

»Die ersten vier Ziffern könnten eine Handyvorwahl sein, allerdings außerhalb Großbritanniens«, sagt er. »Sie müssen das genaue Land kennen, sonst können Sie die Nummer nicht anrufen.«

Wieder bin ich überrascht.

»Ich bin nicht vollständig technophobisch«, protestiert er.

»Sie tippen Ihre *Notizen* mit einem alten Farbband.«

Er wirft einen Blick auf seine alte Schreibmaschine. »Ja, also, das hat eher sentimentale Gründe.«

Die Bewölkung hat sich lange genug aufgelockert, um uns einen Blick auf den Sonnenuntergang zu gönnen. Die letzten goldenen Strahlen fallen über den Fluss. In ein paar Minuten sind sie verschwunden und lassen nur nasse Kälte zurück.

»Sie haben mir eine Frage versprochen«, sagt er.

»Eine.«

»Soll ich Sie nach Hause fahren?«

»Das ist Ihre Frage?«

»Ich dachte, wir könnten unterwegs einen Schlenker vorbei an Oaklands machen und Sie könnten mir zeigen, wo es passiert ist.«

Ruiz fährt einen alten Mercedes mit weißen Ledersitzen und weicher Federung. Die Karre muss literweise Benzin schlucken, und er sieht darin aus wie ein Boccia spielender Rentner, aber der DI hat sich noch nie groß Sorgen um die Umwelt oder die Meinung anderer Leute gemacht.

Es kommt mir seltsam vor, auf dem Beifahrersitz und nicht hinterm Steuer zu sitzen. Jahrelang war es umgekehrt. Ich weiß nicht, warum er mich als Fahrerin ausgesucht hat, hatte jedoch den Klatsch gehört, dass der DI hübsche Gesichter mag. Aber so ist er wirklich nicht.

Als ich die Uniform ablegte und zum Dezernat für schwere Gewaltverbrechen kam, zeigte der DI mir gegenüber Respekt und gab mir die Chance, mich zu beweisen. Er behandelte mich wegen meiner Hautfarbe, meines Alters oder meines Geschlechts nicht irgendwie anders.

Ich erklärte ihm, dass ich Detective werden wollte. Er sagte, ich müsse besser, schneller und gescheiter sein als jeder Mann, der denselben Posten anstrebte. Ja, es war unfair. Er wollte das System nicht verteidigen – er lehrte mich nur die Fakten des Lebens.

Als ich meine Ausbildung begann, war Ruiz bereits eine Legende. Die Dozenten in Hendon erzählten immer Geschichten über ihn. 1963 hat er als Wachtmeister auf Probe einen der berühmten Postzugräuber verhaftet und 141000 Pfund der gestohlenen Beute sichergestellt. Als Detective half er später mit, den Serienvergewaltiger von Kilburn zu fassen, der acht Monate lang den Norden von London terrorisiert hatte.

Ich weiß, dass er nicht der Typ ist, der zu nostalgischen Erinnerungen neigt oder über die gute alte Zeit redet, aber ich spüre, dass er die Tage vermisst, in denen es leichter fiel, die Schurken von den Gesetzeshütern zu unterscheiden, und in der die Öffentlichkeit diejenigen respektierte, die sich um ihre Sicherheit bemühten.

Er parkt in der Mansford Street, und wir gehen zu Fuß zu der Schule. In dem Zwielicht wirken die viktorianischen Gebäude exakt umrissen, groß und dunkel. Vor den Fenstern der Aula hängen immer noch Lichterketten. Ich kann den dunklen Fleck auf dem Asphalt erkennen, wo Cate aufgeschlagen ist. Irgendjemand hat einen Blumenstrauß an dem nächsten Laternenmast befestigt.

»Die Sicht ist vollkommen unverstellt«, bemerkt er. »Das heißt, sie können nicht geguckt haben.«

»Cate hat den Kopf gewandt.«

»Nun, dann hat sie das Minitaxi nicht gesehen. Oder es muss plötzlich aus einer Parklücke gekommen sein.«

»Zwei Taxifahrer haben ausgesagt, dass sie gesehen haben, wie das Minitaxi ein Stück die Straße im Schritttempo vorbeigefahren ist. Sie dachten, der Fahrer würde eine Hausnummer suchen.«

Ich überlege und lasse die Ereignisse vor meinem inneren Auge abspulen. »Da ist noch etwas. Ich glaube, Cate hat den Fahrer erkannt.«

»Sie kannte ihn?«

»Vielleicht hat er sie schon vorher gefahren.«

»Oder er ist ihnen gefolgt.«

»Sie hatte Angst vor ihm. Das habe ich in ihrem Blick gesehen.«

Ich erwähne die Tätowierung des Fahrers. Die Kreuzigungsszene, die seine ganze Brust bedeckte.

»Ein derartige Tätowierung könnte sich aufspüren lassen«, sagt der DI. »Wir brauchen einen Freund im System.«

Ich weiß, worauf er hinauswill.

»Wie geht's ›New Boy‹ Dave?«, fragt er. »Seid ihr beiden immer noch beieinander?«

»Das würde Sie gar nichts angehen.«

Sikh-Mädchen erröten innerlich.

Dave King ist Detective beim Dezernat für schwere Gewaltverbrechen (Western Division), bei Ruiz' alter Einheit. Er ist

Anfang dreißig mit wuscheligem rotblonden Haar, das er kurz geschnitten trägt, um es im Zaum zu halten. Den Spitznamen »New Boy« hat er sich als jüngstes Mitglied des Dezernats verdient, aber das ist fünf Jahre her. Inzwischen ist er Detective Sergeant.

Dave wohnt in einer Wohnung in West Acton, in einer Nebenstraße der Uxbridge Road, wo Gastürme die Skyline dominieren und man morgens von ratternden Zügen der Paddington-Linie geweckt wird.

Es ist eine typische, ewig unaufgeräumte Junggesellenbude mit einem großen Doppelbett, einem Breitbildfernseher und sonst kaum etwas. Die Tapeten an den Wänden sind halb abgerissen, und der Teppich wurde herausgerissen, ohne dass ein neuer verlegt wurde.

»Wirklich nett, was Sie aus der Wohnung gemacht haben«, bemerkt Ruiz höhnisch.

»Ja, also, ich war in letzter Zeit ziemlich beschäftigt«, sagt Dave und sieht mich an, als wollte er fragen: »Was ist hier los?«

Ich kneife ihm in die Wange, schiebe meine Hand unter sein T-Shirt und streiche über seine Wirbelsäule. Er hat Rugby gespielt, und seine Haare riechen nach gemähtem Gras.

Dave und ich schlafen seit fast zwei Jahren mehr oder weniger regelmäßig miteinander. Ruiz würde über das »mehr oder weniger regelmäßig« grinsen. Es ist die längste Beziehung meines Lebens – selbst wenn man die Zeit abrechnet, die ich im Krankenhaus war.

Dave glaubt, dass er mich heiraten will, aber er hat meine Familie noch nicht kennen gelernt. Man heiratet nicht einfach ein Sikh-Mädchen. Man heiratet ihre Mutter, ihre Großmutter, ihre Tanten, ihre Brüder ... Ich weiß, dass alle Familien ihr Gepäck mit sich rumschleppen, aber meine gehört in einen dieser ramponierten, von einer Kordel zusammengehaltenen Koffer, die man auf Gepäckbändern immer endlos kreisen sieht.

Dave versucht, mich mit Geschichten über seine Familie zu übertreffen, vor allem über seine Mutter, die überfahrene Tiere einsammelt und in der Tiefkühltruhe aufbewahrt. Sie hat sich der Rettung der Dachse verschrieben und bombardiert die lokalen Stadträte mit Anträgen, Tunnel unter stark befahrenen Straßen zu bauen.

»Ich hab nichts zu trinken im Haus«, entschuldigt er sich.

»Schämen Sie sich«, sagt Ruiz und verzieht beim Betrachten der Fotos am Kühlschrank das Gesicht. »Wer ist denn das?«

»Meine Mutter«, antwortet Dave.

»Dann kommen Sie mehr nach Ihrem Vater.«

Dave räumt den Tisch ab und bietet uns Stühle an. Ich erzähle noch einmal meine Geschichte. Dann fügt Ruiz ein paar eigene Gedanken hinzu, um der Darstellung mehr Gewicht zu verleihen. Dave faltet und entfaltet derweil ein leeres Stück Papier. Er möchte einen Grund finden, uns nicht zu helfen.

»Vielleicht sollte man die offizielle Ermittlung abwarten«, schlägt er vor.

»Du weißt doch, dass manchmal auch Dinge übersehen werden.«

»Ich möchte niemandem auf die Füße treten.«

»Dafür sind Sie ein zu guter Tänzer, ›New Boy‹«, schmeichelt Ruiz ihm.

Ich kann schamlos sein. Ich kann mit den langen Wimpern vor meinen großen braunen Augen klimpern wie ein Profi. Ich nehme Dave den Zettel ab und lasse meine Finger für einen Moment auf seiner Hand liegen. Er will sie gar nicht wieder loslassen.

»Er hatte einen irischen Akzent, aber das Interessanteste war seine Tätowierung«, beschreibe ich den Mann.

Im Schlafzimmer steht ein Laptop auf einem provisorischen Schreibtisch, bestehend aus der aus den Angeln gehobenen Badezimmertür und zwei Böcken. Er schirmt den Monitor vor mir ab und tippt Benutzernamen und Passwort ein.

Der Police National Computer ist eine gigantische Daten-sammlung, die Namen, Spitznamen, Decknamen, Narben, Tä-towierungen, Akzent, Schuhgröße, Größe, Alter, Haarfarbe, Au-genfarbe, Strafregister, Bekannte und Freunde sowie Vorgehens-weise jedes bekannten Straftäters oder Tatverdächtigen in Groß-britannien enthält. Selbst kleine Details reichen manchmal aus, um einen Zusammenhang zwischen verschiedenen Fällen her-zustellen oder den Namen möglicher Verdächtiger auszuwerfen.

In der guten alten Zeit konnte fast jeder Polizeibeamte über PNC via Internet darauf zugreifen. Leider hat jeder zweite Be-amte es dazu genutzt, mit dem Verkauf von Informationen Geld zu verdienen. Jetzt muss jede Anfrage – sogar die Feststellung eines Fahrzeughalters – begründet werden.

Dave gibt das ungefähre Alter, den Akzent und Details der Tätowierung ein. Nach nicht einmal fünfzehn Sekunden leuch-ten die ersten acht Treffer auf dem Bildschirm auf. Dave mar-kiert den Vornamen, und die Seite wird neu aufgebaut. Man sieht zwei Fotos – eine Frontansicht und ein Profil desselben Gesichts. Darunter werden Geburtsdatum, die Vorgeschichte und die letzte bekannte Adresse angegeben. Der Mann ist zu jung und zu dünn.

»Das ist er nicht.«

Kandidat Nummer zwei ist älter mit Hornbrille und bu-schigen Augenbrauen. Er sieht aus wie ein Bibliothekar, der bei einer Razzia auf Pädophile erwischt wurde. Warum sind alle Fotos so unvorteilhaft? Es liegt nicht bloß am harschen Licht und dem leeren weißen Hintergrund mit der Messlatte zur Mar-kierung der Größe. Alle Abgebildeten wirken ausgemergelt, de-primiert und – am allerschlimmsten – schuldbewusst.

Ein neues Foto erscheint auf dem Bildschirm. Ein Mann Ende vierzig mit rasiertem Schädel. Irgendetwas an seinen Augen lässt mich stutzen. Er sieht arrogant aus, als ob er wüsste, dass er cle-verer ist als die riesige Mehrheit seiner Mitmenschen, was ihn zur Grausamkeit neigen lässt.

Mit der Hand decke ich die obere Hälfte des Bildes auf dem Monitor ab und versuche mir den Mann mit einem langen grauen Pferdeschwanz vorzustellen.

»Das ist er.«

»Bist du sicher?«

»Absolut.«

Sein Name ist Brendan Dominic Pearl – geboren 1958 in Rathcoole, einem royalistischen Viertel im Norden von Belfast.

»IRA«, flüstert Dave.

»Woher weißt du das?«

»Es ist der klassische Hintergrund.« Er scrollt weiter zur Biographie des Mannes. Pearls Vater war Kesselschmied auf den Docks von Belfast. Sein älterer Bruder Tony starb 1972 bei einer Explosion, als in einem Lagerhaus, das die IRA als Bombenwerkstatt benutzte, irrtümlich ein Sprengsatz losging.

Ein Jahr später wurde Brendan Pearl im Alter von fünfzehn wegen eines Überfalls und Verstoßes gegen das Schusswaffengesetz zu einer achtzehnmonatigen Jugendstrafe verurteilt. 1977 führte er einen Granatwerferanschlag gegen ein Belfaster Polizeirevier, bei dem vier Menschen verletzt wurden. Er wurde zu zwölf Jahren Haft verurteilt.

1981 trat er im berüchtigten Maze-Gefängnis zusammen mit zwei Dutzend republikanischen Häftlingen in einen Hungerstreik. Sie protestierten dagegen, nicht wie Kriegsgefangene, sondern wie gewöhnliche Verbrecher behandelt zu werden. Der Berühmteste von ihnen, Bobby Sands, starb nach 66 Tagen. Pearl fiel im Krankenhaustrakt des Gefängnisses ins Koma, überlebte jedoch.

Zwei Jahre später, im Juli 1983, kletterten er und sein Mithäftling Frank Farmer aus ihrem Hof auf das Dach der Haftanstalt und verschafften sich Zutritt zu dem Hof der loyalistischen Gefangenen. Dort ermordeten sie Patrick McNeill, den Anführer einer paramilitärischen Einheit, und verstümmelten zwei weitere Häftlinge. Pearls Urteil wurde in lebenslänglich umgewandelt.

Ruiz tritt zu uns an den Tisch. Ich zeige auf den Bildschirm.

»Das ist er – der Fahrer.«

Er spannt die Schultern an und sucht meinen Blick.

»Sind Sie sicher?«

»Ja? Warum? Was ist los?«

»Ich kenne ihn.«

Ich sehe ihn überrascht an, während Ruiz erneut das Foto studiert, als ob er nicht sofort auf sein Wissen zugreifen könnte oder erst nutzlose Informationen beiseiteschieben müsste.

»In jedem Gefängnis gibt es Banden. Pearl war einer der Vollstrecker der IRA. Seine Lieblingswaffe war eine Metallstange mit einem geschwungenen Haken wie ein Marlspieker. Deswegen nannte man ihn auch den Fischer von Shankhill. Im Maze-Gefängnis findet man zwar nicht allzu viele Fische, aber er fand andere Verwendung für seinen Spieker. Er schob ihn zwischen den Gitterstangen hindurch, wenn die Gefangenen schliefen, schlitzte ihnen mit einer Drehung die Kehle auf und zog dabei ihre Stimmbänder heraus, sodass sie nicht um Hilfe rufen konnten.«

Ich habe ein Gefühl, als ob meine Speiseröhre mit Watte verstopft würde. Ruiz hält mit gesenktem Kopf reglos inne.

»Nach Unterzeichnung des Karfreitagsabkommens wurden mehr als vierhundert Gefangene entlassen – Republikaner und Loyalisten. Die britische Regierung erstellte eine Liste mit Ausnahmefällen – Leuten, die sie auf jeden Fall hinter Gittern behalten wollte. Darauf stand auch Pearl. Seltsamerweise stimmte die IRA zu. Die wollten Pearl genauso wenig wie wir.«

»Und warum sitzt er dann nicht immer noch im Gefängnis?«

Ruiz lächelt trocken. »Das ist eine sehr gute Frage, New Boy. Vierzig Jahre lang hat die britische Regierung den Leuten erzählt, dass sie in Nordirland keinen Krieg führt – es handelte sich lediglich um einen Polizeieinsatz, wie sie es ausdrückten. Dann unterzeichnete sie das Karfreitagsabkommen und erklärte: Der Krieg ist vorbei.«

»Pearl besorgte sich einen guten Anwalt, der diese Argumentation aufnahm. Er sagte, sein Mandant sei ein Kriegsgefangener, und es dürfe keine Ausnahmen geben. Bombenleger, Heckenschützen und Mörder waren freigelassen worden. Warum wurde Pearl anders behandelt? Ein Richter war seiner Meinung, und Pearl und Farmer wurden noch am selben Tag entlassen.«

Er streicht sich mit der Hand übers Kinn, ein Geräusch wie Schmirgeln mit Schleifpapier. »Es gibt Soldaten, die in Friedenszeiten nicht überleben können. Sie brauchen das Chaos. So einer ist Pearl.«

»Woher wissen Sie so viel über ihn?«, frage ich.

In seinen Augen liegt Traurigkeit. »Ich habe mit an der Liste gearbeitet.«

10

»New Boy« Dave rührt sich neben mir und legt seinen Arm über meine Brüste. Ich hebe ihn hoch und schiebe ihn unter sein Kopfkissen. Er schläft so fest, dass ich seinen Körper wie eine Animationspuppe arrangieren kann.

Neben mir auf dem Nachttisch leuchtet die Digitalanzeige eines Weckers. Ich hebe den Kopf. Es ist Sonntagmorgen nach zehn. Wo sind die Züge? Sie haben mich nicht geweckt. Ich habe nicht einmal anderthalb Stunden, um zu duschen, mich anzuziehen und für den Geburtstag meines Vaters fertig zu machen.

Ich rolle mich aus dem Bett und suche meine Kleider. Daves Kleider. Meine Laufsachen sind noch feucht vom Vortag.

Er streckt die Hände nach mir aus und streicht mit den Daumen über die Unterseite meiner Brust, einem Muster folgend, dem nur Männer nachgehen.

»Willst du dich davonschleichen?«

»Ich bin zu spät. Ich muss los.«

»Ich wollte dir Frühstück machen.«

»Du kannst mich nach Hause fahren. Danach musst du Brendan Pearl finden.«

»Aber es ist Sonntag. Du hast nie gesagt –«

»So ist das mit uns Frauen. Wir *sagen* nicht genau, was wir wollen, behalten uns jedoch das Recht vor, megasauer zu sein, wenn wir es nicht kriegen. Unheimlich, was?«

Er kocht Kaffee, während ich dusche. Ich grübele immer noch darüber, woher Brendan Pearl und Cate Beaumont sich kennen könnten. Sie stammen aus verschiedenen Welten, aber Cate hat ihn erkannt. Es *fühlt* sich nicht *an* wie ein Unfall. Das hat es von Anfang an nicht getan.

Auf der Fahrt ins East End plaudert Dave über die Arbeit und seinen neuen Boss. Er sagt etwas davon, dass er unglücklich ist, aber ich höre nicht richtig zu.

»Du könntest doch später noch vorbeikommen«, sagt er, bemüht, nicht allzu beklagenswert zu klingen. »Wir könnten eine Pizza bestellen und uns einen Film angucken.«

»Das wäre toll. Ich sag dir noch Bescheid.«

Armer Dave. Ich weiß, dass er mehr will. Eines Tages wird er meinen Rat befolgen und sich eine andere Freundin suchen. Dann werde ich etwas verloren haben, was ich nie zu halten versucht habe.

Was ich an ihm mag: Er ist süß. Er bezieht das Bett immer frisch. Er erträgt mich. Ich fühle mich sicher bei ihm. Er gibt mir das Gefühl, schön zu sein, und er lässt mich beim Dartspielen gewinnen.

Was ich nicht an ihm mag: Er lacht zu laut. Er isst Junk Food. Er hört Mariah-Carey-CDs. Und er hat Haare auf den Schultern. (*Gorillas* haben Haare auf den Schultern.)

Seine Rugbykumpel haben Spitznamen wie Bronco und Slug-go, und sie unterhalten sich in einem seltsamen Jargon, den sonst niemand versteht, es sei denn, er interessiert sich für Rug-by und weiß die Feinheiten des Mauling, Rucking und Lifting zu würdigen. Einmal hat Dave mich zu einem Spiel mitgenommen. Hinterher sind wir alle in den Pub gegangen – mit Frauen und Freundinnen. Es war okay. Sie waren alle wirklich nett, und ich habe mich wohl gefühlt. Dave wich nicht von meiner Seite, sah mich ständig verstohlen an und lächelte.

Ich habe nur Mineralwasser getrunken, aber trotzdem eine Runde ausgegeben. Als ich an der Bar auf die Getränke wartete, konnte ich die Tische in der Ecke im Spiegel beobachten.

»Und was machen wir hinterher?«, fragte Bronco. »Ich hätte Bock auf ein Curry.«

Sluggo grinste. »Dave hatte schon eins.«

Sie lachten, und einige der Männer zwinkerten sich zu. »Ich wette, sie ist ein Tikka Masala.«

»Nein, auf jeden Fall ein Vindaloo.«

Es störte mich nicht. Es war lustig. Es machte mir nicht einmal etwas aus, dass Dave auch lachte. Aber wenn ich es bis dahin nicht gewusst hatte, wurde mir spätestens damals klar, dass mein spontaner Instinkt richtig war. Wir konnten Bad und Bett teilen, wir konnten ein Wochenende miteinander verbringen, aber niemals ein ganzes Leben.

Als wir in der Hanbury Street ankommen, bemerke ich sofort, dass etwas fehlt.

»Ich bring ihn um!«

»Was ist denn los?«

»Mein Auto. Mein Bruder hat es sich genommen.«

Ich tippe bereits seine Handynummer. Wind verweht seine Worte in Fetzen. Er fährt mit offenem Fenster.

»Hallo?«

»Bring mein Auto zurück.«

»Schwesterherz?«

»Wo bist du?«

»In Brighton.«

»Das ist nicht dein Ernst! Heute ist Dads Geburtstag.«

»Das ist *heute*?« Er fängt an, nach Ausflüchten zu suchen. »Sag ihm, dass ich eine Feldexkursion mit der Uni mache.«

»Ich werde nicht für dich lügen.«

»Ach, komm schon.«

»Nein.«

»Also gut, ich werde da sein.«

Ich blicke auf die Uhr. Ich bin schon zu spät. »Ich hasse dich, Hari.«

Er lacht. »Na, ein Segen, dass ich dich liebe.«

In meinem Schlafzimmer reiße ich den Kleiderschrank auf und verstreue meine Schuhe auf dem Boden. Ich muss einen Sari anziehen, um meinen Vater glücklich zu machen. In seiner Vorstellung sind Saris und Erlösung irgendwie miteinander verbunden – als ob das Eine mir das Andere oder wenigstens einen Ehemann bringen würde.

»New Boy« Dave wartet unten.

»Kannst du mir bitte ein Taxi bestellen?«

»Ich fahr dich.«

»Nein, wirklich.«

»Es dauert nur ein paar Minuten – und danach mache ich mich an die Arbeit.«

In meinem Schlafzimmer wickele ich den Sari von rechts nach links um meinen Körper, stopfe den oberen Rand der ersten Lage in meinen Unterrock und vergewissere mich, dass der Saum meine Knöchel streift. Dann schlage ich sieben Falten in der Mitte, die alle mit der Struktur des Stoffes fallen müssen. Mit einer Hand halte ich die Falten fest, während ich mit der anderen den restlichen Stoff hinter meinem Körper her wieder nach vorne führe und über meine Schulter drapiere.

Dieser Sari ist aus Varanasi-Seide mit einem kunstvollen Brokatmuster in Rot und Grün und zierlichen Tierfiguren, die mit einem silbernen Metallfaden entlang des Saums angenäht sind.

Ich stecke meine Haare mit einem goldenen Kamm hoch, schminke mich und lege Schmuck an. Von indischen Frauen wird erwartet, dass sie Unmengen von Schmuck tragen. Es ist ein Zeichen des Wohlstands und der gesellschaftlichen Stellung.

Ich setze mich auf einen Stuhl und schnüre die Riemen meiner Sandalen zu. Dave starrt mich an.

»Ist irgendwas?«

»Nein.«

»Was gaffst du dann so?«

»Du siehst wunderschön aus.«

»Ja, klar.« *Ich sehe aus wie aus einem Schaufenster von Ratner's.*

Ich wehre ihn ab, als er die Hände nach mir ausstreckt. »Berühren der Ware verboten. Und bau um Himmels willen keinen Unfall. Ich will nicht in diesen Klamotten sterben.«

Meine Eltern wohnen noch immer in dem Haus, in dem ich aufgewachsen bin. Meine Mutter mag keine Veränderungen. In einer vollkommenen Welt würden Kinder ihr Zuhause nie verlassen und herausfinden, wie man für sich selbst kocht und wäscht. Da das unmöglich ist, hat sie unsere jeweiligen Kindheiten in einer Ansammlung von Nippes bewahrt und ist hauptberufliche Kuratorin des Barba-Familienmuseums geworden.

Sobald wir in die Sackgasse biegen, spüre ich ein vertrautes Glühen auf meinen Wangen. »Setz mich einfach hier ab.«

»Welches Haus ist es denn?«

»Nur keine Umstände. Hier ist wunderbar.«

Wir halten vor einer Reihe von Läden. Fünfzig Meter entfernt spielen meine Nichte und mein Neffe im Vorgarten. Sie stürmen ins Haus, um meine Ankunft zu melden.

»Los, wende, schnell!«

»Ich kann hier nicht wenden.«

Zu spät! Meine Mutter taucht in der Tür auf und watschelt die Straße hinunter. Mein schlimmster Albtraum wird wahr.

Sie küsst mich drei Mal und drückt mich so heftig, dass meine Brüste schmerzen.

»Wo ist Hari?«

»Ich habe ihn dran erinnert. Ich habe sogar sein Hemd gebügelt.«

»Der Junge ist noch mein Tod.« Sie zeigt auf ihre Schläfe. »Siehst du meine grauen Haare?«

Ihr Blick fällt auf »New Boy« Dave, und sie wartet darauf, dass man ihr den unbekannten jungen Mann vorstellt.

»Das ist ein befreundeter Kollege. Er muss gleich wieder los.«

Mama bläst geräuschvoll Luft zwischen ihren geschürzten Lippen aus und fragt: »Hat er auch einen Namen?«

»Ja, natürlich. Detective Sergeant Dave King. Das ist meine Mutter.«

»Es freut mich, Sie kennen zu lernen, Mrs. Barba. Ali hat mir schon so viel von Ihnen erzählt.«

Meine Mutter lacht. »Bleiben Sie zum Essen, Detective Sergeant?«

»Nein, er muss weg.«

»Unsinn. Heute ist Sonntag.«

»Polizisten müssen auch am Wochenende arbeiten.«

»Aber Detectives dürfen doch Mittagspausen machen. Oder nicht?«

Und dann lächelt meine Mutter, und ich weiß, dass ich verloren habe. Niemand kann angesichts dieses Lächelns Nein sagen.

Kleine Füße stürmen uns voran den Flur hinunter. Harveen und Daj rangeln darum, wer die Nachricht vermelden darf, dass Ali jemanden mitgebracht hat. Harveen kommt zurück, nimmt meine Hand und zieht mich in die Küche. Tiefe Falten stehen auf der Stirn der Siebenjährigen. Daj ist zwei Jahre älter und wie jedes männliche Mitglied meiner Familie unglaublich attraktiv (und verwöhnt).

»Hast du uns was mitgebracht?«

»Nur einen Kuss.«

»Und was ist mit einem Geschenk?«

»Nur für Bada.«

Bänke sind mit Speisen bedeckt, und die Luft ist schwer von Dampf und Gewürzen. Meine beiden Tanten und meine Schwägerin reden über das Klappern und Scheppern intensiver Kochtätigkeiten hinweg. Es gibt Umarmungen und Küsse. Brillen streifen meine Wangen, Finger graben sich in die Falten meines Saris oder richten eine Strähne meines Haars, ohne dass eine der Frauen die Blicke von »New Boy« Dave wendet.

Unähnlicher als meine Tanten Meena und Kala können Schwestern nicht sein. Meena ist ziemlich auffällig mit ihrem markanten Kinn und den buschigen Augenbrauen. Kala ist dagegen in jeder Hinsicht gewöhnlich, was vielleicht der Grund dafür ist, dass sie so dekorative Brillen trägt, um ihrem Gesicht mehr Charakter zu geben.

Meena zupft noch immer an meinen Haaren. »So ein hübsches Mädchen und immer noch unverheiratet; so schöne Knochen.«

Irgendjemand drückt mir ein Baby in den Arm – das jüngste Mitglied der Familie. Ravi ist sechs Wochen alt mit kaffeebraunen Augen und Fettpölsterchen an den Armen, in die man eine Münze stecken könnte.

Hindus mögen heiligen Kühen huldigen, aber den Sikhs sind ihre Babys heilig, Jungen noch mehr als Mädchen. Ravi packt meinen Finger und drückt so fest, dass er die Augen zukneift.

»Sie hat eine so wunderbare Art, mit Kindern umzugehen«, sagt Mama strahlend. Dave sollte sich vor Verlegenheit winden, aber der Sadist genießt das Ganze auch noch!

Die Männer sind im Garten. Ich sehe den blauen Turban

meines Vaters über sämtlichen Köpfen thronen. Sein Bart ist von den Wangen zurückgekämmt und fällt fließend über seinen Hals wie ein silberner Wasserfall.

Ich zähle die Köpfe. Es sind ein paar zu viel. Mein Mut sinkt. Sie haben jemanden eingeladen, den ich kennen lernen soll.

Meine Mutter führt Dave nach draußen. Er sieht sich zu mir um, bevor er zögernd gehorcht. Die Seitentreppe und den moosbewachsenen Pfad hinunter, vorbei an der Tür zur Waschküche, gelangt er in den Garten. Alle Köpfe wenden sich in seine Richtung, alle Gespräche verstummen.

Als »New Boy« Dave auf meinen Vater zugeht, teilt sich die Menge wie das Rote Meer, bis die beiden Auge in Auge direkt voreinander stehen. Dave zuckt nicht mit der Wimper, das muss ich ihm lassen.

Ich kann nicht verstehen, was sie sagen. Mein Vater blickt zum Küchenfenster und sieht mich. Dann streckt er die Hand aus. Dave ergreift sie, und plötzlich gehen die Gespräche weiter.

Meine Mutter steht am Waschbecken, wo sie Mangos schält und in Scheiben schneidet. Mühelos stößt sie die Klinge in das blassgelbe Fruchtfleisch. »Wir wussten nicht, dass du einen Freund mitbringst.«

»Ich habe ihn nicht mitgebracht.«

»Nun, dein Vater hat jemanden eingeladen. Du musst seinen Gast kennen lernen. Das gebietet schon die Höflichkeit. Er ist Arzt.«

»Ein sehr guter«, lässt sich Tante Kala vernehmen. »Sehr erfolgreich.«

Ich lasse den Blick über die versammelten Herren schweifen und erkenne den Kandidaten. Er hat mir den Rücken zugewandt und trägt einen frisch gewaschenen und akkurat gestärkten Punjabi-Anzug.

»Er ist dick.«

»Ein Zeichen für Erfolg«, sagt Kala.

»Man braucht einen großen Hammer, um einen großen Nagel in die Wand zu schlagen«, fügt Meena hinzu und kichert wie ein Schulmädchen. Kala wirft ihr einen missbilligenden Blick zu.

»Ach, guck mich nicht so an, Schwester. Eine Frau muss lernen, wie sie ihren Mann im Boudoir glücklich macht.« Während die beiden weiter diskutieren, trete ich wieder ans Fenster.

Der Fremde im Garten dreht sich um und blickt zu mir herüber. Er hält sein Glas hoch, als wollte er mir zuprosten. Dann schwenkt er es von links nach rechts, um darauf hinzuweisen, dass es leer ist.

»Rasch, Mädchen, bring ihm was zu trinken«, sagt Meena und drückt mir einen Krug in die Hand.

Ich atme tief ein und gehe die Seitentreppe hinunter in den Garten. Meine Brüder pfeifen. Sie wissen, wie sehr ich es hasse, einen Sari zu tragen. Alle Männer drehen sich zu mir um. Ich konzentriere mich auf meine Sandalen.

Mein Vater redet mit Dave und meinem Onkel Rashid, einem notorischen Pograbscher. Meine Mutter meint, es wäre eine zwanghafte Störung, aber ich glaube, er ist bloß ein Lustmolch. Sie reden über Cricket. Die Männer in meiner Familie sind besessen von dem Spiel, selbst nach Ende des Sommers noch.

Die meisten indischen Männer sind klein und elegant mit feinen Händen, aber meine Brüder sind mit Ausnahme von Hari, der auch eine wunderschöne Frau geworden wäre, eher derbe und stämmige Typen.

Bada küsst mich auf die Wange. Ich verbeuge mich leicht. Er schiebt seinen Gast näher und macht uns förmlich miteinander bekannt.

»Alisha, das ist Dr. Sohan Banerjee.«

Ich nicke, den Blick nach wie vor gesenkt.

Der Name kommt mir bekannt vor. Wo habe ich ihn schon einmal gehört?

Der arme Dave begreift nicht, was los ist. Er ist kein Sikh, und das ist wahrscheinlich gut so. Wenn ich einen Sikh mit nach Hause gebracht hätte, hätten meine Eltern eine Ziege geschlachtet.

Dr. Banerjee steht sehr gerade und hält den Kopf gesenkt. Mein Vater redet immer noch. »Sohan hat persönlich Kontakt mit mir aufgenommen und mich gebeten, dich kennen lernen zu dürfen, Alisha. Von Familie zu Familie – wie es sein sollte.«

Niemand erwartet dazu einen Kommentar von mir.

»Er hat mehr als einen medizinischen Abschluss«, fügt er hinzu.

Er hat auch mehr als ein Kinn.

Ich weiß nicht, wie viel schlimmer der Tag noch werden könnte. Die Leute beobachten mich. Dave steht auf der anderen Seite des Gartens und redet mit meinem ältesten Bruder Prabakar, dem religiösesten Mitglied unserer Familie, der ihn garantiert nicht akzeptieren wird.

Der Arzt spricht mit mir. Ich muss mich auf seine Worte konzentrieren. »Soweit ich weiß, sind Sie Polizistin?«

»Ja.«

»Und Sie leben nicht mit Ihren Eltern zusammen. Nur sehr wenige indische Mädchen verfügen über Eigentum. Warum sind Sie nicht verheiratet?«

Die grobe Offenheit seiner Fragen überrascht mich. Er wartet meine Antwort nicht ab. »Sind Sie noch Jungfrau?«

»Verzeihung?«

»Ich nehme doch an, Ihre Mutter hat Sie über die Tatsachen des Lebens aufgeklärt.«

»Das geht Sie gar nichts an.«

»Kein Kommentar bedeutet ja.«

»Nein, tut es nicht.«

»Meiner Erfahrung nach schon.«

»Trinken Sie Alkohol?«

»Nein.«

»Sie müssen nicht so abwehrend reagieren. Meine Eltern meinen, dass ich ein Mädchen aus Indien heiraten soll, weil die Mädchen vom Dorf fleißige Arbeiterinnen und gute Mütter sind. Das mag alles sein, aber ich will kein Bauernmädchen, das nicht mit Messer und Gabel umgehen kann.«

Wut steigt mir wie ein Kloß in den Hals, den ich nur mit Mühe herunterschlucken kann. Ich schenke ihm mein höflichstes Lächeln. »Aber erzählen Sie mal, Dr. Banerjee …«

»Nennen Sie mich Sohan.«

»Gut, Sohan, masturbieren Sie?«

Er klappt den Mund auf und zu wie die Puppe eines Bauchredners. »Ich denke kaum, dass das …«

»Kein Kommentar bedeutet ja.«

Wut blitzt in seinen Augen auf wie ein blutroter Schleier. Zähneknirschend ringt er sich ein Lächeln ab. »Touché.«

»Was für eine Art Arzt sind Sie?«

»Ich bin Facharzt für Frauen- und Geburtsheilkunde.«

Plötzlich fällt mir wieder ein, wo ich seinen Namen gelesen habe. Er stand in der Akte, die Barnaby Elliot mir gezeigt hat. Sohan Banerjee ist Spezialist für Reproduktionsmedizin. Er hat die In-vitro-Fertilisationen bei Cate durchgeführt.

Es gibt 100.000 Sikhs in London und vielleicht 400 Frauenärzte. Wie groß ist die Wahrscheinlichkeit, dass Cates Arzt hier aufkreuzt?

»Wir haben eine gemeinsame Bekannte«, erkläre ich ihm. »Cate Beaumont. Haben Sie von ihrem Unfall gehört?«

Sein Blick schweift zu dem fleckigen grünen Dach des Gartenschuppens meines Vaters. »Ihre Mutter hat mich angerufen. Schreckliche Geschichte.«

»Hat Sie Ihnen auch erzählt, dass Cate ihre Schwangerschaft vorgetäuscht hat?«

»Ja.«

»Was hat sie sonst noch gesagt?«

»Es würde unserem Berufsethos widersprechen, die Einzelheiten des Gespräches zu enthüllen.« Er nickt und fügt noch hinzu: »Selbst gegenüber einer Polizistin.«

Ich suche seinen Blick oder vielleicht ist es auch umgekehrt. »Halten Sie etwa vorsätzlich sachdienliche Informationen zurück?«

Er lächelt misstrauisch. »Verzeihung, aber ich dachte, das hier wäre eine Geburtstagsfeier.«

»Wann haben Sie Cate zum letzten Mal gesehen?«

»Vor einem Jahr.«

»Warum konnte sie keine Kinder bekommen?«

»Aus überhaupt keinem Grund«, antwortet er unbekümmert. »Sie hat eine Laparoskopie, Blutuntersuchungen und eine Hysteroskopie durchführen lassen. Es gab keinerlei Anomalien, Adhäsionen oder Fibroide. Einer Schwangerschaft stand an sich nichts im Wege. Leider waren sie und ihr Mann inkompatibel. Felix produzierte nur eine geringe Anzahl von Spermien, aber mit einer anderen Frau hätte er wahrscheinlich ohne größere Probleme ein Kind zeugen können. Doch in diesem Fall wurden seine Spermien vom Immunsystem seiner Frau wie Krebszellen behandelt und zerstört. Eine Schwangerschaft war zwar theoretisch möglich, aber realistisch gesehen unwahrscheinlich.«

»Haben Sie je die Möglichkeit einer Leihmutterschaft angesprochen?«

»Ja, aber es gibt nicht allzu viele Frauen, die bereit sind, für ein anderes Paar ein Kind auszutragen. Es gab außerdem noch einen anderen Aspekt ...«

»Was für einen anderen Aspekt?«

»Haben Sie je von Achondrogenesis gehört?«

»Nein.«

»Es ist eine äußerst seltene genetische Störung, eine Form von tödlichem Zwergwuchs.«

»Was hat das mit Cate zu tun?«

»Ihre einzige bekannte Schwangerschaft endete mit einer

Fehlgeburt nach sechs Monaten. Eine Autopsie zeigte schwere Deformationen des Ungeborenen. Wegen einer verflixten Laune des Schicksals hatten sie und Felix beide ein rezessives Gen. Selbst wenn sie durch irgendein Wunder schwanger geworden wäre, bestand eine fünfundzwanzigprozentige Chance, dass es wieder passieren würde.«

»Aber sie haben es weiter versucht.«

Er hebt die Hand, um mich zu bremsen. »Verzeihung, Alisha, aber darf ich aus Ihren Fragen schließen, dass Sie diese Angelegenheit in irgendeiner offiziellen Funktion untersuchen?«

»Ich suche lediglich Antworten.«

»Ich verstehe.« Er denkt darüber nach. »Ich an Ihrer Stelle wäre äußerst vorsichtig. Manchmal missdeuten die Leute die guten Absichten ihrer Mitmenschen.«

Ich weiß nicht genau, ob das ein Rat oder eine Warnung ist, aber er hält meinem Blick stand, bis mir unbehaglich wird. Er hat eine Arroganz an sich, die für seine Generation gebildeter Sikhs typisch ist, Snobs, die viel mehr *pukka* sind als jeder Engländer, den man trifft.

Schließlich entspannt er sich wieder. »Ich werde Ihnen so viel verraten, Alisha. Mrs. Beaumont hat sich im Laufe von zwei Jahren der Implantation von fünf künstlich befruchteten Eizellen unterzogen.«

»Fünf?«

»Genau.«

»Ich dachte, es wären sechs gewesen.«

»Nein, ich bin mir ziemlich sicher, dass es fünf waren. Es handelt sich hier um eine sehr komplexe Technik. Das macht man nicht einfach mal so zu Hause mit einer Spritze und einer Glasschale. Es ist der letzte Ausweg, wenn alles andere scheitert.«

»Was ist in Cates Fall geschehen?«

»Sie hatte jedes Mal eine Fehlgeburt. Weniger als ein Drittel aller In-vitro-Fertilisationen führen zu einer Geburt. Meine Erfolgsquote liegt eher über dem Durchschnitt, aber ich bin nur Arzt und kann keine Wunder bewirken.«

Zum ersten Mal klingt etwas, was er sagt, nicht eingebildet. Er wirkt ehrlich enttäuscht.

Tante Meena ruft alle zum Essen herein. Mein Vater thront am Kopf der gedeckten Tafel. Ich sitze bei den Frauen. Die Männer sitzen gegenüber. »New Boy« Dave und Dr. Banerjee sitzen nebeneinander.

Hari kommt noch rechtzeitig zum Pudding und wird von meinen Tanten verhätschelt wie ein verlorener Sohn. Sie streichen durch sein langes Haar. Er beugt sich zu mir herunter und flüstert mir ins Ohr: »Zwei auf einmal, Schwesterherz, und ich hatte dich schon als alte Jungfer abgeschrieben.«

Beim Essen geht es in meiner Familie laut zu. Teller werden herumgereicht. Leute reden durcheinander. Lachen ist wie ein Gewürz. Es gibt keine Zeremonie, aber es gibt Rituale (was nicht das Gleiche ist). Reden werden gehalten, den Köchinnen muss gedankt werden, niemand fällt meinem Vater ins Wort, und alle Meinungsverschiedenheiten werden auf später verschoben.

So lange lasse ich Dave nicht bleiben. Er hat Arbeit zu erledigen. Auch Sohan Banerjee macht Anstalten aufzubrechen. Ich verstehe noch immer nicht, warum er hier ist. Das kann kein bloßer Zufall sein.

»Würden Sie sich noch einmal mit mir treffen wollen, Alisha?«, fragt er.

»Nein, tut mir leid.«

»Es würde Ihre Eltern sehr glücklich machen.«

»Sie werden es überleben.« Er wiegt den Kopf hin und her und hoch und runter. »Nun gut, ich weiß nicht, was ich sagen soll.«

»Üblicherweise sagt man auf Wiedersehen.«

Er verzieht das Gesicht. »Ja. Auf Wiedersehen. Und ich wünsche Ihrer Freundin Cate Beaumont eine rasche Genesung.«

Als er die Haustür hinter sich zuzieht, empfinde ich eine Mischung aus Angst und Erleichterung. Mein Leben ist auch ohne ihn schon rätselhaft genug.

Hari kommt mir im Flur entgegen. Seine dunklen Augen reflektieren das Licht, als er mich umarmt. Er hat mein aufgeklapptes Handy in der Hand.

»Deine Freundin, Cate, ist heute Mittag gestorben.«

11

In der Einfahrt vor dem Haus der Elliots und in der Straße, in der sie wohnen, parken Autos. Verwandte. Eine Totenwache. Ich sollte sie in Frieden lassen. Aber während ich innerlich noch hin und her überlege, was ich tun soll, finde ich mich schon vor ihrer Haustür wieder und klingele.

Barnaby öffnet die Tür. Er hat sich geduscht, rasiert und frisch gemacht, aber seine Augen sind wässrig, und sein Blick ist fahrig.

»Wer ist es, Schatz?«, fragt eine Stimme aus dem Haus.

Er erstarrt und tritt dann zurück. Räder quietschen über das Parkett, und Cates Mutter Ruth Elliot rollt in mein Blickfeld. Sie trägt Schwarz, was ihr Gesicht noch gespenstischer wirken lässt.

»Komm doch rein«, sagt sie und bleckt die Zähne zu einem gequälten Lächeln.

»Es tut mir so leid. Wenn ich irgendetwas für Sie tun kann.«

Sie antwortet nicht, sondern rollt auf ihren Rädern davon. Ich folge ihnen ins Wohnzimmer, in dem sich zahlreiche trauernde Freunde und Verwandte versammelt haben. Einige von ihnen erkenne ich wieder. Judy und Richard Sutton, Bruder und Schwester. Richard war bei zwei Wahlen Barnabys Wahlkampfmanager, und Judy arbeitet bei der Chase Manhattan Bank.

Cates Tante Paula redet mit Jarrod, und in der Ecke entdecke ich Reverend Lunn, einen anglikanischen Pastor.

Yvonne sitzt gleichzeitig redend und schluchzend zusammengesunken auf einem Stuhl. Sie trägt nicht wie sonst lebhaft leuchtende Farben, sondern Schwarz, was die allgemeine Stimmung perfekt widerspiegelt. Sie ist in Begleitung ihrer mittlerweile erwachsenen Kinder, die nicht wie Jamaikaner, sondern wie Engländer wirken. Das Mädchen ist wunderschön. Und der Junge könnte tausend Orte nennen, an denen er jetzt lieber wäre.

Als sie mich sieht, werden Yvonnes Klagen noch ein wenig lauter, und sie streckt die Arme aus. Aber bevor ich etwas sagen kann, packt Barnaby meinen Unterarm und zieht mich beiseite.

»Woher wusstest du das mit dem Geld?«, zischt er. Ich kann den Alkohol in seinem Atem riechen.

»Wovon redest du?«

Er verschluckt sich beinahe an seinen Worten. »Irgendjemand hat achtzigtausend Pfund von Cates Konto abgehoben.«

»Woher hatte sie so viel Geld?«

Er senkt die Stimme zu einem Flüstern. »Von ihrer verstorbenen Großmutter. Ich habe ihr Konto überprüft. Die Hälfte des Geldes wurde im vergangenen Dezember abgehoben, die andere Hälfte im März.«

»Ein Bankscheck?«

»In bar. Mehr will mir die Bank nicht sagen.«

»Und du hast keine Ahnung, warum?«

Er schüttelt den Kopf und stolpert vorwärts. Ich steuere ihn in die Küche, wo aufgeklappte Genesungswunschkarten zwischen aufgerissenen Umschlägen auf dem Tisch liegen, die jetzt seltsam sinnlos erscheinen, verlorene Gesten, die in einem noch größeren Kummer untergegangen sind.

Ich fülle ein Glas mit Wasser aus dem Hahn und gebe es ihm. »Neulich hast du einen Arzt erwähnt, einen Reproduktionsmediziner.«

»Was ist mit ihm?«

»Hast du ihn je persönlich kennen gelernt?«

»Nein.«

»Weißt du, ob er je Alternativen zu einer künstlichen Befruchtung vorgeschlagen hat, zum Beispiel eine Adoption oder eine Leihmutterschaft?«

»Nicht dass ich wüsste. Er hat Cates Chancen nicht übermäßig hoch eingeschätzt, so viel weiß ich. Und er hat sich geweigert, pro Implantation mehr als zwei Embryonen einzupflanzen. Außerdem hatte er eine weitere Grundregel – drei Versuche, dann ist man draußen. Cate hat ihn angefleht, es weiter zu versuchen, und am Ende hat er es insgesamt fünf Mal probiert.«

»Fünf.«

»Man hat achtzehn Eizellen entnommen, von denen nur zwölf lebensfähig waren. Es wurden jedes Mal zwei Embryonen implantiert.«

»Das ergibt zusammen zehn – was ist mit den restlichen beiden?«

Er zuckt mit den Schultern. »Dr. Banerjee wollte keine weitere Implantation durchführen. Er hat erkannt, wie fragil Cates emotionaler Zustand war. Sie brach regelrecht zusammen.«

»Sie hätte in eine andere Klinik gehen können.«

»Felix hat es nicht zugelassen. Die Hormone, die Tests und die Tränen – er wollte nicht, dass sie all das noch einmal durchmacht.«

Nichts davon erklärt diese Summe. Achtzigtausend Pfund gibt man nicht einfach so weg. Cate hat versucht, ein Baby zu kaufen, aber irgendetwas ist schiefgelaufen. Deshalb hat sie sich bei mir gemeldet.

Ich gehe die Geschichte noch einmal durch und breite die Indizien aus, wobei aus einigen Halbwahrheiten gesicherte Fakten werden. Ich sehe, was Barnaby denkt. Er macht sich Sorgen um seine politischen Ambitionen. Ein derartiger Skandal würde jegliche Chance, die er hat, vollkommen vernichten.

»Deswegen muss ich an Cates Computer«, sage ich.

»Sie hat keinen Computer.«

»Hast du nachgesehen?«

»Ja.«

Der Rand des Glases stößt an seine Zähne. Er lügt.

»Kann ich dann wenigstens die Unterlagen, die du mir gezeigt hast, und Cates Briefe ausleihen?«

»Nein.«

Meine Frustration schlägt in Wut um. »Warum tust du das? Wie kann ich es dir begreiflich machen?«

Er legt seine Hand auf mein Knie. »Du könntest netter zu mir sein.«

Wie aus dem Nichts taucht Ruth Elliot in der Küche auf. Diesmal waren ihre Räder lautlos. Sie sieht mich an, als hätte sie einen Frosch ausgespuckt.

»Die ersten Leute wollen gehen, Barnaby. Du solltest dich von ihnen verabschieden.«

Er folgt ihr zur Haustür. Ich nehme meinen Mantel und drücke mich an ihnen vorbei.

»Vielen Dank für dein Kommen, Liebes«, sagt Mrs. Elliot automatisch und richtet sich in ihrem Rollstuhl auf. Ihre Lippen auf meiner Stirn sind trocken wie Pergamentpapier.

Barnaby legt einen Arm um mich, streift mit den Lippen über mein linkes Ohrläppchen und lehnt sich gegen mich. Ich verlagere mein Gewicht auf das andere Bein, damit sich unsere Hüften nicht mehr berühren.

»Warum tun Frauen *mir* das immer an?«

Als ich wegfahre, spüre ich noch seinen warmen Atem. Warum denken Männer immer, es ginge um *sie*?

Ich bin sicher, ich könnte eine Entschuldigung oder Begründung für das finden, was ich vorhabe, aber wie man es auch beschönigt, es bleibt ein Verstoß gegen das Gesetz. Ein halber Ziegelstein in einen Mantel gewickelt, eine Scheibe birst und fällt nach innen. Bis hierhin ist es mutwillige Zerstörung oder Sachbeschädigung. Ich greife hinein und öffne die Tür. Jetzt ist es ein Einbruch. Wenn ich den Laptop finde, kommt noch Diebstahl hinzu. Meinen die Leute das, wenn sie von der schiefen Bahn sprechen, auf der man zum Verbrecher wird?

Es ist nach Mitternacht. Ich trage schwarze Jeans, Lederhandschuhe und einen dunkelblauen Rollkragenpullover, den Tante Meena mir gestrickt hat. Bei mir habe ich eine große Rolle schwarze Plastikfolie, Klebeband, eine Taschenlampe und einen USB-Stick zum Herunterladen von Computerdateien.

Ich schließe die Augen und sehe den Grundriss des Erdgeschosses vor mir, so wie ich mich von meinem Besuch vor drei Tagen daran erinnere. Scherben knirschen unter meinen Turnschuhen. Am Anrufbeantworter blinkt ein rotes Licht.

Es hätte nicht so weit kommen müssen. Barnaby hat mich angelogen. Ich verdächtige ihn keiner schwerwiegenden Vergehen. Gute Menschen schützen ihre Lieben. Aber manchmal erkennen sie nicht, wie gute Absichten und blinde Loyalität ihre Urteilsfähigkeit beeinträchtigen.

Er hat Angst davor, was ich finden könnte. *Ich* habe auch Angst. Er macht sich Sorgen, dass er seine Tochter eigentlich gar nicht richtig kannte. Die Sorge habe *ich* auch.

Ich gehe die Treppe hinauf. Im Kinderzimmer klebe ich die Fenster mit schwarzem Plastik und Klebeband ab. Danach ist es sicher, die Taschenlampe anzumachen.

Derartige Vorsichtsmaßnahmen sind vielleicht unnötig, aber ich kann es mir nicht leisten, dass die Nachbarn nachsehen kommen oder die Polizei alarmieren. Meine Karriere (welche Karriere?) hängt ohnehin schon am seidenen Faden. Ich ziehe die Kommodenschublade auf. Die Dokumente sind ebenso verschwunden wie das Bündel Briefe.

Ich wiederhole die Prozedur Zimmer für Zimmer und durchsuche Kleiderschränke und Schubladen unter Betten.

Neben dem großen Schlafzimmer befindet sich ein kleines

Arbeitszimmer mit Schreibtisch und Aktenschrank. Das einzige Fenster ist gekippt. Ich blicke in den mondbeschienenen Garten mit seinem Teppich aus Schatten und heruntergefallenen Blättern.

Ich rolle ein Stück Plastik ab und versiegele das Fenster, bevor ich meine Taschenlampe wieder anknipse. Unter dem Schreibtisch direkt oberhalb der Fußleiste befindet sich ein Telefonanschluss. In der obersten Schublade liegen Software und die Gebrauchsanweisung für einen ADSL-Anschluss. Ich hatte Recht, was den Computer angeht. Und was Barnaby betrifft auch.

Ich ziehe die weiteren Schubladen auf und finde die üblichen Büroutensilien – Textmarker, einen Tacker, Büroklammern, ein Knäuel Gummibänder, Post-its, ein Feuerzeug …

Als Nächstes nehme ich mir den Aktenschrank vor und blättere die Hängeordner durch. Sie sind unbeschriftet und undatiert, sodass ich jeden einzeln durchgehen muss. Strom- und Gasrechnungen in Klarsichthüllen und auf jeder Telefonrechnung eine Auflistung der geführten Ferngespräche und Verbindungen zu Handynetzen. Ich kann sie möglicherweise nachverfolgen, aber das wird Tage dauern.

Unter den Rechnungen befindet sich auch eine von einer Internet-Firma. Manchmal speichern Leute Kopien ihrer E-Mails auf dem Server, aber dafür müsste ich Cates Passwort und Benutzernamen kennen.

Als ich im Arbeitszimmer fertig bin, gehe ich in das große Schlafzimmer, in dem sich bis auf die Bücher in den Regalen keine Papiere finden. Felix hat auf der linken Seite geschlafen. Er hatte eine Lesebrille und mochte Maupin. Ich setze mich auf Cates Seite. In der Schublade ihres Nachttischs finde ich eine Nachtcreme, Moisturizer, Nagelfeilen und einen Bilderrahmen, dessen Vorderseite verdeckt nach unten liegt. Ich drehe ihn um.

Zwei Teenager lachen Arm in Arm in die Kamera, Tropfen von Meerwasser im Haar. Ich kann beinahe das Salz auf ihrer

Haut schmecken und die auf dem Kiesstrand ausrollenden Wellen hören.

Jedes Jahr mieteten die Elliots im August ein Häuschen in Cornwall, wo sie segelten und schwammen. Einmal lud Cate mich ein mitzukommen. Ich war fünfzehn, und es war mein erster richtiger Strandurlaub.

Wir schwammen, fuhren Fahrrad, sammelten Muscheln und sahen den Jungen zu, die in der Widemouth Bay surften. Einige boten an, Cate und mir Surfen beizubringen, aber Barnaby meinte, dass alle Surfer Hänger und Kiffer seien. Stattdessen lehrte er uns in Padstow Harbour und der Camel Estuary Segeln im Einhand-Dhingi.

Der einteilige hellgrüne Seersucker-Badeanzug, den meine Mutter mir ausgesucht hatte, war mir peinlich. Cate lieh mir einen von ihren Bikinis.

Wenn wir nebeneinander saßen, berührte Barnabys Bein manchmal meins. Und um das Boot zu balancieren, mussten wir uns hin und wieder weit über die Reling lehnen, und er legte seinen Arm um meine Hüfte. Ich mochte seinen Geruch nach Salz und Sonnenöl.

Abends spielten wir Spiele wie Scharade oder Trivial Pursuit. Ich versuchte immer, neben ihm zu sitzen, weil er mich dann in die Rippen stieß, wenn er einen seiner Witze erzählte, oder sich an mich lehnte, bis wir umkippten.

»Du hast mit ihm geflirtet«, sagte Cate, als wir ins Bett gegangen waren. Wir teilten uns den Speicher. Mr. und Mrs. Elliot hatten das größte Schlafzimmer in dem Stock darunter und Jarrod ein Zimmer für sich auf der Rückseite des Hauses.

»Habe ich nicht.«

»Hast du *wohl*.«

»Sei doch nicht albern.«

»Es ist widerlich. Er ist alt genug, um –«

»– dein Vater zu sein?«

Sie lachte.

Sie hatte natürlich Recht. Ich flirtete mit ihm, und er flirtete zurück, weil er nicht wusste, wie er sich Frauen oder Mädchen gegenüber anders verhalten sollte.

Cate und ich lagen auf unseren Bettdecken und konnten wegen der Hitze nicht schlafen. Der Speicher war nicht isoliert und schien die Hitze des Tages festzuhalten.

»Weißt du, was dein Problem ist?«, fragte sie. »Du hast noch nie einen Jungen geküsst.«

»Habe ich wohl.«

»Ich spreche nicht von deinen Brüdern. Ich meine einen richtigen Zungenkuss.«

Ich wurde verlegen.

»Du solltest üben.«

»Wie bitte?«

»Hier, versuch's mal.« Sie presste Daumen und Zeigefinger zusammen. »Stell dir vor, das wäre der Mund eines Jungen, und küss ihn.«

Sie nahm meine Hand und küsste sie. Dabei fuhr sie mit der Zunge zwischen meinem Daumen und meinem Zeigefinger hin und her, bis sie feucht waren.

»Jetzt versuch du mal.« Sie hielt mir ihre Hand hin. Sie schmeckte nach Zahnpasta und Seife. »Nicht zu viel Zunge. Igitt!«

»*Du* hast auch viel Zunge benutzt.«

»Aber nicht so viel.« Sie wischte sich die Hand an ihrem Laken ab und sah mich mit liebevoller Ungeduld an. »Und dann musst du auf die Haltung achten.«

»Wie meinst du das?«

»Du musst den Kopf nach rechts oder links legen, damit ihr nicht mit den Nasen gegeneinanderprallt. Wir sind schließlich keine Eskimos.«

Sie warf ihren Pferdeschwanz über die Schulter und zog mich an sich. Ich konnte ihr pochendes Herz spüren und das Blut, das unter ihrer Haut pulsierte. Sie ließ ihre Zungenspitze über meine Lippen gleiten und über meine Zähne tanzen. Wir atmeten dieselbe Luft. Es war ein unglaubliches Gefühl.

»Wow, du lernst aber schnell«, sagte sie.

»Du bist ja auch eine gute Lehrerin.«

Mein Herz raste.

»Vielleicht sollten wir das lieber nicht noch mal machen.«

»Ein bisschen seltsam hat es sich schon angefühlt.«

»Ja. Seltsam.«

Ich trocknete meine Handflächen an meinem Nachthemd.

»Ja, also, jetzt weißt du, wie es geht«, sagte Cate und nahm sich eine Zeitschrift.

Sie hatte selbst mit fünfzehn schon viele Jungen geküsst, prahlte jedoch nie damit. Viele weitere sollten folgen – Perlen und Kiesel an einer Kette um ihren Hals –, und bei jedem, der kam und ging, gab es kaum ein enttäuschtes oder gar trauriges Achselzucken.

Ich streiche mit den Fingern über das Foto und überlege, ob ich es mitnehmen soll. Wer würde es merken? Und im selben Moment kommt mir eine Erleuchtung. Ich gehe zurück ins Arbeitszimmer, ziehe die Schreibtischschublade auf und sehe das Feuerzeug. Wenn ich früher bei Cate übernachtet habe, schmuggelte sie immer Zigaretten mit nach oben und rauchte sie aus dem Fenster gelehnt, damit ihre Eltern den Qualm nicht rochen.

Ich reiße die Plastikverkleidung von der Scheibe, schiebe das Fenster hoch, stütze mich auf der Fensterbank ab und beuge mich in gut drei Meter Höhe hinaus.

Im Dunkeln schweift mein Blick über das Fallrohr der Regenrinne, das mit Metallschellen an der Mauer befestigt ist. Ich brauche mehr Licht. Ich riskiere es, die Taschenlampe anzumachen, und richte ihren Strahl direkt auf das Fallrohr. Außer Reichweite kann ich das verknotete Ende eines dünnen Fadens ausmachen, das über der ersten Rohrschelle hängt.

Was hat sie benutzt?

Ich sehe mich im Arbeitszimmer um. Zwischen der Rückseite des Schreibtischs und der Wand klemmt ein Kleiderbügel aus Draht, der so verbogen wurde, dass das eine Ende einen Haken bildet. Ich beuge mich wieder aus dem Fenster, nehme eine Schlaufe der Schnur auf den Haken. Sie läuft an der Mauer entlang über einen kleinen Nagel. Als ich an der Schnur ziehe, schwebt mir aus den Büschen im Garten eine Farbdose entgegen, nach der ich greife, sobald sie in Reichweite ist.

Mit einer Münze öffne ich den Deckel. Die Dose enthält ein halbvolles Paket Zigaretten und ein größeres, in Plastik eingewickeltes und von Gummibändern zusammengehaltenes Päckchen. Ich ziehe es heraus, schließe die Dose wieder und lasse den Nylonfaden durch meine Finger gleiten, als ich sie wieder ins Gebüsch hinablasse.

Auf dem Weg zurück ins Elternschlafzimmer löse ich die Gummibänder und wickele das Paket auf. Es enthält eine Plastikhülle mit Dokumenten, die ich auf dem Bett ausbreite: Zwei Boarding-Pässe einer Fluglinie, ein Touristen-Stadtplan von Amsterdam und ein Prospekt.

Die Boarding-Pässe sind gültig für einen British-Midlands-Flug am 9. März von Heathrow zum Flughafen Schiphol in den Niederlanden, Rückflug am 11.

Auf dem Cover des abgegriffenen Stadtplans prangt ein Foto des Rijksmuseum. Der Plan deckt den gesamten Bereich der Innenstadt ab, wo Kanäle und Straßen einem konzentrischen Hufeisenmuster folgen. Auf der Rückseite ist ein kleiner Plan mit Bus-, Straßenbahn- und Zuglinien sowie eine Liste von Hotels abgedruckt. Eines von ihnen ist umkringelt: »The Red Tulip«.

Ich betrachte den Prospekt, offenbar eine Werbebroschüre für eine wohltätige Einrichtung – das »New Life Adoption Centre« mit einer Telefonnummer und einem Postfach in Hayward's Heath, West Sussex. Auf dem Cover sind Bilder von Babys und glücklichen Paaren abgedruckt, dazu ein Zitat: » *Wenn Sie noch* nicht bereit sind, Mutter zu werden, ist es gut zu wissen, dass eine andere Frau es ist.«

Als ich den Prospekt aufklappe, springen mir weitere Fotos und Zeugenaussagen entgegen.

»ADOPTIONSWUNSCH? Wenn Sie eine sichere und erfolgreiche Adoption wünschen, können wir Ihnen helfen! Seit 1995 haben wir Hunderten von Paaren bei der Adoption von Babys geholfen. Unser Team ausgewählter und sozial engagierter Fachkräfte kann Ihren Traum von einer Familie wahr machen.«

Über der gegenüberliegenden Seite prangt die Schlagzeile: »SCHWANGER UND NOCH UNSICHER, WAS SIE TUN WOLLEN?

Wir können Ihnen helfen! Wir bieten Hilfe und Beistand während und nach der Schwangerschaft und können biologischen Eltern Unterstützung vermitteln. Offene Adoption bedeutet, dass SIE entscheiden.«

Darunter das Foto einer Kinderhand, die sich an den Finger eines Erwachsenen klammert.

Eine Frau namens Julie schreibt: »Vielen Dank, dass Sie meine unerwartete Schwangerschaft zu einem Geschenk des Himmels für alle Beteiligten gemacht haben.«

Auf der gegenüberliegenden Seite sind weitere Zitate aufgelistet, diesmal von Paaren.

»Die Wahl der Adoption hat uns eine wunderbare Tochter geschenkt und unser Leben vollkommen gemacht.«

Ein loses Blatt fällt heraus.

»Dieses Kind könnte Ihres sein«, steht darauf. »Geboren in diesem Monat, Junge, Vater unbekannt. Die achtzehnjährige Mutter ist eine ehemals drogenabhängige Prostituierte, die jetzt clean ist. Bei Übernahme der medizinischen Kosten sowie einer Vermittlungsgebühr könnte dieses Baby Ihres sein.«

Ich schiebe die Dokumente wieder in die Hülle und wickele die Gummibänder darum.

Bei der Telefonnummer auf der Rückseite von Samiras Foto fehlt die Auslandsvorwahl. Cate hat im März die Niederlande besucht. Ungefähr zur selben Zeit hat sie verkündet, dass sie schwanger sei.

Ich nehme den Hörer des Telefons neben dem Bett ab und rufe die Auslandsauskunft an. Ich habe ein ungutes Gefühl, vom Tatort aus zu telefonieren, es ist fast wie ein Geständnis. Eine Mitarbeiterin nennt mir die internationale Vorwahl der Niederlande. Mit einer »31« davor wähle ich die Nummer von dem Foto noch einmal.

Ich erreiche einen Anschluss. Der Klingelton ist lang und schwach.

Irgendjemand nimmt ab, ohne etwas zu sagen.

»Hallo?«

Keine Reaktion.

»Hallo, können Sie mich hören?«

Irgendjemand atmet.

»Ich versuche, Samira zu erreichen. Ist sie da?«

Eine gutturale Stimme, kehlig vor Schleim, fragt: »Wer ist da?«

Der Akzent könnte holländisch sein, klingt aber eher osteuropäisch.

»Eine Freundin.«

»Ihr Name?«

»Also, eigentlich bin ich die Freundin einer Freundin.«

»Ihr Name und der Name Ihrer Freundin?«

Misstrauen fällt auf mich wie ein kalter Schatten. Ich mag diese Stimme nicht. Ich spüre, wie sie mich durchsucht, in meine Brust greift und nach meiner Seele tastet.

»Ist Samira da?«

»Hier ist niemand.«

Ich versuche, ruhig zu klingen. »Ich rufe im Namen von Cate Beaumont an. Ich habe das restliche Geld.«

Ich extrapoliere auf der Basis der bekannten Fakten, was

auch nur eine vornehme Art ist zu sagen, ich improvisiere blind. *Wie weit kann ich noch gehen?*

Die Verbindung wird beendet.

Nicht weit genug.

Ich lege den Hörer auf die Gabel, streiche die Überdecke glatt und sammele meine Sachen ein. Als ich mich zur Tür wende, höre ich von unten ein leises Klirren. Ich weiß, was es ist. Genau so ein Geräusch habe ich auch verursacht, als ich die Glasscheibe der Terrassentür eingeschlagen habe.

Jemand ist im Haus. Wie groß ist die Wahrscheinlichkeit, dass zwei Einbrecher in einer Nacht dasselbe Haus überfallen? Sehr gering. Gleich null. Ich stopfe das Päckchen in den Bund meiner Jeans und spähe über das Geländer. Ich höre gedämpfte Stimmen im Flur. Mindestens zwei. Der Lichtstrahl einer Taschenlampe streift über die untersten Stufen. Ich ziehe mich zurück.

Was soll ich machen? Ich dürfte gar nicht hier sein. Genauso wenig wie sie. Vor mir liegt die Treppe zum Speicher. Ich steige rasch die Stufen hinauf bis zu einer Tür mit einem steifen Scharnier.

»Hast du was gehört?«, fragt unten jemand.

»Nee.«

»Ich seh mal oben nach.«

Einer der beiden klingt wie ein Ire. Es könnte Brendan Pearl sein.

»Hey!«

»Was?«

»Ist dir das aufgefallen?«

»Was?«

»Die Fenster sind mit schwarzem Plastik zugeklebt. Warum haben sie das gemacht?«

»Ich hab keine beschissene Ahnung. Mach einfach voran.«

Der Speicher scheint ein Raum voller schräger Winkel und

enger Nischen. Nachdem ich mich an die Dunkelheit gewöhnt habe, kann ich ein Einzelbett, einen Schrank, einen Standventilator und Kartons voller Nippes und Krimskrams erkennen.

Ich quetsche mich in die Nische, die zwischen dem Schrank und dem Schrägdach klafft und baue sie mit Kartons zu. Ich brauche eine Waffe. Das Eisenbett hat schwere Messingkugeln auf den Bettpfosten. Leise schraube ich eine von ihnen ab und stopfe sie in einen Socken, den ich mir ausgezogen habe. Die Kugel rutscht bis zu den Zehen, und ich wiege sie in meiner Hand. Damit könnte ich Knochen brechen.

Ich ziehe mich wieder in mein Versteck zurück, lausche auf Schritte auf der Treppe und behalte die Tür im Auge. Ich muss die Polizei alarmieren. Wenn ich mein Handy aufklappe, wird eine Neonschrift aufleuchten: »Hier bin ich! Komm und hol mich!«

Ich schirme mit beiden Händen das Display ab und tippe die Nummer des Notrufs ein. Eine Telefonistin nimmt ab.

»Beamter in Gefahr. Hauseinbruch.«

Ich flüstere die Adresse und meine Dienstnummer. Ich kann nicht dranbleiben. Das Telefon geht aus, das Display erlischt. Jetzt höre ich nur noch meinen Atem, und Schritte …

Die Tür geht auf. Der Strahl einer Taschenlampe schweift durch den Raum. Die Gestalt dahinter kann ich nicht erkennen. Er kann mich nicht sehen. Er stolpert über eine Kiste, und Christbaumkugeln kullern über den Boden. Eine von ihnen rollt in der Nähe meines Fußes aus und spiegelt das schwache Licht.

Er legt die Taschenlampe auf das Bett, den Strahl auf sich gerichtet. Das Licht spiegelt sich auf seiner Stirn. Brendan Pearl. Ich habe mein ganzes Gewicht auf meine Fußballen verlagert, ich bin kampfbereit. Aber was macht er?

Er hat etwas in der Hand. Es sieht aus wie eine eckige Dose, und er drückt auf den Deckel. Aus einer Tülle strömt Flüssigkeit, die in dem matten Licht silbrig glänzt. Ein paar Tropfen spritzen mir auf die Stirn und sickern in meine Augen.

Rote glühende Drähte stechen mir ins Gehirn, und der Geruch bleibt mir im Hals stecken. Benzol. Brandbeschleuniger. Feuer!

Die Schmerzen sind unerträglich, aber ich darf mich nicht rühren. Er wird das Haus anzünden. Ich muss hier raus. Ich kann nichts sehen. Schwingungen auf der Treppe. Er ist weg. Ich krieche aus meinem Versteck, erreiche die Tür und presse mein Ohr dagegen.

Meine Augen sind völlig nutzlos. Ich muss sie mit Wasser ausspülen. Im ersten Stock gibt es ein Badezimmer, und das große Schlafzimmer verfügt über ein eigenes Bad. Ich kann beide finden, aber nur wenn Pearl weg ist. Andererseits kann ich es mir nicht leisten zu warten.

Irgendetwas bricht knackend zusammen und stürzt die Treppe hinunter. Meine Sicht ist immer noch verschwommen, aber ich sehe ein Licht. Nein, kein Licht. Feuer!

Das Erdgeschoss steht in Flammen, und Rauch steigt auf. Ich klammere mich ans Geländer und schaffe es bis zum Treppenabsatz. Ich taste mich an der Wand entlang, finde das Bad hinter dem Schlafzimmer und spritze mir Wasser ins Gesicht. Statt klarer Details sehe ich nur verschwommene Umrisse und Schatten.

Der Qualm wird dichter. Auf allen vieren krieche ich durch das Schlafzimmer und rieche den Brandbeschleuniger auf dem Teppich. Wenn das Feuer den ersten Stock erreicht, wird es an Wucht und Geschwindigkeit zunehmen. Das Fenster im Arbeitszimmer ist immer noch offen. Ich krieche über den Flur und stoße mir an irgendwas den Kopf. Meine Finger ertasten die Fußleiste. Ich kann die Hitze spüren.

Am Fenster angekommen lehne ich mich hinaus und atme spuckend und hustend tief ein. In meinem Rücken höre ich ein eigenartiges Rauschen. Flammen schießen an der offenen Tür vorbei, gespeist von dem Beschleuniger.

Ich klettere auf das Fenstersims und blicke nach unten. Ich

kann den Garten nicht sehen. Der Fall muss gut fünf Meter tief sein. Ich werde mir beide Beine brechen. Ich wende den Kopf zu dem an die Wand genieteten Fallrohr. Meine Augen sind nach wie vor nutzlos. Wie weit war es entfernt? 1,20 Meter. Vielleicht ein bisschen mehr.

Auf der Rückseite meiner Beine spüre ich die Hitze des Feuers. Unter mir birst ein Fenster. Scherben regnen auf das Gebüsch.

Ich muss an mich glauben, um es zu schaffen. Ich muss mich auf mein Gedächtnis und meinen Instinkt verlassen. Ich lasse mich seitwärts fallen und strecke die Arme aus.

Meine linke Hand streift das Rohr nur im Fallen, aber mit der rechten finde ich Halt. Mein Schwung wird entweder das Rohr aus der Wand reißen oder meine Schulter auskugeln. Jetzt habe ich es mit beiden Händen gepackt. Meine Hüfte knallt gegen die Backsteinmauer, aber ich klammere mich fest.

Während ich mich rutschend nach unten hangele, höre ich näher kommendes Sirengeheul. Als meine Füße den weichen Boden berühren, fahre ich herum und stolpere ein Dutzend Schritte vorwärts, bevor ich über ein Beet strauchele und flach auf der Nase lande.

Alle Fenster auf der Rückseite des Hauses sind erleuchtet. Mit tränenden Augen und rauschenden Ohren fühle ich mich an eine Fete zu Uni-Zeiten erinnert. Die ultimative Semesterabschluss-Party.

12

Zwei Detectives sind aufgetaucht. An einen von ihnen erinnere ich mich aus der Polizeischule, Eric Softell. Der Name klingt wie eine Klopapiermarke, weshalb man ihn in der Ausbildung »Arschwisch« nannte. Ich natürlich nicht. Sikh-Mädchen wagen es nicht, anderen Leuten irgendwelche Spitznamen zu geben.

»Hab gehört, Sie wären nicht mehr bei der Truppe«, sagt er.

»Nein.«

»Laufen Sie noch?«

»Ja.«

»Nicht schnell genug, nach allem, was ich höre.« Er grinst seinen Partner an, Detective Constable Billy Marsh.

Geschichten über Kameraderie unter Polizisten sind häufig bedauerliche Übertreibungen. Ich finde nicht viele meiner Kollegen besonders liebenswert oder hilfsbereit, aber die meisten von ihnen sind zumindest ehrlich, und manche bleiben Freunde fürs Leben wie Ruiz.

Ein Notarzt hat meine Augen mit destilliertem Wasser ausgespült. Ich sitze hinten in einem Krankenwagen, den Kopf zur Seite gelegt, während er einen Verband über mein linkes Auge klebt.

»Sie sollten einen Spezialisten aufsuchen«, sagt er. »Manchmal dauert es eine Woche, bis das volle Ausmaß der Verletzung deutlich wird.«

»Ist es eine bleibende Verletzung?«

»Gehen Sie zu einem Spezialisten.«

Hinter ihm schlängeln sich Feuerwehrschläuche über den glänzenden Asphalt, und Feuerwehrmänner in reflektierenden Westen wischen die Straße. Die Grundstruktur des Hauses steht noch, völlig ausgebrannt und qualmend. Der Speicher ist unter dem Gewicht des Löschwassers eingebrochen.

Ich habe Hari angerufen, damit er mich abholt. Er sieht den Feuerwehrmännern mit einer Mischung aus Respekt und Neid bei der Arbeit zu. Welcher Junge spielt nicht gern mit einem Schlauch?

Er spürt die Feindseligkeit zwischen Softell und mir und versucht, den beschützenden Bruder zu spielen und dazwischenzugehen, was eigentlich gar nicht zu ihm passt.

»Hör zu, Punka-Wallah, warum gehst du nicht und holst uns eine Tasse Tee?«, fragt Softell.

Hari kapiert die Beleidigung nicht, versteht aber den Ton.

Ich sollte wütend sein, aber von Leuten wie Softell bin ich solche Bemerkungen gewöhnt. In der Ausbildung gab man einer Gruppe von uns einmal Schutzschilde und schickte uns auf den Kasernenhof. Eine andere Gruppe von Polizeischülern wurde angewiesen, uns verbal und körperlich anzugreifen. Es gab keine Regeln, aber wir durften nicht zurückschlagen. Softell spuckte mir ins Gesicht und nannte mich eine »Paki-Hure«. Ich habe mich beinahe noch bedankt.

Mein linker Oberschenkel ist leicht angesengt, meine Fingerknöchel sind aufgekratzt und blutig. Es gibt Fragen. Und Antworten. Der Name Brendan Pearl sagt ihm gar nichts.

»Erklären Sie mir noch einmal, was Sie in dem Haus gemacht haben?«

»Ich bin am Haus vorbeigefahren. Da habe ich einen Einbruch bemerkt. Und gemeldet.«

»Aus dem Haus?«

»Ja, Sir.«

»Das heißt, Sie sind den Einbrechern ins Haus gefolgt?«

»Ja.«

Er schüttelt den Kopf. »Sie sind zufällig am Haus Ihrer Freundin vorbeigefahren und haben denselben Mann gesehen, der den Wagen gesteuert hat, mit dem sie überfahren wurde. Was hältst du davon, Billy?«

»Klingt wie Hühnerkacke.« Marsh ist derjenige, der sich Notizen macht.

»Wie haben Sie denn den Brandbeschleuniger ins Auge bekommen?«

»Er hat ihn versprüht.«

»Ach ja, während Sie sich in der Ecke *versteckt* haben?«

Arschloch!

Beiläufig stellte er den Fuß auf die Rampe des Krankenwa-

gens. »Wenn Sie sich da drin ohnehin nur verstecken wollten –
warum sind Sie dann überhaupt hineingegangen?«

»Ich dachte, es wäre nur einer.«

Ich reite mich selbst rein.

»Warum haben Sie dann nicht telefonisch Verstärkung angefordert, bevor Sie ins Haus gegangen sind?«

Immer tiefer.

»Ich weiß nicht, Sir.«

Wassertropfen perlen von der polierten Spitze seines
Schuhs.

»Sie verstehen doch, wie das aussieht, oder?«, fragt er.

»Wie sieht es denn aus?«

»Ein Haus brennt ab, und ein mit Brandbeschleuniger beklecker-
kerter Zeuge meldet sich. Regel Nummer eins bei Brandstiftung – in neun von zehn Fällen ist die Person, die ›Feuer‹ ruft,
diejenige, die den Brand gelegt hat.«

»Das kann nicht Ihr Ernst sein. Warum sollte ich das tun?«

Er zieht die Schultern hoch und lässt sie wieder fallen. »Was
weiß ich? Vielleicht fackeln Sie einfach gern irgendwas ab.«

Die ganze Straße ist wach geworden. Nachbarn stehen in Ba-
demänteln und Mänteln auf dem Bürgersteig. Kinder springen
auf einen Schlauch und tanzen um ein Leck, aus dem im Licht-
schein der Laterne silberner Dunst hervorsprüht.

Vor dem Ring aus Feuerwehrwagen hält ein Auto. Ruiz steigt
aus. Er drängt sich durch die Menge der Schaulustigen, ohne
den Constable zu beachten, der sie zurückhalten soll.

Er bleibt kurz stehen, um das Haus zu betrachten, bevor er
weiter die Straße hinunter bis zu mir kommt. Mit meiner weißen Augenklappe sehe ich aus wie ein verkehrter Pirat.

»Haben Sie je einen *normalen* Tag?«, fragt er.

»Einmal. Es war ein Mittwoch.«

Er mustert mich von oben bis unten. Wegen meiner Hüfte
belaste ich vor allem ein Bein. Dann beugt er sich überraschend
vor und küsst mich auf die Wange, eine absolute Premiere.

»Ich dachte, Sie wären im Ruhestand«, sagt Billy Marsh.

»Das ist richtig, mein Junge.«

»Und was machen Sie dann hier?«

»Ich habe ihn gebeten zu kommen«, erkläre ich.

Ruiz fixiert die beiden Detectives. »Was dagegen, wenn ich zuhöre?«

Es klingt wie eine Frage, ist aber keine. Der DI schafft das manchmal – dass Fragen zu Feststellungen werden.

»Kommen Sie uns bloß nicht in die Quere«, murmelt Softell.

Marsh ist am Telefon und fordert die Spurensicherung an. Die Feuerwehr wird ihre eigene Untersuchung durchführen. Ich humpele vom Krankenwagen weg, der einen weiteren Einsatz hat. Ruiz fasst meinen Arm.

Hari ist auch immer noch da. »Du kannst jetzt fahren.«

»Und was ist mit dir?«

»Es könnte noch eine Weile dauern.«

»Willst du, dass ich warte?«

»Nein, das ist schon okay.«

Er wirft einen Blick zu Softell und flüstert: »Kennst du den Wichser?«

»Er ist in Ordnung.«

»Kein Wunder, dass die Leute Bullen nicht leiden können.«

»Hey!«

Er grinst. »Dich meine ich nicht, Schwesterherz.«

Ich muss weitere Fragen beantworten. Softell interessiert sich zunehmend weniger dafür, was ich im Haus gemacht habe, dafür umso mehr für Brendan Pearl.

»Sie glauben also, dass ein Zusammenhang zwischen dem Brandanschlag und dem Tod der Beaumonts besteht?«

»Ja.«

»Warum sollte Pearl ihr Haus niederbrennen?«

»Vielleicht wollte er Beweismaterial vernichten – Briefe, E-Mails, Telefonunterlagen – alles, was auf ihn als Täter hinweisen könnte.«

Ich berichte ihnen von Cates vorgetäuschter Schwangerschaft und dem Geld, das auf ihrem Konto fehlt. »Ich glaube, sie hat den Kauf eines Babys arrangiert, aber irgendetwas ist schiefgelaufen.«

»Die Leute adoptieren ständig ausländische Kinder«, schaltet sich Marsh ein. »Chinesische Waisenkinder, Rumänen, Koreaner, warum sollte man ein Kind kaufen?«

»Sie hat versucht, ein Kind zu adoptieren, und das ging nicht.«

»Und wie kauft man ein Baby?«

Darauf habe ich keine Antwort. Softell sieht Billy Marsh an. Einen Moment lang sagt keiner etwas, aber etwas Unsichtbares geht zwischen ihnen vor.

»Und warum haben Sie nichts von all dem früher gemeldet?«

»Ich war mir nicht sicher.«

»Also haben Sie Beweise gesucht. Sie sind in das Haus eingebrochen.«

»Nein.«

»Dann haben Sie versucht, Ihre Spuren mit einer Dose Brandbeschleuniger und einer hanebüchenen Geschichte zu verwischen.«

»Das ist nicht wahr.«

Ruiz steht in der Nähe und ballt die Fäuste. Zum ersten Mal fällt mir auf, wie alt er in seinem abgetragenen Mantel mit fast durchgescheuerten Ellbogen aussieht.

»Hey, Detective Sergeant, ich weiß, was Sie denken«, sagt er. »Sie wollen ein stinknormales Allerweltsverbrechen, das sie bis neun Uhr lösen können, damit Sie es noch pünktlich zu Ihrer Ballettstunde schaffen. Sie haben es hier mit einer Kollegin zu tun, einer von Ihren Leuten. Ihr Job ist es, ihr zu glauben.«

Softell bläst sich auf und ist zu dumm, den Mund zu halten. »Und was glauben Sie, wer Sie sind?«

»Godzilla.«

»Wer?«

Ruiz verdreht die Augen. »Ich bin das Monster, das auf Ihrer beschissenen Karriere rumtrampeln wird, bis nichts mehr davon übrig ist, wenn Sie dieser Dame nicht ein wenig Respekt erweisen.«

Softell sieht aus wie geohrfeigt. Er zückt sein Handy und tippt eine Nummer. Ich höre, wie er mit seinem Superintendent bei der Metropolitan Police spricht. Ich weiß nicht, was der ihm sagt. Ruiz hat immer noch eine Menge Freunde bei der Met, Leute, die respektieren, was er geleistet hat.

Nach dem Telefonat ist Softell ein geläuterter Mensch. Man hat der Einrichtung einer Sonderkommission zugestimmt und einen Haftbefehl für Brendan Pearl erlassen.

»Ich möchte, dass Sie bis morgen Mittag ins Dezernat kommen, um Ihre Aussage zu machen«, sagt er.

»Ich kann gehen?«

»Ja.«

Ruiz will mich nicht fahren lassen. Er bringt mich in meinem Wagen nach Hause. Hinter das Steuer meines Kleinwagens geklemmt sieht er aus wie ein altersschwacher Trottel.

»War es Pearl?«

»Ja.«

»Haben Sie ihn gesehen?«

»Ja.«

Er nimmt eine Hand vom Lenkrad und kratzt sich am Kinn. Sein Ringfinger ist am untersten Glied abgetrennt, Folge eines Hochgeschwindigkeitsprojektils, obwohl er den Leuten gerne erzählt, seine dritte Frau wäre mit einem Hackbeil auf ihn losgegangen.

Ich berichte Ruiz von den Boarding-Pässen und dem Prospekt des New Life Adoption Centre. Wir kennen beide Geschichten über gestohlene und verkaufte Babys. Die meisten stammen aus der Mythologie von Städtern – Babyfarmen in

Guatemala und Ausreißer, die als lebende Organbanken in den Straßen von São Paulo gekidnappt werden.

»Mal angenommen, Sie haben Recht, und Cate Beaumont hat irgendeine private Adoption oder den Kauf eines Babys arrangiert. Warum hat sie dann eine Schwangerschaft vorgetäuscht?«

»Vielleicht um Felix zu überzeugen, dass das Baby von ihm ist.«

»Das ist aber ein ziemlich ehrgeiziges Ziel. Was, wenn das Kind ihm gar nicht ähnlich sieht?«

»Viele Väter sind glücklich, wenn sie *glauben*, sie hätten ein Kind gezeugt. Die Geschichte ist voller Irrtümer.«

Ruiz zieht eine Augenbraue hoch. »Voller Lügen, meinen Sie.«

Ich beiße auf den Köder an. »Ja, Frauen sind manchmal unehrlich. Manchmal müssen wir das sein. Wir sind diejenigen, die allein mit den schmutzigen Windeln sitzen bleiben, wenn irgendein Typ beschließt, dass er noch nicht dazu bereit ist, sich fest zu binden und seine Harley oder seine Porno-Sammlung abzustoßen.«

Schweigen.

»Hat sich das angehört wie eine Tirade?«, frage ich.

»Ein bisschen.«

»Sorry.«

Ruiz fängt an, laut zu denken und in seiner Erinnerung zu kramen. Das ist eine Sache mit dem DI – nichts ist je vergessen. Andere Menschen verziehen fluchend das Gesicht, wenn sie versuchen, sich an die einfachsten Details zu erinnern, aber Ruiz ruft mühelos Fakten, Zahlen, Zitate und Namen ab.

»Vor drei Jahren hat die italienische Polizei einen Ring rumänischer Menschenhändler zerschlagen, die versucht haben, ein ungeborenes Kind zu verkaufen. Sie haben in einer Art Auktion das höchste Gebot ermittelt. Irgendjemand hat ihnen 250000 Pfund geboten.«

»Cate ist im März nach Amsterdam gereist. Sie hätte einen Deal arrangieren können.«

»Alleine?«

»Ich weiß es nicht.«

»Wie haben die mit ihr kommuniziert?«

Ich sehe das brennende Haus vor mir. »Das werden wir vielleicht nie erfahren.«

Er setzt mich zu Hause ab, und wir verabreden, dass er mich am nächsten Morgen abholt.

»Sie sollten einen Augenarzt konsultieren.«

»Erst muss ich eine Aussage machen.«

In meinem Schlafzimmer ziehe ich das Telefon aus der Wand und schalte mein Handy ab. Für heute habe ich mit genügend Menschen geredet. Ich will eine Dusche und ein warmes Bett. Ich will in mein Kopfkissen weinen und einschlafen. Das sollte ein Mädchen doch dürfen.

13

Die Wembley Police Station ist ein brandneues, in Blau und Weiß gehaltenes Gebäude in der Harrow Road. Das neue Nationalstadion liegt knapp eine Meile entfernt. Seine Flutlichtmasten ragen hoch über die Dächer.

Softell lässt mich warten, bevor ich meine Aussage machen darf. Seine Haltung hat sich seit gestern Abend spürbar verändert. Er hat Pearl im Computer überprüft, und Interesse blitzt in seinen Augen wie der aufflackernde Brenner eines Gasherds. Softell gehört zu der Sorte von Polizisten, die es schaffen, ihre ganze berufliche Karriere mit dem Kopf im Sand zuzubringen, ohne je die Motive anderer Menschen zu verstehen oder eine schlagzeilenträchtige Festnahme durchzuführen. Jetzt wittert er eine Gelegenheit.

Der Tod von Cate und Felix Beaumont ist nebensächlich,

eine Ablenkung. Ich erkenne, was er vorhat; er wird Cate als verzweifelte Frau, vorbelastet mit psychischen Problemen und einem Strafregister, abtun. Pearl ist der Mann, den er will.

»Sie haben keine Beweise dafür, dass das Baby je existiert hat«, sagt er.

»Was ist mit dem fehlenden Geld?«

»Wahrscheinlich hat irgendjemand sie abgezockt.«

»Und dann umgebracht.«

»Nicht laut Unfallbericht.«

Er gibt mir eine getippte Aussage. Ich muss jede Seite unterschreiben und jede Änderung mit meinen Initialen kenntlich machen. Ich lese meine eigenen Worte. Was den Grund für meine Anwesenheit in dem Haus und die Ereignisse vor dem Feuer betrifft, habe ich gelogen. Macht meine Unterschrift es noch schlimmer?

Er nimmt meine Aussage entgegen und tackert die Blätter zusammen. »Wirklich verdammt professionell«, höhnt er. »Sie wissen doch, dass es nie aufhört – das Lügen. Wenn man erst einmal damit angefangen hat, wird es immer schlimmer.«

»Tja, nun, Sie müssen es ja wissen«, sage ich und wünsche, mir wäre eine weniger maue Verunglimpfung eingefallen. Vor allem wünschte ich, ich könnte meine Aussage zerreißen und noch mal von vorn anfangen.

Ruiz wartet in der Halle auf mich.

»Wie geht es Ihrem Auge?«

»Der Facharzt hat gesagt, ich solle eine Woche lang eine Augenklappe tragen.«

»Und wo ist sie?«

»In meiner Tasche.«

Wir treten auf ein schwarzes Quadrat aus Gummi, und die Tür öffnet sich automatisch.

»Ihr Freund hat mich in der letzten Stunde sechs Mal angerufen. Haben Sie je daran gedacht, sich statt seiner einen Hund zuzulegen?«

»Was haben Sie ihm erzählt?«

»Gar nichts. Deswegen ist er ja hier.«

Ich blicke auf und sehe Dave, der an Ruiz' Wagen lehnt. Er nimmt mich fest in die Arme und drückt sein Gesicht an meine Haare. Ruiz wendet sich verlegen ab.

»Schnupperst du etwa an mir, Dave?«

»Ja.«

»Das ist aber ein bisschen unheimlich.«

»Finde ich nicht. Ich bin bloß froh, dass du noch ganz bist.«

»Nur ein paar Kratzer.«

»Ich könnte sie küssen, um die Heilung zu beschleunigen.«

»Vielleicht später.«

Dave trägt einen dunkelblauen Anzug, ein weißes Hemd und eine rotbraune Krawatte. Seit seiner Beförderung kleidet er sich deutlich ordentlicher, aber ich bemerke einen Saucenfleck auf seiner Krawatte, der beim Waschen nicht herausgegangen ist. Ein derartiges Detail würde auch meiner Mutter sofort ins Auge fallen. Beängstigend.

Mein Magen ist leer. Ich habe seit gestern nichts mehr gegessen.

In der Nähe von Wembley Central finden wir ein Café mit einer Speisekarte auf einer verwischten Tafel. Es ist ein altmodischer Laden mit Kunststofftischen, Papierservietten und einer vorlauten Kellnerin mit Nasenring.

Ich bestelle Tee und Toast. Ruiz und Dave entscheiden sich für das ganztägig angebotene Frühstück. Niemand sagt etwas, bis das Essen verspeist und der Tee ausgeschenkt ist. Der DI nimmt Milch und Zucker.

»Ich hab mal mit einem Typen Rugby gespielt«, sagt er. »Er hat nie über seinen Job geredet, aber ich weiß, dass er für den MI5 arbeitet. Ich habe ihn heute Morgen angerufen. Er hat mir ein paar interessante Dinge über Brendan Pearl erzählt.«

»Zum Beispiel?«

Ruiz zückt ein ramponiertes Notizbuch, das mit einem Gummiband zusammengehalten wird. Lose Blätter gleiten durch seine Finger. Viele Detectives halten es nicht für sinnvoll, sich Notizen zu machen. Sie wollen, dass ihre Erinnerung »flexibel« bleibt für den Fall, dass sie je in den Zeugenstand gerufen werden. Ruiz hat ein sprichwörtliches Elefantengedächtnis, trotzdem sichert er alles auf Papier ab.

»Laut Angaben meines Freundes hat Pearl als Sicherheitsberater für eine Baufirma in Afghanistan gearbeitet. Mitte September 2004 wurden drei ausländische Bauunternehmer, die in einem Konvoi vom Flughafen ins Zentrum von Kabul unterwegs waren, getötet, als ein Selbstmordattentäter in die Kolonne raste. Pearl wurde damals verwundet. Er verbrachte drei Wochen in einem deutschen Krankenhaus und wurde dann auf eigene Verantwortung entlassen. Seitdem hat niemand mehr etwas von ihm gehört.«

»Und was macht er dann hier?«, fragt Dave.

»Und wie hat Cate ihn kennen gelernt?«, füge ich hinzu.

Ruiz sammelt die Blätter ein und schiebt das Gummi wieder über den Deckel. »Vielleicht sollten wir uns dieses New Life Adoption Centre mal ansehen.«

Dave ist anderer Ansicht. »Es ist nicht *unsere* Ermittlung.«

»Nicht offiziell«, räumt der DI ein.

»Nicht einmal inoffiziell.«

»Es ist eine *unabhängige* Ermittlung.«

»Unbefugt.«

»*Uneingeschränkt.*«

Ich unterbreche die beiden. »Du könntest mitkommen, Dave«, schlage ich vor.

Er zögert.

Ruiz erkennt eine Chance. »Das mag ich an Ihnen, Dave. Sie sind ein Freidenker: Es gibt Leute, die glauben, der moderne britische Detective müsse ängstlich und pedantisch sein, aber so sind Sie nicht. Auf Männer wie Sie kann die Met stolz sein. Sie haben keine Angst, eine eigene Meinung zu haben oder auf ein instinktives Gefühl hin zu handeln.«

Es ist, als würde man einem Angler dabei zusehen, wie er eine Fliege auswirft. Sie saust durch die Luft, landet auf dem Wasser und treibt stromabwärts, weiter und weiter ...

»Es kann wohl nicht schaden, sich den Laden mal anzusehen«, sagt Dave.

Es gibt keinerlei Schilder, die auf das New Life Adoption Centre hinweisen, weder im nächsten Dorf noch an dem von Sandsteinsäulen flankierten Tor. Ein Kiesweg windet sich durch Felder und überquert eine einspurige Steinbrücke. Auf der Weide grasen ein paar schwarzbunte Holstein-Friesen, die kaum Notiz von uns nehmen, als wir vorbeifahren.

Schließlich halten wir vor einem neoklassizistischen Haus in der geräuschvollen Einflugschneise des Flughafens Gatwick. Ich fasse Daves Arm.

»Okay, wir sind seit sechs Jahren verheiratet. Es war eine große Sikh-Hochzeit, und ich sah natürlich wunderschön aus. Seit fünf Jahren versuchen wir, ein Baby zu bekommen, aber dein Sperma-Quotient ist zu niedrig.«

»Muss es *mein* Sperma-Quotient sein?«

»Nun stell dich nicht an wie ein Kleinkind! Gib mir deinen Ring.«

Er zieht einen Ring aus Weißgold von seinem kleinen Finger, und ich stecke ihn mir auf den Ringfinger.

Ruiz ist im nächstgelegenen Dorf geblieben, um sich mit den Einheimischen zu unterhalten. Bis jetzt haben wir herausgefunden, dass das Adoptionszentrum eine private Wohlfahrtseinrichtung ist. Ihr Gründer, Julian Shawcroft, ist der ehemalige leitende Direktor einer Klinik für geplante Elternschaft in Manchester.

Wir klingeln, und eine kaum zwanzigjährige junge Frau öffnet uns. Sie trägt Wollsocken und einen graublauen Bademantel, der die Tatsache, dass sie schwanger ist, nicht mehr verhüllen kann.

»Ich kann Ihnen eigentlich gar nicht weiterhelfen«, gesteht sie sofort. »Ich habe nur kurz den Empfang übernommen, während Stella auf Toilette ist.«

»Stella?«

»Sie ist verantwortlich hier. Also, nicht direkt verantwortlich, *wirklich* verantwortlich ist Mr. Shawcroft, aber er ist oft weg. Heute ist er da, was ungewöhnlich ist. Er ist der Vorstandsvorsitzende oder der geschäftsführende Direktor, das bringe ich immer durcheinander. Ich meine, was macht ein geschäftsführender Direktor und was macht ein Vorstandsvorsitzender? Ich rede zu viel, nicht wahr? Das mache ich manchmal. Ich heiße übrigens Meredith. Finden Sie, dass Hugh ein schöner Name für einen Jungen ist? Hugh Jackman ist super süß. Aber andere Hughs fallen mir nicht ein.«

»Hugh Grant«, schlage ich vor.

»Cool.«

»Hugh Heffner«, sagt Dave.

»Wer ist das?«, fragt sie.

»Das spielt keine Rolle«, erkläre ich ihr mit einem Seitenblick zu Dave.

Ihre Haare sind eben lang genug, um sie zu einem Pferdeschwanz zu binden, ihr Nagellack ist an den Rändern abgeknibbelt.

In der Halle stehen zwei verblichene Polstersofas links und rechts vom Kamin. Die Treppe mit dem kunstvollen Geländer ist mit zwei Messingpfosten und einer blauen Kordel abgesperrt.

Meredith führt uns in ein Büro in einem Nebenraum. Auf mehreren Tischen stehen Computer, und ein Fotokopierer spuckt Seiten aus, während sich unter dem Glas ein Lichtstreifen hin und her bewegt.

An der Wand hängen Plakate. Eines zeigt ein Paar, an dessen ausgestreckten Armen ein Kind schaukelt, nur dass das Kind ausgeschnitten ist wie ein fehlendes Puzzleteil. Darunter steht: »*Fehlt etwas in Ihrem Leben?*«

Durch die Terrassentür kann ich einen Rosengarten erkennen und eine Wiese, auf der vielleicht früher Krocket gespielt wurde.

»Wann haben Sie Ihren Termin?«, frage ich.

»In zwei Wochen.«

»Warum sind Sie hier?«

Sie kichert. »Das hier ist doch ein Adoptionszentrum.«

»Ja, aber die Leute kommen hierher, um ein Baby zu adoptieren, nicht, um es zu gebären.«

»Ich habe mich noch nicht entschieden«, sagt sie nüchtern.

Eine Frau erscheint – Stella – und entschuldigt sich dafür, dass wir warten mussten. In ihrem dunklen Rollkragenpullover, der schwarzen Hose und den spitzen Schuhen aus imitiertem Schlangenleder mit Pfennigabsatz wirkt sie sehr geschäftsmäßig.

Sie mustert mich von oben bis unten, als würde sie eine Inventur vornehmen. »Nein, meine Gebärmutter ist leer«, möchte ich sagen. Sie wirft einen Blick in den Terminkalender.

»Wir haben keinen Termin«, erkläre ich. »Es war eine eher spontane Entscheidung, hierherzukommen.«

»Eine Adoption sollte nie eine spontane Entscheidung sein.«

»Also, so spontan nun auch wieder nicht. Wir reden seit Monaten darüber. Und wir waren in der Gegend.«

»Eine Tante von mir wohnt in der Nähe«, schaltet Dave sich ein.

»Verstehe.«

»Wir wollen ein Baby adoptieren«, füge ich hinzu, obwohl das unnötig scheint.

Stella notiert unsere Namen. Ich nenne mich Mrs. King, was sich nicht so seltsam anhört, wie es eigentlich sollte.

»Wir sind seit sechs Jahren verheiratet und versuchen seit fünf Jahren ein Baby zu bekommen.«

»Sie wollen also ein Kind adoptieren, weil Sie selbst keins bekommen können?«

Eine Fangfrage. »Ich komme aus einer großen Familie und habe mir immer gewünscht, selbst auch eine große Familie zu haben. Aber obwohl wir gern eigene Kinder wollen, haben wir auch über die Möglichkeit einer Adoption gesprochen.«

»Sind Sie bereit, ein älteres Kind anzunehmen?«

»Wir hätten gern ein Baby.«

»Nun, das mag schon sein, aber es gibt in diesem Land nur sehr wenig neugeborene Babys, die zur Adoption freigegeben werden. Die Warteliste ist sehr lang.«

»Wie lang?«

»Es kann bis zu fünf Jahre dauern.«

Dave bläst Luft aus seinen aufgeblähten Backen. Er macht das besser, als ich erwartet hatte. »Das lässt sich doch bestimmt irgendwie beschleunigen«, sagt er. »Ich meine, selbst die langsamsten Rädchen können *geölt* werden.«

An dieser Andeutung nimmt Stella offensichtlich Anstoß. »Mr. King, wir sind eine gemeinnützige Wohlfahrtsorganisation, für die dieselben Regeln gelten wie für staatliche Adoptionsstellen. Das Interesse des Kindes steht an *erster* und *oberster* Stelle. Mit *Öl* hat das gar nichts zu tun.«

»Selbstverständlich nicht. Ich wollte keineswegs andeuten ...«

»Mein Mann arbeitet im Management«, erkläre ich zerknirscht. »Er glaubt, dass sich praktisch jedes Problem lösen lässt, indem man Personal oder mehr Geld reinbuttert.«

Sie nickt verständnisvoll und scheint zum ersten Mal meine Hautfarbe zu registrieren. »Wir können auch internationale Adoptionen arrangieren, aber Kinder vom Subkontinent stehen nicht zu unserer Verfügung. Die meisten Leute entscheiden sich dafür, Kinder aus Osteuropa zu adoptieren.«

»Wir sind nicht wählerisch«, sagt Dave und fügt, als ich ihn unter dem Tisch trete, hastig hinzu: »Das ist nicht entscheidend, meine ich. Es ist keine Frage der Rasse.«

Stella mustert ihn argwöhnisch. »Es gibt viele *schlechte* Gründe für eine Adoption. Manche Leute versuchen ihre Ehe zu retten oder ein verstorbenes Kind zu ersetzen, oder sie wollen es als modisches Accessoire, weil alle ihre Freundinnen auch eins haben.«

»So sind wir nicht«, versichere ich.

»Gut. Nun, selbst bei einer länderübergreifenden Adoption ist das Verfahren genau das gleiche wie bei einer inländischen. Es umfasst eine gründliche medizinische Untersuchung, Besuche bei Ihnen zu Hause, Überprüfung Ihres Strafregisters und Gespräche mit Sozialarbeitern und Psychologen.«

Sie steht auf und öffnet einen Aktenschrank. Das Formular, das sie uns überreicht, ist dreißig Seiten lang.

»Ist Mr. Shawcroft vielleicht heute da?«

»Kennen Sie ihn?«

»Nur durch Empfehlung. So habe ich auch von dem Zentrum hier erfahren – durch eine Freundin.«

»Und wie heißt Ihre Freundin?«

»Cate Beaumont.«

An ihrer Reaktion kann ich nicht erkennen, ob sie den Namen schon einmal gehört hat.

»Mr. Shawcroft ist normalerweise sehr beschäftigt mit dem Einwerben von Spenden und Sponsorengeldern, aber Sie haben Glück: Er ist heute tatsächlich hier. Vielleicht hat er ja ein paar Minuten Zeit für Sie.«

Sie entschuldigt sich, und man hört sie die Treppe hinaufgehen.

»Was denkst du?«, flüstert Dave.

»Halt die Tür im Auge.« Ich gehe um den Schreibtisch und ziehe eine Schublade des Aktenschrankes auf.

»Das ist eine illegale Durchsuchung.«

»Halt einfach die *Tür* im Auge.«

Ich gleite mit den Fingern über die Akten. Offenbar gibt es für jede Adoptivfamilie einen Hängeordner, ich finde jedoch weder »Beaumont« noch »Elliot«. Manche Aktenmappen sind mit einem farbigen Sticker markiert. Auf den ersten Blick vermute ich, dass es sich um Kinder handelt, aber das Alter stimmt nicht. Es sind junge Frauen.

Ein Name springt mir ins Auge. Carla Donavon. Donavons jüngere Schwester. Seine *schwangere* Schwester. Ein Zufall? Wohl kaum.

»Diese Akten sind vertraulich.« Die körperlose Stimme lässt mich zusammenfahren.

Ich sehe Dave an, doch der schüttelt den Kopf. Auf dem Tisch steht eine Gegensprechanlage. Ich suche die Decke ab und entdecke die kleine Sicherheitskamera in der Ecke. Das hätte mir vorher auffallen müssen.

»Wenn Sie etwas wissen möchten, sollten Sie fragen, Mrs. King«, sagt die Stimme. »Ich nehme doch an, dass das Ihr richtiger Name ist, oder haben Sie diesbezüglich ebenfalls gelogen.«

»Belauschen Sie immer fremde Leute?«

»Durchsuchen Sie immer fremde Büros und lesen streng vertrauliche Unterlagen? Wer genau sind Sie?«

»Polizei«, antwortet Dave. »Ich bin Sergeant Dave King, und das ist Detective Constable Alisha Barba. Wir stellen Erkundigungen über eine Frau an, die möglicherweise eine Klientin von Ihnen war.«

Das leise Summen der Gegensprechanlage verstummt, und eine Nebentür geht auf. Ein Mann Mitte fünfzig kommt herein. Er hat eine stämmige Statur und ein breites Gesicht, das sich augenblicklich in zahllose Falten zerknittert, als er ein entwaffnendes Lächeln aufblitzen lässt. Sein vormals blondes und jetzt ergrautes Haar kräuselt sich zu kleinen Locken wie Holzspäne von einer Drechsel.

»Ich bin sicher, es gibt ein Gesetz, dass es Polizeibeamten ver-
bietet, unter falschem Namen illegale Durchsuchungen durchzuführen.«

»Die Schublade stand offen. Ich habe sie nur geschlossen.«

Darüber muss er lächeln. Er hat jedes Recht, wütend und
argwöhnisch zu sein. Stattdessen findet er das Ganze amüsant.
Er schließt demonstrativ den Aktenschrank ab, bevor er sich
uns wieder zuwendet.

»Nachdem wir nun wissen, wer wir jeweils sind, könnte ich
Sie auf einem Rundgang durch unsere Einrichtung begleiten,
und Sie könnten mir erzählen, was Sie hier suchen.«

Er führt uns in die Halle und durch eine Tür auf die Terrasse.
Die junge Frau, die uns empfangen hat, sitzt auf einer Schaukel
im Garten. Ihr Bademantel bläht sich auf, als sie hin und her
und höher und höher schwingt.

»Vorsichtig, Meredith«, ruft er und fügt an uns gewandt hinzu: »Sie ist ein kleiner Tollpatsch.«

»Warum ist sie hier?«

»Meredith hat sich noch nicht entschieden, was sie tun will.
Ein Baby abzugeben ist eine schwierige und mutige Entscheidung. Wir helfen jungen Frauen wie ihr dabei.«

»Sie versuchen, sie zu überzeugen.«

»Im Gegenteil. Wir bieten ihr Liebe und Unterstützung an.
Wir schulen sie in Geburtsvorbereitungskursen, damit sie bereit
ist. Und wenn sie sich entscheidet, ihr Baby wegzugeben, können wir ihr mit Stipendien helfen, eine Wohnung und einen Job
zu finden. Wir führen offene Adoptionen durch.«

»Offene Adoptionen?«

»Die leibliche Mutter und die Adoptiveltern lernen sich kennen und bleiben häufig auch weiterhin in Kontakt.«

Shawcroft folgt einem ungeharkten Kiespfad um den Süd-
flügel des Hauses. Durch große Erkerfenster sieht man einen
Salon, in dem mehrere junge Frauen vor einem offenen Kamin
Karten spielen.

»Wir bieten Geburtsvorbereitungskurse und Massagen an. Außerdem einen ziemlich gut ausgestatteten Fitness-Raum«, erklärt er.

»Warum?«

»Warum nicht?«

»Ich verstehe nicht, wozu das notwendig ist.«

Shawcroft erkennt seine Chance. Meine Frage bietet ihm Gelegenheit, seine Philosophie zu erläutern, was er mit großer Leidenschaft tut. Er wettert gegen die althergebrachte Haltung, die junge unverheiratete Mütter verteufelt oder als Außenseiter behandelt hat.

»Mittlerweile ist der Status einer alleinerziehenden Mutter gesellschaftlich mehr akzeptiert, aber nach wie vor eine beschwerliche und schwierige Option«, erklärt er. »Deswegen habe ich dieses Zentrum gegründet. In unserer Gesellschaft und im Ausland gibt es zu viele Waisen und ungewollte Kinder, und so wenig Möglichkeiten, ihr Leben zu verbessern. Haben Sie eine Ahnung, wie langsam, bürokratisch und ungerecht unser Adoptionssystem ist? Wir überlassen es Institutionen, die unterfinanziert und unterbesetzt sind – Menschen ohne Erfahrung spielen Gott mit dem Leben von Kindern.«

Dave hat sich ein paar Schritte zurückfallen lassen.

»Angefangen habe ich in einem kleinen Büro in Mayfair. Ich ganz allein. Ich habe fünfzig Pfund für eine zweistündige Konsultation berechnet. Zwei Jahre später hatte ich acht Vollzeitmitarbeiter und mehr als einhundert Adoptionen abgeschlossen. Jetzt sind wir hier.« Er weist auf das Followdale House.

»Wie können Sie sich dieses Haus leisten?«

»Die Menschen waren sehr großzügig. Frisch gebackene Eltern und Großeltern. Manche bedenken uns in ihrem Testament. Andere spenden. Wir haben vierzehn Mitarbeiter, einschließlich Sozialarbeitern, Berufsberatern, besuchenden Medizinern und einer Psychologin.«

In einer Ecke des Gartens steht eine Tasche mit Golfschlägern unter einem Sonnenschirm neben einem Eimer mit Bällen, die darauf warten, geschlagen zu werden. Shawcroft hat Schwielen an den Fingern.

»Meine einzige Schwäche«, erklärt er und blickt über den Zaun auf die Weide. »Meine Kühe sind mittlerweile ziemlich ballscheu. Seit meiner Operation habe ich einen unheilbaren Slice entwickelt.«

»Seit Ihrer Operation?«

»Meine Hüfte. Das Alter holt mich langsam ein.«

Shawcroft nimmt einen Schläger und holt sanft in Richtung eines Rosenstrauchs aus. Eine Blüte zerstiebt in einem Regen aus Blütenblättern. Er betrachtet seine Finger, ballt seine Hand zu einer Faust und öffnet sie wieder.

»Im Winter ist es immer schwieriger, einen Schläger zu halten. Manche Leute tragen Handschuhe. Aber ich möchte den Griff gern *spüren*.«

Er macht eine Pause und sieht mich direkt an. »Und nun, Detective Constable, wollen wir mit der Scharade aufhören. Warum sind Sie hier?«

»Kennen Sie eine Frau namens Cate Beaumont?«

»Nein« ist die abrupte Antwort.

»Müssen Sie dafür nicht Ihre Klientenunterlagen einsehen?«

»Ich kann mich an alle erinnern.«

»Auch an die, die keinen Erfolg hatten.«

»*Vor allem* an die, die keinen Erfolg hatten.«

Dave hat uns eingeholt. Er nimmt einen Driver aus Metall zur Hand und visiert eine der Holstein-Friesen auf der Weide an, bevor er sich eines Besseren besinnt.

»Meine Freundin hat eine Schwangerschaft vorgetäuscht und ihr Konto geplündert. Ich glaube, dass sie den Kauf eines Babys arrangiert hatte.«

»Was illegal ist.«

»Sie besaß einen Prospekt Ihrer Einrichtung.«

»Was *nicht* illegal ist.«

Shawcroft wirkt weder empört noch defensiv. »Wo ist Ihre Freundin jetzt?«

»Sie ist tot. Sie wurde ermordet.«

Er wiederholt das Wort mit neuem Respekt. Seine Hände zittern kein bisschen.

»Die Broschüre enthielt eine Anzeige für einen neugeborenen Jungen, dessen Mutter eine drogensüchtige Prostituierte ist. Es wurden eine Vermittlungsgebühr und die erwartete Übernahme medizinischer Kosten erwähnt.«

Shawcroft streicht sich über die Wange, um Zeit zu gewinnen. Einen Moment lang scheint er mit sich zu ringen. Ich will, dass er leugnet, aber das tut er nicht.

»Die Vermittlungsgebühr dient der Abdeckung der bürokratischen Kosten wie Visa und Geburtsurkunden.«

»Der Verkauf von Kindern ist illegal.«

»Dieses Baby stand nicht zum Verkauf. Jeder Antragsteller wird gründlich geprüft. Wir verlangen Referenzen und Gutachten. Es gibt Gruppen-Workshops zur Vertrauensbildung. Zuletzt entscheidet ein Prüfungsausschuss über die Eignung der Adoptionswilligen, bevor ihnen ein Kind zugeteilt werden kann.«

»Warum geben Sie in Ihrer Broschüre nur ein Postfach an, wenn bei diesen Adoptionen alles ganz transparent und rechtmäßig zugeht?«

Er blickt starr geradeaus, als würde er die Distanz seines nächsten Schlags abschätzen.

»Wissen Sie, wie viele Kinder jedes Jahr auf der Welt sterben, Alisha? Fünf Millionen. Krieg, Armut, Krankheit, Hunger, Vernachlässigung, Landminen und Raubtiere. Ich habe Kinder gesehen, die so unterernährt waren, dass sie nicht mehr die Kraft hatten, Fliegen zu verscheuchen, und Frauen, die Babys an ihre verschrumpelten Brüste gehalten haben. Ich habe gesehen, wie sie ihre Babys über die Zäune der Häuser oder noch schlimmer in den Ganges geworfen haben, weil sie sie nicht ernähren konnten. Ich habe AIDS-Waisen, Crack-Babys und Kinder gesehen, die für den Spottpreis von fünfzehn Pfund in die Sklaverei verkauft wurden. Und was tun wir in diesem Land? Wir machen den Menschen eine Adoption noch *schwerer*. Wir erklären ihnen, dass sie zu alt sind oder die falsche Hautfarbe oder Religion haben.«

Er versucht gar nicht, die Verbitterung in seiner Stimme zu unterdrücken. »Ein Land, das zugibt, dass es sich nicht um seine Jüngsten und Schwächsten kümmern kann, braucht viel Mut. Viele weniger mutige Länder ziehen es vor, dass ihre verlassenen Kinder verhungern, als sie in ein besseres Leben aufbrechen zu sehen.

Das System ist ungerecht. Deshalb versuche ich in der Tat, wo es geht, Abkürzungen zu nehmen. In manchen Ländern kann man Verträge mit den leiblichen Müttern abschließen. Hollywood-Stars tun es. Minister tun es. Kinder können gerettet werden. Unfruchtbare Paare können eine Familie haben.«

»Indem sie Babys *kaufen*.«

»Indem sie sie *retten*.«

Hinter all seiner onkelhaften Liebenswürdigkeit und Leutseligkeit hat der Mann ein stählernes Naturell und etwas unbestimmt Gefährliches. Eine Mischung aus Sentimentalität und spirituellem Eifer, wie sie das Herz von Tyrannen stärkt.

»Sie glauben, was ich mache, sei unmoralisch. Ich sage Ihnen, was unmoralisch ist. *Nichtstun*. Sich auf seinem bequemen Sessel in seinem bequemen Heim zurückzulehnen und zu glauben, man täte genug, bloß weil man eine Patenschaft für ein Kind in Sambia übernommen hat.«

»Aber deswegen sollte man trotzdem keine Gesetze brechen.«

»Jede Familie, die bei uns eine Adoption durchführt, wird von einem Expertengremium gründlich geprüft.«

»Sie schlagen Profit aus ihrer Verzweiflung.«

»Alle Zahlungen fließen in die Stiftung zurück.«

Er beginnt, die Reihe von internationalen Adoptionen und

die diplomatischen Hürden aufzulisten, die er dafür überwinden musste. Er beherrscht seine Argumentation so perfekt, dass ich ihm nichts entgegenzuhalten weiß. Meine Einwände klingen kleinlich und feindselig. Ich müsste mich entschuldigen.

Shawcroft redet weiter und wettert gegen das System, aber dann begeht er seinen einzigen Fehler: moralische Erpressung.

»Der Tod Ihrer Freundin ist äußerst bedauerlich, Detective Constable Barba, aber ich würde Ihnen dringend davon abraten, übereilte und unbegründete Vorwürfe gegen unsere Arbeit zu erheben. Polizisten, die an Türen klopfen, Fragen stellen, Familien erschüttern. Wollen Sie das wirklich?«

Stella ruft ihn von der Terrasse und gibt ihm pantomimisch zu verstehen, dass er einen Anruf entgegennehmen soll.

»Ich muss gehen«, sagt er und lächelt müde. »Das Baby, von dem Sie eben gesprochen haben, wurde vor vier Wochen in Washington geboren. Ein Junge. Ein junges Paar aus Oxford adoptiert ihn.«

Ich blicke ihm nach, während er über den Pfad zum Haus zurückgeht. Kies knirscht leise unter seinen weichen Sohlen. Meredith ist immer noch im Garten. Er macht ihr ein Zeichen, ins Haus zu kommen. Es wird kalt.

»New Boy« Dave schließt zu mir auf, und wir folgen dem Pfad in entgegengesetzter Richtung zum Parkplatz, vorbei an der Statue eines jungen Mädchens mit einer Urne im Arm und einer weiteren von einem Faun mit fehlendem Penis.

»Und was denkst du?«, fragt er.

»Was für ein Adoptionszentrum hat Überwachungskameras?«

14

»Finding Donavon« klingt wie der Titel eines irischen Autorenfilms unter der Regie von Neil Jordan. »Deconstructing Donavon« ist auch nicht schlecht, und genau das habe ich vor, wenn ich ihn finde.

Vielleicht ist es ein Zufall, vielleicht auch nicht, aber es gefällt mir nicht, dass sein Name überall auftaucht, wohin ich Cates Spuren auch verfolge. Donavon behauptet zu wissen, wann jemand lügt. Wahrscheinlich weil er ein Fachmann auf dem Gebiet ist: der geborene Betrüger.

Auf der Rückfahrt nach London geben wir über die Details unserer Begegnung mit Shawcroft Auskunft. Ruiz kann kein Problem darin erkennen, dass Adoptionen auch einen finanziellen Aspekt haben, wenn die Paare gründlich überprüft werden. Bei einem Übermaß an Kontrolle floriert der schwarze Markt. Vielleicht hat er Recht, aber ein Fanatiker wie Shawcroft kann Mitgefühl in einen gefährlichen Kreuzzug verwandeln.

»New Boy« Dave muss zu seinem Dienst. Wir setzen ihn vor der Polizeistation in der Harrow Road ab, und ich nehme ihm das Versprechen ab, Shawcroft im Computer zu überprüfen. Er küsst mich auf die Wange und flüstert: »Lass die Finger von der Sache.«

Das kann ich nicht. Und das werde ich auch nicht. Dann sagt er noch etwas: »Aber es *hat* mir gefallen, mit dir verheiratet zu sein.«

Zeitlich gesehen war es sogar noch kürzer als Britney Spears' erste Ehe, aber das lasse ich unerwähnt.

Niemand öffnet die Tür von Donavons Haus. Die Vorhänge sind zugezogen, und sein Motorrad parkt nicht vor dem Haus. Ein Nachbar rät, es auf dem Flohmarkt in der Whitechapel Road zu probieren. Donavon hat dort an Wochenenden einen Stand.

Wir parken hinter dem Royal London Hospital und folgen dem Gewimmel von Geräuschen, Bewegungen und Farben. Dutzende von Ständen stehen dicht beieinander auf dem Bürgersteig und bis auf die Straße. Alles Mögliche wird verkauft – belgische Pralinen aus Polen, griechischer Feta aus Yorkshire, Gucci-Handtaschen aus China und Rolex-Uhren, die aufgereiht im Innenfutter eines Trenchcoats angeboten werden.

Die Händler versuchen sich gegenseitig zu übertönen.

– »Frische Nelken. Zwei fünfzig der Strauß!«

– »Fangfrische Muscheln!«

– »Gartentomaten so rot wie Ihre Wangen!«

Ich kann Donavon nirgends entdecken, aber ich erkenne seinen Stand. An dem Metallrahmen baumeln zahlreiche feine Ketten oder vielleicht auch Windspiele. Sie drehen sich wirbelnd in der leichten Brise und spiegeln das letzte Sonnenlicht. Darunter sind wahllos billige Radios, Digitaluhren und Lockenstäbe aus Korea aufgereiht.

Carla sieht aus, als ob ihr kalt und langweilig wäre. Sie trägt rote Wollstrümpfe und einen Jeansminirock, der sich über ihren gerundeten Bauch spannt.

Ich trete auf sie zu und schiebe meine Hand unter ihren Pullover, bis ich ihre warme Haut spüre.

»Hey!«

Ich ziehe die Hand weg, als hätte ich mich verbrannt. »Ich wollte bloß sichergehen.«

»Sichergehen?«

»Ist doch egal.«

Carla sieht erst mich und dann Ruiz argwöhnisch an. Sie strahlt eine schwache, aber hochnervöse Schwingung aus, als würde irgendetwas in ihr lautlos, schnell und schrecklich rotieren.

»Haben Sie ihn gesehen?«, fragt sie ängstlich.

»Wen?«

»Paul. Er ist seit zwei Tagen nicht nach Hause gekommen.«

»Wann hast du ihn zuletzt gesehen?«

»Am Samstag. Er hat einen Anruf bekommen und ist weggegangen.«

»Hat er gesagt, wohin?«

»Nein. Aber er lässt mich nie so lange allein. Er ruft mich immer an.«

Weibliche Intuition ist häufig ein Mythos. Manche Frauen *halten* sich bloß für besonders intuitiv. Ich weiß, dass ich meinen Schwestern damit in den Rücken falle, aber Geschlecht ist kein Faktor. Blutsbande hingegen schon. Familienmitglieder wissen, wenn irgendetwas nicht stimmt. Carlas Blicke zucken über die Menge, als würde sie ein Puzzle aus Menschen zusammensetzen.

»Wann kommt das Kind zur Welt?«, frage ich.

»Weihnachten.«

»Was weißt du über das New Life Adoption Centre?«

Ihr Mund scheint Worte zu formen, die auszusprechen ihr zu peinlich ist. Ich warte.

»Ich weiß nicht, wie ich als Mutter bin. Paul meint, ich wäre bestimmt prima. Er sagt, ich hätte von einer der *schlimmsten* gelernt, deshalb würde ich die Fehler, die unsere Mum gemacht hat, nicht wiederholen.« Ihre Hände zittern. »Ich wollte es nicht abtreiben. Nicht aus religiösen Gründen oder so. Es war einfach mein Gefühl, verstehen Sie? Deshalb habe ich über eine Adoption nachgedacht.«

»Du hast dich mit Julian Shawcroft getroffen?«

»Er hat mir seine Hilfe angeboten. Er sagt, ich könnte ein Stipendium bekommen und so. Ich wollte immer Maskenbildnerin oder Visagistin werden. Er hat gesagt, dass er das arrangieren könnte.«

»Wenn du das Baby abgibst?«

»Nun ja, man kann ja schlecht beides tun, was? Man kann sich nicht um das Baby kümmern und Vollzeit arbeiten – nicht ohne Hilfe.«

»Und wie hast du dich entschieden?«

Sie zieht die Schultern hoch. »Ich überleg es mir ständig anders. Paul will, dass ich es behalte. Er sagt, dass er sich um uns alle kümmern wird.« Sie kaut an einem rot lackierten Fingernagel.

Ein Teenager mit Bürstenschnitt bleibt stehen und nimmt ein Transistor-Radio in Form einer Cola-Dose in die Hand.

»Reine Geldverschwendung – das Zeug ist Ramsch«, sagt Carla. Der Jugendliche sieht sie leicht gekränkt, dann aber doch recht dankbar an.

»Wie hast du vom New Life Adoption Centre erfahren?«

»Eine Freundin hat Paul davon erzählt.«

»Wer?«

Sie zuckt mit den Schultern.

Ihre lila geschminkten Lider zittern. Sie hat nicht genug Willen, mich anzulügen. Sie weiß nicht, wozu. Ich blicke über ihren Kopf auf die Perlen und Federn.

So ein Mobile habe ich schon einmal gesehen – in Cates Haus im Kinderzimmer. Es hing über der neuen Wiege.

»Was ist das?«, frage ich.

Carla nimmt eins der Gehänge von der Plane, lässt es an ihrem Finger baumeln und sieht mich durch einen Holzring an, an dem Perlen und Federn hängen.

»Das ist ein Traumfänger«, erklärt sie. »Die Indianer glauben, dass die Luft nachts voller Träume ist, guten und schlechten. Deshalb hängen sie Traumfänger über das Bett eines Kindes, damit er die schlechten Träume fangen kann, wenn sie vorbeifliegen. Die guten Träume wissen, wie man durch die Löcher schlüpft, gleiten an den weichen Federn hinab und landen sanft auf dem Kopf des Kindes. Aber die bösen Träume verheddern sich im Netz und verschwinden, wenn die Sonne aufgeht.«

Sie bläst sanft dagegen, sodass die Federn auf und ab und im Kreis wirbeln.

Donavon ist nicht zu der Ehemaligenfeier gegangen, um seinen Frieden mit Cate zu machen. Er hatte sie schon vorher getroffen. Er hat ihr einen Traumfänger geschenkt oder verkauft.

»Wie gut kannte dein Bruder Cate Beaumont?«

Carla zuckt die Achseln. »Ich nehme an, sie waren befreundet.«

»Das ist unmöglich.«

»Ich lüge nicht«, gibt sie ärgerlich zurück. »Als Paul bei den Paras war, hat sie ihm geschrieben. Ich habe die Briefe gesehen.«

»Die Briefe?«

»Er hat sie aus Afghanistan mit nach Hause gebracht. Er hat ihre Briefe aufbewahrt.«

Ich höre mich Fragen stellen. Ich will wissen, wann und warum, aber sie kann nicht für ihren Bruder antworten. Und der Versuch, sie auf bestimmte Daten festzulegen, verwirrt sie nur noch mehr.

Ruiz geht dazwischen, und ich habe ein schlechtes Gewissen, weil ich auf eine schwangere Frau losgegangen bin, die sich Sorgen um ihren Bruder macht.

Die Nachmittagssonne verschwindet hinter den Dächern und lässt tiefe Schatten zurück. Standbesitzer schließen, packen ihre Ware in Kartons, Säcke und Metallkisten. Eimer werden in den Rinnstein geleert, Plastikmarkisen eingerollt und verschnürt.

Nachdem wir Carla geholfen haben, den roten Escort-Transporter zu beladen, folgen wir ihr in unserem Wagen bis zu ihrem Haus. Auf dem Anrufbeantworter warten keine Nachrichten auf sie. Ich sollte wütend auf Donavon sein, aber stattdessen spüre ich eine nagende Leere. Warum hat Cate einem Mann Briefe geschrieben, der sie als junges Mädchen sexuell überfallen hat? Am Abend des Ehemaligentreffens hat sie mit ihm gesprochen. Worüber haben sie geredet?

Ruiz setzt mich zu Hause ab. Er schaltet den Motor ab, und wir starren auf die Straße, als würden wir eine plötzliche Veränderung der Szenerie erwarten, die mehr als ein halbes Jahrhundert praktisch gleich geblieben ist.

»Wollen Sie noch mit reinkommen?«

»Ich sollte nach Hause fahren.«

»Ich könnte uns was kochen.«

Er sieht mich an.

»Oder wir könnten uns was bestellen.«

»Haben Sie irgendwelchen Alkohol im Haus?«

»An der Ecke ist ein Laden, wo man was kaufen kann.«

Ich kann hören, wie er flötend die Straße hinuntergeht, während ich meinen Anrufbeantworter abhöre. Alle Nachrichten sind für Hari. Seine Freundinnen. Ich sollte seine Miete verdoppeln, um die Telefonrechnung abzudecken.

Es klingelt. Es müsste Ruiz sein, aber er ist es nicht. Vor der Tür steht ein jüngerer Mann in einem dunkelgrauen Anzug. Er ist glatt rasiert, hat breite Schultern und nordische Züge, und seine rechteckige Brille wirkt zu klein für sein Gesicht. Hinter ihm stehen zwei weitere Männer neben zwei Wagen, die nebeneinander geparkt die Straße blockieren. Sie sehen offiziell aus, aber nicht wie Polizisten.

»Detective Constable Barba, Sie müssen mit uns kommen.« Er macht ein klickendes Geräusch, das entweder ein Signal oder ein nervöser Tick sein könnte.

»Warum? Wer sind Sie?«

Er zückt eine Marke. SOCA. Serious Organised Crime Agency. Die Behörde ist noch nicht einmal ein Jahr alt, die Medien haben sie Großbritanniens Antwort auf das FBI genannt, mit eigenem, vom Parlament genehmigtem Haushalt und außergewöhnlichen Befugnissen. Was wollen die von mir?

»Ich bin Polizeibeamtin«, stottere ich.

»Ich weiß, wer Sie sind.«

»Bin ich verhaftet?«

»Wichtige Leute wollen mit Ihnen reden.«

Ich sehe mich nach Ruiz um. Mit einer kleinen Flasche Scotch in der Manteltasche hastet er den Bürgersteig hinauf. Einer der Männer neben den Autos versucht, sich ihm in den Weg zu stellen. Der DI täuscht links an, erwischt seine Schulter und schickt ihn über eine flache Backsteinmauer in eine Pfütze. Das könnte unangenehm werden.

»Alles in Ordnung, Sir.«

»Wer sind die?«

»SOCA.«

Sein Blick sagt alles. Furcht und Schrecken.

»Vielleicht möchten Sie ein paar Sachen für die Reise einpacken«, sagt der Mann in dem grauen Anzug. Er und Ruiz mustern sich wie zwei Hähne im Hühnerstall.

Ich packe eine Jeans, Slips und einen leichten Pullover in eine Sporttasche. Meine Pistole liegt in ein Tuch gewickelt auf dem Küchenschrank, und einen Moment lang überlege ich, ob ich sie mitnehmen soll. Aber ich verwerfe die Idee. Es wäre eine zu feindselige Geste. Ich weiß nicht, was diese Leute von mir wollen, aber ich will mich nicht mit ihnen anlegen.

Ruiz folgt mir zum Wagen. Jemand legt eine Hand auf meinen Hinterkopf, als ich auf die Rückbank rutsche. Die Handbremse wird so plötzlich gelöst, dass ich beim Anfahren in das neu riechende Lederpolster gedrückt werde.

»Ich hoffe, wir haben Ihnen nicht den Abend verdorben, Detective Constable Barba«, sagt der Mann im grauen Anzug.

»Sie kennen meinen Namen, darf ich Ihren erfahren?«

»Robert Forbes.«

»Sie arbeiten für die SOCA?«

»Ich arbeite für die Regierung.«

»Welchen *Teil* der Regierung?«

»Für den Teil, über den die Leute nicht oft reden.« Wieder macht er dieses klickende Geräusch.

Wir haben das Ende der Hanbury Street erreicht. Unter einer Laterne lehnt ein einsamer Zuschauer in schwarzer Ledermontur an einem Motorrad. Von seiner rechten Hand baumelt ein Helm, und er schirmt eine brennende Zigarette ab. Es ist Donavon.

Der Verkehr quält sich stockend voran. Ich kann nur den Hinterkopf des Fahrers sehen. Er hat eine Soldatenfrisur und eine Wrap-around-Sonnenbrille wie Bono.

Ich versuche, mich zu erinnern, was ich über die SOCA gelesen habe. In ihr wurden die alte National Crime Squad mit dem National Criminal Intelligence Service und einigen Abteilungen zusammengelegt, die früher dem Zoll beziehungsweise der Einwanderungsbehörde unterstellt waren. Fünftausend Beamte wurden gezielt ausgesucht, um gegen Verbrecherbanden sowie Drogen- und Menschenschmuggler vorzugehen. Chef der neuen Behörde ist ein ehemaliger Leiter des MI5.

»Wohin fahren wir?«

»Zu einem Tatort«, sagt Forbes.

»Von welchem Verbrechen? Es muss sich um einen Irrtum handeln.«

»Sie sind Alisha Kaur Barba. Sie sind neunundzwanzig Jahre alt. Sie arbeiten für die London Metropolitan Police, zuletzt beim Personenschutz für den diplomatischen Dienst. Sie haben vier Brüder. Ihr Vater ist ein pensionierter Zugführer. Ihre Mutter nimmt Näharbeiten an. Sie sind auf die Falcon Street Primary School und auf die Oaklands Secondary School gegangen. Sie haben einen Abschluss der London University in Soziologie und waren Klassenbeste im Hendon Police Training College. Sie sind ein hervorragender Schütze und ehemalige Spitzenleichtathletin. Vor einem Jahr wurden Sie bei dem Versuch verletzt, einen Verdächtigen festzunehmen, der Ihnen beinahe das Rückgrat gebrochen hätte. Sie haben eine Tapferkeitsmedaille angenommen, eine Berufsunfähigkeitsrente jedoch ausgeschlagen. Sie scheinen sich sehr gut erholt zu haben.«

»Auf Flughäfen löse ich immer noch die Metalldetektoren aus.«

Ich weiß nicht, ob ich von seinem Wissen beeindruckt oder eingeschüchtert sein soll. Weiter wird nichts gesprochen. Forbes wird meine Fragen erst beantworten, wenn er so weit ist. Schweigen ist Teil der Methode, mit der man jemanden weichkocht. Das hat Ruiz mir beigebracht.

Wir fahren auf der A12 durch Brentford und weiter aus London heraus. Nachts mag ich das Land nicht. Es ist zu dunkel und zu leer. Selbst das Licht des Mondes wirkt matt und mürrisch, als ob er sich irgendwo den Kopf gestoßen hätte.

Forbes nimmt mehrere Anrufe entgegen, antwortet jedoch immer nur mit Ja oder Nein und einem gelegentlichen kehligen Knacken. Er ist verheiratet. Der goldene Ring an seinem Ringfinger ist breit und schwer. Irgendjemand bügelt zu Hause seine Hemden und putzt seine Schuhe. Er ist Rechtshänder. Er trägt keine Waffe. Er weiß so viel über mich, dass ich es irgendwie ausgleichen möchte.

Wir fahren weiter durch Chelmsford in Essex, bevor wir Colchester links liegen lassen und uns auf der A120 in Richtung Harwich halten. Vor uns bilden sich Konvois von Sattelschleppern und Containerlastern. Ich kann das Salz in der Luft riechen.

Ein großes Schild über der Fahrbahn heißt uns im internationalen Hafen von Harwich willkommen. Wir folgen der New Port Entrance Road und erreichen nach zwei Verkehrskreiseln den Frachteingang. Ein Zollbeamter mit Lichtstab und fluoreszierender Weste winkt uns durch eine Absperrung.

In der Ferne sehe ich den Containerhafen von Felixstowe. Über den Schiffen ragen riesige Portalkräne auf, die Container hieven und ablassen. Es sieht aus wie eine Szene aus »Krieg der Welten«, in der außerirdische Maschinen auf der Erde gelandet sind und Junge für die nächste Generation generieren. Container erstrecken sich aufeinandergestapelt in Reihen über Hunderte von Metern.

Jetzt beschließt Forbes, mit mir zu reden.

»Waren Sie schon einmal hier, Detective Constable Barba?«

»Nein.«

»Harwich ist ein Fracht- und Passagierhafen. Hier werden Kreuzfahrtschiffe, Fähren, Massengutfrachter und Roll-on-roll-off-Schiffe abgefertigt. Jeden Tag kommen Tausende von Fahrzeugen aus Dänemark, Schweden, Belgien, Deutschland und Hoek van Holland durch.«

»Warum bin ich hier?«

Er zeigt nach vorn. Der Wagen bremst. Mitten im Zollbereich ist ein Zelt der SOCA aufgestellt worden, das von einer Wagenburg aus Polizeiautos umringt ist.

Bogenlampen in dem Zelt lassen die Wände halb durchsichtig erscheinen und enthüllen die Umrisse eines LKW. In dem Zelt bewegen sich Menschen wie Schattenrisse in einem Scherenschnitttheater.

Forbes ist ausgestiegen und geht über den Asphalt. Der abkühlende Motor tickt wie eine Uhr.

In diesem Moment wird eine Seitenklappe des Zeltes aufgeschlagen, und ein Beamter der Spurensicherung in einem weißen Overall tritt heraus und schält sich die weißen Plastikhandschuhe ab wie eine zweite Haut.

Ich erkenne ihn. Es ist Gerard Noonan, ein Pathologe, der wegen seiner blassen Haut und seiner schneeweißen Haare den Spitznamen »Albino« trägt. Mit seinem weißen Overall, der weißen Kapuze und den weißen Handschuhen sieht er aus, als hätte er sich für eine Kostümparty als Spermazelle verkleidet.

Er spricht einige Minuten mit Forbes, aber ich bin zu weit weg, um zu verstehen, worum es geht.

Forbes dreht sich zu mir um und winkt mich heran. Seine Miene ist hart wie der Keil einer Axt.

Der Boden im Zelt ist von Plastikplanen bedeckt, die mit silbernen Kisten beschwert sind, in denen sich Kameras und weitere Geräte der Spurensicherung befinden. In der Mitte des Raumes parkt ein LKW, dessen Hecktüren offen stehen. Auf der Rampe sieht man Holzpaletten mit Apfelsinenkisten. Einige sind zur Seite geschoben worden, um einen schmalen Pfad in der Mitte freizuräumen, sodass gerade genug Platz für eine Person ist, sich zum Ende der Ladefläche durchzuquetschen.

Das Blitzlicht einer Kamera fällt auf einen Hohlraum zwischen den Paletten. Zunächst glaube ich, dass es sich bei den Gestalten darin um Schaufensterpuppen oder Tonfiguren handelt, aber dann trifft mich die Wahrheit wie ein Schlag. Unter einem geschlossenen Luftschlitz liegen mehrere Leichen übereinander, fünf nach meiner Zählung, drei Männer, eine Frau und ein Kind. Ihre Münder stehen offen. Atemlos. Leblos.

Sie scheinen Osteuropäer in billigen, zusammengewürfelten Kleidern zu sein. Wie von einem Draht gehalten reckt sich ein einzelner Arm in die Höhe. Die Frau hat das Haar nach hinten gebunden. Eine Schildpattspange hat sich gelöst und baumelt an einer Strähne über ihre Wange. Das Kind in ihren Armen trägt ein Mickey-Mouse-Sweatshirt und drückt eine Puppe an seinen Körper.

Wieder flackert ein Blitzlicht auf. Ich sehe die erstarrten Gesichter, eingefroren in dem Moment, in dem ihnen der Sauerstoff ausgegangen ist und ihre Träume sich zu Staub auf ihren trockenen Zungen verwandelt haben. Es ist ein Bild, das mich verfolgen wird, ein Anblick, der alles verändert. Und auch wenn mir die Welt, aus der sie kommen, so unmöglich fremd und weit weg erscheint, dass ich sie mir nicht vorstellen kann, kommt mir ihr Tod auf irgendeine Weise unerträglich nahe.

»Sie sind in den vergangenen zwölf Stunden gestorben«, sagt Noonan.

Ich überlege instinktiv, was ich zu der Zeit gemacht habe. Ich war unterwegs nach West Sussex und habe in dem Adoptionszentrum mit Julian Shawcroft gesprochen.

Noonan hält eine Plastiktüte mit mehreren abgebrochenen blutigen Fingernägeln in der Hand. Mir dreht sich der Magen um.

»Wenn Sie sich übergeben wollen, Detective Constable, dann verdammt noch mal nicht an *meinem* Tatort«, sagt er.

»Ja, Sir.«

Forbes sieht Noonan an. »Erzählen Sie ihr, wie sie gestorben sind.«

»Sie sind erstickt«, erwidert er müde.

»Erklären Sie uns das genauer.«

Darum bittet er meinetwegen. Forbes will, dass ich es höre und den Geruch von Apfelsinen und Fäkalien rieche. Noonan tut ihm den Gefallen.

»Es beginnt mit wachsender Panik, während man um jeden Atemzug ringt, gierig Luft einsaugt und immer mehr will. Das nächste Stadium ist große Ruhe. Resignation. Und dann Bewusstlosigkeit. Die Zuckungen und die Inkontinenz sind unwillkürlich, der Todeskampf. Keiner weiß, was zuerst kommt – Sauerstoffmangel oder Kohlendioxidvergiftung.«

Forbes fasst meinen Arm und führt mich von dem Laster weg. Man hat eine provisorische Leichenhalle für die Opfer errichtet. Eines liegt bereits auf einer Bahre, das Gesicht nach oben und von einem weißen Laken zugedeckt. Forbes streicht mit den Fingern über den Stoff.

»Irgendjemand in diesem LKW hatte ein Handy«, erklärt er. »Als sie merkten, dass sie erstickten, versuchten sie, irgendjemanden anzurufen und wählten den Notruf. Die Zentrale dachte, dass es sich um einen Scherz handelte, weil der Anrufer nicht angeben konnte, von wo aus er anrief.«

Ich blicke zu dem riesigen Roll-on-roll-off-Laster mit den offenen Hecktüren.

»Warum bin ich hier?«

Er schlägt das Laken zurück. Auf der Bahre liegt ein Junge im Teenageralter mit dicken Armen und Beinen und dunklen Haaren. Sein Kopf ist beinahe vollkommen rund und rosa, bis auf die bläulich angelaufenen Lippen und die Falten seines Doppelkinns.

Forbes hat sich nicht bewegt. Er beobachtet mich durch seine rechteckige Brille, die immer noch zu klein wirkt und ihn mit einem Mal bösartig erscheinen lässt.

Ich wende den Blick ab. Mit vogelartiger Behändigkeit packt er meinen Arm. »Das ist alles, was er anhatte – eine billige Hose und ein Hemd. Keine Etiketten. Normalerweise verraten uns solche Kleider gar nichts. Sie sind billige Massenware.« Sein Griff wird fester. »Bei diesen Kleidern war das anders. Denn irgendjemand hatte etwas in das Innenfutter genäht. Einen Zettel mit einem Namen und einer Adresse. Und wissen Sie, wessen Name und wessen Adresse?«

Ich schüttele den Kopf.

»Ihre.«

Ich versuche, gar nicht zu reagieren, aber das ist für sich genommen auch schon wieder eine Reaktion.

»Können Sie das erklären?«, fragt er.

»Nein.«

»Sie haben nicht mal eine vage Ahnung?«

Meine Gedanken rasen, während ich im Kopf die Möglichkeiten durchgehe. Meine Mutter hat immer Etiketten in meine Sachen genäht, damit ich sie nicht verliere. Aber nur mit meinem Namen und nicht mit meiner Adresse.

»Sie verstehen, wie das aussieht«, sagt er und schnalzt mit der Zunge. »Sie sind in eine Ermittlung wegen Menschenhandel und möglicherweise auch Mord verwickelt. Wir glauben, dass sein Name Hasan Khan ist. Sagt Ihnen das irgendwas?«

»Nein.«

»Der LKW ist in Holland zugelassen. Auf der Passagierliste ist der Fahrer als Arjan Molenaar eingetragen.«

Wieder schüttele ich den Kopf.

Mehr als der Schock breitet sich Taubheit in mir aus. Es fühlt sich an, als wäre jemand von hinten an mich herangeschlichen und hätte mir ein Metalltablett über den Kopf gezogen, dessen Klang mir immer noch in den Ohren hallt.

»Warum sind sie nicht früher entdeckt worden?«

»Wissen Sie, wie viele LKW jeden Tag durch Harwich kommen? Mehr als zehntausend. Wenn der Zoll jeden einzeln durchsuchen würde, würden sich die Fähren bis zurück nach Rotterdam stauen.«

Noonan tritt zu uns, beugt sich über die Bahre und spricht, als ob der Jugendliche ein Patient und keine Leiche wäre.

»Nun gut, junger Mann, *bitte* versuche, so offen wie möglich zu sein. Wenn du dich der Prozedur mit gutem Willen unterziehst, erfahren wir mehr über dich. Dann wollen wir mal sehen.«

Er inspiziert die Leiche noch genauer, wobei er mit den Lippen fast den Hals des Jungen berührt. »Es gibt Spuren petechialer Blutaustritte, weniger als ein Millimeter tief, an Augenlidern, Lippen, Ohren, Gesicht und Hals, eine Folge des Sauerstoffmangels im Gewebe …«

Er hält einen Arm hoch und untersucht die Haut.

»Narben deuten auf ältere schwere Verbrennungen am linken Unterarm und der linken Hand hin, möglicherweise die Folge einer Explosion.«

Ich bemerke Dutzende kleinerer Narben auf seiner Brust. Auch Noolans Interesse ist geweckt, und er misst sie mit einem Lineal.

»Sehr ungewöhnlich.«

»Was ist das?«

»Messerwunden.«

»Ist er niedergestochen worden?«

»Irgendjemand hat ihn aufgeschlitzt.« Er fuchtelt mit einem imaginären Messer durch die Luft. »Keine der Wunden ist besonders tief. Die Klinge hat keine inneren Organe oder Hauptschlagadern bedroht. Exzellente Kontrolle.«

Der Pathologe klingt beeindruckt – wie ein Chirurg, der die Arbeit eines Kollegen bewundert.

Dann fällt ihm noch etwas auf. Er hebt den Arm des Jungen,

dreht ihn nach außen und entblößt so das Handgelenk. Auf der Mitte zwischen Handfläche und Ellenbogen schwebt ein kleiner tätowierter Schmetterling. Noonan vermisst die Tätowierung und spricht in seinen Digitalrekorder.

Forbes hat mir genug gezeigt.

»Ich möchte jetzt nach Hause«, sage ich.

»Ich habe noch weitere Fragen.«

»Brauche ich einen Anwalt?«

Er scheint enttäuscht von der Frage. »Ich kann Ihnen jemanden besorgen, wenn Sie es wünschen.«

Ich weiß, dass ich mir mehr Sorgen machen sollte, aber meine Neugier ist stärker als meine natürliche Vorsicht. Mit dem Gefühl, unbesiegbar zu sein, oder dem Glauben, dass meine Unschuld mich schützen wird, hat das gar nichts zu tun. Ich habe schon zu viele Fehlurteile erlebt, um derart optimistisch zu sein.

Im Hafenterminal gibt es ein Café für LKW-Fahrer. Forbes wählt einen Tisch und bestellt Kaffee und eine Flasche Wasser.

In der nächsten Stunde nimmt er mein Privatleben, meine Freundinnen und Bekannten unter die Lupe. Ich antworte immer das Gleiche. Ich habe keine Ahnung, wie mein Name und meine Adresse auf einem Zettel gelandet sind, der in die Kleider von Hasan Khan genäht wurde.

»Ist es meine Hautfarbe?«, frage ich irgendwann.

Für einen Moment verliert er die Contenance. »Warum sagen die Leute das *immer*? Warum spielen sie die Rassenkarte aus? Jedes Mal, wenn jemand aus einer ethnischen Minderheit vernommen wird, kommt das garantiert irgendwann. Dies hier hat nichts mit Ihrer Hautfarbe oder Ihrem Geburtsort zu tun. *Ihr* Name und *Ihre* Adresse waren in die Kleider eines toten Jungen eingenäht. Eines illegalen Einwanderers. Das allein macht Sie für uns interessant.«

Ich wünschte, ich könnte meine Frage zurücknehmen.

Er zieht eine halbvolle Schachtel aus der Tasche und zählt die restlichen Zigaretten, als würde er sie sich einteilen. »Haben Sie eine Ahnung, wie rege Menschenhandel inzwischen ist?« Er steckt die Zigarettenschachtel wieder ein und klickt mit der Zunge, als wollte er sich selbst ermahnen.

»Im vergangenen Jahr wurden 40000 Menschen nach Westeuropa geschmuggelt. Die italienische Mafia, die Russen, die Albaner, die japanische Yakuza, die chinesischen Schlangenköpfe – alle sind sie beteiligt. Unterhalb der Ebene der großen Syndikate gibt es Tausende kleinerer selbstständiger Banden, die mit nicht viel mehr als ein paar Mobiltelefonen, einem Schnellboot und einem Transit-Van operieren. Sie korrumpieren den Grenzschutz, Politiker, Polizisten und Zollbeamte. Sie sind Abschaum, der sich von Abschaum nährt und Profit aus menschlichem Leid schlägt. Ich hasse sie. Aus tiefstem Herzen.«

Er sieht mir fest in die Augen. Wieder macht er dieses Geräusch mit der Zunge. Mir fällt plötzlich ein, woran es mich erinnert – an Road Runner. Wile E. Coyote hat immer versucht, diesen arroganten, piependen Vogel mit allen möglichen lächerlichen Sprengladungen und Fallen zu erwischen. Und ich wollte, dass der Kojote wenigstens *einmal* gewinnt. Ich wünschte mir, dass die 100-Pfund-Hantel, das Bündel Dynamitstangen oder die Steinschleuder funktionierten, damit er dem hageren Vogel den Hals umdrehen konnte.

Wie auf's Stichwort piepst Forbes' Funkrufempfänger zwei Mal. Er führt das Telefonat auf der anderen Seite des Cafés. Irgendetwas muss dabei besprochen worden sein, denn als er zurückkommt, ist sein Verhalten verändert.

»Es tut mir leid, dass ich Sie so lange aufgehalten habe, Detective Constable Barba.«

»Das heißt, ich kann gehen?«

»Ja, selbstverständlich, aber es ist schon sehr spät. Wir haben eine Unterkunft in der Stadt arrangiert. Der Pub sieht recht nett aus. Ich kann Sie morgen früh nach London zurückbringen lassen.«

Er zupft nervös an den Ärmeln seiner Jacke, als hätte er Angst, sie könnten schrumpfen. Ich frage mich, wer angerufen hat. Sikh-Mädchen haben keine hochgestellten Freunde.

Der Pub ist gemütlich und »rustikal«, obwohl ich mir nie ganz sicher war, was »rustikal« eigentlich bedeutet. Das angrenzende Restaurant hat niedrige Decken, Fischernetze hängen von den Balken, und über der Bar ist eine Harpune an die Wand montiert.

Forbes lädt mich zum Essen ein. »Ich bin zwar Detective Inspector, aber das ist kein Befehl«, sagt er in dem Versuch, charmant zu sein.

Ich rieche die Düfte aus der Küche. Mein Magen knurrt. Vielleicht kann ich noch ein wenig mehr über Hasan Khan in Erfahrung bringen.

Forbes entledigt sich seiner grauen Jacke, streckt die Beine unter dem Tisch aus und macht ein großes Theater um die Bestellung und Verkostung des Weines.

»Der ist sehr gut«, bemerkt er und hält das Glas gegen das Licht. »Sind Sie sicher, dass Sie nicht einen kleinen Schluck probieren wollen?« Ohne meine Antwort abzuwarten, gießt er sich sein Glas noch einmal voll.

Ich nenne ihn Mr. Forbes und Sir. Er sagt, ich solle Robert zu ihm sagen. Er nennt mich Alisha, auch ohne dass ich es ihm erlaube. Er fragt, ob ich verheiratet sei.

»Das wissen Sie doch schon.«

»Ja, natürlich.«

Er hat nordische Augen, und seine untere Zahnreihe ist schief, aber er hat ein angenehmes Lächeln und lacht gerne. Das Klicken scheint zu verschwinden, wenn er sich entspannt. Vielleicht ist es ein nervöser Tick wie Stottern.

»Und was ist mit Ihrer Familie?«, fragt er. »Wann ist sie nach Großbritannien gekommen?«

Ich erzähle ihm von meinem Großvater, der in einem kleinen Dorf in Gujarat geboren wurde und sich mit siebzehn der britischen Armee angeschlossen hat, wo er zunächst Küchenhilfe und später Koch war. Nach dem Krieg brachte ihn ein Major der Royal Artillery mit heim nach England, damit mein Großvater für seine Familie kochte. Mein Großvater reiste auf einem Dampfschiff, das für die Fahrt von Bombay nach England drei Wochen brauchte. Er kam allein. Das war 1947.

Er verdiente drei Pfund pro Woche, sparte aber trotzdem genug, dass meine Großmutter nachkommen konnte. Sie waren die ersten Inder in Hertfordshire, zogen jedoch später nach London.

Meine einzige Erinnerung an meine Großeltern ist eine Geschichte über ihren ersten Winter in England, die sie mir erzählt haben. Sie hatten nie zuvor Schnee gesehen und sagten, es hätte ausgesehen wie eine Szene aus einem russischen Märchen.

Ironie verstehe ich nicht immer, aber mein Großvater hat sich sein ganzes Leben lang angestrengt, weiß zu sein, um am Ende von einem umgekippten Kohlelaster auf dem Richmond Hill begraben zu werden, der ihn rußschwarz färbte.

Forbes hat eine zweite Flasche Wein geleert und ist melancholisch geworden.

»Ich muss mal auf die Toilette«, erklärt er.

Ich sehe ihm nach, wie er sich, die linke Schulter vorgeschoben, einen Weg zwischen den Tischen bahnt. Auf dem Rückweg bestellt er sich einen Brandy. Er erzählt von seiner Kindheit in Milton Keynes, einer Stadt vom Reißbrett, die es vor 1960 noch gar nicht gab. Jetzt lebt er in London. Eine Ehefrau erwähnt er nicht, aber ich bin mir sicher, dass zu Hause eine auf ihn wartet.

Ich will mit ihm über die illegalen Einwanderer reden, bevor er zu betrunken ist. »Konnten Sie den LKW zurückverfolgen?«, frage ich.

»Schiffscontainer haben Codes, die man zu jedem Ort der Welt zurückverfolgen kann.«

»Und woher kam er?«

»Der LKW hat gestern am frühen Morgen eine Fabrik in den Außenbezirken von Amsterdam verlassen. Die Schlösser sind angeblich absolut einbruchsicher.«

»Woher wissen Sie Hasan Khans Namen?«

»Er hatte Papiere bei sich. In einer Stofftasche, die er sich um den Bauch gebunden hatte. Laut Angaben der niederländischen Polizei ist er vor neunzehn Monaten aus Afghanistan kommend in Holland eingetroffen. Er hat mit einer Gruppe Asylbewerber über einem chinesischen Restaurant in Amsterdam gewohnt.«

»Was war sonst noch in der Tasche?«

Forbes senkt den Blick. »Zeichnungen und Fotos. Ich könnte Sie Ihnen zeigen ...« Er zögert. »Wir könnten auf mein Zimmer gehen.«

»Sie könnten die Tasche auch holen«, schlage ich vor.

Er streicht mir mit einem Fuß über die Wade und lächelt ein Unartiger-Junge-Lächeln.

Ich möchte etwas Unliebenswürdiges sagen, finde jedoch keine Worte. In Abfuhren war ich nie besonders gut. Stattdessen lächele ich höflich und erkläre ihm, dass er lieber aufhören soll, solange er noch einen Vorsprung hat.

Er runzelt die Stirn. Er versteht mich nicht.

Herrgott noch mal, du bist nicht mal attraktiv. Ruf deine Frau an und wünsch ihr eine gute Nacht.

Auf dem Weg die Treppe hinauf gerät Forbes mehrmals ins Stolpern. »Ich schätze, wir haben beim Wein ziemlich zugelangt, was?«

»Einer von uns beiden auf jeden Fall.«

Er zieht umständlich seinen Zimmerschlüssel aus der Tasche und startet mehrere erfolglose Versuche, das Schlüsselloch zu finden, bis ich ihm ihn schließlich abnehme. Im Zimmer sinkt er aufs Bett und dreht sich auf den Rücken, Arme und Beine von sich gestreckt wie ein Opfer an den dämonischen Gott des Alkohols.

Ich ziehe ihm die Schuhe aus und hänge sein Jackett über die Stuhllehne. Die Stofftasche liegt neben dem Bett. Ich lege den Sicherheitsriegel so vor, dass die Tür nicht zufallen kann, bevor ich in mein Zimmer gehe.

Von dort rufe ich Ruiz und »New Boy« Dave an. Dave will mich sofort abholen, aber ich sage, dass er bleiben soll, wo er ist. Ich verspreche, ihn morgen früh wieder anzurufen.

Eine Viertelstunde später kehre ich in Forbes' Zimmer zurück. Die Tür ist immer noch angelehnt, und er schnarcht. Während ich das Zimmer durchquere, achte ich darauf, ob sein Atem sich verändert. Schließlich ertaste ich die Stofftasche. Er rührt sich nicht.

Dann ertönt plötzlich ein anderes Geräusch. Ein melodischer Klingelton.

Ich lasse mich auf den Boden fallen und kauere mich zwischen Heizung und Vorhang.

Wenn Forbes das Licht anmacht, wird er mich sehen oder feststellen, dass die Tasche weg ist.

Er rollt sich halb aus dem Bett, greift nach seiner Jacke und fummelt an seinem Handy herum.

»Ja. Tut mir leid, Schatz, ich hätte anrufen sollen. Es ist spät geworden, und ich wollte dich und die Kinder nicht wecken – Nein, mir geht es gut, ich bin nicht betrunken. Nur ein paar Gläser – Nein, ich hab die Nachrichten nicht gesehen – Das ist wirklich toll – Ja – Okay – Ich ruf dich morgen früh an – Geh jetzt schlafen – Ich liebe dich auch.«

Er wirft das Telefon zur Seite und starrt an die Decke. Einen Moment lang glaube ich, dass er wieder einschläft, aber dann stöhnt er und rollt sich aus dem Bett. Das Licht im Badezimmer geht an. Forbes schließt die Tür nicht. Mein Versteck ist jetzt sauber ausgeleuchtet. Er lässt seine Boxershorts bis zu den Knöcheln rutschen und pinkelt.

Ich drücke mich hinter ihm aus dem Licht, schleiche durchs Zimmer und ziehe leise die Tür hinter mir zu. Mir ist schwindelig, und ich zittere. Ich habe eine von Ruiz' Grundregeln verletzt: Auch unter Stress nicht vergessen zu atmen.

In meinem Zimmer leere ich den Inhalt der Stofftasche auf mein Bett. Ein Taschenmesser mit einer abgebrochenen und einer intakten Klinge, ein kleiner Spiegel, ein Medizinfläschchen voll Sand, eine Kohlezeichnung von zwei Kindern und eine ramponierte runde Keksdose.

Jedes Objekt ist bedeutsam. Warum wurde es sonst mitgenommen? Dies sind die irdischen Besitztümer eines Sechzehnjährigen. Sie können ihm unmöglich wieder Leben einhauchen oder mir von seinen Ängsten und Wünschen erzählen. Es ist nicht genug. Er hat mehr verdient.

Die Keksdose enthält einen angelaufenen Orden und eine in der Mitte gefaltete Schwarzweißfotografie. Sie scheint eine Gruppe von Arbeitern darzustellen, die vor einer Fabrik mit Wellblechdach und Holzläden vor den Fenstern stehen. An der Mauer hinter ihnen sind Kisten, Paletten und Tonnen gestapelt.

Die Arbeiter sind in zwei Reihen arrangiert. Die vordere sitzt auf Stühlen, in der Mitte ein Patriarch oder der Fabrikbesitzer auf einem Stuhl mit hoher Lehne. Er sitzt kerzengerade mit strenger Miene, den Blick in die Ferne gerichtet. Eine Hand liegt auf seinem Knie. Die andere fehlt, und der Ärmel seines Mantels ist am Ellbogen abgebunden.

Neben ihm sitzt ein Mann, der ihm ähnlich sieht, möglicherweise sein Bruder. Er trägt einen kleinen Fez und einen sauber gestutzten Bart. Auch ihm fehlt eine Hand, und seine linke Augenhöhle scheint leer. Ich lasse meinen Blick über die beiden Reihen von Arbeitern schweifen: Viele sind verstümmelt oder verkrüppelt. Einige stehen auf Krücken, andere haben eine Haut wie geschmolzenes Plastik. Vorne kniet ein Junge auf einem Skateboard. Nein, er kniet nicht. Was ich zuerst für seine Knie gehalten habe, sind Beinstumpen, die aus seiner kurzen Hose ragen.

Keiner der Arbeiter lächelt. Die Männer haben olivfarbene Haut und verschwommene Gesichtszüge, und wie sehr man das Foto auch vergrößern würde, das Bild würde nicht klarer werden und die Männer nicht weniger steif und finster.

Ich verstaue das Bild wieder in der Blechdose und betrachte die anderen Kuriositäten und Schmuckstücke. Die Kohlezeichnung ist an den Rändern verknittert. Die beiden Kinder, ein Junge und ein Mädchen, sind etwa sechs und acht Jahre alt. Sie hat ihren Arm um seine Schulter gelegt. Sie hat eine hohe Stirn und einen geraden Mittelscheitel. Der Junge wirkt gelangweilt oder rastlos, mit einem Funken Licht in den Augen, das durch ein offenes Fenster hereinfällt. Er möchte draußen sein.

Das Papier fühlt sich weich an zwischen meinen Fingern. Die Zeichnung ist mit einem Fixiermittel besprüht worden, damit die Kohle nicht verwischt. In der linken unteren Ecke befindet sich eine Signatur. Nein, es ist ein Name. Zwei Namen. Die Zeichnung zeigt Hasan als kleinen Jungen zusammen mit seiner Schwester. Samira.

Ich lasse mich auf das Bett sinken, starre an die Decke und lausche auf die tiefe Nacht. Es ist so still, dass ich mich selbst atmen hören kann. Ein wunderschönes Geräusch.

Dies ist eine Geschichte von Teilen, eine Chronik von Fiktionen. Cate hat ihre Schwangerschaft vorgetäuscht. Brendan Pearl hat sie und Felix überfahren. Ihr Arzt hat gelogen. Donavon hat gelogen. Eine Adoptionsagentur hat gelogen. Menschen werden geschmuggelt. Babys werden ge- und verkauft.

Ich habe mal gelesen, dass Menschen, die von Lawinen verschüttet wurden, nicht immer wissen, wo oben und unten ist und in welche Richtung sie graben müssen. Erfahrene Skiläufer und Bergsteiger haben einen Trick. Ihr Speichel. Die Schwerkraft weist ihnen den Weg.

So einen Trick brauche ich auch. Ich bin in etwas Dunkles und Gefährliches geraten und weiß nicht, ob ich dabei bin, dem Schlamassel zu entkommen oder mich noch tiefer einzugraben. Dabei bin ich nur ein zufälliges Opfer, ein Kollateralschaden.

Meine Träume sind real. So real, wie Träume sein können. Ich höre Babys schreien und Mütter, die ihnen ein Schlaflied vorsingen. Ich werde verfolgt. Es ist der gleiche Traum wie immer, aber ich weiß nicht, wer mich verfolgt. Und in dem Moment, in dem ich falle, wache ich auf.

Ich rufe Ruiz an. Er nimmt nach dem zweiten Klingeln ab. Der Mann schläft nie.

»Können Sie mich abholen?«

Er fragt nicht, warum. Er legt auf, und ich stelle mir vor, wie er sich anzieht, in sein Auto steigt und durch die Landschaft fährt.

Er ist dreißig Jahre älter als ich. Er war drei Mal verheiratet und hat ein Privatleben mit mehr Geschützfeuer als ein Schießstand, aber ich vertraue ihm mehr als irgendjemandem sonst.

Ich weiß, was ich tun werde. Bisher habe ich versucht, mich in Cates Situation hineinzuversetzen – an die Orte, an denen sie war, in die Geheimnisse, die sie zu verbergen suchte –, aber es hat keinen Sinn, dieselben Telefonnummern anzurufen wie sie oder ihre Aktivitäten zu rekonstruieren. Ich muss ihrer Spur folgen und sie einholen.

Ich werde nach Amsterdam fahren, um Samira zu finden. Ich blicke auf meine Uhr. Nicht morgen. Heute.

Zwei Stunden später öffne ich Ruiz die Tür. Manchmal frage ich mich, ob er meine Gedanken kennt oder vielleicht sogar derjenige war, der sie mir überhaupt erst in den Kopf gesetzt hat und sie jetzt deshalb lesen kann, als würde er bei einem Pokerspiel die Karten mithalten.

»Wir sollten nach Amsterdam fahren«, sagt er.

»Ja.«

ZWEITES BUCH

»Die bittersten Tränen, die an Gräbern ver-
gossen werden, gelten ungesagten Worten
und versäumten Taten.«

Harriet Beecher Stowe

I

Im zweiten Jahr an der Universität in London bekam Cate ihre Regel nicht und dachte, sie wäre schwanger. Wir lebten in vollkommenem Gleichklang – dieselbe Zeit, derselbe Ort, dieselben Stimmungen. Ich weiß nicht mehr, welcher von ihren üblen Freunden ihre Abwehr überwunden hatte, aber ich kann mich noch ganz deutlich an ihre Reaktion erinnern. Panik.

Wir machten zu Hause einen Schwangerschaftstest und dann noch einen. Ich begleitete sie zu der Familienplanungsklinik in einem grässlichen grünen Gebäude in Greenwich unweit des Observatoriums. Wo die Zeit anfing, endete das Leben.

Eine Krankenschwester stellte Cate eine Reihe von Fragen und schickte sie dann wieder nach Hause, wo sie weitere sieben Tage warten sollte. Offenbar ist der häufigste Grund für fehlerhafte Tests die Tatsache, dass sie zu früh gemacht werden.

Cate bekam ihre Regel.

»Ich hätte schwanger sein und eine Fehlgeburt haben können«, sagte sie hinterher. »Vielleicht wenn ich es mehr gewollt hätte.«

Später fragte sie wie aus dem Nichts. »Was machen sie mit ihnen?«

»Womit?«

»Mit den abgetriebenen Babys.«

»Man nennt sie nicht Babys. Und sie werden vermutlich beseitigt.«

»Beseitigt?«

»Ich weiß es nicht, okay?«

Ich frage mich, ob sie der Schrecken von damals, die knapp verpasste Schwangerschaft, in der Zeit, als sie versuchte, schwanger zu werden, irgendwann eingeholt hat. Hat sie es Felix erzählt? Hat sie gedacht, dass Gott sie dafür bestraft, dass sie ihr Erstes nicht genug geliebt hat?

Ich erinnere mich *doch* an den Namen des üblen Freundes. Wir nannten ihn den schönen Barry. Er war ein kanadischer Skilehrer, ganzjährig sonnengebräunt und mit unglaublich weißen Zähnen. Was hat es mit Skilehrern bloß auf sich? In den Bergen nehmen sie eine gottgleiche Aura an, als würde die dünnere Luft sie noch attraktiver aussehen lassen oder (was wahrscheinlicher ist) die Frauen unkritischer machen.

Wir arbeiteten in den Weihnachtsferien in einer Skihütte in den französischen Alpen im Schatten des Mont Blanc (der kein einziges Mal einen Schatten warf, weil der Himmel durchgängig bewölkt war).

»Hast du je einen Sikh auf Skiern gesehen?«, fragte ich Cate.

»Du könntest die Erste sein«, ließ sie nicht locker.

Wir teilten ein Zimmer im Zellenblock H, der Spitzname für die Personalunterkünfte. Ich arbeitete fünf Tage die Woche von morgens um sechs bis zum späten Nachmittag als Zimmermädchen. Cate, die abends an der Bar arbeitete, sah ich kaum. Sie trainierte ihren russischen Akzent, indem sie sich als Natalia Radzinsky ausgab, Tochter einer Gräfin.

»Wo um alles in der Welt hast du mit Barry geschlafen?«, wollte ich wissen.

»Ich habe mir den Generalschlüssel ausgeliehen. Wir haben eine der Gästesuiten benutzt.«

»Was habt ihr gemacht?!«

»Oh, keine Sorge. Ich habe ein Handtuch druntergelegt.«

Mein Liebesleben schien sie viel mehr zu interessieren. »Wann wirst du endlich deine Unschuld verlieren?«

»Wenn ich so weit bin.«

»Auf wen wartest du?«

»Mr. Right«, erklärte ich ihr, obwohl ich eigentlich meinte »Mr. Rücksichtsvoll« oder »Mr. Würdig« oder irgendeinen »Mister«, der mich genug *wollte*.

Vielleicht war ich doch die Tochter meiner Mutter. Sie versuchte schon, mir einen Ehemann zu suchen, und zwar meinen Cousin Anwar, der an der Bristol University Philosophie studierte. Er war groß und schlank mit großen braunen Augen und einer kleinen Nickelbrille. Anwar hatte einen fantastischen Kleidergeschmack und mochte Judy-Garland-Platten. Er brannte mit dem Jungen aus dem Unibuchladen durch, aber meine Mutter will bis heute nicht wahrhaben, dass er schwul ist.

Seit dem Start unseres Fluges in Heathrow hat Ruiz kaum ein Wort gesagt. Sein Schweigen kann so beredt sein.

Ich habe ihm erklärt, dass er nicht mitkommen müsse. »Sie sind pensioniert.«

»Stimmt, aber ich bin noch nicht tot«, gab er zurück, und ein winziges Lächeln blitzte in seinen Augenwinkeln auf.

Es ist erstaunlich, wie wenig ich nach sechs Jahren über ihn weiß. Er hat Kinder – Zwillinge –, aber er spricht nicht über sie. Seine Mutter lebt in einem Altersheim. Sein Stiefvater ist tot. Was mit seinem leiblichen Vater ist, weiß ich nicht.

Ich habe noch nie einen Menschen kennen gelernt, der so selbstgenügsam ist. Er scheint sich nicht nach menschlichem Kontakt zu sehnen oder irgendjemanden zu *brauchen*. Im Fernsehen gibt es diese Survival-Shows, wo die Leute in konkurrierende Stämme aufgeteilt werden, die um den Sieg kämpfen. Ruiz wäre ein Ein-Mann-Stamm ganz für sich allein. Und der knurrige alte Kerl würde jedes Mal gewinnen.

Amsterdam. Das weckt Gedanken an weiche Drogen, legale Prostitution und Holzschuhe. Es ist mein erster Besuch. Auch Ruiz ist eine »Jungfrau, was Holland betrifft« (wie er es selbst nennt). Seine insgesamt wohlwollende Kurzkritik des Landes hat er mir bereits vorgetragen: »Ausgezeichnetes Bier, ein paar ganz brauchbare Fußballer und Käse mit roter Wachsrinde.«

»Die Holländer sind sehr höflich«, ergänze ich.

»Sie sind wahrscheinlich das netteste Volk der Welt«, stimmt er mir zu. »Sie sind so freundlich, dass sie lieber Prostitution und Marihuana legalisiert haben, als jemandem eine Absage zu erteilen.«

Trotz seines Zigeunerbluts war Ruiz nie ein großer Weltenbummler. Seinen einzigen Auslandsurlaub hat er in Italien verbracht. Er ist ein Gewohnheitsmensch – warmes Bier, spießiges Essen und Rugby –, und seine Fremdenphobie nimmt zu, je weiter er von zu Hause weg ist.

Wir haben die Plätze in der ersten Reihe ergattert, sodass ich meine Schuhe ausziehen, die Füße gegen die Wand stemmen und dabei meine rosa-weiß geringelten Socken präsentieren kann. Der Sitz zwischen uns ist leer. Ich habe ihn mit meinem Buch, einer Flasche Wasser und meinem Kopfhörer belegt. Besitz sind neun Zehntel des Rechts.

Von oben betrachtet sieht die holländische Landschaft aus wie ein alter, aus verschiedenen Filzquadraten zusammengesetzter Billardtisch. Es gibt niedliche Bauernhäuser, niedliche Windmühlen und hin und wieder ein Dorf. Die ganze Geschichte mit dem Land unterhalb des Meeresspiegels ist schon seltsam. Sollten die Deiche je brechen, stünden selbst die Brücken unter Wasser. Aber die Holländer sind so gut darin, dem Meer Land abzutrotzen, dass sie eines Tages wahrscheinlich die ganze Nordsee trockengelegt haben, und dann geht die M11 bis Moskau durch.

Auf der Fahrt vom Flughafen in die Stadt scheint sich der Fahrer zu verirren und uns im Kreis über immer wieder dieselben Kanäle und Brücken zu kutschieren. Der einzige Hinweis auf Cates Aktivitäten ist der Touristen-Stadtplan und die umkringelte Adresse des Red Tulip Hotel.

Die Frau am Empfang begrüßt uns mit einem breiten Lächeln. Sie ist Mitte zwanzig, grobknochig und noch gerade ein bis zwei Pfund vor dem Übergewicht. Hinter ihr hängt eine Informationstafel mit Prospekten, die für Kanalrundfahrten, Fahrradtouren und Tagesausflüge zu einer Tulpenfarm werben.

Ich schiebe ein Foto von Cate über den Tresen. »Haben Sie sie schon einmal gesehen?«

Sie schaut angestrengt hin. Cate ist einen Blick wert. Aber sie erkennt sie nicht.

»Sie könnten einige der anderen Mitarbeiter fragen«, rät sie uns.

Ein Träger lädt unsere Koffer auf einen Gepäckwagen. Er ist Mitte fünfzig und trägt eine rote Weste, die sich über einem weißen Hemd und einer kleinen Wampe spannt.

Ich zeige ihm das Foto. Er kneift konzentriert die Augen zusammen, und ich frage mich, woran er sich bei Gästen erinnert – an ihre Gesichter, ihre Koffer oder das Trinkgeld, das sie geben?

»Zimmer 12«, verkündet er und nickt lebhaft.

Ruiz wendet sich wieder an die Frau am Empfang. »Sie müssen doch irgendwelche Unterlagen haben. Sie könnte in der zweiten Märzwoche hier gewesen sein.«

Sie sieht sich ängstlich nach dem Direktor um, bevor sie etwas in den Computer eingibt. Eine neue Seite öffnet sich, und ich überfliege die Liste. Cate ist nicht dabei. Moment! Es gibt einen anderen Namen, den ich erkenne: »Natalia Radzinsky.«

Der Träger nickt begeistert. »Ja, die Gräfin.« Wie zum Beweis für sein Erinnerungsvermögen fügt er hinzu: »Sie hatte eine blaue Tasche.« Er deutet ihre Ausmaße an. »Und eine kleinere. Sehr schwer. Aus Metall.«

»War sie in Begleitung?«

Er schüttelt den Kopf.

»Sie haben ein sehr gutes Gedächtnis.«

Er strahlt.

Ich blicke wieder auf den Monitor. Ich habe das Gefühl, dass Cate mir einen Hinweis hinterlassen hat, den niemand sonst erkennen kann. Dabei ist es natürlich albern anzunehmen, dass die Toten Hinweise für die Lebenden hinterlassen. Die Arroganz von Archäologen.

Das Red Tulip Hotel hat sechzehn Zimmer, die Hälfte mit Blick auf den Kanal. Mein Zimmer ist im ersten Stock, Ruiz' direkt darüber im zweiten. Sonnenlicht wird von den geschwungenen Fenstern eines Rundfahrtbootes reflektiert, das Touristen durch die Stadt schippert. Mit lautem Geklingel bahnen Fahrradfahrer sich einen Weg zwischen den Fußgängern.

Ruiz klopft an meine Tür, und wir machen einen Plan. Er wird mit dem IND sprechen, dem Immigratie en Naturalisatie Dienst, der nationalen holländischen Einwanderungsbehörde, die auch für Asylbewerber zuständig ist. Ich werde Hasan Khans letzte bekannte Adresse aufsuchen.

Ich nehme ein Taxi zur Gerard Doustraat in dem Viertel De Pijp, »die Pfeife«, wie der Fahrer mir erklärt. Er nennt es das »echte Amsterdam«. Vor zehn Jahren galt es als ziemlich heruntergekommen, aber jetzt wimmelt es von Restaurants, Cafés und Bäckereien. *De Flammende Wok* ist ein chinesisches Restaurant mit Bambusjalousien und falschen Bonsais. Das Lokal ist leer. Zwei Kellner lungern in der Nähe der Küchentür herum. Asiaten, ordentlich, in schwarzen Hosen und weißen Hemden.

Durch die Eingangstür kann ich direkt bis in die Küche gucken, wo Töpfe und Pfannen von der Decke hängen. Ein älterer Mann in Weiß bereitet Speisen vor. Das Messer in seiner Hand rattert.

Die Kellner sprechen Speisekartenenglisch und wollen mich unentwegt an einen der Tische lotsen. Ich frage nach dem Besitzer.

Mr. Weng verlässt seine Küche, wischt sich die Hände an einem Handtuch ab und verbeugt sich vor mir.

»Ich interessiere mich für die Leute, die im ersten Stock gewohnt haben.«

»Nicht mehr da.«

»Ja.«

»Wollen Wohnung mieten?«

»Nein.«

Er zuckt mehrdeutig mit den Schultern, weist auf einen Tisch und bedeutet mir, Platz zu nehmen, bevor er Tee bestellt. Die Kellner, seine Söhne, wetteifern miteinander, seinen Befehl auszuführen.

»Wegen der Mieter«, setze ich noch einmal an.

»Sie kommen und gehen«, erwidert er. »Manchmal voll. Manchmal leer.«

Wenn er spricht, flattern seine Hände, und bisweilen greift er eine mit der anderen, als hätte er Angst, sie könnten wegfliegen.

»Woher kamen Ihre letzten Mieter?«

»Von übelall. Estland, Polen, Usbekistan …«

»Was ist mit diesem Jungen?« Ich zeige ihm die Kohlezeichnung von Hasan. »Er ist mittlerweile älter. Siebzehn.«

Er nickt eifrig. »Del da okay. Spülen für Essen. Andele nehmen Essen aus Mülltonne.«

Der grüne Tee wird serviert. Mr. Weng schenkt ihn aus. Teeblätter kreiseln in den kleinen weißen Tassen.

»Wer hat die Miete bezahlt?«

»Bezahlen im volaus. Sechs Monate.«

»Aber Sie müssen doch einen Mietvertrag haben.«

Mr. Weng versteht mich nicht.

»Ein Vertrag?«

»Kein Veltlag.«

»Und was ist mit Strom und Telefon?«

Er nickt lächelnd. Er ist zu höflich, um mir zu sagen, dass er darauf keine Antwort hat.

Ich zeige auf das Mädchen in der Zeichnung und ziehe das

Foto von Samira aus der Tasche. »Und was ist mit diesem Mädchen?«

»Viele Mädchen kommen und gehen.« Mit dem linken Daumen und Zeigefinger formt er einen Kreis, durch den er mit dem anderen Zeigefinger stößt. »Plostituielte«, sagt er entschuldigend, als täten ihm diese Verhältnisse persönlich leid.

Ich bitte ihn, die Wohnung sehen zu dürfen. Einer seiner Söhne wird sie mir zeigen. Er führt mich durch eine Brandschutztür in eine Seitengasse und eine Hintertreppe hinauf, wo er eine Tür aufschließt.

Ich habe schon einige deprimierende Wohnungen gesehen, aber nur wenige haben mich so umgehend entmutigt wie diese. Sie hat ein Schlafzimmer, ein Wohnzimmer, eine Küche und ein Bad. Die einzigen Möbel sind eine niedrige Schubladenkommode mit Spiegelaufsatz und ein Sofa mit Brandlöchern.

»Die Matratzen wurden weggeworfen«, erklärt er.

»Wie viele Personen haben hier gewohnt?«

»Zehn.«

Ich bekomme den Eindruck, dass er die Mieter besser kannte als sein Vater.

»Erinnern Sie sich an dieses Mädchen?« Ich zeige ihm das Foto.

»Kann sein.«

»Hat sie hier gewohnt?«

»Sie kam zu Besuch.«

»Wissen Sie, wo Sie gewohnt hat?«

»Nein.«

Bis auf ein paar Konservendosen, alte Kissen und ein paar benutzte internationale Telefonkarten haben die Bewohner nichts hinterlassen. Hier gibt es keine weiteren Beweise.

Ich nehme ein Taxi und treffe Ruiz am Nieumarkt, einem gepflasterten offenen Platz hinter der Oude Kerk. Die meisten Tische im Freien sind unbesetzt. Für Rucksacktouristen und Amerikaner wird es langsam zu spät im Jahr.

»Ich hätte nicht gedacht, dass Sie einen von denen kaufen würden, Sir«, sage ich und zeige auf seinen Touristenführer.

»Na ja, ich hasse es, nach dem Weg zu fragen«, brummt er. »Irgendjemand sagt garantiert: ›Wohin wollen Sie?‹ Und dann merke ich, dass ich im falschen Land bin.«

Das Paar am Nebentisch ist einheimisch. Sie könnten streiten oder in bestem Einvernehmen plaudern. Ich würde den Unterschied nicht merken.

»Die Holländer bringen mehr Vokale in einem Satz unter als irgendjemand sonst auf der Welt«, sagt Ruiz zu laut. »Und dieses holländische ›j‹ ist eine vorsätzliche Provokation, verdammt noch mal.«

Er widmet sich wieder seinem Führer. Wir sitzen am westlichen Rand des Rotlichtbezirks, einem Viertel, das als de Walletjes, ›die Mäuerchen‹, bekannt ist.

»Das Gebäude mit all den Türmen ist de Waag«, erklärt er. »Ein Stadttor der alten Stadt.«

Eine junge Kellnerin kommt, um unsere Bestellung aufzunehmen. Ruiz möchte noch ein Bier, »mit weniger Schaum und mehr Heineken.« Sie lächelt mich mitleidig an.

Er schlägt sein marmoriertes Notizbuch auf und berichtet, wie Hasan und Samira Khan im Juni 2004 im Gepäckfach eines Touristenbusses über die deutsche Grenze nach Holland geschmuggelt wurden. Sie wurden in das Aufnahmezentrum in Ter Apel gebracht und vom IND befragt. Hasan behauptete, fünfzehn zu sein, Samira siebzehn. Sie erklärten, in Kabul geboren zu sein und drei Jahre in einem Flüchtlingslager in Pakistan gelebt zu haben. Nachdem ihre Mutter an der Ruhr gestorben war, kehrte ihr Vater Hamid Khan mit den Kindern zurück nach Kabul, wo er 1999 erschossen wurde. Hasan und Samira wurden in ein Waisenhaus gebracht.

»Das ist die Geschichte, die sie bei der Befragung erzählt haben, gemeinsam und unabhängig voneinander. Sie sind nie davon abgewichen.«

»Wie sind sie hierhergekommen?«

»Mit Hilfe von Schleusern, aber sie haben sich beide geweigert, ihre Namen zu nennen.« Ruiz sieht wieder in sein Notizbuch. »Nachdem sie gründlich durchleuchtet worden waren, wurden sie in ein Zentrum für minderjährige Asylsuchende verlegt, das von der Valentine Foundation betrieben wird. Drei Monate später kamen sie in ein Abschiebelager in Deelen, wo 180 Kinder untergebracht waren. Im Dezember letzten Jahres wurde ihre Aufenthaltsgenehmigung widerrufen.«

»Warum?«

»Ich weiß es nicht. Man setzte ihnen eine Frist von achtundzwanzig Tagen, um das Land zu verlassen. Es wurde Widerspruch eingelegt, aber sie sind untergetaucht.«

»Sie sind untergetaucht?«

»Nicht viele von diesen Leuten warten darauf, deportiert zu werden.«

»Was meinen Sie mit ›diesen Leuten‹?«

Er sieht mich verlegen an. »Ein Ausrutscher.« Er trinkt einen Schluck von seinem Bier und sagt dann: »Ich habe den Namen der Anwältin, die sie vertreten hat. Sie hat eine Kanzlei hier in Amsterdam.«

Weißer Schaum klebt an seiner Oberlippe. »Da ist noch etwas. Der Junge hat schon einmal den Kanal überquert. Er wurde aufgegriffen und binnen vierundzwanzig Stunden in die Niederlande zurückgebracht.«

»Er hat es wohl noch mal versucht.«

»Doppeltes Pech.«

2

Die Kanzlei der Anwältin liegt in einem vierstöckigen Gebäude an der Prinsengracht, das ein oder zwei Grad aus dem Lot ist und sich über die gepflasterte Straße neigt. Ein hoher Torbogen führt in einen Hof, wo eine ältere Frau mit Eimer und Mopp die Steinfliesen wischt. Sie weist auf die Treppe.

Im ersten Stock betreten wir ein Wartezimmer voller Nordafrikaner, viele mit Kindern. Ein junger Mann blickt von einem Schreibtisch auf und schiebt seine Harry-Potter-Brille hoch. Wir haben keinen Termin. Er blättert die Seiten des Terminkalenders durch.

In diesem Augenblick geht hinter ihm eine Tür auf, und eine nigerianische Frau in einem voluminösen Blumenkleid kommt herein. An der Hand hält sie ein kleines Mädchen, auf ihrer Schulter schläft ein Baby.

Einen Moment lang sehe ich sonst niemanden, bevor eine kleine Frau auftaucht, als wäre sie aus den Falten des geblümten afrikanischen Kleides geschlüpft.

»Ich schicke Ihnen eine Kopie der Unterlagen, sobald ich den Widerspruch eingelegt habe«, sagt sie. »Sie müssen mir Ihre neue Adresse mitteilen, wenn Sie umziehen.«

Sie trägt eine langärmelige Baumwollbluse, eine schwarze Strickjacke und eine graue Hose und sieht sehr juristisch korrekt und geschäftsmäßig aus. Sie lächelt mich abwesend an, als ob wir uns vielleicht schon einmal getroffen hätten, sieht dann Ruiz an und erschrickt.

»Mrs. Caspar, verzeihen Sie die Störung. Wenn Sie auf ein Wort Zeit für uns hätten.«

Sie lacht. »Das klingt wirklich sehr britisch. Nur ein Wort? Ich bin beinahe versucht, Ja zu sagen, nur um zu hören, welches Sie wählen würden.«

Die Haut um ihre Augen wird faltig wie ein Pfirsichkern. »Ich bin heute sehr beschäftigt. Sie müssen warten bis –«

Sie stutzt mitten im Satz. Ich halte ihr ein Foto von Samira hin. »Ihr Bruder ist tot. Wir müssen sie finden.«

Mrs. Caspar hält die Tür auf, und wir folgen ihr in ihr Büro. Der Raum ist beinahe quadratisch mit glänzend poliertem Holzboden. Das Haus gehöre schon seit Generationen ihrer Familie, erklärt sie. Es war erst die Kanzlei ihres Großvaters und dann die ihres Vaters.

Auch wenn sie uns das unaufgefordert erzählt, zeigt Mrs. Caspar ansonsten die natürliche Vorsicht einer Anwältin.

»Sie sehen nicht aus wie eine Polizistin«, sagt sie zu mir. »Ich dachte, Sie würden vielleicht meine Dienste brauchen.« Sie wendet sich an Ruiz. »*Sie* hingegen sehen genau aus wie ein Polizist.«

»Nicht mehr.«

»Erzählen Sie mir von Hasan«, sagt sie wieder an mich gewandt. »Was ist mit ihm passiert?«

»Wann haben Sie ihn zuletzt gesehen?«

»Vor elf Monaten.«

Ich beschreibe den Fund seiner Leiche und berichte, dass mein Name und meine Adresse in seine Kleidung eingenäht waren. Mrs. Caspar blickt aus dem Fenster und ist möglicherweise den Tränen nahe, aber ich glaube nicht, dass eine Frau wie sie Fremden gegenüber ihre Gefühle zeigen würde.

»Warum hatte er Ihren Namen?«

»Ich hatte gehofft, dass Sie mir das sagen können.«

Sie schüttelt den Kopf.

»Ich versuche Samira zu finden.«

»Warum?«

Was soll ich darauf antworten? Ich beschließe, mich kopfüber in die Geschichte zu stürzen. »Ich glaube, eine Freundin von mir, die keine Kinder haben konnte, hat versucht, in Amsterdam ein Baby zu kaufen. Ich glaube, sie hat Samira getroffen.«

»Samira hat kein Baby.«

»Nein, aber sie hat eine Gebärmutter.«

Mrs. Caspar sieht mich ungläubig an. »Eine Muslima vermietet ihre Gebärmutter nicht. Sie müssen sich täuschen.«

Die Aussage hat die Grobheit und Gewissheit eines Dogmas. Sie geht zu einem Aktenschrank, nimmt eine Mappe heraus und überfliegt ihren Inhalt.

»Meine Regierung heißt Asylsuchende nicht willkommen. Man macht es ihnen zunehmend schwieriger. Wir haben sogar eine Ministerin für Einwanderung, die behauptet, dass nur zwanzig Prozent der Asylbewerber echte Flüchtlinge seien, wie sie es nennt – der Rest sind Lügner und Betrüger.

Leider werden auch berechtigt Asylsuchende verteufelt. Sie werden wie Wirtschaftsflüchtlinge behandelt, die von Land zu Land ziehen, bis irgendjemand sie aufnimmt.«

Ihre schmächtige Gestalt vibriert mit der Bitterkeit ihrer Stimme.

»Samira und Hasan hatten bei ihrer Ankunft keine Papiere. Der IND behauptete, sie hätten sie vorsätzlich vernichtet. Man glaubte Samira nicht, dass sie noch minderjährig ist. Sie sah eher aus wie zwölf als wie zwanzig, aber man schickte sie zu Tests.«

»Tests?«

»Eine Untersuchung zur Einschätzung ihres Alters. Ihr Schlüsselbein wurde geröntgt, weil man daran angeblich feststellen konnte, ob sie älter oder jünger als zwanzig war. Bei Hasan wurde das Handgelenk geröntgt. Ein Anthropologe der Universität Tilburg, Harry van der Pas, hat ein Gutachten erstellt. Aber das ging nach hinten los. Allem Anschein nach war sie noch viel jünger. Schlechte und mangelhafte Ernährung hatten ihr Wachstum gehemmt. Beide erhielten ein vorübergehendes Visum. Sie durften bleiben, aber nur bis zum Abschluss weiterer Prüfungen.«

Sie blättert die Seite um.

»Heutzutage verfolgt man die Politik, minderjährige Asylbewerber in ihr Heimatland abzuschieben. Hasan und Samira hatten keine Familie. Afghanistan kann mit Mühe sein eigenes Volk ernähren. Kabul ist eine Stadt der Witwen und Waisen.«

Sie gibt mir ein Blatt – eine Familiengeschichte. »Sie waren Waisen. Beide sprachen Englisch. Ihre Mutter hat an der Universität in Delhi studiert. Sie hat als Übersetzerin für einen Verlag gearbeitet, bis die Taliban die Macht übernahmen.«

Ich überfliege die Notizen. Samira wurde 1987 während der sowjetischen Besetzung Afghanistans geboren. Als die Sowjets abzogen, war sie zwei Jahre alt, zehn, als die Taliban kamen.

»Und ihr Vater?«

»Ein Fabrikbesitzer.«

Ich muss an Hasans Foto denken.

»Sie haben Feuerwerkskörper produziert«, erklärt Mrs. Caspar. »Die Taliban haben die Fabrik geschlossen. Feuerwerk wurde verboten. Die Familie floh nach Pakistan und lebte in einem Flüchtlingslager. Ihre Mutter starb an der Ruhr. Hamid Khan hat sich abgemüht, seine Familie zu ernähren. Als er es satthatte, als Bettler in einem fremden Land zu leben, ging er mit seiner Familie zurück nach Kabul, wo er ein halbes Jahr später starb.«

»Was ist passiert?«

»Samira und Hasan wurden Zeugen seiner Hinrichtung. Ein Teenager mit einer Kalaschnikow zwang ihn, sich in seiner Wohnung auf den Boden zu knien, bevor er ihm in den Hinterkopf schoss. Sie warfen die Leiche aus dem Fenster auf die Straße und ließen acht Tage nicht zu, dass die Kinder sie bargen, und bis dahin hatten die Hunde sich darüber hergemacht.«

Ihre Stimme ist belegt vor Trauer. »Es gibt ein afghanisches Sprichwort. Ich habe es aus Samiras Mund gehört: ›*Für eine Ameisenkolonie ist der Tau eine Flut.*‹«

Das bedarf keiner weiteren Erklärungen.

»Wann haben Sie sie zuletzt gesehen?«

»Mitte Januar. Sie hat mich an meinem Geburtstag mit einem Feuerwerk überrascht. Ich weiß nicht, wie sie es geschafft hat, die Chemikalien und das Pulver zu kaufen, aber ich habe noch nie etwas so Schönes gesehen.«

»Was ist mit ihrem Asylantrag?«

Die Anwältin zieht einen weiteren Brief aus der Mappe. »Achtzehn ist ein wichtiges Alter für Asylbewerber in diesem Land. Sobald man dieses Alter erreicht hat, wird man als Erwachsener behandelt. Samiras befristete Aufenthaltsgenehmigung wurde nicht verlängert. Gleichzeitig hielt man sie für alt genug, sich um Hasan zu kümmern, also wurde auch sein Visum widerrufen. Beiden wurde das Asyl verweigert, und man erklärte ihnen, dass sie das Land verlassen müssten.

Ich habe natürlich Widerspruch eingelegt, konnte jedoch nicht verhindern, dass sie auf die Straße gezwungen wurden. Sie mussten das Lager in Deelen verlassen. Wie viele junge Menschen, deren Asylantrag abgelehnt wurde, haben sie es vorgezogen zu fliehen, anstatt auf ihre Deportation zu warten.«

»Wohin?«

Sie wirft die Hände in die Luft.

»Wie kann ich Samira finden?«

»Gar nicht.«

»Ich muss es versuchen. Hatte sie in dem Lager irgendwelche Freundinnen?«

»Sie hat mal ein serbisches Mädchen erwähnt. Ihren Namen weiß ich nicht.«

»Ist sie noch dort?«

»Nein. Sie wurde entweder abgeschoben oder ist geflohen.«

Mrs. Caspar sieht Ruiz und dann wieder mich an. Die Zukunft ist in ihrem faltigen Gesicht vorgezeichnet. Es ist eine beschwerliche Reise.

»Ich habe einen Freund – er ist pensionierter Polizist wie Sie, Mr. Ruiz. Er hat sein halbes Leben im Rotlichtbezirk gearbeitet. Er kennt jeden; die Prostituierten, die Zuhälter, die Dealer und die Süchtigen. Wände beherbergen Mäuse, und Mäuse haben Ohren. Er kann hören, was diese Mäuse flüstern.«

Sie notiert den Namen unseres Hotels und verspricht uns, eine Nachricht zu hinterlassen.

»Wenn Sie Samira finden, seien Sie behutsam mit ihr. Wenn sie vom Tod ihres Bruders hört, wird sie das da treffen, wo es am meisten wehtut.«

»Glauben Sie, dass wir sie finden können?«

Sie küsst mich auf beide Wangen. »Es gibt immer einen Weg von Herz zu Herz.«

Als wir wieder im Red Tulip Hotel sind, rufe ich Detective Inspector Forbes an. Er will sofort wissen, wo ich bin. Eine innere Stimme rät mir zu lügen. Es ist eine Stimme, die ich in letzter Zeit ziemlich oft vernommen habe.

»Haben Sie den LKW-Fahrer gehört?«, frage ich.

»Sind Sie in Amsterdam?«, fragt er zurück.

»Was hat er Ihnen gesagt?«

»Sie können nicht einfach das verdammte Land *verlassen*. Sie stehen unter Verdacht.«

»Auf diese Einschränkungen hat mich niemand hingewiesen.«

»Kommen Sie mir nicht mit dem Scheiß! Wenn Sie eine Parallelermittlung durchführen, kriege ich Sie disziplinarrechtlich dran. Dann können Sie Ihre Karriere vergessen. Dann kommen Sie am besten gar nicht wieder nach Hause.«

Ich höre das enervierende Klicken in seiner Stimme. Es muss seine Frau in den Wahnsinn treiben – als ob man mit einem menschlichen Metronom zusammenleben würde.

Irgendwann kriegt er sich wieder ein, und ich erzähle ihm von Hasan. Wir tauschen Informationen. Der LKW-Fahrer ist unter dem Tatvorwurf des Totschlags verhaftet worden, aber es gibt Komplikationen. Die britische Einwanderungsbehörde hat einen Tipp über ein verdächtiges Fahrzeug bekommen, bevor die Roll-on-roll-off-Fähre in Harwich angelegt hat. Sie hatten die Zulassungsnummer und sollten nach einer Gruppe illegaler Einwanderer suchen.

»Von wem kam der Tipp?«

»Die Hafenbehörde in Rotterdam erhielt zwei Stunden nach Ablegen der Fähre einen anonymen Anruf. Wir glauben, dass er von den Menschenschmugglern kam.«

»Warum?«

»Sie haben einen Köder ausgelegt.«

»Das verstehe ich nicht.«

»Sie haben eine kleine Gruppe von Illegalen geopfert, um unsere Kräfte zu binden. Zoll und Einwanderungsbehörde waren so beschäftigt, dass sie eine sehr viel größere Lieferung unbemerkt passieren ließen.«

»Auf demselben Schiff?«

»Zwei Sattelschlepper konnten nicht zurückverfolgt werden. Die von ihnen im Frachtbuch angegebenen Firmen existieren nicht. In den Containern hätte man Hunderte von Menschen einschmuggeln können.«

»Könnte es sein, dass die Luftschlitze mit Absicht geschlossen wurden – damit der Köder noch wirksamer war?«

»Das werden wir vielleicht nie erfahren.«

* * *

»Ich will keinen Wellness-Club, ich will ein richtiges Sportcenter«, erkläre ich der Frau am Empfang, die den Unterschied allerdings nicht recht zu begreifen scheint. Ich deute ein paar Boxhiebe an, und sie weicht zurück. Jetzt hat sie kapiert.

Mit Sportcentern kenne ich mich ein wenig aus. Während unseres letzten Jahres in Oaklands überredete ich Cate, mit mir einen Karatekurs zu belegen. Er wurde in einem schmuddeligen alten Sportclub in der Penwick Street abgehalten, der vorwiegend von Boxern und alten Typen in ärmellosen Unterhemden frequentiert wurde, denen beim Bankdrücken beinahe die Adern am Kopf zu platzen schienen.

Der Karatelehrer war ein Chinese mit Cockneyakzent. Alle nannten ihn »Peking«, was zu »P. K.« abgekürzt wurde, wogegen er offenbar nichts einzuwenden hatte.

Es gab einen Boxring, einen Kraftraum mit Hanteln und Spiegeln und einen Anbau mit Matten auf dem Boden für Karate. In der ersten Stunde erklärte P. K. uns die grundlegenden

Prinzipien von Karate, was Cate allerdings nicht besonders interessierte. »Die geistige Disziplin, das körperliche Training und das Studium lehren euch, eure Mitmenschen zu respektieren«, erklärte er.

»Ich will bloß lernen, wie man ihnen in die Eier tritt«, sagte Cate.

»Die beiden japanischen Schriftzeichen, die zusammengesetzt das Wort ›Karate‹ ergeben, bedeuten wörtlich ›leere Hände‹«, erklärte P. K. »Es ist eine Technik der Selbstverteidigung, die sich über Jahrhunderte entwickelt hat. Jede Bewegung basiert auf der gründlichen Kenntnis der Muskeln und Gelenke und dem Zusammenhang zwischen Bewegung und Balance.«

Cate meldete sich. »Wann lerne ich, Menschen zu schlagen?«

»Du wirst Techniken des Gegenangriffs lernen.«

Dann fuhr er fort zu erklären, dass das Wort »Karate« sich von Mandarinbegriffen wie »Chan Fa« und »Ken Fat« ableiten würde, worüber Cate einen Kicheranfall bekam. Wörtlich übersetzt bedeutet es »Das Gesetz der Fäuste«. Angriffe auf den Unterleib des Gegners sind in den meisten Kampfsportarten verpönt. Auch Attacken gegen Hüft- und Kniegelenke, Schienbeine, Spann, obere Gliedmaße und das Gesicht gelten beim Karate als unehrenhaft.

»Was soll denn dann der ganze Quatsch?«, murmelte Cate.

»Ich glaube, er meint im Wettkampf.«

»Vergiss die Wettkämpfe. Ich will ihnen die Eier zerquetschen.«

Sie hielt das Studium der Theorie tapfer durch, ging P. K. jedoch jedes Mal mit derselben Frage auf die Nerven. »Wann lernen wir den Tritt in den Unterleib?«

Irgendwann ließ P. K. sich schließlich erweichen. Er gab Cate eine Privatstunde nach Feierabend. Die Jalousien des Sportcenters waren heruntergelassen, und er hatte nur das Licht über dem Boxring angelassen.

Cate kam mit rotem Kopf, breitem Lächeln und einem Mal am Hals heraus, das verdächtig nach einem Knutschfleck aussah. Danach ging sie nicht mehr zu dem Selbstverteidigungskurs.

Ich machte weiter und arbeitete mich durch die verschiedenfarbigen Gürtel hoch. P. K. wollte, dass ich auch noch den schwarzen Gürtel machte, aber zu dem Zeitpunkt war ich schon auf der Polizeischule.

Als ich in das Restaurant komme, sitzt Ruiz schon bei seinem zweiten Bier und beobachtet, wie der Pizzabäcker den Teig in die Luft wirft, ihn auffängt und erneut hochwirft.

Die Kellner sind jung. Zwei von ihnen beobachten mich und machen Bemerkungen untereinander. Sie versuchen meine Beziehung zu Ruiz zu ergründen. Was macht eine junge Asiatin mit einem Mann, der doppelt so alt ist wie sie? Entweder bin ich eine Braut aus dem Katalog oder seine Geliebte, denken sie.

Das Lokal ist fast leer. In Amsterdam isst kein Mensch so früh. Ein alter Mann mit Hund sitzt in der Nähe der Eingangstür und streckt immer wieder eine Hand mit kleinen Happen unter den Tisch.

»Sie könnte überall sein«, sagt Ruiz.

»Sie hätte Amsterdam nicht verlassen.«

»Was macht Sie da so sicher?«

»Hasan war erst sechzehn. Sie hätte ihn nicht allein gelassen.«

»Er hat den Kanal *zwei* Mal ohne sie überquert.«

Darauf habe ich keine Antwort.

Bis jetzt haben wir versucht, Erkundigungen einzuziehen, ohne Aufmerksamkeit zu erregen. Warum ändern wir unsere Taktik nicht? Wir könnten Flugblätter aushängen oder eine Anzeige schalten.

Ruiz ist anderer Ansicht. »Cate Beaumont hat versucht, es öffentlich zu machen, und schauen Sie, was geschehen ist. Das ist nicht die Operation irgendeiner Laienspieltruppe, bei der irgendjemand in Panik geraten ist und die Beaumonts getötet hat. Wir haben es mit einer organisierten Bande zu tun – mit Typen wie Brendan Pearl.«

»Wir werden sie unvorbereitet erwischen.«

»Die wissen inzwischen bestimmt, dass wir ermitteln.«

»Wir scheuchen sie auf.«

Ruiz diskutiert weiter, erkennt jedoch die Logik meiner Argumentation an. Nicht Zufall oder Schicksal werden entscheiden, was als Nächstes geschieht. Wir können etwas passieren *lassen*.

Einzelzimmer in fremden Städten sind einsame Orte, wo der menschliche Geist auf sich selbst geworfen ist. Ich liege auf dem Bett, kann aber nicht einschlafen. Mein Kopf weigert sich, das Bild eines Kindes in einem Mickey-Mouse-T-Shirt loszulassen, das neben seiner Mutter unter einem geschlossenen Luftschlitz liegt.

Ich will die Uhr zurückdrehen zu dem Abend des Ehemaligentreffens und weiter. Ich will mich mit Cate zusammensetzen, abwechselnd reden, weinen und sagen, dass es uns leidtut. Ich will die letzten acht Jahre wettmachen. Vor allem jedoch will ich Vergebung.

3

Neben meinem Kopfkissen vibriert sanft ein Handy.

Ich höre Ruiz' Stimme. »Guten Morgen. Aufstehen.«

»Wie spät ist es?«

»Kurz nach sieben. Unten wartet jemand. Lena Caspar hat ihn geschickt.«

Ich ziehe meine Jeans an, spritze mir ein bisschen Wasser ins Gesicht und binde meine Haare zu einem Pferdeschwanz.

Nicolaas Hokke ist Mitte sechzig mit kurzen drahtigen Haaren und einem Bart. Aufgrund seiner Länge von gut 1,80 Meter kann er seinen Bauchansatz unter einer abgewetzten Lederjacke ganz gut verbergen.

»Ich habe gehört, Sie brauchen einen Führer«, sagt er und ergreift meine Hand mit beiden Händen. Er riecht nach Tabak und Talkumpuder.

»Ich suche ein Mädchen.«

»Ein Mädchen?«

»Eine Asylbewerberin.«

»Hmm. Lassen Sie uns beim Frühstück darüber reden.«

Er kennt ein Lokal. Wir können zu Fuß gehen. Die Kreuzung ist ein einziges Gewimmel aus Straßenbahnen, Autos und Fahrrädern. Hokke bewegt sich zwischen ihnen mit der Selbstsicherheit einer Gottheit, die über einen See wandelt.

Ich fange schon an, mich in Amsterdam zu verlieben. Mit seinen gepflasterten Plätzen, Kanälen und Zuckerbäckerfassaden ist es hübscher und sauberer als London. Ich fühle mich sicher hier: die anonyme Fremde.

»Häufig wünschen Leute eine Führung durch den Rotlichtbezirk«, erklärt Hokke. »Schriftsteller, Soziologen, ausländische Politiker. Ich mache immer zwei Rundgänge mit ihnen – einen tagsüber und einen am Abend. Es ist, als würde man zwei Seiten einer Münze betrachten, die helle und die dunkle.«

Hokke hat einen schlendernden Gang, bei dem er die Hände hinter dem Rücken verschränkt. Hin und wieder bleibt er stehen, um ein markantes Gebäude oder ein Schild zu erklären. »Straat« heißt Straße, »Steeg« Gasse.

»War das Ihr Viertel?«, fragt Ruiz.

»Selbstverständlich.«

»Wann sind Sie in Pension gegangen?«

»Vor zwei Jahren. Und Sie?«

»Vor einem.«

Sie nicken einander wissend zu.

Wir biegen um eine Ecke, und ich sehe zum ersten Mal die

berühmten »Fenster« von Amsterdam. Auf den ersten Blick scheinen es bloß einfache Glastüren mit Holzrahmen und einem Messingschild mit Nummer darüber zu sein. Bei einigen sind die Vorhänge zugezogen. Andere sind fürs Geschäft geöffnet.

Erst als ich näher komme, sehe ich, was das bedeutet. Eine schlanke dunkle Frau sitzt in Paillettenbikini, G-String und hohen Stiefeln mit übergeschlagenen Beinen auf einem Hocker. In dem Schwarzlicht sind die Prellungen an ihren Oberschenkeln nur als blasse Flecken sichtbar.

Irgendwie fühle ich mich durch ihre unverhohlene Pose und deren offensichtlichen Zweck herabgesetzt. Sie beobachtet mich mit aggressivem Blick. Sie will nicht, dass ich mit diesen Männern hier bin. Ich werde sie davon abhalten, an ihre Tür zu kommen.

Wir gehen durch weitere enge Gassen, in denen sich die Fenster bisweilen so dicht gegenüberliegen, dass mein Blick hin und her schießt, als würde ich ein Tennismatch verfolgen. Ruiz hingegen blickt stur geradeaus.

Eine hochgewachsene Dominikanerin ruft Hokke etwas zu und winkt. Sie trägt einen Push-up-BH mit roten Troddeln, der ihre massige Brust stützt, doch ihr Bauch quillt so weit vor, dass man ihre Scham nicht sehen kann.

Hokke bleibt stehen, wechselt ein paar Sätze auf Holländisch mit ihr und schließt wieder zu uns auf.

»Sie hat vier Kinder«, erklärt er. »Eins studiert. Sie ist seit zwanzig Jahren Prostituierte, aber immer noch eine Frau.«

»Was meinen Sie damit?«

»Manche werden zu Huren.«

Er winkt weiteren Prostituierten zu, die ihm Kusshändchen zuwerfen oder sich neckisch auf die Hand schlagen. Ein Stück die Straße hinunter tritt eine alte Frau aus einem Laden und umarmt ihn wie einen seit langem verlorenen Sohn, bevor sie ihm eine Tüte Kirschen in die Hand drückt.

»Das ist Gusta«, erklärt er und stellt uns vor. »Sie arbeitet immer noch hinter den Fenstern.«

»Teilzeit«, erinnert sie ihn.

»Aber Sie müssen doch –«

»Fünfundsechzig«, erklärt sie stolz. »Ich habe fünf Enkel.«

Hokke lacht über unsere verblüfften Gesichter. »Sie fragen sich wahrscheinlich, wie viele Freier mit einer Oma schlafen wollen.«

Gusta stützt ihre Hände in die Hüften und wiegt sie verführerisch. Hokke sucht nach einer höflichen Antwort auf unsere Frage.

»Vor den Fenstern einiger jüngerer, hübscherer Mädchen stehen die Männer Schlange. Deshalb ist es ihnen egal, ob ein Mann zu ihnen zurückkommt. Es warten garantiert jede Menge andere. Aber eine Frau wie Gusta kann sich nicht auf ein süßes Lächeln und einen festen Körper verlassen. Deshalb muss sie guten Service und eine gewisse Raffinesse anbieten, die mit der Erfahrung kommt.«

Gusta nickt zustimmend.

Hokke scheint die Prostituierten oder ihre Arbeit nicht abzulehnen. Die Drogenabhängigen und Dealer sind eine ganz andere Geschichte. Ein Nordafrikaner lehnt am Geländer einer Brücke. Als er Hokke erkennt, tänzelt er auf ihn zu. Hokke bleibt nicht stehen. Der Afrikaner hat vom Betelkauen verfärbte Zähne und erweiterte Pupillen. Hokkes Miene bleibt ausdruckslos. Der Afrikaner plappert auf Holländisch und grinst irre. Hokke geht immer weiter.

»Ein alter Freund?«, frage ich.

»Ich kenne ihn seit dreißig Jahren. Genauso lange ist er auch schon heroinsüchtig.«

»Erstaunlich, dass er noch lebt.«

»Die Süchtigen sterben nicht an der Droge, sondern durch ihren Lebensstil«, erklärt er nachdrücklich. »Wenn die Drogen weniger teuer wären, müssten sie nicht stehlen, um sie sich leisten zu können.«

Auf der anderen Seite treffen wir einen weiteren Junkie, jünger und noch abstoßender. Er zeigt mit dem glühenden Ende einer Zigarette auf mich und redet mit näselnder Stimme auf Hokke ein. Ein Streit entbrennt, aber ich verstehe nicht, worum es geht.

»Ich habe ihn gefragt, ob er clean ist«, erklärt Hokke.

»Was hat er gesagt?«

»Er hat gesagt: ›Ich bin immer clean.‹«

»Sie haben gestritten.«

»Er wollte wissen, ob Sie zu verkaufen sind.«

»Ist er ein Zuhälter?«

»Wenn es ihm gerade passt.«

Wir kommen zu einem Café und setzen uns an einen Tisch unter den kahlen, mit Lichterketten geschmückten Ästen eines Baumes. Hokke trinkt seinen Kaffee schwarz und bestellt dazu eine Scheibe Toast mit Marmelade. Anschließend stopft er sich eine Pfeife, die so klein ist, dass sie für einen Raucherlehrling gemacht scheint.

»Mein einziges Laster«, erklärt er.

Ruiz lacht. »Und in all den Jahren sind Sie nie in Versuchung gekommen?«

»In Versuchung?«

»Mit einigen der Frauen hinter den Fenstern zu schlafen. Es muss doch Gelegenheiten gegeben haben.«

»Tja, Gelegenheiten. Ich bin seit vierzig Jahren verheiratet, Vincent. Ich hoffe, ich darf dich Vincent nennen. Ich habe all die Jahre nur mit meiner Frau geschlafen. Sie reicht mir vollkommen. Diese Frauen sind Geschäftsleute. Man sollte nicht erwarten, dass sie ihren Körper umsonst hergeben. Welche Geschäftsfrau würde so etwas tun?«

Sein Gesicht verschwindet fast in einer Wolke von Pfeifenqualm.

»Glauben Sie, dass das Mädchen, das Sie finden wollen, eine Prostituierte sein könnte?«

»Sie wurde aus Afghanistan eingeschmuggelt.«

»Afghanische Prostituierte sind selten. Die Musliminnen sind in der Regel türkisch oder tunesisch. Wenn sie eine Illegale ist, arbeitet sie nicht hinter den Fenstern, es sei denn sie hat falsche Papiere.«

»Sind die schwer zu bekommen?«

»Die Nigerianerinnen und Somali tauschen ihre Pässe, weil sie alle gleich aussehen, aber die Fenster sind für die Polizei am leichtesten zugänglich. Die Straßen und privaten Clubs sind schon schwieriger. Es ist wie ein Eisberg – wir sehen nur die Spitze. Unter der Oberfläche gibt es Hunderte von Prostituierten, manche minderjährig, die auf Parkplätzen, Toiletten oder in Privathäusern arbeiten. Die Freier finden sie durch Mund-zu-Mund-Propaganda und Mobiltelefone.«

Ich erzähle ihm, dass Samira aus dem Asylbewerberlager verschwunden ist.

»Wer hat sie in die Niederlande gebracht?«, fragt er.

»Schleuser.«

»Wie hat sie sie bezahlt?«

»Wie meinen Sie das?«

»Irgendetwas werden sie als Gegenleistung dafür verlangt haben?«

»Sie und ihr Bruder sind Waisen.«

Er leert seine Pfeife und klopft ihren Kopf gegen den Rand des Aschenbechers.

»Vielleicht haben sie noch nicht gezahlt.« Er stopft seine Pfeife erneut und erklärt, wie die Banden innerhalb der Zentren für Asylbewerber arbeiten. Sie suchen sich die Mädchen aus und machen sie zu Prostituierten, während die Jungen als Drogenkuriere oder Bettler eingesetzt werden.

»Manchmal machen sie sich nicht mal die Mühe, die Kinder aus den Zentren zu entführen. Sie holen sie fürs Wochenende ab und bringen sie dann zurück. Das ist sicherer für die Zuhälter, weil die Mädchen nicht völlig verschwinden und deshalb keine Ermittlung in Gang gesetzt wird. In der Zwischenzeit bekommen sie zu essen, haben ein Dach über dem Kopf und lernen ein bisschen Holländisch – auf Kosten der niederländischen Regierung.«

»Glauben Sie, dass so etwas auch mit Samira passiert ist?«

»Ich weiß es nicht. Wenn sie jung ist, wird man sie zwischen verschiedenen Städten hin und her schieben oder sie an Schleuser im Ausland verkaufen. Es ist wie ein Karussell. Junge und neue Mädchen werden als Frischfleisch geschätzt. Sie bringen mehr Geld. Indem man sie von einem Ort zum anderen verfrachtet, macht man es außerdem der Polizei und ihren Familien schwerer, sie zu finden.«

Hokke steht auf, streckt sich und fordert uns auf, ihm zu folgen. Wir bewegen uns im Zickzack durch die gepflasterten Gässchen, immer tiefer in den Rotlichtbezirk hinein. Inzwischen sind mehr Fenster offen. Frauen klopfen an die Scheibe, um Hokkes Aufmerksamkeit zu erregen. Eine Marokkanerin schüttelt provozierend ihre Brüste. Eine andere gibt sich selbst einen Klaps auf den Hintern und wiegt die Hüften zu einem Lied, das nur sie hören kann.

»Kennen Sie sie alle?«, frage ich.

Er lacht. »Früher vielleicht einmal. Inzwischen gibt es eine Art Mauer zwischen Polizei und Prostituierten. Früher waren es noch mehr Holländerinnen. Dann kamen die Dominikanerinnen und Kolumbianerinnen. Danach die Surinamesinnen. Heute haben wir Nigerianerinnen und Mädchen aus Osteuropa.«

Jede Straße ist anders, erklärt er. Der Oudekerksteeg ist das afrikanische Viertel. Die Südamerikanerinnen sind im Boomsteeg, die Asiatinnen im Oudekennissteeg und im Barndesteeg, während die Bloedstraat die Heimat der Transsexuellen ist. Die Osteuropäerinnen sind im Molensteeg und am Achterburgwal.

»Es wird immer schwieriger, Geld zu verdienen. Eine Prostituierte braucht mindestens zwei Freier, bevor die Miete für ihr Fenster bezahlt ist. Weitere vier für den Anteil des Zuhälters. Sechs Männer hat sie hinter sich und immer noch keinen Cent für sich selbst verdient.

Früher sparten die Prostituierten, um sich ein Fenster zu kaufen, das sie dann später an andere Mädchen vermieten konnten. Mittlerweile gehören die Fenster Firmen, die sie auch zur Geldwäsche benutzen, indem sie behaupten, dass die Mädchen mehr verdienen, als sie es in Wahrheit tun.«

Hokke will nicht melancholisch klingen, kann aber nicht anders. Er sehnt sich nach der guten alten Zeit.

»Das Viertel ist heute sauberer. Weniger gefährlich. Die Probleme haben sich verlagert, aber verschwinden werden sie nie.«

Wir gehen an einem Kanal entlang, vorbei an Stripclubs und Kinos. Von weitem sehen die Sexshops aus wie Andenkenläden. Erst aus der Nähe erkennt man, dass es sich bei dem grellbunten Nippes um Dildos und falsche Vaginen handelt. Ich bin fasziniert und irritiert. Ich will in die Auslagen starren und herausfinden, wozu man was im Einzelnen benutzt.

Hokke ist um eine Ecke gebogen und klopft an eine Tür. Sie wird geöffnet von einem Mann mit einer gewaltigen Wampe und Koteletten. In dem kleinen Lagerraum hinter ihm ist kaum genug Platz, sich umzudrehen. An den Wänden reihen sich Pornovideos und Filmrollen.

»Das ist Nico, der fleißigste Filmvorführer in Amsterdam.«

Nico grinst uns an und wischt sich die Hände an seinem Hemd ab.

»Dieser Laden ist schon länger hier als ich«, erklärt Hokke. »Sehen Sie! Hier werden immer noch Super-8-Filme gezeigt.«

»Einige der Schauspielerinnen sind mittlerweile Großmütter«, sagt Nico.

»Wie Gusta«, fügt Hokke hinzu. »Sie war einmal sehr schön.«

Nico nickt bestätigend.

Hokke fragt ihn, ob er von afghanischen Mädchen weiß, die hinter Fenstern oder in Clubs arbeiten.

»Afghanische Mädchen? Nein, ich erinnere mich an eine Irakerin. Weißt du noch, Hokke? Basinah. Du hattest eine Schwäche für sie.«

»Ich doch nicht«, dementiert der ehemalige Polizist lachend. »Sie hatte Probleme mit ihrem Vermieter und wollte, dass ich ihr helfe.«

»Hast du ihn verhaftet?«

»Nein.«

»Hast du ihn erschossen?«

»Nein.«

»Dann warst du ja kein besonders erfolgreicher Polizist, was, Hokke? Und immer hast du vor dich hin gepfiffen. Die Dealer haben dich schon aus zwei Straßen Entfernung kommen hören.«

Hokke schüttelt den Kopf. »Wenn ich sie schnappen wollte, habe ich nicht gepfiffen.«

Ich zeige Nico ein Foto von Samira. Er erkennt sie nicht.

»Die meisten Menschenhändler bleiben unter sich. Mädchen aus China werden von Chinesen geschmuggelt; Russen schmuggeln Russinnen.« Er breitet die Arme aus. »Und die Afghanen bleiben zu Hause und pflanzen Mohn an.«

Nico sagt irgendetwas auf Holländisch zu Hokke.

»Warum wollen Sie dieses Mädchen finden?«

»Ich glaube, sie weiß etwas über ein Baby.«

»Ein Baby?«

»Ich habe eine Freundin. Ich *hatte* eine Freundin«, verbessere ich mich, »die eine Schwangerschaft vorgetäuscht hat. Ich glaube, sie hatte irgendein Arrangement getroffen, in Amsterdam an ein Baby zu kommen. Meine Freundin wurde ermordet. Sie hat dieses Foto hinterlassen.«

Hokke stopft wieder seine Pfeife. »Glauben Sie, dass dieses Baby geschmuggelt worden sein könnte?«

»Ja.«

Er erstarrt mitten in der Bewegung, sodass das Streichholz seinen Finger verbrennt. Ich habe ihn überrascht – einen Mann, der dachte, nach dreißig Jahren an diesem Ort hätte er alles gehört und gesehen.

Ruiz wartet draußen und beobachtet den Karneval aus Gier und Geilheit. Mittlerweile sind mehr Menschen unterwegs. Die meisten sind gekommen, um sich die berühmten Fenster anzugucken. Eine Herde japanischer Touristen wird von einer Frau mit gelbem Schirm geführt.

»Samira hatte einen Bruder«, erkläre ich Hokke und Nico. »Er ist etwa zur selben Zeit aus dem Asylbewerberzentrum verschwunden. Wohin hätte er gehen können?«

»Auch Jungen können sich prostituieren«, antwortet Hokke nüchtern. »Außerdem arbeiten sie als Drogenkuriere, Taschendiebe oder Bettler. Sehen Sie sich im Hauptbahnhof um. Da werden sie Dutzende von ihnen sehen.«

Ich zeige ihnen die Kohlezeichnung von Hasan. »Er hatte eine Tätowierung auf der Innenseite des Handgelenks.«

»Was für eine Tätowierung?«

»Ein Schmetterling.«

Hokke und der Filmvorführer wechseln einen Blick.

»Das ist ein Eigentümermal«, sagt Nico und kratzt sich die Achselhöhle. »Er gehört irgendjemandem.«

Hokke starrt in seinen verkohlten Pfeifenkopf. Das ist offensichtlich eine schlechte Nachricht.

Ich warte auf eine Erklärung. Mit sorgfältig gewählten Worten erläutert er mir, dass bestimmte Verbrecherbanden bestimmte Viertel kontrollieren und häufig auch das Besitzrecht an Asylbewerbern und Illegalen beanspruchen.

»Sie sollten sich von de Souza fernhalten«, sagt Nico.

Hokke legt einen Finger auf seine Lippen, und die beiden wechseln wieder einen Blick.

»Wer ist de Souza?«, frage ich.

»Niemand. Vergessen Sie den Namen.«

Nico nickt. »Ist besser so.«

Inzwischen sind noch mehr Fenster geöffnet und noch mehr Freier unterwegs. Die Männer heben den Blick nicht, wenn sie aneinander vorbeigehen.

Prostitution hat mich immer verwirrt. In meiner Jugend haben Filme wie »Pretty Woman« und »American Gigolo« die Sache von negativen Aspekten befreit und glorifiziert. Die ersten wirklichen Prostituierten habe ich zusammen mit Cate gesehen. Wir waren zu einem Sportwettkampf in Leeds. In der Nähe des Bahnhofs, wo es die meisten billigen Hotels gab, sahen wir Frauen an den Straßenecken stehen. Einige wirkten ausgebrannt und schmutzig – kein bisschen wie Julia Roberts. Andere wirkten so ausgehungert, dass sie eher aussahen wie Anglerfische und nicht wie Objekte der Begierde.

Vielleicht ist meine Vorstellung, dass Sex wunderschön, magisch und nicht von dieser Welt sein sollte, naiv. Schmutzige Witze oder zotige Gesten mochte ich nie. Cate nannte mich prüde. Damit kann ich leben.

»Was denken Sie, Sir?«

»Ich frage mich, warum sie es machen.«

»Die Frauen?«

»Die Männer. Ich hab nichts dagegen, wenn mir jemand die Klobrille anwärmt, aber es gibt Orte, da will ich nicht Zweiter oder Dritter sein ...«

»Meinen Sie, man sollte die Prostitution verbieten?«

»Ich mache nur eine Beobachtung.«

Ich erzähle ihm von einem Essay von Camille Paglia, den ich auf der Universität gelesen habe und in dem sie behauptet, dass Prostituierte nicht die Opfer der Männer, sondern ihre Bezwingerinnen seien.

»Das muss die Feministinnen doch in Rage gebracht haben.«

»Großes Gezeter und Vergewaltigungsgeschrei.«

Wir gehen eine Weile schweigend weiter und setzen uns dann. Ein Sonnenstrahl fällt auf den Platz. Irgendjemand hat eine Kiste unter einem Baum aufgestellt und rezitiert etwas auf Holländisch. Es könnte Hamlet sein. Oder das Telefonbuch.

Im Hotel beginnen wir zu telefonieren. Wir arbeiten eine Liste von Wohlfahrtsorganisationen, Flüchtlingsanwälten und Unterstützergruppen ab, die Hokke uns gegeben hat. Wir hängen fast den ganzen Tag am Telefon, aber niemand weiß etwas über Samira. Vielleicht müssen wir ganz altmodisch an Türen klopfen.

Auf dem Damrak finde ich einen Copyshop, wo ein Mitarbeiter das Foto von Samira vergrößert und mit einem Farbkopierer einen Stapel Bilder ausdruckt. Der Geruch von Papier und Tinte steigt mir zu Kopf.

Ruiz wird das Foto am Hauptbahnhof herumzeigen. Ich werde es bei den Frauen hinter den Fenstern versuchen, die wahrscheinlich eher bereit sind, mit mir zu reden. Ruiz ist vollkommen einverstanden mit dieser Arbeitsteilung.

Vorher rufe ich noch Barnaby Elliot an, um mich nach den Plänen für die Beerdigung zu erkundigen. Sobald er meine Stimme hört, wirft er mir vor, Cates und Felix' Haus niedergebrannt zu haben.

»Die Polizei hat gesagt, dass du dort warst.«

»Ich habe einen Einbruch gemeldet und keinen Brand gelegt.«

»Was hast du dort gemacht? Du warst hinter ihrem Computer und ihren Briefen her. Du wolltest sie stehlen.«

Ich antworte nicht, was ihn noch wütender macht.

»Detectives waren hier und haben Fragen gestellt. Ich habe ihnen erzählt, dass du wilde und unbegründete Vorwürfe gegen Cate erhebst. Deinetwegen will man ihre Leichen nicht freigeben. Wir können keine Beerdigung planen – keine Kirche, keinen Trauergottesdienst, keine Todesanzeige. Wir können uns nicht von unserer Tochter verabschieden.«

»Das tut mir sehr leid, Barnaby, aber das ist nicht meine Schuld. Cate und Felix wurden ermordet.«

»Halt's Maul! Halt einfach dein Maul!«

»Hör mir zu –«

»Nein! Ich will keine von deinen Geschichten mehr hören. Ich will, dass du meine Familie in Ruhe lässt. Halt dich von uns fern.«

Er hat gerade aufgelegt, als mein Handy zwitschert wie ein Jungvogel.

»Hallo? Alisha? Hallo.«

»Ich kann dich hören, Mama.«

»Ist alles in Ordnung?«

»Ja, alles bestens.«

»Hat Hari dich angerufen?«

»Nein.«

»Ein Superintendent North hat versucht, dich zu erreichen. Er sagt, du wärst nicht zur Arbeit gekommen.«

Hendon! Mein neuer Posten bei der Personalentwicklung. Das hatte ich völlig vergessen.

»Er möchte, dass du ihn anrufst.«

»Okay.«

»Bist du sicher, dass alles in Ordnung ist?«

»Ja, Mama.«

Sie fängt an, mir von meinen Neffen und Nichten zu erzählen – wer gerade Zähne bekommt, lächelt, läuft oder spricht. Dann höre ich von Tanzaufführungen, Fußballspielen und Schulkonzerten. Die Enkel sind der Mittelpunkt ihres Lebens. Ich müsste mich bedrängt fühlen, empfinde jedoch eher eine Art Leere.

»Komm doch am Sonntag zum Mittagessen. Alle werden da sein. Bis auf Hari. Er hat einen Studientermin.«

Das ist mal ein neuer Ausdruck dafür.

»Und bring doch diesen netten Sergeant mit.« Sie meint
»New Boy« Dave.

»Ich habe ihn beim letzten Mal nicht *mitgebracht*.«

»Er war sehr nett.«

»Er ist kein Sikh, Mama.«

»Oh, mach dir keine Sorgen wegen deinem Vater. Hunde, die
bellen, beißen nicht. Ich fand deinen Freund sehr höflich.«

»Höflich.«

»Ja. Du kannst nicht erwarten, einen Prinzen zu heiraten.
Aber mit ein bisschen Geduld und harter Arbeit kannst du dir
einen *machen*. Schau nur, wie gut ich es mit deinem Vater hin-
bekommen habe.«

Ich kann nicht anders, als sie zu lieben. Sie küsst den Hörer.
Das tun auch nicht mehr viele. Ich küsse sie zurück.

Wie aufs Stichwort ruft »New Boy« Dave an.

»Hallo, Süße.«

»Hallo, Süßer.« Ich kann ihn so deutlich atmen hören, als
würde er neben mir stehen.

»Ich vermisse dich.«

»Ein *Teil* von dir vermisst mich.«

»Nein. Ich ganz.«

Das Seltsame ist, dass ich ihn auch vermisse. Das ist ein neues
Gefühl.

»Hast du sie gefunden?«

»Nein.«

»Ich möchte, dass du nach Hause kommst. Wir müssen miteinander reden.«

»Dann lass uns reden.«

Er möchte irgendwas loswerden. Ich kann förmlich hören,
wie er es im Kopf noch einmal durchgeht. »Ich quittiere den
Dienst bei der Polizei.«

»Gütiger Gott!«

»An der Südküste gibt es eine kleine Segelschule, die zum
Verkauf steht.«

»Eine Segelschule?«

»Es ist ein gutes Geschäft. Im Sommer wirft es Gewinn ab, und im Winter arbeite ich auf Fischerbooten oder suche mir einen Job bei einem Sicherheitsdienst.«

»Woher willst du denn das Geld nehmen?«

»Ich werde die Schule zusammen mit Simon kaufen.«

»Ich dachte, er arbeitet in San Diego.«

»Stimmt, aber er und Jacquie kommen zurück nach Hause.«

Simon ist Daves Bruder. Er ist Segelmacher oder Bootsdesigner. Ich kann mir nie merken, was von beidem.

»Aber ich dachte, du bist *gerne* Detective.«

»Es ist kein guter Job, wenn ich eine Familie gründen will.«

Da hat er Recht. »Außerdem bist du näher bei Mum und Dad.« (Sie leben in Poole.)

»Ja.«

»Segeln kann Spaß machen.« Ich weiß nicht, was ich sonst sagen soll.

»Die Sache ist die, Ali: Ich möchte, dass du mit mir kommst. Wir könnten Geschäftspartner sein.«

»Partner?«

»Du weißt, dass ich dich liebe. Ich möchte heiraten. Ich möchte, dass wir zusammen sind.« Er redet jetzt ganz schnell. »Du musst gar nicht gleich antworten. Denk einfach darüber nach. Ich zeige es dir mal. Ich habe ein Cottage in Milford-on-Sea gefunden. Es ist wunderschön. Sag nicht Nein. Sag einfach vielleicht. Lass es mich dir zeigen.«

Irgendetwas in mir verschiebt sich, und ich möchte seine große Hand in meine beiden kleinen Hände nehmen und seine Augenlider küssen. Ich weiß, dass er eine Antwort will, auch wenn er etwas anderes sagt, aber ich kann ihm keine geben. Nicht heute oder morgen. Mein Blick auf die Zukunft wechselt stündlich.

Wieder gehe ich an der Oude Kerk vorbei über den Trompetersteeg. Hokke hatte Recht – am Abend ist der Rotlichtbezirk ganz anders. Ich kann das Testosteron und die benutzten Kondome beinahe riechen.

An jedem Fenster, an dem ich vorbeikomme, drücke ich das Foto gegen die Scheibe. Einige Prostituierte schreien mich an und schwenken wütend den Finger. Andere lächeln verführerisch. Ich mag ihnen nicht in die Augen schauen, aber ich muss sichergehen, dass sie Samira ansehen.

Ich gehe durch den Goldbergersteeg und den Bethletsteeg und versuche, mir die Fenster mit geschlossenem Vorhang zu merken, um später zurückzukehren. Nur eine der Frauen will mich hereinlocken. Sie legt zwei Finger auf die Lippen, stößt mit der Zungenspitze zwischen ihnen hindurch und sagt etwas auf Holländisch. Ich schüttele den Kopf.

»Willst du eine Frau«, fragt sie diesmal auf Englisch und schüttelt ihre rot bedeckten Brüste.

»Ich schlafe nicht mit Frauen.«

»Aber du hast schon mal daran gedacht.«

»Nein.«

»Ich kann ein Mann sein. Ich habe die entsprechenden Vorrichtungen.« Sie lacht mich aus.

Ich gehe um die nächste Ecke und am Kanal entlang durch den Boomsteeg zum Molensteeg. Dort sehe ich drei Souterrainfenster nebeneinander. Nur der Vorhang des mittleren Fensters ist offen. Eine junge Frau hebt den Blick. Ihre blonden Haare und ihr weißer Slip leuchten im Schwarzlicht wie Neon. Es ist nur ein winziges Dreieck, das kaum ihre Scham bedeckt, zwei weitere schieben ihre Brüste zu einem Dekolleté zusammen. Der einzige andere Schatten lässt den Abdruck ihres engen Bikinis auf beiden Seiten des Schambeins dunkler erscheinen.

Im Fenster hängen Luftballons und Fähnchen. Eine Geburtstagsdekoration? Ich drücke das Foto gegen die Scheibe. In ihrem Gesicht blitzt Wiedererkennen auf, ein Flackern in ihren Augen.

»Kennst du sie?«

Sie schüttelt den Kopf. Sie lügt.

»Hilf mir.«

In ihren hohen Wangenknochen und dem geschwungenen Kinn liegt ein Anflug von Schönheit. Ihr Haar ist in der Mitte gescheitelt, und die breite Linie ihrer Kopfhaut ist nicht weiß, sondern dunkel. Sie senkt den Blick. Sie ist neugierig.

Die Tür geht auf, und ich trete ein. Das Zimmer ist kaum breit genug für ein Doppelbett, einen Stuhl und ein kleines Waschbecken an der Wand. Alles ist rosa, die Kissen, das Bettzeug und das frische Handtuch, das darauf liegt. Eine komplette Wand ist verspiegelt und wirft das Bild des Raumes zurück, sodass es scheint, als würden wir das Zimmer mit dem Nachbarfenster teilen.

Sie nippt an einer Dose Limo. »Ich heiße Eva – genau wie die erste Frau.« Sie lacht spöttisch. »Willkommen in meinem Garten Eden.«

Sie bückt sich und greift nach einer Packung Zigaretten unter ihrem Hocker. Ihre Brüste schaukeln. Sie hat den Vorhang nicht geschlossen, sondern lungert weiter am Fenster herum. Ich blicke vom Stuhl zum Bett und frage mich, wo ich mich hinsetzen soll.

Eva zeigt auf das Bett. »Zwanzig Euro, fünf Minuten.«

Ihr Akzent ist eine Mischung aus Holländisch und Amerikanisch, ein weiteres Zeugnis für die Macht Hollywoods, das Generationen von Menschen in den entlegensten Winkeln der Welt Englisch gelehrt hat.

Ich gebe ihr das Geld. Sie streicht es ein wie ein Magier, der eine Spielkarte verschwinden lässt.

Ich halte das Foto noch einmal hoch. »Ihr Name ist Samira.«

»Sie ist eine von den Schwangeren.«

Ich spüre, wie ich mich gerader aufrichte. Ein unsichtbarer Panzer. Wissen.

Eva zuckt die Achseln. »Andererseits könnte ich mich auch irren.«

Der Daumenabdruck auf ihrem Unterarm ist ein Bluterguss. Ein weiterer an ihrem Nacken ist noch dunkler.

»Wo hast du sie gesehen? Wann?«

»Manchmal bittet man mich, den Neuen zu helfen. Ihnen zu zeigen, wie es geht.«

»Was?«

Sie lacht und zündet sich eine Zigarette an. »Was glaubst *du* denn? Manchmal gucken sie mir vom Stuhl oder Bett aus zu, je nachdem, wofür der Freier bezahlt hat. Einige haben es gern, wenn man ihnen zusieht. Außerdem geht es dann schneller.«

Ich will sie gerade fragen, wofür sie einen Stuhl braucht, als ich den Teppichstreifen auf dem Boden zum Schutz ihrer Knie sehe.

»Aber du hast doch gesagt, sie war schwanger. Warum musstest du ihr dann das hier zeigen?«

Sie verdreht die Augen. »Ich erzähle dir die *Fünf*-Minuten-Version. Dafür hast du bezahlt.«

Ich nicke.

»Das erste Mal habe ich sie im Januar gesehen. Ich kann mich noch daran erinnern, weil es an dem Tag so kalt war.« Sie zeigt auf das Waschbecken. »Nur kaltes Wasser. Wie Eis. Sie haben sie hergebracht, damit sie zusieht. Ihre Augen waren größer als so.« Sie ballt ihre Hand zur Faust. »Ich dachte, sie würde sich übergeben. Ich hab ihr gesagt, sie soll ins Waschbecken kotzen. Ich wusste, dass sie es nie schaffen würde. Es ist bloß Sex. Ein körperlicher Akt. Hier oder dort können sie mich nicht berühren«, sagt sie und zeigt auf ihr Herz und ihren Kopf. »Dieses Mädchen hat sich aufgeführt, als wollte sie ihre

Unschuld bewahren. Noch so eine beschissene Jungfrau!« Sie schnippt Asche von ihrer Zigarette auf den Boden.

»Was ist passiert?«

»Die Zeit ist um.« Sie streckt die Hand aus.

»Das waren keine fünf Minuten.«

Sie weist auf die Uhr, die hinter mir an der Wand hängt. »Siehst du die Uhr da? Ich verdiene mein Geld damit, auf dem Rücken zu liegen und sie im Auge zu behalten. Niemand kann fünf Minuten so gut abschätzen wie ich.«

Ich gebe ihr weitere zwanzig Euro. »Du hast gesagt, sie war schwanger.«

»Ja, als ich sie das nächste Mal gesehen habe.« Eva deutet die Rundung des Bauches an. »Sie war in einer Ärzteklinik Amersfoort, im Wartezimmer, zusammen mit einem serbischen Mädchen. Sie waren beide schwanger. Ich hab gedacht, es wäre eine Masche, um Sozialhilfe abzuzocken oder die Abschiebung zu verhindern.«

»Hast du mit ihr geredet?«

»Nein. Ich weiß noch, wie überrascht ich war, weil ich dachte, dass sie die weltweit letzte Jungfrau werden würde.« Ihre Zigarette ist fast bis auf die Fingerknöchel heruntergebrannt.

»Ich brauche den Namen und die Adresse der Klinik.«

»Dr. Beyer. Steht im Telefonbuch.«

Sie tritt die Zigarettenkippe mit dem Absatz ihres Sling-Pumps aus. Ein Klopfen an der Scheibe erregt ihre Aufmerksamkeit. Draußen steht ein Mann, der erst auf Eva und dann auf mich zeigt.

»Wie heißt du?«, flüstert sie verschwörerisch.

»Alisha.«

Sie greift nach der Türklinke. »Er will uns beide, Alisha.«

»Mach nicht auf!«

»Sei doch nicht so schüchtern. Er sieht sauber aus. Ich hab Kondome.«

»Ich bin keine –«

»Keine Hure, nein. Aber auch keine Jungfrau. Du kannst gutes Geld verdienen. Kauf dir ein paar anständige Klamotten.«

Draußen gibt es einen kleineren Auflauf. Weitere Männer spähen durch die Scheibe. Ich bin aufgesprungen. Ich will gehen. Sie versucht immer noch, mich zu überzeugen. »Was hast du schon zu verlieren?«

Meine Selbstachtung, will ich sagen.

Sie macht die Tür auf. Ich muss mich an ihr vorbeidrücken. Sie streicht mit dem Fingernagel über meine Wange und befeuchtet mit der Zungenspitze ihre Unterlippe. Männer drängen sich in dem Durchgang. Die Pflastersteine sind feucht und hart. Ich muss mich zwischen ihnen hindurchdrängen und ihre Körper riechen. Ich stolpere über eine Stufe, und jemand streckt die Hand aus, um mir zu helfen, doch ich schlage sie weg und will laut Missbrauch schreien. Ich hatte Recht wegen Samira. Und dem Baby. Deswegen hat Cate ihre Schwangerschaft vorgetäuscht und Samiras Foto bei sich gehabt. Ich hatte gehofft, dass ich mich irre.

Über dem Gewimmel leuchtet mit einem Mal ein kleiner Flecken grauen Himmels auf. Plötzlich bin ich dem Gassengewirr entronnen, stehe auf einer breiteren Straße und atme tief durch. Das dunkle Wasser des Kanals ist von roten und lila Schlieren durchzogen. Ich lehne mich über ein Geländer, übergebe mich und trage so weiter zur Farbenpracht bei.

Mein Handy vibriert. Ruiz ist unterwegs.

»Ich habe vielleicht jemanden gefunden.« Er keucht leise. »Ich habe Samiras Foto am Hauptbahnhof herumgezeigt. Die meisten wollten gar nichts wissen, aber ein Junge hat sich wirklich sonderbar benommen, als er das Bild gesehen hat.«

»Glauben Sie, dass er sie kennt?«

»Kann sein. Er wollte partout nicht mit der Wahrheit herausrücken, selbst wenn Gott, der Allmächtige, persönlich nachgefragt hätte.«

»Wo ist er jetzt?«

»Er ist abgehauen. Ich bin fünfzig Meter hinter ihm.«

Der DI rattert die Beschreibung eines Jugendlichen in einer Khakijacke im Camouflagelook, Jeans und Turnschuhen herunter.

»Verdammt!«

»Was ist los?«

»Mein Akku ist fast leer. Ich hätte ihn gestern Nacht aufladen sollen. Aber mich ruft ja normalerweise eh kein Schwein an.«

»Ich schon.«

»Na, das zeigt nur, dass es höchste Zeit wird, dass Sie sich ein eigenes Leben aufbauen. Ich versuche, Ihnen den Namen einer Seitenstraße durchzugeben. Vor uns ist jedenfalls ein Kanal.«

»Welcher?«

»Die sehen doch alle gleich aus.«

Im Hintergrund höre ich Musik und Mädchen, die aus den Fenstern rufen.

»Moment«, sagt er. »Barndesteeg.«

Im ockerfarbenen Schein einer Laterne klappe ich meinen Touristen-Stadtplan auf und fahre mit dem Finger an dem Straßenindex entlang, bis ich den Verweis auf den Quadranten gefunden habe. Sie sind nicht weit entfernt.

In Filmen und Fernsehserien sieht es immer so leicht aus, jemanden unbemerkt zu verfolgen, aber in der Realität ist das etwas ganz Anderes. Wäre dies eine offizielle polizeiliche Beschattung, hätten wir zwei Wagen, einen Motorradfahrer und zwei oder drei Beamte zu Fuß. Jedes Mal, wenn sich die Zielperson umdreht, würde sie jemand anderen sehen. Aber solcher Luxus steht uns nicht zur Verfügung.

Ich überquere die Sint Jansbrug und gehe schnell am Kanal

entlang. Ruiz ist einen Block weiter östlich und kommt mir auf dem Stoofsteeg entgegen. Der Teenager muss direkt an mir vorbeigehen.

Auf dem Bürgersteig drängeln sich die Passanten, immer wieder streife ich fremde Schultern. Die Luft riecht nach Haschisch und Bratfett.

Ich sehe ihn erst im letzten Moment, als er schon fast an mir vorbei ist. Er hat hohle Wangen und gegeltes Haar und hüpft vom Bürgersteig in den Rinnstein und zurück, um den anderen Fußgängern auszuweichen. Er trägt eine Stofftasche über der Schulter, aus der eine Flasche Cola ragt. Er sieht sich um. Er weiß, dass er verfolgt wird, aber er wirkt nicht ängstlich.

Ruiz hat sich zurückfallen lassen, und ich übernehme. Wir überqueren die Brücke auf demselben Weg, auf dem ich gekommen bin. Er geht näher am Wasser als an den Häusern. Warum wählt er die offene Seite der Straße, wenn er einen Verfolger abschütteln will?

Dann dämmert es mir – er lockt Ruiz weg. Irgendjemand am Bahnhof muss Samira gekannt haben, und er wollte nicht, dass Ruiz ihn oder sie findet.

Er bleibt stehen und wartet. Ich gehe an ihm vorbei. Der DI taucht nicht auf. Der Junge kehrt um und bleibt erneut stehen, bis er sich vollkommen sicher wähnt.

Als er schließlich weitergeht, sieht er sich nicht mehr um. Ich folge ihm durch die engen Gassen bis zur Warmoesstraat und weiter zum Dam. Neben einem Denkmal wartet er, bis ein schlankes Mädchen in Jeans und einer rosa Cordjacke auftaucht. Ihre Haare sind kurz und glatt und haben die Farbe kräftigen Tees.

Er redet gestikulierend auf sie ein. Ich rufe Ruiz auf seinem Handy an. »Wo sind Sie?«

»Hinter Ihnen.«

»Haben Sie im Bahnhof ein Mädchen in Jeans und rosa

Cordjacke gesehen? Dunkle Haare. Höchstens zwanzig. Und noch ganz hübsch.«

»Samira?«

»Nein, ein anderes Mädchen. Ich glaube, er hat versucht, Sie wegzulocken. Er wollte nicht, dass Sie sie finden.«

Die beiden diskutieren immer noch. Das Mädchen schüttelt den Kopf. Er zupft an ihrem Ärmel. Sie reißt sich los. Er schreit irgendwas. Sie dreht sich nicht um. »Sie trennen sich«, flüstere ich in mein Handy. »Ich folge dem Mädchen.«

Sie hat einen eigenartigen Körperbau, einen langen Oberkörper, kurze Beine und leicht nach außen gespreizte Füße. Sie nimmt einen blauen Schal aus der Tasche. Es ist ein Hijab – ein Kopftuch. Sie könnte Muslimin sein.

Angesichts der Menschenmassen und des Verkehrs bleibe ich dicht hinter ihr. Die Gleise, auf denen Straßenbahnen ein Turnier auskämpfen, teilen die breiten Straßen. Autos und Fahrräder schlängeln sich wuselnd um sie herum. Das Mädchen ist so klein. Ich verliere sie immer wieder aus den Augen.

Eben war sie noch vor mir und jetzt? Wohin ist sie verschwunden? Ich renne los, blicke vergeblich in Türen und Ladenfenster, spähe in Seitenstraßen, kann ihre rosa Jacke und ihren blauen Hijab jedoch nirgendwo entdecken.

Auf einer Verkehrsinsel drehe ich mich einmal um die eigene Achse, bevor ich einen Schritt nach vorn mache. Ich höre ein schrilles Klingeln. Mein Kopf schnellt herum. Eine unsichtbare Hand reißt mich zurück, bevor eine Straßenbahn mit lautem Getöse so dicht an mir vorbeifährt, dass ich den Luftzug auf der Haut spüre.

Das Mädchen in der rosa Jacke starrt mich an, ihr Herz schlägt noch schneller als meins. Die Ränder unter ihren Augen sind Zeichen von Frühreife oder Spuren davon, dass sie geschlagen wurde. Sie wusste, dass ich sie verfolgt habe. Sie hat mir das Leben gerettet.

»Wie heißt du?«

Ihre Lippen bleiben starr. Sie dreht sich um. Ich renne ein paar Meter und stelle mich ihr in den Weg.

»Warte! Geh nicht! Können wir reden?«

Sie antwortet nicht. Vielleicht versteht sie mich nicht.

»Sprichst du Englisch?« Ich zeige auf mich. »Mein Name ist Alisha.«

Sie geht um mich herum.

»Warte, bitte.«

Wieder weicht sie mir aus. Rückwärts gehend versuche ich, den Passanten auszuweichen und gleichzeitig mit ihr zu reden. Ich presse meine Hände zusammen wie zum Gebet. »Ich suche Samira.«

Sie bleibt nicht stehen. Ich kann sie nicht *zwingen*, mit mir zu reden.

Unvermittelt wendet sie sich einem Gebäude zu und stößt eine schwere Tür auf. Ich habe nicht gesehen, dass sie einen Schlüssel benutzt oder auf eine Klingel gedrückt hat. Drinnen riecht es nach Suppe und elektrischer Wärme. Hinter einer zweiten Tür erstreckt sich ein großer Raum voller Tische und Stühle. Darauf sitzen Menschen und essen. Eine Nonne in schwarzer Tracht füllt aus einem großen Topf auf einem Teewagen Suppenteller. Ein Typ mit langem Bart, der aussieht wie ein Motorradrocker, gibt Teller und Löffel aus. Ein anderer verteilt Brötchen.

Am ersten Tisch sitzt ein alter Mann tief über seine Mahlzeit gebeugt und tunkt Brotstücke in den dampfenden Eintopf. Den rechten Arm hat er um seine Schale gelegt, als wollte er sie schützen. Neben ihm hat ein Typ mit Wollmütze den Kopf auf den Tisch gelegt und versucht zu schlafen. Insgesamt befinden sich etwa dreißig Leute in dem Speiseraum, die meisten mit zerlumpten Kleidern, nervösen Ticks und leeren Mägen.

»Wou je iets om te eten?«

Ich drehe mich zu der Stimme um.

»Möchten Sie etwas essen?«, wiederholt sie diesmal auf Englisch.

Gestellt hat die Frage eine ältere Nonne mit schmalem Gesicht und listigen Augen. Ihre schwarze Tracht ist mit einem grünen Saum abgesetzt, und ihr weißes Haar verschwindet unter einem Nonnenschleier.

»Nein danke.«

»Es ist genug da. Eine gute Suppe. Ich habe sie selber gekocht.«

Eine schulterbreite Schürze reicht bis zu ihren Knöcheln. Sie sammelt Teller von den Tischen ein und stapelt sie auf ihrem Arm. Das Mädchen hat derweil Blechdosen vor dem Suppentopf aufgereiht.

»Was ist das hier?«

»Wir sind Augustinerinnen. Ich bin Schwester Vogel.«

Sie muss über achtzig sein. Die anderen Nonnen sind ähnlich betagt, aber noch nicht ganz so eingeschrumpft. Sie ist winzig, kaum 1,50 Meter groß, mit einer Stimme wie Kies in einem Betonmischer.

»Sind Sie sicher, dass Sie nichts essen wollen?«

»Ja, vielen Dank.« Ich wende den Blick nicht von dem Mädchen.

Die Nonne tritt direkt vor mich. »Was wollen Sie von ihr?«

»Bloß reden.«

»Das ist unmöglich.«

»Warum?«

»Sie wird sie nicht hören.«

»Nein, Sie verstehen mich nicht. Wenn ich bloß mit ihr reden –«

»Sie *kann* sie nicht hören.« Ihre Stimme wird sanfter. »Sie ist eines von Gottes besonderen Kindern.«

Endlich kapiere ich. Es geht nicht um die Sprache oder mangelnde Bereitschaft. Das Mädchen ist taub.

Die Dosen sind gefüllt, und das Mädchen schraubt jede mit einem Deckel zu und verstaut sie in ihrer Tasche. Sie legt sich den Riemen um den Hals und richtet ihn über ihrer Brust aus,

bevor sie eine Papierserviette nimmt und zwei Stücke Brot ein-
wickelt. Ein drittes Stück nimmt sie in die Hand und knabbert
an seinen Rändern.

»Kennen Sie ihren Namen?«, frage ich.

»Nein, sie kommt drei Mal die Woche, um Essen zu holen.«

»Wo wohnt sie?«

Schwester Vogel wird mir diese Informationen nicht freiwillig geben. Es gibt nur eine Stimme, der sie gehorcht – die einer
höheren Macht.

»Sie hat nichts Unrechtes getan«, versichere ich ihr.

»Warum möchten Sie mit ihr sprechen?«

»Ich suche jemanden. Es ist sehr wichtig.«

Schwester Vogel stellt die Suppenteller ab und wischt sich
die Hände an ihrer Schürze ab. Anstatt zu gehen, scheint sie ein
kleines Stück über den Holzdielen zu schweben, als sie in ihrer
langen Tracht den Raum durchquert. Neben ihr komme ich mir
vor, als hätte ich Füße aus Blei.

Sie tritt vor das Mädchen und klopft in ihre offene Hand, bevor sie beginnt mit den Fingern Zeichen zu bilden.

»Sie können Gebärdensprache!«, sage ich.

»Ich kenne einige der Buchstaben. Was wollen Sie fragen?«

»Wie heißt sie?«

Sie verständigen sich mit Zeichen.

»Zala.«

»Woher kommt sie?«

»Aus Afghanistan.«

Ich ziehe das Foto aus der Tasche, und Schwester Vogel
nimmt es mir ab. Eine unmittelbare Reaktion. Zala schüttelt
vehement den Kopf und weigert sich, das Bild noch einmal
anzusehen.

Schwester Vogel versucht, sie zu beruhigen. Ihre Stimme ist
sanft, und ihre Hände sind noch sanfter. Aber Zala schüttelt nur
weiter den Kopf, ohne den Blick vom Boden zu heben.

»Fragen Sie sie, ob sie Samira kennt.«

Schwester Vogel macht die entsprechenden Zeichen, aber Zala weicht zurück.

»Ich muss wissen, wo Samira ist.«

Die Nonne schüttelt den Kopf und sagt tadelnd: »Wir verschrecken die Leute hier nicht.«

Zala ist bereits an der Tür. Wegen der schweren Suppenbehälter kann sie nicht rennen. Als ich ihr folgen will, packt Schwester Vogel meinen Arm. »Bitte, lassen Sie sie in Ruhe.«

Ich sehe sie flehend an. »Ich kann nicht.«

Zala ist schon auf der Straße, wo sie sich noch einmal umsieht. Ihre Wangen glänzen im Licht der Laternen. Sie weint. Eine Strähne hat sich unter ihrem Hijab gelöst, aber sie hat keine Hand frei, um sie aus dem Gesicht zu streichen.

Der DI geht nicht an sein Handy. Wahrscheinlich ist der Akku endgültig leer. Ich lasse mich zurückfallen und folge Zala, die mich vom Kloster wegführt. Straßen und Kanäle wirken nicht mehr vertraut und sind von vergammelten Häusern gesäumt, die in zahllose Mini-Apartments, Wohnungen und Maisonetten unterteilt sind. Die Klingelknöpfe bilden lange ordentliche Reihen.

Wir kommen an einer Reihe kleiner, verbarrikadierter Läden vorbei. An der nächsten Ecke überquert sie die Straße und tritt durch ein Tor. Es gehört zu einem großen heruntergekommenen Wohnblock im Zentrum eines T-förmigen Komplexes. Vor den dunklen Backsteinmauern sehen die Sträucher aus wie grüne Wattebäusche. Die Fenster im Erdgeschoss sind vergittert, in den oberen Stockwerken sind die Läden geschlossen. Dahinter brennt Licht.

Ich gehe an dem Tor vorbei und überprüfe, ob es keine anderen Eingänge gibt. Ich wünschte, Ruiz wäre hier. Was würde er machen? An die Tür klopfen? Sich vorstellen? Nein, er würde warten und beobachten, sehen, wer kommt und geht, den Rhythmus des Ortes studieren.

Ich blicke auf meine Uhr. Es ist gerade mal kurz nach acht.

Wo ist er? Hoffentlich hat er meine SMS mit der Adresse bekommen.

Der Wind ist aufgefrischt. Blätter und Papierfetzen tanzen um meine Füße. In dem Nachbareingang bin ich geschützt. Und versteckt.

Mir fehlt die Geduld für Überwachungen. Ruiz ist gut darin. Er kann sich gegen alles abschotten und konzentriert bleiben, ohne sich von irgendwas ablenken zu lassen oder in Tagträumen zu verlieren. Wenn ich zu lange auf eine Szene starre, brennt sie sich mir ins Unbewusste, wo sie dann als Endlosschleife läuft, bis ich die Veränderungen nicht mehr wahrnehme. Deshalb werden polizeiliche Überwachungsteams auch alle paar Stunden abgelöst. Ausgeruhte Augen.

Ein Wagen parkt in der zweiten Reihe, und ein Mann betritt das Gebäude. Fünf Minuten später kommt er mit drei Frauen wieder heraus. Schick gekleidet. Dressed to kill. Es riecht nach Sex, würde Ruiz sagen.

Zwei andere Männer kommen heraus, um zu rauchen. Sie machen es sich mit gespreizten Beinen auf der Treppe bequem. Ein kleiner Junge schleicht sich von hinten an und hält einem der beiden die Augen zu. Vater und Sohn balgen verspielt, bis der Kleine wieder hineingeschickt wird. Sie sehen aus wie Einwanderer. An einen Ort wie diesen würde Samira gehen, um in der größeren Masse unterzutauchen.

Ich kann hier nicht den ganzen Abend rumstehen, aber ich kann es mir auch nicht leisten, wegzugehen und die Spur zu ihr womöglich zu verlieren. Es ist schon fast neun. Wo zum Teufel bleibt Ruiz?

Die Männer auf der Treppe blicken hoch, als ich auf sie zukomme.

»Samira Khan?«

Einer wirft den Kopf nach hinten und deutet nach oben. Ich gehe um sie herum. Die Tür steht offen. Im Flur riecht es nach Kochgewürzen und eintausend ausgedrückten Zigaretten.

Drei Kinder spielen am Fuß der Treppe. Eins packt mein Bein und versucht, sich hinter mir zu verstecken, bevor es wieder davonrennt. Ich steige in den ersten Stock. Neben der Wohnungstür reihen sich leere Gasflaschen neben Mülltüten. Ein Baby schreit. Kinder streiten. Gedämpftes Gelächter dringt durch die dünnen Wände.

Vor einer Wohnung stecken zwei Mädchen im Teenageralter die Köpfe zusammen und tauschen Geheimnisse aus.

»Ich suche Samira.«

Eine der beiden zeigt nach oben.

Ich steige Stockwerk um Stockwerk höher. Das Linoleum unter meinen Füßen ist wellig, von den Wänden blättert die Farbe. Wäsche hängt über dem Geländer, und irgendwo ist eine verstopfte Toilette übergelaufen.

Schließlich erreiche ich den obersten Stock. Am anderen Ende des Flurs steht eine Badezimmertür offen. Darin taucht Zala auf, die Schultern gebeugt von einem Eimer Wasser in ihren Händen. In dem düsteren Korridor kann ich eine weitere offene Tür ausmachen. Zala will sie eher erreichen als ich. Der Eimer fällt um, Wasser ergießt sich zu ihren Füßen.

Im Widerspruch zu allem, was ich in der Ausbildung gelernt habe, stürze ich blindlings in das fremde Zimmer. Darin sitzt ein dunkelhaariges Mädchen auf einem Sofa mit hoher Lehne. Sie ist jung. Und sie hat ein vertrautes Gesicht. Obwohl sie einen weiten Pullover und einen Bauernrock trägt, erkennt man sofort, dass sie schwanger ist. Sie hat die Schultern vorgewölbt, als würde sie sich ihrer Brüste schämen.

Zala drängt sich an mir vorbei und stellt sich zwischen uns beide. Samira ist aufgestanden und legt eine Hand auf die Schulter des tauben Mädchens. Ihr Blick mustert mich, als würde sie versuchen, mich in irgendeinen Kontext einzuordnen.

»Ich will dir nicht wehtun.«

»Du musst gehen«, sagt sie in Schulbuchenglisch. »Hier ist es nicht sicher.«

»Ich heiße Alisha Barba.«

Ihre Augen leuchten auf. Sie kennt meinen Namen.

»Bitte, geh. Sofort.«

»Bitte sag mir, woher du mich kennst.«

Sie antwortet nicht, sondern legt ihre Hand auf ihren gewölbten Bauch, streichelt ihn behutsam und wiegt den Körper sanft hin und her. Die Bewegung scheint ihre Widerstandskraft einzulullen.

Sie macht Zala ein Zeichen, die Tür abzuschließen, und schiebt das Mädchen in die Küche. Der Linoleumboden ist fleckig und blank getreten, in den Regalen stehen Gewürze und ein Beutel Reis. Die Suppendosen trocknen frisch gespült neben dem Waschbecken.

Ich blicke mich in dem restlichen Apartment um. Der Raum ist groß und quadratisch. Risse an der hohen Decke und ein Wasserschaden haben den Putz ruiniert. An der Wand lehnen Matratzen, darauf liegen ordentlich gefaltete Decken. Die Türen des Kleiderschranks werden mit einem Drahtbügel geschlossen gehalten.

Ansonsten gibt es nur noch einen Koffer und eine Holztruhe, auf der ein gerahmtes Foto steht. Es zeigt eine Familie in steifer Pose. Die Mutter sitzt und hält ein Baby im Arm. Der Vater steht hinter ihr und legt eine Hand auf die Schulter seiner Frau. Vor ihr steht ein kleines Mädchen – Samira –, das den Saum ihres Kleids anhebt.

Ich drehe mich wieder zu ihr um.

»Ich habe dich gesucht.«

Ich blicke auf ihren Bauch. »Wann kommt das Kind?«

»Bald.«

»Was willst du mit dem Baby machen?«

Sie hält zwei Finger hoch. Erst denke ich, dass sie Zala irgendetwas sagen will, aber die Botschaft ist für mich. Es sind zwei Babys! Zwillinge.

»Ein Junge und ein Mädchen«, sagt sie, schlägt flehend die

Hände zusammen und sagt: »Bitte geh. Du darfst nicht hier sein.«

Meine Nackenhaare stellen sich auf. Wovor hat sie solche Angst?

»Erzähl mir von den Babys, Samira. Willst du sie behalten?«

Sie schüttelt den Kopf.

»Wer ist der Vater?«

»Allah, der Erlöser.«

»Das verstehe ich nicht.«

»Ich bin Jungfrau.«

»Du bist schwanger, Samira. Du verstehst doch, wie das geht.«

Sie bietet meiner Skepsis trotzig die Stirn. »Ich habe mich noch nie zu einem Mann gelegt. Ich *bin* Jungfrau.«

Was sind das für Fantasien? Das ist lächerlich. Aber ihre Gewissheit hat etwas von der Überzeugung eines Konvertiten.

»Wer hat die Babys in dich getan, Samira?«

»Allah.«

»Hast du ihn gesehen?«

»Nein.«

»Wie hat er es gemacht?«

»Die Ärzte haben ihm geholfen. Sie haben mir die Eier eingepflanzt.«

Sie spricht von einer künstlichen Befruchtung. Die Embryonen wurden implantiert. Deshalb bekommt sie auch Zwillinge.

»Wessen Eier hat man dir eingepflanzt?«

Samira zieht fragend eine Braue hoch. Aber ich weiß die Antwort bereits. Cate hatte zwölf lebensfähige Embryonen. Barnaby hat gesagt, sie hätte sechs In-vitro-Fertilisationen versucht, aber Dr. Banerjee war sich sicher, dass es nur fünf waren. Damit bleibt der Verbleib von zwei Eiern ungeklärt. Cate muss sie nach Amsterdam gebracht haben. Sie hat eine Leihmutterschaft arrangiert.

Deswegen musste sie auch eine Schwangerschaft vortäuschen. Sie wollte Felix sein *eigenes* Kind schenken – die perfekte genetische Übereinstimmung: Niemand hätte beweisen können, dass es nicht ihre Kinder waren.

»Bitte geh«, sagt Samira den Tränen nahe.

»Warum hast du solche Angst?«

»Du verstehst nicht.«

»Erzähl mir einfach, warum du das machst?«

Mit Daumen und Zeigefinger streicht sie ihre Haare zurück und sieht mir exakt so lange direkt in die Augen, bis es unangenehm wird. Sie hat einen starken Willen. Sie ist trotzig.

»Hat irgendjemand dir Geld dafür bezahlt? Wie viel? Hat Cate dich bezahlt?«

Sie antwortet nicht, sondern wendet den Blick zum Fenster, ein dunkles Rechteck in einer dunklen Wand.

»Kennst du daher meinen Namen? Cate hat ihn dir gegeben. Sie hat gesagt, wenn irgendwas passiert oder schiefläuft, sollst du Kontakt mit mir aufnehmen. Ist das richtig?«

Sie nickt.

»Ich muss wissen, warum du das tust. Was hat man dir dafür geboten?«

»Freiheit.«

»Wovon?«

Sie sieht mich an, als ob ich es nie begreifen würde. »Sklaverei.«

Ich gehe in die Knie und fasse ihre überraschend kühle Hand. In ihren Augenwinkeln nisten noch Reste von Schlaf. »Du musst mir ganz genau erzählen, was passiert ist. Was hat man dir gesagt? Was hat man dir versprochen?«

Ich höre ein Geräusch aus dem Flur. Zala wendet sich mit angsterfülltem Gesicht von der Tür ab und sieht sich hektisch nach einem Versteck um.

Samira zeigt zur Küche, wendet sich dann der Tür zu und wartet. Man hört ein sprödes Kratzen, ein Schlüssel wird ins

Schloss geschoben. Meine Nerven sind zum Zerreißen gespannt.

Die Tür geht auf. Ein dünner Mann mit rosa geränderten Augen und schlechten Zähnen kommt herein und scheint bei meinem Anblick in Zuckungen auszubrechen. Er greift in seine Nylonjacke.

»Wie bent u?«, bellt er.

Ich glaube, er fragt, wer ich bin.

»Ich bin eine Krankenschwester«, sage ich.

Er sieht Samira an. Sie nickt.

»Dr. Beyer hat mich gebeten, auf dem Nachhauseweg nach Samira zu sehen. Ich wohne ganz in der Nähe.«

Er saugt geräuschvoll Luft ein, und sein Blick zuckt im ganzen Zimmer umher, als würde er auch die Wände verdächtigen, Komplizen dieser Täuschung zu sein. Er glaubt mir nicht, ist sich aber nicht sicher.

Samira wendet sich wieder mir zu. »Ich hatte Krämpfe. Ich konnte nachts nicht schlafen.«

»Du bist keine Krankenschwester«, sagt der Mann. »Du sprichst kein Holländisch!«

»Ich fürchte, da irren Sie sich. Englisch ist die offizielle Amtssprache der Europäischen Union«, sage ich mit meiner besten Mary-Poppins-Stimme. Amtlich. Nüchtern. Ich weiß nicht, wie weit ich dieses Spiel treiben kann.

»Wo wohnst du?«

»Gleich um die Ecke, wie schon gesagt.«

»Die Adresse.«

Ich erinnere mich an eine Querstraße. »Wenn Sie nichts dagegen haben, würde ich jetzt gern die Patientin untersuchen.«

Er verzieht den Mund zu einem höhnischen Grinsen, und irgendetwas an seiner trotzigen Haltung deutet auf eine immense verborgene Brutalität hin. In welcher Beziehung er auch zu Samira und Zala stehen mag, er macht ihnen furchtbare Angst. Sie hat etwas von Sklaverei gesagt. Hasan hatte ein tätowiertes

Eigentumsmal auf dem Handgelenk. Ich habe noch nicht alle Antworten zusammen, aber ich muss sie hier rausholen.

Er bellt eine Frage auf Holländisch.

Samira nickt und senkt den Blick.

»Lieg niet tegen me, kutwijf. Ik vermoord je.«

Er hat die rechte Hand immer noch in die Jacke geschoben. Er wirkt sehnig und geschmeidig wie ein Marathonläufer und wiegt etwa achtzig Kilo. Mit dem Überraschungsmoment auf meiner Seite könnte ich ihn vielleicht überwältigen.

»Bitte verlassen Sie das Zimmer.«

»Nein. Ich bleibe hier.«

Zala beobachtet uns aus der Küche. Ich winke sie heran und entfalte eine Decke, die sie hochhalten soll, um Samira ein wenig abzuschirmen.

Samira legt sich rücklings auf das Sofa und schiebt ihren Pullover bis zu den Brüsten hoch. Meine Hände sind feucht. Ihre Schenkel sind glatt, ein knapper Slip bedeckt ihre Hüften. Die Haut, die sich über ihrem gewölbten Bauch spannt, ist dünn wie Pauspapier. Ich kann die blassen blauen Adern unter der Oberfläche ausmachen.

Die Babys bewegen sich. Ihr gesamter Leib scheint hin und her zu schwappen. Ein Knie oder Ellenbogen drückt sich von innen gegen die Bauchdecke und verschwindet wieder. Ich spüre die Umrisse winziger Körper, harte kleine Köpfe und Gelenke.

Sie hebt Knie und Hüften an und macht mir ein Zeichen, ihre Unterhose auszuziehen. Sie weiß besser, was zu tun ist, als ich. Ihr Aufpasser steht immer noch an der Tür. Samira sieht ihn trotzig an, als wollte sie fragen: »Willst du das sehen?«

Er hält ihrem Blick nicht stand, sondern wendet sich ab und geht in die Küche, wo er eine Zigarette anzündet.

»Du lügst so leicht«, flüstert Samira.

»Genau wie du.«

»Wer ist er?«

»Yanus. Er kümmert sich um uns.«

Ich sehe mich in dem Zimmer um. »Offenbar nicht besonders gut.«

»Er bringt Essen.«

Yanus steht wieder in der Tür.

»Also, die Position der Babys ist optimal«, sage ich laut. »Sie bewegen sich nach unten. Bei den Krämpfen könnte es sich um Braxton-Hicks-Kontraktionen handeln, eine Art Vorwehen. Ihr Blutdruck ist erhöht.«

Ich weiß nicht, woher diese Informationen kommen; einige habe ich vermutlich via verbaler Osmose von meiner Mutter übernommen, als ich ihren detaillierten Beschreibungen von der Ankunft meiner Neffen und Nichten in dieser Welt gelauscht habe. Ich weiß weit mehr als mir lieb ist über Schleimpfropfen, Gebärmuttermessungen und Dammschnitt. Außerdem bin ich eine internationale Kapazität in Schmerzbehandlung – Epiduralanästhesie, Pethidin, Entonox, TENS-Geräte und jedes bekannte homöopathische und autogene Verfahren oder Familienrezept.

Yanus wendet sich wieder ab. Ich höre, wie er die Tasten seines Handys drückt. Er ruft irgendjemanden an, um sich Rat zu holen. Die Zeit wird knapp.

»Du hast eine Freundin von mir getroffen. Cate Beaumont. Erinnerst du dich an sie?«

Sie nickt.

»Sind das ihre Babys?«

Das gleiche Nicken.

»Cate ist letzten Sonntag gestorben. Sie wurde von einem Auto überfahren. Ihr Mann ist auch tot.«

Samira krümmt sich, als hätten die Ungeborenen in ihrem Bauch die Nachricht verstanden und würden schon jetzt trauern. In Samiras Augen liegt eine Mischung aus Ungläubigkeit und Wissen.

»Ich kann dir helfen«, flehe ich sie an.

»Niemand kann mir helfen.«

Yanus steht in der Tür und greift wieder in seine Jacke. Ich sehe, wie sein Schatten auf dem Boden länger wird. Ich drehe mich zu ihm um. Er hat eine Dose Bohnen in der Hand. Er holt zu einem kurzen Haken aus der Hüfte aus. Ich spüre ihn kommen, kann jedoch nicht mehr reagieren. Der Schlag schleudert mich durch den Raum. Eine Seite meines Kopfes brennt.

Samira versucht zu kreischen, bringt aber nur einen abgerissenen Schrei heraus.

Yanus kommt wieder auf mich zu. Ich schmecke Blut. Eine Seite meines Gesichts beginnt bereits anzuschwellen. Die Konservendose wie einen Hammer benutzend schlägt er mich noch einmal. In seiner rechten Hand blitzt ein Messer auf.

Er sieht mir mit geradezu ekstatischer Intensität in die Augen. Das ist seine Berufung – anderen Schmerzen zuzufügen. Er beschreibt mit der Klinge eine Acht in der Luft. Dabei wollte ich ihn überraschen. Das Gegenteil ist passiert. Ich habe ihn unterschätzt.

Ein weiterer Schlag trifft sein Ziel, Metall auf Knochen, und vor meinen Augen verschwimmt alles.

Manche Dinge scheinen halb in meinem Kopf, halb in der Wirklichkeit zu geschehen, wie gefangen zwischen beiden. Zuerst sehe ich sie in meinem Kopf – so wie jetzt den Stiefel, der auf mich zuschnellt. Zala lungert im Hintergrund. Sie will nicht hinsehen, kann jedoch den Blick nicht von mir wenden. Der Stiefel trifft sein Ziel, und vor meinen Augen lodern grelle Farben auf.

Yanus wühlt in meinen Taschen, nimmt mein Handy, meinen Pass und ein Bündel Euro heraus ...

»Wer bist du?«

»Ich bin eine Krankenschwester.«

»Leugenaar!«

Er hält mir das Messer an den Hals, die Spitze ritzt meine Haut und fängt eine rubinrote Träne auf.

Zala geht auf ihn zu. Ich rufe, dass sie stehen bleiben soll, aber sie kann mich nicht hören. Yanus schlägt sie mit der Bohnendose zur Seite. Zala sinkt zu Boden und hält sich das Gesicht, er flucht. Ich hoffe, er hat sich die Finger gebrochen.

Mein linkes Auge schwillt zu, und Blut tropft warm aus meinem Ohr auf meinen Hals. Er zerrt mich auf die Füße, biegt meine Arme hinter den Rücken und fesselt meine Hände so straff, dass das Klebeband in meine Haut schneidet.

Dann schlägt er meinen Pass auf und liest meinen Namen.

»Politieagent! Wie hast du diese Wohnung gefunden?« Er spuckt in Zalas Richtung. »*Sie* hat dich hergeführt.«

»Wenn Sie uns nichts tun, werde ich nichts sagen. Sie können einfach gehen.«

Das findet Yanus offenbar amüsant. Er streicht mit der Messerspitze über meine Augenbrauen.

»Mein Partner weiß Bescheid. Er ist auf dem Weg. Er wird Verstärkung mitbringen. Wenn Sie jetzt gehen, können Sie entkommen.«

»Was machen Sie hier?«

»Ich habe Samira gesucht.«

Er spricht auf Holländisch mit Samira. Sie beginnt, ihre Sachen einzupacken. Ein paar Kleider, das Foto ihrer Familie …

»Warte draußen auf mich«, erklärt er ihr.

»Zala.«

»Raus.«

»Zala«, wiederholt sie entschlossener.

Er fuchtelt mit dem Messer vor ihrem Gesicht herum, doch sie verzieht keine Miene. Steht da wie eine Statue. Unbeweglich. Sie geht nicht ohne ihre Freundin.

Plötzlich geht die Tür krachend nach innen auf, als wäre sie aus den Angeln gerissen worden. Im Rahmen steht Ruiz. Manchmal vergesse ich, wie groß er sich machen kann.

Yanus zuckt nicht einmal merklich zusammen. Das Messer vorausgestreckt fährt er herum. Eine neue Herausforderung! Der Abend ist voller Versprechen. Ruiz registriert die Szene, bevor er Yanus mit der gleichen Intensität fixiert wie sein Gegenüber ihn.

Aber ich sehe vor mir, was geschehen wird. Yanus wird ihn fertigmachen und langsam töten. Sein Messer ist wie eine Ausdehnung seines Körpers, ein Dirigentenstab, der ein unsichtbares Orchester dirigiert und Stimmen hört.

Der DI hat etwas in der Hand. Einen halben Ziegelstein. Das reicht nicht. Yanus baut sich breitbeinig vor ihm auf, hebt eine Hand und lockt ihn mit einem Finger.

Ruiz schwingt seine Faust. Man spürt einen Luftzug. Yanus täuscht eine Bewegung nach links an. Der Ziegelstein saust hernieder und verfehlt ihn. »Du bist zu langsam, alter Mann.«

Ich kann die Bewegung der Klinge kaum sehen. Auf Ruiz' Hemdsärmel breitet sich ein dunkler Fleck aus, aber er geht weiter vorwärts und zwingt Yanus zum Rückzug.

»Können Sie laufen, Alisha?«

»Ja, Sir.«

»Dann hauen Sie ab.«

»Nicht ohne Sie, Sir.«

»Bitte, tun Sie einmal in Ihrem Leben –«

»Ich bring euch beide um«, sagt Yanus.

Meine Hände sind auf dem Rücken gefesselt. Ich kann nichts machen. Die beißende Säure der Übelkeit steigt mir in die Kehle. Samira geht vor mir in den Flur. Zala folgt ihr, noch immer ihre Wange haltend. Yanus brüllt ihr auf Holländisch eine Drohung hinterher und stürzt sich dann auf Ruiz, der seiner Klinge jedoch ausweichen kann. Ich trete aus der Tür und renne zur Treppe, während ich auf das Geräusch eines zu Boden fallenden Körpers lausche.

Auf jedem Absatz ramme ich mit Schulter und Kopf gegen geschlossene Türen und rufe um Hilfe. Ich will, dass jemand meine Fesseln aufschneidet, die Polizei ruft und mir eine Waffe gibt. Niemand macht auf. Niemand will etwas mitbekommen.

Wir stolpern ins Erdgeschoss und weiter auf die Straße, wo wir uns rechts in Richtung Kanal halten. In der Dunkelheit müssen wir ein seltsames hastendes Trio abgeben. »Ich muss ihm helfen«, erkläre ich Samira. Sie versteht. »Ich möchte, dass ihr direkt zur Polizei geht.«

Sie schüttelt den Kopf. »Die schicken mich zurück.«

Ich habe keine Zeit, mit ihr zu diskutieren. »Dann geh zu den Nonnen. Schnell. Zala kennt den Weg.«

Ich spüre das Adrenalin, das noch in meinem Blut pulsiert. Als ich zum Haus zurückrenne, spüre ich die Leere in meinem Magen. Vor dem Eingang drängen sich Menschen um eine zusammengesunkene Gestalt auf der Treppe. Ruiz. Irgendjemand hat ihm eine Zigarette gegeben. Er zieht gierig daran und atmet langsam wieder aus.

Erleichterung durchströmt meinen ganzen Körper wie eine Flüssigkeit unter der Haut. Ich weiß nicht, ob ich lachen oder weinen soll oder beides. Ein dunkler Fleck breitet sich auf seinem Hemd aus, und er presst eine Faust auf seine Brust.

»Ich denke, Sie sollten mich vielleicht in ein Krankenhaus bringen«, sagt er mühsam atmend.

Ich fange an wie eine Verrückte zu schreien, dass irgendjemand einen Krankenwagen rufen soll. Ein Teenager bringt den Mut auf, mir zu erklären, dass bereits einer unterwegs ist.

»Ich musste nah an ihn ran«, erklärt Ruiz mit einem heiseren Flüstern. Auf seiner Stirn und seiner Oberlippe stehen Schweißperlen. »Ich musste ihn zustechen lassen. Als er mich erreichen konnte, konnte ich umgekehrt auch an ihn *rankommen*.«

»Nicht reden. Sitzen Sie einfach still.«

»Ich hoffe, ich hab das Schwein umgebracht.«

Weitere Menschen kommen aus ihren Wohnungen. Sie wollen den blutenden Mann sehen. Irgendjemand schneidet meine Handfesseln durch, und das Plastik kräuselt sich wie eine Orangenschale vor meinen Füßen.

Ruiz betrachtet den Abendhimmel über den Dächern.

»Das haben mir einige meiner Ex-Frauen schon lange gewünscht«, sagt er.

»Das stimmt nicht. Miranda ist immer noch in Sie verliebt.«

»Woher wollen Sie das wissen?«

»Das sehe ich. Sie flirtet ständig mit Ihnen.«

»Sie kann nicht anders. Sie flirtet mit jedem. Das ist ihre Art, nett zu sein.«

Sein Atem geht abgerissen. Blut gurgelt in seiner Lunge.

»Wollen Sie einen Witz hören?«, fragt er.

»Nicht reden. Sitzen Sie still.«

»Er ist uralt. Ich mag alte Witze. Er handelt von einem Bären. Ich liebe Bären. Bären können sehr komisch sein.«

Er wird nicht aufhören.

»In der Arktis lebt eine Familie von Eisbären im tiefsten Winter. Eines Tages kommt der Babyeisbär zu seiner Mutter und fragt: ›Mama? Bin ich wirklich ein Eisbär?‹

›Natürlich, mein Sohn‹, sagt sie.

Und der Kleine erwidert: ›Bist du ganz sicher, dass ich nicht vielleicht ein Pandabär oder ein Schwarzbär bin?‹

›Ganz bestimmt nicht. Und jetzt geh draußen im Schnee spielen.‹

Aber der kleine Eisbär ist noch immer verwirrt und sucht seinen Vater, der an einem Eisloch Fische fängt. ›Hey, Papa, bin ich wirklich ein Eisbär?‹

›Na, selbstverständlich mein Sohn‹, knurrt der Eisbär.

›Bist du ganz sicher, dass ich nicht vielleicht einen Anteil Grizzly- oder Koalabär in mir habe?‹

›Ja, mein Sohn, ich kann dir versichern, dass du ein einhundertprozentig reinrassiger Eisbär bist, genau wie ich und deine Mutter. Warum um alles in der Welt fragst du?‹

›Weil ich mir hier den Arsch abfriere!‹«

Der DI lacht und stöhnt gleichzeitig. Ich lege meinen Arm um ihn und versuche, ihn zu wärmen. Ein unausgesprochenes Mantra in meinem Kopf wird immer lauter: »Bitte nicht sterben. Bitte nicht sterben. Bitte nicht sterben.«

Das ist alles meine Schuld. Er sollte gar nicht hier sein. Da ist so viel Blut.

5

Reue ist ein wirklich sonderbares Gefühl, weil es unweigerlich einen Moment zu spät kommt, wenn nur noch die Fantasie beschreiben kann, was geschehen ist. Mein Bedauern ist wie gepresste Trockenblumen zwischen den Seiten eines Tagebuchs. Spröde Erinnerungen an vergangene Sommer wie den letzten vor dem Examen, der nicht groß genug war, um seine eigene Geschichte zu fassen.

Es sollte ein letztes Hurra vor dem Eintritt in die »wirkliche Welt« werden. Die London Metropolitan Police hatte mir eine Zusage geschickt. Ich gehörte zu den Bewerbern, die im Herbst auf der Polizeischule in Hendon anfangen würden. Die Klasse von 1998.

Als ich in der Grundschule war, habe ich nie an die höhere Schule gedacht. Und in Oaklands habe ich mir nie die Freiheit des Studentenlebens vorgestellt. Aber nun stand ich kurz vor meinem Examen, kurz davor, erwachsen und ein vollwertiges, in Lohn und Brot stehendes Mitglied der Gesellschaft zu werden, mit Steuernummer und rückzahlbarem Ausbildungsdarlehen. »Gott sei Dank werden wir nie vierzig«, scherzte Cate.

Ich hatte zwei Jobs – die Telefonzentrale in der Autowerkstatt meines Bruders und am Wochenende als Aushilfe an einem Marktstand. Die Elliots hatten mich wieder nach Cornwall eingeladen. Cates Mutter hatte damals schon ihren Schlaganfall erlitten und war an den Rollstuhl gefesselt.

Barnaby Elliot hatte nach wie vor politische Ambitionen, aber für ihn stand kein sicheres Mandat zur Verfügung. Er war nicht aus dem richtigen Holz geschnitzt – nicht altmodisch genug, um die stramm Konservativen zu begeistern, und nicht weiblich, berühmt oder ethnisch minoritär genug, um den Modernisierern in der Partei zu gefallen.

Ich fand ihn immer noch attraktiv. Und er flirtete weiter mit mir, fand Gründe, sich an mich zu lehnen, meinen Arm zu berühren oder mich seine »Bollywood Beauty« oder seine »indische Prinzessin« zu nennen.

Sonntagmorgens gingen die Elliots zur Kirche im Dorf, die etwa zehn Minuten Fußweg entfernt lag. Ich blieb im Bett, bis sie gegangen waren.

Ich weiß nicht, warum Barnaby zurückkam, welchen Vorwand er den anderen nannte. Ich war unter der Dusche. Im Fernsehen liefen laut Musikvideos. Der Wasserkessel hatte gekocht. Die Uhr tickte, als wäre nichts geschehen.

Ich hörte ihn nicht auf der Treppe. Er tauchte einfach auf. Ich hielt das Handtuch vor meinen Körper, schrie jedoch nicht laut auf. Er strich langsam über meine Schultern und Arme. Er hatte perfekte Fingernägel. Ich senkte den Blick, sah seine graue Hose und die Spitzen seiner schwarzen Schuhe.

Er küsste mich auf den Hals. Ich musste den Kopf in den Nacken legen, um ihm Platz zu machen. Ich blickte zur Decke, und er arbeitete sich mit den Lippen zu dem Tal zwischen meinen Brüsten vor. Ich hielt seinen Kopf und drückte mich an ihn.

Damals war mein Haar noch lang, und ich trug es in einem geflochtenen Zopf, der mir bis ins Kreuz reichte. Er hielt ihn in der Faust und wickelte ihn wie ein Seil um seine Finger. Dabei flüsterte er mir süße Nichtigkeiten ins Ohr, die doch mehr bedeuteten, und drückte auf meine Schultern, weil er wollte, dass ich mich hinkniete. Derweil dröhnte der Fernseher, und das Wasser im Kocher kühlte wieder ab.

Ich hörte nicht, dass unten die Tür geöffnet wurde und jemand die Treppe hinaufging. Ich weiß nicht, warum Cate zurückkam. Manche Details sind belanglos. Sie muss unsere Stimmen gehört haben und die anderen Geräusche. Sie muss gewusst haben, was es war, aber sie kam immer näher, bis sie, angelockt von den seltsamen Lauten, in der Tür stand.

Im Immobiliengeschäft ist die Lage entscheidend. Barnaby stand nackt hinter mir. Ich hockte mit gespreizten Knien auf allen vieren. Cate sagte kein Wort. Nachdem sie schon genug gesehen hatte, blieb sie, um noch mehr zu beobachten. Sie sah nicht, dass ich mich sträubte und wehrte. Ich sträubte und wehrte mich *nicht*.

So erinnere ich mich an die Ereignisse. Cate blieb nur noch, mir zu sagen, dass ich abreisen sollte und sie mich nie wieder sehen wollte. Und Zeit genug, um schluchzend auf ihrem Bett zu liegen, während ich auf dem Bett direkt daneben meine Tasche packte, ihren Kummer einatmete und etwas zu schlucken versuchte, was ich nicht ausspucken konnte.

Barnaby fuhr mich schweigend zum Bahnhof. Die Möwen kreischten, als wollten sie mir meinen Verrat vorhalten. Regen war gekommen und hatte den Sommer ertränkt.

Die Fahrt zurück nach London dauerte lang. Ich fand Mama an ihrer Nähmaschine, wo sie ein Kleid für die Hochzeit meiner Cousine nähte. Zum ersten Mal seit Jahren wollte ich auf ihren Schoß kriechen. Stattdessen setzte ich mich neben sie und legte meinen Kopf auf ihre Schulter. Dann weinte ich.

Am Abend stand ich mit Mamas großer Schneiderschere vor dem Spiegel und schnitt mir zum ersten Mal die Haare, so kurz, wie es mit der Schere ging. Dabei ritzte ich mir die Kopfhaut auf, sodass die Klingen voller Blut waren. Einzelne Büschel blieben stehen und standen vom meinem Schädel ab wie Weizenkeime, während der Rest auf die Badezimmerfliesen trudelte.

Ich kann nicht erklären, warum. Irgendwie linderte es meinen Schmerz. Mama war entsetzt. (Sie hätte auch nicht schockierter sein können, wenn ich mir die Pulsadern aufgeschnitten hätte.)

Ich hinterließ Cate Nachrichten auf dem Anrufbeantworter

und schickte ihr Briefe. Ich konnte sie nicht besuchen, ohne Gefahr zu laufen, ihrem Vater oder – noch schlimmer – ihrer Mutter zu begegnen. Was, wenn sie es wusste? Ich nahm dieselben Busse und Züge wie Cate. Ich inszenierte zufällige Treffen oder verfolgte sie einfach direkt, aber es war egal. Dass es mir leidtat, war nicht genug. Sie wollte mich weder sehen noch sprechen.

Irgendwann hörte ich auf zu weinen. Ich schloss mich stundenlang ein und kam nur zum Essen und Laufen aus meinem Zimmer. Einen Monat später lief ich eine persönliche Bestzeit. Ich wollte jetzt nicht mehr die Zukunft einholen – ich lief vor der Vergangenheit davon. Ich stürzte mich in die Polizeiausbildung, studierte wie eine Besessene. Füllte Notizbücher und stürmte durch die Prüfungen.

Meine Haare wuchsen wieder nach. Mama beruhigte sich. In den folgenden Jahren hing ich Tagträumen nach, dass Cate und ich uns finden und die verlorenen Jahre irgendwie wieder gutmachen würden. Aber ein einzelnes Bild verfolgte mich – Cate, die stumm in der Tür stand und zusah, wie ihr Vater im Rhythmus der tickenden Uhr und des abkühlenden Wasserkessels in ihre beste Freundin eindrang.

Seither ist kein Tag vergangen, an dem ich das, was passiert ist, nicht ungeschehen machen wollte. Cate hat mir nicht verziehen. Sie brachte mir einen Hass entgegen, der noch tödlicher war als Gleichgültigkeit, weil er das Gegenteil von Liebe war.

Nachdem genug Zeit verstrichen war, dachte ich nicht mehr jede Stunde jedes Tages an sie. Ich schickte ihr zu Weihnachten und zum Geburtstag Karten. Ich hörte von ihrer Verlobung und sah das Hochzeitsfoto im Fenster eines Fotografen in der Bethnal Green Road. Sie sah glücklich aus. Barnaby wirkte stolz. Ihre Brautjungfern (ich kannte sie alle mit Namen) trugen genau die Kleider, von denen sie immer gesagt hatte, dass sie sie für ihre Hochzeit haben wollte. Felix kannte ich nicht. Ich wusste nicht, wo sie sich kennen gelernt und wie er ihr seinen Antrag gemacht hatte. Was sah sie in ihm? War es Liebe? Ich konnte sie nie fragen.

Es heißt, die Zeit sei eine große Heilerin und eine lausige Kosmetikerin, aber meine Wunden hat sie nicht geschlossen. Ich bedeckte sie mit Reue und Verlegenheit wie mit Schichten von Make-up. Wunden wie meine verheilen nicht. Die Narben werden nur dicker und dauerhafter.

Die Vorhänge bauschen sich, atmen ein und aus wie eine Lunge, die rastlos Luft einsaugt. An ihren Rändern fällt Licht ins Zimmer. Ein neuer Tag.

Ich muss eingedöst sein. Ich schlafe nur noch selten tief und fest. Nicht wie als Kind, als die Welt noch ein Geheimnis war. Jetzt wache ich beim kleinsten Geräusch und der geringsten Bewegung auf. Die Narben an meinem Rücken bedeuten mir pochend, dass ich aufstehen und mich gründlich ausstrecken soll.

Ruiz liegt im Halbdunkel auf dem Bett, gefangen zwischen Drähten, Schläuchen und Maschinen. Eine Maske versorgt ihn mit Sauerstoff. Vor drei Stunden haben Chirurgen einen Schlauch in seine Brust eingeführt und seinen linken Lungenflügel wieder aufgeblasen. Sie haben seinen Arm genäht und dabei seine zahlreichen Narben kommentiert.

Mein Ohr ist mit einem Klebeverband bandagiert. Ein Coolpack ist an meiner Wange geschmolzen, die Schwellung abgeklungen. Es wird einen hässlichen Bluterguss geben, aber wenn ich mein Haar offen trage, kann ich das Schlimmste kaschieren.

Die Ärzte und Schwestern waren sehr nett. Sie wollten, dass ich gestern Nacht das Zimmer des DI verlasse. Ich habe diskutiert und gebettelt. Ich meine mich zu erinnern, dass ich mich auf den Linoleumboden gelegt und sie aufgefordert habe, mich hinauszutragen. Sie haben mich bleiben lassen.

Ich fühle mich benommen. Verwirrt. Das ist alles meine Schuld. Ich schließe die Augen und lausche auf seinen Atem.

Irgendjemand hat ein Tablett mit einem Glas Orangensaft gebracht, und es gibt auch Zwieback, aber ich habe keinen Hunger.

Es geht also um ein Baby. Um zwei Babys. Cate Beaumont hat erfolglos versucht, mittels künstlicher Befruchtung schwanger zu werden. Dann hat sie jemanden getroffen, der sie davon überzeugt hat, dass für 80000 Pfund eine andere Frau ein Kind austragen könnte. Und nicht bloß irgendein Kind. Ihren eigenen genetischen Nachwuchs.

Sie reiste nach Amsterdam, wo die beiden befruchteten Eizellen in die Gebärmutter eines afghanischen Teenagers gepflanzt wurden, die Menschenschmugglern Geld schuldete. Beide Embryonen begannen zu wachsen.

Derweil verkündete Cate in London, sie sei »schwanger«. Freunde und Verwandte feierten die Nachricht. Sie begann ein ausgeklügeltes Täuschungsmanöver, das sie neun Monate lang durchhalten musste. Was ist schiefgelaufen? Cates – falsche – Ultraschallbilder zeigten nur ein Baby. Sie erwartete keine Zwillinge.

Irgendjemand muss die In-vitro-Fertilisation durchgeführt haben. Sie brauchte Ärzte. Spezialisten. Hebammen. Helfer.

Eine Krankenschwester erscheint in der Tür, ein Engel in nicht ganz Weiß. Ein Kommissar will mich befragen.

»Er wird noch nicht aufwachen«, flüstert sie mit einem Blick auf Ruiz. »Ich behalte ihn im Auge.«

Ein Beamter der lokalen Polizei hat die ganze Nacht vor dem Zimmer gesessen. Er sieht sehr schick aus in seiner dunkelblauen Hose, dem hellblauen Hemd und dem Jackett. Jetzt spricht er mit einem älteren Kollegen. Ich warte, bis sie fertig sind.

Der ältere Kommissar stellt sich mit dem Namen Spijker vor, was aus seinem Mund wie eine Bestrafung klingt. Einen Vornamen nennt er nicht. Vielleicht hat er nur den einen Namen. Er ist groß und dünn mit schmalem Gesicht und schütterem Haar. Er sieht mich aus wässrigen Augen an, als würde er schon jetzt allergisch auf das reagieren, was ich vielleicht sagen könnte.

Wenn er spricht, tanzt ein kleines Muttermal auf seiner Oberlippe auf und ab. »Ihr Freund wird sich wieder erholen, denke ich.«

»Ja, Sir.«

»Ich muss mit ihm sprechen, wenn er aufwacht.«

Ich nicke.

Wir gehen zur Patienten-Cafeteria, die viel schicker ist als alles, was ich je in einem britischen Krankenhaus gesehen habe. Eier, kalter Braten und Käse sind in Scheiben auf einer Platte ausgelegt, daneben steht ein kleiner Korb mit Brötchen. Der Kommissar wartet, bis ich mich gesetzt habe, zückt seinen Füller und legt ihn auf einen großen weißen Schreibblock. Jede kleine Geste hat ihren Sinn.

Spijker erklärt, dass er für das Dezernat für Jugend und Sitte arbeitet, was unter normalen Umständen wie eine seltsame Kombination klingen würde, aber nicht, wenn ich bedenke, wie alt Samira ist und was sie schon durchgemacht hat.

Als ich ihm die Geschichte erzähle und die einzelnen Ereignisse erläutere, fällt mir selbst auf, wie unplausibel sie klingt. Eine Engländerin bringt befruchtete Eizellen in einer Kühlbox nach Amsterdam, wo sie in die Gebärmutter einer unfreiwilligen Leihmutter gepflanzt werden. Einer Jungfrau.

Spijker stützt sich auf den Armlehnen seines Stuhls ab und beugt sich vor. Einen Moment lang denke ich, dass er Hämorrhoiden hat und den Druck lindern will.

»Warum denken Sie, dass das Mädchen gezwungen wurde, schwanger zu werden?«

»Sie hat es mir erzählt.«

»Und Sie glauben ihr?«

»Ja, Sir.«

»Vielleicht hat sie freiwillig zugestimmt.«

»Nein. Sie schuldete den Schleusern Geld. Man hat sie gezwungen, sich entweder zu prostituieren oder ein Baby auszutragen.«

»Menschenschmuggel ist in der Tat ein schweres Verbrechen. Kommerzielle Leihmutterschaft ist ebenfalls illegal.«

Ich erzähle ihm von der Prostituierten im Molensteeg, die erwähnt hat, dass sie ein zweites schwangeres Mädchen gesehen hat. Eine Serbin. Und laut Lena Caspar hatte Samira im Lager eine serbische Freundin.

Es könnte weitere geben. Babys, die zu einem Preis geboren werden, in die Welt gezwungen mit Drohungen und Erpressung. Ich habe keine Ahnung, wie groß diese Sache ist und wie viele Menschen betroffen sind.

Spijkers Miene verrät gar nichts. Er spricht langsam, als wollte er sein Englisch verbessern. »Und das war der Zweck Ihres Besuches in Amsterdam?«

Die Frage hat eine stachelige Spitze. Ich habe schon darauf gewartet – das Thema der hoheitlichen Zuständigkeit. Was hat eine britische Polizeibeamtin mit der Ermittlung möglicher Straftaten in den Niederlanden zu schaffen? In solchen Fällen gibt es Protokolle und Regeln zu beachten.

»Ich habe private Erkundigungen eingezogen. Dies ist keine offizielle Ermittlung.«

Spijker scheint zufrieden. Er hat gepunktet. Ich habe in den Niederlanden keinerlei Amtsgewalt.

»Wo ist diese Frau jetzt? Die Schwangere?«

»In Sicherheit.«

Er wartet offenbar darauf, dass ich ihm eine Adresse nenne, aber ich berichte ihm von dem abgelehnten Asylantrag und dem Abschiebungsbescheid. Sie hat Angst, zurück nach Afghanistan geschickt zu werden.

»Wenn dieses Mädchen die Wahrheit sagt und als Zeugin aussagt, gibt es Gesetze, um sie zu schützen.«

»Sie dürfte bleiben?«

»Bis zum Prozess.«

Ich will ihm vertrauen – ich will, dass Samira ihm vertraut –, aber irgendetwas in seinem Gebaren deutet auf eine gewisse Skepsis hin. Er hat seinen Füller und den Notizblock nicht angerührt. Es sind lediglich Requisiten.

»Die Geschichte, die Sie erzählen, ist sehr interessant, Detective Constable. In der Tat eine überaus interessante Geschichte.« Das Muttermal auf seiner Lippe zittert. »Ich habe allerdings eine andere Version gehört. Der Mann, den wir bewusstlos am Tatort angetroffen haben, sagt, er sei nach Hause gekommen und hätte Sie in seiner Wohnung angetroffen. Sie hätten behauptet, eine Krankenschwester zu sein, und versucht, seine Verlobte zu untersuchen.«

»Seine Verlobte!«

»Ja, in der Tat seine Verlobte. Er sagt, er hätte Sie aufgefordert, sich auszuweisen. Sie hätten sich geweigert. Haben Sie bei Miss Khan eine medizinische Untersuchung durchgeführt?«

»Sie *wusste*, dass ich keine Krankenschwester bin. Ich habe versucht, ihr zu helfen.«

»Mr. Yanus behauptet weiter, dass er von Ihrem Kollegen angegriffen worden sei, als er versucht habe, seine Verlobte zu beschützen.«

»Yanus hatte ein Messer. Sehen Sie, was er angerichtet hat!«

»In Notwehr.«

»Er lügt.«

Spijker nickt, aber keineswegs zustimmend. »Sie begreifen mein Dilemma, Detective Constable Barba. Ich habe zwei verschiedene Versionen desselben Ereignisses. Mr. Yanus verlangt, dass ich Sie beide wegen Körperverletzung und Entführung seiner Verlobten festnehme. Er hat einen guten Anwalt. In der Tat einen sehr guten Anwalt.«

»Das ist doch lächerlich! Sie glauben ihm doch nicht etwa?«

Der Kommissar hebt eine Hand. »Wir Holländer sind berühmt für unsere Offenheit, aber man sollte diese Offenheit nicht als Ignoranz oder Naivität missverstehen. Ich brauche Beweise. Wo ist das schwangere Mädchen?«

»Ich bringe Sie zu ihr, aber zuerst muss ich mit ihr alleine reden.«

»Um Ihre Geschichten aufeinander abzustimmen vielleicht?«

»Nein!«, erwidere ich zu schrill. »Ihr Bruder ist vor drei Tagen gestorben. Sie weiß es noch nicht.«

Wir fahren schweigend zu meinem Hotel. Ich darf mich kurz duschen und umziehen. Spijker wartet in der Lobby.

Ich schäle mich aus meinen Klamotten, streife einen Hotel-Bademantel über, setze mich im Schneidersitz auf das Bett und blättere die Nachrichten durch, die an der Rezeption für mich bereitlagen. »New Boy« Dave hat vier Mal angerufen, meine Mutter zwei Mal, und Chief Superintendent North hat eine knappe, sechs Wörter lange »Bitte um Erklärung«-Botschaft hinterlassen. Ich knülle sie zusammen und spüle sie in der Toilette herunter. Vielleicht hat er das gemeint, als er davon sprach, mit Personal und Prioritäten zu jonglieren.

Ich sollte Ruiz' Familie anrufen. Wen genau? Ich habe weder die Nummer seiner Kinder noch die einer seiner Ex-Frauen – nicht mal die der letzten, Miranda.

Ich nehme das Telefon und wähle eine Nummer. Dave ist im Dienst. Ich höre Stimmen im Hintergrund.

»Hallo, Süße, wo bist du gewesen?«

»Mein Handy wurde geklaut.«

»Wie?«

»Es hat einen Unfall gegeben.«

Seine Stimmung schlägt um. »Einen Unfall!«

»Na ja, keinen richtigen Unfall.« *Ich stelle mich nicht besonders geschickt an.*

»Sekunde.« Ich höre, wie er sich bei irgendjemandem entschuldigt, bevor er sich irgendwohin zurückzieht, wo er ungestört ist.

»Was ist los? Alles in Ordnung mit dir?«

»Der DI liegt im Krankenhaus. Jemand hat ihn niedergestochen.«

»Scheiße!«

»Du musst mir einen Gefallen tun. Bring die Nummer seiner Ex-Frau in Erfahrung.«

»Welcher?«

»Miranda. Sag ihr, dass er im Academisch Medisch Centrum liegt. Das ist ein Krankenhaus in Amsterdam.«

»Wird er durchkommen?«

»Ich glaube schon. Er ist operiert worden.«

Dave will Details wissen. Ich versuche, sie zu frisieren, damit das Ganze klingt wie ein Falsche-Zeit-falscher-Ort-Szenario. Pech gehabt. Er wirkt nicht überzeugt, und ich weiß, was jetzt kommt. Er wird nach seiner Gewohnheit klammern und jammern und mich bitten, nach Hause zu kommen, was mich an all die Gründe erinnern wird, warum ich mit niemandem verheiratet sein will.

Aber das tut er nicht. Er reagiert nüchtern und schnell, notiert die Nummer des Krankenhauses und Spijkers Namen. Er will herausfinden, was die holländische Polizei unternimmt.

»Ich habe Samira gefunden. Sie ist schwanger.«

Ich kann förmlich hören, wie Daves Verstand summt und vibriert, während er die Konsequenzen bedenkt. Er ist umsichtig und geht vor wie ein Schreiner, der lieber zwei Mal misst und nur einmal sägt.

»Cate hat für ein Baby bezahlt. Eine Leihmutterschaft.«

»Mein Gott, Ali.«

»Es wird noch schlimmer. Sie hat die befruchteten Eizellen selbst gespendet. Es sind Zwillinge.«

»Wessen Babys sind es?«

»Ich weiß nicht.«

Er will die ganze Geschichte hören, aber ich habe keine Zeit. Ich will gerade auflegen, als ihm noch etwas einfällt.

»Ich weiß, dass das wahrscheinlich nicht der passende Zeitpunkt ist«, sagt er. »Aber deine Mutter hat mich angerufen.«

»Wann?«

»Gestern. Sie hat mich am Sonntag zum Essen eingeladen.«

Sie hat gedroht, es zu tun, und dann hat sie es getan!

Dave wartet auf eine Antwort.

»Ich weiß nicht, ob ich dann schon wieder zu Hause bin«, sage ich.

»Aber du wusstest von der Einladung?«

»Ja, natürlich«, lüge ich. »Ich hab ihr gesagt, dass sie dich einladen soll.«

Er entspannt sich. »Einen Moment lang habe ich gedacht, sie hätte das vielleicht hinter deinem Rücken ausgeheckt. Wie peinlich wäre das – die Mutter meiner Freundin arrangiert meine Dates für mich? Die Geschichte meines Lebens – die Mütter mögen mich, und die Töchter ergreifen die Flucht.«

Jetzt schwafelt er.

»Schon gut, Dave.«

»Großartig.«

Er will nicht auflegen, also tue ich es für ihn. Die Dusche läuft. Ich stelle mich unter den Strahl und zucke zusammen, als das Wasser auf die Schnittwunde an meinem Ohr trifft. Frisch geduscht und abgetrocknet nehme ich meine Dolce-&-Gabbana-Hose und eine dunkle Bluse aus meiner Reisetasche. Im Spiegel sehe ich weniger von mir, als ich in Erinnerung habe. Als ich noch Rennen gelaufen bin, war mein bestes Gewicht einhundertzehn Pfund. Als ich dann zur Met kam, habe ich zugelegt. Das kommt von den Nachtschichten und vom Kantinenessen.

Ich war immer ziemlich unmädchenhaft. Ich gehe nicht zur Maniküre oder Pediküre und lackiere mir die Nägel nur zu besonderen Anlässen (damit ich den Lack hinterher wieder abknibbeln kann, wenn ich mich langweile).

Der Tag, an dem ich meine Haare abgeschnitten habe, war beinahe so etwas wie ein Übergangsritual. Als es nachgewachsen war, ließ ich mir eine praktische Stufenfrisur schneiden. Meine Mutter weinte. Aber sie ist mit ihren Tränen noch nie besonders geizig gewesen.

Seit meinen Teenagerjahren lebe ich in Angst vor Saris und Röcken. Meinen ersten BH trug ich mit vierzehn, meine erste Periode bekam ich später als alle anderen. Ich stellte mir vor, dass sich das Blut hinter einem Damm staute, und wenn die Schleusen erst einmal geöffnet wurden, würde es wie eine Szene aus einem Tarantino-Film werden, nur ohne Harvey Keitel, der hinterher sauber macht.

Damals konnte ich mir nicht vorstellen, mich jemals wie eine Frau zu fühlen, aber nach und nach geschah es doch. Jetzt bin ich fast dreißig und selbstbewusst genug, Make-up zu tragen – ein wenig Lipgloss und Mascara. Ich zupfe meine Augenbrauen und epiliere meine Beine. Ich besitze nach wie vor keinen Rock, und bis auf die Jeans und meine Saris ist jedes Stück in meinem Kleiderschrank eine Variation der Farbe schwarz. Das ist okay. Kleine Schritte.

Ich mache einen weiteren Anruf. Er wird zu diversen Nummern umgeleitet, bis schließlich Lena Caspar abnimmt. Im Hintergrund hört man eine Lautsprecheransage. Sie steht auf einem Bahnsteig, wegen einer gerichtlichen Anhörung in Rotterdam, wie sie mir erklärt. Ein Asylbewerber ist angeklagt, Lebensmittel gestohlen zu haben.

»Ich habe Samira gefunden.«

»Wie geht es ihr?«

»Sie braucht Ihre Hilfe.«

Die Details können warten. Ich gebe ihr Spijkers Namen und Telefonnummer. Samira braucht Schutz und Garantien, was ihren Status betrifft, wenn sie aussagen soll.

»Sie weiß noch nicht von Hasan.«

»Sie müssen es ihr sagen.«

»Ich weiß.«

Die Anwältin fängt an laut zu denken. Sie wird jemanden finden, der die Gerichtssache in Rotterdam übernimmt, was vielleicht ein paar Stunden dauern könnte.

»Ich habe eine Frage.«

Meine Worte werden von einer weiteren Bahnsteigdurchsage übertönt. Lena Caspar wartet. »Verzeihung, was haben Sie gesagt?«

»Ich habe eine hypothetische Frage an Sie.«

»Ja.«

»Wenn ein verheiratetes Paar einer Leihmutter befruchtete Eizellen liefert und diese später ein Kind auf die Welt bringt, wem gehört das Baby?«

»Der Frau, die es geboren hat.«

»Selbst wenn es genetisch die DNA des Ehepaares hätte?«

»Das spielt keine Rolle. Die rechtliche Lage ist in den Niederlanden genauso wie in Großbritannien. Die Frau, die es geboren hat, ist von Rechts wegen die Mutter des Kindes. Niemand sonst hat einen Anspruch.«

»Was ist mit dem Vater?«

»Er könnte ein Umgangsrecht beantragen, aber das Gericht wird immer zugunsten der Mutter entscheiden. Warum wollen Sie das wissen?«

»Das wird Spijker Ihnen erklären.«

Ich lege auf und werfe noch einen Blick in den Spiegel. Mein Haar ist immer noch nass. Wenn ich es offen trage, verdeckt es die Schwellung meiner Wange. Ich muss nur meine natürliche Neigung unterdrücken, es hinters Ohr zu streichen.

In der Halle unterhält sich der Kommissar mit der Frau am Empfang. Er hat ein Notizbuch aufgeschlagen. Als die beiden mich sehen, hören sie auf zu reden. Spijker überprüft meine Angaben. Ich würde das Gleiche tun.

Die Fahrt zum Konvent der Augustinerinnen dauert nicht lange. Wir biegen in die Warmoesstraat und fahren in ein mehrstöckiges Parkhaus. Ein afrikanischer Parkwächter kommt angelaufen. Spijker zeigt ihm eine Dienstmarke und zerreißt das Ticket.

Trotz seiner Vorbehalte hat er erlaubt, dass ich Samira zunächst allein sehen darf. Ich habe zwanzig Minuten. Ich steige die Betontreppe hinab und stoße Feuerschutztüren auf. Auf der gegenüberliegenden Seite liegt der Konvent. Eine vertraute Gestalt tritt aus der großen Eingangstür. In ihrer rosa Jacke und dem knöchellangen Rock hastet Zala, den Kopf gesenkt, die Straße hinunter. Ihr blaues Hijab verdeckt die Wunden in ihrem Gesicht. Sie sollte nicht draußen sein. Ich unterdrücke den Impuls, ihr zu folgen.

Eine große Nonne mit gerötetem Gesicht öffnet mir die Tür. Runzlig, faltig und ein wenig gebrechlich wie ihre Kolleginnen versucht sie offenbar, das alte Gemäuer zu überleben. Ich werde einen Flur hinunter in Schwester Vogels Büro geführt, das in einer eigenartigen Mischung aus Alt und Modern möbliert ist. Ein Bücherschrank mit Glastüren hat denselben Farbton wie der Mahagonischreibtisch. In der Ecke sind ein Faxgerät und ein Fotokopierer untergebracht. Auf dem Kaminsims steht eine herzförmige Pralinenschachtel neben einem Foto, von Nichten und Neffen möglicherweise. Ich frage mich, ob Schwester Vogel ihre Berufung je bereut hat. Gott kann ein öder Ehemann sein.

Sie taucht neben mir auf. »Warum haben Sie mir nicht erzählt, dass Sie Polizistin sind?«

»Hätte das einen Unterschied gemacht?«

Sie antwortet nicht. »Sie haben mir noch mehr Leute geschickt, die ich speisen muss.«

»Sie werden nicht viel essen.«

Sie verschränkt die Arme. »Hat das Mädchen Probleme?«

»Ja.«

»Ist sie verlassen worden?«

»Sie ist missbraucht worden.«

Kummer füllt jede Falte ihres Gesichts. Sie weist auf meine geschwollene Wange und streckt mitfühlend die Hand aus. »Wer hat Ihnen das angetan?«

»Das spielt keine Rolle. Ich muss mit Samira sprechen.«

Sie führt mich in einen Raum im zweiten Stock, der in dem gleichen dunklen Ton getäfelt ist. Samira steht am Fenster, als die Tür aufgeht. Sie trägt ein langes, in der Mitte geknöpftes Kleid mit einem Peter-Pan-Kragen. Im Gegenlicht zeichnen sich darunter die Umrisse ihres Körpers ab. Ohne mich aus den Augen zu lassen, setzt sie sich auf das Sofa.

Schwester Vogel bleibt nicht. Als die Tür zugefallen ist, sehe ich mich in dem Zimmer um. An der Wand hängt ein Gemälde der Jungfrau Maria, von Johannes dem Täufer und dem Säugling Jesus. Sie stehen an einem Fluss, der von Bäumen gesäumt ist, an deren Ästen Früchte hängen, und fette nackte Nymphen tanzen übers Wasser.

Samira sieht, dass ich das Bild betrachte. »Bist du Christin?«

»Sikh.«

Sie nickt zufrieden.

»Magst du die Christen nicht?«

»Nein. Mein Vater hat gesagt, die Christen glauben weniger als wir. Ich weiß nicht, ob das stimmt. Ich bin keine sehr gute Muslima. Manchmal vergesse ich zu beten.«

»Wie oft musst du beten?«

»Fünf Mal am Tag, aber mein Vater hat immer gesagt, drei Mal reicht auch.«

»Vermisst du deinen Vater?«

»Bei jedem Atemzug.«

In ihren kupferbraunen Augen leuchten goldene Flecken und Unsicherheit. Ich kann mir nicht einmal vorstellen, was sie in ihrem kurzen Leben schon gesehen haben. Wenn ich an Afghanistan denke, fallen mir schwarz gekleidete Frauen wie eingehüllte Statuen ein, schneebedeckte Berge, alte Karawanenrouten, nicht detonierte Tretminen, versengte Wüsten, Lehmhütten, antike Monumente und einäugige Fanatiker.

Diesmal stelle ich mich richtig vor und erzähle Samira, wie ich sie gefunden habe. Als ich die Prostituierte vom Molensteeg erwähne, wendet sie sich verlegen ab. Gleichzeitig presst sie die Hand auf ihre Brust und verzieht ihr Gesicht vor Schmerz.

»Alles in Ordnung?«

»Sodbrennen. Zala holt Medizin.« Sie blickt zu der offenen Tür, als würde sie ihre Freundin schon jetzt vermissen.

»Wo hast du sie kennen gelernt?«

»In dem Waisenhaus.«

»Ihr habt Afghanistan aber nicht gemeinsam verlassen?«

»Nein, wir mussten sie zurücklassen.«

»Wie ist sie hergekommen?«

»Auf der Ladefläche eines LKW und dann mit dem Zug.«

»Ganz allein?«

Samiras Züge glätten sich. »Zala findet immer einen Weg, sich verständlich zu machen.«

»Ist sie von Geburt an taub?«

»Nein.«

»Was ist passiert?«

»Ihr Vater hat mit den Mudjahedin gegen die Taliban gekämpft. Nachdem die Taliban die Macht übernommen hatten, haben sie ihre Gegner bestraft. Zala und ihre Mutter wurden verhaftet und mit Säure und geschmolzenem Plastik gefoltert. Es hat acht Tage gedauert, bis ihre Mutter gestorben ist. Da konnte Zala sie schon nicht mehr schreien hören.«

Die Aussage scheint allen Sauerstoff aus der Luft zu saugen, und ich spüre, wie ich nach Atem ringe. Samira blickt erneut zur Tür. Sie hat die Finger über ihrem Bauch gespreizt, als würde sie die Beulen und Tritte ertasten. Was es wohl für ein Gefühl ist, wenn etwas im eigenen Körper wächst? Ein Leben, ein Organismus, der sich nimmt, was er braucht, ohne zu fragen oder zu teilen, der einem den Schlaf raubt, den Hormonhaushalt verändert, Knochen verbiegt und Organe quetscht. Ich habe meine Freundinnen und Schwägerinnen über brüchige Fingernägel, Haarausfall, Brustschmerzen und Schwangerschaftsstreifen klagen hören. Es ist ein Opfer, das Männer nicht bringen könnten.

Samira beobachtet mich. Sie möchte mich etwas fragen.

»Du hast gesagt, Mrs. Beaumont ist tot.«

»Ja.«

»Was geschieht jetzt mit ihren Babys?«

»Das ist deine Entscheidung.«

»Warum?«

»Sie gehören dir.«

»Nein!«

»Es sind deine Babys.«

Sie schüttelt unbeirrt den Kopf. Dann steht sie unvermittelt auf, schwankt leicht und stützt sich an der Sofalehne ab. Sie geht zum Fenster und starrt hinaus in der Hoffnung, Zala zu sehen.

Ich denke noch über ihre Zurückweisung nach. Liebt sie ihre ungeborenen Zwillinge? Stellt sie sich eine Zukunft für sie vor? Oder trägt sie sie bloß aus und zählt die Tage bis zur Geburt, wenn ihr Job erledigt ist?

»Wann hast du Mrs. Beaumont kennen gelernt?«

»Sie ist nach Amsterdam gekommen. Sie hat mir Kleider gekauft. Yanus war auch da. Ich habe so getan, als ob ich kein Englisch sprechen würde, aber Mrs. Beaumont hat trotzdem mit mir geredet. Sie hat mir ein Stück Papier mit deinem Namen gegeben. Sie hat gesagt, wenn ich je Probleme hätte, sollte ich dich suchen.«

»Wann war das?«

»Im März habe ich sie zum ersten Mal gesehen. Dann hat sie mich noch einmal im September besucht.«

»Wusste sie, dass du Zwillinge bekommst?«

Sie zuckt mit den Schultern.

»Wusste sie, warum?«

»Wie meinst du das?«

»Wusste sie von den Schulden? Wusste sie, dass man dich *gezwungen* hat, schwanger zu werden?«

Ihre Stimme wird sanfter. »Sie hat sich bei mir bedankt. Sie hat gesagt, ich würde eine gute Tat vollbringen.«

»Es ist ein Verbrechen, jemanden zu zwingen, ein Baby zu bekommen. Sie hat etwas sehr *Dummes* getan.«

Samira ist nicht bereit, so harsch zu urteilen, und zuckt nur die Achseln. »Manchmal machen Freunde dumme Sachen«, sagt sie. »Mein Vater hat mir erklärt, dass wahre Freunde wie Goldmünzen sind. Schiffe sinken im Sturm und liegen für Hunderte von Jahren auf dem Boden des Meeres. Würmer zerstören das Holz. Eisen rostet. Silber wird schwarz, aber Gold verändert sich nicht im Meerwasser. Es strahlt weiter mit derselben Kraft. Es taucht so wieder auf, wie es untergegangen ist. Genauso ist die Freundschaft. Sie überdauert Schiffbrüche und Zeit.«

Der Druck auf meiner Brust wird plötzlich schmerzhaft. Wie kann jemand, der noch so jung ist, schon so weise sein?

»Du musst der Polizei erzählen, was passiert ist.«

»Sie werden mich zurückschicken.«

»Diese Leute haben sehr schlimme Dinge getan. Du schuldest ihnen nichts.«

»Yanus wird mich finden. Er wird mich nie gehen lassen.«

»Die Polizei kann dich beschützen.«

»Ich vertraue ihnen nicht.«

»Vertraue mir.«

Sie schüttelt den Kopf. Sie hat keinen Grund, mir zu glauben. Versprechen füllen keine Bäuche oder bringen tote Brüder zurück. Sie weiß das mit Hasan immer noch nicht. Ich bringe es nicht über mich, es ihr zu sagen.

»Warum hast du Kabul verlassen.«

»Wegen Brother.«

»Wegen deinem Bruder?«

»Nein. Ein Engländer. Wir haben ihn Brother genannt.«

»Wer ist er?«

»Ein Heiliger.«

Mit dem Zeigefinger zeichnet sie ein Kreuz auf ihren Hals. Ich denke an Donavons Tätowierung. Ist das möglich?

»War dieser Engländer ein Soldat?«

»Er hat gesagt, er wäre auf einer Mission von Gott.«

Sie beschreibt, wie er das Waisenhaus besucht, Nahrung und Decken gebracht hat. Es waren sechzig Kinder zwischen zwei und sechzehn Jahren, die sich im Winter in den Schlafsälen aneinanderkauerten und von Krümeln und Almosen überlebten.

Als die Taliban an die Macht kamen, nahmen sie die Jungen als Kindersoldaten und die Mädchen zu Ehefrauen. Als die Nordallianz und die Amerikaner Kabul befreiten, jubelten die Waisen, aber die neue Ordnung war kaum anders als die alte. Soldaten kamen auf der Suche nach Mädchen in das Waisenhaus. Beim ersten Mal versteckte Samira sich unter einem Haufen Decken. Beim zweiten Mal kletterte sie in die Latrine. Ein anderes Mädchen warf sich vom Dach, bevor man sie nehmen konnte.

Ich staune, wie zwiespältig sie klingt. Schicksalhafte Entscheidungen, Angelegenheiten von Leben und Tod werden mit der Nüchternheit einer Einkaufsliste vorgetragen. Ich weiß nicht, ob sie unter Schock steht und sich längst daran gewöhnt hat.

»Brother« bezahlte die Soldaten mit Medikamenten und Geld. Er erklärte Samira, sie solle Afghanistan verlassen, weil es dort nicht mehr sicher sei. Er sagte, er würde einen Job in London für sie finden.

»Und was war mit Hasan?«

»Brother hat gesagt, er müsste in Afghanistan bleiben. Ich habe gesagt, dass ich nicht ohne ihn gehen würde.«

Man machte sie mit einem Schleuser namens Mahmoud bekannt, der ihre Reise organisierte. Zala musste zurückbleiben, weil kein Land ein taubes Mädchen aufnehmen würde, wie Mahmoud ihnen erklärte.

Hasan und Samira wurden auf dem Landweg mit dem Bus nach Pakistan gebracht und über Quetta weiter nach Westen in den Iran geschmuggelt, bis sie die Stadt Tabriz in der Nähe der türkischen Grenze erreichten. In der ersten Frühlingswoche überquerten sie zu Fuß den Ararat, wo sie beinahe den eiskalten Nächten und streunenden Wölfen zum Opfer gefallen wären.

Auf der türkischen Seite des Gebirges schmuggelten Schafbauern sie von Dorf zu Dorf und arrangierten ihre Fahrt auf der Ladefläche eines LKW bis nach Istanbul. Zwei Monate lang wurden die Geschwister zur Arbeit in einer Textilfabrik in Zeytinburnu gezwungen, wo sie Schafsfellwesten nähen mussten.

Das Schmuggelsyndikat verlangte nun auch mehr Geld, um sie nach England zu bringen. Der Preis war auf zehntausend amerikanische Dollar gestiegen. Samira schrieb einen Brief an »Brother«, wusste jedoch nicht, an welche Adresse sie ihn schicken sollte. Endlich ging ihre Irrfahrt weiter. Sie wurden mit einem Fischerboot über das Ägäische Meer nach Italien gebracht, wo sie mit vier anderen Illegalen per Zug nach Rom reisten. Am Bahnhof wurden sie abgeholt und in ein Haus gebracht.

Zwei Tage später trafen sie Yanus. Er brachte sie zu einem Busdepot und versteckte sie im Gepäckfach eines Touristenbusses, der durch Deutschland in die Niederlande fuhr. »Nicht bewegen und kein Mucks – sonst werdet ihr entdeckt«, erklärte er ihnen. Sobald der Bus die holländische Grenze erreichte, sollten sie Asyl beantragen. Er würde sie dann finden.

»Wir sollten nach England«, sagte Samira.

»England kommt später«, erwiderte er.

Der Rest der Geschichte entspricht dem, was ich schon von Lena Caspar erfahren habe.

Schwester Vogel klopft leise an die Tür und bringt ein Tablett mit Tee und Gebäck. Die feinen Tassen haben angestoßene Henkel. Ich schütte den Tee durch ein zerbrochenes Sieb. Samira nimmt einen Keks und wickelt ihn in eine Papierserviette, um ihn für Zala aufzubewahren.

»Hast du je den Namen Paul Donavon gehört?«

Sie schüttelt den Kopf.

»Wer hat dir von der Klinik für künstliche Befruchtung erzählt?«

»Yanus. Er sagte, dass wir ihn für die Passage von Kabul hierher bezahlen müssten. Er hat gedroht, mich zu vergewaltigen. Hasan hat versucht, mich zu beschützen, aber Yanus hat ihn immer wieder mit dem Messer geschnitten. Einhundert Mal.« Die Spuren der Schnitte hat Noonan an Hasans Körper festgestellt.

»Was wollte Yanus von dir?«

»Dass ich eine Hure werde. Er hat mir gezeigt, was ich zu tun hätte. Dann stellte er mich vor die Wahl. Er sagte, mit einem Baby wären alle meine Schulden bezahlt. Und ich könnte Jungfrau bleiben.«

Das sagt sie beinahe trotzig. Es ist eine Wahrheit, die sie aufrechthält. Ich frage mich, ob man deshalb eine Muslima ausgewählt hat. Das Mädchen hätte beinahe alles getan, um ihre Unschuld zu bewahren.

Ich weiß immer noch nicht, wie Cate in die Sache verwickelt wurde. War es ihre Idee oder Donavons?

Spijker wartet draußen. Ich kann es nicht mehr aufschieben. Ich öffne meinen Beutel, nehme die Kohlezeichnung heraus und streiche die Ecken glatt.

Ihre Augen leuchten aufgeregt. »Hasan! Du hast ihn gesehen!«

Sie wartet. Ich schüttele den Kopf. »Hasan ist tot.«

Ihr Kopf schnellt hoch, wie von einem Faden nach oben gerissen. Das Leuchten in ihren Augen verwandelt sich in Zorn.

Unglauben. Ich berichte ihr schnell, was geschehen ist, weil ich hoffe, sie auf diese Weise zu schonen, aber es gibt keine schmerzlose Art, es ihr zu sagen. Seine Reise. Seine Überfahrt. Sein Todeskampf.

Sie hält sich die Ohren zu.

»Es tut mir leid, Samira. Er hat es nicht geschafft.«

»Du lügst! Hasan ist in London.«

»Ich sage die Wahrheit.«

Sie wiegt ihren Oberkörper mit geschlossenen Augen hin und her, öffnet den Mund und schließt ihn wieder. Das Wort, das sie sagen will, ist Nein.

»Du hast dich doch bestimmt schon gefragt, warum du nichts von ihm gehört hast«, sage ich. »Er hätte dich anrufen oder dir schreiben sollen. Du hast meinen Namen und meine Adresse in seine Kleidung genäht. So habe ich dich gefunden.« Ich trete auf sie zu. »Ich habe keinen Grund, dich anzulügen.«

Sie versteift sich am ganzen Körper und weicht zurück, während sie mich mit einem Blick von beängstigender Intensität fixiert.

Aus dem Erdgeschoss hört man Spijkers Stimme. Er hat keine Lust, noch länger zu warten.

»Du musst dem Polizisten alles erzählen, was du mir erzählt hast.«

Sie antwortet nicht. Ich weiß nicht, ob sie mich versteht.

Sie wendet sich zum Fenster und spricht Zalas Namen.

»Schwester Vogel wird sich um sie kümmern.«

Sie schüttelt störrisch den Kopf, in ihrem Blick eine wahnwitzige Hoffnung.

»Ich werde sie finden. Ich kümmere mich um sie.«

Für einen Moment scheint sie mit sich zu ringen. Dann wird ihr Blick leer, und sie ergibt sich. Gegen das Schicksal anzukämpfen, ist zu schwierig. Sie muss sich und ihre Kräfte schonen für das, was das Schicksal noch für sie bereithalten mag.

Schwester Vogel erklärt, dass es im Herzen der Walletjes eine Apotheke gibt. Die Apothekerin ist eine Freundin von ihr. Dorthin hat sie Zala mit einem Brief geschickt.

Hinter jeder Ecke erwarte ich, ihre rosa Jacke oder das blaue Hijab aufleuchten zu sehen. Als ich an einem Obst- und Gemüseladen vorbeikomme, steigt mir der Duft von Orangen in die Nase, und ich muss an Hasan denken. Was wird jetzt mit Samira geschehen? Wer wird sich um sie kümmern?

Ich biege in den Oudekerksteeg. Noch immer keine Spur von Zala. Eine Berührung an meinem Arm lässt mich herumfahren. Einen Moment lang erkenne ich Hokke nicht. Er trägt eine Wollmütze und sieht mit seinem hellen Bart aus wie ein Krabbenfischer.

»Hallo, meine Freundin.« Er betrachtet mich genauer. »Was haben Sie denn gemacht?« Er streicht mit dem Finger über den Bluterguss in meinem Gesicht.

»Ich hatte eine Auseinandersetzung.«

»Haben Sie gewonnen?«

»Nein.«

Über seine Schulter hinweg lasse ich den Blick über den Platz schweifen. Er spürt meine Unruhe und dreht sich um.

»Suchen Sie immer noch das afghanische Mädchen?«

»Nein, diesmal ein anderes.«

Es hört sich achtlos an – als würde ich ständig Menschen verlieren.

Hokke hat in einem Café gesessen. Zala muss an ihm vorbeigekommen sein, aber er kann sich nicht an sie erinnern.

»Vielleicht kann ich Ihnen bei der Suche helfen.«

Ich folge ihm und mustere auf dem Weg zur Apotheke sämtliche Passanten. Der kleine Laden hat enge Gänge und ordentlich sortierte Regale. An einem Tresen bedient ein Mann in gestreiftem Hemd und weißem Kittel Kunden. Als er Hokke erkennt, breitet er die Arme aus und drückt ihn an sich. Alte Freunde.

»An ein taubes Mädchen würde ich mich erinnern«, erklärt er auf Englisch.

»Sie hatte einen Brief von Schwester Vogel bei sich.«

Er ruft seinen Assistenten. Ein Kopf lugt hinter einem Postkartenständer hervor. Ein Wortwechsel auf Holländisch, ein Schulterzucken. Niemand hat sie gesehen.

Hokke folgt mir hinaus auf die Straße. Ich gehe ein paar Schritte, bleibe dann stehen und lehne mich an eine Mauer. Mein Körper sendet eine schwache Vibration aus, ein bedrohlicher Gedanke nimmt Form an und lässt sich nicht mehr verdrängen. Zala ist nicht weggelaufen. Sie würde Samira nicht freiwillig verlassen. Niemals.

Das Polizeipräsidium liegt an einem der äußeren Kanäle im Westen der Stadt. Es sieht aus wie eine Architektenfantasie, blank geschrubbt wirft es einen langen Schatten über den Kanal. Die Glastüren öffnen sich automatisch. Überwachungskameras schwenken die Eingangshalle ab.

Die Frau am Empfang benachrichtigt Spijker. Er lässt ausrichten, dass ich unten warten soll. All mein Drängen lässt die Frau vollkommen unbeeindruckt. Sie hat ein Gesicht wie die Farmerfrau auf Grant Woods Gemälde *American Gothic*.

Ich habe hier keinerlei Amtsgewalt, keine Autorität, Forderungen zu stellen oder Druck zu machen.

Hokke bietet an, mir Gesellschaft zu leisten. Zu keinem Zeitpunkt hat er mich gefragt, wie ich Samira gefunden habe und was mit Ruiz passiert ist. Anstatt nach Informationen zu bohren, ist er zufrieden mit dem, was man ihm freiwillig erzählt.

In der vergangenen Woche ist so viel passiert, und doch habe ich das Gefühl, keinen Schritt vorangekommen zu sein. Es ist wie mit der Uhr an der Wand über dem Empfang, deren dicke schwarze Zeiger sich hartnäckig weigern, schneller zu laufen.

Samira ist in einem der Stockwerke über mir. Ich kann mir nicht vorstellen, dass es in Amsterdam viele Keller gibt – in einer Stadt, die auf künstlichen Pontons zu schweben scheint, zusammengehalten von Brücken. Vielleicht versinkt sie wie ein Venedig des Nordens langsam im Schlamm.

Ich kann nicht still sitzen. Ich sollte im Krankenhaus bei Ruiz sein. Ich sollte meinen neuen Job in London antreten oder den Dienst quittieren.

Auf der anderen Seite der Halle öffnet sich die Doppeltür eines Fahrstuhls. Man hört tiefe sonore Stimmen und Gelächter. Eine der Stimmen ist die von Yanus. Sein linkes Auge ist halb zugeschwollen. Kopfverletzungen scheinen regelrecht in Mode zu kommen. Yanus trägt keine Handschellen und wird auch nicht von Polizisten eskortiert.

Der Mann neben ihm muss sein Anwalt sein. Er ist groß und verhärmt, mit breiter Stirn und noch breiterem Hintern. Sein zerknitterter Anzug hat Doppelschlitze und Dauerfalten.

Yanus blickt zu mir auf und lächelt schmallippig.

»Ich bedauere dieses Missverständnis wirklich sehr«, sagt er. »Nichts für ungut.«

Er bietet mir seine Hand an. Ich starre sie leeren Blickes an. Direkt hinter Yanus ist jetzt auch Spijker aufgetaucht.

Yanus redet immer noch. »Ich hoffe, Mr. Ruiz wird gut versorgt. Es tut mir sehr leid, dass ich ihn verletzt habe.«

Ich suche in Spijkers Augen nach einer Erklärung. »Was machen Sie?«

»Mr. Yanus wird freigelassen. Wir müssen ihn vielleicht zu einem späteren Zeitpunkt noch einmal befragen.«

Der fette Anwalt wippt ungeduldig mit dem Fuß, was zur Folge hat, dass sein ganzes Gesicht schwabbelt. »Samira Khan hat bestätigt, dass Mr. Yanus ihr Verlobter ist. Sie erwartet ein Kind von ihm.« Er spricht ein übertrieben geschwollenes Englisch mit einem winzigen Unterton von Herablassung. »Des Weiteren hat sie eine Aussage gemacht, die seine Darstellung der Ereignisse des gestrigen Abends bestätigt.«

»Nein!«

»Zu Ihrem Glück hat Mr. Yanus darauf verzichtet, eine formelle Anzeige wegen Körperverletzung und Entführung seiner Verlobten gegen Sie und Ihren Kollegen zu erstatten. Im Gegenzug hat die Polizei erklärt, ebenfalls sämtliche Tatvorwürfe in dieser Sache fallenzulassen.«

»Unsere Ermittlungen gehen weiter«, entgegnet Spijker.

»Mr. Yanus hat umfassend mit Ihnen kooperiert«, gibt der Anwalt geringschätzig zurück.

Lena Caspar ist so klein, dass sie hinter dem Anwalt beinahe unsichtbar ist. Ich spüre, wie ich von Gesicht zu Gesicht blicke wie ein Kind, das von den Erwachsenen eine Erklärung verlangt. Yanus hat seine Hand zurückgezogen und instinktiv in seine Jacke geschoben, wo normalerweise sein Messer stecken würde.

Ich stelle mir vor, dass ich benommen und verdattert wirke, aber das Gegenteil ist der Fall. Ich sehe mein Spiegelbild in den Dutzenden von Glasscheiben an den Wänden, und die Neuigkeit hat meine Erscheinung in keiner Weise verändert. In meinem Innern sieht es hingegen ganz anders aus. Von allen möglichen Ausgängen ist dieser derjenige, den man am wenigsten erwarten konnte.

»Lassen Sie mich mit Samira sprechen.«

»Das ist nicht möglich.«

Lena Caspar legt eine Hand auf meinen Arm. »Sie will mit niemandem sprechen.«

»Wo ist sie?«

»In der Obhut der Einwanderungsbehörde.«

»Wird man sie abschieben?«

Der fette Anwalt antwortet für sie. »Mein Mandant wird ein Visum beantragen, das es seiner Verlobten erlaubt, in den Niederlanden zu bleiben.«

»Sie ist *nicht* seine Verlobte!«, fauche ich.

Der Anwalt bläst sich noch mehr auf (was kaum möglich erscheint). »Sie können sich außerordentlich glücklich schätzen, dass mein Mandant so nachsichtig ist, Miss Barba. Andernfalls sähen Sie sich mit überaus ernsten Tatvorwürfen konfrontiert. Mr. Yanus verlangt nun, dass Sie ihn und seine Verlobte in Ruhe lassen. Jeder Versuch Ihrerseits, sich einem von beiden zu nähern, wird sehr ernste Konsequenzen für Sie haben.«

Yanus wirkt beinahe verlegen ob seiner eigenen Großzügigkeit. Seine gesamte Persönlichkeit ist wie weichgespült. Der kalte, nackte, unnachgiebige Hass des gestrigen Abends ist verschwunden. Wieder streckt er die Hand aus. Diesmal hält er etwas darin – mein Handy und meinen Pass. Er gibt sie mir und wendet sich ab, um zusammen mit seinem fetten Anwalt zu gehen.

Ich sehe Spijker an. »Sie wissen, dass er lügt.«

»Das spielt keine Rolle«, erwidert er.

Mrs. Caspar will, dass ich mich setze.

»Es muss doch irgendwas geben«, flehe ich sie an.

»Sie müssen das verstehen. Ohne Samiras Aussage gibt es keinen Fall, keine Beweise für unfreiwillige Schwangerschaften oder einen schwarzen Markt für Embryonen und ungeborene Babys. Eine DNA-Analyse oder ein Vaterschaftstest könnte diesen Beweis erbringen, aber sie können nur mit Samiras Einverständnis und medizinischen Verfahren durchgeführt werden, die die Gesundheit der Zwillinge beeinträchtigen könnten.«

»Zala wird meine Geschichte bestätigen.«

»Wo ist sie?«

Die Eingangstür gleitet auf. Der fette Anwalt geht als Erster hindurch. Yanus zückt ein hellblaues Taschentuch und tupft sich die Stirn ab. Ich erkenne den Stoff. Er wickelt das Tuch um seinen Finger. Es ist kein Taschentuch. Es ist ein Kopftuch. Zalas Hijab.

Spijker sieht mich loslaufen und hält mich fest. Ich wehre mich und brülle Beschuldigungen in Richtung Eingang. Yanus dreht sich um und zeigt mir lächelnd seine Zähne. Es ist das Grinsen eines Haifischs.

»Sehen Sie das Kopftuch in seiner Hand«, rufe ich. »Deswegen hat sie gelogen.«

Mrs. Caspar stellt sich vor mich. »Es ist zu spät, Alisha.«

Spijker löst den Griff um meine Arme, und ich schüttele seine Finger ab.

Es ist ihm peinlich, mich angefasst zu haben. Aber ich spüre noch etwas in seiner Haltung. Verständnis. Er *glaubt* mir! Er hatte keine andere Wahl, als Yanus freizulassen.

Frustration, Enttäuschung und Wut machen sich in mir breit, bis ich laut schreien will. Sie haben Zala. Samira wird ihnen garantiert folgen. Bei all den Wunden und dem vergossenen Blut habe ich es nicht einmal geschafft, sie auch nur ein wenig aufzuhalten. Ich komme mir vor wie die Cartoonfigur Wile E. Coyote, die platt gedrückt unter einem Felsbrocken liegt und Road Runners teuflisches, triumphierendes, aufreizendes »Biep! Biep!« hört.

6

Ruiz' Haut ist bleich und gräulich, und seine Augen sind vom Morphium blutunterlaufen. Im Schlaf hat sein Alter ihn eingeholt, und man sieht ihm jedes einzelne seiner sechzig Jahre an.

»Ich wusste, dass Sie durchkommen würden«, sage ich. »Sie haben ein dickeres Fell als ein Rhinozeros.«

»Wollen Sie damit andeuten, dass mein Hinterteil in diesem Pyjama breit aussieht?«

»In *diesem* Pyjama nicht.«

Die Vorhänge sind offen, und am Horizont sammelt sich das letzte Tageslicht.

Vielleicht liegt es an dem Morphium oder seinem albernen männlichen Stolz, aber der DI prahlt mit der Anzahl von Stichen, mit denen die Wunden an seiner Brust und seinem Arm genäht werden mussten. Als Nächstes werden wir unsere Narben vergleichen. Ich brauche keinen Vergleich – meine sind länger.

Warum geht es bei Männern immer um Konkurrenz? Sie haben ein so zerbrechliches Ego oder so starke Hormone, dass sie sich ständig beweisen müssen. Was für Wichser!

Ich drücke ihm einen feuchten Kuss auf die Wange. Ihm fehlen die Worte.

»Ich habe Ihnen etwas mitgebracht, Sir.«

Er wirft mir einen raschen, misstrauischen Blick zu. Ich ziehe eine Flasche Scotch aus einer Papiertüte. Es ist eine Art Witz, den nur wir beide verstehen. Als ich mit zertrümmertem Rückgrat im Krankenhaus lag, hat Ruiz mir eine Flasche mitgebracht. Es ist nach wie vor das einzige Mal, dass ich je Alkohol getrunken habe. Ein einziger Schluck durch einen knickbaren Strohhalm, der mir die Tränen in die Augen trieb und in meinem Hals gebrannt hat. Was finden die Leute bloß an Alkohol?

Ich breche das Siegel, gieße ihm einen ordentlichen Schluck ein und verdünne ihn mit ein wenig Wasser.

»Trinken Sie nichts?«

»Diesmal nicht. Sie können für mich mittrinken.«

»Das ist aber sehr großzügig von Ihnen.«

Als eine Krankenschwester hereinkommt, versteckt er das Glas und ich die Flasche. Sie überreicht Ruiz einen kleinen Plastikbecher mit zwei Tabletten. Weil wir aufgehört haben zu reden und offenbar schuldbewusst dreinschauen, bleibt sie an der Tür noch einmal stehen. Sie sagt irgendetwas auf Holländisch. Vielleicht »zum Wohl«, obwohl ich das bezweifle.

»Ich glaube, ich bleibe hier«, erklärt Ruiz. »Das Essen ist viel besser als unser Kassenpatienten-Krankenhaus-Fraß, und die Schwestern haben einen gewissen Charme. Sie erinnern mich an die Lehrerinnen im Internat.«

»Das klingt beunruhigend nach einer erotischen Fantasie.«

Er verzieht den Mund zu einem angedeuteten Grinsen. »Nicht ganz.«

Er trinkt noch einen Schluck. »Haben Sie je darüber nachgedacht, was im Fall Ihres Todes geschehen soll? Die Abwicklung?«

»Ich habe ein Testament gemacht.«

»Ja, aber haben Sie darin irgendetwas zu Ihrer Beerdigung festgelegt? Feuer- oder Erdbestattung? Oder dass Ihre Asche vom Ende des Margate Piers ins Meer gestreut werden soll?«

»Nichts Bestimmtes.« Die Unterhaltung wird reichlich morbide.

»Ich möchte, dass meine Asche in eine Rakete gepackt wird.«

»Klar, ich ruf gleich mal bei der NASA an.«

»Ich meine eine Feuerwerksrakete. Ich möchte in tausend zur Erde regnenden Sternen explodieren. So was geht heutzutage. Das habe ich irgendwo gelesen.«

»Abgang mit einem großen Knall.«

»Und einem gloriosen Leuchten.«

Er lächelt und hält mir sein Glas hin. »Aber jetzt natürlich noch nicht.«

Um ehrlich zu sein, habe ich tatsächlich darüber nachgedacht. Übers Sterben. Im Herbst und Winter meiner Unzufriedenheit – in den Monaten voller Operationen und Physiotherapie, als ich mich nicht selber waschen, nicht alleine essen und selbst versorgen konnte – hatte ein verborgener, kindlicher Teil meines Wesens Angst, ich würde nie wieder laufen können. Und ein uneingestandener, schuldgeplagter erwachsener Teil entschied, dass ich in dem Fall lieber sterben würde.

Jeder denkt, ich sei so stark. Man erwartet, dass ich einem solchen Herbst und Winter trotze und sie locker in die Flucht schlage. Aber so stark bin ich nicht. Ich tue nur so.

»Heute hat mich Miranda angerufen«, berichtet er. »Ich weiß immer noch nicht, woher sie die Nummer hatte oder überhaupt wusste, dass ich im Krankenhaus bin. Soweit ich weiß, war ich gestern praktisch den ganzen Tag ohne Bewusstsein.« Er kneift die Augen zusammen. »Versuchen Sie, nicht ganz so verlegen auszusehen, mein kleines Lämmchen.«

»Ich hab Ihnen doch gesagt, dass Sie noch was für Sie übrighat.«

»Aber sie kann nicht mit mir *zusammenleben*.«

»Das liegt daran, dass Sie so knurrig sind.«

»Und Sie sind Expertin in diesen Dingen, nehme ich an.«

»Na ja, ›New Boy‹ Dave hat mir einen Heiratsantrag gemacht.« Der Satz rutscht mir ohne jede Überlegung ganz spontan heraus.

Ruiz denkt darüber nach. »Ich hätte nicht gedacht, dass er den Mumm hat.«

»Glauben Sie, er hat Angst vor mir?«

»Jeder Mann mit einem Hauch von Verstand sollte ein bisschen Angst vor Ihnen haben.«

»Warum?«

»Ich meine das auf die nettestmögliche Art.« Seine Augen tanzen.

»Sie haben gesagt, ich wäre zu schlau für ihn.«

»Und Sie haben gesagt, ein Mann, der in Ihre Hose passt, kommt Ihnen nicht an die Wäsche.«

»Er liebt mich.«

»Das ist doch schon mal ein guter Anfang. Und Sie?«

Das kann ich nicht beantworten. Ich weiß es nicht.

Es ist seltsam, über die Liebe zu reden. Früher habe ich das Wort immer gehasst. Hass ist vielleicht zu stark ausgedrückt. Ich war es leid, ständig in Büchern darüber zu lesen, in Songs davon zu hören und sie in Filmen zu sehen. Es schien mir eine ungeheure Pflicht, die man einem anderen da aufbürdete, wenn man ihn liebte; jemandem etwas so unglaublich Zerbrechliches anzuvertrauen und zu erwarten, dass er es nicht kaputt macht, verliert oder im Bus liegen lässt. Ich dachte, ich hätte die Wahl. Mich zu verlieben. Oder nicht zu verlieben. Er liebt mich. Er liebt mich nicht. So schlau bin ich gar nicht!

Meine Gedanken wandern zurück zu Samira. Ich weiß nicht, was ich machen soll. Mir sind die Ideen ausgegangen. Bis jetzt war ich davon überzeugt, dass ich Cates Babys finden würde und dann – was dann? Was habe ich mir vorgestellt, was dann passieren würde? Cate hat gegen Gesetze verstoßen. Sie hat eine Gebärmutter gemietet. Vielleicht war ihr nicht klar, dass Samira zur Kooperation gezwungen wurde. *Diesen* Zweifel kann ich zu ihren Gunsten veranschlagen.

Cate ist immer nahe am Abgrund gewandelt. Dichter am Tod und dichter am Leben. Sie hatte eine verrückte Ader. Nicht immer, nur hin und wieder. So wie der Wind kurz vor einem Sturm plötzlich dreht und die Kinder verrücktspielen und im Kreis herumrennen wie wirbelnde Fetzen in einer Böe. Cate bekam dasselbe Leuchten in den Augen und driftete über die Grenze zum Irrsinn.

Inzwischen ist sie mehr Erinnerung als Wirklichkeit. Sie gehört in eine Zeit von jugendlichen Verknalltheiten, ersten Küssen, überfüllten Hörsälen und verrauchten Kneipen. Selbst wenn sie nicht gestorben wäre, hätten wir vielleicht nichts mehr gemeinsam außer unserer Vergangenheit.

Ich sollte loslassen. Wenn Ruiz fit genug ist, bringe ich ihn nach Hause. Ich werde meinen Stolz herunterschlucken und jeden Job annehmen, den man mir anbietet, oder ich heirate Dave, und wir leben in Milford-on-Sea. Ich hätte nicht nach Amsterdam kommen sollen. Warum habe ich mir eingebildet, dass ich irgendetwas verändern könnte? Ich kann Cate nicht wieder lebendig machen. Aber trotz alledem kann ich eine grundlegende Frage nicht abschütteln: Was wird aus den Babys werden?

Yanus und seine Kumpanen werden sie an den Meistbietenden verkaufen. Entweder das, oder sie werden in den Niederlanden geboren und zur Adoption freigegeben. Oder noch schlimmer, man schickt sie zusammen mit Samira zurück nach Kabul, wo man sie ausgrenzen und als Außenseiter behandeln wird.

In manchen Gebieten Afghanistans werden uneheliche Mütter noch immer gesteinigt.

Cate hat gelogen und betrogen. Sie hat das Gesetz gebrochen. Ich weiß immer noch nicht, warum Brendan Pearl sie getötet hat, obwohl ich vermute, dass er sie zum Schweigen bringen wollte. Sie ist zu mir gekommen. Ich nehme an, das macht mich mitverantwortlich.

Habe ich mir sonst noch etwas zuschulden kommen lassen? Gibt es noch etwas, was ich hätte tun können? Vielleicht sollte ich Felix' Familie aufsuchen und ihnen erzählen, dass ihr Sohn in wenigen Wochen Vater geworden wäre. Barnaby und Mrs. Elliot sind Pseudogroßeltern von künstlich gezeugten Zwillingen.

Ich hatte nicht gedacht, dass mir Barnaby je leidtun würde – nicht nach allem, was geschehen ist. Ich dachte, an dem Tag, als er mich an dem Bahnhof in Cornwall abgesetzt hat, hätte ich sein wahres Gesicht gesehen. Er konnte mir nicht mal in die Augen blicken oder irgendein Wort des Abschieds herausbringen.

Ich weiß bis heute nicht, ob er es seiner Frau erzählt hat. Ich bezweifle es. Barnaby ist der Typ, der leugnet, leugnet und leugnet, bis er mit unbestreitbaren Beweisen konfrontiert wird. Dann wird er die Achseln zucken, sich entschuldigen und den tragischen Helden mimen, der nicht von zu wenig, sondern von zu viel Liebe zu Fall gebracht worden ist.

Als ich ihn zum ersten Mal im Krankenhaus gesehen habe, als Cate noch im Koma lag, hatte ich den Eindruck, dass er immer noch im Wahlkampf ist und Stimmen gewinnen will. Aus den Augenwinkeln hatte er sein Spiegelbild in den Glastüren im Blick und achtete darauf, dass er es auch richtig machte – das Trauern. Aber vielleicht ist das ungerecht – einen Mann zu treten, der schon am Boden liegt.

Ruiz schläft. Ich nehme ihm das Glas aus der Hand, spüle es im Waschbecken aus und verstaue die Flasche in meinem Beutel.

Ich habe nach wie vor keinen Schimmer, was ich tun soll. Es ist wie ein Rennen, bei dem ich nicht weiß, wie viele Runden noch zu laufen sind, wer in Führung liegt und wer bereits überrundet wurde. Woher soll ich wissen, wann ich den Schlussspurt ansetzen und ins Ziel sprinten soll?

Ein Taxi setzt mich vor dem Hotel ab. Der Fahrer verfolgt die Übertragung eines Fußballspiels im Radio. Der Reporter hat eine hohe Stimme, die mit dem Hin und Her des Geschehens auf und ab wogt. Ich habe keine Ahnung, wer spielt, aber ich mag das Tosen der Menge. Dabei fühle ich mich weniger melancholisch.

Aus meinem Fach am Empfang ragt ein weißer Umschlag, den ich sofort aufreiße.

Die Nachricht besteht aus zwei Worten: »Hallo, Süße.«

Die Frau hinter dem Empfang weist mit den Augen hinter mich, und ich drehe mich um. Vor mir steht »New Boy« Dave.

Er nimmt mich in die Arme, und ich vergrabe mein Gesicht an seiner Brust, umarme ihn fest und lasse ihn nicht wieder los. Ich will nicht, dass er meine Tränen sieht.

7

In der einen Sekunde schlafe ich, in der nächsten bin ich wach und schaue auf die Uhr. Es ist vier Uhr morgens. Dave liegt neben mir auf der Seite, die Wange aufs Laken gepresst, und seine Lippen vibrieren sanft.

Gestern Abend haben wir nicht mehr miteinander geredet. Nach einer heißen Dusche sind mir in seinen Armen vor Erschöpfung die Augen zugefallen. Ich mache es wett, wenn er aufwacht. Ich bin sicher, es tut dem Ego eines Mannes nicht gut, wenn eine Frau unter seinen Händen einfach einschläft.

Auf einen Ellenbogen gestützt betrachte ich ihn. Sein Haar ist weich und zerzaust wie das Fell einer rötlichen Tigerkatze mit blonden Flecken. Er hat einen großen Kopf. Bedeutet das, dass er große Babys mit großen Köpfen zeugen würde? Ich presse unwillkürlich die Schenkel zusammen.

Dave kratzt sich am Ohr. Er hat süße Ohren. Eine winzige Narbe deutet darauf hin, dass er vielleicht einmal einen Ohrring getragen hat. Er hat seine Hand auf dem Laken nach mir ausgestreckt. Seine Nägel sind breit, flach und gerade geschnitten. Ich berühre seine Finger und bin vor Glück ganz verlegen.

Gestern war vielleicht der schlimmste Tag meines Lebens. Und als ich mich am Abend an Dave geklammert habe, hatte ich das Gefühl, als würde ich mich nach einem Schiffbruch an das Wrack klammern. Bei ihm habe ich mich sicher gefühlt. Er hat seine Arme um mich gelegt, und der Schmerz hat langsam nachgelassen.

Vielleicht fühle ich mich deswegen so und liege so still – und will nicht, dass dieser Augenblick endet.

Ich habe keine Erfahrung in der Liebe. Seit meiner Pubertät habe ich sie gemieden, geleugnet und mich danach gesehnt. (Dieser Widerspruch ist eines der Symptome.) Ich war die Kummertante für all meine Freundinnen, habe mir ihre rührseligen Geschichten über arrangierte Ehen, untreue Ehegatten, Männer, die nicht anrufen und sich nicht einlassen wollen, ausgebliebene Perioden, sexuelle Neurosen, Hochzeitspläne, postnatale Depressionen und gescheiterte Diäten angehört. Ich kenne mich aus mit den Liebesaffären anderer Menschen, aber wenn es um meine eigene geht, bin ich eine absolute Anfängerin. Deswegen habe ich Angst. Ich werde es garantiert vermasseln.

Dave streicht über meine geschwollene Wange. Ich zucke zusammen. »Wer war das?«

»Er heißt Yanus.«

Ich kann förmlich sehen, wie er diese Information zur späteren Verwendung speichert. In dieser Hinsicht sind er und

Ruiz sich ähnlich. Sie haben nichts von einem Hasardeur oder Heißsporn. Sie können warten, bis ihre Gelegenheit zur Rache kommt.

»Du hast Glück gehabt, dass er dir nicht den Wangenknochen gebrochen hat.«

»Er hätte noch viel Schlimmeres anrichten können.«

Ich mache einen Schritt auf ihn zu und küsse ihn rasch und spontan auf den Mund. Dann drehe ich mich um, um duschen zu gehen. Als ich mich noch einmal umwende, um etwas zu sagen, ertappe ich ihn dabei, wie er triumphierend die Faust ballt.

Er wird rot.

»*So* toll war der Kuss nun auch wieder nicht.«

»Für mich schon.«

Später sitzt er auf dem Bett und guckt mir beim Anziehen zu, was mich verlegen macht, sodass ich ihm die ganze Zeit den Rücken zuwende. Er streckt die Arme aus und legt von hinten seine Hände auf meine Brüste, bevor ich den BH übergestreift habe.

»Den Job übernehme ich freiwillig«, sagt er.

»Das ist wirklich sehr nobel, aber das hältst du ja doch nicht den ganzen Tag durch.«

Ich schiebe seine Hand sanft beiseite und ziehe mich weiter an.

»Du magst mich wirklich, nicht?«, sagt er. Ich sehe sein breites dümmliches Grinsen in der verspiegelten Kleiderschranktür.

»Werd bloß nicht übermütig«, warne ich ihn.

»Aber es stimmt. Du magst mich *wirklich*.«

»Das *könnte* sich ändern.«

Sein Lachen klingt nicht völlig überzeugt.

Wir frühstücken in einem Café in der Paleisstraat in der Nähe des Dam. Blauweiße Straßenbahnen rumpeln unter summenden Leitungen am Fenster vorbei. Eine blasse Sonne bricht hier und da zwischen den Wolken hervor, und der Wind zerrt an den Kleidern der Fußgänger und Radfahrer. Ein verzinkter Tresen nimmt eine ganze Wand des Cafés ein, darüber hängen eine Tafel mit der Speisekarte und Regale mit Wein- und Portfässern. Es riecht nach Kaffee und überbackenem Käse. Mein Appetit kehrt zurück. Wir bestellen Aufschnitt, Käse und Brot, dazu Kaffee mit geschäumter Milch.

Ich gehe mit Dave alles durch, was passiert ist. Hin und wieder unterbricht er mich mit einer Frage, aber die meiste Zeit isst er und hört schweigend zu. Die ganze Angelegenheit ist von Halbwahrheiten und zurechtgelegten Annahmen durchzogen. Im Vergleich zu den eindeutigen Tatsachen scheinen Ungewissheiten und Mehrdeutigkeiten zu überwiegen, und das nagt an mir. Es macht mich grüblerisch und bereitet mir Unbehagen.

Ich borge mir Daves Notizbuch und schreibe Namen untereinander.

Brendan Pearl

Yanus

Paul Donavon

Julian Shawcroft

Auf der anderen Seite notiere ich eine weitere Liste: die Opfer.

Cate und Felix Beaumont

Hasan Khan

Samira Khan

Wahrscheinlich gibt es noch andere. Und wo liste ich die Leute auf, die dazwischen fallen, wie Barnaby Elliot? Ich glaube nach wie vor, dass er mich wegen Cates Computer angelogen hat. Und Dr. Banerjee, Cates Fertilisationsspezialist. Es war kein Zufall, dass er auf der Geburtstagsfeier meines Vaters aufgetaucht ist.

Ich weiß nicht genau, was ich damit erreichen will, dass ich all das aufschreibe. Vielleicht bekomme ich dadurch eine andere Perspektive oder stoße auf einen neuen Zusammenhang.

Ich habe nach einer zentralen Figur gesucht, die hinter all den Ereignissen steht, aber vielleicht ist diese Vorstellung zu simpel. Die Leute könnten verbunden sein wie die Speichen eines Rades, die sich nur in der Mitte berühren.

Und noch eine weitere Frage stellt sich. Wo sollte die Babyübergabe stattfinden? Vielleicht hatte Cate vor, einen Urlaub oder ein Wochenende in den Niederlanden zu verbringen? Sie hätte ihre »Wehen« bekommen und allen erzählen können, sie hätte das Kind in Holland zur Welt gebracht, dann hätte sie das Baby mit nach Hause nehmen und fortan glücklich und zufrieden leben können.

Aber selbst ein neugeborener Säugling braucht Reisepapiere. Einen Pass. Und dafür braucht man wiederum eine Geburtsurkunde, amtliche Feststellungen und ein beglaubigtes Foto. Ich sollte die britische Botschaft in Den Haag anrufen und fragen, wie britische Staatsbürger eine Geburt im Ausland registrieren.

In einem Fall wie diesem wäre es viel leichter, wenn das Baby in dem Land zur Welt kommen würde, in dem die zukünftigen Eltern leben. Man könnte eine Hausgeburt oder die Niederkunft in einer Privatklinik organisieren, ohne ein Krankenhaus oder auch nur eine Hebamme einzuschalten.

Sobald das Baby in den Besitz der genetischen Eltern übergegangen war, könnte niemand mehr beweisen, dass es nicht ihres ist. Blutproben, DNA-Analysen und Vaterschaftstests würden ihren Anspruch beweisen.

Samira hat gesagt, dass Hasan nach Großbritannien vorausreisen sollte. Sie ging davon aus, ihm zu folgen. Vielleicht wollen sie sie dorthin bringen. Das würde auch erklären, warum Cate Samira meinen Namen gegeben hat für den Fall, dass etwas schiefgeht.

»Gestern Abend hast du gesagt, dass du aufgeben und nach Hause fahren willst«, sagt Dave.

»Ich weiß. Ich dachte bloß …«

»Du hast gesagt, dass die Babys Samira gehören. Dass sie ihr immer gehört haben.«

»Irgendjemand hat meine Freundin umgebracht.«

»Du kannst sie nicht wieder lebendig machen.«

»Man hat ihr Haus niedergebrannt.«

»Es ist nicht dein Fall.«

Ich spüre aufwallenden Ärger. Erwartet er wirklich, dass ich die Sache Softell und seinen schwachsinnigen Kumpanen überlasse? Und Spijker erfüllt mich nach der Freilassung von Yanus auch nicht mehr mit allzu großem Vertrauen.

»Gestern Abend hast du dir die Augen aus dem Kopf geweint. Du hast gesagt, es wäre vorbei.«

»Das war gestern Abend.« Ich kann die Wut in meiner Stimme nicht unterdrücken.

»Was hat sich seither geändert?«

»Meine Meinung. Das ist ein Vorrecht der Frauen.«

Eigentlich will ich sagen: »Sei nicht so dumm, Dave, und hör auf, mir meine eigenen Äußerungen vorzuhalten.«

Was ist das nur mit Männern? Gerade wenn man anfängt zu glauben, sie wären vernunftbegabte Mitglieder der menschlichen Art, erwacht der Neandertaler und Beschützer in ihnen. Als Nächstes wird er mich fragen, wie viele Partner ich vor ihm hatte und ob der Sex gut war.

Die anderen Gäste starren uns an. »Ich glaube, wir sollten lieber woanders darüber reden«, flüstert er.

»Wir werden überhaupt nicht darüber reden.« Ich stehe auf.

»Wohin gehst du?«

Ich will ihm erklären, dass ihn das verdammt noch mal gar nichts angeht. Stattdessen sage ich, dass ich einen Termin mit Samiras Anwältin habe, was nicht ganz stimmt.

»Ich komme mit.«

»Nein. Du besuchst Ruiz. Er wird sich freuen.« Sanfter füge ich hinzu: »Wir sehen uns später.«

Er sieht elend aus, aber er widerspricht nicht. Das muss man ihm lassen – er lernt schnell.

Lena Caspars Wartezimmer wird gesaugt und aufgeräumt. Die Zeitschriften sind ordentlich auf einem Tisch gestapelt, und das Spielzeug ist in einer lackierten Holzkiste verstaut. Ihr Schreibtisch ist ebenso akkurat und bis auf eine Schachtel mit Papiertaschentüchern und einen Krug Wasser auf einem Tablett vollkommen leer. Sogar der Papierkorb ist sauber.

Die Anwältin trägt einen kniebedeckten Rock und eine passende Jacke. Wie viele Frauen eines gewissen Alters ist sie perfekt geschminkt.

»Ich kann Ihnen nicht sagen, wo sie ist«, erklärt sie.

»Ich weiß. Aber Sie können mir erzählen, was gestern passiert ist.«

Sie weist auf einen Stuhl. »Was wollen Sie wissen?«

»Alles.«

Sie legt ihre Hände flach auf den Tisch. »Ich wusste, dass etwas nicht stimmte, sobald ich den Dolmetscher gesehen habe. Samira spricht perfekt Englisch, aber sie hat so getan, als würde sie kein Wort von dem verstehen, was ich zu ihr gesagt habe. Alles musste hin und her übersetzt werden. Samira hat ohne ausdrückliche Aufforderung keine einzige Information freiwillig herausgerückt.«

»War Yanus irgendwann mit ihr alleine?«

»Selbstverständlich nicht.«

»Hat sie ihn gesehen?«

»Bei einer Gegenüberstellung. Sie hat ihn durch einen Einwegspiegel aus einer Reihe von Männern identifiziert.«

»Er konnte Samira nicht sehen?«

»Nein.«

»Hatte Yanus irgendwas in der Hand?«

Sie seufzt, leicht verärgert über meine Pedanterie.

Sie will die Frage gerade verneinen, als ihr etwas einfällt. »Er hatte ein blaues Taschentuch. Er hat es wie ein Zauberkünstler in seiner Faust verschwinden lassen.«

Wie hat er Zala gefunden? Niemand außer den Nonnen wusste, dass sie in dem Konvent war. Schwester Vogel hätte sie nie verraten. De Walletjes ist ein kleines Viertel. Und wie hat die Anwältin neulich zu mir gesagt: »In den Wänden finden sich Mäuse, und die Mäuse haben Ohren.«

Mrs. Caspar hört sich geduldig meine Vermutungen über die Geschehnisse an. Zala betrifft sie nicht. Auf ihrer Agenda stehen vierhundert Asylbewerber.

»Was wird jetzt mit Samira geschehen?«, frage ich.

»Sie wird nach Afghanistan zurückgeschickt werden, was meiner Ansicht nach auf jeden Fall besser ist, als Yanus zu heiraten.«

»Er wird sie nicht heiraten.«

»Nein.«

»Er wird sie finden und ihr ihre Babys wegnehmen.«

Sie zuckt die Achseln. Wie kann sie diesen Ausgang unbekümmert hinnehmen? Sie lehnt sich an die Fensterbank und blickt auf den Hof hinab, wo Tauben an dem Stamm eines einzelnen Baumes picken.

»Manche Menschen sind zum Leiden geboren«, sagt sie nachdenklich. »Für sie hört es nie auf, keine Sekunde lang. Schauen Sie sich die Palästinenser an. Oder die Afghanen und Sudanesen, Äthiopier und Bangladescher. Krieg, Hunger, Dürre, Überschwemmungen, das Leiden hört nie auf. Sie sind dafür geschaffen – es erhält sie am Leben. Wir im Westen möchten gern glauben, dass es anders sein könnte; dass wir diese Länder und Leute verändern können, weil wir uns dann besser fühlen, wenn wir unsere Kinder wohlgenährt in ihre warmen Betten bringen, uns anschließend ein Glas Wein eingießen und auf CNN die Tragödien der anderen verfolgen.«

Sie starrt auf ihre Hände, als würde sie sie verachten. »Solange wir nicht wahrhaftig begriffen haben, wie es ist, in ihrer

Haut zu stecken, sollten wir Menschen wie Samira nicht verurteilen. Sie versucht das zu retten, was ihr geblieben ist.«

In ihrer Stimme schwingt noch etwas anderes mit. Resignation. Fatalismus. Warum gibt sie so bereitwillig auf? In diesem Moment begreife ich, dass es etwas gibt, was sie mir nicht erzählt. Entweder bringt sie es nicht über sich, oder Spijker hat es ihr verboten. Aber mit ihrem natürlichen Sinn für Ehrlichkeit und Gerechtigkeit wird sie mir nicht ins Gesicht lügen.

»Was ist mit Samira geschehen?«

»Sie ist gestern Abend aus dem Abschiebungszentrum am Flughafen Schiphol verschwunden.«

8

Es gibt eine wissenschaftliche Theorie, die sich Unschärferelation nennt und besagt, dass es unmöglich ist, etwas genau zu beobachten, ohne es dabei zu verändern. Ich habe nicht nur beobachtet. Indem ich Samira gefunden habe, habe ich den Lauf der Ereignisse beeinflusst.

Auf der Taxifahrt ins Polizeipräsidium balle ich die Fäuste, bis sich meine Fingernägel in die weiche Haut meiner Hand graben. Ich will schreien. Ich habe Spijker gewarnt, dass genau das passieren würde. Ich habe ihm gesagt, dass Samira fliehen oder Yanus sie finden würde.

Ich erwarte nicht, dass er mich empfängt. Er wird sich hinter seinem Arbeitspensum und dem Vorwand verstecken, dass ich schon genug seiner Zeit verschwendet hätte. Wieder warte ich in der Halle. Aber diesmal lässt er mich nach oben kommen. Vielleicht hat er doch ein Gewissen.

Die Flure sind mit grauem Teppich ausgelegt und von Topfpalmen gesäumt. Das Ganze erinnert mehr an eine Handelsbank als an eine Polizeistation.

Spijker trägt keine Jacke und hat die Hemdsärmel hochgekrempelt. Die Haare auf seinen Unterarmen haben die gleiche Farbe wie seine Sommersprossen. Die Tür fällt zu. Sein Jackett hängt an einem Bügel an der Innenseite.

»Wie lange wollen Sie noch in Amsterdam bleiben?«, fragt er.

»Warum, Sir?«

»Ihr Aufenthalt dauert schon länger als allgemein üblich. Die meisten Besucher sind nur für ein oder zwei Tage hier.«

»Raten Sie mir abzureisen?«

»Dazu bin ich nicht befugt.« Er dreht sich mit seinem Drehstuhl und blickt aus dem Fenster. Aus seinem Büro blickt man nach Osten auf den Theaterbezirk und die neugotischen Türme des Rijksmuseum. Auf der Fensterbank reihen sich winzige Kakteen in bemalten Tontöpfen. Das ist sein Garten – fleischig, knollig und stachelig. Und im Laufe der Jahre ist er seinen Pflanzen immer ähnlicher geworden.

Auf der Taxifahrt habe ich eine Rede vorbereitet und meiner schlechten Laune Luft gemacht, bis der Taxifahrer mich beunruhigt im Spiegel gemustert hat. Jetzt erscheinen mir meine besten Formulierungen sinnlos, und ich warte darauf, dass der Kommissar zu sprechen beginnt.

»Ich weiß, was Sie denken, Detective Constable Barba. Sie glauben, ich hätte Mist gebaut, ich hätte den Ball fallen lassen, heißt es bei Ihnen, glaube ich. Der Ausdruck kommt vom Rugby, oder? Ein britisches Spiel, kein holländisches. In den Niederlanden nehmen wir den Ball gar nicht erst *auf*. Das darf nur der Torhüter.«

»Sie hätten sie schützen müssen.«

»Sie hat sich zur Flucht *entschlossen*.«

»Sie ist ein achtzehnjähriges Mädchen, das im achten Monat schwanger ist. Und Sie konnten sie nicht mal vierundzwanzig Stunden festhalten.«

»Hätte ich ihr etwa Handschellen anlegen sollen?«

»Sie hätten sie aufhalten können.«

»Ich versuche, diese Ermittlung möglichst unauffällig zu führen. Ich will nicht, dass etwas zu den Medien durchsickert. Ein schwarzer Markt für Babys würde dramatische Schlagzeilen bringen.«

»Das heißt, es war eine politische Entscheidung.«

»In der niederländischen Polizei gibt es keine Politik.«

»Nicht?«

»Mit mir hat jedenfalls niemand über Politik geredet.«

Trotz seiner herabgezogenen Mundwinkel und der traurigen Augen sieht Spijker aus wie ein Optimist, ein Mann, der an die Menschheit glaubt.

»Ich bin seit zwanzig Jahren im Polizeidienst. Ich kenne mein Handwerk. Ich bin wie das kleine Schweinchen, das sein Haus aus Steinen baut. Sie sind wie das kleine Schweinchen, das sein Haus aus Stroh baut. Erinnern Sie sich, was mit dem Haus passiert?« Er bläht seine Backen auf und pustet. Eine Flocke seiner Zigarettenasche trudelt von seinem Schreibtisch in meinen Schoß.

Erst Sportmetaphern und jetzt Märchenanalogien, was kommt als Nächstes? Er zieht die oberste Schreibtischschublade auf und nimmt eine Akte heraus.

»Es gibt eine Fertilisationsklinik in Amersfoort. Sie hat einen sehr guten Ruf und war Tausenden von Paaren dabei behilflich, eine Familie zu gründen. Wenn die In-vitro-Fertilisation erfolglos geblieben ist, hat die Klinik in einigen wenigen Fällen eingewilligt, die befruchteten Eizellen einer Leihmutter einzupflanzen. 2002 gab es vier solcher Verfahren bei eintausendfünfhundert künstlichen Befruchtungen. 2003 und 2004 waren es insgesamt zwei.« Er wirft einen Blick in die Akte. »Im vergangenen Jahr waren es zweiundzwanzig.«

»Zweiundzwanzig! Das ist eine Steigerung um mehr als tausend Prozent.«

»Leihmutterschaft an sich ist in den Niederlanden nicht verboten. Illegal ist nur eine kommerzielle Leihmutterschaft. Genauso wie Erpressung und Sklaverei. Die Direktoren und das Personal behaupten, dass man keinerlei Unregelmäßigkeiten bemerkt habe. Sie bestehen darauf, dass die Leihmütter gründlich überprüft worden, auf ihre finanziellen Verhältnisse durchleuchtet sowie körperlich und psychologisch untersucht worden seien. Am 26. Januar dieses Jahres unterzog sich Samira Khan dieser Untersuchung. Man stellte ihr Fragen über ihren Menstruationszyklus, sie bekam Tabletten und Spritzen – Östrogen und Progesteron –, um ihre Gebärmutter für die Implantation vorzubereiten. Am 10. März kam sie wieder in die Klinik. Die Übertragung der Embryonen dauerte keine fünfzehn Minuten. Ein weicher Schlauch wurde durch ihre Vagina eingeführt und an eine vorher festgelegte Position geschoben. Dann wurde ein kleiner innerer Katheter mit den Embryonen geladen, und sie wurden in den Uterus injiziert. Sie wurde in einem Rollstuhl zum Parkplatz geschoben und von Yanus weggebracht. Zwei Wochen später wurde ihre Schwangerschaft bestätigt. Zwillinge.«

Schließlich blickt er zu mir auf. »Aber das wissen Sie ja bereits.«

In der Akte befinden sich weitere Unterlagen.

»Haben Sie die Namen der vorgesehenen Eltern?«

»Man braucht Verträge zwischen den Paaren und den Leihmüttern. Die Klinik setzt diese Verträge nicht selbst auf, sondern verlangt die schriftliche Erklärung eines Notars, die die Existenz eines solchen Vertrages bestätigt.«

»Haben Sie die Verträge gesehen?«

»Ja.«

Einen Moment glaube ich, dass er wartet, bis ich frage, aber er ist kein grausamer Mensch.

»Der von Samira Khan unterschriebene Vertrag wurde von Cate Beaumont gegengezeichnet. Wollten Sie das wissen?«

»Ja.«

Er schiebt die Akte wieder in die Schublade, erhebt sich von seinem Stuhl und betrachtet die Aussicht mit einer Mischung aus Stolz und Fürsorglichkeit.

»Von zweiundzwanzig Implantationen haben achtzehn zu Schwangerschaften geführt. Eine der Frauen, bei der die Prozedur nicht erfolgreich war, heißt Zala Haseeb. Die Ärzte haben festgestellt, dass sie wegen einer früheren Verletzung ihrer Reproduktionsorgane durch stumpfe Gewalt nicht schwanger werden konnte.«

»Sie wurde von den Taliban gefoltert.«

Er blickt nicht von seiner Akte auf, aber ich weiß, dass er mich gehört hat.

»Zwölf der Leihmütter haben ihren errechneten Termin bereits überschritten, ohne dass wir eine Bestätigung der Niederkunft haben. Normalerweise überwacht die Klinik jede Phase der Schwangerschaft und führt zu statistischen Zwecken Buch über ihren Ausgang. In diesem Fall haben sie die Spur der Frauen jedoch verloren.«

»Sie haben ihre Spur verloren!«

»Wir sind dabei, sie zu finden. Die Klinik hat uns sämtliche Namen genannt, aber die angegebenen Adressen sind offenbar fiktiv.«

»Ich glaube nicht, dass Sie in den Niederlanden irgendwelche Spuren der Geburten finden werden«, sage ich. »Ich glaube, dass die Mütter über die Grenze in das Land geschmuggelt wurden, in dem die vorgesehenen Eltern leben. So konnten die Babys unverzüglich nach ihrer Geburt übergeben und ohne weitere Fragen angemeldet werden.«

Spijker begreift die Logik meiner Theorie. »Wir spüren die vorgesehenen Eltern mittels finanzieller Transaktionen auf. Es gibt Quittungen und offizielle Dokumente.«

»Wer hat die Verträge aufgesetzt?«

»Eine Kanzlei hier in Amsterdam.«

»Wird gegen sie ermittelt?«

Spijker zögert kurz. »Sie haben den Seniorpartner gestern kennen gelernt. Er vertritt auch Mr. Yanus.«

Sein Blick wird starr, und ich erkenne zum ersten Mal die Last, die er auf seinen Schultern trägt. Ich bin der Wahrheit über eine einzelne Frau nachgejagt. Er weiß, dass er es mit einem Fall zu tun hat, der Dutzende, vielleicht Hunderte von Leben betrifft.

Spijker wendet sich vom Fenster ab. Nach einer langen Pause fragt er: »Haben Sie Kinder?«

»Nein, Sir.«

»Ich habe vier.«

»Vier!«

»Zu viele, nicht genug – ich kann mich nicht entscheiden.« Ein Lächeln umspielt seine Lippen. »Ich verstehe, was es für Menschen bedeutet, wie man sich so sehnlich ein Kind wünschen kann, dass man dafür beinahe alles tun würde.« Er beugt sich ein wenig vor und legt den Kopf zur Seite. »Kennen Sie die Sage von der Büchse der Pandora, Detective Constable Barba?«

»Ich habe den Ausdruck schon einmal gelesen.«

»Die Büchse gehörte Pandora nicht; sie wurde vom griechischen Gott Zeus geschaffen und bis zum Rand mit allen Krankheiten, Leiden, Lastern und Verbrechen vollgestopft, die überhaupt über die Menschheit kommen konnten. Ich kann mir ein derart bösartiges Gebräu nicht vorstellen. Und der Gott Zeus erschuf auch Pandora – eine wunderschöne Frau und von Natur aus neugierig. Er wusste, dass sie der Versuchung nicht würde widerstehen können, in die geheimnisvolle Büchse zu schauen. Aus ihrem Innern vernahm sie ein erbarmungswürdiges Flüstern. Also hob sie den Deckel nur ein klein wenig an, und all die Leiden der Welt entwichen, hafteten sich an die Sorglosen und Unschuldigen und verwandelten ihre Freude in Wehklagen.«

Er öffnet seine Faust und zeigt mir seine leere Hand. Davor

hat er Angst. Eine Ermittlung wie diese läuft Gefahr, ganze Familien zu zerreißen. Wie viele von diesen Babys leben in einem liebevollen Zuhause? Und wenn man bedenkt, welches Glück sie haben, wo es so viele missbrauchte und ungewollte Kinder gibt. Das Argument löst ein Déjà-vu-Gefühl bei mir aus. Julian Shawcroft hat ähnlich argumentiert, als ich ihn in dem Adoptionszentrum aufgesucht habe.

Ich verstehe die Bedenken, aber meine beste Freundin wurde ermordet. Nichts, was irgendjemand sagt, wird ihren Tod rechtfertigen, und alle Warnungen klingen hohl, wenn ich Cates zerschmetterten Körper auf der Straße vor mir sehe.

Das Gespräch ist beendet. Spijker erhebt sich ziemlich förmlich und begleitet mich nach unten.

»Ich habe gestern Abend mit Superintendent North von Scotland Yard gesprochen. Er hat mich darüber informiert, dass Sie im Dienst bei der Metropolitan Police unentschuldigt fehlen. Sie erwartet ein Disziplinarverfahren wegen Pflichtverletzung.«

Darauf gibt es nichts zu sagen.

»Außerdem habe ich mit einem Detective Inspector Forbes gesprochen, der den Tod der illegalen Einwanderer auf der Fähre in Harwich untersucht. Des Weiteren war da, glaube ich, noch ein Detective Sergeant Softell, der mit Ihnen über einen verdächtigen Brand sprechen möchte.«

Spijker hätte auch das Wort »Tatverdächtige« fallenlassen können, aber dazu ist er viel zu höflich.

»Diese Männer haben mich gebeten, sie mit dem ersten verfügbaren Flug zurück nach London zu schicken, aber ich habe Ihnen erklärt, dass ich dazu keinerlei Befugnis habe.« Er kneift sich mit Daumen und Zeigefinger in die Nase. »Außerdem nehme ich an, dass Sie Amsterdam nicht ohne Ihren Freund Mr. Ruiz verlassen wollen. Mit ihm habe ich heute Morgen gesprochen. Er erholt sich gut.«

»Ja, Sir.«

»Er hegt große Zuneigung für Sie.«

»Wir kennen uns schon lange.«

»Er glaubt, dass Sie eine erstklassige Ermittlerin werden. Dabei hat er einen Ausdruck benutzt, den ich nicht kannte. Er sagte, Sie wären gewieft wie ein Alter.«

Das klingt nach dem DI.

»Ich verstehe, warum Sie hier sind und warum Sie noch ein wenig bleiben werden, aber jetzt sollten Sie diese Ermittlung mir überlassen.«

»Was ist mit Samira?«

»Ich werde sie finden.«

9

Wenn ich laufe, nehme ich die Menschen normalerweise nicht wahr. Ich schotte mich gegen die Außenwelt ab und schwebe über dem Boden wie eine flüchtige Erscheinung. Heute ist es anders. Ich kann die Leute reden, streiten und lachen hören; gedämpfte Schritte, zufallende Autotüren, das Summen des Verkehrs und der Maschinen.

»New Boy« Dave ist bei Ruiz im Krankenhaus. Die Flure sind still, und der Regen malt Streifen an die Fenster. Dave legt mir seine Jacke um die Schultern, damit ich nicht friere. Ruiz schläft.

»Wie geht es ihm?«

»Er langweilt sich zu Tode. Heute hat er versucht, eine Massenflucht aus dem Krankenhaus in die nächste Kneipe zu organisieren. Er hat zwei Typen überzeugt, sich ihm anzuschließen – beide beinamputiert. Er meinte, da sie ohnehin keine Beine mehr hätten, sollte es doch eigentlich egal sein.«

»Wie weit sind sie gekommen?«

»Bis zu der Geschenk-Boutique im Erdgeschoss. Eine der Schwestern hat die Flucht entdeckt und den Sicherheitsdienst alarmiert.«

»Was hat der DI gesagt?«

»Er meinte, die Résistance würde ihn morgen befreien.«

Dave hat mit den Ärzten gesprochen. In ein paar Tagen müsste Ruiz das Krankenhaus verlassen können, wird jedoch mindestens einen Monat nicht fliegen können.

»Wir können die Fähre nehmen«, schlage ich vor.

Dave spielt mit meinen Fingern und streicht mit dem Daumen über meine Handfläche. »Ich hatte schon irgendwie gehofft, dass du morgen mit mir nach Hause fliegst.«

»Ich kann den DI nicht allein lassen. Wir haben das gemeinsam begonnen.«

Das versteht er. »Und was ist mit deinem Job?«

»Ich habe mich noch nicht entschieden.«

»Du solltest eigentlich schon angefangen haben.«

»Ich weiß.«

Er will mich noch etwas fragen. In seinem Gesicht arbeitet es, als würde er um Worte ringen.

»Hast du über die andere Sache nachgedacht?« Er meint die Segelschule und das Haus am Meer. Er hält die Ungewissheit und Anspannung nicht mehr aus. Ich bin immer noch erstaunt, dass er den Mut aufgebracht hat, mich zu fragen. Manchmal ist das Leben wie im Kino, wo das Publikum den Helden anfeuert: »Frag sie. Frag sie doch einfach.«

»Ich dachte, du wolltest schon immer Detective werden«, sage ich.

»Als ich sechs war, wollte ich Feuerwehrmann werden. Ich bin darüber hinweggekommen.«

»Ich habe mich in Mr. Sayer, meinen Klavierlehrer, verliebt und wollte Konzertpianistin werden.«

»Ich wusste gar nicht, dass du Klavier spielen kannst.«

»Nun, darüber streiten die Gelehrten auch noch.«

Er wartet immer noch auf meine Antwort.

»Was ist passiert, Dave? Warum hast du dich entschlossen zu kündigen?«

Er zuckt die Schultern.

»Irgendwas muss es doch ausgelöst haben?«

»Erinnerst du dich an Jack Lonsdale?«

»Ich habe gehört, er wäre verwundet worden.«

Dave bändigt seine Hände, indem er sie in die Hosentaschen steckt. »Wir hatten einen Tipp wegen eines Kautionsflüchtlings bekommen, der sich im White City Estate aufhielt. Ein Dealer. Die Gegend ist schon an guten Tagen ein grauenhaftes Pflaster, und es war ein heißer Samstagabend Mitte Juli. Alles wirkte so weit okay, also klopften wir an die Tür. Es sollte eine unkomplizierte Festnahme werden. Ich legte dem Dealer gerade Handschellen an, als plötzlich ein fünfzehnjähriger Junge aus der Küche stürzte und Johnny ein Messer in die Brust rammte. Direkt hier.« Er zeigt auf die Stelle. »Der Junge klammerte sich an die Klinge und versuchte, Johnnys Eingeweide zu häckseln, aber ich konnte ihn schließlich überwältigen. Er hatte Augen wie Untertassen. High wie ein Jumbojet. Ich wollte Johnny zum Wagen bringen, aber vor der Wohnung standen zweihundert Leute, die meisten aus der Karibik, kreischten Missbrauch und Übergriff und bewarfen uns mit allem möglichen Scheiß. Ich dachte, wir kommen da nicht lebend raus.«

»Warum hast du mir das nicht erzählt?«

»Du musstest dich mit deinem eigenen Mist rumschlagen.«

»Wie geht es Johnny jetzt?«

»Ein Teil seines Darms musste entfernt werden, und er ist jetzt im vorzeitigen Ruhestand. Der Dealer ist in Brixton gelandet, der Junge zu einer Pflegefamilie gekommen. Ich glaube, seine Mutter lebte nicht mehr.«

Dave senkt den Blick. »Ich weiß, ich hör mich an wie ein Feigling, wenn ich das sage, aber ich muss immer daran denken, dass ich es hätte sein können, der da auf dem schmutzigen Fußboden blutet – oder noch schlimmer: du.«

»Deswegen bist du doch kein Feigling. Das ist nur menschlich.«

»Na ja, da hab ich jedenfalls angefangen, über Alternativen nachzudenken.«

»Vielleicht musst du nur ein neues Leben anfangen.«

»Möglicherweise.«

»Vielleicht willst du mich eigentlich gar nicht heiraten.«

»Doch, das will ich.«

»Würdest du mich auch heiraten wollen, wenn wir keine Kinder haben würden?«

»Wie meinst du das?«

»Ich habe zuerst gefragt.«

»Aber du *willst* doch Kinder, oder?«

»Was, wenn ich keine Kinder bekommen könnte?«

Er richtet sich kerzengerade auf. Er versteht nicht.

Ich versuche zu erklären. »Manchmal kommen Kinder nicht einfach so. Nimm nur Cate. Sie konnte nicht schwanger werden, und es hat sie innerlich so mitgenommen, dass sie eine Dummheit begangen hat. Findest du nicht, dass es reichen sollte, wenn zwei Menschen sich lieben?«

»Ja, vermutlich schon.«

Er hat immer noch nicht begriffen, worauf ich hinauswill. Nun bleibt mir nichts anderes mehr übrig, als ihm die Wahrheit direkt ins Gesicht zu sagen. Die Worte purzeln aus meinem Mund, und ich bin selbst überrascht, wie wohl gesetzt sie klingen. Beinahe perfekte Sätze.

»Wenn ein Baby im Bauch einer Frau heranwächst, sollte sich ihr Becken dehnen und nach vorn neigen. Das kann mein Becken nicht. Meine Wirbelsäule wird von Platten und Stäben zusammengehalten. Eine Schwangerschaft würde eine enorme Belastung für die Bandscheiben und Wirbel meiner unteren Lendenwirbelsäule bedeuten. Ich würde das Risiko einer Querschnittslähmung eingehen und müsste mein Baby schlimmstenfalls aus dem Rollstuhl versorgen.«

Er wirkt verdattert. Verzweifelt. Es spielt keine Rolle, was er jetzt sagt, denn ich habe in seine Seele gesehen. Er möchte ein

Kind großziehen. Und zum ersten Mal in meinem Leben wird mir bewusst, dass ich das auch möchte. Ich *will* Mutter werden.

In den folgenden Stunden werden alle Möglichkeiten in Betracht gezogen. Auf der Taxifahrt zurück ins Hotel, beim Abendessen und danach im Bett spricht David von Zweitdiagnosen, Alternativen und Operationen. Wir verbrauchen so viel Sauerstoff, dass ich in unserem Zimmer kaum noch atmen kann. Aber meine ursprüngliche Frage hat er nicht beantwortet. Die wichtigste. Er hat nicht gesagt, ob es eine Rolle spielt.

Und weil wir gerade bei Geständnissen sind, erzähle ich ihm auch noch, dass ich mit Barnaby geschlafen und wie ich mich mit Cate zerstritten habe. Manchmal sehe ich ihn zusammenzucken, aber er muss das anhören. Ich bin nicht die, für die er mich hält.

Meine Mutter sagt, in der Liebe wäre die Wahrheit unwichtig. Bei einer arrangierten Ehe komme es nur auf die fiktiven Geschichten an, die eine Familie der anderen erzählt. Vielleicht hat sie Recht. Vielleicht bedeutet Sichverlieben, eine Geschichte zu erfinden und sie als wahr zu akzeptieren.

10

Am frühen Morgen wache ich auf. Dave hat einen Arm um mich gelegt, und sein Herz schlägt an meinem Rücken. Ein Teil von mir will so liegen bleiben, sich nicht bewegen, kaum atmen. Ein anderer Teil will den Hotelkorridor, die Treppe, die Straße hinunterlaufen, aus der Stadt, weg!

Ich schlüpfe aus dem Bett, schleiche mich ins Bad, ziehe meine Jeans und eine Bluse an und stopfe mir Bargeld und mein Handy in die Tasche. Ich bücke mich, um meine Schuhe zuzubinden und akzeptiere den dumpfen Schmerz in meiner Wirbelsäule als das, was er nun ist: Etwas, was zu mir gehört.

Das Tageslicht kriecht über die Dächer, und die Straßen beginnen sich mit Leben zu füllen. Eine Kehrmaschine mit rotierenden Bürsten scheint die Pflastersteine mit nächtlichem Regen blank zu polieren. Die meisten Fenster in den Walletjes sind geschlossen, die Vorhänge zugezogen. Um diese Uhrzeit sind nur die Einsamen und Verzweifelten unterwegs.

Ich frage mich, was es für ein Gefühl ist, ein Flüchtling zu sein – fremd an einem Ort und gleichzeitig mutlos und voller Hoffnung. Darauf zu warten, was als Nächstes geschieht. So habe ich nie gelebt.

Hokke erwartet mich in dem Café. Er weiß von Samira. »Ein Vögelchen hat es mir erzählt«, sagt er und hebt den Blick. Wie aufs Stichwort fliegt in diesem Moment von einem Ast über uns eine Taube auf.

In dem Café pfeifen Kessel und klappern Töpfe. Tresenpersonal und Bedienung begrüßen Hokke mit Winken, Rufen und Händeschütteln. Er lässt mich einen Moment allein und bahnt sich einen Weg zwischen den Tischen. Die Küchentür steht offen. Drei junge Männer stehen tief über die Spülbecken gebeugt und schrubben Pfannen. Sie begrüßen Hokke respektvoll, er zerzaust ihre Haare und macht einen Witz.

Ich sehe mich in dem Café um. Bis auf ein paar Hippies, die um einen Tisch sitzen und sich durch das Klicken und Klacken der in ihre Haare geflochtenen Perlen zu verständigen scheinen, ist das Lokal fast leer. Ein Mädchen im Teenageralter sitzt allein über einem heißen Getränk. Sie wirkt verwahrlost und hohläugig, genau der Typ, dem die Zuhälter mit warmen Mahlzeiten und leeren Versprechungen auflauern.

Hokke ist aus der Küche zurückgekehrt. Auch er hat das Mädchen bemerkt. Er winkt eine Kellnerin heran und bestellt leise ein Frühstück für sie, Toast, Marmelade, Käse und Schinken. Sie nimmt das Geschenk unsicher an, weil sie irgendeinen Haken vermutet, und macht sich dann gierig über das Essen her.

Er wendet sich wieder mir zu.

»Ich muss Samira finden.«

»Schon wieder.«

»Es muss einen Weg geben. Flüchtlinge haben Netzwerke. Das haben Sie selbst gesagt. Außerdem haben Sie einen Namen erwähnt: de Souza. Könnte er mir vielleicht helfen?«

Hokke legt einen Finger auf seine Lippen, beugt sich vor und spricht aus dem Mundwinkel wie ein Gefangener unter den Augen des Wärters. »Bitte seien Sie äußerst vorsichtig mit der Erwähnung dieses Namens.«

»Wer ist das?«

Hokke antwortet nicht sofort. Er gießt sich Kaffee aus einer Kanne ein, Metall stößt klappernd auf Glas. »Trotz allem, was Sie gelesen haben, zeichnen sich die Niederlande weniger dadurch aus, was erlaubt ist, als dadurch, was verboten ist. Wir haben keine Slums. Graffiti werden rasch wieder entfernt. Zerbrochene Scheiben werden ersetzt, verlassene Fahrzeuge abgeschleppt. Wir erwarten, dass unsere Züge und Straßenbahnen pünktlich fahren. Wir reihen uns brav in Warteschlangen ein. Das verändert natürlich nicht die Menschen an sich, sondern bloß die Ästhetik.«

Er weist mit dem Kopf Richtung Küche. »In den Niederlanden gibt es eine halbe Million illegal Beschäftigte – Iraner, Sudanesen, Afghanen, Bosnier, Kosovaren, Iraker. Sie arbeiten in Restaurants, Hotels, Wäschereien und Fabriken. Ohne sie würden keine Zeitungen zugestellt, kein Bezug und kein Laken aus einem Hotel gewaschen. Gebäude blieben ungeputzt. Die Menschen beschweren sich, aber ohne die Illegalen kämen wir nicht zurecht.«

In seiner Hand taucht eine Pfeife auf. Sorgfältig stopft er mit dem Daumen Tabak in den Kopf, bevor er ein Streichholz anzündet, das flackernd erlischt, als er an der Pfeife zieht.

»Stellen Sie sich vor, jemand könnte eine derartige Arbeiterarmee befehligen. Er wäre mächtiger als jeder Gewerkschaftsführer oder Politiker.«

»Gibt es so jemanden?«

Er senkt seine Stimme zu einem Flüstern. »Sein Name ist Eduardo de Souza. Niemand in dieser Stadt verfügt über mehr tatsächliche Macht als er. Er hat eine Armee von Kurieren, Putzkolonnen, Fahrern und Spionen. Er kann Ihnen alles besorgen, eine Pistole, einen falschen Pass, ein Kilo allerbestes afghanisches Opium. Drogenhandel und Prostitution machen nur einen kleinen Teil seines Imperiums aus. Er weiß, welcher Politiker mit welchem Mädchen schläft und welche Illegalen sein Haus sauber halten, seine Kinder hüten und seine Gärten pflegen. Das ist *echte* Macht. Schicksale beeinflussen und gestalten.«

Er lehnt sich zurück und blinzelt mich aus seinen blauen Augen durch den dichten Pfeifenrauch an.

»Sie bewundern ihn.«

»Er ist ein sehr interessanter Mann.«

Die Antwort klingt seltsam in meinen Ohren, und ich höre die unterschwellige Andeutung, dass es Dinge gibt, die er mir nicht erzählt hat.

»Wie lange kennen Sie ihn schon?«

»Seit vielen Jahren.«

»Ist er ein Freund von Ihnen?«

»Freundschaft ist etwas, das ich, je älter ich werde, immer unbegreiflicher finde.«

»Wird er mir helfen, Samira zu finden?«

»Er könnte hinter der ganzen Geschichte stecken.«

»Warum sagen Sie das?«

»Yanus hat früher mal für ihn gearbeitet.«

Er legt seine Hände auf den Tisch und steht schwerfällig auf.

»Ich werde ihm eine Nachricht zukommen lassen.«

Er lässt seine Pfeife in seiner Jackentasche verschwinden und weigert sich, mich das Frühstück bezahlen zu lassen. Die Rechnung sei schon beglichen, meint er und weist mit dem Kopf auf den Besitzer.

Draußen hat es wieder angefangen zu regnen. Die Pfützen glänzen schwarz wie Öl. Hokke bietet mir einen Regenschirm an. »Ich rufe Sie in ein paar Stunden an. Grüßen Sie DI Ruiz. Richten Sie ihm aus, dass alt gewordene Polizisten nie sterben. Sie setzen höchstens mal einen Takt aus.«

Barnaby nimmt direkt ab, als hätte er einen Anruf erwartet. In London regnet es offenbar auch. Ich höre Autos, die auf nasser Straße vorbeifahren, und Regentropfen, die auf seinen Schirm prasseln. Ich frage nach der Beerdigung. Es entsteht eine lange Pause, in der ich das Handy von der rechten in die linke Hand nehme.

»Freitag im West London Crematorium. Die Leichen werden erst am Mittwoch freigegeben.«

Wieder folgt ein längeres Schweigen, in dem sich das Wissen um Samiras Zwillinge in meiner Brust breitmacht. Anwälte und Medizinethiker können nach Herzenslust darüber diskutieren, wem die Zwillinge »gehören«, aber das ändert nichts daran, dass Cate die Embryonen zur Verfügung gestellt hat. Barnaby sollte das wissen.

»Ich muss dir etwas sagen.«

Er grunzt undeutlich.

»Ich weiß jetzt, warum Cate ihre Schwangerschaft vorgetäuscht hat. Sie hatte eine Leihmutterschaft organisiert. Ihre Embryonen wurden in die Gebärmutter einer anderen Frau gepflanzt.«

Tief in seiner Brust gerät irgendetwas ins Rutschen. Er stöhnt. »Ich hab dir doch gesagt, dass du dich aus den Angelegenheiten meiner Tochter heraushalten sollst.«

Diese Reaktion habe ich nicht erwartet. Er muss doch neugierig sein. Will er nicht wissen, was aus der Sache geworden ist? Dann dämmert es mir, dass nichts von all dem neu für ihn ist. Er weiß es längst.

Er hat mich wegen Cates Computer angelogen. Wahrscheinlich hat er ihre E-Mails gelesen. Aber warum geht er nicht zur Polizei, wenn er es weiß?

»Was hast du vor, Barnaby?«

»Ich hole mir meine Enkel.«

Er hat keine Ahnung, worauf er sich einlässt. »Hör mir zu, Barnaby. Es ist nicht so, wie du denkst. Cate hat gegen Gesetze verstoßen.«

»Was geschehen ist, ist geschehen.«

»Diese Leute sind eiskalte Killer. Mit denen kannst du nicht verhandeln. Guck dir doch an, was mit Cate passiert ist.«

Aber er hört mir nicht zu. Stattdessen prescht er vor und versucht seine Pläne logisch und rechtmäßig klingen zu lassen.

»Hör auf, Barnaby. Das ist doch Wahnsinn.«

»Es ist das, was Cate gewollt hätte.«

»Nein. Du wirst das nächste Opfer sein. Sag mir einfach, wo du bist, dann setzen wir uns zusammen und reden.«

»Halt dich da raus. Misch dich nicht ein.«

Die Verbindung wird beendet. Er wird keine weiteren Anrufe von mir annehmen.

Bevor ich mit Spijker telefonieren kann, geht ein weiterer Anruf ein. Die Stimme von Detective Inspector Forbes klingt heiser und erkältet. Wahrscheinlich hat eins seiner Kinder einen grippalen Infekt aus der Schule angeschleppt, der sich jetzt wie eine Seuche im ganzen Haus ausbreitet.

»Haben Sie einen angenehmen Urlaub?«

»Das ist kein Urlaub.«

»Wissen Sie, was der Unterschied zwischen uns beiden ist? Ich laufe nicht weg, wenn es hart auf hart kommt. Ich bin ein Profi. Ich bleibe bei meinem Job. Ich habe eine Frau und Kinder; Verantwortung …« *Und Hände, die du nicht bei dir behalten kannst.*

Er niest und putzt sich die Nase. »Ich warte noch immer auf ihre verdammte Aussage.«

»Ich komme nach Hause.«

»Wann?«

»Spätestens Freitag.«

»Nun, Sie können sich auf ein herzliches Willkommen gefasst machen. Ein Chief Superintendent North hat mich angerufen. Er meinte, Sie wären nicht zur Arbeit erschienen. Er wirkte nicht sehr glücklich darüber.«

»Das ist unwichtig«, sage ich, um das Thema zu wechseln. Ich frage ihn nach den beiden unidentifizierten LKW auf der Fähre, mit der Hasan und die anderen Illegalen gekommen sind. Einer wurde vor drei Monaten vom Parkplatz einer Spedition in Deutschland gestohlen, umgespritzt und in Holland neu angemeldet, berichtet er. Laut Frachtbuch hatte er Installationsmaterial aus einem Lager in Amsterdam geladen, dessen Adresse jedoch fiktiv ist. Der zweite LKW wurde vor fünf Wochen von einem selbstständigen Spediteur geleast. Der Besitzer vermutete ihn auf einer Tour von Spanien in die Niederlande. Der in dem Leasingvertrag angegebene Name und das Konto sind falsch.

In diesem Fall wimmelt es von Leuten, die mir wie Gespenster vorkommen, die mit falschen Papieren über Grenzen hinwegschweben. Leuten wie Brendan Pearl.

»Sie müssen mir einen Gefallen tun.«

Das findet er komisch. »Ich sollte nicht mal mit Ihnen reden.«

»Wir sind auf derselben Seite.«

»Kellerkinder.«

»Aber wir laufen uns warm.«

»Was wollen Sie?«

»Ich möchte, dass Sie die Akten der Einwanderungsbehörde und die Zollunterlagen der letzten zwei Jahre durchsehen. War von den aufgegriffenen blinden Passagieren und illegalen Einwanderern jemand schwanger?«

»Aus dem Stand fallen mir zwei Fälle aus den letzten drei

Monaten ein. Sie waren ganz hinten in einem Container versteckt.«

»Was ist mit ihnen geschehen?«

»Ich weiß es nicht.«

»Können Sie es herausfinden.«

»Klar. Das und tausend andere Sachen, die auf meinem Zettel stehen.«

Ich spüre, dass meine Wangen glühen.

»Da ist noch etwas. Hasan Khan hat eine Schwester namens Samira. Sie ist schwanger. Ich glaube, dass die Schleuser versuchen werden, sie nach Großbritannien zu bringen.«

»Wann?«

»Das weiß ich nicht. Vielleicht wollen Sie dem Zoll einen Hinweis geben, damit die Beamten besonders aufmerksam sind.«

»Ich bin doch kein Agent im Sondereinsatz.«

»Es ist bloß ein Anruf. Wenn Sie nicht wollen, müssen Sie es nur sagen.«

»Wann soll der Transport vonstattengehen?«

»Sie werden sich vermutlich an die bewährte Methode halten.«

»Wir können aber nicht jeden LKW und Container durchsuchen.«

Ich höre, wie er etwas auf einen Notizblock kritzelt. Er fragt nach Spijker, und ich gebe ihm eine kurze Einführung in die Leihmüttermasche.

»Ich habe noch nie einen Menschen kennen gelernt, der Ärger dermaßen anzieht wie Sie.«

»Sie hören sich an wie meine Mutter.«

»Und hören Sie manchmal auf *sie*?«

»Selten.«

Nach dem Telefonat schließe ich für einen Moment die Augen. Als ich sie wieder öffne, sehe ich eine Schulklasse mit ihrer Lehrerin. Die Mädchen tragen dunkelblaue Regenmäntel und gelbe Regenhüte wie Madeline und warten Hand in Hand darauf, dass die Ampel grün wird. Unerklärlicherweise spüre ich einen Kloß im Hals. Ich werde nie so ein süßes Mädchen haben.

Vor dem Hotel parkt ein Polizeiwagen. In der Halle wartet ein uniformierter Beamter, der beinahe strammsteht, als ich komme.

»New Boy« Dave belagert mich wie ein eifersüchtiger Verehrer. »Wo bist du gewesen?«

»Ich musste jemanden treffen.«

Er packt meine Hand fest.

Der Polizeibeamte stellt sich vor und gibt mir sein Sprechfunkgerät. Spijkers Stimme klingt weit entfernt. Ich höre Wasser. Möwen. »Wir haben jemanden gefunden.«

»Wer ist es?«

»Das können hoffentlich Sie mir sagen.«

Ich spüre ein flaues Gefühl im Magen.

Der Beamte nimmt das Funkgerät zurück und lässt sich weitere Anweisungen geben.

»Ich komme mit dir«, sagt Dave.

»Was ist mit deinem Flug?«

»Ich hab noch Zeit genug.«

Auf der Fahrt sitzen wir schweigend nebeneinander. Frustration steht ihm ins Gesicht geschrieben. Er möchte etwas Wohlüberlegtes über gestern Nacht sagen, aber es ist nicht der richtige Zeitpunkt.

Ich fühle mich eigenartig gespalten. Vielleicht ist das ein Anzeichen dafür, dass ich noch nicht heiratswillig oder gar nicht richtig verliebt bin. Die ganze Idee war einer dieser »Was wäre, wenn«-Augenblicke, die den Kater am Morgen danach oder das grelle Licht des nächsten Tages nicht überleben.

Der holländische Polizist hat einen aktiven Wortschatz von ungefähr vier englischen Wörtern und ist nicht willens oder in der Lage, uns zu erklären, wohin wir fahren. Er navigiert durch enge Straßen und über Brücken in ein Industriegebiet mit Kais und Lagerhäusern. Ich habe das Gefühl, dass wir mehrmals an denselben grauen Hafenbecken vorbeifahren, bis wir schließlich vor einem verwitterten Holzpier halten, vor dem zwei Streifenwagen nebeneinander parken, als würden sie aus einem Trog trinken.

Spijker ist einen Kopf größer als die anderen Kommissare. Er trägt einen dunklen Anzug und polierte Schuhe, wirkt jedoch trotzdem wie eine Fehlbesetzung im Leben, als würde er mit den Sachen seines Vaters Verkleiden spielen.

Eine Holzrampe führt ins Wasser. Auf halber Höhe liegt ein Schlauchboot aus schwerem gummierten Gewebe mit einem Holzboden. Im Wasser wartet ein weiteres Boot mit vier Männern an Bord.

Spijker gibt mir ein Paar Gummistiefel und eine Öljacke. Dann stattet er Dave mit einer ähnlichen Ausrüstung aus und zieht seine eigenen Gummistiefel über.

Mit einer fließenden Bewegung wird das Schlauchboot zu Wasser gelassen. Spijker reicht mir eine Hand und hilft mir an Bord. Er dreht das Gas auf, und wir legen ab. Der Himmel ist von einem undurchdringlichen Grau ohne jede Tiefe. Ein paar hundert Meter entfernt taucht ein Kanute sein Paddel rhythmisch ins Wasser, als er am Ufer entlanggleitet. Ein Stück weiter hinaus bläst eine Fähre mit stumpfer Schnauze schwarzen Qualm in die Luft.

Ich versuche, mich zu orientieren. Knapp zehn Kilometer weiter westlich liegt die Nordsee. Offenbar fahren wir an einem der westlichen Docks entlang. Die Luft riecht süß – nach Schokolade. Vielleicht ist irgendwo in der Nähe eine Fabrik. Dave sitzt neben mir. Ich spüre, wie sein linker Arm meine Brust streift, wenn das Boot hin und her schwankt.

Spijker scheint sich am Steuer des Bootes wohl zu fühlen. Vielleicht färbt es ab, wenn man unterhalb des Meeresspiegels lebt, geschützt von Deichen und Sperrwerken.

»Wie viel wissen Sie über das Meer, DC Barba?«

Was gibt es da zu wissen? Es ist kalt, es ist feucht, es ist salzig …

»Mein Vater war bei der Handelsmarine«, erklärt er, ohne meine Antwort abzuwarten. »Meine Eltern haben sich scheiden lassen, als ich sieben war, aber ich habe die Ferien immer bei ihm verbracht. Er fuhr nicht mehr zur See, und an Land war er nicht mehr derselbe. Er wirkte kleiner.«

Dave hat kaum etwas gesagt, seit ich ihn vorgestellt habe, aber jetzt erwähnt er, dass er eine Segelschule kaufen will. Bald sind die beiden in ein Gespräch über Boote und Segelgebiete vertieft. Ich kann mir Dave gut in einem Aran Sweater vorstellen, wie er sich unter dem Baum duckt. Er scheint in die freie Natur zu passen, in weite Räume voller Wind, Himmel und Wasser.

Fünfhundert Meter vor uns liegt ein Containerschiff. Der Amsterdamer Hafen hat Millionen investiert in dem Glauben, man könne Rotterdam als Drehscheibe des internationalen Handels Konkurrenz machen, erklärt Spijker. Verschwendetes Geld.

Hinter dem Schiff kommen wir zu einem Holzpier, der sich getragen von Stützmasten knapp sieben Meter über das Wasser erhebt. Daran ist eine schwimmende Plattform festgemacht.

Spijker lässt den Gashebel los, und der Motor tuckert im Leerlauf. Er bremst das Schlauchboot, wirft ein Seil um eine verrostete Klampe und zieht uns an die Plattform. Im selben Augenblick wird ein Scheinwerfer eingeschaltet und schwenkt suchend über das im Schatten liegende graue Holz unter dem Pier. Dann taucht ein weißer Fetzen auf. Eine Gestalt hängt über dem Wasser und blickt auf mich herab. Um ihren Hals liegt eine Schlinge. Ein weiteres, offenbar beschwertes Seil ist um ihre Hüften gewickelt.

Wie von einer unsichtbaren Hand bewegt, pendelt die Leiche sanft hin und her, sodass ihre Zehen Pirouetten auf dem Wasser drehen.

»Ist das das taube Mädchen?«, fragt Spijker.

Zalas Augen sind offen. Zwei dunkelrote Kreise. Die Netzhäute sind stark blutunterlaufen, die Pupillen beinahe verschwunden. Sie trägt dieselbe rosa Jacke und den Rock, in denen ich sie zuletzt gesehen habe. Die salzige Luft hat den Stoff hart werden lassen.

Das Schlauchboot bewegt sich bei der kleinsten Welle auf und ab. Spijker hilft mir, auf die Plattform zu steigen. Eine an den Pylon genietete Metallleiter führt auf den Pier. Möwen auf Navigationsbojen und einer Barke in der Nähe beobachten das Geschehen. Das andere Schlauchboot ist angekommen, mit Seilen und einem Transportkorb an Bord.

Spijker klettert die Leiter hinauf, und ich folge ihm. Dave ist direkt hinter mir. Die Planken des Piers sind alt und von tiefen Rissen durchzogen, mit Lücken, breit genug, dass ich Zalas Kopf und ihre Schultern sehen kann.

Das Seil um ihren Hals ist an einem Metallpoller festgebunden, an dem sonst Schiffe festmachen.

Ein Polizeibeamter in Kletterausrüstung seilt sich vom Pier ab und baumelt im Gurtwerk neben der Leiche. Schweigend sehen wir zu, wie er sie löst und in dem Transportkorb festbindet. Das Seil um ihre Hüften ist um einen Betonklotz gebunden. Ich kann den Zementstaub an ihren Händen und der Vorderseite ihrer Jacke erkennen.

Sie haben sie gezwungen zu springen. Diese Gewissheit ist wie ein Traumbild. Sie hielt den Klotz in den Händen und stürzte fünf Meter ins Leere, bevor das Seil ihren Fall abrupt stoppte. Der Zementklotz wurde ihr aus den Händen gerissen und zerrte damit das Seil um ihre Hüften fest. Bei dem Gedanken bekomme ich ein wattiges Gefühl im Bauch.

»Ein Fischer hat sie um kurz vor halb zehn gefunden«, sagt Spijker. »Er hat es der Küstenwache gemeldet.« Er wendet sich zur Bestätigung an einen der jüngeren Beamten.

»Wie sind Sie darauf gekommen, dass …?« Ich bringe die Frage nicht zu Ende.

»Die Beschreibung passte auf sie.«

»Wie ist sie hierhergekommen?«

Spijker weist auf den Pier. »Er ist abgezäunt. Mit Warnschildern. Aber das ermutigt die Leute natürlich leider nur.«

»Sie glauben doch nicht etwa, dass es Selbstmord war?«

»Ihr taubes Mädchen hat diesen Betonklotz bestimmt nicht alleine hierhergeschleppt.«

Weiter draußen, wo es weniger windgeschützt ist, kann ich Schaumkronen auf dem Wasser ausmachen. Ein Fischerboot läuft ein, und in seinen Fenstern spiegelt sich ein einzelner Sonnenstrahl.

Bei all seinem abgeklärten Zynismus möchte Spijker Mitgefühl zeigen und sein Beileid aussprechen. Und irgendwie bin ich seine einzige Verbindung zu dem toten Mädchen geworden.

»Sie stammt aus Kabul. Sie war Waise«, erkläre ich.

»Noch eine.«

»Wie meinen Sie das?«

»Auf der Liste der Leihmütter aus der Befruchtungsklinik waren mindestens zehn Waisen. Dadurch sind sie schwieriger aufzufinden.«

Waisen. Illegale Einwanderer. Welch perfekte Kombination aus unerwünscht und verzweifelt.

»Samira hat von einem Besucher in dem Waisenhaus erzählt. Ein Weißer, der ihr gesagt hat, er könnte ihr einen Job organisieren. Er hat ein Kreuz auf den Hals tätowiert. Ich weiß möglicherweise, wer das ist.« Ich gebe ihm Donavons Namen, und er verspricht, die Akten zu überprüfen.

Am anderen Ende des Piers ist das Tor geöffnet worden, und ein Transporter mit einem Team der Spurensicherung trifft ein. Ein zweiter Wagen wird angefordert, um uns zum Hotel zurückzubringen.

Als ich über den Pier gehe, habe ich das Gefühl, dass Amsterdam sich verändert hat, dass es dunkler und gefährlicher geworden ist. Ich habe Sehnsucht nach Vertrautem. Heimweh.

Dave schließt zu mir auf.

»Alles in Ordnung?«

»Ja.«

»Es ist nicht deine Schuld.«

»Was weißt du schon?«, fauche ich ihn an und bin sofort wütend auf mich selbst. Er hat nichts Verkehrtes getan. Nach ein paar Minuten versuche ich mein schlechtes Gewissen zu beruhigen. »Danke, dass du hier bist. Und gestern Abend tut mir leid. Vergiss einfach alles, was ich gesagt habe.«

»Ich finde, wir sollten noch einmal darüber reden.«

»Da gibt es nichts zu reden.«

»Ich liebe dich.«

»Aber es ist jetzt anders, oder nicht?«

Dave legt eine Hand auf meinen Unterarm, damit ich stehen bleibe. »Das ist mir egal. Ich will mit dir zusammen sein.«

»Das sagst du jetzt, aber wie ist das in fünf oder zehn Jahren? Das kann ich dir nicht antun.«

Am Ufer steht ein ausrangierter Kran. Er sieht aus wie eine Ruine aus einem uralten Krieg. Vor meinem inneren Auge baumelt Zala noch immer an dem Seil und dreht Pirouetten auf dem Wasser.

Ich war ein Idiot. Meine guten Absichten haben eine Kette von Ereignissen ausgelöst, die dazu geführt haben. Und ich habe keine Ahnung, wo diese Kette endet und wer sonst noch in Mitleidenschaft gezogen wird. Nur eins weiß ich sicher: Ich will jeden bewussten Moment meines Lebens damit zubringen, die Leute zur Strecke zu bringen, die mir Cate weggenommen und Zala das angetan haben. Es geht nicht bloß um Vergeltung. Es geht um sehr viel mehr. Ich will, dass ihr Leiden quälender und grausamer ist als alles, was sie je einem anderen angetan haben. Nie zuvor in meinem Leben habe ich so sehr das Gefühl gehabt, dass ich fähig wäre zu töten.

Sein Haar ist gekämmt, seine Tasche gepackt, das Taxi zum Flughafen bestellt. Der Zeiger der Uhr hat sich nicht bewegt.

Keinen Millimeter. Ich schwöre es. Ich hasse die letzte Stunde vor dem Aufbruch. Alles ist gesagt und getan. Die Minuten schleppen sich dahin. Erklärungen werden wiederholt, Tickets kontrolliert.

»Es ist an der Zeit, die Sache ruhen zu lassen«, sagt Dave, während er seine Zahnbürste abspült. »Es ist vorbei.«

»Wie sind wir bei ›vorbei‹ gelandet?«

»Du denkst vielleicht«, sagt er, seine Worte mit Bedacht wählend, »es ginge um dich und mich. Aber ich würde das Gleiche sagen, wenn ich dich nicht lieben würde.«

»Aber deswegen *solltest* du mich doch gerade verstehen.«

Er nimmt seine Tasche und stellt sie wieder ab.

»Du könntest mit mir kommen.«

»Ich lasse Ruiz nicht allein.«

Er zieht seine Jacke an.

»Du könntest bleiben«, schlage ich vor.

»Ich muss als Zeuge vor Gericht aussagen.«

»Ich brauche dich.«

»Du *brauchst* niemanden.«

Es ist nicht verletzend gemeint, aber ich zucke zusammen wie von einem Schlag.

Er öffnet langsam die Tür. Die ganze Zeit hoffe ich, dass er sich umdreht, mich in die Arme nimmt, mich zwingt, ihm in die Augen zu sehen, und mir erklärt, dass ihm alles außer mir egal ist und dass er mich versteht.

Die Tür schließt sich hinter ihm. Meine Brust fühlt sich plötzlich ganz leer an. Er hat mein Herz gestohlen.

I I

Zwanzig Minuten lang starre ich auf die Tür und wünsche mir, dass sie aufgeht und er zurückkommt.

Als ich mit zertrümmerter Wirbelsäule im Krankenhaus lag

und Angst hatte, nie wieder laufen zu können, fing ich an, ungehalten zu den Leuten zu sein. Ich kritisierte die Schwestern und beschwerte mich über das Essen. Einen Pfleger nannte ich nach einer Figur aus der Bill-Cosby-Show Fat Albert.

Dave hat mich jeden Tag besucht. Ich weiß noch, wie ich ihn angeschrien und als Idiot beschimpft habe. Er hatte es nicht verdient. Ich tat mir selbst leid, weil ich allen anderen leidtat. Und indem ich gemein zu anderen war, konnte ich mich eine Weile von mir selbst ablenken.

Danach hat Dave mich nicht mehr besucht. Ich wollte ihn anrufen. Ich wollte ihm sagen, dass es mir leidtat, dass ich wütend war und ob er nicht bitte wiederkommen könnte. Ich habe es nicht getan. Stattdessen habe ich ihm einen Brief geschrieben. Wie feige! Ich verdiene ihn nicht.

Das Handy auf dem Tisch vibriert.

»Du bist heute nicht zum Mittagessen gekommen.«

»Ich bin noch im Ausland, Mama.«

»Deine Tante Meena hat Kulfi gemacht. Dein Lieblingsessen.«

Das war mein Lieblingsessen mit sechs.

»Alle Jungen sind gekommen. Sogar Hari.«

Typisch. Er kommt nie, es sei denn, er kann mich blamieren.

»Dein Freund Detective King hat telefonisch abgesagt.«

»Ich weiß, Mama.«

»Aber ein anderer überaus attraktiver Junggeselle war hier. Er war enttäuscht, dass er dich nicht angetroffen hat.«

»Wem hast du diesmal Daumenschrauben angelegt?«

»Dr. Banerjee scheint dich sehr zu mögen.«

Das kann kein Zufall sein. »Was wollte er?«

»Er hat dir Blumen mitgebracht – ein wirklich aufmerksamer Mann. Und seine Tischmanieren sind makellos.«

Wenn wir heiraten, werden wir saubere Tischdecken haben.

»Was hast du ihm gesagt, wo ich bin?«

»Ich habe gesagt, dass du in Amsterdam bist. Du tust wirklich sehr geheimnisvoll. Du weißt doch, dass ich keine Geheimnisse mag.«

Sie plappert weiter über den guten Doktor und eine lustige Anekdote, die er über seinen kürzlich zur Welt gekommenen Neffen erzählt hat. Ich verpasse die Pointe, weil ich zu beschäftigt damit bin, eine Verbindung zwischen ihm und Samira herzustellen.

Banerjee hat Cate zwölf lebensfähige Eizellen entnommen. Aber es gab nur fünf Zyklen, bei denen jeweils zwei Embryonen in den Uterus transferiert wurden. Das bedeutet, dass zwei befruchtete Eizellen übrig waren und eingeeist wurden. Banerjee hat sie Cate gegeben, also muss er von dem Plan mit der Leihmutter gewusst haben. Deswegen hat er eine Einladung zur Geburtstagsfeier meines Vaters arrangiert. Er hat versucht, mich von weiteren Nachforschungen abzuhalten.

»Ich muss Schluss machen, Mama.«

»Wann kommst du nach Hause?«

»Bald.«

Ich beende das Gespräch und rufe »New Boy« Dave an, der gerade in sein Flugzeug steigt.

»Heißt das, du vermisst mich?«

»Selbstverständlich. Du musst mir einen Gefallen tun.«

Er seufzt. »Nur einen?«

»Kannst du in London für mich einen Dr. Sohan Banerjee überprüfen?«

»Er war auf der Feier deines Vaters.«

»Genau der.«

»Was willst du wissen?«

»Hat er irgendwelche Beziehungen zu Fertilisationskliniken außerhalb Großbritanniens? Und guck, ob es Verbindungen zu Adoptionsagenturen oder Wohlfahrtseinrichtungen für Kinder gibt.«

»Ich werde sehen, was sich machen lässt.«

Eine Stewardess fordert ihn auf, sein Handy auszuschalten.

»Kommt gut nach Hause.«

»Du auch.«

Forbes' Erkältung wird schlimmer, dazu hat er noch Husten bekommen, der klingt wie Seehundgebell; unterbrochen von dem Klacken in seiner Kehle. Er hört sich an wie eine Beatbox.

»Sie hätten zu Hause bleiben sollen«, ermahne ich ihn.

»Mein Haus ist voller Kranker.«

»Deshalb haben Sie beschlossen, den Rest der Bevölkerung auch noch anzustecken.«

»Genau. Ich bin der Patient Null.«

»Haben Sie die schwangeren Asylbewerberinnen gefunden?«

»Ich hätte Sie einsperren sollen, als ich noch die Gelegenheit dazu hatte.« Er schnäuzt sich die Nase. »Sie sind Anfang Juli in einem Schiffscontainer versteckt angekommen. Eine achtzehnjährige Russin und eine einundzwanzigjährige Albanerin. Beide sahen aus, als könnten sie jeden Moment niederkommen. Sie wurden erkennungsdienstlich behandelt, mit provisorischen Papieren ausgestattet und in ein Aufnahmelager in Oxfordshire gebracht. Drei Tage später wurden sie in eine Pension in Liverpool verlegt. Beide hatten zwei Wochen Zeit, einen Asylantrag zu stellen und mit einem Anwalt Kontakt aufzunehmen, aber keine ist zu dem Termin erschienen. Sie wurden seither nicht mehr gesehen.«

»Was ist mit den Babys?«

»Es gibt keinerlei Unterlagen über Geburten in einem staatlichen Krankenhaus, aber das beweist gar nichts. Viele Menschen bekommen ihre Kinder heutzutage zu Hause – sogar im Badezimmer. Unsere Badewanne war Gott sei Dank zu klein.«

Vor meinem inneren Auge sehe ich seine walfischartige Frau in der Forbes'schen Familienwanne liegen.

»Das alles ergibt nach wie vor nicht viel Sinn«, meint er.

»Eine unserer Attraktionen für Asylbewerber ist die kostenlose Gesundheitsfürsorge. Diese Frauen hätten ihre Kinder in einem Krankenhaus des National Health Service bekommen können. Die Regierung gewährt jeder Frau eine einmalige Unterstützung von dreihundert Pfund für ein Neugeborenes sowie weitere finanzielle Zuwendungen für Milch und Windeln. Und zwar zusätzlich zu den normalen Lebensmittelmarken und der Lebensunterhaltshilfe. Diese Frauen haben erklärt, sie hätten keine Verwandte oder Freunde in Großbritannien, die sie unterstützen könnten, haben jedoch keine der zur Verfügung stehenden staatlichen Hilfen genutzt. Da fragt man sich doch, wie sie überlebt haben.«

»Oder ob sie überhaupt überlebt haben.«

Diese Möglichkeit will er nicht erörtern.

Ruiz wartet im Erdgeschoss des Academisch Medisch Centrum auf mich. Er sieht aus wie ein Junge, der aus dem Sommerferienlager abgeholt wird, nur ohne Sonnenbrand auf der Nase oder Brennesselbläschen.

»Das Personal hat mir ein langes gesundes Leben gewünscht«, sagt er. »Außerdem meinten sie, ich solle nie wieder in den Niederlanden krank werden.«

»Wirklich rührend.«

»Fand ich auch. Ich bin ein verdammtes medizinisches Wunder.« Er präsentiert die Hand mit seinem fehlenden Finger und fängt an zu zählen. »Ich bin angeschossen worden, beinahe ertrunken und jetzt niedergestochen worden. Was fehlt noch?«

»Man könnte Sie in die Luft sprengen, Sir.«

»Wurde auch schon versucht. Brendan Pearl und seine IRA-Kumpane haben einen Mörser in eine Belfaster Polizeistation gefeuert. Und mich so knapp verfehlt.« Er gibt seine Maxwell-Smart-Imitation.

An der Drehtür bleibt er stehen. »Haben Sie geweint, Grashüpfer?«

»Nein, Sir.«

»Ich dachte, Sie hätten vielleicht einen Sehnsuchtsanfall gehabt.«

»Nein, keinen Sehnsuchtsanfall, Sir.«

»Frauen dürfen ganz weich und flauschig sein.«

»Das klingt, als wäre ich ein Stofftier.«

»Mit sehr scharfen Zähnen.«

Er ist gut gelaunt. Vielleicht liegt es an dem Morphium. Aber es hält nicht lange vor. Ich berichte ihm von Zala und sehe, wie der Schmerz seine Schultern und seinen Nacken erreicht. Er hat die Augen geschlossen, atmet, wartet.

»Die werden Samira nach Großbritannien schmuggeln.«

»Da können Sie sich nicht sicher sein.«

»Mit den anderen haben sie es auch so gemacht. Die Babys werden in dem Land geboren, in dem die Eltern leben.«

»Die Beaumonts sind tot.«

»Sie werden andere Käufer finden.«

»Wer sind *sie*?«

»Yanus. Pearl. Weitere.«

»Was sagt Spijker?«

»Er meint, ich soll nach Hause fahren.«

»Ein weiser Rat.«

»Hokke sagt, dass es jemanden gibt, der uns vielleicht helfen kann, Samira zu finden.«

»Wer soll das sein?«

»Eduardo de Souza. Yanus hat früher für ihn gearbeitet.«

»Das wird ja immer besser.«

Mein Handy klingelt. Ich höre Lärm im Hintergrund. Hokke ist im Rotlichtbezirk. Er scheint sich häufiger dort aufzuhalten, als zu der Zeit, als er noch Streife gelaufen ist.

»Ich hole Sie um sieben im Hotel ab.«

»Wohin fahren wir?«

»Antworten gibt's um sieben.«

12

Im Osten ist ein riesiger verwaschener Mond aufgegangen und scheint unserem Taxi am Himmel zu folgen. Selbst in der Dunkelheit erkenne ich einige der Straßen. Wir sind in der Nähe des Flughafens Schiphol.

Dies ist eine andere Gegend von Amsterdam. Statt pralinenschachtelähnlicher Fassaden und historischer Brücken beherrscht harsche Funktionalität das Bild – zementgraue Wohnblocks und mit Metallrollläden verrammelte Geschäfte. Nur ein Laden hat geöffnet. Davor lungert ein Dutzend schwarzer Jugendlicher herum.

De Souza hat keine feste Adresse, erklärt Hokke. Er bewegt sich von Wohnung zu Wohnung und schläft nie länger als eine Nacht im selben Bett. Er lebt unter den Menschen, die er beschäftigt. Sie beschützen ihn.

»Seien Sie vorsichtig, was Sie zu ihm sagen. Und unterbrechen Sie ihn nicht. Halten Sie Blick und Hände gesenkt.«

Wir haben vor einem Apartmentblock gehalten. Hokke öffnet mir die Tür.

»Sie müssen alleine gehen. Wir warten hier.«

»Nein«, erklärt Ruiz. »Ich gehe mit ihr.«

Hokkes Erwiderung ist ebenso leidenschaftlich. »Sie geht allein, oder es wird niemanden geben, den sie trifft.«

Ruiz protestiert weiter, aber ich drücke ihn zurück in den Wagen, wo er eine Grimasse zieht und die Arme vor der bandagierten Brust verschränkt.

»Vergessen Sie nicht, was ich Ihnen gesagt habe«, erklärt der Holländer und zeigt auf ein Gebäude, das genauso aussieht wie die Nachbarhäuser. An einer Mauer lehnt ein Jugendlicher. Ein Zweiter blickt aus einem offenen Fenster. Wachposten. »Sie müssen jetzt gehen. Wenn es ein Problem gibt, rufen Sie mich an.«

Ich gehe auf das Haus zu. Der Junge an der Mauer ist verschwunden. Der zweite Teenager hockt immer noch am Fenster. Durch einen Torbogen aus Beton betrete ich einen Hof. Lichter glitzern auf Wasser. An einem blattlosen Baum inmitten von Unkraut baumeln chinesische Laternen.

Ich stoße eine Brandschutztür auf, steige die Treppe hinauf und zähle die Stockwerke. Auf dem Treppenabsatz wende ich mich nach links und gehe bis zur zweiten Tür. Es läutet, als ich auf den kleinen weißen Knopf daneben drücke.

Ein weiterer Teenager öffnet die Tür. Er mustert mich mit glänzenden schwarzen Augen, die er jedoch abwendet, als unsere Blicke sich treffen. In einem schmalen Flur stehen Schuhe und Sandalen aufgereiht. Der Junge zeigt auf meine Schuhe. Ich ziehe sie aus.

Der Boden quietscht, als ich ihm in einen Wohnbereich folge. Fünf Männer zwischen Mitte vierzig und Mitte fünfzig sitzen auf Kissen, die um einen Webteppich angeordnet sind.

Ich erkenne Eduardo de Souza sofort an seinem Platz in der Mitte. Er hat eine hohe Stirn und ausgeprägte Wangenknochen, trägt eine weiße Hose und ein dunkles Hemd und sieht türkisch oder vielleicht auch kurdisch aus. Er entfaltet seine Beine, steht auf und berührt kurz meine Hand.

»Willkommen, Miss Barba. Ich bin Eduardo de Souza.«

Sein sauber gestutzter Bart ist meliert – das Grau wie Eiszapfen in einem dunklen Fell. Niemand bewegt sich oder sagt etwas, trotzdem liegt eine spürbare Spannung in der Luft wie unter einem Brennglas. Ich halte den Blick gesenkt, während diverse Augenpaare mich mustern.

Durch einen Durchgang in die Küche kann ich eine junge afrikanische Frau in einem bunt geblümten Kleid sehen, dazu drei Kinder, zwei Jungen und ein Mädchen, die sich in dem Durchgang drängeln und mich fasziniert anstarren.

De Souza ergreift erneut das Wort. »Dies sind Freunde von mir. Das ist Sunday. Er ist heute Abend unser Gastgeber.«

Sunday lächelt. Er ist Nigerianer und hat strahlend weiße Zähne. Anschließend stellen sich die Männer nacheinander selbst vor. Der Erste ist ein Iraner mit schweizerdeutschem Akzent. Er heißt Farhad, und seine Augen liegen so tief in ihren Höhlen, dass ich sie kaum sehen kann. Neben ihm sitzt Oscar, der marokkanisch aussieht und mit französischem Akzent spricht.

Der Letzte in der Runde ist Dayel, ein glatt rasierter Inder mit einer Ölverbrennung auf der Wange.

»Ein Landsmann von Ihnen, wenn auch kein Sikh«, sagt de Souza. Dayel lächelt.

Woher weiß er, dass ich Sikh bin?

Neben ihm liegt ein freies Brokatkissen, auf dem ich Platz nehmen soll. Sundays Frau kommt mit nicht zueinander passenden Gläsern auf einem Tablett herein und beginnt, süßen Tee auszuschenken. Ihre Haare sind zu einem Vorhang aus perlenverzierten Zöpfen geflochten. Sie lächelt mich schüchtern an. Auch ihre Zähne sind strahlend weiß, und sie weitet beim Atmen ihre breiten Nüstern.

Geschirr und Speisen werden aufgetragen. De Souza betrachtet mich über seine zusammengelegten Fingerspitzen hinweg und überlegt wohl, ob er mir helfen soll oder nicht. Er spricht perfekt Englisch mit dem Akzent der gebildeten Briten, was man besonders bei den langen Vokalen hört.

»Diese Gegend von Amsterdam heißt Bijlmermeer«, sagt er und blickt zum Fenster. »Im Oktober 1992 verlor ein Frachtflugzeug, das von Schiphol gestartet war, zwei Triebwerke und stürzte in einen Wohnblock wie diesen, voller Einwandererfamilien, die beim Abendessen saßen. Fünfzig Wohnungen wurden durch den Aufprall komplett zerstört, weitere hundert brannten aus, als das austretende Kerosin durch die Straßen strömte wie ein Fluss aus Feuer. Menschen stürzten sich von Balkonen und Dächern, um den Flammen zu entrinnen. Zunächst hieß es, es seien zweihundertfünfzig Menschen ums Leben gekommen.

Später wurde die Schätzung auf fünfundsiebzig nach unten korrigiert, und offiziell sind nur dreiundvierzig Menschen gestorben. In Wahrheit kennt niemand die wahre Zahl der Opfer. Illegale Einwanderer haben keine Papiere. Sie verstecken sich vor der Polizei. Sie sind Gespenster.«

De Souza hat das Essen noch nicht angerührt, wirkt jedoch äußerst zufrieden, dass die anderen zulangen.

»Verzeihen Sie mir, Miss Barba. Ich rede zu viel. Meine Freunde hier sind zu höflich, um mir zu sagen, dass ich still sein soll. Es ist Sitte, dass ein Gast etwas zu einem Fest mitbringt oder in irgendeiner Form zur Unterhaltung beiträgt. Singen oder tanzen Sie?«

»Nein.«

»Vielleicht sind Sie eine Geschichtenerzählerin.«

»Ich weiß wirklich nicht, was Sie meinen.«

»Sie erzählen uns eine Geschichte. Die besten Geschichten handeln, so scheint mir, immer von Leben und Tod, Liebe und Hass, Treue und Verrat.« Er wedelt mit seiner Hand durch die Luft und fixiert mich mit seinen bernsteinfarbenen Augen.

»Ich bin keine große Geschichtenerzählerin.«

»Überlassen Sie das Urteil uns.«

Also erzähle ich die Geschichte von zwei Mädchen, die sich in der Schule kennen lernten und beste Freundinnen wurden. Seelenverwandte. Als später beide studierten, schlief die eine mit dem Vater der anderen. Er hat sie verführt. Sie hat sich verführen lassen. Die Freundschaft war beendet.

Ich erwähne keine Namen – aber warum erzähle ich ihnen eine so persönliche Geschichte?

Ohne Überleitung beginne ich von zwei anderen jungen Mädchen zu erzählen, die sich in einer Stadt der Witwen und Waisen kennen gelernt haben. Menschenschmuggler haben sie aus Afghanistan nach Amsterdam gebracht. Dort erklärte man ihnen, dass sie für ihre Flucht etwas schuldig waren. Entweder müssten sie als Prostituierte arbeiten oder für ein kinderloses Ehepaar ein Baby austragen. In einem Ritual medizinischer Vergewaltigung wurden Jungfrauen die befruchteten Eizellen implantiert. Sie wurden zu perfekten Brutkästen. Zu Fabriken.

Noch beim Reden trocknet mir die Angst den Mund aus. Warum habe ich de Souza eine derart private Geschichte erzählt? Soweit ich weiß, könnte er selbst die Finger im Spiel haben. Er könnte der Anführer sein. Ich habe keine Zeit, mögliche Konsequenzen zu bedenken, und weiß auch nicht, ob es mich kümmert. Ich habe mich schon zu weit vorgewagt, um jetzt noch den Rückzug antreten zu können.

Als ich fertig bin, herrscht Schweigen. De Souza beugt sich vor und nimmt eine Praline von einem Teller, lässt sie über die Zunge rollen und zerbeißt sie langsam.

»Das ist eine gute Geschichte«, sagt er dann. »Freundschaft ist schwer zu beschreiben. Oscar zum Beispiel ist mein ältester Freund. Wie würdest du Freundschaft definieren, Oscar?«

Oscar grunzt leise, als ob die Antwort offensichtlich wäre. »Bei der Freundschaft geht es um Chemie und freie Wahl. Das kann man nicht genau beschreiben.«

»Aber es ist doch gewiss mehr als das.«

»Es ist eine Bereitschaft, Fehler zu übersehen und sie zu akzeptieren. Einem Freund würde ich erlauben, mir wehzutun, ohne zurückzuschlagen«, sagt er lächelnd. »Aber nur einmal.«

De Souza lacht. »Bravo, Oscar, ich kann mich immer darauf verlassen, dass du einen Disput auf den Punkt bringst. Was meinst du, Dayel?«

Der Inder wiegt den Kopf hin und her, stolz, als Nächster gefragt zu sein.

»Freundschaft ist für jeden etwas anderes, und sie verändert sich ein Leben lang. Mit sechs geht es darum, mit seinem besten Freund Händchen zu halten. Mit sechzehn geht es um das vor einem liegende Abenteuer. Mit sechzig um die Erinnerung.« Er hebt einen Finger. »Man kann sie nicht mit einem Wort zusammenfassen, aber Aufrichtigkeit kommt dem vielleicht am nächsten –«

»Nein, nicht Aufrichtigkeit«, unterbricht Farhad ihn. »Im Gegenteil, oft müssen wir unsere Freunde vor dem schützen, was wir wirklich denken. Es ist eine Art stille Übereinkunft. Wir übersehen die Fehler des anderen und bewahren unsere Geheimnisse. In einer Freundschaft geht es nicht um Ehrlichkeit. Die Wahrheit ist eine zu scharfe Waffe, um damit in Gegenwart eines Menschen herumzufuchteln, dem wir mit Respekt und Vertrauen begegnen. Bei der Freundschaft geht es um ein Bewusstsein von uns selbst. Wir sehen uns durch die Augen unserer Freunde. Sie sind wie ein Spiegel, in dem wir sehen können, wie unsere Reise verläuft.«

De Souza räuspert sich. Ich frage mich, ob ihm der Respekt, den er anderen einflößt, bewusst ist. Ich vermute, dass er zu intelligent und zu sehr Mensch ist, um es zu übersehen.

»Freundschaft lässt sich nicht definieren«, sagt er streng. »In dem Moment, wo wir anfangen, Gründe dafür anzuführen, warum wir mit jemandem befreundet sind, beginnen wir, die Magie der Freundschaft zu unterminieren. Niemand will hören, dass er für sein Geld, seine Großzügigkeit, seine Schönheit oder seinen Witz geliebt wird. Wenn man ein Motiv wählt, gibt man dem anderen nur die Gelegenheit zu sagen: ›Ist das der *einzige* Grund?‹«

Die Anderen lachen. De Souza stimmt mit ein. Dies ist eine Vorstellung. »Der Versuch zu erklären, warum wir bestimmte Freundschaften eingehen«, fährt er fort, »ist, als würde man versuchen, jemandem zu erklären, warum man bestimmte Musik oder ein bestimmtes Essen mag. Wir mögen es einfach.«

Er sieht mich jetzt direkt an. »Ihre Freundin heißt Cate Beaumont.«

Woher weiß er das?

»Waren Sie je eifersüchtig oder neidisch auf sie?«

»Ich weiß nicht, was Sie meinen.«

»Freunde können neidisch aufeinander sein. Oscar etwa beneidet mich um meine Position und meinen Reichtum.«

»Überhaupt nicht, mein Freund«, beschwört Oscar ihn.

De Souza lächelt wissend. »Haben Sie Cate Beaumont um ihre Schönheit oder ihren Erfolg beneidet?«

»Manchmal.«

»Sie haben sich gewünscht, dass sie weniger und Sie mehr davon hätten?«

»Ja.«

»Das ist nur natürlich. Freundschaften können sehr zwiespältig und widersprüchlich sein.«

»Jetzt ist sie tot«, füge ich noch hinzu, obwohl ich spüre, dass er das auch schon weiß.

»Sie hat Geld für ein Baby bezahlt. Eine kriminelle Handlung«, erklärt er scheinheilig.

»Ja.«

»Und Sie versuchen, sie zu schützen?«

»Ich versuche, die Leihmutter und die Babys zu retten.«

»Vielleicht wollen Sie ein Baby für sich?«

Mein Leugnen klingt ein wenig zu schrill. Ich mache alles nur noch schlimmer. »Ich habe nie ... ich will nicht ...«

Er greift in einen kleinen Beutel, der an seinem Gürtel hängt. »Halten Sie mich für einen Verbrecher, Miss Barba?«

»Ich weiß nicht genug –«

»Sagen Sie mir Ihre Meinung.«

Ich zögere. Die anderen beobachten mich mit einer Mischung aus Faszination und Belustigung.

»Das zu beurteilen, steht mir nicht zu«, stottere ich.

Schweigen. Schweiß tropft in mein Kreuz und rinnt über meine Wirbel.

De Souza wartet. Er beugt sich vor, bis sein Gesicht nur noch Zentimeter von meinem entfernt ist. Seine untere Zahnreihe ist bröckelig, zerklüftet und vergilbt wie eine verblichene Zeitung. Doch kein so perfektes Gesicht.

»Sie haben mir gar nichts zu bieten«, sagt er abschätzig.

Ich spüre, wie mir die Situation entgleitet. Er wird mir nicht helfen.

All der in mir angestaute Ärger, die Bilder von Zala und meine Rachegedanken finden mit einem Mal ein Ventil, und die Worte sprudeln aus mir heraus. »Ich denke, Sie sind ein Verbrecher und Frauenverächter, aber Sie sind kein böser Mensch. Sie beuten keine Kinder aus oder verkaufen Babys an den Meistbietenden.« Ich weise auf Sundays Frau, die hereingekommen ist, um die Teller abzudecken. »Sie würden von dieser Frau, der Frau eines Freundes, nie verlangen, dass sie eines ihrer Kinder abgibt, oder sie zwingen, das Baby einer anderen Frau auszutragen. Sie unterstützen Asylbewerber und illegale Einwanderer; Sie geben Ihnen Arbeit und finden ein Zuhause für sie. Diese Menschen respektieren und bewundern Sie. Wir können diesen Handel beenden. Ich kann ihn beenden. Helfen Sie mir.«

Sundays Frau wirkt verlegen. Sie sammelt weiter Teller ein und hat es eilig, wieder in die Küche zu kommen. Die Spannung im Raum wird durch die absolute Reglosigkeit noch verstärkt. Oscar gibt ein unterdrücktes Würgen von sich. Er würde mir, ohne mit der Wimper zu zucken, die Kehle aufschlitzen.

De Souza steht abrupt auf. Das Treffen ist beendet. Oscar macht einen Schritt auf mich zu. De Souza signalisiert ihm, stehen zu bleiben. Er begleitet mich zur Wohnungstür und ergreift meine Hand. Zwischen seinen Fingern klemmt ein Fetzen Papier.

Die Tür wird geschlossen. Ich werfe keinen Blick auf die Nachricht. Es ist ohnehin zu dunkel. Das Taxi wartet. Ich rutsche auf die Rückbank, lehne mich an Ruiz und schlage die Tür zu. Hokke sagt dem Fahrer, dass er losfahren soll.

Ich habe den Zettel zwischen Daumen und Zeigefinger zusammengerollt. Als ich das Papier jetzt wieder aufrolle und unter die Innenbeleuchtung halte, zittern meine Hände.

Die Nachricht besteht aus fünf Wörtern. Handgeschrieben.
»Sie verlässt Rotterdam heute Abend.«

13

Unser Taxifahrer nimmt die nächste Auffahrt auf die Autobahn.

»Wie weit ist es?«

»Fünfundsiebzig Kilometer.«

»Und bis zum Hafen?«

»Noch weiter.«

Ich sehe auf meine Uhr. Es ist jetzt acht.

»Der Hafen von Rotterdam ist vierzig Kilometer lang«, sagt Hokke. »Es gibt Zehntausende von Containern, Hunderte von Schiffen. Wie wollen Sie sie finden?«

»Wir brauchen den Namen des Schiffes«, sagt Ruiz.

»Oder eine Auslaufzeit«, ergänzt Hokke.

Ich starre auf den Zettel. Es ist nicht genug. Wir können den Zoll oder die Polizei nicht telefonisch vorwarnen. Was sollten wir ihnen sagen?

»Höchstwahrscheinlich soll sie nach England geschmuggelt werden«, sage ich. »Und die Route über Harwich haben sie schon einmal benutzt.«

»Vielleicht nehmen sie diesmal einen anderen Hafen.«

»Oder sie halten sich an das, was sie kennen.«

Hokke schüttelt den Kopf. Es ist eine wilde, aussichtslose Jagd. Rotterdam ist der größte Containerhafen Europas. Dann hat er eine Idee. Ein Freund, ein ehemaliger Polizeibeamter, arbeitet jetzt für eine private Sicherheitsfirma, die einige der Terminals bewacht.

Hokke ruft ihn an und redet knurrig und in ernsten Sätzen voller holländischer Konsonanten mit ihm. Derweil zähle ich an den Autobahnschildern die Kilometer und Minuten herunter. Im Mondlicht kann ich Windräder ausmachen, die aussehen wie geisterhafte Riesen, die über die Felder marschieren.

Auf der rechten Spur stauen sich LKW und Sattelschlepper. Ich frage mich, ob Samira in einem von ihnen stecken könnte. Was ist es für ein Gefühl? Ohrenbetäubend. Finster. Einsam.

Hokke beendet das Telefonat und skizziert die Möglichkeiten. Die Sicherheitsvorkehrungen um die Terminals und Kais sind streng, Überwachungskameras auf den Zäunen und Patrouillen mit Hunden. Innerhalb der Zollkontrolle gibt es Wärmescanner und noch mehr Hunde. Im Jahr passieren mehr als sechseinhalb Millionen Container den Hafen, die speziell versiegelt werden müssen. Leere Container, die auf neue Fracht warten, sind etwas anderes, aber selbst wenn jemand die Sicherheitskontrollen überwinden und die Container erreichen würde, wüsste er nicht, welcher Container für welches Schiff bestimmt ist, sofern er nicht über Insider-Informationen verfügt.

»Das heißt, sie wählen wahrscheinlich einen LKW aus, bevor er den Hafen erreicht«, sagt Ruiz. »Einen, von dem sie wissen, dass er nach Großbritannien unterwegs ist.«

Hokke nickt. »Wahrscheinlich suchen wir eine Roll-on-roll-off-Fähre. Es gibt zwei große Linien, die von Rotterdam aus die Nordsee überqueren. Stena Line hat ein Terminal in Hoek van Holland. P & O verkehrt von einem Dock fünfzehn Kilometer weiter östlich und näher bei der Stadt.«

Es sind immer noch gut fünfunddreißig Kilometer, und es ist fast halb neun.

Mit einem weiteren Anruf bringt Hokke die Abfahrtszeiten in Erfahrung. Um neun Uhr legt eine P & O-Fähre nach Hull ab. Die Nachtfähre der Stena Line nach Harwich geht um elf. Beide treffen in den frühen Morgenstunden des kommenden Tages in Großbritannien ein.

»Haben Sie Ihren Pass dabei, Grashüpfer?«

»Ja, Sir.«

»Wollen Sie die erste oder die zweite Fähre nehmen?«

»Ich nehme die zweite.«

Er nickt. »Kennt irgendjemand die Wettervorhersage?«

Hokke ruft gerade bei P & O an, um zu erreichen, dass die Passagier-Gates noch ein wenig länger geöffnet bleiben. Offiziell schließen sie in einer Viertelstunde, was wir auf keinen Fall schaffen werden.

Unsere Vermutungen basieren auf zwei Prozent Detailwissen und achtundneunzig Prozent Wunschdenken. Selbst wenn Samira an Bord einer der Fähren ist, wird sie sich nicht unter die anderen Passagiere mischen. Man wird sie versteckt halten. Wie sollen wir sie finden?

Mein Herz brennt, wenn ich an sie denke. Ich habe ihr Versprechungen gemacht. Ich habe gesagt, ich würde Zala finden und auf sie aufpassen. Wie soll ich ihr das erklären?

De Souza hat mich gefragt, ob ich die Babys für mich will. Was für eine lächerliche Andeutung! Warum hat er das gesagt? Ich tue das hier für Cate und Samira. Für die Zwillinge.

Die Docks sind kilometerlang erleuchtet. Kräne und Kranbrücken fungieren als riesige Lichtmasten, die Schiffsrümpfe und Reihen gestapelter Container beleuchten. Das Wasser dazwischen wirkt massiv und dunkel, die Wellen wie Falten in einem zähen Strom.

Das Taxi hält vor dem P & O-Terminal. Ruiz ist schon halb ausgestiegen, bevor wir gehalten haben. Eine Woche quälender Schmerzen und voller Morphium kann ihn nicht bremsen.

»Viel Glück«, ruft er, ohne sich umzudrehen. »Ich finde sie als Erster.«

»Ja, klar. Sie werden die ganze Zeit kotzend über der Reling hängen.«

Er hebt seine Hand und streckt einen Finger aus.

Der Terminal der Stena Line liegt am westlichen Ende des Hafens, wo das Hoek van Holland in die Nordsee hinausragt. Das Taxi setzt mich ab, und ich verabschiede mich von Hokke.

»Das kann ich Ihnen nie zurückzahlen.«

»Und ob«, sagt er lachend und zeigt auf die Taxiuhr.

Ich gebe ihm alle Euro, die ich noch bei mir habe, weil er ja auch irgendwie wieder nach Hause kommen muss.

Er küsst mich drei Mal – linke Wange, rechte Wange und noch einmal die linke.

»Seien Sie vorsichtig.«

»Bin ich.«

Ich habe noch eine Stunde Zeit, bis die *Stena Britannica* ausläuft. Das Schiff überragt die Skyline und alle Gebäude der Umgebung. Es ist so lang wie zwei Fußballfelder und so hoch wie ein fünfzehnstöckiges Gebäude und hat zwei Schornsteine, die Geschwindigkeit suggerieren, ohne völlig zu überzeugen.

Möwen kreisen und jagen die Insekten im Licht der Scheinwerfer. In der Luft wirken sie so elegant, aber am Boden keifen sie wie Fischweiber. Und sie klingen unendlich traurig wie Geschöpfe, die in die Hölle verdammt worden sind.

Viele LKW und Wohnwagen sind schon an Bord. Ich sehe sie aufgereiht auf dem offenen Deck stehen, jeweils einen Meter voneinander entfernt, fest an der Heckreling verkeilt. Weitere LKW stehen auf der Laderampe Schlange. PKW und Vans werden zu einem anderen Parkplatz dirigiert, wo sie warten, bis sie auf das Schiff gelotst werden.

Die junge Frau an dem Ticket-Schalter trägt einen hellblauen Rock und eine passende Jacke wie eine Art maritime Stewardess. »Tragen Sie hier bitte die Angaben zu Ihrem Fahrzeug ein«, sagt sie.

»Ich habe kein Fahrzeug.«

»Es tut mir leid, aber für diese Fähre gibt es keine Fußgängerbrücke, sodass wir nur Passagiere mit Fahrzeug transportieren können.«

»Aber ich muss diese Fähre nehmen.«

»Das ist unmöglich.« Sie blickt über meine Schulter. »Vielleicht ...?«

Ein älteres Paar ist in einem alten Range Rover vorgefahren, an dem ein altmodischer Wohnwagen hängt, der aussieht wie eine Cinderella-Kutsche. Der Mann hat eine Glatze und ein kleines Ziegenbärtchen, was jedoch auch einer nachlässigen Rasur geschuldet sein könnte. Seine Frau ist doppelt so breit wie er und trägt meterweise Jeans auf den Hüften. Sie sehen aus wie Waliser und klingen auch so.

»Was ist, Schätzchen?«, fragt sie, als ich sie bei einer Tasse Tee aus ihrer Thermoskanne störe.

»Man will mich als Fußgänger nicht an Bord dieser Fähre lassen. Ich muss aber dringend zurück nach England. Vielleicht könnten Sie mich mitnehmen?«

Der Mann sieht seine Frau an.

»Sind Sie eine Terroristin?«, fragt er.

»Nein.«

»Schmuggeln Sie Drogen?«

»Nein.«

»Wählen Sie konservativ?«

»Nein.«

»Sind Sie katholisch?«

»Nein.«

Er zwinkert seiner Frau zu. »In allen Punkten sauber.«

»Willkommen an Bord«, verkündet sie und streckt mir ihre Hand entgegen. »Ich bin Bridget Jones. Nicht die Dicke aus dem Kino – die noch Dickere aus Cardiff. Das ist Bryce, mein Mann.«

Der Range Rover ist bis zum Schandeckel mit Koffern, Einkaufstüten und Duty-Free-Waren vollgepackt: Französische Käsespezialitäten, zwei Kisten Stella Artois, eine Flasche Bailey's Irish Cream und diverse Souvenirs.

Sie sind wirklich goldig. Ein putziges Pärchen mit passenden Sitzkissen und Trinkbechern. Mr. Jones trägt Autofahrerhandschuhe mit abgeschnittenen Fingern, und sie hat die farblich markierten Straßenkarten in einer Tasche vor sich auf dem Armaturenbrett liegen.

»Wir waren in Polen«, erklärt sie.

»Wirklich?«

»In Polen war noch nie jemand. Nicht mal unsere Freunde Hettie und Jack aus dem Camping-Club, die glauben, sie wären schon überall gewesen.«

»Und in Estland«, ergänzt ihr Mann. »Seit dem 28. August haben wir fünftausendzweihundertfünfundfünfzig Kilometer zurückgelegt.« Er streichelt das Lenkrad. »Sie hat gut fünfzehn Liter auf hundert Kilometer geschluckt, nicht schlecht für ein altes Mädchen, vor allem nach dem gepanschten Diesel in Danzig.«

»Danzig war alles in allem ziemlich windig«, pflichtet seine Frau ihm bei.

»In einem Wohnwagen wird es doch bestimmt ganz schön kalt.«

»Ach, das macht uns nichts«, meint sie kichernd. »Ein Ehemann ist besser als eine Wärmflasche.«

Mr. Jones nickt. »Ich hol noch ganz schön was aus ihr raus.«

Ich weiß nicht, ob er seine Frau meint oder immer noch über sein Auto spricht.

Vor uns setzt sich die Schlange in Bewegung. Fahrzeuge rollen auf die Rampe und verschwinden im Innern des Schiffes, wo sie auf markierte Spuren gelotst werden, die kaum breiter sind als ihre Achsenbreite. Motoren werden abgestellt, Wohnwagen vertäut. Männer in Leuchtwesten dirigieren uns zu den Luftschleusen, die weiter zu Treppen und Fahrstühlen führen.

»Nicht trödeln, Schätzchen«, ermahnt Mrs. Jones mich. »Das Büffet ist im Preis der Überfahrt inbegriffen. Da will man dem Ansturm doch zuvorkommen.«

Mr. Jones nickt. »Es gibt leckeren Apfelkuchen mit Vanillesauce.«

Mit meinem Ticket habe ich einen Kartenschlüssel bekommen, der zu einer Kabine auf dem Kabinendeck passt. Auf Deck

acht hängen Schilder, die die Passagiere auffordern, sich aus
Rücksicht auf schlafende LKW-Fahrer ruhig zu verhalten. Einige müssen schon vor Stunden an Bord gegangen sein. Wie soll
ich Samira finden?

Ich mache mir gar nicht erst die Mühe, meine Kabine zu
suchen. Ich habe kein Gepäck zu verstauen. Stattdessen stu-
diere ich den Plan des Schiffes, der neben dem Notausgang an
die Wand genietet ist. Es gibt vier Fahrzeugdecks, die während
der Überfahrt nur vom Schiffspersonal betreten werden dürfen. Deck zehn ist ausschließlich für die Mannschaft zugänglich.
Dort muss sich auch die Brücke befinden.

Die Korridore zwischen den Kabinen sind gerade breit genug,
dass zwei Menschen aneinander vorbeigehen können. Ich blicke
in die Gesichter der Passanten auf der Suche nach Vertrautem
oder Unvertrautem. Das war mein Job beim Personenschutz für
den Diplomatischen Dienst – kleine Veränderungen bemerken,
die Präsenz eines bestimmten Menschen in einer Menge erspü-
ren oder seine Abwesenheit im Bruchteil eines Augenblicks zu
registrieren. Es könnte jemand sein, der nicht hierher passt, jemand, der sich zu sehr bemüht, hierher zu passen, oder jemand,
der mir aus irgendeinem anderen Grund ins Auge fällt.

Die Schiffsmotoren sind gestartet worden. Ich spüre das
schwache Vibrieren unter meinen Füßen, das sich auf meine
Nerven zu übertragen scheint.

Das Büffet ist im Globetrotter-Restaurant aufgebaut. Die
meisten Passagiere sind vermutlich LKW-Fahrer in Jeans und
T-Shirt. Auf ihren Tellern stapeln sich die Speisen – dickflüssige
Currys, Cottage Pies und Gemüse-Lasagne. Große Maschinen
müssen aufgetankt werden.

Die holländischen Fahrer spielen Karten, die britischen rauchen und lesen Zeitung. Die Fähre hat abgelegt und die Mitte
des Flusses angesteuert. Draußen gleiten die Lichter an der Küste vorbei, und es sieht aus, als würde sich nicht das Schiff, sondern das Land bewegen. England liegt fünf Stunden entfernt.

Hokke hatte Recht. Der Heuhaufen ist zu groß. Ich könnte diese Fähren wochenlang durchsuchen, ohne Samira zu finden. Sie könnte in einem LKW oder in einer Kabine eingeschlossen sein. Vielleicht ist sie auch gar nicht an Bord. Vielleicht hatte de Souza nie die Absicht, mir zu helfen, sondern wollte mich einfach nur aus Holland wegschaffen.

Unter mir erstrecken sich die höhlenartigen Fahrzeugdecks, einige überdacht, andere offen und den Elementen schutzlos ausgeliefert. Ich muss sie suchen. Wie? Klopfe ich an jeden LKW und rufe ihren Namen? Würde sie antworten?

Wenn irgendeine Chance besteht, dass sie an Bord ist, muss ich sie finden. Ich laufe über die Gangways und Treppen hinauf und zeige Leuten Samiras Foto. In dem Labyrinth habe ich bisweilen das Gefühl, im Kreis zu laufen. War ich schon einmal in diesem Korridor? Ist das derselbe Passagier, den ich eben gefragt habe? Die meisten liegen mittlerweile ohnehin in ihren Kabinen und schlafen.

Als ich um eine weitere Ecke biege, spüre ich plötzlich ein Zittern in der Luft, ein unheimliches Gefühl, fast als wäre ich hellsichtig. Ein Stück den Korridor hinunter ist eine Gestalt mit dem Rücken zu mir stehen geblieben, um eine Kabinentür aufzuschließen. Ich sehe ein Viertelprofil und drücke mich unvermittelt an die Wand. Meine Phantome verfolgen mich.

14

Die Fähre schwankt leicht, sodass ich mich an der Wand abstützen muss. Wir müssen offene Gewässer erreicht haben. Ich bin sicher, dass *er* es ist. Brendan Pearl. Er ist hier, weil *sie* hier ist.

Meine erste Reaktion ist Rückzug. Ich verstecke mich im Treppenhaus, atme ein paar Mal tief durch und überlege, was zu tun ist. Ich ziehe mein Handy aus der Tasche und stelle fest, dass ich kein Netz habe. Die Fähre ist außer Reichweite. Ich sollte mit dem Kapitän sprechen, damit der eine Meldung an Forbes durchgeben kann.

Ein Mitglied der Mannschaft kommt die Treppe hinauf. Auch in seiner dunklen Hose und dem weißen Hemd mit Schulterstücken sieht er zu jung aus, um zur See zu fahren. Ein Namensschild an seiner Brust weist ihn als Raoul Jakobson aus.

»Haben Sie Schlüssel zu allen Kabinen?«, frage ich ihn.

»Gibt es ein Problem?«

»An Bord befindet sich ein Mann, der von der britischen Polizei gesucht wird. Er ist in Kabine 8021.« Ich weise auf den Korridor, und sein Blick folgt meiner ausgestreckten Hand. »Ich bin Beamtin der britischen Polizei. Detective Constable. Gibt es eine Passagierliste?« Ich zeige ihm meine Dienstmarke.

»Ja, selbstverständlich.«

Er öffnet eine Tür mit der Aufschrift »Nur für Personal«, sucht ein Klemmbrett und fährt mit dem Finger über die Seite, bis er die Nummer gefunden hat.

»Die Kabine ist von einem gewissen Patrick Norris belegt. Er ist ein britischer LKW-Fahrer.«

Pearl hat eine neue Identität.

»Ist es möglich herauszufinden, welches Fahrzeug er an Bord gefahren hat?«

Raoul konsultiert wieder seine Liste. »V743. Auf Deck fünf.«

»Ich muss das Fahrzeug überprüfen.«

»Passagiere dürfen das Fahrzeugdeck nicht betreten.«

»Ich suche einen illegalen Passagier. Die Frau könnte in dem LKW eingeschlossen sein.«

»Vielleicht sollten sie mit dem Kapitän sprechen.«

»Ja, natürlich, aber im Moment bleibt dafür keine Zeit. *Sie* gehen zum Kapitän. Er soll diesen Mann benachrichtigen.« Ich kritzele eine Telefonnummer auf das Klemmbrett. »Er heißt Detective Inspector Forbes. Erwähnen Sie meinen Namen. Und sagen Sie ihm, dass Brendan Pearl sich an Bord dieser Fähre befindet.«

»Das ist alles?«

»Er wird schon wissen, worum es geht.«

Raoul betrachtet die Telefonnummer und wirft einen ängstlichen Blick in den Korridor Richtung Pearls Kabine.

»Ist dieser Mann gefährlich?«

»Ja, aber es besteht kein Grund zur Panik. Lassen Sie ihn schlafen.« Ich blicke auf meine Uhr. »In vier Stunden sind wir in Harwich.« Ich mache einen Schritt Richtung Treppenhaus und nicke ihm zu. »Benachrichtigen Sie den Kapitän. Ich muss jetzt los.«

Zwei Stufen auf einmal nehmend fliege ich förmlich über die Absätze, bis ich Deck fünf erreicht habe. Ich drücke auf den roten Knopf der Schleuse und höre, wie die Luft zischend entweicht, als die Versiegelung bricht. Die Metalltür gleitet auf. Der höhlenartige Raum verstärkt das Geräusch der Schiffsmotoren, und der Boden vibriert von ihrem Stampfen.

Ich trete über die Schwelle und beginne, an der ersten Reihe von Fahrzeugen entlangzulaufen. Die LKW parken in sieben Reihen nebeneinander, die Kühlerhaube jeweils so dicht am Heck des Vordermannes, dass man sich gerade eben hindurchquetschen kann. Ich wünschte, ich hätte eine Taschenlampe. Die Deckenbeleuchtung dringt kaum in das Dunkel, sodass ich die Nummernschilder nur mit Mühe lesen kann.

Ich laufe die gesamte Länge des Decks Reihe für Reihe ab. Wenn die Fähre auf einer Welle rollt, stütze ich mich an einem Kotflügel oder Anhänger ab. Vor meinem inneren Auge sehe ich Hasan und die anderen im Laderaum eingesperrt ersticken. Ich will an die Metallwände hämmern und die Hecktüren aufreißen, um Luft hineinzulassen.

In der zweiten Spur auf der Steuerbordseite finde ich das Fahrzeug schließlich, ein brauner Mercedes-Sattelschlepper und ein weißer Container-Auflieger. Ich steige auf das Trittbrett, packe den Seitenspiegel und ziehe mich hoch, um in die Fahrerkabine zu gucken. Auf dem Boden liegen leere Kaffeebecher und Junk-Food-Verpackungen.

Ich steige wieder herunter und gehe langsam um den Container. Ich presse mein Ohr an die Stahlhülle und lausche auf ein Niesen, Husten oder Flüstern, irgendein Geräusch. Nichts. Die Hecktüren sind mit Stahlriegeln verschlossen und mit Vorhängeschlössern gesichert.

Jemand mit einer Taschenlampe kommt auf mich zu. Der Strahl schwenkt hin und her und blendet mich einen Moment lang. Ich ziehe mich in die Dunkelheit zwischen den Wagen zurück.

»Sie dürfen sich hier nicht aufhalten«, sagt eine Stimme.

Im selben Moment legt jemand von hinten eine Hand auf meinen Mund und erstickt jedes Geräusch.

Ich kriege keine Luft. Meine Füße haben keinen Bodenkontakt mehr. Mein Angreifer umklammert meine Wangen, gräbt seine Finger in mein Zahnfleisch, legt den anderen Unterarm um meinen Hals und sucht meine Luftröhre. Ich stemme meine Hände dagegen und trete nach hinten aus in der Hoffnung, seinen Rist oder ein Knie zu erwischen, aber der Tritt berührt ihn kaum.

Er hebt mich noch höher. Meine Zehen scharren über den Boden, ohne Halt zu finden. Blut rauscht in meinen Ohren. Ich muss Atem holen.

Beim Karatetraining habe ich etwas über Druckpunkte gelernt. Einer liegt in der weichen Haut oberhalb des Gewebes zwischen Daumen und Zeigefinger. Ich finde den Punkt, mein Angreifer grunzt vor Schmerz und lockert den Griff um meinen Mund und meine Nase. Aber ich kriege nach wie vor keine Luft, weil er immer noch auf meine Luftröhre drückt. Ich drücke den Daumen tiefer in sein Fleisch.

Ein Knie trifft meine Niere. Der Schmerz ist wie eine Hitzewelle. Trotzdem lasse ich seine rechte Hand nicht los, sehe jedoch auch nicht, wie er seine linke zur Faust ballt. Der Schlag ist wie ein Ausrufezeichen. Dunkelheit fegt den Schmerz und die Erinnerung fort. Das unaufhörliche Stampfen der Motoren verstummt. Ich bin frei. Frei von dieser Fähre. Frei von Cate und Samira. Frei von den ungeborenen Zwillingen. Endlich frei.

Langsam wird die Welt wieder weiter. Und heller. Für einen Moment ist es, als würde ich ein paar Zentimeter über meinem Körper schweben und auf eine sonderbare Szenerie herabblicken. Meine Hände sind mit Isolierband hinter dem Rücken gefesselt. Ein weiteres Stück Klebeband ist um meinen Kopf gewickelt, um meinen Mund zu verschließen, und zerrt an meiner geschwollenen und aufgeplatzten Lippe.

Eine Taschenlampe, die neben meinen Füßen auf dem Boden liegt, verströmt ein schwaches Licht. Mein Kopf liegt in Samiras Schoß. Sie beugt sich vor und flüstert mir etwas ins Ohr. Sie will, dass ich still liege. Das Licht spiegelt sich in ihren Pupillen. Ihre Finger sind wie Eis.

Mein Kopf ist an ihren Bauch gepresst, und ich spüre, wie sich ihre Babys bewegen. Ich kann das Rauschen und Gurgeln der Flüssigkeit hören, die Melodie ihres Herzschlags. Blut fließt unter ihrer Haut, drängt sich in immer schmalere Gefäße und transportiert Sauerstoff.

Ich frage mich, ob die Zwillinge von der Existenz des jeweils anderen wissen. Hören sie seinen Herzschlag? Halten sie sich in den Armen, oder kommunizieren sie durch Berührungen?

Nach und nach setzen sich Dunkelheit und Durcheinander zu einem Anschein von Ordnung zusammen. Wenn ich ruhig bleibe, kann ich durch das Klebeband atmen.

Samira zuckt plötzlich zusammen, krümmt sich und drückt dabei meinen Kopf gegen ihre Oberschenkel. Als sie ihren Körper wieder unter Kontrolle hat, lehnt sie sich zurück und atmet tief durch. Ich versuche, den Kopf zu heben. Sie will, dass ich still liege.

Mit dem Knebel kann ich nicht sprechen. Sie schiebt ihre Finger unter das Klebeband und zieht es ein Stück weg, damit ich sprechen kann.

»Wo sind wir?«

»In einem LKW.«

Die Leere des Frachtraums verstärkt unser Flüstern.

»Alles in Ordnung?«

Sie schüttelt den Kopf. In ihren Augen schimmern Tränen. Wieder zuckt sie zusammen. Die Wehen haben eingesetzt.

»Wer hat mich hierhergebracht?«

»Yanus.«

Er und Pearl arbeiten zusammen.

»Du musst mich losbinden.«

Ihr Blick schweift zu den geschlossenen Hecktüren, bevor sie den Kopf schüttelt.

»Bitte.«

»Die bringen dich um.«

Die bringen mich sowieso um.

»Hilf mir, mich aufzurichten.«

Sie hebt meinen Kopf und meine Schultern an, bis ich mit dem Rücken an einer Wand lehne. Mein Gleichgewichtssinn ist völlig durcheinander. Vielleicht ist ein Trommelfell gerissen.

Der Container ist mit Paletten und Kisten vollgestapelt. Durch eine schmale quadratische Öffnung kann ich ein Versteck mit einer Matratze und drei Plastikflaschen ausmachen. Man hat eine falsche Wand eingezogen, um eine Nische abzuteilen. Zollbeamte würden den Unterschied nie bemerken, es sei denn, sie würden die Außen- und Innenmaße des Containers vergleichen.

»Wann haben die Wehen begonnen?«

Sie sieht mich hilflos an. Wie soll sie beurteilen, wie viel Zeit verstrichen ist?

»In welchen Abständen kommen sie?«

»Eine Minute.«

Wie lange war ich bewusstlos? Raoul muss mittlerweile zum Kapitän der Fähre gegangen sein. Sie werden Forbes anrufen, und er wird ihnen sagen, dass sie vorsichtig sein sollen.

»Binde meine Hände los.«

Samira schüttelt den Kopf.

Sie lässt das Klebeband los und breitet eine Decke über meine Schultern. Sie macht sich mehr Sorgen um mich als um sich selbst.

»Du hättest nicht kommen sollen.«

Ich kann nicht antworten. Eine erneute Wehe verzerrt ihr Gesicht. Ihr ganzer Körper scheint sich zu verkrampfen.

Die Hecktür schwingt auf. Ich spüre den Luftzug und höre, wie Samira den Atem anhält.

»Ich hab dir doch gesagt, du sollst sie nicht anrühren«, sagt Yanus und springt in den Container. Er packt sie und drückt ihr die Hände ins Gesicht, als wollte er sie mit Dreck einschmieren. Dann schiebt er gewaltsam ihre Lippen zurück, zwingt ihre Zähne auseinander und spuckt ihr in den Mund. Sie wendet sich würgend ab.

Dann widmet er sich mir und reißt das Klebeband ab. Es fühlt sich an, als würde mein halbes Gesicht mitgerissen.

»Wer weiß, dass du hier bist?«

»Der Kapitän«, bringe ich lallend hervor. »Die Mannschaft ... sie haben per Funk die Küstenwache alarmiert.«

»Du lügst!«

Eine weitere Gestalt ist in der offenen Hecktür aufgetaucht. Brendan Pearl. Er kann erst seit wenigen Sekunden dort stehen, trotzdem habe ich das Gefühl, als würde er mich schon lange beobachten.

Das Licht hinter ihm verwischt seine Gesichtszüge, aber ich erkenne, wie er seine Erscheinung seit unserer letzten Begegnung verändert hat. Seine Haare sind kürzer, und er trägt eine Brille. Der Gehstock ist auch ein nettes Requisit. Er hält ihn verkehrt herum. Warum? Es ist gar kein Gehstock. Das Teil hat einen geschwungenen Haken wie ein Landungshaken oder ein Marlspieker. Dann fällt mir wieder ein, wie Ruiz ihn genannt hat – den Fischer von Shankhill.

Yanus tritt mir in den Magen. Als ich mich umdrehe, stellt er einen Fuß auf meinen Nacken und konzentriert das Gewicht auf die Stelle, wo meine Wirbelsäule mit dem Schädel verbunden ist, bis ich das Gefühl habe, dass sie brechen muss.

Samira schreit auf, ihr Körper wird von weiteren Wehen erschüttert. Pearl sagt etwas, und Yanus nimmt seinen Fuß hoch. Ich kann wieder atmen. Er dreht eine Runde in dem leeren Container, kehrt zurück und stellt seinen Fuß wieder auf meinen Nacken.

Mit aller Kraft weise ich auf Samira, die voller Entsetzen ihre Hände anstarrt. Flüssigkeit verfärbt ihren Rock und sammelt sich in einer Lache vor ihren Knien.

Pearl stößt Yanus beiseite.

»Die Fruchtblase ist geplatzt«, bringe ich würgend heraus.

»Sie hat sich vollgepisst«, höhnt Yanus.

»Nein, sie bekommt die Babys.«

»Mach, dass es aufhört«, befiehlt Pearl.

»Das kann ich nicht. Sie braucht einen Arzt.«

Wieder schüttelt sich ihr Körper unter den Wehen, heftiger diesmal. Ihr Schrei hallt zwischen Metallwänden wider. Pearl legt den spitzen Haken um ihren Hals. »Wenn sie noch einen Mucks macht, reiße ich ihr die Kehle heraus.«

Samira schüttelt den Kopf und schlägt sich die Hand vor den Mund.

Pearl zieht mich in eine sitzende Position hoch und schneidet das Klebeband um meine Hände durch. Dann hält er inne und kaut auf seiner Wange.

»Sie sieht ziemlich ungesund aus, was?«, meint er mit einem singenden irischen Tonfall.

»Sie braucht einen Arzt.«

»Ein Arzt geht gar nicht.«

»Sie bekommt Zwillinge!«

»Und wenn sie junge *Hunde* bekommt, ist mir scheißegal. Du musst sie auf die Welt bringen.«

»Ich weiß nicht, wie man ein Baby auf die Welt bringt!«

»Dann lernst du es besser schnell.«

»Seien Sie nicht albern –«

Der Stock seines Spiekers trifft mein Kinn. Als der Schmerz nachlässt, taste ich mit der Zunge, ob noch alle Zähne an ihrem Platz sind. »Warum sollte ich Ihnen helfen?«

»Weil ich dich sonst umbringe.«

»Sie bringen mich doch sowieso um.«

»Das weißt du sicher, was?«

Samira packt mein Handgelenk, ihre Fingerknöchel sind ganz weiß. Der Schmerz steht ihr ins Gesicht geschrieben. Sie will Hilfe. Sie will nur, dass der Schmerz weggeht. Ich sehe Pearl an und nicke.

»Prächtig. Wirklich prächtig«, findet er und lässt den Spieker in seiner Hand kreisen.

»Hier können wir es nicht machen«, sage ich. »Wir müssen sie in eine Kabine bringen. Ich brauche Licht. Saubere Laken. Wasser.«

»Nein.«

»Schauen Sie sich doch mal um!«

»Sie bleibt hier.«

»Dann wird sie sterben! Und ihre Babys auch! Und wer immer Sie dafür bezahlt, kriegt gar nichts.«

Ich fürchte, dass Pearl mich wieder schlägt, aber er wiegt den Spieker in beiden Händen, lässt dann den Metallhaken zu Boden sinken und stützt sich darauf wie auf einen Gehstock. Flüsternd berät er sich mit Yanus. Entscheidungen müssen getroffen werden. Ihr Plan franst an allen Enden aus.

»Du musst durchhalten«, erkläre ich Samira. »Alles wird gut.«

Sie nickt, weitaus ruhiger als ich selbst.

Warum sucht noch niemand nach mir? Mittlerweile müssen sie Forbes doch benachrichtigt haben. Er wird ihnen sagen, was zu tun ist.

Pearl kommt zurück.

»Okay, wir bringen sie hoch.« Er hebt den Saum seines Hemdes, um mir die Pistole zu zeigen, die in seinem Hosenbund steckt. »Und keine beschissenen Tricks. Wenn du abhaust, schneidet Yanus ihr die Babys aus dem Leib. Er ist ein verdammter verhinderter Chirurg.«

Der Ire sammelt Samiras Sachen zusammen – einen kleinen Baumwollbeutel und eine zusätzliche Decke. Dann hilft er ihr auf die Beine. Sie legt die Hände unter ihren Bauch, als wollte sie ihn abstützen. Ich lege ihr die Decke über die Schultern. Ihr feuchter Rock klebt an ihren Schenkeln.

Yanus ist vorausgegangen, um das Treppenhaus zu kontrollieren. Ich male mir aus, dass Mitglieder der Mannschaft ihn erwarten. Sie werden ihn überwältigen, und Pearl wird keine andere Wahl haben, als sich zu ergeben.

Er hebt Samira aus dem Container. Ich folge ihm und stolpere leicht, als ich auf dem Boden lande. Pearl schubst mich beiseite, schlägt die Hecktüren zu und verriegelt sie mit dem Bolzen. Irgendetwas an dem LKW ist anders. Die Farbe. Es ist ein anderer Wagen.

Mein Magen dreht sich um. Es gibt zwei LKW. Yanus und Pearl müssen jeder einen an Bord gefahren haben. Über dem nächsten Treppenhaus leuchtet ein Schild. Wir sind auf einem anderen Deck. Niemand weiß, wo man nach mir suchen soll.

Samira geht voraus. Sie hat ihr Kinn auf das Schlüsselbein gedrückt und scheint ein Gebet zu flüstern. Eine weitere Wehe lässt sie abrupt stehen bleiben, ihre Knie geben nach. Pearl legt einen Arm um ihre Hüften. Obwohl er schon Ende vierzig ist, ist sein Oberkörper muskulös und gedrungen wie der eines Menschen, der sich in einem Knast-Kraftraum fit gehalten hat.

Wenn man in einem normalen Beruf arbeitet, kriegt man so einen Körperbau nicht.

Wir steigen eilig die Treppen hinauf und hasten einen leeren Gang hinunter. Yanus hat eine Kabine auf Deck neun gefunden, auf dem weniger Passagiere untergebracht sind. Als er Samira von Pearl übernimmt, werfe ich einen verstohlenen Seitenblick auf die beiden. Sie können doch nicht glauben, damit durchzukommen.

Die Zwei-Bett-Kabine ist bedrückend ordentlich. Eine schmale Pritsche ist etwa dreißig Zentimeter über dem Fußboden, die andere ziemlich direkt darüber flach an die Wand geklappt. Es gibt ein quadratisches Bullauge mit abgerundeten Ecken. Dahinter ist es dunkel. Das Land hat aufgehört zu existieren, und ich kann mir nur die einsamen Weiten der Nordsee ausmalen. Ich blicke auf die Uhr. Halb eins. Harwich liegt noch dreieinhalb Stunden entfernt. Wenn Samira ruhig bleibt – und die Wehen einigermaßen regelmäßig sind –, erreichen wir England vielleicht noch rechtzeitig. Rechtzeitig wofür?

Samira hat die Augen aufgerissen, und auf ihrer Stirn stehen Schweißtropfen. Gleichzeitig zittert sie. Ich sitze mit dem Rücken zum Bullauge auf der Pritsche und drücke sie mit beiden Armen an mich, um sie warm zu halten. Ihr Bauch wölbt sich zwischen ihren Knien, und bei jeder Wehe geht ein Stoß durch ihren ganzen Körper.

Ich handle rein instinktiv und gebe mir alle Mühe, nicht in Panik zu geraten oder ihr meine Angst zu zeigen. Der Erste-Hilfe-Kurs, den ich bei meinem Eintritt in die Polizei gemacht habe, war umfassend, Geburten wurden allerdings nicht behandelt. Ich erinnere mich nur an etwas, was meine Mama zu meiner Schwägerin gesagt hat: »Nicht Ärzte bringen Kinder auf die Welt, sondern Frauen.«

Yanus und Pearl wechseln sich mit der Bewachung der Tür ab. In der Kabine ist nicht genug Platz für beide. Einer behält den Korridor im Auge.

Yanus lehnt sich an den schmalen Tresen der Kabine und be-obachtet uns mit teilnahmsloser Neugier. Er nimmt eine Orange aus der Tasche, schält und teilt sie in Stücke, die er auf der Bank aufreiht, bevor er sie nacheinander zermalmt, geräuschvoll aus-lutscht und Haut und Kerne auf den Fußboden spuckt.

Ich habe nie geglaubt, dass ein Mensch vollkommen böse sein kann. Psychopathen werden gemacht und nicht geboren. Yanus könnte die einzige Ausnahme sein. Ich versuche, mir ihn als jungen Mann vorzustellen, und klammere mich an die Hoffnung, dass irgendwo in ihm ein wenig menschliche Wär-me steckt. Er muss einmal geliebt haben – ein Haustier, Mut-ter oder Vater, einen Freund. Aber ich kann keine Spur davon erkennen.

Ein oder zwei Mal kann Samira ihre Schreie nicht unterdrü-cken. Er wirft mir eine Rolle Klebeband in den Schoß. »Stopf ihr das Maul!«

»Nein! Sie muss mir signalisieren, wann die Wehen kom-men.«

»Dann sorg dafür, dass sie leise ist.«

Wo trägt er sein Messer? In einer Scheide auf seiner linken Brust, direkt neben seinem Herzen. Er klopft auf seine Jacke, als könnte er meine Gedanken lesen.

»Ich kann sie aus ihr rausschneiden, weißt du? Das habe ich bei Tieren schon gemacht. Ich fang einfach hier an zu schnei-den.« Er legt seinen Finger über seine Gürtelschnalle und zieht ihn über seinen Bauchnabel weiter nach oben. »Dann schäle ich ihr die Haut ab.«

Samira zittert.

»Seien Sie still, ja?«

Er lächelt mich mit seinem Haifischgrinsen an.

Die Dunkelheit drängt gegen das Bullauge. An Bord dieser Fähre mögen fünfhundert Passagiere sein, aber im Augenblick fühlt es sich an, als würde das Kabinenlicht in einem kalten feindlichen Ödland brennen.

Samira legt den Kopf in den Nacken, bis sie mir in die Augen sehen kann.

»Zala?«, fragt sie.

Ich wünschte, ich könnte sie anlügen, aber sie liest die Wahrheit in meinem Gesicht. Ich kann förmlich sehen, wie sie in die Dunkelheit zurückgleitet und verschwindet. Ihr Ausdruck ist der eines Menschen, der weiß, dass das Schicksal sie im Stich gelassen hat; mit solch einer tiefen Traurigkeit, dass nichts diesen Kummer berühren kann.

»Ich hätte sie nie gehen lassen dürfen«, flüstert sie.

»Es ist nicht deine Schuld.«

Ihre Brust hebt und senkt sich, während sie lautlos schluchzt. Sie hat die Augen abgewandt, eine Geste, die alles sagt. Ich habe versprochen, Zala zu finden und zu beschützen. Ich habe mein Versprechen gebrochen.

Mittlerweile hat Pearl Yanus abgelöst.

»Wie geht es ihr?«

»Sie ist erschöpft.«

Er lehnt sich mit dem Rücken gegen die Tür, geht in die Hocke und legt seine Arme auf die Knie. In einem so kleinen Raum wirkt er mit seinen großen Händen überdimensioniert. Yanus hat feminine Hände, schlank und zart und flink mit dem Messer. Pearls Hände sind wie grobe Werkzeuge.

»Damit kommen Sie nie durch, das wissen Sie doch.«

Er lächelt. »Es gibt viele Dinge, die ich weiß, und noch viel mehr Dinge, die ich nicht weiß.«

»Hören Sie, Sie machen alles nur noch schlimmer. Wenn sie oder eines der Babys stirbt, wird man sie wegen Mordes anklagen.«

»Die sterben schon nicht.«

»Sie braucht einen Arzt.«

»Genug gequatscht.«

»Die Polizei weiß, dass ich hier bin. Ich habe Sie vorhin gesehen. Ich habe dem Kapitän gesagt, dass er Zoll und Polizei benachrichtigen soll. In Harwich werden Sie von einhundert Polizisten erwartet. Sie können nicht entkommen. Lassen Sie mich Samira nehmen. Vielleicht ist ein Arzt oder eine Krankenschwester mit medizinischer Grundausrüstung an Bord.«

Pearl scheint das nicht zu kümmern. Wird man so, wenn man den größten Teil seines Lebens im Gefängnis verbringt oder Taten begeht, die einen dorthin bringen sollten?

Meine Kopfhaut kribbelt. »Warum haben Sie meine Freundin Cate und ihren Mann getötet?«

»Wen?«

»Die Beaumonts.«

Seine Augen sehen aus, als ob sie nicht ganz auf einer Ebene liegen würden, sodass seine Miene seltsam verzerrt wirkt, bevor seine Züge sich plötzlich richten. »Sie war gierig.«

»Inwiefern?«

»Sie konnte nur für ein Baby bezahlen, wollte aber beide.«

»Sie haben von ihr verlangt, sich zu *entscheiden*?«

»Ich nicht.«

»Ein Anderer tat es?«

»Das ist obszön«, sage ich.

Er zuckt die Achseln. »Tripp oder Trapp – das ist doch nicht so schwierig. Im Leben muss man sich immer entscheiden.«

Das hat Cate gemeint – bei dem Ehemaligentreffen –, als sie sagte, dass man ihr ihr Baby wegnehmen will. Sie haben verlangt, dass sie zweimal bezahlt. Ihr Konto war leer. Sie musste sich entscheiden: der Junge oder das Mädchen. Wie kann eine Mutter eine solche Entscheidung treffen, für den Rest ihres Lebens in die Augen eines Kindes blicken und darin immer ein Spiegelbild des anderen sehen, das sie nie kennen gelernt hat?

Pearl redet immer noch. »Sie hat gedroht, zur Polizei zu gehen. Wir haben sie gewarnt. Das ist das Problem mit den Leuten heutzutage. Niemand übernimmt mehr Verantwortung für sein Tun. Wenn man einen Fehler macht, muss man dafür bezahlen. So ist das Leben.«

»Haben Sie für Ihre Fehler bezahlt?«

»Mein Leben lang.« Er hat die Augen geschlossen. Er will mich wieder außer Acht lassen.

Es klopft. Pearl zieht die Pistole aus seinem Gürtel, richtet sie auf mich und legt einen Finger auf die Lippen. Dann öffnet er einen Spalt breit die Tür. Ich kann kein Gesicht sehen. Irgendjemand fragt nach einem vermissten Passagier. Man sucht mich.

Pearl gähnt. »Und dafür haben Sie mich geweckt?«

Eine zweite Stimme sagt: »Verzeihung, Sir.«

»Wie sieht sie denn aus?«

Die Beschreibung kann ich nicht hören.

»Also, ich habe sie nicht gesehen. Vielleicht ist sie schwimmen gegangen.«

»Hoffentlich nicht, Sir.«

»Ja, also ich muss jetzt jedenfalls schlafen.«

»Verzeihung, Sir. Man wird Sie nicht wieder stören.«

Die Tür wird geschlossen. Pearl presst sein Ohr dagegen und wartet einen Moment, bevor er seine Pistole zufrieden wieder in seinen Gürtel steckt.

Es klopft erneut. Yanus.

»Wo warst du, verdammt?«, will Pearl wissen.

»Ich hab aufgepasst«, erwidert Yanus.

»Du solltest mich warnen, Scheiße noch mal, Mann.«

»Das hätte auch keinen Unterschied gemacht. Sie klopfen an jede Tür. Jetzt werden sie nicht mehr zurückkommen.«

Samira schießt auf der Pritsche hoch und schreit. Die Kontraktion ist von brutaler Heftigkeit, und ich nehme sie mit beiden Beinen in die Zange, um sie still zu halten. Sie scheint wie besessen von einer unsichtbaren Macht, die ihren ganzen Körper in Zuckungen versetzt. Ich ertappe mich dabei, mich in ihren Schmerz hineinziehen zu lassen und zu atmen, wenn sie atmet.

Die nächste Kontraktion folgt beinahe sofort. Sie wölbt den Oberkörper und hebt die Knie.

»Ich muss jetzt pressen.«

»Nein!«

»Ich muss.«

Es ist so weit. Ich kann sie nicht mehr zurückhalten. Ich bette sie auf die Pritsche und ziehe ihr die Unterwäsche aus. Pearl weiß nicht genau, was er tun soll.

»Tief atmen, so ist brav«, sagt er. »Immer schön tief atmen. Hast du Durst? Soll ich dir Wasser holen?«

Er füllt im Badezimmer ein Glas und kommt zurück.

»Sollte man nicht den Gebärmutterhals überprüfen?«

»Ich nehme an, Sie sind Experte.«

»Ich hab Filme gesehen.«

»Sie können jederzeit gerne übernehmen.«

Sein Ton wird versöhnlicher. »Was kann ich machen?«

Als der Schmerz nachlässt, öffnet Samira den fest zusammengebissenen Mund und atmet wieder gleichmäßiger. Sie sieht Pearl an und beginnt, Anweisungen zu geben. Sie braucht diverse Dinge, Schere und Faden, Klammern und Handtücher. Für einen Moment denke ich, dass sie im Delirium faselt, aber mir wird bald klar, dass sie mehr über Geburten weiß als wir.

Pearl macht die Tür auf und gibt die Befehle an Yanus weiter. Sie diskutieren. Pearl droht ihm.

Samira hat eine weitere Instruktion. Männer dürfen bei der Geburt nicht anwesend sein. Ich erwarte, dass Pearl ablehnt, aber ich sehe, dass er schwankt.

»Schauen Sie sich um«, sage ich zu ihm. »Wohin sollen wir gehen? Es gibt eine Tür und ein Bullauge knapp zwanzig Meter über dem Wasser.«

Das sieht er ein. Er blickt auf seine Uhr. Es ist schon nach zwei. »In einer Stunde muss sie wieder im LKW sein.« Er hat eine Hand auf der Klinke und wendet sich an mich.

»Meine Ma ist eine gute Katholikin. Für das ungeborene Leben, verstehen Sie? Sie würde sagen, dass sich in dieser Kabine

335

einschließlich der Babys schon fünf Menschen befinden. Ich erwarte, dass es noch genauso viele sind, wenn ich zurückkomme. Halten Sie sie am Leben.«

Er schließt die Tür, und Samira entspannt sich ein wenig. Sie bittet mich, einen Waschlappen aus dem Badezimmer zu holen, den sie mehrmals faltet und sich zwischen die Zähne klemmt, wenn sie eine weitere Wehe nahen spürt.

»Woher weißt du das alles?«

»Ich habe schon gesehen, wie Babys geboren wurden«, erklärt sie. »Manchmal kamen Frauen in das Waisenhaus, um dort ihre Kinder zu bekommen. Sie haben die Babys bei uns gelassen, weil sie sie nicht mit nach Hause nehmen konnten.«

Ihre Wehen kommen jetzt im Abstand von vierzig Sekunden. Ihre Augen treten aus ihren Höhlen, und sie beißt heftig auf den Waschlappen, bis der Schmerz wieder nachlässt.

»Du musst gucken, ob ich so weit bin«, flüstert sie.

»Wie?«

»Zum Messen musst du zwei Finger in mich stecken.«

»Und woher weiß ich dann, ob es so weit ist?«

»Guck deine Finger an«, sagt sie. »Merk dir, wie lang sie sind. Benutze sie zum Messen.«

Sie spreizt die Beine, und ich folge ihren Anweisungen. Noch nie habe ich eine Frau an einer so intimen Stelle berührt, und nie hatte ich solche Angst.

»Ich glaube, du bist so weit.«

Sie nickt und schiebt sich für die erste Phase der neuerlichen Kontraktion den Waschlappen in den Mund, bevor sie hechelnd atmet, um den Schmerz zu lindern. Tränen quellen aus ihren Augen und vermischen sich mit ihrem Schweiß. Ich kann ihre Ausscheidungen riechen.

»Ich muss auf den Boden«, sagt sie.

»Willst du beten?«

»Nein, ich will ein Kind zur Welt bringen.«

Sie hockt sich mit gespreizten Beinen auf den Boden und

stützt sich mit den Armen zwischen Pritsche und Tisch ab. Die Schwerkraft soll ihr helfen.

»Du musst den Kopf des Babys fühlen«, weist sie mich an.

Meine Hand ist in ihr. Ich taste unsicher herum, bis ich den Kopf des Babys spüre. Sollte da Blut sein?

»Sie werden dich umbringen, wenn die Babys geboren sind«, flüstert Samira. »Du musst hier weg.«

»Später.«

»Du musst jetzt gehen.«

»Mach dir meinetwegen keine Sorgen.«

Es klopft. Ich schiebe den Riegel zurück, und Pearl gibt mir eine Schere, ein Knäuel Faden und eine verrostete Klammer. »Sorg dafür, dass die Schlampe still ist«, zischt Yanus im Hintergrund.

»Sie bekommt ein Baby, du Arschloch.«

Yanus will sich auf mich stürzen, aber Pearl drängt ihn zurück und macht die Tür zu.

Samira presst jetzt, drei Mal mit jeder Wehe. Sie hat lange, schlanke Füße mit dicken Schwielen an den Zehen wie ein Lemur. Sie drückt ihr Kinn auf die Brust, fettige Haarsträhnen fallen ihr in die Augen.

»Wenn ich ohnmächtig werde, musst Du auf jeden Fall die Babys aus mir rausholen. Lass sie nicht in mir drinnen.« Sie beißt sich auf die Unterlippe. »Tu, was du tun musst.«

»Psst.«

»Versprich es mir.«

»Ich verspreche es.«

»Blute ich stark?«

»Du blutest. Ich weiß nicht, ob es zu stark ist. Ich kann den Kopf des Babys sehen.«

»Es tut weh.«

»Ich weiß.«

Das ganze Sein verengt sich zu Schmerzen, Atmen und Pressen. Ich streiche ihr die Haare aus dem Gesicht und kauere zwischen ihren Knien. Sie verzerrt das Gesicht. Sie schreit in den Waschlappen. Der Kopf des Babys ragt heraus. Ich fasse ihn mit beiden Händen und spüre die Furchen und Wölbungen des Schädels. Die Schultern klemmen fest. Ich lege behutsam einen Finger unter das Kinn, und der winzige Körper dreht sich in ihr. Bei der nächsten Kontraktion taucht erst die rechte, dann die linke Schulter auf, und das Baby gleitet in meine Hände.

Ein Junge.

»Reib mit dem Finger über seine Nase«, keucht Samira.

Die Berührung einer Fingerspitze reicht aus. Man hört ein leises, entsetztes Schluchzen, Röcheln und Atmen.

Samira gibt weitere Anweisungen. Ich soll den Faden benutzen, um die Nabelschnur an zwei Stellen abzubinden, und sie zwischen den Knoten durchschneiden. Meine Hände zittern.

Sie weint vor Erschöpfung. Ich helfe ihr wieder auf die Pritsche, und sie lehnt sich an die Wand. Ich wickele den Jungen in ein Handtuch und drücke ihn an mich, rieche seinen warmen Atem und spüre, wie seine Nase über meine Wange streicht. Wer bist du, frage ich mich, Tripp oder Trapp?

Ich blicke auf die Uhr und merke mir die Zeit: 2.55 Uhr. Welches Datum? Der 29. Oktober. Was wird man als sein Geburtsland angeben? Die Niederlande oder Großbritannien? Und wer wird seine wahre Mutter sein? Was für ein verworrener Start ins Leben.

Die Wehen haben aufs Neue eingesetzt. Samira knetet ihren Bauch, um den ungeborenen Zwilling zu ertasten.

»Was ist los?«

»Sie liegt verkehrt herum. Du musst sie umdrehen.«

»Ich weiß nicht, wie.«

Jede neue Wehe löst ein resigniertes Stöhnen aus. Samira ist jetzt beinahe zu erschöpft, um noch zu schreien, und zu müde, um zu pressen. Diesmal muss ich sie stützen. Sie geht in die Hocke und spreizt die Beine noch weiter.

Ich greife in sie und versuche, das Baby zurückzustoßen und

umzudrehen. Meine Hände sind glitschig. Ich habe Angst, ihr wehzutun.

»Es kommt.«

»Pressen.«

In einem Blutschwall taucht der Kopf auf. Ich kann etwas Weißes mit blauen Streifen erkennen, das sich um den Hals des Kindes gewickelt hat.

»Halt! Nicht pressen!«

Ich schiebe die Hand unter das Kinn des Babys und wickele die Nabelschnur ab.

»Samira, beim nächsten Mal musst du wirklich pressen. Es ist sehr wichtig.«

Die Kontraktion beginnt. Sie presst ein Mal, zwei Mal ... nichts.

»Pressen.«

»Ich kann nicht.«

»Doch, du kannst. Ein letztes Mal. Versprochen.«

Sie wirft den Kopf in den Nacken und unterdrückt einen Schrei. Ihr Körper versteift sich und bäumt sich auf. Ein Mädchen, glitschig, blau und runzelig, gleitet in meine Hände, und ich reibe ihre Nase. Keine Reaktion. Ich drehe sie auf die Seite, streiche mit dem Zeigefinger um ihren Mund und Hals, um sie von der klebrigen Masse zu säubern.

Ich lasse sie in meiner ausgestreckten Hand baumeln und gebe ihr einen kräftigen Klaps auf den Rücken. Warum atmet sie nicht?

Ich lege sie auf ein Handtuch und beginne, mit den Spitzen von Zeige- und Mittelfinger auf ihre Brust zu drücken. Gleichzeitig schürze ich die Lippen und blase vorsichtig in Mund und Nase des Babys.

Mit Wiederbelebung kenne ich mich aus. Ich habe die entsprechende Ausbildung und schon hundert Mal zugesehen, wie Sanitäter oder Notärzte es gemacht haben. Jetzt beatme ich einen Körper, der noch nie selbst geatmet hat. Komm, Kleine, komm.

Samira liegt mit geschlossenen Augen halb auf der Pritsche und halb auf dem Boden. Der erste Zwilling ruht eingewickelt in ihrem Arm.

Ich setze die Brustmassage und Beatmung fort. Es ist wie ein Mantra, ein körperliches Gebet. Beinahe bekomme ich nicht mit, wie sich ihre Brust einen Millimeter hebt und ihre Augenlider flattern. Aus Blau ist Rosa geworden. Sie lebt. Und sie ist wunderschön.

15

Ein Mädchen und ein Junge – Tripp und Trapp, beide mit zehn Fingern und zehn Zehen, einer platten Nase und winzigen Ohren. Ich wippe auf meinen Fußballen und möchte vor Erleichterung laut lachen, bis ich mein Bild im Spiegel sehe. Ich bin mit Blut und Tränen verschmiert und habe trotzdem einen Ausdruck vollkommenen Erstaunens im Gesicht.

Samira stöhnt leise.

»Du blutest.«

»Das hört auf, wenn ich sie stille.«

Woher weiß sie so viel? Sie massiert ihren Bauch, dessen Falten in ihrer neuen Leere hin und her wogen. Ich wickele das kleine Mädchen ein und lege es neben Samira.

»Geh jetzt!«

»Ich kann dich nicht zurücklassen.«

»Bitte!«

Eine außergewöhnliche Ruhe hat mich ergriffen. Ich habe nur zwei Möglichkeiten – kämpfen oder untergehen. Ich nehme die Schere und wiege sie in meiner Hand. Vielleicht gibt es einen Weg.

Ich öffne die Tür. Im Korridor steht Pearl.

»Schnell! Ich brauche einen Strohhalm. Das Mädchen. Ihre Lunge ist voller Flüssigkeit.«

»Und wenn das nicht geht?«

»Ein Kugelschreiber, einen Schlauch – irgendwas in der Richtung. Beeilen Sie sich!«

Ich schließe die Tür. Pearl wird die Bewachung des Ganges Yanus überlassen.

Ich nehme Samira die Babys ab und lege sie eingeklemmt zwischen Waschbecken und Toilette nebeneinander auf den Badezimmerboden. Dann lasse ich das Wasser laufen und wasche mir das Blut aus dem Gesicht.

Ich bin im Gebrauch einer Schusswaffe ausgebildet. Auf einem Schießstand treffe ich aus dreißig Metern ins Schwarze. Was nützt mir das jetzt? Meine Fertigkeiten mit bloßen Händen sind defensiver Natur, aber ich kenne die lebenswichtigen Organe. Ich blicke zu der Schere.

Es ist ein Plan, den ich nur einmal ausprobieren kann. Ich lege mich mit Blick zur Kabinentür auf den Boden und halte die Schere wie einen Eispickel. Wenn ich zu meinen Zehen blicke, kann ich die Babys sehen.

Ich atme tief ein und schreie dann aus voller Kraft um Hilfe. Wie lang wird es dauern?

Yanus stemmt mit der Schulter die verschlossene Tür auf und stürzt, das Messer vorausgestreckt, in die Kabine. Auf halbem Weg blickt er zu Boden. Unter seinem erhobenen Fuß liegt die Nachgeburt – lila, glitschig und glänzend. Ich weiß nicht, was er glaubt, worum es sich handelt, aber die Möglichkeiten sind so zahlreich, dass sie sein Verständnis übersteigen. Er weicht zurück, und ich stoße die Schere in das weiche Fleisch auf der Rückseite seines rechten Knies. Dabei ziele ich auf die Arterie sowie die Sehnen, die sein Bein bewegen. Er knickt ein und stößt mit dem Messer in einem weiten Bogen nach unten, aber die Klinge streift nur mein rechtes Ohr.

Ich packe seinen Arm, klemme ihn ein und stoße die Schere in die Innenbeuge seines Ellenbogens, wo ich eine weitere Arterie durchtrenne. Das Messer gleitet ihm aus der Hand.

Er versucht, sich umzudrehen und mich zu packen, doch ich bin schon außer Reichweite. Blitzschnell bin ich auf den Beinen und springe ihm in den Rücken. Er geht zu Boden. Wenn ich wollte, könnte ich ihn töten. Ich könnte die Klinge in seine Niere rammen.

Stattdessen ziehe ich das Klebeband aus seiner Tasche. Sein rechtes Bein zuckt wie die hölzerne Gliedmaße einer Marionette. Ich drehe seinen unverletzten Arm auf den Rücken und binde ihn mit einer Schlinge, die ich von hinten um seinen Hals lege, fest. Mit einem weiteren Stück Klebeband knebele ich ihn.

Yanus stöhnt. Ich packe sein Gesicht. »Hör mir zu. Ich habe die Arterie in deiner Kniekehle und deine Oberarmschlagader durchtrennt, wie du wahrscheinlich bereits spürst, weil du ein Experte mit dem Messer bist. Dann ist dir sicher auch klar, dass du verblutest, wenn du den Druck auf diese Wunden nicht aufrechterhältst. Das heißt, du musst dich hinhocken und den Arm gebeugt halten. Ich schicke jemanden, der dir hilft. Wenn du meine Ratschläge befolgst, lebst du dann vielleicht noch.«

Samira hat das Ganze mit distanzierter Neugier beobachtet. Sie kriecht von der Pritsche, macht ein paar schwerfällige Schritte, bückt sich und spuckt Yanus ins Gesicht.

»Wir müssen hier weg.«

»Geh du. Nimm die Babys mit.«

»Ich gehe nicht ohne dich.«

Ich nehme den kleineren Zwilling, das Mädchen, das mich mit offenen Augen ansieht. Samira nimmt den schlafenden Jungen. Ich spähe vorsichtig in den Korridor. Pearl kann jeden Moment zurückkommen.

Samira hat ein Handtuch zwischen die Schenkel gepresst. So schnell, wie sie vorwärtsstolpern kann, gehen wir zu der Treppe. Der Gang ist so eng, dass ich gegen die Wände pralle, während ich versuche, Samiras Arm festzuhalten. Die Passagiere schlafen, und ich weiß nicht, welche Kabinen belegt sind.

Es gibt einen Personallift, aber ich kann die Türen nicht öffnen. Samiras Beine geben nach. Ich fange sie auf. Wir sind auf Deck neun. Die Brücke ist auf Deck zehn. Sie ist nicht kräftig genug, um die Treppe hinaufzusteigen. Ich muss sie von der Kabine wegbringen und verstecken.

Wir kommen an einem Wäscheraum vorbei, in dem sich Bettwäsche auf Regalen stapelt. Ich könnte sie hier verstecken und Hilfe holen. Nein, ich darf sie nicht allein lassen.

Ich höre eine Bewegung. Irgendjemand ist wach. Als ich an die Kabinentür hämmere, wird sie eilig geöffnet. Ein Mann mittleren Alters in Schlafanzug und grauen Socken sieht mich fassungslos an. Der Ausschnitt seines Pyjamaoberteils lässt einen Teil seiner stark rötlich behaarten Brust frei, sodass es aussieht, als würde seine Füllung herausquellen.

Ich schiebe Samira in die Kabine. »Helfen Sie ihr! Ich muss einen Arzt suchen!«

Der Mann sagt etwas auf Deutsch. Dann sieht er das blutige Handtuch zwischen ihren Beinen. Ich reiche ihm das kleine Mädchen an.

»Wer sind Sie?«

»Polizei. Wir haben keine Zeit für Erklärungen. Helfen Sie ihr!«

Samira rollt sich, den Arm um den anderen Zwilling gelegt, auf der Pritsche zusammen.

»Machen Sie niemandem auf. Keiner darf wissen, dass sie hier ist.«

Bevor er etwas einwenden kann, trete ich in den Gang zurück und renne zur Treppe. Die Passagierlounge ist bis auf zwei ungehobelt aussehende Männer, die vor Schnapsgläsern hocken, menschenleer. An der Kasse feilt eine Frau ihre Fingernägel.

Ich rufe brüllend nach dem Kapitän. Aber es ist nicht meine verzweifelte Stimme, die sie am meisten beeindruckt. Es ist das Blut an meinen Kleidern. Ich komme aus einem Albtraum, aus einer anderen Welt.

Menschen rennen. Mitglieder der Mannschaft eilen herbei.

Zwischen Schluchzen und Schniefen sprudeln die Wörter aus meinem Mund. Sie hören mir nicht zu. Sie müssen Samira und die Zwillinge holen.

Der Kapitän ist ein großer Mann mit buschigen Augenbrauen und einem Halbkranz von Haaren. Seine Uniform ist blau und weiß, passend zu seinen Augen.

Er steht auf seiner Brücke, den Kopf vorgereckt und hört mir ohne jede Spur von Skepsis zu. Der Zustand meiner Kleidung ist Beweis genug. Der erste Maschinist ist Sanitäter. Er will mich untersuchen. Dafür haben wir keine Zeit. Der Kapitän spricht auf der Notfallfrequenz über Funk mit der britischen Küstenwache, dem Zoll, und der Polizei auf dem Festland. Von Felixstowe ist ein Küstenwachboot unterwegs, das uns abfangen soll, und aus Prestwick in Schottland ist ein Hubschrauber der Marine abkommandiert worden.

Pearl ist irgendwo an Bord. Yanus verblutet. Das dauert alles zu lange.

»Sie müssen Samira holen«, höre ich mich immer wieder sagen. Meine Stimme klingt schrill und verängstigt. »Sie braucht einen Arzt.«

Der Kapitän lässt sich nicht drängen. Er folgt dem für Piraterie oder gewaltsame Zwischenfälle auf See festgelegten Protokoll. Er will wissen, um wie viele Personen es sich handelt? Sind sie bewaffnet? Würden sie möglicherweise Geiseln nehmen?

Die Informationen werden an Polizei und Küstenwache weitergeleitet. Wir sind zwanzig Minuten vom Hafen entfernt. In den großen Glasfenstern zeichnet sich die noch in Dunkel gehüllte Küstenlinie immer deutlicher ab. Die Brücke liegt sehr hoch und blickt über den Bug hinaus. Nichts erinnert an ein Steuer. Stattdessen gibt es Bildschirme, Knöpfe und Regler.

Ich baue mich direkt vor dem Kapitän auf und verlange, dass er mir zuhört.

»Ich weiß, dass Sie eine britische Polizeibeamtin sind«, sagt er abrupt. »Aber dies ist ein holländisches Schiff, und Sie haben

344

hier keinerlei Amtsgewalt. Ich bin nur meinen Passagieren und meiner Mannschaft verantwortlich. Und ich werde ihre Sicherheit nicht gefährden.«

»Eine Frau hat eben Zwillinge bekommen. Sie blutet. Sie muss versorgt werden.«

»Wir legen in zwanzig Minuten an.«

»Heißt das, Sie wollen gar nichts tun?«

»Ich warte auf weitere Anweisungen.«

»Und was ist mit den Passagieren in den unteren Decks? Sie wachen auf.«

»Meiner Ansicht nach sollte man sie nicht in Panik versetzen. Es gibt Notfallpläne, sämtliche Passagiere in die Globetrotter-Lounge zu evakuieren, wo die meisten ohnehin ihr Frühstück einnehmen werden.«

Der erste Maschinist ist ein adretter kleiner Mann mit einer College-Boy-Frisur.

»Kommen Sie mit mir?«, frage ich ihn.

Er zögert. Ich nehme den Erste-Hilfe-Kasten von der Bank und wende mich zum Gehen. Der Maschinist sucht mit einem Blick die Erlaubnis des Kapitäns. Ich bekomme nicht mit, was zwischen ihnen vorgeht, aber der Maschinist ist bereit, mir zu folgen.

»Gibt es an Bord irgendwelche Waffen?«

»Nein.«

Mein Gott, sie machen es einem wirklich schwer. Diesmal benutzen wir den Personalaufzug bis Deck neun. Die Türen öffnen sich. Der Korridor ist leer. Auf diesem Deck sind die LKW-Fahrer untergebracht, die die Fähre als Erste verlassen müssen.

An jeder Ecke fürchte ich, auf Pearl zu treffen. Er ist der perfekte Profi. Selbst meine Anwesenheit auf der Fähre hat ihn nicht groß beunruhigt. Er hat sein Visier neu justiert und einen neuen Plan gemacht. Yanus ist unberechenbarer, aber Pearl ist gefährlicher, weil er sich anpassen kann. Ich kann mir vorstellen, wie der Verlust von Samira und den Zwillingen ihn einen Moment lang aus der Fassung gebracht hat, während er gleichzeitig bereits seine Fluchtchancen berechnete.

Schon bevor wir die Kabine erreicht haben, sehe ich, dass etwas nicht stimmt. Eine Handvoll Passagiere drängen sich in dem engen Gang und recken die Köpfe, unter ihnen auch das walisische Ehepaar. Ohne ihren Lippenstift und in einen grauen Trainingsanzug gezwängt, der sich über ihrem Hintern spannt, sieht Mrs. Jones regelrecht nackt aus.

»Man kann ihnen nicht entkommen«, erklärt sie den anderen. »Gauner und Verbrecher. Und was macht die Polizei? Nichts. Die ist zu beschäftigt damit, Strafzettel wegen überhöhter Geschwindigkeit zu schreiben. Und selbst wenn man sie anklagt, wird irgendein Richter sie wegen ihrer Drogensucht oder ihrer unglücklichen Kindheit laufen lassen. Und was ist mit den verdammten Opfern, hä? Niemand kümmert sich um sie.«

Die Kabinentür steht offen, das Schloss ist aufgebrochen. Der deutsche LKW-Fahrer sitzt auf der Pritsche und legt den Kopf in den Nacken, um sein Nasenbluten zu stillen. Von Samira und den Zwillingen keine Spur.

»Wo sind sie?« Ich packe seine Schulter. »Wo?«

Das Schlimmste ist nicht die Wut. Es ist die Mordlust hinter der Wut.

Mein Handy klingelt. Wir haben wieder ein Netz. Ich erkenne die Nummer nicht.

»Hallo.«

»Selber hallo«, sagt Pearl. »Kennst du diesen Werbespot für Batterien mit dem Stoffhasen, der immer weiterläuft? Du bist genau wie dieses beschissene Plüschhäschen. Du gibst einfach nicht auf.«

Seine Stimme klingt verhallt. Er ist auf dem Fahrzeugdeck. »Wo ist sie?«

»Ich hab sie gefunden, Häschen.«

»Ja.«

»Weißt du, wie? Das Blut. Ihr habt eine Spur hinterlassen.« Im Hintergrund schreit ein Baby. »Yanus habe ich auch gefunden. Du hast ihn ziemlich sauber gemetzelt, aber ich hab ihn zusammengeflickt.«

»Er wird verbluten.«

»Mach dir deswegen keine Sorgen, Häschen. Ich lasse *meine* Freunde nie zurück.«

Ich renne schon den Gang bis zur ersten Kabine hinunter. Der Maschinist hat Mühe, mit mir Schritt zu halten. Yanus ist verschwunden. Der Boden sieht aus wie mit Blut lackiert, Dutzende von Fußspuren führen in den Korridor.

Die Menschen sind erstaunlich. Sie laufen einfach an so etwas vorbei, weil es ihr gewöhnliches, banales, alltägliches Verständnis übersteigt.

Pearl ist immer noch in der Leitung. »Sie schaffen es nie von der Fähre runter«, brülle ich. »Geben Sie sie zurück. Bitte.«

»Ich muss mit dem Kapitän sprechen.«

»Er wird nicht mit Ihnen verhandeln.«

»Ich will auch gar nicht verhandeln, verdammt noch mal. Wir haben ein gemeinsames Interesse.«

»Und das wäre?«

»Wir wollen beide, dass ich diese Fähre verlasse.«

Mittlerweile ist mein Kopf wieder klarer. Andere treffen die Entscheidungen für mich. Es ist drei Stunden vor Tagesanbruch, und irgendwo vor uns in der Dunkelheit liegt die Küste von Essex. Auf der Brücke kann ich die Motoren nicht hören, und ohne Bezugspunkte an Land scheint es, als würde die Fähre stillstehen. Zwei Boote der Küstenwache eskortieren die *Stena Britannica* in den Hafen. Der Kapitän kommuniziert direkt mit seinen Vorgesetzten in Rotterdam.

Mich hält man auf Abstand, wie eine Gefahr oder, noch schlimmer, wie eine hysterische Frau. Was hätte ich anders machen können? Die nachträgliche Einsicht ist ein grausamer Lehrer. Ich hätte Samira und die Zwillinge nicht alleinlassen dürfen. Ich hätte bei ihnen bleiben sollen. Vielleicht hätte ich mich gegen Pearl wehren können.

Meine Gedanken wandern noch weiter zurück. Ich hätte nie nach Amsterdam fahren und sie suchen dürfen. Ich habe alles eher schlimmer als besser gemacht. Das ist die Geschichte meines Lebens – gute Absichten. Und immer eine Hundertstelsekunde zu langsam – nah genug dran, um den Sieg zu fühlen in einem Wettbewerb, in dem eine Brustbreite die Erste von der Letzten trennte.

Wie können sie mit Pearl verhandeln? Man darf ihm nicht trauen. Der erste Maschinist reicht mir ein heißes Getränk.

»Jetzt ist es nicht mehr weit«, sagt er und weist auf die Fenster. Die Lichter von Harwich tauchen auf und verschwinden wieder, während wir über die Wellen gleiten. Riesige Kräne mit vier Beinen und länglichen Torsi scheinen die Tore der Stadt zu bewachen. Ich bleibe am Fenster stehen und sehe sie näher kommen.

Der Kapitän und der Steuermann starren auf Monitore und navigieren die Fähre mittels außen angebrachter Kameras sanft ans Dock. Wir sind so hoch oben, dass die Schauermänner aussehen wie Liliputaner, die einen Riesen fesseln.

Detective Inspector Forbes ist an Bord und bleibt gerade lange genug stehen, um meine Kleidung mit einer Mischung aus Respekt und Ekel zu mustern, bevor er dem Kapitän das Telefon aus der Hand nimmt.

»Trauen Sie ihm nicht«, rufe ich quer über die Brücke. Mehr Gelegenheit, etwas zu sagen, bekomme ich nicht. Forbes stellt sich vor. Ich kann nur die eine Seite ihres Gespräches verfolgen, aber Forbes wiederholt alle Forderungen. Das Klicken in seinem Hals ist jedes Mal wie ein Ausrufezeichen.

Pearl verlangt, dass die Hauptluken der Fähre geöffnet und alle Wagen aus dem Weg geschafft werden, um die Bahn für seinen LKW frei zu machen. Niemand darf sich dem Fahrzeug nähern. Wenn er einen Polizisten an Bord sieht, einen Feueralarm hört oder sonst irgendeinen verdächtigen Umstand bemerkt, wird er Samira und die Zwillinge töten.

»*Sie müssen mir mehr Zeit geben*«, sagt Forbes. »*Ich brauche mindestens eine Stunde ... Das reicht nicht. In fünfzehn Minuten schaffe ich das nicht ... Lassen Sie mich mit Samira sprechen ... Ja, deswegen will ich ja mit ihr sprechen ... Nein, das will ich nicht. Niemand muss verletzt werden.*«

Im Hintergrund schreit ein Baby – vielleicht beide. Klingen Zwillinge gleich? Stimmen sie sich aufeinander ab, wenn sie schreien?

Alle Fahrzeugdecks werden mit Sicherheitskameras überwacht. Eine von ihnen ist auf den LKW gerichtet. Hinter dem Steuer kann man deutlich Yanus ausmachen, Samira auf dem Beifahrersitz.

Die übrigen Passagiere werden über Gangways in den Hauptterminal evakuiert. Das Hafengelände ist abgesperrt worden und wird von bewaffneten Sondereinsatzkommandos in schwarzer Panzerkleidung bewacht. Auf den umliegenden Dächern sind Scharfschützen postiert.

Die Verzweiflung der letzten Stunden hat sich derart in mir breitgemacht, dass ich nur mühsam atmen kann. Ich spüre, wie ich aus der Mitte wegdrifte.

Forbes hat sich darauf eingelassen, eine begrenzte Zahl von Fahrzeugen von der Fähre zu lassen, um den Weg für den LKW frei zu machen. Ich folge dem Detective Inspector über eine Fußbrücke auf das Dock, von wo aus er die Evakuierung beaufsichtigt. Männer in gelben Leuchtwesten winken die ersten Sattelschlepper auf die Rampe.

Forbes hat Pearl laut geschaltet. Der Ire klingt ruhig. Selbstgewiss. Vielleicht ist es Tollkühnheit. Über den Lärm der Motoren hinweg weist er Forbes an, sich zu beeilen. Langsam zeichnet sich auf dem Fahrzeugdeck eine freie Spur ab. Der Mercedes-

Laster steht mit aufgeblendeten Scheinwerfern und laufendem Motor ganz hinten.

Ich begreife nach wie vor nicht, wie er glauben kann, dass ihm die Flucht gelingt. Vor dem Hafengelände warten unmarkierte Polizeifahrzeuge, Hubschrauber kreisen in der Luft.

Yanus verblutet. Selbst mit abgebundenem Arm und Bein wird sein Blutdruck immer weiter abnehmen. Wie lange kann es noch dauern, bis er das Bewusstsein verliert?

»Und Sie haben ganz bestimmt eine Pistole gesehen?«, spricht Forbes mich zum ersten Mal direkt an.

»Ja.«

»Könnte er noch andere Schusswaffen bei sich tragen?«

»Ja.«

»Womit ist der LKW beladen?«

»Dieser LKW ist leer. Es gibt einen zweiten auf Deck fünf. Ich habe nicht hineingeguckt.« Ich gebe ihm die Autonummer.

»Das heißt, es könnte eine Schleuser-Tour sein. Vielleicht befinden sich illegale Einwanderer an Bord.«

»Möglich ist es.«

Der letzte Sattelschlepper ist aus dem Weg gefahren. Yanus hat freie Fahrt bis zur Rampe. Pearl gibt immer noch Anweisungen. Die Zwillinge sind stumm.

In einem Moment intensiver Stille wird mir klar, dass irgendetwas nicht stimmt. Pearl wirkt zu ruhig, zu selbstgewiss. Sein Plan ergibt keinen Sinn. Als mir der Gedanke kommt, dränge ich an Forbes vorbei und renne die Rampe hinauf. Hundert Meter sind nicht meine Lieblingsdistanz, aber ich kann sie immer noch schneller laufen als die meisten Menschen brauchen, um sich die Schuhe zuzuschnüren.

Forbes ruft mir nach, dass ich stehen bleiben soll, aber er kommt zu spät. In Reaktion auf die neue Entwicklung befiehlt er seinen Männern den Einsatz. Schwere Stiefel donnern hinter mir über die Rampe und huschen zwischen den beiden äußeren Reihen von LKW entlang.

Yanus sitzt immer noch hinter dem Steuer und starrt unbeeindruckt von meinem Vorstoß durch die Windschutzscheibe. Sein Blick scheint mir zu folgen, als ich die Tür aufreiße. Seine Hände sind mit Klebeband ans Steuer gefesselt. Zwischen seinen Füßen hat sich eine Blutlache auf dem Boden gebildet. Ich drücke meine Hand an seinen Hals. Er ist tot.

Samiras Hände sind ebenfalls gefesselt. Ich beuge mich über Yanus hinweg und tippe ihr auf die Schulter. Ihre Augen sind offen.

»Wo sind sie?«

Sie schüttelt den Kopf.

Ich schwinge mich vom Trittbrett und renne um den LKW. Ein Vorschlaghammer pulverisiert das Schloss, und die Türen schwingen auf. Gezückte Pistolen schwenken die Ladefläche ab. Der Container ist leer.

Forbes holt uns keuchend und immer noch hörbar unter seiner Erkältung leidend ein. Ich reiße ihm das Telefon aus der Hand. Die Leitung ist tot.

In dem Durcheinander der folgenden Minuten nehme ich alles wie in Zeitlupe wahr und bemühe mich, genug Speichel zu produzieren, um meinen Mund zu befeuchten. Forbes bellt Befehle und tritt wütend gegen die LKW-Reifen. Wenn er sich nicht abregt, muss ihm irgendjemand ein Beruhigungsmittel geben.

Polizisten haben die Fähre abgesperrt. Niemand darf an oder von Bord gehen. Die Passagiere werden im Terminal überprüft und befragt. Im Licht der Scheinwerfer auf dem Dock sieht das Ganze aus wie eine Filmkulisse kurz vor dem Dreh.

Yanus sieht zu, als würde er auf sein Stichwort warten. Bei dem Gedanken, dass ich ihn getötet habe, setzt mein Herz einen Schlag lang aus. Ja, er hat es verdient – aber *ich habe das getan*. Ich habe ihm das Leben genommen. Sein Blut klebt zusammen mit dem von Samira noch immer an meinen Kleidern.

Sanitäter hieven sie auf eine Trage. Das Handtuch klemmt nach wie vor zwischen ihren Schenkeln. Einer der Sanitäter schiebt mich sanft beiseite, als ich näher trete. Sie kann jetzt nicht mit mir sprechen. Ich will ihr sagen, dass es mir leidtut – dass es meine Schuld war. Ich hätte sie nie allein lassen dürfen. Ich hätte bei ihnen bleiben müssen. Vielleicht hätte ich Pearl aufhalten können.

Irgendwann später sieht Forbes nach mir.

»Lassen Sie uns ein Stück laufen«, schlägt er vor.

Instinktiv fasse ich seinen Arm, wie aus Angst, dass meine Beine ihren Dienst versagen könnten.

»Wie spät ist es?«, frage ich.

»Nach meiner Uhr viertel nach fünf.«

»Sie geht nach.«

»Woher wollen Sie wissen, dass Ihre nicht vorgeht?«

»Weil die Fährgesellschaft diese großen beschissenen Uhren an der Wand hat, die sagen, dass *Ihre* Uhr in vier verschiedenen Zeitzonen falsch geht.«

Wir gehen die Rampe hinunter und am Dock entlang von der Fähre weg. Vor dem heller werdenden Himmel zeichnen sich die Umrisse von Raffinerietanks und Schiffscontainern ab. Der Wind bläst Rauch und dahinjagende Wolken über unsere Köpfe.

»Sie glauben nicht, dass er noch auf der Fähre ist, oder?«, fragt Forbes.

»Nein.«

Nach einer weiteren längeren Pause sagt er: »An der Steuerbordreling fehlt ein Rettungsring. Er hätte sich unbemerkt abseilen können.«

»Irgendjemand hätte ihn gesehen.«

»Wir waren abgelenkt.«

»Trotzdem.«

Ich habe den Geruch der Zwillinge noch in der Nase und kann ihre glatte Haut spüren. Wir denken beide das Gleiche. Was ist mit ihnen passiert?

»Sie hätten nie an Bord dieser Fähre gehen dürfen«, sagt er.

»Ich konnte mir nicht sicher sein, dass sie an Bord war.«

Er zieht eine Schachtel aus der Tasche und zählt die verbliebenen Zigaretten.

»Sie sollten nicht rauchen, wenn Sie erkältet sind.«

»Ich sollte überhaupt nicht rauchen. Meine Frau glaubt, dass Männer und Frauen unter exakt den gleichen Krankheiten mit identischen Symptomen leiden können, und der Mann fühlt sich immer kränker.«

»Das liegt daran, dass Männer Hypochonder sind.«

»Ich habe eine andere Theorie. Ich glaube, dass ein Teil des weiblichen Gehirns, egal wie krank eine Frau ist, immer an Schuhe denkt.«

»Ich wette, die haben Sie ihr nicht erzählt.«

»Ich bin krank, nicht blöd.«

Er wirkt irgendwie verändert. Statt Sarkasmus und Zynismus spüre ich Nervosität und wachsende Entschlossenheit.

»Wer steckt dahinter?«

»Samira hat einen Engländer erwähnt, der sich ›Brother‹ nannte. Sie hat gesagt, er hätte ein Kreuz auf den Hals tätowiert. Es gibt da jemanden, den Sie überprüfen sollten. Er heißt Paul Donavon. Er ist mit Cate Beaumont zur Schule gegangen – und mit mir. Er war dabei an dem Abend, als sie überfahren wurde.«

»Und Sie glauben, er steckt dahinter?«

»Samira hat ›Brother‹ in einem Waisenhaus in Kabul kennen gelernt. Donavon war mit der britischen Armee in Afghanistan. Die Schleuser hatten es speziell auf Waisen abgesehen, weil das weniger Komplikationen gab. Keine Familien, die nach ihnen suchen oder Fragen stellen konnten. Manche wurden als Sexarbeiterinnen nach Europa geschmuggelt. Anderen wurde die Alternative angeboten, Leihmutter zu werden.«

»Die schwangeren Illegalen, nach denen Sie gefragt haben, behaupteten beide, Waisen zu sein.«

Forbes hat seine Zigarette immer noch nicht angezündet. Sie

klemmt zwischen seinen Lippen und wippt auf und ab, wenn er spricht. Er sieht sich nach der Fähre um.

»Wegen neulich abends.«

»Welcher Abend?«

»Als wir zusammen gegessen haben.«

»Ja?«

»Habe ich mich schicklich verhalten? Wohl erzogen und alles?«

»Sie waren ein perfekter Gentleman.«

»Das ist gut«, murmelt er. »Ich meine, das dachte ich mir. Sie haben etwas genommen, das Ihnen nicht gehört.«

»Ich würde es lieber als Informationsaustausch betrachten.«

Er nickt. »Sie sollten Ihre Berufswahl vielleicht noch einmal überdenken, DC Barba. Ich weiß nicht, ob Sie das sind, was man einen Mannschaftsspieler nennt.«

Er kann nicht bleiben. Er hat eine raue Lagebesprechung vor sich. Seine Vorgesetzten werden wissen wollen, wie er Pearl entkommen lassen konnte. Und wenn erst die Medien Wind davon bekommen, wird die Sache endlos weitergehen.

Forbes betrachtet meine Kleider. »Wie ist er entkommen, wenn er nicht auf der Fähre ist?«

»Er könnte noch immer an Bord sein.«

»Das glauben Sie doch selbst nicht.«

»Nein. Was ist mit der Mannschaft?«

»Sie meinen, er hat eine Uniform genommen.«

»Es ist möglich.«

Er dreht sich abrupt um und geht zu den wartenden Polizeiwagen. Wahrscheinlich liefert das Bildmaterial der Überwachungskameras die Antwort. Jeder Winkel und jedes Deck an Bord wird von Kameras beobachtet. Eine wird Pearl aufgenommen haben.

»Essen Sie Bananen«, rufe ich ihm nach.

»Wie bitte?«

»Das Rezept meiner Mutter gegen Erkältung.«
»Sie haben gesagt, dass Sie nie auf sie hören.«
»Ich habe gesagt, *fast* nie.«

Ich war in der letzten Zeit zu oft in Krankenhäusern, habe zu lange auf unbequemen Stühlen gewartet, habe Snacks aus Automaten gegessen und löslichen Kaffee mit Milchpulver getrunken. Dieses Krankenhaus riecht nach gedünstetem Gemüse und Fäkalien, und die Flure sind in einem strengen Karo gefliest und von zahllosen Rollwagen blank gescheuert.

Ruiz hat mich aus Hull angerufen, sobald seine Fähre angelegt hatte. Er wollte mich abholen, aber ich habe gesagt, dass er nach Hause fahren und sich ausruhen soll. Er hat schon genug getan.

»Kümmert man sich um Sie?«
»Mir geht es gut.«
»Und Samira?«
»Sie wird wieder gesund werden.«

Ich hoffe, dass ich Recht habe. Sie schläft seit zehn Stunden und ist nicht einmal aufgewacht, als man sie aus dem Krankenwagen gehoben und in ein Privatzimmer gerollt hat. Hier warte ich jetzt, döse auf meinem Plastikstuhl, den Kopf neben ihren auf das Bett gelegt.

Am Nachmittag wacht sie schließlich auf. Ich spüre, wie sich die Matratze bewegt, und als ich die Augen öffne, sieht sie mich an.

»Ich muss mal«, flüstert sie.

Ich fasse ihren Ellenbogen und führe sie zur Toilette.

»Wo bin ich?«
»Im Krankenhaus.«
»In welchem Land?«
»England.«

Sie nickt ergeben, ohne dass sie den Eindruck macht, eine Reise beendet oder ein Ziel erreicht zu haben.

Samira wäscht sich das Gesicht, die Ohren, Hände und Füße und spricht leise mit sich selbst. Ich nehme wieder ihren Arm und führe sie zurück zum Bett.

Sie zeigt auf das Fenster und will hinausschauen. Zwischen den Häusern und über die Dächer hinweg kann man gerade noch die Nordsee ausmachen. Sie hat die Farbe von gebürstetem Stahl.

»Als Kind habe ich mich immer gefragt, wie das Meer aussieht«, sagt sie. »Ich kannte es nur von Bildern in Büchern und aus dem Fernsehen.« Sie blickt auf den Horizont.

»Und was denkst du jetzt?«

»Ich denke, das Meer sieht höher aus als das Land. Warum dringt das Wasser nicht ein und spült uns fort?«

»Das passiert manchmal.«

Ich bemerke das Handtuch in ihrer Hand. Sie möchte es als Gebetsteppich benutzen, weiß jedoch nicht, in welcher Richtung Mekka liegt und wohin sie sich wenden soll. Wie eine Katze, bevor sie sich setzt, dreht sie sich langsam im Kreis.

In ihren Augen schimmern Tränen, und ihre Lippen zittern, bis sie die Worte schließlich herausbringt.

»Sie werden bald Hunger bekommen. Wer wird sie stillen?«

DRITTES BUCH

»*Liebe und Schmerz sind überhaupt nicht das Gleiche. Liebe wird auf die Probe gestellt – aber Schmerz nicht.*

Von Schmerz sagt man nicht wie von der Liebe: ›Das war kein wirklicher Schmerz, sonst wäre er nicht so schnell verschwunden.‹«

William Boyd, *Die Blaue Stunde*

In den Nächten seit der Geburt der Zwillinge bin ich zwischen meinen Laken strampelnd und zuckend zahllose Male ertrunken. Ich sehe winzige Leiber in Feldern aus Seetang oder an einen Strand gespült. Meine Lunge versagt, bevor ich sie erreichen kann, und ich bleibe würgend und taub von einem unbestimmten Schmerz zurück. Ich frage mich, ob es so etwas gibt wie ein *geschwollenes* Herz.

Samira ist auch wach. Sie läuft nachts um drei durchs Haus und bewegt sich, als hätten ihre Füße einen Pakt mit dem Boden geschlossen, immer sanft aufzutreten, wenn sie dafür nie wieder einen Pfad kreuzen müssen, der zu steil für sie ist.

Die Zwillinge werden seit fünf Tagen vermisst. Pearl ist durch alle Ritzen gefallen und vom Erdboden verschwunden. Wir wissen jetzt, wie er von der Fähre gekommen ist. Eine Sicherheitskamera auf Deck drei hat einen Mann mit Helm und Reflektorweste erfasst, der nicht als Mitglied der Mannschaft identifiziert werden konnte. Sein Gesicht war auf den Aufnahmen nicht klar zu erkennen, aber er hatte einen Tragekorb für Haustiere bei sich. In dem quadratischen grauen Plastikcontainer sollten sich eigentlich zwei Siamkatzen befinden, die jedoch später in einem Treppenschacht entdeckt wurden.

Eine weitere Kamera im Zollabfertigungsbereich hat die deutlichsten Bilder des unidentifizierten Mannes aufgenommen. Im Vordergrund werden LKW mit Wärmedetektoren nach illegalen Einwanderern durchsucht. Aber im Hintergrund sieht man am Bildrand einen kürbisförmigen Wohnwagenanhänger hinter einem alten Range Rover. Mr. und Mrs. Jones aus Cardiff packen nach der Durchsuchung durch den Zoll ihre Duty-Free-Einkäufe wieder ein. Als der Wagen samt Anhänger losfährt, sieht man auf dem Asphalt neben dem Parkplatz eine graue Transportbox für Haustiere stehen.

Das walisische Paar wurde am Sonntag kurz nach Mittag auf der M4 östlich von Reading angehalten. Der Wohnwagen war leer, aber Pearls Fingerabdrücke wurden auf der Tischplatte und an der Aluminiumtür sichergestellt. Das Paar hatte an einer Autobahntankstelle an der M25 getankt. Ein Kassierer erinnerte sich daran, dass Pearl Fläschchen und Babynahrung gekauft hatte. Kurz darauf, um 10.42 Uhr wurde von dem angrenzenden Parkplatz ein Fahrzeug als gestohlen gemeldet, das bisher noch unauffindbar war.

Forbes leitet die Ermittlung, unterstützt von Spijker in Amsterdam, und die beiden beißen sich an dem Fall die Zähne aus. Sie vergleichen die Namen von den Listen der Fertilisationsklinik mit Unterlagen der britischen Einwanderungsbehörden.

Im Fall der entführten Zwillinge wurde eine Nachrichtensperre verhängt. Das hat DI Forbes entschieden. Gestohlene Kinder verursachen dramatische Schlagzeilen, und er möchte Panik vermeiden. Vor einem Jahr wurde ein neugeborener Säugling aus einem Krankenhaus in Harrogate entführt, und in den ersten beiden Tagen meldeten sich 1200 Leute, die das Baby angeblich gesehen hatten. Mütter wurden auf offener Straße attackiert und wie Kidnapper behandelt. Es gab sinnlose Hausdurchsuchungen. Unschuldige Familien mussten leiden.

Die einzige öffentliche Erklärung betrifft Pearl, für den ein Haftbefehl erlassen wurde. Ein weiterer. Ich habe wieder angefangen, eine Waffe zu tragen. So lange er da draußen herumläuft, werde ich sie immer bei mir haben. Ich will Samira nicht noch einmal verlieren.

Seit ihrer Entlassung aus dem Krankenhaus am Mittwoch wohnt sie bei mir. Hari hat das Gästezimmer geräumt und schläft auf der Couch im Wohnzimmer. Er scheint recht angetan zu sein von unserer neuen Mitbewohnerin. Er trägt neuerdings auch im Haus ein Hemd, weil er spürt, dass sie die Zurschaustellung seines nackten Oberkörpers missbilligt.

Mich erwartet ein Disziplinarverfahren. Pflichtvernachlässigung, vorsätzliche Falschaussage und Amtsmissbrauch sind nur drei der mir zur Last gelegten Verfehlungen. Dabei ist mein Nichterscheinen zum Dienstantritt in Hendon noch meine geringste Sorge. Barnaby Elliot hat Anzeige wegen Belästigung und Brandstiftung erstattet. Die Ermittlung wird von der Unabhängigen Polizei-Beschwerde-Kommission geleitet. Bis zum Beweis des Gegenteils gelte ich als schuldig.

Ein Stück den Flur hinunter rauscht die Toilettenspülung. Das Licht wird ausgeschaltet. Ein paar Minuten später folgen das Summen einer Maschine und das rhythmische Saugen der Brustpumpe. Samiras Milch ist eingeschossen, und sie muss sie alle sechs Stunden abpumpen. Das Geräusch der Pumpe ist eigenartig einschläfernd. Ich mache die Augen wieder zu.

Sie hat kein Wort über die Zwillinge gesagt. Ich frage mich die ganze Zeit, wann sie zusammenbrechen wird, ein Schatten ihrer selbst. Sogar als sie im Leichenschauhaus von Westminster ihren Bruder Hasan identifizierte, hat sie nichts herausgelassen.

»Man darf ruhig weinen«, erklärte ich ihr.

»Dafür hat Allah uns Tränen gegeben«, antwortete sie.

»Du glaubst, Gott hätte in all dem eine Rolle gespielt?«

»Er hätte mir dieses Leiden nicht aufgebürdet, wenn er nicht glauben würde, dass ich sie ertragen kann.«

Wie kann sie so abgeklärt, so duldsam sein? Glaubt sie wirklich, dass das Ganze Teil eines grandiosen Plans sein könnte oder dass Allah sie so grausam prüfen würde?

Ein solcher Glaube erscheint einem wirklich mittelalterlich, trotzdem ist sie lernbegierig. Sie findet Dinge faszinierend, die für mich selbstverständlich sind. Zentralheizung, Toilettenspülungen und meine Waschmaschine mit Trockner. In Kabul mussten sie das Wasser bis hinauf in ihre Wohnung tragen, und fast täglich fiel der Strom aus. In London brennen überall die ganze Nacht hindurch Straßenlampen. Samira hat mich gefragt, ob wir Briten vielleicht Angst vor der Dunkelheit hätten, und konnte nicht verstehen, warum ich gelacht habe.

Gestern war ich mit ihr am Canary Wharf einkaufen. »So viel Glas gibt es in ganz Afghanistan nicht«, sagte sie und zeigte auf die Bürotürme, die in der Morgensonne glitzerten. Ich sah, wie sie die Büroangestellten musterte, die nach Kaffee und Diät-Muffins Schlange standen: Frauen in engen Röcken, Tops und Jacketts, die ihr kurzes Haar schüttelten und in ihre Handys zwitscherten.

Die Kleider-Boutiquen wirkten einschüchternd auf sie. Die Verkäuferinnen waren gekleidet wie Trauernde, und die Läden hatten die Atmosphäre von Bestattungsinstituten. Ich erklärte Samira, dass ich wüsste, wo man bessere Kleider findet. Wir fuhren zur Commercial Road, wo die Kleider sich auf Ständern drängen und aus Tonnen quellen. Sie entschied sich für zwei Röcke, eine langärmelige Bluse und eine Strickjacke, die zusammen nicht einmal sechzig Pfund kosteten.

Sie betrachtete die Zwanzig-Pfund-Scheine.

»Ist das eure Königin?«

»Ja.«

»Sie sieht aus, als hätte man sie in Gips getaucht.«

Ich lachte. »Schon irgendwie.«

Überall glitzerte Weihnachtsschmuck. Sogar die Bagel-Bäckerei und der Halal-Metzger hatten bunte Lichter und Kunstschnee im Fenster. Samira blieb stehen und starrte auf ein Hummerbecken im Fenster eines Restaurants.

»Ich werde nie im Meer schwimmen.«

»Warum nicht?«

»Weil ich nicht einem von denen begegnen will.«

Ich glaube, sie stellte sich vor, dass die Hummer ebenso dicht übereinander krabbelten wie in dem Becken.

»Das alles muss dir doch vorkommen wie Science-Fiction?«

»Science-Fiction?«

»Das bedeutet wie eine Fantasie. Unwirklich.«

»Ja, unwirklich.«

London mit Samiras Augen zu sehen war für mich ein anderer Blick auf die Stadt. Selbst die alltäglichste Szene erwachte zu neuem Leben. Auf einem U-Bahnsteig packte sie erschrocken meine Hand, als der Zug sich durch den Tunnel näherte, weil er, wie sie sagte, klang »wie ein Ungeheuer in einer Höhle«.

Der hierzulande so beiläufig zur Schau gestellte Wohlstand ist peinlich. Im East End gibt es mehr Tierärzte als Ärzte in Kabul. Und die Tiere werden besser ernährt als die Waisenkinder.

Die Brustpumpe ist verstummt. Samira hat Haris Fernseher eingeschaltet und zappt durch die Programme. Ich schlüpfe aus dem Bett, schleiche durch den Flur und klopfe an ihre Tür. Sie trägt meinen alten Bademantel mit der gestickten Eule auf der Tasche.

»Kannst du nicht schlafen?«

»Nein.«

»Ich mache dir einen Schlummertrunk.«

Ihre Augen weiten sich.

Sie folgt mir die Treppe hinunter durch den Flur in die Küche. Ich schließe die Tür, nehme eine Flasche Milch aus dem Kühlschrank, gieße zwei Becher voll, stelle sie in die Mikrowelle und nehme sie zwei Minuten später dampfend wieder heraus. Dann breche ich große Brocken dunkler Schokolade ab, gebe sie in die Flüssigkeit und beobachte, wie sie schmelzen. Samira fängt die schmelzenden Splitter mit einem Löffel auf und leckt ihn ab.

»Erzähl mir von deiner Familie.«

»Die meisten sind tot.«

Sie leckt an dem Löffel. Ich breche weitere Schokoladenstücke ab und gebe sie in ihren Becher.

»Hattest du eine große Familie?«

»Nicht so groß. In Afghanistan übertreiben die Leute gern, was ihre Familie alles geleistet hat. Meine ist da keine Ausnahme. Sie behaupten, einer meiner Vorfahren wäre mit Marco Polo nach China gereist, aber das glaube ich nicht. Ich glaube, er war ein Schmuggler, der das Schwarzpulver von Indien nach Afghanistan gebracht hat. Der König hörte von dieser Zauberei und verlangte eine Demonstration. Mein Vater hat erzählt, dass tausend Raketen am Himmel hin und her flogen. Schlösser aus Bambus loderten in leuchtenden Flammen. Feuerwerk wurde unser Familiengeschäft. Die Formeln wurden von Vater zu Sohn weitergereicht – bis zu mir.«

Ich erinnere mich an das Foto bei Hasans Sachen, Arbeiter, die vor eine Fabrik aufgereiht waren, die meisten mit fehlenden Gliedmaßen, Augen oder in sonst irgendeiner Weise verstümmelt. Hasan hatte Brandnarben an den Armen.

»Es muss eine gefährliche Arbeit gewesen sein.«

Samira hält ihre Hände hoch und präsentiert ihre Finger. »Ich bin eine von denen, die Glück hatten.« Sie klingt fast enttäuscht. »Mein Vater hat bei der Explosion eines Sprengkörpers beide Daumen verloren, mein Onkel Yusuf seinen rechten Arm und seine Frau ihren linken. Sie haben sich gegenseitig beim Kochen, Nähen und Autofahren geholfen. Meine Tante hat geschaltet, und mein Onkel hat gelenkt. Fahad, der ältere Bruder meines Vaters, hat bei einer Vorführung seine Finger verloren. Davor war er ein sehr guter Spieler, aber nachdem er die Karten nicht mehr mischen konnte, verlor er meistens.

Meinen Großvater habe ich nie kennen gelernt. Er kam vor meiner Geburt bei einer Explosion in der Fabrik ums Leben. Mit ihm starben zwölf weitere Menschen, darunter zwei seiner Brüder. Mein Vater hat gesagt, das wäre ein Opfer gewesen, das nur unsere Familie bringen konnte. Eine Hand reicht für die Sünde, sagte er, und eine für die Erlösung.«

Sie blickt auf das dunkle Rechteck des Fensters. »Das war unsere Berufung – wir haben am Himmel gemalt. Mein Vater glaubte, eines Tages würde unsere Familie eine Rakete bauen, die den Weg in den Himmel erleuchtete. Bis dahin wollten wir Raketen machen, die den Blick Allahs auf sich lenkten, in der Hoffnung, dass er unsere Familie mit Glück und Gesundheit segnen würde.« Sie hält inne und sinnt der Ironie dieser Worte nach. Vollkommen still sitzt sie über den Tisch gebeugt, fest und doch zerbrechlich, und ihr Starren scheint tief aus ihren Augenhöhlen zu kommen.

»Was ist mit der Fabrik passiert?«

»Die Taliban haben sie geschlossen. Feuerwerk wäre Sünde, haben sie behauptet. Bei ihrer Machtübernahme haben die Leute gefeiert, weil sie dachten, die Taliban würden die Warlords aufhalten und die Korruption beenden. Es gab auch Veränderungen, aber nicht zum Guten. Mädchen durften nicht zur Schule gehen. Fensterscheiben wurden angestrichen, damit man die Frauen dahinter nicht sehen konnte. Es gab keine Musik, kein Fernsehen und keine Videos, keine Kartenspiele und keine Flugdrachen. Ich war zehn Jahre alt und wurde gezwungen, eine Burka zu tragen. Ich durfte nichts bei männlichen Ladenbesitzern kaufen. Ich durfte nicht mit Männern reden und nicht in der Öffentlichkeit lachen. Frauen mussten einfach sein. Unsichtbar. Unwissend. Meine Mutter hat uns heimlich unterrichtet. Wir haben jeden Abend die Bücher versteckt und die Hausaufgaben vernichtet.

Männer mit Bart und schwarzem Turban patrouillierten durch die Straßen und lauschten nach Musik oder Videos. Sie schlugen die Leute mit nassen Peitschen und Ketten. Manche wurden abgeholt und kamen nicht zurück.

Mein Vater brachte uns nach Pakistan. Wir lebten in einem Lager. Dort starb meine Mutter, und mein Vater gab sich die

Schuld daran. Eines Tages verkündete er, dass wir heimkehren würden. Er sagte, er würde lieber in Kabul verhungern, als wie ein Bettler zu leben.«

Sie verstummt und rutscht auf ihrem Stuhl hin und her. Der Kühlschrank springt mit einem leisen Klirren an, und ich spüre, wie der gleiche Schauder auch durch meinen Körper fährt.

»Die Amerikaner haben Flugblätter abgeworfen, auf denen stand, dass sie uns befreien würden, aber es war niemand mehr da, von dem sie uns befreien konnten. Trotzdem jubelten wir, weil die Taliban wie verängstigte Hunde geflüchtet waren. Aber die Nordallianz war auch nicht viel anders. Wir hatten gelernt, ohne große Erwartungen zu leben. In Afghanistan schlafen wir auf Dornen und nicht auf Blüten.«

Die Anstrengung der Erinnerung hat sie schläfrig gemacht. Ich spüle die Becher aus und folge ihr nach oben. An meiner Tür bleibt sie stehen und will mich etwas fragen.

»Ich bin nicht an die Stille gewöhnt.«

»Du findest London still?«

Sie zögert. »Kann ich in deinem Zimmer schlafen?«

»Ist irgendwas mit deinem Zimmer nicht in Ordnung? Ist das Bett unbequem?«

»Nein.«

»Hast du Angst?«

»Nein.«

»In dem Waisenhaus haben wir alle in einem Raum auf dem Boden geschlafen. Ich bin es nicht gewöhnt, alleine zu schlafen.«

Mein Herz krampft sich zusammen. »Warum hast du das nicht früher gesagt? Natürlich kannst du bei mir schlafen.«

Sie holt ihre Decke und breitet sie neben dem Kleiderschrank auf den Boden.

»Mein Bett ist groß genug. Da passen wir beide rein.«

»Nein, so ist es besser.«

Sie rollt sich auf dem Boden zusammen und atmet so leise, dass ich mich vergewissern möchte, dass sie noch da ist.

»Gute Nacht«, flüstere ich. »Auf dass du auf Blumen und nicht auf Dornen schläfst.«

Am nächsten Morgen kommt Detective Inspector Forbes wie üblich zu früh. Er trägt einen grauen Anzug und eine gelbe Krawatte und ist bereit für eine Pressekonferenz. Die Nachrichtensperre wird aufgehoben. Er braucht Hilfe, um die Zwillinge zu finden.

Ich führe ihn in die Küche. »Ihre Erkältung klingt besser.«

»Ich kann keine verdammten Bananen mehr sehen.«

Hari ist mit Samira im Wohnzimmer. Er zeigt ihr seine alte Xbox und versucht ihr zu erklären, was man damit macht.

»Man kann Leute erschießen.«

»Warum?«

»Zum Spaß.«

»Warum sollte man Menschen zum *Spaß* erschießen?«

Ich kann förmlich hören, wie Haris Mut sinkt. Der arme Junge. Eins haben die beiden allerdings gemeinsam. Hari studiert Chemietechnik, und Samira weiß mehr über chemische Reaktionen als jeder seiner Professoren, sagt er.

»Die Kleine ist sonderbar«, sagt Forbes flüsternd.

»Wie meinen Sie das?«

»Sie spricht nicht viel.«

»Die meisten Leute reden zu viel und haben nichts zu sagen.«

»Was will sie jetzt machen?«, fragt er.

»Ich weiß es nicht.«

Was würde ich an ihrer Stelle tun? Ich war nie ohne Freunde oder Familie, gestrandet in einem fremden Land (wenn man Wolverhampton nicht mitzählt, was schon verdammt fremd ist).

Hari kommt mit einem selbstzufriedenen Gesichtsausdruck in die Küche.

»Samira bringt mir bei, wie man Feuerwerkskörper bastelt«, erklärt er und nimmt einen Keks von Forbes' Teller.

»Damit du dich in die Luft sprengen kannst«, sage ich.

»Ich bin ganz vorsichtig.«

»Ach ja? Wie damals, als du ein Kupferrohr mit Schwarzpulver gefüllt und ein Loch in die Holzwand gesprengt hast.«

»Da war ich fünfzehn.«

»Alt genug, um es besser zu wissen.«

»Am Sonntag ist Guy Fawkes' Night. Wir basteln einen Whistling Chaser.«

»Und was ist das bitte?«

»Ein Heuler, eine Rakete, die weiße und rote Sterne versprüht mit einem Salut am Ende.«

»Ein Salut?«

»Ein lauter Knall.«

Hari hat bereits eine Liste der Bestandteile zusammengestellt: Kalisalpeter, Schwefel, Bariumchlorat und Kupferpulver. Ich habe keine Ahnung, welche Wirkung das Zeug hat, aber ich kann das Feuerwerk förmlich in seinen Augen sehen.

Forbes wirft einen Blick auf die Liste. »Kann man das alles legal kaufen?«

»Die Sprengkörper werden nicht mal zehn Zentimeter groß.«

Das ist keine Antwort auf die Frage, aber der Detective lässt es durchgehen.

Obwohl Samira die Zwillinge nie erwähnt, weiß ich, dass sie an sie denken muss, genau wie ich. Es vergeht kaum eine Minute, in denen meine Gedanken nicht zu ihnen zurückkehren. Ich spüre ihre Haut an meinen Lippen, sehe, wie sich ihr schmaler Brustkorb mit jedem Atemzug hebt. Das Mädchen hatte Atemprobleme. Vielleicht war ihre Lunge nicht voll entwickelt. Wir müssen sie finden.

Forbes hat die Wagentüren geöffnet und wartet darauf, dass Samira auf der Rückbank Platz nimmt. Sie trägt ihre neuen

Kleider – einen langen Wollrock und eine weiße Bluse. Sie wirkt gefasst. Still. Es gibt eine Landschaft in ihr, die ich nie betreten werde.

»Sie müssen keine Fragen beantworten«, erklärt der DI. »Ich helfe Ihnen, eine Erklärung vorzubereiten.«

Er sitzt über das Lenkrad gebeugt und runzelt die Stirn, als ob er den Stadtverkehr hasst. Dabei redet er über die Ermittlungen. Mit Spijkers Hilfe hat er fünf Asylbewerberinnen aufgespürt, die in der IVF-Klinik in Amsterdam befruchtet wurden und anschließend in Großbritannien aufgetaucht sind.

»Sie geben alle zu, die Kinder geboren zu haben, und behaupten, dass man sie ihnen abgenommen hätte. Sie haben jeweils fünfhundert Pfund und die Zusicherung erhalten, dass ihre Schuld damit getilgt sei.«

»Wo haben sie die Kinder zur Welt gebracht?«

»In einem Privathaus. Sie konnten uns keine Wegbeschreibung geben, weil sie in einem Transit mit geschwärzten Scheiben dorthin gebracht wurden. Zwei von den Mädchen haben erwähnt, dass sie landende Flugzeuge gehört hätten.«

»Eine Einflugschneise?«

»Vermutlich.«

»Geburten müssen angemeldet werden. So müssen wir die Babys doch auf jeden Fall finden.«

»Es ist nicht so leicht, wie Sie denken. Normalerweise informiert das Krankenhaus oder die Gesundheitsbehörde das Standesamt, das gilt aber nicht für Hausgeburten und Privatkliniken. In diesem Fall liegt es an den Eltern. Und ob Sie's glauben oder nicht, die Eltern müssen nicht einmal persönlich auf dem Amt erscheinen. Sie können einen Vertreter schicken, einen Zeugen der Geburt oder auch einfach den Hausbesitzer.«

»Das ist alles? Was ist mit ärztlichen Bescheinigungen oder medizinischen Unterlagen?«

»Nicht nötig. Die Zulassung eines Autos erfordert deutlich mehr Papierkram als die Registrierung eines Babys.«

Wir fahren am Royal Chelsea Hospital am Embankment vorbei, biegen links auf die Albert Bridge ab und kurven um den Battersea Park.

»Was ist mit Dr. Banerjee?«

»Er gibt zu, Cate Beaumont die überzähligen Embryonen gegeben zu haben, bestreitet jedoch jede Kenntnis eines Leihmutterschaftsplans. Sie habe ihm erklärt, dass sie zu einer anderen Klinik mit höherer Erfolgsquote wechseln wolle.«

»Und Sie glauben ihm?«

Forbes zuckt die Achseln. »Die Embryonen gehörten ihr. Sie hatte ein Recht darauf.«

Das erklärt aber immer noch nicht, warum Banerjee mich angelogen hat und am Geburtstag meines Vaters aufgekreuzt ist.

»Was ist mit Paul Donavon?«

»Er hat zwei Dienstzeiten in Afghanistan absolviert und ein halbes Jahr im Irak. Wurde mit der Queen's Gallantry Medal ausgezeichnet. Der Typ ist ein echter Held.«

Samira sagt kein Wort. Manchmal glaube ich, sie hat sich ausgeklinkt oder lauscht auf ganz andere Stimmen.

»Wir werden sowohl das Waisenhaus in Afghanistan als auch zwei weitere in Albanien und Russland kontaktieren«, sagt Forbes. »Hoffentlich können die uns mehr liefern als einen Spitznamen.«

Der Konferenzraum ist karg und fensterlos mit Plastikstühlen und Kugellampen voller verbrannter Motten. Er befindet sich im ehemaligen Gebäude des National Criminal Intelligence Service, das für die neue Verbrechensbekämpfungsbehörde mit den neuen Initialen renoviert und umetikettiert wurde. Trotz der Schlagzeilen und Hightech-Ausrüstung erinnert die SOCA immer noch mehr an das tiefe trübe Loch Ness als an den effektiven amerikanischen Prohibitionsagenten Eliot Ness – sie jagt zwielichtige Monster, die an dunklen Orten hausen.

In der ersten Reihe sitzen Radioreporter, die das Logo ihres

Senders auf ihre Mikrofone kleben. In den mittleren Reihen lümmeln sich die Zeitungsreporter, während ihre Kollegen vom Fernsehen mit weißeren Zähnen und schickerer Kleidung hinten warten.

Während meiner Ausbildung zum Detective in Bramshill hat man uns gruppenweise zu einer Autopsie geschickt. Ich habe dem Pathologen bei der Arbeit an der Leiche einer Tramperin zugesehen, die seit zwei Wochen tot war.

Er hielt ein kleines Glas hoch und sagte: »Dieser kleine Bursche hier ist eine Sarcophagia carnaria, eine graue Fleischfliege, aber ich bezeichne ihn gern als Kriminalreporter. Beachten Sie die roten Trinker-Augen und den grau gescheckten Körper, auf dem Essensflecken kaum auffallen. Und noch wichtiger, er ist immer der Erste, der eine Leiche findet ...«

Forbes blickt auf die Uhr. Es ist elf. Er rückt seine Krawatte zurecht und zupft an den Ärmeln seines Anzugs.

»Sind Sie so weit?«

Samira nickt.

Blitzlichter blenden mich, als ich Samira zu dem Konferenztisch folge. Fotografen drängeln sich um die beste Position und halten sich die Kameras in einem seltsam zuckenden Tanz über die Köpfe.

Forbes bietet Samira einen Stuhl an, ergreift einen Wasserkrug auf dem Tisch und gießt ihr Glas voll. Im grellen Licht der TV-Scheinwerfer wirkt sein leicht pockennarbiges Gesicht ausgebleicht.

Er räuspert sich und beginnt. »Wir ermitteln im Fall der Verschleppung von zwei Säuglingen, die am frühen Sonntagmorgen an Bord einer Fähre zwischen Hoek van Holland und Harwich geboren wurden. Die *Stena Britannica* hat um 3.36 Uhr Greenwich-Zeit angelegt, die Babys wurden zum letzten Mal eine halbe Stunde vorher gesehen.«

Ein Blitzlichtgewitter attackiert seine Augen.

Babyhandel und kommerzielle Leihmutterschaft erwähnt

Forbes nicht. Stattdessen konzentriert er sich auf die Details von Reise und Entführung. Auf eine Leinwand hinter ihm werden ein Foto sowie eine detaillierte Personenbeschreibung von Brendan Pearl projiziert.

»Detective Constable Barba ist zufällig auf die Operation der Menschenhändler gestoßen. Sie befand sich auf der Heimreise von einem kurzen Amsterdam-Aufenthalt. Sie hat geholfen, die Zwillinge auf die Welt zu bringen, konnte jedoch die Entführung der Babys nicht verhindern.

Ich möchte ausdrücklich betonen, dass es sich nicht um einen Familienstreit handelt und dass Brendan Pearl nicht mit den vermissten Säuglingen verwandt ist. Pearl ist infolge des Karfreitagsabkommens auf Bewährung aus der Haft entlassen. Er gilt als gefährlich. Wir raten dringend, sich ihm unter keinen Umständen zu nähern. Wer seinen Aufenthaltsort kennt, sollte sich stattdessen an die Polizei wenden. Miss Khan wird jetzt eine kurze Erklärung abgeben.«

Er schiebt das Mikrofon zu Samira, die es argwöhnisch mustert, bevor sie einen Zettel entfaltet. Die Blitzlichter haben sich zu einer Wand aus gleißendem Licht verdichtet. Sie verhaspelt sich bei den ersten fünf Wörtern und setzt neu an:

»Ich möchte mich bei allen bedanken, die sich in den vergangenen Tagen um mich gekümmert haben, vor allem bei Miss Barba, die mir auf der Fähre geholfen hat, die Babys zur Welt zu bringen. Ich bin auch der Polizei dankbar für alles, was sie getan hat. Ich bitte den Mann, der die Zwillinge an sich genommen hat, sie zurückzugeben. Sie sind noch sehr klein und brauchen medizinische Versorgung. Bitte bringen Sie sie in ein Krankenhaus oder hinterlassen Sie sie an einem sicheren Ort.«

Samira blickt von dem Zettel auf. Sie weicht von dem Drehbuch ab. »Dafür vergebe ich Ihnen, aber das mit Zala kann ich nicht verzeihen. Ich hoffe, dass Sie dafür jede Sekunde und jeden Tag ihres restlichen Lebens unendliche Schmerzen leiden.«

Forbes legt seine Hand auf das Mikro und versucht, sie zu bremsen. Samira erhebt sich. Ein Trommelfeuer von Fragen prasselt auf sie nieder.

»Wer ist Zala?«

»Kannten Sie Brendan Pearl?«

»Warum hat er Ihre Babys gestohlen?«

Die Geschichte hat mehr Löcher als eine Wahlkarte aus Florida. Die Reporter wittern eine noch größere Story. Die Formen des Anstands bröckeln.

»Gibt es eine Lösegeldforderung?«

»Wie konnte Pearl mit den Zwillingen von Bord gelangen?«

»Glauben Sie, dass sie noch leben?«

Samira zuckt zusammen. Sie ist fast an der Tür.

»Was ist mit Namen?«

Sie dreht sich zu dem Fragesteller um und blinzelt in die Blitzlichter. »Eine Jungfrau kann die Dinge unbenannt lassen; eine Mutter muss ihren Kindern Namen geben.«

Die Antwort bringt den Raum zum Verstummen. Die Leute gucken sich gegenseitig an. Mütter. Jungfrauen. Was hat das mit all dem zu tun?

Forbes' Schultern sind ganz verspannt vor Ärger.

»Das war eine beschissene Katastrophe«, murmelt er, als ich hinter ihm den Flur hinunterhetze.

»So schlimm war es auch nicht.«

»Weiß der Himmel, was die morgen schreiben.«

»Sie werden über die Zwillinge schreiben. Das wollen wir doch. Wir werden sie finden.«

Er bleibt unvermittelt stehen und dreht sich um. »Das ist erst der Anfang.«

»Wie meinen Sie das?«

»Ich möchte, dass Sie jemanden treffen.«

»Wann?«

»Jetzt.«

»Heute ist die Beerdigung.«

»Es dauert nicht lange.« Er blickt zu Samira, die in der Nähe des Fahrstuhls wartet. »Ich sorge dafür, dass sie nach Hause kommt.«

Zwanzig Minuten später halten wir vor einem viktorianischen Stadthaus in Battersea mit Blick auf den Park. Verschlungene Glyzinienranken rahmen nackt und grau die Fenster im Erdgeschoss. Die Haustür ist offen. Dahinter steht ein leerer Kinderwagen zu einem Ausflug bereit. Ich höre die Mutter die Treppe hinunterkommen. Sie ist attraktiv, Anfang vierzig. An der Hüfte trägt sie ein Baby, das zu alt ist, um einer der Zwillinge zu sein.

»Verzeihung, Mrs. Piper.«

»Ja?«

»Ich bin Detective Inspector Forbes. Das ist Detective Constable Barba.«

Das Lächeln der Frau verblasst, und sie umfasst ihr Kind beinahe unmerklich fester. Es ist ein Junge.

»Wie alt ist er?«, frage ich.

»Acht Monate.«

»Bist du ein Süßer?« Ich beuge mich vor. Die Mutter weicht zurück.

»Wie heißt er?«

»Jack.«

»Er sieht Ihnen ähnlich.«

»Eigentlich eher seinem Vater.«

»Wir würden gern kurz mit Ihnen sprechen«, unterbricht Forbes.

»Ich wollte gerade gehen. Ich muss zu einem Termin.«

»Es dauert nicht lange.«

Ihr Blick zuckt von ihm zu mir. »Ich denke, Sie sollten meinen Mann anrufen. Er arbeitet im Innenministerium«, fügt sie mit Nachdruck hinzu.

»Wo haben Sie das Baby bekommen?«, fragt Forbes.

»Es war eine Hausgeburt«, stottert sie nervös. »Ich gehe jetzt hoch, um meinen Mann anzurufen.«

»Warum?«, fragt Forbes. »Wir haben Ihnen doch noch gar nicht erklärt, warum wir hier sind, und Sie sind schon besorgt. Warum brauchen Sie die Erlaubnis Ihres Mannes, um mit uns zu sprechen?«

Die Situation bekommt einen Riss, ein Kräuseln der Beunruhigung.

»Waren Sie je in Amsterdam, Mrs. Piper? Haben Sie dort eine Befruchtungsklinik besucht?«

Sie weicht zurück und schüttelt den Kopf, weniger, um zu leugnen, als in der vergeblichen Hoffnung, dass er aufhört, ihr Fragen zu stellen. Sie ist auf den Stufen. Forbes geht auf sie zu und hält ihr eine Visitenkarte hin. Sie will sie nicht annehmen. Stattdessen legt er sie in den Kinderwagen.

»Würden Sie Ihren Mann bitten, mich anzurufen.«

Ich höre mich eine Entschuldigung murmeln. Gleichzeitig will ich wissen, ob sie für das Baby bezahlt hat. Wen hat sie bezahlt? Wer hat es arrangiert? Forbes muss meinen Arm fassen und mich die Stufen hinunterführen. Ich stelle mir vor, wie Mrs. Piper oben in Tränen aufgelöst am Telefon hängt.

»Ihr Name ist auf einer der Listen aufgetaucht, die Spijker mir geschickt hat«, erklärt Forbes. »Sie haben eine Leihmutter benutzt. Ein Mädchen aus Bosnien.«

»Dann ist es *nicht* ihr Baby.«

»Wie sollen wir das beweisen? Sie haben das Kind gesehen. Vaterschaftstest, DNA-Analysen, Blutproben – alles wird belegen, dass der kleine Jack das Kind der Pipers ist. Und es gibt im ganzen Land keinen Richter, der uns überhaupt die Erlaubnis geben würde, die entsprechenden Proben zu nehmen.«

»Wir können beweisen, dass sie eine Fertilisationsklinik in den Niederlanden besucht haben. Wir können beweisen, dass einer Leihmutter Embryonen eingepflanzt wurden. Wir können beweisen, dass das zu einer Schwangerschaft und einer erfolgreichen Geburt geführt hat. Das muss doch reichen.«

»Das beweist nicht, dass dabei Geld geflossen ist. Wir brauchen die Zeugenaussage eines der Paare.«

Er gibt mir eine Liste mit Namen und Adressen:

Robert & Helena Piper
Alan & Jessica Case
Trevor & Toni Jury
Anaan & Lola Singh
Nicholas & Karin Pederson

»Die anderen vier Paare habe ich schon befragt. Sie haben alle einen Anwalt eingeschaltet und sind bei ihrer Geschichte geblieben. Keines von ihnen wird mit uns zusammenarbeiten – nicht, wenn sie dadurch ihr Kind verlieren könnten.«

»Sie haben gegen Gesetze verstoßen!«

»Da haben Sie vielleicht Recht, aber wie viele Geschworene werden Sie davon überzeugen? Und wenn das eben Ihre Freundin gewesen wäre, die ihr Baby im Arm hält, würden *Sie* es ihr wegnehmen?«

2

Die Beerdigung ist um zwei Uhr. Ich trage eine schwarze Bluse, ein schwarzes Jackett, eine schwarze Hose und schwarze Schuhe. Der einzige Farbklecks ist mein Lippenstift.

Samira geht nach mir ins Bad. Kaum zu glauben, dass sie gerade Zwillinge zur Welt gebracht hat. Sie hat Schwangerschaftsstreifen auf dem Bauch, aber ansonsten ist ihre Haut makellos. Hin und wieder fällt mir auf, wie sie bei einer Bewegung vor Schmerz zusammenzuckt, aber ansonsten merkt man ihr ihre Beschwerden nicht an.

Als sie ihre Kleider auf dem Bett ausbreitet, achtet sie sorgfältig darauf, ihre Bluse nicht zu zerknittern.

»Du musst nicht mitkommen«, erkläre ich ihr, aber sie hat sich bereits entschieden. Sie hat Cate nur zwei Mal getroffen. Mit Yanus als Vermittler haben sie in gestelzten Sätzen miteinander gesprochen und kaum ein richtiges Gespräch geführt. Trotzdem waren sie durch ein einzigartiges Band miteinander verknüpft. Ungeborene Zwillinge.

Im Taxi sitzen wir nebeneinander. Sie ist angespannt und unruhig – als ob sie jeden Moment ein Paar versteckter Flügel ausbreiten und davonfliegen könnte. In der Ferne stößt ein Schornstein eine weiße Rauchsäule in den Himmel, wie eine Dampflok, die nirgendwohin fährt.

»Die Polizei wird die Zwillinge finden«, erkläre ich unvermittelt, als wären wir in ein Gespräch vertieft gewesen.

Sie antwortet nicht.

Ich versuche es noch einmal. »Du *willst* sie doch finden?«

»Meine Schuld ist bezahlt«, flüstert sie und beißt sich auf die Unterlippe.

»Du *schuldest* diesen Leuten gar nichts.«

Dann antwortet sie plötzlich ohne jede Vorwarnung in wohl gesetzten Worten.

»Ich habe versucht, sie nicht zu lieben. Ich dachte, es wäre leichter, sie aufzugeben, wenn ich sie nicht liebe. Ich habe sogar versucht, ihnen die *Schuld* dafür zu geben, was mit Hasan und Zala passiert ist. Das ist ungerecht, ja? Was soll ich sonst machen? In meine Brust schießt Milch für sie. In meinen Träumen höre ich sie weinen. Ich will, dass das aufhört.«

Vor der Kapelle des West London Crematorium stehen zwei Leichenwagen. Ein Läufer aus Kunstgras führt zu einer Rampe, wo ein kleines schwarzes Schild mit beweglichen weißen Lettern Felix' und Cates Namen anzeigt.

Samira schreitet mit erstaunlicher Würde über den Kiespfad – was gar nicht so leicht ist. Hin und wieder bleibt sie stehen und betrachtet die marmornen und steinernen Grabmäler. Friedhofsgärtner beobachten sie auf ihre Schaufeln gestützt. Sie wirkt beinahe außerirdisch. Jenseitig.

Barnaby Elliot begrüßt die Trauergäste und nimmt ihre Beileidsbekundungen entgegen. Ruth Elliot sitzt in ihrem Rollstuhl neben ihm. Die Trauerkleidung lässt ihre Haut blutleer und spröde erscheinen.

Sie sieht mich zuerst. Sie verzieht den Mund, als sie meinen Namen ausspricht. Barnaby dreht sich um und geht auf mich zu. Er küsst mich auf beide Wangen, und ich rieche den stechenden Alkohol seines Aftershaves.

»Wen hast du in Amsterdam getroffen?«, fragt er.

»Einen Kommissar. Warum hast du mich wegen Cates Computer belogen?«

Er antwortet nicht. Stattdessen wandert sein Blick zu den Baumkronen, von denen einige am goldgelben Rest des Herbstes festhalten wollen.

»Ich denke, du solltest wissen, dass ich einen Anwalt damit beauftragt habe, das Sorgerecht für die Zwillinge zu beantragen. Ich will sie beide.«

Ich gucke ihn ungläubig an.

»Was ist mit Samira?«

»Sie sind *unsere* Enkel. Sie gehören zu uns.«

»Nach dem Gesetz nicht.«

»Das Gesetz kann mich mal.«

Ich blicke zu Samira, die ein wenig zurückgeblieben ist, vielleicht weil sie drohenden Ärger spürt. So viel Feingefühl zeigt Barnaby nicht. »*Will* sie sie überhaupt?«, fragt er zu laut.

So fest, wie ich die Zähne aufeinanderbeißen muss, fällt es mir fast schwer zu sprechen. »Halt dich von ihr fern!«

»Hör mir zu –«

»Nein! *Du* hörst *mir* zu! Sie hat schon genug durchgemacht. Sie hat *alles* verloren.«

Er starrt mich wütend an und schlägt dann plötzlich wie ein Irrer mit der Faust so heftig gegen eine Hecke, dass der Ärmel seines Mantels darin hängen bleibt. Er befreit sich mit abrupter Gewalt, sodass ein Stück Stoff abreißt. Beinahe ebenso schnell hat er sich wieder gefasst. Es ist, als würde man einer Tiefenatmungsübung zur Wutkontrolle zusehen. Er greift in die Tasche und zückt eine Visitenkarte.

»Felix' und Cates Testamentsvollstrecker bittet morgen Nachmittag um drei zu einem Treffen in Gray's Inn. Er möchte, dass du kommst.«

»Warum?«

»Das hat er nicht gesagt. Hier ist die Adresse.«

Ich nehme die Karte und sehe Barnaby nach, der wieder zu seiner Frau geht. Sie ergreift seine Hand, legt den Kopf zur Seite und schmiegt ihre Wange in seine Handfläche. Ich habe noch nie einen so intimen Moment zwischen den beiden beobachtet. Vielleicht bedarf es einer Tragödie, um sich zu versöhnen.

Die Kapelle ist schwach von roten Lichtern beleuchtet, die hinter Glas flackern. Blumen bedecken die beiden Särge und quellen in den Mittelgang bis fast vor Ruth Elliots Rollstuhl. Barnaby steht neben ihr, daneben Jarrod. Sie halten sich alle drei an den Händen, als wollten sie sich gegenseitig stützen.

Ich erkenne weitere Verwandte und Freunde. Nur Yvonne fehlt. Vielleicht hat sie geglaubt, einen Tag wie heute nicht durchstehen zu können. Für sie muss es sein, als hätte sie eine Tochter verloren.

Auf der anderen Seite der Kirche sitzt Felix' Familie, die sehr viel polnischer wirkt, als Felix je ausgesehen hat. Die Frauen sind kleiner und viereckiger mit Schleiern und Rosenkränzen zwischen den Fingern.

Der Bestatter hält seinen Zylinder über den angewinkelten anderen Arm. Sein identisch gekleideter Sohn imitiert die Pose, aber ich kann einen Kaugummi hinter seinem Ohr erkennen.

Ein Choral erklingt – »Come Let Us Join Our Friends Above« –, eigentlich eher nicht Cates Sache. Andererseits muss es schwierig sein, etwas Passendes für jemanden zu finden, der einst einem Foto des Rockstars Kurt Cobain unsterbliche Liebe geschworen hat.

Reverend Lunn liest aus der Bibel vor und spricht dann feierlich von der Auferstehung und davon, dass wir uns eines Tages gemeinsam erheben und als Gottes Kinder leben würden. Dabei streicht er mit einem Finger über eine Kante von Cates Sarg, als würde er die gute Tischlerarbeit bewundern.

»Liebe und Schmerz sind nicht das Gleiche«, sagt er.

»Aber manchmal denkt man, sie sollten es sein. Die Liebe wird jeden Tag auf die Probe gestellt. Der Schmerz nicht. Trotzdem sind die beiden untrennbar miteinander verbunden, weil wahre Liebe keine Trennung erträgt.«

Seine Stimme klingt wie aus weiter Ferne. Ich habe in den letzten acht Jahren in einem Zustand schwebender Trauer um Cate gelebt. Triviale, sentimentale Alltagsgeräusche und Gerüche wecken Erinnerungen – verlorene Schlachten, billige Schuhe, Cola-Slushies, violetter Lidschatten … All das lässt mich lächeln oder mein Herz schmerzhaft anschwellen. Da ist es wieder – Liebe und Schmerz.

Ich sehe nicht zu, wie die Särge verschwinden. Während des letzten Chorals schlüpfe ich hinaus, weil ich frische Luft brauche. Auf der anderen Seite des Parkplatzes sehe ich im Schatten eines Torbogens eine vertraute Gestalt, einen Schatten, der ruhig wartet. Er trägt einen Mantel und einen roten Schal. Donavon.

Samira geht durch den Rosengarten neben der Kapelle. Wenn sie um die Ecke kommt, wird sie ihn sehen.

Instinktiv schließe ich die Lücke. Jeder Zeuge würde sagen, dass meine Körpersprache fast brutal ist. Ich packe Donavons Arm, verdrehe ihn hinter seinem Rücken, stoße ihn gegen eine Mauer und drücke sein Gesicht gegen die Ziegelsteine.

»Wo sind sie? Was hast du mit ihnen gemacht?«

»Ich weiß nicht, wovon du redest.«

Ich will, dass er sich wehrt. Ich will ihm wehtun. Samira ist ein paar Schritte hinter mir stehen geblieben.

»Kennst du diesen Mann?«

»Nein.«

»Du hast gesagt, der Engländer, den du in dem Waisenhaus getroffen hast, hätte ein Kreuz am Hals gehabt.« Ich reiße Donavons Schal weg und entblöße seine Tätowierung.

Sie schüttelt den Kopf. »Es war ein goldenes Kreuz. Hier.« Sie deutet es mit dem Finger an ihrem Kragen an.

Donavon lacht. »Wirklich tolle Detektivarbeit, Yindoo.«

Ich habe das Bedürfnis, ihn zu schlagen.

»Du warst in Afghanistan.«

»Ich habe der Königin und dem Vaterland gedient.«

»Erspar mir deine patriotische Wer-wagt-gewinnt-Scheiße. Du hast mich angelogen. Du hast Cate vor dem Ehemaligentreffen gesehen.«

»Ja.«

»Warum?«

»Das würdest du nicht verstehen.«

»Erklär's mir.«

Ich lasse ihn los, und er dreht sich langsam blinzelnd um. Seine blassen Augen sind blutunterlaufener, als ich sie in Erinnerung habe. Die Trauergäste kommen aus der Kapelle. Er mustert die Menge mit einer Mischung aus Verlegenheit und Besorgnis. »Nicht hier. Lass uns woanders reden.«

Er geht vor. Wir verlassen den Friedhof und gehen die Harrow Road hinunter, die von Autos und einer Reihe von Bussen verstopft ist. Verstohlen beobachte ich, wie Donavon Samira ansieht. Er scheint sie nicht zu kennen. Die meiste Zeit hält er bußfertig den Kopf gesenkt und legt sich Antworten auf die Fragen zurecht, die er von mir erwartet. Noch mehr Lügen.

Wir gehen in ein Café mit Hockern am Fenster und Tischen im Innern. Um Zeit zu schinden, studiert Donavon die Karte. Samira rutscht von ihrem Stuhl, kniet sich vor den Zeitschriftenständer und beginnt hastig, die Seiten durchzublättern.

»Man darf sie umsonst lesen«, erkläre ich. »Du kannst sie dir ruhig ansehen.«

Donavon massiert sein Handgelenk und hinterlässt einen weißen Striemen, bevor die Stelle wieder durchblutet wird.

»Ich habe Cate vor drei Jahren getroffen«, verkündet er. »Es war kurz vor meiner ersten Dienstzeit in Afghanistan. Es hat eine Weile gedauert, bis ich sie gefunden hatte. Ich hatte ihren Ehenamen nicht.«

»Warum?«

»Ich wollte sie sehen.«

Ich warte auf eine weitergehende Erklärung. Stattdessen wechselt er das Thema. »Bist du je mit dem Fallschirm abgesprungen?«

»Nein.«

»Ein absoluter Kick. Es gibt nichts, was einem ein vergleichbares Gefühl gibt – aufgeladen mit klopfendem Herzen in zehntausend Fuß Höhe in der offenen Tür eines Flugzeugs stehen, bevor man den letzten großen Schritt macht und vom Fahrtwind weggerissen wird. Man befindet sich im freien Fall, aber es ist kein Gefühl wie Fallen, sondern wie Fliegen. Der Luftdruck presst einem die Wangen nach innen und kreischt in den Ohren. Ich bin HALO gesprungen, high-altitude, low-opening – mit Sauerstoffflasche – aus 25000 Metern Höhe. Ich schwöre, ich hätte die Arme ausbreiten und den ganzen Planeten umarmen können.«

Seine Augen glänzen. Ich weiß nicht, warum er mir das alles erzählt, aber ich lasse ihn weiterreden.

»Von der Schule zu fliegen und zu den Paras zu gehen war das Beste, was mir je passiert ist. Bis dahin war ich ziellos. Wütend. Ich hatte keinen Ehrgeiz. Es hat mein Leben verändert.

Ich habe mittlerweile eine kleine Tochter. Ihre Mutter lebt nicht mehr mit mir zusammen – die beiden wohnen in Schottland –, aber ich schicke ihnen jeden Monat Geld und Geschenke zum Geburtstag und zu Weihnachten. Was ich wohl sagen will, ist, dass ich heute ein anderer Mensch bin.«

»Und warum erzählst du mir das?«

»Weil ich möchte, dass du es verstehst. Du glaubst, ich bin ein Schläger und Macho, aber ich habe mich verändert. Was ich Cate angetan habe, war unverzeihlich, aber *sie* hat mir verziehen. Deswegen hatte ich sie gesucht. Ich wollte wissen, wie ihr Leben weiter verlaufen war. Ich wollte nicht mit dem Gedanken leben, dass ich ihr das Leben versaut hatte.«

Ich will ihm nicht glauben. Ich habe das Bedürfnis, ihn weiter zu hassen, weil das die Welt ist, wie ich sie sehe. *Meine* festgehaltene Geschichte.

»Warum hätte Cate sich auf ein Treffen mit dir einlassen sollen?«

»Aus Neugier, schätze ich.«

»Wo habt ihr euch getroffen?«

»Wir haben in Soho einen Kaffee getrunken.«

»Und?«

»Wir haben geredet. Ich habe ihr gesagt, dass es mir leidtut. Sie hat gesagt, es wäre okay. Ich habe ihr ein paar Mal aus Afghanistan geschrieben. Jedes Mal wenn ich Heimaturlaub hatte, haben wir uns zum Mittagessen oder auf einen Kaffee getroffen.«

»Warum hast du mir das nicht vorher erzählt?«

»Ich dachte, dass du es nicht verstehen würdest.«

Das ist kein hinreichend guter Grund. Wie konnte Cate *Donavon* eher vergeben als mir?

»Was weißt du über das New Life Adoption Centre?«

»Cate hat es mir gezeigt. Sie wusste, dass Carla sich nicht sicher war, ob sie das Baby behalten will.«

»Und woher kannte Cate das Adoptionszentrum?«

Er zuckt die Achseln. »Ihr IVF-Spezialist ist Mitglied in der Adoptionskommission.«

»Dr. Banerjee? Bist du sicher?«

»Ja.«

Julian Shawcroft und Dr. Banerjee *kennen* sich. Noch mehr Lügen.

»Hat Cate dir erzählt, warum sie nach Amsterdam gefahren ist?«

»Sie hat gesagt, sie wolle eine weitere künstliche Befruchtung probieren.«

Ich blicke zu Samira. »Sie hat für eine Leihmutter bezahlt.«

»Was?«

»Es sind Zwillinge.«

Donavon ist perplex. Sprachlos.

»Wo?«

»Sie werden vermisst.«

Ich bemerke, wie er das neue Wissen mit anderen Informationen verknüpft. Die Nachricht von den Zwillingen ist schon im Radio gelaufen und in den Frühausgaben des *Evening Standard* abgedruckt. Ich habe Donavon offenbar heftiger erschüttert, als ich es je für möglich gehalten hätte.

»Was Cate gemacht hat, war illegal«, erkläre ich. »Sie hatte vor auszupacken. Deswegen wollte sie mit mir reden.«

Donavon hat sich äußerlich wieder einigermaßen gefangen. »Hat man sie deshalb umgebracht?«

»Ja. Cate hat Samira nicht zufällig getroffen. Jemand hat sie zusammengebracht. Ich suche nach einem Mann namens ›Brother‹ – einem Engländer, der Samiras Waisenhaus in Kabul besucht hat.«

»Julian Shawcroft war in Afghanistan.«

»Woher weißt du das?«

»Wir haben beiläufig darüber gesprochen. Er hat mich gefragt, wo ich gedient habe.«

Ich klappe mein Handy auf und drücke die Schnellwahl.

»New Boy« Dave geht nach dem zweiten Klingeln ran. Ich habe seit Amsterdam nicht mehr mit ihm geredet. Er hat nicht angerufen. Ich habe nicht angerufen. Trägheit. Angst.

»Hallo, mein Süßer.«

Er klingt zögerlich. Ich habe keine Zeit, ihn zu fragen, warum.

»Als du Julian Shawcroft überprüft hast, was hast du da herausgefunden?«

»Er war geschäftsführender Direktor einer Klinik für Geplante Elternschaft in Manchester.«

»Und davor?«

»Hat er in Oxford Theologie studiert und ist Mitglied irgendeines religiösen Ordens geworden.«

»Eines religiösen Ordens?«

»Er wurde katholischer Ordensbruder.«

Das ist die Verbindung! Cate, Banerjee, Shawcroft und Samira – ich kann den Zusammenhang herstellen.

Dave ist nicht mehr in der Leitung. Ich kann mich nicht erinnern, mich verabschiedet zu haben.

Donavon hat mich etwas gefragt, aber ich habe nicht zugehört.

»Sahen sie aus wie Cate?«

»Wer?«

»Die Zwillinge.«

Ich weiß nicht, was ich darauf antworten soll. Ich bin nicht versiert in der Beschreibung von Neugeborenen. Für mich sehen sie alle aus wie Winston Churchill. Und was kümmert es Donavon?

3

Ein silberfarbener Lexus biegt in die Einfahrt eines freistehenden Hauses in Wimbledon, South London. Er hat ein personalisiertes Nummernschild: BABYDOC. Sohan Banerjee sammelt seine Sachen von der Rückbank zusammen und lässt die Zentralverriegelung einrasten. Lichter blinken. Wenn sich nur alles im Leben per Knopfdruck regeln ließe.

»Die Höchststrafe für Menschenhandel beträgt vierzehn Jahre«, sage ich.

Der Doktor fährt herum und hält seinen Aktenkoffer vor sich wie einen Schild. »Ich weiß nicht, wovon Sie reden.«

»Die Strafe für die kommerzielle Vermittlung von Leihmutterschaften kenne ich nicht, aber wenn Sie noch medizinische Vergewaltigung und Menschenraub dazurechnen, kommen Sie bestimmt lange genug ins Gefängnis, um neue Freundschaften zu schließen.«

»Ich habe nichts Unrechtes getan.«

»Ach, Mord hätte ich fast vergessen. Automatisch lebenslänglich.«

»Sie haben mein Grundstück unbefugt betreten«, poltert er.

»Rufen Sie doch die Polizei.«

Er blickt zu seinem Haus und einigen Nachbarhäusern hinüber und überlegt vielleicht, was seine Nachbarn denken könnten.

»Sie wussten, dass Cate nach Amsterdam fahren wollte. Sie haben ihr ihre beiden letzten befruchteten Eizellen in einem Kanister mit flüssigem Stickstoff mitgegeben und ihr von der Klinik in Holland erzählt.«

»Nein. Nein.« Sein Kinn bebt.

»Wollten Sie die Zwillinge selbst auf die Welt bringen?«

»Ich weiß nicht, wovon Sie reden«, sagt er noch einmal.

»Wie gut kennen Sie Julian Shawcroft?«

»Wir kennen uns beruflich.«

»Sie waren zusammen in Oxford. Er hat Theologie studiert und Sie Medizin. Sehen Sie, wie viel ich weiß, Dr. Banerjee? Nicht schlecht für ein hochnäsiges Sikh-Mädchen, das keinen Mann abkriegt, was?«

Sein Aktenkoffer ruht immer noch auf seinem Bauchansatz. Ein körperliches Gefühl, das stärker ist als Verachtung, macht mir eine Gänsehaut.

»Sie sind in seiner Adoptionskommission.«

»Das ist ein unabhängiges Gremium.«

»Sie haben Cate vom New Life Adoption Centre erzählt. Sie haben sie mit Shawcroft bekannt gemacht. Was dachten Sie, was Sie taten? Hier ging es nicht um einen humanitären Kreuzzug zur Rettung von Kindern. Sie haben sich mit Sexhändlern und Mördern eingelassen. Junge Frauen wurden vergewaltigt und ausgenutzt. Menschen sind gestorben.«

»Sie irren sich gewaltig. Ich habe nichts mit all dem zu tun. Aus welchem Grund sollte ich so etwas machen?«

Der Grund? Ich verstehe nach wie vor nicht, warum Banerjee sich in so etwas hat verwickeln lassen. Das Geld kann es nicht sein. Vielleicht wurde er in eine Falle gelockt oder dachte, er würde jemandem einen »Gefallen« tun. Man muss nur einen Fehler begehen, um am Haken zu zappeln.

Er blickt wieder zu dem Haus. Dort wartet keine Ehefrau auf ihn, keine Kinder tollen vor der Tür.

»Es ist etwas Persönliches, oder?«

Er antwortet nicht.

Forbes hat mir eine Liste mit Namen gezeigt, die Paare, die die Embryonen für die IVF-Klinik in Amsterdam geliefert haben. Ein Nachname sticht mit einem Mal hervor – Anaan und Lola Singh aus Birmingham.

»Haben Sie Verwandte in Großbritannien, Dr. Banerjee? Eine Schwester vielleicht? Oder Nichten und Neffen?«

Er möchte es leugnen, aber die Wahrheit steht ihm ins Gesicht geschrieben. Mama hat erwähnt, dass er einen Neffen hat. Der gute Doktor war so stolz, dass er beim sonntäglichen Mittagessen eine Anekdote über ihn erzählt hat. Den Rest der Geschichte reime ich mir selbst zusammen. Seine Schwester wurde trotz aller Bemühungen nicht schwanger. Und selbst ihr schlauer Bruder – ein Frauenarzt und Spezialist für künstliche Befruchtung – konnte ihr nicht helfen.

Julian Shawcroft deutete an, dass es vielleicht eine andere Möglichkeit gebe. Er arrangierte eine Leihmutterschaft in den Niederlanden, und Banerjee brachte das Baby zur Welt. Er dachte, das Ganze wäre eine einmalige Geschichte – eine Familienangelegenheit –, aber Shawcroft wollte, dass er weitere Babys zur Welt brachte, und er konnte nicht Nein sagen.

»Was wollen Sie von mir?«

»Liefern Sie mir Julian Shawcroft ans Messer.«

»Das kann ich nicht.«

»Machen Sie sich Sorgen wegen Ihrer Karriere oder wegen Ihres Rufes?«

Banerjee lächelt trocken – eine Geste der Kapitulation. »Ich habe zwei Drittel meines Lebens in diesem Land verbracht, Alisha. Ich habe Magister- und Doktortitel aus Oxford und Harvard. Ich habe Referate veröffentlicht, Vorlesungen gehalten und war Gastprofessor an der University of Toronto.« Er blickt zu seinem Haus, den zugezogenen Vorhängen und den leeren Räumen dahinter. »Mein Ruf ist *alles*, was ich habe.«

»Sie haben gegen Gesetze verstoßen.«

»War das wirklich unrecht? Ich dachte, wir helfen kinderlosen Eltern und bieten Asylbewerbern ein neues Leben.«

»Sie haben sie ausgebeutet.«

»Wir haben sie aus den Waisenhäusern gerettet.«

»Und einige von ihnen zur Arbeit im Bordell gezwungen.«

Er zieht seine buschigen Augenbrauen zusammen.

»Liefern Sie mir Shawcroft. Machen Sie eine Aussage.«

»Ich muss meine Schwester und ihr Kind schützen.«

»Indem Sie *ihn* schützen?«

»Wir schützen uns gegenseitig.«

»Ich könnte Sie verhaften lassen.«

»Ich werde alles bestreiten.«

»Sagen Sie mir wenigstens, wo die Zwillinge sind.«

»Ich lerne die Familien nicht kennen. Den Teil arrangiert Julian.« Sein Ton verändert sich. »Ich flehe Sie an, lassen Sie die Sache ruhen. Daraus kann nur Unheil erwachsen.«

»Für wen?«

»Für alle. Mein Neffe ist ein wunderhübscher Junge. Er ist jetzt fast ein Jahr alt.«

»Werden Sie ihm von der medizinischen Vergewaltigung erzählen, die zu seiner Empfängnis geführt hat, wenn er groß ist?«

»Es tut mir leid.«

Allen tut es leid. Muss an den Zeiten liegen.

4

Forbes mischt einen Packen Fotos und legt sie in drei Reihen auf seinem Schreibtisch aus wie eine Patience. Julian Shawcrofts Bild liegt ganz rechts. Er sieht aus wie der typische Chef einer Wohlfahrtsorganisation: warmherzig, lächelnd wie ein gutmütiger Onkel …

»Ich möchte, dass Sie auf das Foto zeigen, wenn Sie jemanden erkennen«, sagt der Inspector.

Samira zögert.

»Machen Sie sich keine Gedanken darüber, ob Sie möglicherweise irgendjemandem Probleme bereiten – sagen Sie mir einfach, ob Sie ihn schon einmal getroffen haben.«

Ihr Blick schweift über die Fotoreihen und bleibt plötzlich hängen. Sie zeigt auf Shawcroft.

»Den da.«

»Wer ist das?«

»Brother.«

»Kennen Sie seinen richtigen Namen?«

Sie schüttelt den Kopf.

»Woher kennen Sie ihn?«

»Er ist in das Waisenhaus gekommen.«

»In Kabul?«

Sie nickt.

»Was hat er dort gemacht?«

»Er hat Decken und Lebensmittel gebracht.«

»Haben Sie mit ihm gesprochen?«

»Er konnte kein Afghanisch. Ich habe für ihn übersetzt.«

»Was haben Sie übersetzt?«

»Es gab ein Treffen mit Mr. Jamal, dem Direktor. Brother sagte, er könne einigen der Waisen einen Job vermitteln. Er wollte nur Mädchen. Ich habe ihm erklärt, dass ich nicht ohne Hasan gehen würde. Er sagte, dass es mehr Geld kosten würde, aber dass ich es ihm zurückzahlen könnte.«

»Wie viel?«

»Fünftausend amerikanische Dollar für jeden von uns.«

»Und wie sollten Sie ihm das Geld zurückzahlen?«

»Er hat gesagt, Gott würde einen Weg finden.«

»Hat er irgendetwas davon gesagt, dass Sie ein Baby bekommen sollten?«

»Nein.«

Forbes zieht ein Blatt Papier aus einem Ordner. »Ich habe hier eine Liste mit Namen. Ich möchte, dass Sie mir sagen, ob Sie einen davon kennen.«

Samiras Finger gleitet auf der Seite nach unten. »Das Mädchen hier – Allegra –, sie war auch in dem Waisenhaus.«

»Wohin ist sie gekommen?«

»Sie ist vor mir aufgebrochen. Brother hatte einen Job für sie.«

Der Inspector lächelt mit zusammengepressten Lippen. »Allerdings.«

Forbes' Büro befindet sich im zweiten Stock gegenüber einem großen offenen Ermittlungsraum. Auf einem Aktenschrank steht ein Foto seiner Frau. Sie sieht aus wie ein patentes Mädchen vom Lande, das seinen Babyspeck nie ganz losgeworden ist.

Er bittet Samira, draußen zu warten. Beim Aufzug gibt es einen Getränkeautomaten. Er gibt ihr Kleingeld. Wir sehen ihr nach. Sie sieht so jung aus – eine werdende Frau.

»Das reicht für einen Haftbefehl«, sage ich. »Sie hat Shawcroft identifiziert.«

Forbes sagt nichts. Worauf wartet er? Er stapelt die Fotos wieder übereinander und richtet die Kanten aus.

»Wir können Shawcroft immer noch keine Verbindung zu dem Leihmuttergeschäft nachweisen. Ihr Wort steht gegen seins.«

»Aber die anderen Waisen –«

»Sprechen von einem Heiligen, der ihnen Hilfe angeboten hat. Wir können nicht *beweisen*, dass Shawcroft mit den Schleusern zusammengearbeitet oder sie gar engagiert hat. Und wir können nicht *beweisen*, dass er die Mädchen zu den Schwangerschaften gezwungen hat. Wir bräuchten die Aussage eines Käufers, was jedoch bedeuten würde, dass er sich gleichzeitig selbst belasten müsste.«

»Könnten wir so jemandem Straflosigkeit zusichern?«

»Ja, aber wir können keine Garantien gegen Ansprüche aus zivilrechtlichen Schadensersatzprozessen geben. Sobald jemand zugibt, für das Baby einer Leihmutter Zahlungen geleistet zu haben, könnte die leibliche Mutter ihr Kind zurückverlangen.«

Ich höre die Resignation in seiner Stimme. Die Aufgabe erweist sich als zu schwierig. Er gibt nicht auf, legt sich jedoch auch nicht besonders ins Zeug, um den einen zusätzlichen Anruf zu machen oder an die eine weitere Tür zu klopfen. Er glaubt, ich würde mich an einen Strohhalm klammern und hätte den

Fall nicht gründlich genug durchdacht. Aber ich war mir nie
sicherer.

»Samira sollte ihn treffen.«

»Was?«

»Sie könnte ein Mikro tragen.«

Forbes saugt geräuschvoll Luft ein. »Das kann nicht Ihr
Ernst sein! Shawcroft würde es sofort durchschauen. Er weiß,
dass wir sie haben.«

»Ja, aber in einer Ermittlung kommt es darauf an, Druck auf-
zubauen. Im Moment glaubt er, wir könnten ihm nicht das Geringste anhaben. Er fühlt sich sicher. Wir müssen ihn aufrütteln
– ihn aus seiner gemütlichen Ecke rausholen.«

Das Abhören von Telefonaten und Häusern ist strengen Ge-
setzen unterworfen. Der Surveillance Commissioner muss eine
Genehmigung erteilen. Aber ein Mikro am Körper ist etwas anderes – solange man sich an einem öffentlichen Ort aufhält.

»Was soll sie denn sagen?«

»Er hat ihr einen Job versprochen.«

»Und das ist alles?«

»Sie *muss* gar nichts sagen. Lassen Sie uns hören, was *er*
sagt.«

Forbes zermalmt ein Halsbonbon zwischen den Zähnen. Danach riecht sein Atem nach Zitrone.

»Meinen Sie, sie macht mit?«

»Ich glaube schon.«

5

Man kann jeden Sport lächerlich erscheinen lassen, wenn man
ihn auf seine Grundlagen reduziert – Schläger, Ball, Loch –, aber
den Reiz von Golf habe ich wirklich nie verstanden. Ich schätze,
die Plätze sind auf eine künstliche Weise hübsch wie bis auf den
letzten Kiesel und Strauch geplante japanische Gärten.

Julian Shawcroft spielt jeden Sonntag in derselben Vierergruppe, bestehend aus einem Stadtplaner, einem Autohändler und einem lokalen Geschäftsmann. Abschlag ist kurz nach
zehn.

Ihr Club liegt an der Grenze zwischen Sussex und Surrey irgendwo im Grün- und Speckgürtel von London. Braun ist hier
eine selten gesehene Farbe – außer man schlägt ein Divot.

Samira trägt eine mit Klebeband im Kreuz befestigte, streich-
holzschachtelgroße Batterie, von der ein dünnes rotes Kabel unter ihrer Achselhöhle durchgefädelt und mit einem knopfgroßen
Mikrofon zwischen ihren Brüsten verbunden ist.

Ich zupfe ihre Bluse zurecht, sehe sie an und lächele aufmun-
ternd. »Du musst es nicht machen.«

Sie nickt.

»Weißt du, was du sagen wirst?«

Ein weiteres Nicken.

»Wenn du Angst bekommst, geh einfach. Wenn du dich bedroht fühlst, geh weg. Beim geringsten Anzeichen von Ärger –
hast du mich verstanden?«

»Ja.«

Gruppen von Golfern drängen sich vor der Garderobe sowie
auf dem Trainingsgrün und warten darauf, dass ihre Namen
aufgerufen werden. Shawcroft hat das lauteste Lachen, aber
nicht die grellste Hose. Die trägt einer seiner Spielpartner. Er
macht einen Übungsschwung neben dem ersten Tee, blickt auf
und sieht Samira in der Sonne auf der obersten Stufe der Stein-
treppe stehen. Er schirmt seine Augen ab.

Ohne Zögern geht sie auf ihn zu und bleibt zwei Meter vor
ihm stehen.

»Kann ich Ihnen helfen?«, fragt einer der anderen Golfer.

»Ich bin gekommen, um Brother zu treffen.«

Shawcroft stutzt und blickt an ihr vorbei. Er sucht uns.

»Hier gibt es niemanden, der Brother heißt, Kleine«, sagt der
Autohändler.

Samira zeigt auf Shawcroft, der sich umdreht und stotternd leugnet. »Ich weiß nicht, wer sie ist.«

Forbes pegelt die Lautstärke des digitalen Aufnahmegeräts aus. Wir beobachten die Szene aus achtzig Meter Entfernung in einem Wagen sitzend, der unter einer Platane gegenüber dem Pro Shop parkt.

Samira ist mindestens einen Kopf kleiner als alle vier Männer. Ihr langer Rock flattert im Wind.

»Vielleicht kann sie den Caddie für dich machen, Julian?«, scherzt einer der Männer.

»Du erinnerst dich doch an mich, Brother«, sagt Samira. »Du hast mir gesagt, dass ich kommen soll. Du hast gesagt, du hättest einen Job für mich.«

Shawcroft sieht seine Partner entschuldigend an. Sein Argwohn schlägt in Wut um. »Beachtet sie gar nicht. Lasst uns anfangen.«

Er wendet ihr den Rücken zu, macht einen weiteren hektischen Probeschwung, bevor er den Drive weit rechts aus der Bahn drischt, wo der Ball unter Bäumen verschwindet. Angewidert schleudert er seinen Schläger zu Boden.

Die anderen schlagen nach ihm ab. Shawcroft sitzt schon am Steuer eines Golfwagens, der sich ruckelnd in Bewegung setzt und beschleunigt.

»Ich hab Ihnen doch gesagt, dass er nicht darauf reinfallen würde«, sagt Forbes.

»Warten Sie ab. Schauen Sie.«

Samira schwebt hinter den Männern den Fairway hinunter, der Saum ihres Rockes färbt sich vom Tau dunkel. Die Wagen haben sich getrennt. Shawcroft sucht im Rough nach seinem verunglückten Ball, bis er aufblickt und Samira nahen sieht. Ich höre, wie er seinem Partner zuruft. »Verlorener Ball. Ich droppe einen neuen.«

»Du hast doch gar nicht richtig gesucht.«

»Egal.«

Er lässt einen weiteren Ball auf den Boden fallen und hackt ihn aus dem Rough, wobei er mehr an einen Holzfäller als einen Golfer erinnert. Der Wagen setzt sich wieder in Bewegung. Samira geht unbeirrt weiter.

Ich habe einen Kloß im Hals. Dieses Mädchen erstaunt mich immer wieder. Bunker meidend folgt sie den Männern über eine kleine Holzbrücke über einen Bach bis zum Grün. Shawcroft sieht sich ständig um, drischt seinen Ball und eilt weiter.

»Gleich ist sie außer Reichweite«, sagt Forbes. »Wir müssen sie aufhalten.«

»Warten Sie. Nur noch ein bisschen.«

Die Vierergruppe ist jetzt mehr als dreihundert Meter entfernt, aber durch das Fernglas kann ich sie deutlich erkennen. Samira steht wartend am Rande des Grüns und beobachtet sie.

Schließlich reißt Shawcroft der Geduldsfaden. »Verschwinde von diesem Golfplatz, oder ich lasse dich verhaften.«

Er stürmt mit dem Schläger fuchtelnd auf sie zu. Sie zuckt nicht mit der Wimper.

»Ganz ruhig, alter Junge«, mahnt irgendjemand.

»Wer ist sie, Julian?«, fragt ein anderer.

»Niemand.«

»Sie ist ein hübsches Ding. Vielleicht könnte sie dir die Bälle waschen.«

»Halt's Maul! Halt einfach dein Maul!«

Samira hat sich nicht von der Stelle gerührt. »Ich habe meine Schuld bezahlt, Brother.«

»Ich weiß nicht, wovon du redest.«

»Du hast gesagt, Gott würde einen Weg finden, wie ich meine Schuld begleichen kann. Ich habe zwei Mal bezahlt. Zwillinge. Für Hasan und für mich, aber er ist tot. Zala hat es auch nicht geschafft.«

Shawcroft packt grob ihren Arm und zischt. »Ich weiß nicht,

wer dich hergeschickt hat, und ich weiß nicht, was du willst, aber ich kann dir nicht helfen.«

»Und was ist mit dem Job?«

Er führt sie von der Gruppe weg. »Wohin gehst du, Julian?«, ruft einer seiner Partner ihm nach.

»Ich werde sie vom Gelände werfen lassen.«

»Und was ist mit unserer Runde?«

»Ich hole euch ein.«

»Nicht schon wieder«, murmelt der Autohändler.

Eine neue Vierergruppe ist bereits auf halbem Weg den Fairway hinunter. Samira noch immer am Arm gepackt, marschiert Shawcroft an ihnen vorbei. Sie muss rennen, um nicht zu fallen.

»Du tust mir weh.«

»Halt die Klappe, du blöde Schlampe. Ich weiß nicht, was für ein Spiel du spielst, aber es wird nicht aufgehen. Wer hat dich geschickt?«

»Ich habe meine Schuld bezahlt.«

»Scheiß auf die Schuld! Es gibt keinen Job! Du belästigst mich. Wenn du mir noch einmal zu nahe kommst, lasse ich dich verhaften.«

Samira gibt nicht auf. Sie ist wirklich gut.

»Warum ist Hasan gestorben?«

»Man nennt es Leben. Dinge passieren.«

Ich fasse es nicht. Er zitiert Donald Rumsfeld. Warum passieren »Dinge« nie Leuten wie Shawcroft?

»Ich habe lange gebraucht, um dich zu finden, Brother. Wir haben in Amsterdam auf dich oder eine Nachricht von dir gewartet. Am Ende konnten wir nicht länger warten. Man wollte uns nach Kabul zurückschicken. Hasan ist alleine gekommen. Ich wollte mit ihm gehen, aber er hat gesagt, dass ich warten sollte.« Ihre Stimme bricht. »Er wollte dich suchen. Er hat gesagt, du hättest dein Versprechen vergessen. Ich habe ihm gesagt, dass du ehrenhaft und gütig bist. Du hast Nahrung und

Decken ins Waisenhaus gebracht. Du hast das Kreuz getragen ...«

Shawcroft verdreht ihr Handgelenk, damit sie still ist.

»Ich habe die Babys bekommen. Ich habe meine Schuld bezahlt.«

»Willst du jetzt endlich die Klappe halten!«

»Jemand hat Zala ermordet ...«

Sie haben das Clubhaus beinahe erreicht. Forbes ist aus dem Wagen gestiegen und geht auf sie zu. Ich warte. Shawcroft schleudert Samira in ein Blumenbeet. Sie schlägt sich das Knie auf und schreit.

»Das ist Körperverletzung.«

Shawcroft blickt auf und sieht den Detective. Dann sieht er an ihm vorbei und entdeckt mich.

»Sie haben nicht das Recht! Ich werde meinen Anwalt einschalten.«

Forbes überreicht ihm den Haftbefehl. »Fein. Hoffen wir für Sie, dass er heute nicht Golf spielt.«

6

Shawcroft betrachtet sich selbst als Geistesarbeiter und Rechtsgelehrten, obwohl er offenbar das Strafgesetzbuch und die Genfer Konvention durcheinanderbringt, als er aus seiner Arrestzelle wüste Beschuldigungen über seine inhumane Behandlung brüllt.

Intellektuelle sind meistens Angeber und weise Menschen schlicht langweilig. (Meine Mutter erklärt mir ständig, ich solle Geld sparen, früh schlafen gehen und nichts verleihen.) Mir sind kluge Menschen lieber, die ihre Talente verbergen und sich nicht allzu ernst nehmen.

Ein Dutzend Beamte gehen die Akten und Computerdateien des New Life Adoption Centre durch. Weitere durchsuchen

Shawcrofts Haus in Hayward's Heath. Ich erwarte nicht, dass sie eine Spur finden, die zu den Zwillingen führt. Dafür ist er zu vorsichtig.

Es besteht jedoch die Chance, dass zukünftige Käufer zunächst in der Absicht einer legalen Adoption zu dem Zentrum gekommen sind. Bei unserer ersten Begegnung habe ich Shawcroft nach der Broschüre gefragt, die ich in Cates Haus entdeckt habe und in der der neugeborene Junge einer Prostituierten angepriesen wurde. Shawcroft hatte beteuert, dass alle Adoptiveltern ordnungsgemäß überprüft würden. Das heißt, es müsste Gesprächsprotokolle, psychologische Gutachten und polizeiliche Führungszeugnisse geben. Wenn er die Wahrheit gesagt hat, könnte, wer immer die Zwillinge jetzt hat, einmal auf einer Warteliste des Adoptionszentrums gestanden haben.

Vor vier Stunden haben wir ihn verhaftet. Forbes hat ihn durch den Haupteingang und den öffentlichen Wartebereich führen lassen. Er wollte ihm maximales Unbehagen und größtmögliche Peinlichkeit bereiten. Ich spüre, dass Forbes trotz seiner Erfahrung nicht ganz in derselben Liga spielt wie Ruiz, der genau weiß, wann er sich abgebrüht geben und wann er jemanden noch eine Stunde allein mit seinen Dämonen in der Arrestzelle schwitzen lassen muss.

Shawcroft wartet auf seinen Anwalt Eddie Barrett. Ich hätte wissen müssen, dass er »die Bulldogge« zur Hilfe ruft, einen altmodischen Leichenschüttler mit dem Ruf, die Medien zu umgarnen und der Polizei auf die Nerven zu gehen. Er und Ruiz sind alte Widersacher, die sich in gegenseitiger Verachtung und widerwilligem Respekt verbunden sind.

Pfiffe und Wolfsgeheul brechen in dem Korridor aus. Barrett ist in Jeans, Cowboystiefeln, kariertem Hemd und einem riesigen Hut eingetroffen.

»Guck mal, Willie Nelson!«, ruft irgendjemand.

»Ist das ein Revolver in deiner Tasche, Eddie, oder freust du dich bloß, mich zu sehen?«

Jemand macht ein paar Tanzschritte. Eddie hakt die Daumen unter seinen Gürtel und gibt ihnen den steppenden Cowboy. Es macht ihm offenbar nichts aus, von ihnen hochgenommen zu werden. Normalerweise läuft es umgekehrt, und er lässt Polizisten im Zeugenstand ziemlich dumm aussehen.

Barrett ist ein seltsam aussehender Mann mit einem umgekehrt proportionierten Körper (kurze Beine, langer Oberkörper) und geht genau wie George W. Bush mit unnatürlich gerade vom Körper abgestreckten Armen und dem Kinn in der Luft. Vielleicht ist das so die Art von Cowboys.

Einer der uniformierten Beamten begleitet ihn zu einem Vernehmungszimmer. Shawcroft wird nach oben gebracht. Forbes steckt sich einen Plastikstopfen ins Ohr – einen Empfänger, über den ich während der Vernehmung mit ihm sprechen kann. Er packt ein Bündel Akten und eine Liste mit Fragen auf den Tisch. Hier geht es ebenso sehr darum, gut vorbereitet zu *wirken*, wie gut vorbereitet zu *sein*.

Ich weiß nicht, ob der DI nervös ist, aber ich kann die Anspannung spüren. Es geht um die Zwillinge. Wenn Shawcroft nicht zusammenbricht oder mit uns kooperiert, werden wir sie vielleicht nie finden.

Der Wohlfahrtsmanager trägt immer noch seine Golfkleidung. Barrett nimmt neben ihm Platz und legt seinen Cowboyhut auf den Tisch. Die Formalitäten werden erledigt – Namen der Anwesenden sowie Ort und Zeitpunkt der Vernehmung. Dann legt Forbes fünf Fotos auf den Tisch. Shawcroft macht sich nicht die Mühe, sie anzusehen.

»Diese fünf Asylbewerberinnen behaupten, dass Sie sie überredet haben, ihr Heimatland zu verlassen und illegal nach Großbritannien einzureisen.«

»Nein.«

»Bestreiten Sie, sie zu kennen?«

»Es kann sein, dass ich sie schon einmal getroffen habe. Ich erinnere mich nicht.«

»Wenn Sie sich die Gesichter vielleicht ansehen würden –«

»Mein Mandant hat Ihre Frage beantwortet«, geht Barrett dazwischen.

»Wo könnten Sie ihnen begegnet sein?«

»Meine Wohlfahrtsorganisation hat im vergangenen Jahr mehr als eine Million Pfund an Spenden aufgebracht. Ich habe Waisenhäuser in Afghanistan, im Irak, in Albanien und im Kosovo besucht.«

»Woher wissen Sie, dass es sich bei den Frauen um Waisen handelt? Das hatte ich noch gar nicht erwähnt.«

Shawcroft erstarrt. Ich kann förmlich sehen, wie er sich selbst für seinen Ausrutscher ohrfeigt.

»Sie *kennen* diese Frauen also?«

»Kann sein.«

»Und Sie kennen Samira Khan?«

»Ja.«

»Wo haben Sie sie kennen gelernt?«

»In einem Waisenhaus in Kabul.«

»Haben Sie mit ihr darüber gesprochen, dass sie nach Großbritannien kommen sollte?«

»Nein.«

»Haben Sie ihr hier einen Job angeboten?«

»Nein.« Er setzt sein Unschuldslächeln auf.

»Sie haben sie mit einem Mann bekannt gemacht, der sie erst in die Niederlande und dann nach Großbritannien geschmuggelt hat.«

»Nein.«

»Der Preis dafür betrug fünftausend Dollar, erhöhte sich jedoch auf zehntausend Dollar, nachdem sie und ihr Bruder die Türkei erreicht hatten. Sie haben ihr erklärt, dass Gott einen Weg finden würde, wie sie das Geld zurückbezahlen könnte.«

»Ich treffe auf meinen Reisen viele Waisen, Detective, und ich glaube nicht, dass es je eine gegeben hat, die nicht weg wollte. Davon träumen sie alle. Sie erzählen sich gegenseitig Gutenachtgeschichten von der Flucht in den Westen, wo selbst Bettler Autos fahren und Hunde Diät machen müssen, weil es so viel zu essen gibt.«

Forbes legt ein Foto von Brendan Pearl auf den Tisch. »Kennen Sie diesen Mann?«

»Ich kann mich nicht erinnern.«

»Er ist ein verurteilter Mörder.«

»Ich werde für ihn beten.«

»Was ist mit seinen Opfern – beten Sie für die auch?« Forbes hält ein Foto von Cate in der Hand. »Kennen Sie diese Frau?«

»Es kann sein, dass sie einmal das Adoptionszentrum besucht hat. Ich bin mir nicht sicher.«

»Sie wollte ein Kind adoptieren?«

Shawcroft zuckt die Achseln.

»Sie müssen für das Band verbal antworten.«

»Ich kann mich *nicht* erinnern.«

»Schauen Sie sich das Bild noch einmal genau an.«

»Meine Augen sind vollkommen in Ordnung, Detective Inspector.«

»Und was ist mit Ihrem Gedächtnis?«

»Hören Sie, Dr. Phil«, unterbricht Barrett. »Es ist Sonntag, und ich habe etwas Besseres zu tun, als zuzuhören, wie Sie sich hier einen runterholen. Wie wär's, wenn Sie uns erzählen, was man meinem Mandanten eigentlich vorwirft?«

Forbes zeigt bewundernswerte Selbstbeherrschung. Er legt ein weiteres Foto auf den Tisch, diesmal von Yanus. Die Befragung geht weiter. Die Antwort ist immer die gleiche: »Ich kann mich nicht erinnern. Ich weiß es nicht mehr.«

Julian Shawcroft ist kein pathologischer Lügner (warum lügen, wenn die Wahrheit einem besser dient?), aber er ist von Natur aus ein Betrüger, und das Täuschen fällt ihm so leicht wie das Atmen. Jedes Mal wenn Forbes ihn unter Druck setzt, breitet er einen Flickenteppich von Lügen aus, hauchdünn, aber sorgfältig geknüpft, und er flickt jeden Webfehler, bevor er zu einem größeren Riss wird. Er verliert weder die Beherrschung, noch zeigt er einen Hauch Nervosität. Stattdessen strahlt er beunruhigende Gelassenheit aus, und sein Blick bleibt fest.

In den Akten des Adoptionszentrums finden sich Namen von mindestens zwölf Paaren, die auch in den Unterlagen der Amsterdamer IVF-Klinik auftauchen. Ich übermittle Forbes diese Information über den kleinen Sender, und er fasst sich zur Bestätigung ans Ohr.

»Waren Sie je in Amsterdam, Mr. Shawcroft?«, fragt er.

Ich spreche hier, dort kommt es heraus – reine Magie.

»Schon mehrere Male.«

»Haben Sie je eine IVF-Klinik in Amersfoort besucht?«

»Ich kann mich nicht erinnern.«

»Aber an diese Klinik würden Sie sich doch bestimmt erinnern.« Forbes nennt Namen und Adresse. »Ich bezweifle, dass Sie *so* viele Kliniken dieser Art besuchen.«

»Ich bin ein viel beschäftigter Mann.«

»Deswegen führen Sie doch auch bestimmt einen Terminkalender.«

»Ja.«

»Warum haben wir dann bei Ihnen keinen einzigen gefunden?«

»Ich bewahre meine Terminpläne immer nur ein paar Wochen auf und schmeiße sie dann weg. Unordnung finde ich unerträglich.«

»Können Sie mir erklären, warum Paare, die von Ihrem Adoptionszentrum geprüft wurden, auch in den Akten der IVF-Klinik in Amsterdam auftauchen?«

»Vielleicht wurden sie dort behandelt. Leute, die Kinder adoptieren wollen, versuchen es zunächst häufig mit einer künstlichen Befruchtung.«

Barrett starrt an die Decke. Er läuft Gefahr, sich zu langweilen.

»Diese Paare haben keine IVF-Behandlung bekommen«, sagt

Forbes. »Sie haben Embryonen geliefert, die in die Gebärmutter von Asylbewerberinnen implantiert wurden, die gezwungen wurden, die Kinder auszutragen, bevor man sie ihnen wegnahm.«

Forbes zeigt auf die fünf Fotos auf dem Tisch. »Diese Frauen, Mr. Shawcroft, dieselben Frauen, die Sie ermutigt haben, nach Europa zu kommen. Sie haben Sie identifiziert. Sie haben eine Aussage bei der Polizei gemacht. Und jede erinnert sich an den gleichen Satz von ihnen: ›Gott wird einen Weg finden, wie du deine Schuld begleichen kannst.‹«

Barrett packt Shawcrofts Arm. »Mein Mandant möchte von seinem Recht Gebrauch machen zu schweigen.«

Forbes gibt die lehrbuchmäßig korrekte Antwort. »Ich hoffe, Ihr Mandant ist sich bewusst, dass das Gericht negative Schlüsse daraus ziehen kann, wenn Ihr Mandant Tatsachen unerwähnt lässt, auf die er sich später in seiner Verteidigung beruft.«

»Dessen ist sich mein Mandant bewusst.«

»Ihr Mandant sollte sich außerdem der Tatsache bewusst sein, dass er hierbleiben und sich meine Fragen anhören muss, egal ob er sie beantwortet oder nicht.«

Barretts dunkle Augen glänzen. »Tun Sie, was Sie tun müssen, Detective. Bisher haben wir nur einen Haufen Fantasiegeschichten gehört, die als Fakten ausgegeben werden. Selbst wenn mein Mandant mit diesen Frauen gesprochen haben sollte, na und? Sie haben keinerlei Beweise dafür, dass er ihre illegale Einreise organisiert hat. Und keinerlei Beweise dafür, dass er in irgendeiner Weise in ihre Propagandamärchen von erzwungenen Schwangerschaften und gestohlenen Babys verwickelt ist.«

Barrett sitzt absolut regungslos da. »Ich habe den Eindruck, Detective Inspector, dass Ihr ganzer Fall auf der Aussage von fünf illegalen Einwanderinnen fußt, die alles sagen würden, um im Land zu bleiben. Wenn Sie daraus eine Anklage basteln wollen – nur zu.«

Der Anwalt steht auf, streicht seine Jeans glatt und rückt die Büffelkopfschnalle seines Gürtels zurecht. Er sieht Shawcroft an. »Ich empfehle Ihnen zu schweigen.« Er öffnet die Tür und stolziert, seinen Hut in der Hand, den Korridor hinunter. Wieder dieser Gang.

7

»Penny for the guy.«

Eine Gruppe Jungen mit stacheligen Frisuren lungert an der Straßenecke herum. Der Kleinste von ihnen ist als Landstreicher verkleidet in Sachen, die ihm viel zu groß sind, sodass er aussieht, als hätte man ihn einschrumpfen lassen.

Einer der Jungen gibt ihm einen Stups. »Zeig die Zähne, Lachie.«

Lachie macht unvermittelt den Mund auf. Zwei seiner Zähne sind geschwärzt.

»Penny for the guy«, betteln sie noch einmal im Chor.

»Ich hoffe, ihr werft ihn nicht auf den Scheiterhaufen.«

»Nein, Ma'am.«

»Gut.« Ich gebe ihnen ein Pfund.

Samira hat uns beobachtet. »Was machen sie?«

»Sie sammeln Geld für Feuerwerke.«

»Durch Betteln?«

»Nicht direkt.«

Hari hat ihr erklärt, was es mit dem Guy Fawkes Day auf sich hat. Deshalb haben die zwei auch die beiden letzten Tage in meinem Gartenschuppen zugebracht, gekleidet wie wahnsinnige Wissenschaftler in Baumwolle, damit nichts an ihnen statische Elektrizität oder einen Funken auslösen könnte.

»Und dieser Guy Fawkes war also ein Terrorist?«

»Ja, das war er wohl. Er hat versucht, mit Fässern voller Schießpulver das Parlamentsgebäude in die Luft zu sprengen.«

»Um den König zu töten?«

»Ja.«

»Warum?«

»Er und seine Mitverschwörer waren unzufrieden damit, wie der König die Katholiken behandelt hat.«

»Es ging also um Religion.«

»Irgendwie schon.«

Sie sieht die Jungen an. »Und was wird gefeiert?«

»Als der Plan fehlschlug, zündeten die Menschen ein Freudenfeuerwerk und verbrannten Guy-Fawkes-Puppen. Und das tun sie bis heute.« *Soll bloß keiner erzählen, Protestanten wären nicht nachtragend.*

Samira verstummt und denkt darüber nach, während wir Richtung Bethnal Green gehen. Es ist fast sechs, und die Luft ist schon schwer von Qualm und Schwefel. Auf der Wiese sind kleine Scheiterhaufen errichtet, um die sich Familien versammelt haben, dick eingemummelt gegen die Kälte.

Meine Familie ist gekommen, um sich das Feuerwerk anzusehen. Hari ist in seinem Element. Er hat eine alte Munitionskiste aus dem Schuppen geschleppt, die die Früchte seiner Arbeit und Samiras Sachverstand enthält. Ich weiß nicht, wie er es geschafft hat, alle von ihr benötigten Ingredienzien zu besorgen: die diversen Chemikalien, speziellen Salze und metallischen Pulver. Der wichtigste Bestandteil, das Schwarzpulver, stammt aus einem Modellbauladen in Notting Hill – genauer gesagt, aus den Motoren von Modellraketen, die sorgfältig auseinandergenommen wurden, um den Treibstoff zu sichern.

Fackeln tanzen über die Wiese, kleinere Feuerwerkskörper werden gezündet: Raketen, Bengalisches Feuer, Chrysanthemen- oder Knistersterne und Goldregen. Kinder malen mit Wunderkerzen in die Luft, jeder Hund Londons bellt, und gemeinsam halten sie alle Babys wach. Ich frage mich, ob die Zwillinge darunter sind. Vielleicht sind sie noch zu klein, um vor dem Lärm zu erschrecken.

Ich hake mich bei Bada unter, und wir sehen zu, wie Samira und Hari ein schweres Plastikrohr in den Boden rammen. Samira hat ihren langen Rock zwischen den Beinen hindurchgezogen und um die Hüften gewickelt. Ihr Kopftuch ist in ihren Mantelkragen gestopft.

»Wer um Himmels willen bringt ihm so etwas bei?«, fragt Bada. »Er wird sich in die Luft sprengen.«

»Ihm passiert schon nichts.«

Hari war schon immer der Liebling unter Gleichen. Als Jüngster hatte er meine Eltern in den vergangenen sechs Jahren für sich. Manchmal denke ich, dass er die letzte Verbindung zu ihren mittleren Jahren ist.

Samira hockt auf dem Boden und schirmt mit der Hand eine kleine, spitz zulaufende Kerze ab. Ein oder zwei Sekunden vergehen, dann saust eine Rakete in die Luft und verschwindet, bevor sie weitere zwei, drei Sekunden später hoch über uns explodiert und Sterne ausschüttet, die mit der Dunkelheit verschmelzen. Die Rakete ist höher, heller und lauter als alle Feuerwerkskörper, die wir bisher gesehen haben. Die Leute unterbrechen ihre eigenen Feuerwerke, um zuzusehen.

Hari skandiert die Namen – Dragon's Breath, Golden Phoenix, Glitter Palm, Exploding Apples –, während Samira sich unaufgeregt zwischen den verschiedenen Abschussröhren bewegt. Derweil sprüht Bodenfeuerwerk Funkensäulen um sie herum, die sich in ihren dunklen Augen spiegeln.

Haris Whistling Chaser markiert das Finale. Samira überlässt ihm die Zündung. Er schießt heulend himmelwärts, bis nur noch ein winziger Lichtpunkt zu sehen ist, der plötzlich in einem riesigen weißen Kreis aufgeht wie eine Pusteblume. Als diese verblasst, explodiert in ihrer Mitte eine rote Kugel mit einem Knall, der die Scheiben in der Nachbarschaft zittern lässt und diverse Autoalarmanlagen auslöst. Die Menge applaudiert. Hari verbeugt sich. Samira sammelt bereits die verkohlten Pappröhren und Papierfetzen ein und packt sie in die alte Munitionskiste.

Hari ist euphorisch. »Wir sollten feiern«, sagt er zu Samira. »Ich führe dich aus.«

»Aus?«

»Ja.«

»Wo ist aus?«

»Ich weiß nicht. Wir könnten was trinken gehen oder uns eine Band anhören.«

»Ich trinke nicht.«

»Du könntest doch einen Saft oder so was trinken.«

»Ich kann nicht mit dir ausgehen. Es ist nicht gut, wenn ein Mädchen mit einem Jungen alleine ist.«

»Wir sind bestimmt nicht allein. Der Pub ist immer rammelvoll.«

»Sie meint, ohne Anstandsdame«, erkläre ich ihm.

»Ah. Klar.«

Manchmal frage ich mich, warum Hari als der intelligenteste meiner Brüder gilt. Er wirkt schwer geknickt.

»Es ist eine religiöse Sache, Hari.«

»Aber ich bin doch gar nicht religiös.«

Ich gebe ihm einen Klaps hinter die Ohren.

Ich habe Samira immer noch nicht erzählt, was bei Shawcrofts Vernehmung geschehen oder – wichtiger – *nicht* geschehen ist. Der Wohlfahrtsmanager hat gar nichts preisgegeben. Forbes musste ihn laufen lassen.

Wie soll ich jemandem die Regeln der Stichhaltigkeit und die Idee der Beweislast erklären, der den Luxus von Justiz und Gerechtigkeit nie gekannt hat?

Auf dem Heimweg lassen wir uns ein Stück zurückfallen, und ich hake mich bei Samira unter.

»Aber er *hat* all diese Dinge *getan*«, sagt sie und sieht mich an. »Ohne ihn wäre das alles nicht passiert. Hasan und Zala wären noch da. So viele Menschen sind tot.« Sie schlägt den Blick nieder. »Vielleicht sind sie ja auch die, die Glück gehabt haben.«

»So etwas darfst du nicht sagen.«

»Warum nicht?«

»Weil die Zwillinge eine Mutter brauchen werden.«

Sie unterbricht mich mit einem Handkantenschlag in die Luft. »Ich werde *nie* ihre Mutter sein!«

Ihre Miene ist mit einem Mal verzerrt, und ich habe das Gefühl, ein zweites, gefährliches Gesicht hinter dem ersten zu sehen. Es dauert nur den Bruchteil einer Sekunde – lange genug, um mich zu beunruhigen. Sie blinzelt, und das zweite Gesicht ist verschwunden. Ich habe sie zurück.

Wir sind fast zu Hause. Etwa fünfzig Meter hinter uns hat ein Wagen abgebremst und folgt uns im Schritttempo. Die Angst steckt mir im Hals. Ich greife in meinen Rücken und ziehe den Saum meiner Bluse aus dem Bund. Der Halfter mit der Glock ist in meinem Kreuz.

Hari ist bereits in die Hanbury Street gebogen. Mama und Bada sind nach Hause gefahren. Gegenüber der nächsten Laterne ist ein Fußweg zwischen zwei Häusern. Samira hat den Wagen jetzt auch bemerkt.

»Dreh dich nicht um!«, erkläre ich ihr.

Unter der Laterne schubse ich sie in Richtung des Fußwegs und rufe ihr zu, dass sie rennen soll. Sie gehorcht, ohne zu fragen. Ich drehe mich wieder zu dem Wagen um. Das Gesicht des Fahrers liegt im Schatten. Ich richte die Pistole auf seinen Kopf, und er hebt die Arme wie ein Pantomime hinter einer Glaswand.

Das hintere Fenster wird heruntergelassen, und die Innenbeleuchtung geht an. Ich schwenke die Pistole zu der Öffnung. Julian Shawcroft hat eine Hand an der Tür, in der anderen hält er etwas, das aussieht wie ein Gebetbuch.

»Ich möchte Ihnen etwas zeigen«, sagt er.

»Werde ich etwa verschwinden?«

Er wirkt enttäuscht. »Vertrauen Sie darauf, dass Gott Sie beschützen wird.«

»Bringen Sie mich zu den Zwillingen.«
»Ich werde Ihnen helfen zu verstehen.«

Eine Böe, eine Salve von Regentropfen – der Abend wird windig und ungemütlich. Überall in London streben die Menschen nach Hause, während die letzten Feuer herunterbrennen. Wir überqueren den Fluss und fahren durch Bermondsey Richtung Süden. Zwischen Häusern und über Baumkronen kann man die schimmernde Kuppel von St. Paul's ausmachen.

Shawcroft schweigt. Ich sehe sein Gesicht im Scheinwerferlicht der entgegenkommenden Autos. Ich schmiege die Waffe in meine Hände, er sein Buch. Ich sollte Angst haben, aber stattdessen hat eine seltsame Ruhe von mir Besitz ergriffen. Ich habe nur einmal zu Hause angerufen, um mich zu vergewissern, dass Samira sicher angekommen ist.

Der Wagen biegt von der Straße in eine Einfahrt und hält in einem Hinterhof. Beim Aussteigen sehe ich über das glänzende Wagendach hinweg zum ersten Mal das Gesicht des Fahrers. Es ist nicht Brendan Pearl. Das hatte ich auch nicht erwartet. Shawcroft wäre niemals so dumm, sich mit einem bekannten Killer zu zeigen.

Eine Frau in einem französischen Bauernrock und einem zu großen Pullover taucht an Shawcrofts Seite auf. Sie hat die Haare so streng nach hinten gebunden, dass ihre Brauen hochgezogen sind.

»Das ist Delia«, stellt er sie vor. »Sie leitet eine meiner Wohlfahrtseinrichtungen.«

Ich schüttele ihre glatte trockene Hand.

Delia führt uns durch eine Doppeltür und eine enge Treppe hinauf. An den Wänden hängen Plakate mit provozierenden Bildern von Hunger und Vernachlässigung, darunter auch das Foto eines afrikanischen Kindes mit aufgeblähtem Bauch und flehenden tief liegenden Augen wie die Sammelschalen eines Bettlers. In der unteren Ecke ist ein Logo abgedruckt, eine Uhr, die anstelle von Zahlen Buchstaben hat, die zusammengesetzt O.R.P.H.A.N.W.A.T.C.H. ergeben.

Ich schiebe die Waffe zurück in den Halfter.

Wir betreten ein Büro mit Schreibtischen und Aktenschränken. Vor dem Fenster zeichnen sich Umrisse eines auf Standby schlummernden Computerbildschirms ab. Shawcroft wendet sich an Delia. »Ist offen?«

Sie nickt.

Ich folge ihm in einen zweiten Raum, der mit Leinwand und Projektor wie ein kleines Heimkino ausgestattet ist. An den Wänden hängen weitere Plakate neben Zeitungsausschnitten, die teilweise an den Ecken verknickt oder an den Rändern ausgefranst sind. Ein kleines Mädchen in einem schmutzigen weißen Kleid blickt in die Kamera; ein Junge mit verschränkten Armen mustert mich trotzig. Dutzende Bilder dieser Art reihen sich unter kleinen Spots nebeneinander, die sie in tragische Kunstwerke verwandeln.

»Das sind diejenigen, die wir retten konnten«, sagt er und faltet fromm seine blassen Hände.

Die Wandtafeln sind ausklappbar. Er zieht sie heraus und enthüllt weitere Fotos.

»Erinnern Sie sich an die Waisen der Tsunami-Katastrophe? Kein Mensch kennt ihre genaue Zahl, aber Schätzungen gehen von bis zu zwanzigtausend aus. Obdachlose, mittellose, traumatisierte Kinder. Familien standen für ihre Adoption Schlange; Regierungen wurden mit Angeboten belagert, die jedoch fast ausnahmslos abgelehnt wurden.«

Shawcrofts Blick gleitet über mich hinweg. »Soll ich Ihnen erzählen, was mit den Tsunami-Waisen geschehen ist? In Sri Lanka haben die Tamil Tigers sie als Soldaten rekrutiert, Jungen, zum Teil nicht älter als sieben Jahre. In Indien haben sich gierige Verwandte wegen der von der Regierung in Aussicht gestellten Unterstützung um die Kinder gestritten – und sie dann verlassen, sobald das Geld geflossen war.

In Indonesien haben die Behörden allen nicht muslimischen Paaren die Adoption verweigert. Truppen haben dreihundert Waisen aus einem von einer christlichen Wohlfahrtsorganisation gecharterten Flugzeug gezerrt und dann ohne Obdach oder Nahrung zurückgelassen. Selbst Länder wie Thailand und Indien, die Adoptionen ins Ausland erlauben, haben ihre Grenzen plötzlich dicht gemacht – eingeschüchtert durch unbestätigte Geschichten von Waisen, die von Pädophilenbanden außer Landes geschleust worden sein sollen. Es war lächerlich. Man schließt auch nicht das internationale Banksystem, weil irgendwo jemand eine Bank ausraubt. Man fängt den Räuber und macht ihm den Prozess. Aber wenn ein Kind in die Hände von Menschenschmugglern gefallen ist, wird das System internationaler Adoptionen geschlossen und das Leben für Millionen von Waisen verschlimmert.

Die Leute begreifen das schiere Ausmaß des Problems einfach nicht. Jedes Jahr werden zwei Millionen Kinder zur Prostitution gezwungen – eine Million davon in Asien. Und in Afrika werden jede *Woche* mehr Kinder zu Waisen als insgesamt durch den Tsunami in Asien. Allein südlich der Sahara sind es dreizehn Millionen.

Die so genannten Experten sagen, die Kinder dürften nicht wie Waren behandelt werden. Warum nicht? Ist es nicht besser, man wird wie eine Ware behandelt, als wie ein Hund zu leben? Zu hungern. Zu frieren. Im Dreck zu vegetieren. In die Sklaverei verkauft zu werden. Vergewaltigt zu werden. Es heißt, es dürfe nicht ums Geld gehen. Worum soll es denn sonst gehen? Wie wollen wir sie sonst retten?«

»Sie denken, das Ziel heiligt die Mittel.«

»Ich denke, es *sollte* ein Faktor sein.«

»Man kann Menschen nicht wie einen Rohstoff behandeln.«

»Natürlich kann ich das. Ökonomen tun es ständig. Ich bin Pragmatiker.«

»Sie sind ein Monster.«

»Zumindest ist es mir nicht egal. Die Welt braucht Leute wie mich. Realisten. Tatmenschen. Was machen Sie denn? Sie übernehmen die Patenschaft für ein Kind in Burundi oder spenden für *Comic Relief*. Sie versuchen ein Kind zu retten, während zehntausend andere sterben.«

»Und was ist die Alternative?«

»Ein Kind zu opfern, um zehntausend andere zu retten.«

»Wer trifft die Wahl?«

»Verzeihung?«

»Wer entscheidet, wer geopfert wird?«

»*Ich* entscheide. Ich verlange nicht, dass andere mir diese Entscheidung abnehmen.«

Von diesem Moment an hasse ich ihn. Trotz all seines dunklen Charmes und seiner eleganten Eindringlichkeit ist Shawcroft ein Tyrann und ein Eiferer. Da sind mir Brendan Pearls Motive noch lieber. Er versucht wenigstens nicht, seine Morde zu rechtfertigen.

»Was passiert, wenn sich das Verhältnis verändert?«, frage ich. »Würden Sie auch fünf Leben opfern, um fünfhundert zu retten? Oder sagen wir zehn für elf?«

»Wir könnten die Leute befragen«, gibt er sarkastisch zurück. »Ich kriege elf Stimmen, sie nur zehn. Ich gewinne.«

Ich verstehe flüchtig und entnervt, was er sagen will, aber ich kann keine Welt akzeptieren, die so brutal schwarz und weiß ist. Mord, Vergewaltigung und Folter sind terroristische Methoden und keine Werkzeuge zivilisierter Gesellschaften. Welche Hoffnung haben wir, wenn wir werden wie sie?

Shawcroft hält sich für einen moralischen, wohltätigen, frommen Menschen, aber das ist er nicht. Er ist korrumpiert worden. Er ist nicht mehr Teil der Lösung, sondern Teil des Problems – er lässt Frauen schmuggeln, verkauft Babys und beutet Hilflose aus.

»Nichts gibt Ihnen das Recht zu dieser Entscheidung«, erkläre ich ihm.

»Ich habe die Rolle angenommen.«

»Sie halten sich für Gott!«

»Ja. Und wissen Sie warum? Weil *irgendjemand* es machen muss. Rührselige Gutmenschen von Ihrer Sorte leisten nur Lippenbekenntnisse für die Armen. Sie tragen farbige Armbänder und behaupten, eine Welt ohne Hunger schaffen zu wollen. Wie denn?«

»Es geht hier nicht um mich.«

»Doch.«

»Wo sind die Zwillinge?«

»In einer liebevollen Umgebung.«

»Wo?«

»Dort, wo sie hingehören.«

Die Pistole liegt warm wie Blut in ihrem Halfter. Ich schließe meine Finger um den Griff. In einer einzigen Bewegung ziehe ich die Waffe, richte sie auf ihn und drücke den Lauf gegen seine Stirn.

Ich erwarte, Angst in seinen Augen zu sehen. Stattdessen blinzelt er mich traurig an. »Dies ist wie ein Krieg, Alisha. Ich weiß, dass wir das Wort allzu bereitwillig benutzen, aber manchmal ist es gerechtfertigt – und manche Kriege sind gerecht. Der Krieg gegen die Armut. Der Krieg gegen Hunger. Gegen solche Kriege können selbst Pazifisten nichts einzuwenden haben. Und in Konflikten werden auch unschuldige Menschen verletzt. Ihre Freundin war ein Opfer dieses Krieges.«

»Sie haben sie geopfert.«

»Um andere zu schützen.«

»Um sich selber zu schützen.«

Mein Finger spannt sich am Abzug. Noch ein halbes Pfund Druck mehr, und es ist vorbei. Er beobachtet mich über den Lauf der Waffe hinweg – immer noch ohne jede Angst. Einen kurzen Moment lang denke ich, dass er zu sterben bereit ist, nachdem er sein Sprüchlein gesagt und seinen Frieden gemacht hat.

Er schließt die Augen nicht. Er weiß, dass ich es nicht tun kann. Ohne ihn finde ich die Zwillinge vielleicht nie.

8

Über dem Kamin hängt das große Portrait eines vornehmen Mannes in Richterrobe und mit einer Pferdehaarperücke über dem Arm, die verblüffend einem Shih Tzu ähnelt. Er blickt streng auf den polierten Tisch herab, um den eine Reihe von Stühlen mit hoher Lehne stehen.

Die Mutter von Felix trägt ein Tweedjackett und eine schwarze Hose und umklammert ihre Handtasche, als hätte sie Angst, sie könnte gestohlen werden. Neben ihr sitzt einer ihrer anderen Söhne und trommelt schon jetzt gelangweilt mit den Fingern auf die Tischplatte.

Barnaby steht am Fenster und blickt auf den kleinen Hof. Ich bemerke nicht, wie Jarrod das Zimmer durchquert. Er berührt meine Schulter.

»Ist es wahr? Bin ich Onkel?«

Sein Haar ist nach hinten gekämmt und schon ein wenig schütter.

»Ich bin mir offen gestanden nicht sicher, was du offiziell bist.«

»Mein Vater sagt, es wären Zwillinge.«

»Sie gehören nicht Cate. Ein Mädchen wurde gezwungen, sie auszutragen.«

Er sieht mich verständnislos an. »Biologisch sind es doch Cates Kinder. Und damit bin ich ihr Onkel.«

»Mag sein. Ich weiß es wirklich nicht.«

Der Anwalt betritt den Konferenzraum und nimmt Platz. Er ist Mitte fünfzig und trägt einen dreiteiligen Nadelstreifenanzug. Er stellt sich als William Grove vor und verzieht die Lippen zu einem dünnen Lächeln. Sein ganzes Gebaren hat etwas von zurückgehaltenem Tempo. Zeit ist Geld, jede Viertelstunde in Rechnung zu stellen.

Stuhlbeine schrammen über den Boden. Menschen setzen sich. Mr. Grove wirft einen Blick auf seine Instruktionen.

»Meine Damen und Herren, vor sechs Wochen wurde dieses Testament durch ein Kodizil ergänzt, das offenbar von der Wahrscheinlichkeit ausgeht, dass die Eheleute Beaumont Eltern werden.«

Ein leiser Schauer wie eine atmosphärische Störung oder eine plötzliche Veränderung des Luftdrucks geht durch den Raum. Der Testamentsvollstrecker blickt auf und zupft an seinen Manschetten. »Darf ich davon ausgehen, dass es Kinder aus dieser Ehe gibt?«

Schweigen.

Schließlich räuspert Barnaby sich. »Mit einiger Wahrscheinlichkeit ja.«

»Wie meinen Sie das? Würden Sie das bitte erläutern?«

»Wir haben Grund zu der Annahme, dass Cate und Felix eine Leihmutterschaft arrangiert hatten. Die Zwillinge wurden vor acht Tagen geboren.«

Darauf erhebt sich ungläubiges Gezeter. Felix' Mutter stößt einen kehligen Würgelaut aus. Barnaby betrachtet seine Hände und reibt seine Fingerspitzen. Jarrod hat den Blick nicht von mir gewandt.

Mr. Grove ist unsicher, wie er weitermachen soll, und sammelt sich einen Moment, bevor er beschließt fortzufahren. »Der Nachlass umfasst ein mit einer hohen Hypothek belastetes Haus in Willesden Green, North London, das vor kurzem durch ein Feuer schwer beschädigt wurde. Die Versicherung wird die Kosten der Renovierung übernehmen. Felix hatte außerdem eine Lebensversicherung durch seinen Arbeitgeber. Wenn es keine Einwände gibt, werde ich die beiden gleich

415

lautenden Testamente jetzt verlesen.« Er trinkt einen Schluck Wasser.

»Dies ist der letzte Wille von Cate Elizabeth Beaumont (geborene Elliot), aufgesetzt am 14. September 2006. Hiermit widerrufe ich alle vorherigen Testamente und erkläre das Folgende zu meiner letztwilligen Verfügung. Ich ernenne William Grove von der Kanzlei Sadler, Grove & Buffet zum Vollstrecker dieses meines letzten Willens. Hiermit vermache ich meinem Ehemann Felix Beaumont (ehemals Felix Buczkowski) meinen gesamten Besitz, vorausgesetzt, dass er mich um dreißig Tage überlebt. Andernfalls hinterlasse ich meinen gesamten Besitz meinem Kind oder meinen Kindern als gleichberechtigten Eigentümern.

Ich ernenne Alisha Kaur Barba zum gesetzlichen Vormund meiner Kinder und bestimme, dass sie sie lieben, versorgen und in dem Maße auf den Besitz der Kinder zugreifen soll, wie es für ihre Erziehung und ihr Fortkommen notwendig ist.«

Barnaby ist aufgesprungen und klappt empört den Mund auf und zu. Einen Moment lang fürchte ich, er könnte einen Herzanfall erleiden.

»Das ist absurd! Ich werde meine Enkelkinder nicht von einer völlig Fremden großziehen lassen.« Er zeigt mit dem Finger auf mich. »Du wusstest es!«

»Nein.«

»Du wusstest es die ganze Zeit.«

»Nein, wirklich nicht.«

Mr. Grove versucht, ihn zu beruhigen. »Ich kann Ihnen versichern, dass alles ordnungsgemäß unterzeichnet und bezeugt ist, Sir.«

»Halten Sie mich für einen Idioten? Das ist kompletter Unsinn! Ich lasse mir meine Enkel nicht wegnehmen.«

Sein Ausbruch hat den übrigen Raum zum Schweigen gebracht. Man hört nur das Summen der Klimaanlage und das leise Rauschen von Wasserrohren in einem anderen Teil des Gebäudes. Barnaby macht kurz den Anschein, als wollte er tatsächlich handgreiflich auf mich losgehen. Stattdessen tritt er seinen Stuhl um und stürmt aus dem Raum, dicht gefolgt von Jarrod. Leute drehen sich zu mir um. Mein Nacken ist schon ganz heiß.

Mr. Grove hat einen Brief für mich. Als ich ihn entgegennehme, zittert meine Hand. Warum hat Cate das getan? Warum hat sie mich ausgewählt? Das Gefühl von Verantwortung schnürt mir bereits die Kehle zu.

Der Briefumschlag ist zerknittert in meiner Faust, als ich das Konferenzzimmer verlasse, durch die Lobby und die schwere Glastür hinaus auf die Straße trete, ohne eine Ahnung, wohin ich gehe. Ist es das jetzt? Ein blöder Brief soll alles erklären? Kann er acht Jahre Schweigen aufwiegen?

In meiner Verwirrung kommt mir ein weiterer Gedanke. Vielleicht bekomme ich die Chance, etwas wiedergutzumachen, Rechenschaft abzulegen über mein Versäumnis, mein Scheitern, alles, was ungesagt geblieben ist, meine Auslassungen und meine Einlassungen. Ich bin aufgefordert, Cates kostbarstes Vermächtnis zu schützen und es besser zu machen, als ich es in unserer Freundschaft getan habe.

In der Tür eines Spirituosenladens bleibe ich stehen und reiße den Umschlag mit einem Finger auf.

Liebe Ali,

es ist seltsam, einen Brief zu schreiben, der nur geöffnet und gelesen wird, wenn man tot ist. Es fällt mir schwer, allzu traurig darüber zu werden. Wenn ich tot bin, ist es eh ein bisschen zu spät, diesem besonderen Krug vergossenen Weins hinterherzugrübeln.

Meine einzige echte Sorge bist du. Das Einzige, was ich bedauere. Ich wollte mit dir befreundet sein, seit wir uns in Oaklands kennen gelernt haben und du gegen Paul Donavon

417

gekämpft und einen Zahn verloren hast, um meine Ehre zu verteidigen. Du warst ein echter Mensch, Ali, nicht eine von den Plastikpuppen.

Ich weiß, dass es dir leidtut, was mit meinem Vater geschehen ist. Ich weiß, dass es mehr seine Schuld war als deine. Ich habe dir vor langer Zeit verziehen. Und ich habe ihm vergeben, weil, nun ja, du weißt ja, wie das mit Vätern ist. Du warst übrigens nicht sein erster Seitensprung, aber das hast du dir wahrscheinlich längst selbst zusammengereimt.

Der Grund, warum ich dir das alles nie sagen konnte, ist ein Versprechen, das ich meiner Mutter gegeben habe. Es war ein Versprechen der schlimmsten Sorte. Sie hat von dir und meinem Vater erfahren. Er hat es ihr erzählt, weil er dachte, dass ich es ihr erzählen würde.

Meine Mutter nahm mir das Versprechen ab, dich nie wiederzusehen, nie wieder mit dir zu sprechen, dich nie wieder zu uns einzuladen und deinen Namen nie wieder zu erwähnen.

Ich weiß, dass ich mich darüber hätte hinwegsetzen sollen. Ich hätte anrufen sollen. Und das hätte ich oft auch beinahe getan. Ich hatte den Hörer schon in der Hand. Manchmal habe ich sogar die Nummer deiner Eltern gewählt, mich dann aber gefragt, was ich zu dir sagen sollte. Wir haben zu lange gewartet. Wie hätten wir je um dieses Schweigen herumkommen sollen, das wie ein Elefant im Zimmer stand?

Ich habe nie aufgehört, an dich zu denken. Ich habe deine Karriere, so gut ich konnte, verfolgt, durch das, was ich von anderen gehört habe. Ich habe den armen alten Felix zu Tode gelangweilt mit Geschichten über unsere Heldentaten und Abenteuer. Er hat so viel von dir erfahren, dass er wahrscheinlich das Gefühl hat, mit uns beiden verheiratet zu sein.

So Gott will, werde ich nach sechs Jahren erfolglosen Bemühens in sechs Wochen Mutter. Wenn mir und Felix etwas *zustößt – wenn wir bei einem Flugzeugabsturz ums Leben kommen oder Selbstmordattentäter den Tesco in Willesden Garden attackieren –, wollen wir, dass du der Vormund unserer Kinder wirst.*

Meine Mutter kriegt garantiert Zustände, wenn sie das hört, aber ich habe mein Versprechen gehalten, das schließlich keinen Passus über einen postumen Kontakt mit dir enthielt.

Das Ganze hat auch keinen Haken. Ich werde keine Vorbehalte machen und Anweisungen geben. Wenn du den Job willst, ist es deiner. Ich weiß, dass du meine Kinder ebenso sehr lieben wirst wie ich. Und ich weiß, dass du ihnen beibringen wirst, aufeinander zu achten. Du wirst ihnen sagen, was ich gesagt hätte, und ihnen von mir und Felix erzählen. Natürlich nur Gutes.

Ich weiß nicht, was ich dir sonst noch sagen soll. Ich denke oft, wie anders – wie viel glücklicher – mein Leben gewesen wäre, wenn du ein Teil davon gewesen wärst. Eines Tages.

In Liebe, Cate

Es ist kurz nach fünf. Die Lichter der Laternen verschwimmen in Tränen. Gesichter huschen an mir vorbei. Köpfe wenden sich ab. Niemand kümmert sich um eine weinende Frau – nicht in London.

Auf der Taxifahrt nach West Acton betrachte ich in der Scheibe mein Spiegelbild. Am Donnerstag werde ich dreißig – näher an sechzig als an meiner Geburt. Ich sehe immer noch jung aus, aber erschöpft und fiebrig wie ein Kind, das bei einer Erwachsenenparty zu lange aufgeblieben ist.

Vor »New Boy« Daves Wohnung hängt ein »Zu verkaufen«-Schild. Er meint es ernst; er wird den Polizeidienst quittieren und anfangen, Kindern das Segeln beizubringen.

Ich überlege, ob ich hochgehen soll. Ich komme bis zur Haustür, starre auf seine Klingel und gehe wieder auf die Straße. Ich will nichts erklären. Ich will einfach eine Flasche Wein aufmachen, eine Pizza bestellen, mich auf dem Sofa an ihn kuscheln und mir von ihm meine eiskalten Zehen reiben lassen.

Ich habe Dave seit Amsterdam nicht gesehen. Davor hat er mich immer einmal pro Tag angerufen, manchmal auch zwei Mal. Als ich mit ihm nach der Beerdigung telefoniert habe, klang er zurückhaltend, beinahe nervös.

Der Elefant steht im Zimmer. Man kann nicht darüber reden, ihn aber auch nicht ignorieren. Genau wie mein zusammengeflicktes Becken. Plötzlich wollen die Leute mir Kinder schenken. Ist das eine Ironie des Schicksals? Bei Ironie bin ich mir nie sicher: der Begriff wird so häufig falsch gebraucht.

Ich gehe wieder zu der Tür. Es dauert lange, bis sich jemand meldet, eine Frauenstimme über die Gegensprechanlage. Sie entschuldigt sich. Sie war unter der Dusche.

»Dave ist nicht da.«

»Es ist meine Schuld. Ich hätte vorher anrufen sollen.«

»Er ist auf dem Weg nach Hause. Wollen Sie hochkommen und auf ihn warten?«

»Nein, vielen Dank.«

Wer ist sie? Was macht sie dort?

»Ich sage ihm, dass Sie hier waren.«

»Okay.«

Nach einer Pause sagt sie: »Dafür müssten Sie mir Ihren Namen verraten.«

»Natürlich. Tut mir leid. Vergessen Sie's. Ich ruf ihn an.«

Ich gehe zur Straße zurück und rede mir ein, dass es mir egal ist.

Scheiße! Scheiße! Scheiße!

Das Haus ist seltsam still. Im Wohnzimmer läuft leise der Fernseher, im ersten Stock brennt Licht. Ich gehe um das Haus und benutze die Hintertür. Hari ist in der Küche.

»Du musst sie aufhalten.«

»Wen?«

»Samira. Sie will weggehen. Sie ist oben und packt.«

»Warum? Was hast du ihr getan?«

»Gar nichts.«

»Hast du sie allein gelassen?«

»Für höchstens zwanzig Minuten, ich schwöre. Länger nicht. Ich musste den Wagen von einem Kumpel abgeben.«

Samira ist in meinem Schlafzimmer. Ihre Kleider liegen gefaltet auf dem Bett – ein paar schlichte Röcke, Blusen, ein ausgefranster Pullover ... Hasans Keksdose steht auf dem Stapel.

»Wohin willst du?«

Sie hält den Atem an. »Ich gehe. Du willst mich nicht hier haben.«

»Wie kommst du denn darauf? Hat Hari irgendetwas getan? Hat er etwas gesagt, das er nicht hätte sagen sollen?«

Sie will mich nicht ansehen, aber ich kann den runden Bluterguss, der sich auf ihrer Wange bildet, trotzdem erkennen.

»Wer war das?«

»Ein Mann ist gekommen«, flüstert sie.

»Was für ein Mann?«

»Der Mann, mit dem du bei der Kirche geredet hast.«

»Donavon?«

»Nein, der andere Mann.«

Sie meint Barnaby. Er war hier, um einen Streit vom Zaun zu brechen.

»Er hat gegen die Tür geschlagen und ganz viel Lärm gemacht. Er hat gesagt, du hättest mich angelogen und du hättest ihn angelogen.«

»Ich habe dich nie angelogen.«

»Er hat gesagt, du wolltest die Babys für dich, und er würde gegen dich kämpfen und gegen mich kämpfen.«

»Hör nicht auf ihn.«

»Er hat gesagt, ich wäre in diesem Land nicht willkommen.

Ich sollte dorthin zurückgehen, wo ich herkomme – zu den Terroristen.«

»Nein.«

Ich strecke die Hand aus. Sie reißt sich los.

»Hat er dich geschlagen?«

»Ich habe versucht, die Tür zu schließen. Er hat dagegengedrückt.« Sie fasst sich an die Wange.

»Er hatte kein Recht, so etwas zu sagen.«

»Stimmt es? *Willst* du die Babys?«

»Cate hat ein Testament gemacht – ein juristisches Schriftstück. Darin hat sie mich als Vormund benannt für den Fall, dass sie Kinder haben würde.«

»Was heißt ›Vormund‹? Gehören die Zwillinge jetzt dir?«

»Nein. Du hast sie geboren. Sie haben vielleicht Cates Augen oder Felix' Nase, aber sie sind in deinem Körper gewachsen. Und egal, was irgendwer sagt, sie gehören dir.«

»Und wenn ich sie nicht haben will?«

Ich mache den Mund auf, bringe jedoch kein Wort heraus, weil mir ein erstickender Klumpen aus Sehnsucht und Zweifeln im Hals sitzt. Egal was Cate wollte, es sind nicht meine Babys. Meine Motive sind rein.

Ich lege einen Arm um Samiras Schultern und ziehe sie an mich. Ich spüre ihren warmen Atem an meinem Hals und den dumpfen Widerhall ihres ersten Schluchzers wie ein Spaten, der in feuchte Erde stößt. Irgendetwas in ihr zerbricht. Sie hat zu ihren Tränen gefunden.

9

Die Digitalanzeige meines Weckers leuchtet in der Dunkelheit. Es ist genau vier Uhr. Ich werde nicht wieder einschlafen. Samira liegt zusammengerollt neben mir und atmet leise.

Ich sammele Elefanten. Einige sind aus Stoff, andere aus Glas,

Porzellan, Jade oder Kristall. Mein Lieblingselefant ist fünfzehn Zentimeter hoch und aus Kristallglas mit eingearbeiteten Spiegeln. Normalerweise steht er unter meiner Leselampe und wirft bunte Sterne an die Wände. Aber jetzt ist er verschwunden. Ich frage mich, was mit ihm geschehen sein könnte.

Ich schlüpfe leise aus dem Bett, ziehe mir meine Laufsachen an und trete in die dunkle Hanbury Street. Der Wind hat etwas Schneidendes. Bald ist es Winter.

Früher hat Cate mich nach der Schule immer beim Training begleitet. Sie fuhr mit dem Fahrrad neben mir und vor jedem Berg ein kleines Stück vor, weil sie wusste, dass ich sie am Hang abhängen konnte. Als ich bei den nationalen Jugendmeisterschaften in Cardiff startete, flehte sie ihre Eltern an, mitkommen zu dürfen. Sie war die einzige Schülerin von Oaklands, die mich siegen sah. An jenem Tag bin ich gerannt wie der Wind. So schnell, dass meine Sicht an den Rändern verschwamm.

Ich konnte Cate auf der Tribüne nicht sehen, aber meine Mutter erkannte ich, weil sie einen leuchtend karmesinroten Sari trug, ein Farbklecks zwischen den blauen Sitzen und den grauen Zuschauern.

Mein Vater hat mich nie ein Rennen laufen sehen. Er war dagegen.

»Laufen ist nicht damenhaft. Davon schwitzen Frauen«, erklärte er mir.

»Mama schwitzt in der Küche auch ständig.«

»Das ist eine andere Art von Schweiß.«

»Ich wusste nicht, dass es verschiedene Arten von Schweiß gibt.«

»Das ist eine wissenschaftlich erwiesene Tatsache. Der Schweiß harter Arbeit und Essenszubereitung ist süßer als der Schweiß von anstrengendem Sport.«

Ich lachte nicht. Eine gute Tochter ist respektvoll zu ihrem Vater.

Später hörte ich meine Eltern streiten.

»Wie soll irgendein Junge sie fangen, wenn sie so schnell rennt?«

»Ich will nicht, dass die Jungen sie fangen.«

»Hast du ihr Zimmer gesehen? Sie hat Gewichte. Meine Tochter stemmt Hanteln.«

»Sie trainiert.«

»Hanteln sind unweiblich. Und siehst du, was für Kleidung sie trägt? Diese kurzen Shorts sind doch eher wie Unterhosen. Sie läuft in Unterhosen.«

Im Dunkeln laufe ich zwei Runden um den Victoria Park, wobei ich mich auf den asphaltierten Wegen halte und mich an den Laternen orientiere.

Früher hat mir meine Mutter oft eine Fabel von einem Esel erzählt, der vom ganzen Dorf verspottet wurde, weil er dumm und hässlich war. Eines Tages hatte ein Guru Mitleid mit dem Tier. Wenn du brüllen würdest wie ein Tiger, würden die Leute nicht mehr lachen, dachte er. Also nahm er ein Tigerfell und breitete es über den Rücken des Esels. Der Esel kehrte in sein Dorf zurück, und mit einem Mal war alles verändert. Frauen und Kinder rannten schreiend davon. Männer duckten sich hinter Ecken. Bald war der Esel allein auf dem Markt und hielt einen Festschmaus aus köstlichen Äpfeln und Möhren.

Die Dorfbewohner lebten in schrecklicher Angst vor dem gefährlichen »Tiger« und überlegten, wie sie ihn loswerden könnten. Man hielt eine Versammlung ab und beschloss, den Tiger zurück in den Dschungel zu treiben. Trommelschläge hallten über den ganzen Markt, und der arme, verwirrte Esel wandte sich hierhin und dorthin, bis er zuletzt in den Wald flüchtete. Aber die Jäger spürten ihn auf.

»Das ist gar kein Tiger«, rief einer von ihnen. »Das ist doch nur der Esel vom Markt.«

Der Guru erschien und lüftete das Tigerfell vom Rücken des verängstigten Tieres. »Denkt immer an dieses Tier«, sagte er zu den Menschen. »Es hat das Fell eines Tigers, aber die Seele eines Esels.«

So komme ich mir auch vor – kein Tiger, sondern ein Esel.

Als ich am Smithfield Market vorbeilaufe, kommt mir eine Erleuchtung. Zunächst ist es nur ein kleiner Funken, eine vage Ahnung. Ich frage mich, wie solche Reaktionen zustande kommen. Vielleicht ist es ein Schrittmuster, ein Geräusch am falschen Ort oder eine Bewegung, die einen Gedanken auslöst. Jedenfalls weiß ich plötzlich, wie ich die Zwillinge finden kann!

Bisher hat Forbes sich auf die Paare konzentriert, die durch eine genetische Leihmutterschaft ein Kind bekommen haben. Sie können nicht gegen Shawcroft aussagen, ohne sich selbst zu beschuldigen. Und warum sollten sie? Die Wissenschaft gibt ihnen Recht. Niemand kann beweisen, dass sie nicht die leiblichen Eltern sind.

Aber wer immer die Zwillinge hat, verfügt nicht über diese genetische Absicherung. Er hatte keine Zeit, eine Schwangerschaft vorzutäuschen und eine ausgeklügelte Legende zu stricken. Im Moment muss er sich ziemlich verwundbar fühlen.

Um diese Tageszeit ist es kein Problem, in Kensington einen Parkplatz in der Nähe von Forbes' Büro zu finden. Die meisten Detectives fangen um neun Uhr an, deshalb ist der Ermittlungsraum um diese Uhrzeit bis auf einen Detective Constable von der Nachtschicht menschenleer. Er ist ungefähr so alt wie ich und auf eine mürrische Art recht attraktiv. Vielleicht habe ich ihn geweckt.

»Forbes hat gesagt, ich soll vorbeikommen«, lüge ich.

Er mustert mich skeptisch. »Der Boss hat heute Morgen einen Termin im Innenministerium. Er kommt erst später ins Büro.«

»Er möchte, dass ich einer Spur nachgehe.«

»Was für einer Spur denn?«

»Es ist nur eine Idee, mehr nicht.«

Er glaubt mir nicht. Ich rufe Forbes an, um seine Genehmigung zu bekommen.

»Ich hoffe für Sie, dass es wichtig ist«, knurrt er.

»Guten Morgen, Sir.«

»Wer ist da?«

»DC Barba.«

»Kommen Sie mir nicht mit ›Guten Morgen‹.«

»Verzeihung, Sir.«

Im Hintergrund höre ich, wie Mrs. Forbes ihrem Mann erklärt, er solle leise sein. Bettgeflüster.

»Ich brauche Zugang zu Shawcrofts Telefonunterlagen.«

»Es ist sechs Uhr morgens.«

»Ja, Sir.«

Er will Nein sagen. Er misstraut mir. Ich bringe schlechte Nachrichten oder schlechtes Karma. Alles, was ich bisher angefasst habe, hat sich in Scheiße verwandelt. Aber ich spüre noch etwas anderes. Er ist nervös. Seit der Freilassung von Shawcroft ist der DI auf dem Rückzug und wimmelt mich unter Vorwänden ab. Er hat sicher ein bisschen Druck gekriegt, aber das gehört zur Stellenbeschreibung.

»Ich möchte, dass Sie nach Hause gehen, DC Barba.«

»Ich habe eine Spur.«

»Hinterlegen Sie den Hinweis bei dem Detective von der Nachtschicht. Sie nehmen nicht aktiv an dieser Ermittlung teil.« Sein Ton wird versöhnlicher. »Wie geht es Samira?«

Warum ist er so negativ? Und was hat der Termin im Innenministerium zu bedeuten? Es muss um Shawcroft gehen.

»Wie geht es Ihrer Frau, Sir?«, frage ich.

Forbes zögert. Sie liegt neben ihm. Was soll er sagen?

Es entsteht eine lange Pause. »Wir sind auf derselben Seite, Sir. Sie haben mich an dem Abend nicht gefickt, also tun Sie es jetzt auch nicht.«

»Gut. Ja, also ich sehe da kein Problem«, antwortet er. Ich reiche dem Detective von der Nachtschicht den Hörer und höre

seinem Ja-Sir-Nein-Sir zu, bevor er mir den Hörer zurückgibt.
Forbes möchte mich noch einmal sprechen.

»Wenn Sie irgendwas entdecken, bekomme ich es.«

»Ja, Sir.«

Damit ist das Telefonat beendet. Der Detective sieht mich an,
und wir lächeln beide. Einen Vorgesetzten zu wecken ist eine
der kleinen Freuden des Lebens.

Der Detective Constable heißt Rod Beckley, aber alle nennen
ihn Becks. »Weil ich so beschissen Fußball spiele«, scherzt er.

Nachdem er mir einen Schreibtisch frei geräumt und einen
Stuhl besorgt hat, schleppt er ein Dutzend Ringordner an: Jedes
eingehende und ausgehende Gespräch des New Life Adoption
Centre ist aufgeführt, mit Nummer und Dauer, Uhrzeit und Datum. Es gibt sechs Telefon- und zwei Faxleitungen sowie eine
direkte Durchwahl zu Shawcrofts Büro.

In weiteren Ordnern sind die Gespräche seines Mobiltelefons
und seines Privatanschlusses aufgelistet. SMS und E-Mails sind
ausgedruckt worden und in chronologischer Ordnung zusam-
mengeheftet.

Ich nehme einen Textmarker und beginne, die Anrufe zu ord-
nen. Anstatt mir die Nummern vorzunehmen, konzentriere ich
mich auf die Uhrzeit. Die Fähre hat am Sonntagmorgen um
3.36 Uhr in Harwich angelegt. Wir wissen, dass Pearl kurz nach
vier von Bord gegangen ist. Um 10.25 Uhr hat er an einer Autobahntankstelle an der M25 Windeln und Fertigmilch gekauft
und dann ein Auto gestohlen.

Ich überfliege die Liste von eingehenden Anrufen auf Shawcrofts Handy. Um 10.18 Uhr hat er einen Anruf entgegengenommen, der keine dreißig Sekunden gedauert hat. Ich überprüfe die Nummer. Sie taucht nur einmal auf. Es könnte auch
jemand sein, der sich verwählt hat.

Auf der anderen Seite des Büros tippt DC Beckley irgendwas
auf seiner Tastatur, um geschäftig zu wirken. Ich hocke mich
auf die Kante seines Schreibtischs, bis er aufblickt.

»Können wir herausfinden, wem diese Nummer gehört?«

Er loggt sich in den Police National Computer ein und gibt die Ziffernfolge ein. Eine Karte von Hertfordshire erscheint auf dem Bildschirm, die Daten leuchten in einem zweiten Fenster auf. Die Nummer ist die eines öffentlichen Fernsprechers in Potter's Barrett – einer Autobahnraststätte an der M25 kurz vor der Anschlussstelle 24. Es ist dieselbe Raststätte, auf der Brendan Pearl zuletzt gesehen wurde. Er muss Shawcroft angerufen haben, um sich Anweisungen zu holen, wohin er die Zwillinge liefern sollte. Es ist die konkreteste Verbindung zwischen den beiden, die ich bisher aufzeigen kann, aber es ist noch kein schlüssiger Beweis.

Als ich die Ordner rückwärts durcharbeite, lande ich in einer Sackgasse. In den folgenden drei Stunden hat Shawcroft sein Handy gar nicht benutzt. Wenn sein Plan an allen Enden aus den Fugen geraten war, musste er doch jemanden angerufen haben.

Ich versuche, mir den vergangenen Sonntag vor Augen zu führen. Shawcroft war auf dem Golfplatz. Abschlag seiner Vierergruppe war um 10.05 Uhr. Als Samira sie störte und von Shawcroft weggezerrt wurde, sagte einer seiner Mitspieler: »Nicht schon wieder.«

Es war schon einmal passiert – eine Woche zuvor. Nach dem Anruf von Pearl musste Shawcroft seine Runde unterbrochen haben. Wohin war er gegangen? Er musste den oder die Käufer darüber informieren, dass die Zwillinge eingetroffen waren. Er musste die Übergabe organisieren. Sein eigenes Handy zu benutzen wäre zu riskant gewesen, also suchte er ein anderes Telefon – eins, von dem er annahm, dass man seine Spur nicht dorthin zurückverfolgen konnte.

Ich gehe wieder zu Becks. »Ist es möglich herauszufinden, ob es in einem Golfclub in Surrey ein öffentliches Telefon gibt?«

»Vielleicht. Haben Sie einen Namen?«

»Ja. Der Twin Bridge Country Club. Der Fernsprecher könnte sich in einer Garderobe oder in der Lounge befinden. An irgendeinem relativ ungestörten Ort. Ich interessiere mich für Telefonate, die am Sonntag, dem 29. Oktober, zwischen 9.20 Uhr und 10.30 Uhr von diesem Apparat geführt wurden.«

»Ist das alles?«, fragt er scherzhaft.

»Nein. Danach müssen wir die Nummern mit denen auf der Adoptionswarteliste des New Life Adoption Centre abgleichen.«

Er begreift nicht, was ich meine, macht sich aber trotzdem an die Arbeit. »Glauben Sie, wir finden eine Übereinstimmung?«

»Wenn wir Glück haben.«

10

»New Boy« Dave hört meine Stimme über die Gegensprechanlage und zögert einen Moment, bevor er den Türöffner für die Haustür drückt. Als ich vor seiner Wohnung ankomme, steht die Tür offen. Er rührt in der Küche Farbe an.

»Dann verkaufst du also definitiv?«

»Ja.«

»Schon irgendwelche Angebote?«

»Noch nicht.«

Im Geschirrständer stehen zwei Tassen, und in der Spüle erstarren zwei benutzte Teebeutel neben einer Farbrolle und mehreren Pinseln. Die Decken sollen altweiß werden. Ich habe ihm geholfen, die Farbe auszusuchen. Die Wände sind in einem fünfzig Prozent abgetönten hellen Grün, während Fußleisten und Fensterrahmen im Vollton gestrichen sind.

Ich folge Dave ins Wohnzimmer. Seine wenigen Möbel sind in eine Ecke geschoben und mit Folie abgedeckt.

»Wie geht es Samira?«, fragt er.

Die Frage kommt unerwartet. Dave hat sie nie kennen gelernt, aber er wird die Fernsehberichte gesehen und die Zeitung gelesen haben.

»Ich mache mir ihretwegen Sorgen. Und ich mache mir Sorgen um die Zwillinge.«

Er tunkt die Rolle wieder in die Farbe.

»Hilfst du mir?«

»Es ist nicht unser Fall.«

»Es könnte sein, dass ich sie gefunden habe. Bitte hilf mir.«

Er steigt auf die Leiter und malt mit der Rolle lange Farbstreifen an die Decke.

»Was macht es schon aus, Dave? Du hast gekündigt und gehst weg. Meine Karriere ist beendet. Es spielt keine Rolle, wem wir auf die Füße treten oder wen wir gegen uns aufbringen. Irgendwas an diesem Fall stinkt. Die Leute schleichen auf Zehenspitzen darum herum und fassen die Verdächtigen, wenn überhaupt, nur mit Samthandschuhen an, während die wahren Schuldigen ihre Akten schreddern und ihre Spuren verwischen.«

Er streicht weiter die Decke, aber ich weiß, dass er mir zuhört.

»Du führst dich auf, als ob die Kinder *dir* gehören.«

Es kostet mich große Beherrschung, nicht aus der Haut zu fahren. Er blickt von seiner Leiter auf mich herab. Warum zweifeln dauernd alle an meinen Motiven? Eduardo de Souza, Barnaby und jetzt Dave. Bin ich vielleicht diejenige, die die Wahrheit nicht sieht? Nein, sie irren. Ich will die Zwillinge *nicht* für mich.

»Ich tue das, weil eine Freundin – meine beste Freundin – mir das anvertraut hat, was sie am meisten liebt, das Kostbarste, was sie hatte. Ich konnte Cate nicht retten, und ich konnte Zala nicht retten, aber ich *kann* die Zwillinge retten.«

Er sagt lange nichts, und damit fühlt sich nur einer von uns beiden wohl. Immer schon machten seine Abneigungen mehr als seine Vorlieben seine Persönlichkeit aus. Er kann zum Beispiel keine Katzen leiden und keine Heuchler. Außerdem hasst er Reality-Soaps, walisische Rugby-Fans und tätowierte Frauen, die ihre Kinder in Supermärkten anschreien. Mit so einem Mann kann ich leben. Sein Schweigen ist eine andere Geschichte. Er scheint sich darin wohl zu fühlen, aber ich will wissen, was er denkt. Ist er wütend, dass ich in Amsterdam nicht mit ihm nach Hause geflogen bin? Ist er empört wegen unseres Abschieds dort? Wir haben beide unsere Fragen. Ich will wissen, wer gestern Abend frisch geduscht seine Gegensprechanlage bedient hat.

Ich gucke zum Schlafzimmer. Die Tür steht offen. An der Wand steht ein Koffer, und an der Rückseite der offenen Tür hängt eine Bluse. Ich merke nicht, dass ich darauf starre, und bekomme auch nicht mit, dass David die Leiter hinuntersteigt und mit der Farbrolle in die Küche geht. Er wickelt sie vorsichtig in Plastikfolie und lässt sie im Waschbecken liegen. Er zieht sein Hemd aus und wirft es in die Ecke.

»Gib mir fünf Minuten. Ich muss duschen.« Er streicht sich über sein unrasiertes Kinn. »Oder besser zehn.«

Wir haben zwei Adressen: die eine direkt auf der anderen Seite des Flusses in Barnes, die andere in Finsbury Park, North London. In Barnes wohnt ein Paar, dessen Name auch auf einer Warteliste des New Life Adoption Centre auftaucht. Die Adresse in Finsbury Park taucht in den Unterlagen nicht auf.

Am Sonntag vor einer Woche – um kurz nach zehn – wurden beide Adressen von einem öffentlichen Telefon in der Garderobe des Twin Bridges Country Club in Surrey angerufen. Shawcroft war dort, als die beiden Telefonate geführt wurden.

Es ist bloß eine Ahnung, zu viele Dinge, die gleichzeitig passiert sind, um noch Zufall zu sein. Es ist zumindest einen Blick wert.

Dave trägt eine helle Cordhose, ein Hemd und eine Lederjacke. »Und was hast du vor?«

»Ich will sie überprüfen.«

»Was ist mit Forbes?«

»Der würde das sowieso für zu weit hergeholt halten. Möglicherweise stößt er am Ende selber drauf, indem er systematisch und mechanisch seine Kästchen abhakt – aber was ist, wenn wir dafür keine Zeit haben?«

Ich stelle mir das kleine Mädchen vor, das unter Atemnot leidet, und es schnürt mir die Kehle zu. Wir hätten sie mittlerweile finden müssen.

»Okay, wir haben also zwei Adressen. Ich weiß immer noch nicht, was wir deiner Vorstellung nach tun sollen«, sagt Dave.

»Vielleicht klopfe ich einfach an die Haustür und frage: ›Haben Sie Zwillinge, die Ihnen nicht gehören?‹ Ich kann dir nur sagen, was ich *nicht* tun werde. Ich werde mich nicht zurücklehnen und darauf warten, dass sie verschwinden.«

Braune Blätter aus dem Park tanzen kreiselnd auf dem Bürgersteig und zurück auf die Wiese, als wollten sie die Straße nicht überqueren. Die Temperaturen verharren im einstelligen Bereich, und der Wind macht die Luft noch kälter.

Wir parken in einer für Barnes typischen Straße: hohe Giebelhäuser und Platanen, die so brutal gestutzt worden sind, dass sie beinahe missgebildet aussehen.

Ein Börsenmaklerviertel am Stadtrand, wohlhabende Mittelschicht, Familien, die wegen der Schulen, der Parks und der Nähe zum West End hierherziehen. Trotz der Kälte sind ein halbes Dutzend Mütter oder Kindermädchen auf dem Spielplatz versammelt und beaufsichtigen die Kleinkinder, die so viele Schichten von Kleidung übereinander tragen, dass sie aussehen wie Michelin-Männchen im Miniformat.

Dave beobachtet die knusprigen Mamas, während ich das Haus Nr. 85 im Auge behalte. Robert und Noelene Gallagher fahren einen Volvo Kombi, bezahlen pünktlich ihre Rundfunkgebühren und wählen die Liberaldemokraten. Das ist natürlich geraten, aber es ist die Art Gegend und die Art Haus.

Dave fährt mit der Hand durch das schlagseitige Gestrüpp seiner Haare. »Darf ich dich was fragen?«

»Klar.«

»Hast du mich je geliebt?«

Das habe ich nicht kommen sehen.

»Wie kommst du darauf, dass ich dich jetzt nicht mehr liebe?«

»Du hast es mir nie gesagt.«

»Wie meinst du das?«

»Vielleicht hast du das Wort Liebe benutzt, aber nie in einem Satz, in dem auch mein Name vorkam. Du hast nie gesagt: ›Ich liebe dich, Dave.‹«

Ich denke zurück und will es bestreiten, aber er scheint sich so sicher. In den Nächten, in denen ich in seinen Armen gelegen habe, habe ich mich so sicher gefühlt, so glücklich. Habe ich ihm das nie gesagt? Ich kann mich an philosophische Debatten und Diskussionen über das Wesen der Liebe erinnern und darüber, wie schwach sie einen machen kann. Habe ich die nur mit mir selbst geführt? Ich habe versucht, es mir *auszureden*, dass ich ihn liebte. Ich habe verloren, aber das konnte er nicht wissen.

Ich sollte es ihm jetzt sagen. Aber wie? Es würde künstlich und gezwungen klingen. Es ist zu spät. Ich kann versuchen, eine Entschuldigung zu erfinden. Ich kann es darauf schieben, dass ich keine Kinder bekommen kann, aber in Wahrheit vertreibe ich ihn. In seiner Wohnung wohnt eine andere Frau.

Er macht es wieder – nichts sagen. Warten.

»Du triffst dich mit einer anderen«, platze ich los, und es klingt wie ein Vorwurf.

»Wie kommst du darauf?«

»Ich bin ihr begegnet.«

Er wendet sich mir mit seinem ganzen Körper zu und blickt mich eher überrascht als schuldbewusst an.

»Ich wollte dich gestern besuchen. Du warst nicht zu Hause. Sie hat sich über die Gegensprechanlage gemeldet.«

»Jacquie?«

»Den Namen hab ich mir nicht gemerkt.« (*Ich klinge so ver-dammt eifersüchtig.*)

»Meine Schwester.«

»Du hast keine Schwester.«

»Meine Schwägerin. Die Frau meines Bruders, Jacquie.«

»Die beiden leben in San Diego.«

»Sie wohnen im Moment bei mir. Simon ist mein neuer Ge-schäftspartner. Das habe ich dir doch erzählt.«

Kann es noch schlimmer kommen? »Du musst mich für einen kompletten Idioten halten«, sage ich. »Es tut mir leid. Ich bin normalerweise eigentlich nicht der eifersüchtige Typ. Es ist nur, nach allem, was in Amsterdam passiert ist, und nachdem du mich nicht angerufen hast und ich dich nicht angerufen habe, da dachte ich bloß – es ist so blöd –, ich dachte, du hättest eine andere gefunden, die nicht so verkrüp-pelt oder kompliziert oder anstrengend ist. Bitte lach mich nicht aus.«

»Ich lache gar nicht.«

»Was tust du dann?«

»Ich beobachte diesen Wagen.«

Ich folge seinem Blick. In der Nähe des Tores zum Haus Nr. 85 steht ein Volvo Kombi mit einer Sonnenblende vor dem Heckfenster und dem Anschein nach einem Babysitz auf der Rückbank.

Dave bietet mir einen ehrenvollen Ausweg an wie ein Kava-lier, der seinen Mantel über eine Pfütze breitet.

»Das sollte ich mir mal genauer angucken«, sage ich und ma-che die Wagentür auf.

Dave sieht mir nach. Er weiß, dass ich dem Thema wieder ausgewichen bin. Ich habe ihn unterschätzt. Er ist schlauer als ich. Und netter.

Ich überquere die Straße, gehe den Bürgersteig hinunter und bleibe neben dem Volvo stehen, um mir die Schuhe zuzubinden. Die Scheiben sind getönt, aber auf der Innenseite kann ich kleine Handabdrücke erkennen, und am hinteren Fenster klebt ein Garfield-Sticker.

Ich drehe mich zu Dave um und deute mit der Faust ein Klopfen an. Er schüttelt den Kopf, aber ich ignoriere ihn, öffne das Tor und gehe die Treppe zur Haustür hinauf.

Ich drücke auf die Klingel, und die Haustür öffnet sich einen Spalt. Ein etwa fünfjähriges Mädchen sieht mich sehr ernst an. Ihre Hände sind mit Farbe verschmiert, und ein rosafarbener Klecks ist auf ihrer Stirn getrocknet wie ein verrutschter Bindi.

»Hallo, wie heißt du denn?«

»Molly.«

»Das ist aber ein schöner Name.«

»Ich weiß.«

»Ist deine Mama zu Hause?«

»Sie ist oben.«

Aus der Richtung höre ich jemanden rufen: »*Wenn das der Boiler-Mann ist, der Boiler ist direkt den Flur hinunter in der Küche.*«

»Es ist nicht der Boiler-Mann«, rufe ich zurück.

»Es ist eine indische Frau«, fügt Molly hinzu.

Mrs. Gallagher erscheint auf dem Treppenabsatz. Sie ist Anfang vierzig und trägt einen Cordrock mit einem breiten, tief sitzenden Gürtel.

»Entschuldigen Sie die Störung. Mein Mann und ich ziehen demnächst in diese Straße, und ich hatte gehofft, ich könnte sie kurz nach Schulen und Ärzten in der Gegend fragen.«

Ich kann förmlich sehen, wie sie versucht zu entscheiden, was sie tun soll. Es ist mehr als natürliche Vorsicht.

»Was für hübsche Locken du hast«, sage ich und streiche Molly über den Kopf.

»Das sagen alle«, erwidert die Kleine.

Warum kauft jemand, der schon ein Kind hat, ein Baby?

»Ich bin im Moment ziemlich beschäftigt«, sagt Mrs. Gallagher und wischt ihre Ponyfransen aus der Stirn.

»Das verstehe ich vollkommen. Tut mir leid.« Ich wende mich zum Gehen.

»Welches Haus kaufen Sie denn?«, fragt sie, um nicht unhöflich zu erscheinen.

»Oh, wir kaufen nicht. Noch nicht. Wir mieten die Nummer 68.« Ich weise die Straße hinunter auf das »Zu vermieten«-Schild. »Wir sind aus North London hergezogen. Mein Mann hat einen neuen Job. Wir arbeiten beide. Aber wir wollen bald eine Familie gründen.«

Mrs. Gallagher ist mittlerweile auf der untersten Stufe angekommen. Es ist zu kalt, um die Haustür offen stehen zu lassen. Entweder sie bittet mich herein oder erklärt mir, dass ich gehen soll.

»Im Augenblick passt es wirklich nicht so gut«, sagt sie. »Wenn Sie mir Ihre Telefonnummer hierlassen, könnte ich sie später anrufen?«

»Vielen Dank.« Ich taste nach einem Stift. »Haben Sie einen Zettel?«

Molly steht wartend im Flur und hält immer noch die Haustür auf. »Wollen Sie eins von meinen Bildern sehen?«

»Sehr gerne.«

»Ich hol eins.« Sie rennt nach oben. Mrs. Gallagher ist in der Küche, wo sie einen alten Briefumschlag findet. Als sie zurückkommt, sieht sie sich suchend nach Molly um.

»Sie ist nach oben gegangen, um eins von ihren Bildern zu holen«, erkläre ich. »Eine angehende Künstlerin.«

»Leider landet meistens mehr Farbe auf ihren Sachen als auf dem Papier.«

»Das ist bei meinem Freund ganz genauso.«

»Sagten Sie nicht eben, Sie wären verheiratet?« Sie starrt mich mit einem unvermittelt stählernen Blick an.

»Wir sind verlobt. Wir sind nur schon so lange zusammen, dass man das Gefühl hat, verheiratet zu sein.«

Sie glaubt mir nicht. Molly ruft von oben.

»Mummy, Jasper schreit.«

»Oh, Sie haben noch eins.«

Mrs. Gallagher greift nach der Tür. Ich bin schneller. Ich stelle meinen Fuß auf die Schwelle und drücke mit der Schulter gegen die Tür. Ich habe kein Recht, in das Haus einzudringen. Dafür bräuchte ich einen Durchsuchungsbefehl oder einen richtigen Anlass.

Mrs. Gallagher steht am Fuß der Treppe und ruft, dass ich verschwinden soll. Sie packt meinen Arm, aber ich schüttele sie ab. Trotz und jenseits allen Lärms höre ich ein Baby schreien.

Ich nehme zwei Stufen auf einmal und folge dem Geräusch. Die erste Tür im Obergeschoss führt ins Elternschlafzimmer, die zweite in Mollys Zimmer. Auf einem alten Laken steht eine kleine Staffelei. Ich probiere die dritte Tür. Hellbunte Fische kreiseln träge über einer weißen Wiege. Und darin bekundet ein fest in Windeln gepacktes Baby seine Unzufriedenheit mit der Schöpfung.

Mrs. Gallagher drängt an mir vorbei und reißt den Kleinen aus der Wiege. »Verlassen Sie mein Haus!«

»Ist das Ihr Kind, Mrs. Gallagher?«

»Ja.«

»Haben Sie es auf die Welt gebracht?«

»Raus! Raus! Oder ich rufe die Polizei.«

»Ich *bin* die Polizei.«

Sie schüttelt wortlos den Kopf. Das Baby ist verstummt. Molly zupft an ihrem Rock.

Plötzlich lässt sie die Schultern sacken und scheint vor meinen Augen zu schrumpfen. Erst geben ihre Knie, dann ihre Hüften nach, und sie sinkt, das Baby immer noch fest umklammert, in meine Arme. Ich führe sie zu einem Stuhl.

»Wir haben ihn adoptiert«, flüstert sie. »Er gehört *uns*.«

»Er stand nie zur Adoption. Und das wissen Sie auch.«

Mrs. Gallagher schüttelt erneut den Kopf. Ich sehe mich um. Wo ist sie? Das Mädchen. Mein Herz setzt kurz aus.

»Es gab noch eine Zwillingsschwester.«

Sie blickt zu der Wiege. »Er ist der Einzige.«

Ich male mir sofort das Schlimmste aus. Das Mädchen war so klein. Sie hatte Mühe zu atmen. Bitte, lieber Gott, mach, dass es ihr gut geht!

Mrs. Gallagher hat im Ärmel ihrer Strickjacke ein Papiertaschentuch gefunden und schnäuzt sich die Nase. »Man hat uns gesagt, dass er unerwünscht wäre. Ich schwöre, ich wusste nichts davon – und nichts von den vermissten Zwillingen. Erst als ich die Nachrichten im Fernsehen gesehen habe, habe ich angefangen, mir Gedanken zu machen …«

»Wer hat Ihnen den Jungen gebracht?«

»Ein Mann.«

»Wie sah er aus?«

»Mitte fünfzig, kurze Haare – er hatte einen irischen Akzent.«

»Wann war das?«

»Vorletzten Sonntag.« Sie wischt sich schniefend die Tränen ab. »Es war ein ziemlicher Schock. Wir hatten ihn frühestens vierzehn Tage später erwartet.«

»Wer hat die Adoption arrangiert?«

»Mr. Shawcroft hat uns erzählt, dass ein minderjähriges Mädchen mit Zwillingen schwanger sei, es sich jedoch nicht leisten könne, beide Kinder großzuziehen. Deshalb wolle sie eines der Kinder zur Adoption freigeben. Und für fünfzigtausend Pfund könnten wir die Warteliste umgehen.«

»Sie wussten, dass das illegal war.«

»Mr. Shawcroft hat gesagt, es wäre gesetzlich verboten, die Zwillinge zu trennen. Deshalb müssten wir die Sache verschwiegen abwickeln.«

»Sie haben eine Schwangerschaft vorgetäuscht.«

»Dafür blieb keine Zeit.«

Ich werfe einen Blick auf Molly, die mit einer Kiste voller Muscheln spielt, die sie zu Mustern legt.

»Ist Molly …?« Ich lasse die Frage unvollendet.

»Sie ist mein Kind«, erklärt Mrs. Gallagher nachdrücklich. »Ich konnte keine weiteren Kinder bekommen. Es gab Komplikationen. Medizinische Probleme. Man hat uns erklärt, wir wären zu alt, um ein Kind zu adoptieren. Mein Mann ist fünfundfünfzig, müssen Sie wissen.« Sie tupft sich weitere Tränen ab. »Ich sollte ihn anrufen.«

Ich höre, wie von unten jemand meinen Namen ruft. »New Boy« Dave muss die Auseinandersetzung an der Tür beobachtet haben und konnte nicht still sitzen bleiben.

»Hier oben.«

»Alles in Ordnung?«

»Ja.«

Er taucht in der Tür auf und betrachtet die Szene. Mrs. Gallagher. Molly. Das Baby.

»Es ist einer der Zwillinge«, sage ich.

»Einer?«

»Der Junge.«

Er blickt in die Wiege. »Bist du sicher?«

Ich folge seinem Blick. Es ist erstaunlich, wie sehr sich ein Neugeborenes in zehn Tagen verändern kann, aber ich bin mir sicher.

»Was ist mit dem Mädchen?«, fragt er.

»Sie ist nicht hier.«

Shawcroft hat von dem Golfclub aus *zwei* Telefonate geführt. Der zweite Anruf ging zu einem Anschluss in Finsbury Park, angemeldet auf eine Mrs. Y. Moncrieffe, deren Name jedoch in den Unterlagen des New Life Adoption Centre überhaupt nicht auftaucht.

Ich kann jetzt nicht weg. Ich muss bleiben und mit Forbes reden (nachdem ich ihn wieder beruhigt habe, nehme ich an).

»Kannst du die andere Adresse überprüfen?«

Dave wägt die Implikationen und Konsequenzen ab. Um sich selbst macht er sich keine Sorgen. Ich bin diejenige, die sich einem Disziplinarverfahren gegenübersieht. Er küsst mich auf die Wange.

»Du machst es einem manchmal echt schwer – weißt du das?«

»Ich weiß.«

II

Forbes stürmt durchs Haus. Sein Gesicht ist zu einer Maske aus Wut und kaltem Hass erstarrt. Er zitiert mich in den Garten, wo er auf und ab läuft, ohne den matschigen Rasen zu beachten.

»Sie hatten kein Recht!«, brüllt er. »Das war eine illegale Durchsuchung.«

»Ich hatte Grund zu der Annahme –«

»Welchen Grund?«

»Ich habe eine Spur verfolgt.«

»Von der Sie *mir* hätten berichten sollen. Das ist *meine* verdammte Ermittlung!«

Seine rechteckige Brille hüpft auf seiner Nase auf und ab.

»Ich habe aus meiner professionellen Einschätzung heraus eine notwendige Entscheidung getroffen, Sir.«

»Sie *wussten* nicht mal, ob es einer der Zwillinge ist. Es gibt keine Geburtsurkunde oder Adoptionsunterlagen.«

»Mrs. Gallagher hat bestätigt, dass sie nicht die leibliche Mutter ist. Das Baby wurde von einem Mann geliefert, auf den Brendan Pearls Beschreibung passt.«

»Sie hätten warten sollen.«

»Bei allem gebotenen Respekt, Sir, Sie waren zu langsam. Shawcroft ist auf freiem Fuß. Er vernichtet Akten und verwischt Spuren. Sie *wollen* ihn nicht vor Gericht bringen.«

Ich habe Angst, dass Forbes explodieren könnte. Seine Stimme ist in sämtlichen Nachbargärten zu hören, und seine Schuhe versinken im Schlamm.

»Ich hätte Sie an die Polizei-Beschwerdekommission verpfeifen sollen, als Sie nach Amsterdam gefahren sind. Sie haben Zeugen belästigt, sich des Amtsmissbrauchs schuldig gemacht und die Befehle eines Vorgesetzten missachtet. Sie haben es bei praktisch jeder Gelegenheit versäumt, sich professionell zu verhalten ...«

Er hebt den Fuß, und sein Schuh bleibt stecken. Er steckt seine Socke bis zum Knöchel in den Schlamm, was wir beide übergehen.

»Sie sind vom Dienst suspendiert. Haben Sie mich verstanden? Ich werde persönlich dafür sorgen, dass Ihre Karriere zu Ende ist.«

Das Jugendamt ist eingeschaltet worden – eine große Frau mit einem Hintern, der so breit ist, dass es aussieht, als würde sie eine Turnüre tragen, redet im Wohnzimmer mit Mr. und Mrs. Gallagher. Sie wirken beinahe erleichtert, dass es vorbei ist. Die letzten Tage müssen unerträglich gewesen sein, das Grübeln und Warten auf das Klopfen an der Tür. Die Angst, sich in ein Kind zu verlieben, das vielleicht nie richtig ihres sein wird.

Molly ist in ihrem Zimmer und zeigt einer Polizistin, wie sie Blumen malt, bevor sie Bilder zum Trocknen auf die Heizung legt. Das Baby schläft. Sie haben ihn Jasper genannt. Jetzt hat er einen Namen.

Forbes hat seine Socke ausgezogen und in den Mülleimer geworfen. Er sitzt auf der Treppe vor der Hintertür und kratzt sich mit einem Schraubenzieher den Schlamm von den Schuhen.

»Woher wussten sie es?«, fragt er, als er sich beruhigt hat.

Ich berichte ihm von den Anrufen aus dem Golfclub und dem Abgleich der Nummern mit denen aus den Adoptionslisten.

»So habe ich die Gallaghers gefunden.«

»Hat er sonst noch irgendjemanden angerufen?«

»Ja, er hat noch einen Anruf gemacht.«

441

Forbes wartet. »Muss ich Sie *verhaften*, damit Sie mit mir zusammenarbeiten?«

Jeder Anschein von Kameraderie ist endgültig verschwunden. Wir sind nicht mehr in derselben Mannschaft.

»Ich hatte heute Morgen ein interessantes Gespräch mit einem Anwalt«, sagt er. »Er vertritt Barnaby Elliot und behauptet, dass Sie in diesem Fall einen Interessenkonflikt hätten.«

»Es gibt keinen Konflikt, Sir.«

»Mr. Elliot wird das Testament seiner Tochter anfechten.«

»Er hat keinerlei gesetzlichen Anspruch auf die Kinder.«

»Genauso wenig wie Sie.«

»Das weiß ich, Sir«, flüstere ich.

»Wenn Samira Khan entscheidet, dass sie die Kinder nicht haben will, werden sie in ein Heim und später zu einer Pflegefamilie kommen.«

»Ich weiß. Ich tue das nicht für mich.«

»Sind Sie sich da ganz sicher?«

Es ist keine Frage, sondern eine Anschuldigung. Meine Beweggründe sind wieder unter Beschuss. Vielleicht mache ich mir selbst etwas vor. Ich kann es mir nicht leisten, das zu glauben. Und ich werde es auch nicht tun.

Mein Handy vibriert in meiner Tasche. Ich klappe es auf.

»Ich habe sie vielleicht gefunden«, sagt Dave. »Aber es gibt ein Problem.«

12

Die Säuglingsintensivstation des Queen Charlotte's Hospital liegt im dritten Stock über den Kreißsälen und der Entbindungsstation. Bei schwacher Beleuchtung, leisen Schritten und dem Summen der Maschinen stehen dort fünfzehn Brutkästen mit hoher Kuppel.

Die Stationsschwester geht zwei Schritte vor mir, Dave zwei

Schritte hinter mir. Wir haben uns die Hände mit einem Desinfektionsmittel gewaschen und unsere Handys ausgeschaltet.

Ich werfe einen Blick in das erste Bettchen, an dem wir vorbeikommen. Bis auf eine rosafarbene Decke und einen Teddy in der Ecke scheint es leer zu sein. Dann sehe ich einen Arm, nicht dicker als ein Füller, der unter der Decke hervorragt, sowie winzige Finger, die sich zusammenkrallen und wieder lösen. Die Augen bleiben geschlossen. Schläuche führen in eine winzige Nase und pressen in rascher Folge Luft in noch nicht voll entwickelte Lungen.

Die Stationsschwester bleibt stehen und wartet. Vielleicht tun die Leute das hier oft – stehen bleiben, starren und beten. Erst jetzt bemerke ich die durch das Glas verzerrten Gesichter auf der anderen Seite des Brutkastens.

Ich blicke mich um. Im Halbdunkel sitzen weitere Eltern, starrend, wartend, flüsternd. Ich frage mich, was sie zueinander sagen. Blicken sie in die anderen Bettchen und fragen sich, ob jenes Baby kräftiger, kränker oder noch früher geboren ist? Es können unmöglich alle Neugeborenen überleben. Beten ihre Eltern deshalb heimlich: »Rette meins! Rette meins!«?

Wir haben das andere Ende der Intensivstation erreicht. Die Stühle neben dem Bettchen sind leer. Eine Krankenschwester sitzt auf einem Hocker vor einem Bildschirm und kontrolliert die Geräte, die das Baby überwachen.

Auf einem schlichten weißen Laken liegt ein Mädchen, das nur eine Windel trägt. Sie ist kleiner, als ich sie in Erinnerung habe, aber immer noch doppelt so groß wie einige der anderen Neugeborenen auf der Intensivstation. Kleine Elektroden auf ihrer Brust messen ihren Herzschlag und ihre Atmung.

»Claudia wurde gestern Nacht zu uns gebracht«, erklärt die Stationsschwester. »Sie hat eine schwere Lungenentzündung. Wir geben ihr Antibiotika und ernähren sie intravenös. Das Gerät an ihrem Bein ist ein Blutgasmonitor, der ihre Haut durchleuchtet, um den Sauerstoffgehalt im Blut festzustellen.«

»Wird sie durchkommen?«

Die Stationsschwester zögert kurz, um ihre Worte mit Bedacht zu wählen, lange genug, um mich in Panik zu versetzen. »Ihr Zustand ist stabil. Die nächsten vierundzwanzig Stunden sind entscheidend.«

»Sie haben sie Claudia genannt.«

»Das ist der Name, den man uns genannt hat.«

»Wer hat Ihnen das gesagt?«

»Die Frau, die mit ihr im Krankenwagen gekommen ist.«

»Ich muss das Anmeldeformular sehen.«

»Selbstverständlich. Wenn Sie mit ins Büro kommen wollen, drucke ich Ihnen eine Kopie aus.«

Dave starrt durch das Glas. Ich kann beinahe sehen, wie er die Lippen bewegt und im Rhythmus mit dem Baby atmet. Claudia hat ihn in seinen Bann gezogen, obwohl sie die Augen im Schlaf fest geschlossen hat.

»Was dagegen, wenn ich noch eine Weile bleibe?«, fragt er ebenso sehr mich wie die Stationsschwester. Am Bett jedes anderen Patienten auf der Station sitzt irgendjemand. Nur Claudia ist allein. Das findet er nicht richtig.

Ich folge der Stationsschwester zurück über die Station in ihr Büro.

»Ich habe heute Morgen das Jugendamt informiert«, sagt sie. »Die Polizei hatte ich nicht erwartet.«

»Was hat Sie bewogen, das Jugendamt anzurufen?«

»Einige der Antworten auf unsere Fragen erschienen mir nicht zufrieden stellend. Claudia ist kurz nach Mitternacht zu uns gekommen. Zuerst hat die Frau gesagt, sie wäre das Kindermädchen der Kleinen. Als Namen der Mutter gab sie Cate Beaumont an. Dann änderte sie ihre Geschichte und sagte, Claudia wäre adoptiert, sie könne mir jedoch keine Details zu der Adoptionsagentur nennen.«

Sie gibt mir das Anmeldeformular. Als Claudias Geburtsdatum ist Sonntag, der 29. Oktober, angegeben, als Name der

Mutter Cate Beaumont, als Adresse Cates vom Feuer zerstörtes Haus.

Warum sollte die Frau Cates Namen angeben? Woher kannte sie ihn überhaupt?

»Wo ist die Frau jetzt?«

»Einer unserer Fachärzte wollte mir ihr sprechen. Ich nehme an, sie ist in Panik geraten.«

»Sie ist weggelaufen?«

»Sie hat einmal telefoniert und das Krankenhaus dann verlassen.«

»Wann war das?«

»Gegen sechs Uhr früh.«

»Wissen Sie, wen sie angerufen hat?«

»Nein, aber sie hat mein Telefon benutzt.«

Die Stationsschwester deutet auf die Telefonanlage auf dem Schreibtisch, bei der man die letzten gewählten Nummern auf einem kleinen LCD-Display aufrufen kann. Die Stationsschwester identifiziert die betreffende Nummer, und ich drücke auf die Wiederwahltaste.

Eine Frau nimmt ab.

»Hallo?«

»Hier ist das Queen Charlotte's Hospital«, sage ich. »Jemand hat Sie heute am frühen Morgen von diesem Anschluss aus angerufen.«

Die Frau sagt nichts, aber in der Stille erkenne ich ein Geräusch, das ich schon einmal gehört habe: das Quietschen von Rädern auf Parkett.

Ich habe kein fotografisches Gedächtnis wie Ruiz und auch nicht die prophetischen Gaben meiner Mutter. Ich weiß nicht mal, ob ich einer bestimmten Methode folge. Ich füge Tatsachen wahllos zusammen, eile manchmal ein paar Schritte voraus und setze Teile probeweise zusammen, um zu sehen ob sie passen. Das ist nicht besonders effizient und lässt sich auch nicht weitervermitteln, aber für mich funktioniert es.

Die Frau spricht weiter. Nervös. »Sie müssen sich verwählt haben.«

Es ist eine offiziöse Stimme, präzise und knapp unterhalb eines Privatschulakzents. Ich habe oft genug gehört, auch wenn das zehn Jahre her ist, wie sie ihren Mann dafür tadelte, dass er spät nach Hause kam und nach Shampoo und Duschgel roch.

Die Verbindung ist unterbrochen. Ruth Elliot hat aufgelegt. Im selben Moment klopft es. Eine Krankenschwester lächelt entschuldigend und flüstert der Stationsschwester etwas zu, die wiederum mich ansieht.

»Sie haben nach der Frau gefragt, die Claudia gebracht hat. Sie ist doch nicht weggelaufen. Sie sitzt unten in der Cafeteria.«

Die Türen öffnen sich automatisch. Die Cafeteria ist klein und hell mit weiß marmorierten Tischen, auf denen man die Krümel nicht sieht. Die Tabletts sind neben dem Eingang gestapelt. Aus Warmhalte-Containern steigt Dampf auf.

Ein paar Krankenschwestern holen sich Sandwiches und eine Tasse Tee – die gesunde Wahl auf einer Speisekarte, die zu allen anderen Gerichten Pommes Frites verspricht.

Yvonne hockt in einer Ecke, die Stirn auf die Ellenbogen gelegt. Zunächst denke ich, sie schläft, aber dann hebt sie den Kopf und blinzelt mich unter Tränen an. Sie stöhnt leise und lässt den Kopf wieder sinken. Wo ihr graues Haar dünner wird, kann man ihre hellbraune Kopfhaut sehen.

»Was ist passiert?«

»Ich habe etwas sehr, sehr Dummes getan, Schätzchen«, sagt sie in ihre Ellenbeuge. »Ich habe gedacht, ich könnte sie gesund machen, aber sie ist immer kränker geworden.«

Ein stockender Atemzug erschüttert ihren ganzen Körper. »Ich hätte sie zu einem Arzt bringen sollen, aber Mr. und Mrs. Elliot haben gesagt, dass niemand etwas von Cates Baby erfahren dürfte. Sie haben gesagt, man wollte ihnen Claudia wegnehmen und jemandem geben, dem sie nicht gehört. Ich weiß nicht, warum irgendjemand so etwas machen sollte. Mr. und Mrs. Elliot haben es auch nicht sehr gut erklärt, jedenfalls nicht so gut, dass ich es verstanden habe.«

Sie lehnt sich zurück und hofft, dass ich es vielleicht begreife. Ihre Augen sind feucht, und an ihren Wangen kleben Krümel.

»Ich wusste, dass Cate nicht schwanger ist«, erklärt sie. »Sie trug kein Baby unter ihrem Herzen. Ich weiß, wann eine Frau ein Kind bekommt. Ich kann es in ihren Augen und an ihrer Haut sehen. Ich kann es riechen. Manchmal weiß ich sogar, wenn eine Frau ein Kind von einem anderen Mann kriegt, weil die Haut um ihre Augen dann dunkler ist, denn sie hat Angst, ihr Mann könnte es herausfinden.

Ich habe versucht, Mrs. Elliot etwas zu sagen, aber sie hat mich verrückt genannt und ausgelacht. Sie muss es der jungen Cate erzählt haben, denn danach ist sie mir aus dem Weg gegangen. Sie ist nicht mehr nach Hause gekommen, wenn ich dort gearbeitet habe.«

Einzelheiten verrutschen und fügen sich. Ereignisse sind nicht mehr Ausgeburt meiner Fantasie oder ungelöste Rätsel. Barnaby *wusste*, dass ich in Amsterdam war. Und noch bevor ich Samira erwähnt habe, *wusste* er, dass sie Zwillinge erwartete. Er hat Cates E-Mails gelesen und angefangen, ihren Spuren zu folgen.

Zunächst wollte er wahrscheinlich nur seinen kostbaren Ruf schützen. Später entwickelten er und seine Frau dann einen anderen Plan. Sie wollten zu Ende bringen, was Cate begonnen hatte. Barnaby nahm Kontakt zu Shawcroft auf und signalisierte ihnen: »Cate und Felix sind tot, aber der Deal hat Bestand.«

Warum hat Shawcroft mitgemacht? Er war gezwungen. Barnaby hatte die E-Mails. Er konnte zur Polizei gehen und die illegalen Adoptionen und den Babyhandel auffliegen lassen. Erpressung ist ein hässliches Wort. Genau wie Kindesentführung.

Auf der Beerdigung hat Barnaby mir erklärt, dass er um die

Zwillinge kämpfen würde. »Ich will sie *beide*«, hat er gesagt. Ich habe bloß nicht begriffen, was er damit meinte. Er hatte schon eins der Kinder – Claudia. Er wollte den Jungen. Und seine Tirade in der Anwaltskanzlei und die Szene in meinem Haus waren nicht bloß Show. Er hatte Angst, dass entweder Samira oder ich seinen Anspruch bestreiten könnten.

Die Elliots nahmen Yvonne ein Schweigegelübde ab und beauftragten sie mit der Sorge für Claudia und hoffentlich irgendwann später auch ihren Bruder. Wenn der Skandal öffentlich und Shawcroft entblößt werden sollte, konnten sie die trauernden Eltern spielen, die versuchten, das kostbarste Erbe ihrer Tochter zu schützen, ihre Enkelkinder.

Yvonne nahm die gewaltige Last auf sich. Sie konnte es nicht riskieren, mit Claudia zu einem Arzt zu gehen, deshalb versuchte sie es mit ihren eigenen Mitteln: Sie ließ heißes Wasser laufen, bis das Bad voller Dampf war, um der Kleinen beim Atmen zu helfen. Sie verabreichte ihr tropfenweise Paracetamol, rieb sie mit warmen Waschlappen ab, lag die ganze Nacht neben ihr wach und hörte, wie sich ihre Lunge mit Flüssigkeit füllte.

Barnaby kam das Baby besuchen. Die Daumen unter den Gürtel gehakt, stand er mit gespreizten Beinen und einem starren Lächeln vor der Wiege und wirkte vage enttäuscht. Vielleicht wollte er den Jungen – den gesunden Zwilling.

Derweil wurde Claudia immer kränker und Yvonne immer verzweifelter.

»Ich konnte es nicht mehr ertragen«, flüstert sie und wendet den Blick zur Decke. »Sie lag im Sterben. Bei jedem Husten wurde ihr kleiner Körper durchgeschüttelt, bis sie schließlich keine Kraft mehr zum Husten hatte. Da habe ich den Krankenwagen angerufen.«

Sie blinzelt mich an. »Sie wird sterben, nicht wahr?«

»Das wissen wir noch nicht.«

»Es ist meine Schuld. Verhafte mich. Sperr mich ein. Ich hab es verdient.«

Ich will, dass sie aufhört, vom Sterben zu reden. »Wer hat den Namen ausgesucht?«

»Es ist Mrs. Elliots Name.«

»Sie heißt mit Vornamen Ruth.«

»Ihr zweiter Vorname. Ich weiß, dass du nicht viel übrighast für Mrs. Elliot, aber sie ist strenger gegen sich selbst als gegen alle anderen.«

Was ich vor allem empfinde, ist Groll. Vielleicht ist das Teil des Trauerprozesses. Ich habe nicht das Gefühl, als ob Cate weg wäre. Ich denke die ganze Zeit, dass sie einfach im größten Schlamassel abgehauen ist und jeden Moment wiederkommen wird, um das Durcheinander zu klären.

Ich habe mich wochenlang in ihr Leben vertieft, ihre Handlungen und Motive untersucht und verstehe immer noch nicht, wie sie so viel riskieren und so viele andere Menschen gefährden konnte. Ich halte mich an die Hoffnung, dass ich in irgendeinem Ordner und einem verstaubten Bündel alter Briefe auf die Antwort stoßen werde. Aber ich weiß, dass das nicht geschehen wird. Die eine Hälfte der Wahrheit liegt oben wie ein aufgespießtes Insekt unter Glas. Und die andere Hälfte befindet sich in der Obhut des Jugendamtes.

Es klingt grotesk, aber ich versuche immer noch, Cates Taten zu rechtfertigen und so eine Art postume Freundschaft heraufzubeschwören. Sie war eine dilettantische Diebin, eine kinderlose Ehefrau und eine törichte Träumerin. Ich will nicht mehr an sie denken. Sie hat ihr eigenes Andenken besudelt.

»Die Polizei muss noch deine Aussage aufnehmen«, sage ich.

Yvonne nickt und wischt sich die Tränen von der Wange.

Sie bleibt sitzen, als ich gehe. Obwohl sie den Kopf zum Fenster wendet, weiß ich, dass sie mir nachsieht.

»New Boy« Dave sitzt immer noch auf der Säuglingsintensivstation neben Claudias Brutkasten. Er hockt vorgebeugt auf der Stuhlkante und späht durch die Scheibe. Ich setze mich neben ihn. Er fasst meine Hand. Ich weiß nicht, wie lange wir so dasitzen. Die Uhr an der Wand scheint stillzustehen. Der Zeiger bewegt sich keinen Zentimeter weiter. Vielleicht passiert das an einem Ort wie diesem: Die Zeit verlangsamt sich, bis man jede Sekunde zählt.

Du bist ein sehr glückliches kleines Mädchen, Claudia. Und weißt du warum? Du hast *zwei* Mütter. Eine von ihnen wirst du nie kennen lernen, aber das ist okay, denn ich werde dir von ihr erzählen. Sie hat ein paar Fehler gemacht, aber ich bin sicher, du wirst nachsichtig mit ihr sein. Denn deine Mutter ist auch etwas ganz Besonderes. Jung. Schön. Traurig. Manchmal kann sich das Leben mit einem Wimpernschlag wenden, selbst wenn es so kleine Wimpern sind wie deine.

Die Stationsschwester tippt mir auf die Schulter. Ein Polizist will mich am Telefon sprechen.

Forbes klingt weit weg. »Die Gallaghers haben eine Aussage gemacht. Ich bin unterwegs, um Julian Shawcroft zu verhaften.«

»Das ist gut. Ich habe das Mädchen gefunden. Sie ist sehr krank.«

Diesmal tobt er nicht. »Mit wem sollten wir reden?«

»Mit Barnaby Elliot, seiner Frau und ihrer Haushälterin Yvonne Moncrieffe.«

Hinter mir geht eine Tür auf, und ich höre ein elektrisches Warnsignal. Durch ein Observationsfenster sehe ich, wie die Vorhänge um Claudias Brutkasten zugezogen werden.

Ich habe den Hörer fallen lassen. Ich bin in Bewegung wie alle anderen. Ich dränge mich zwischen die Vorhänge. Irgendjemand versucht, mich wegzuführen.

»Was ist los? Was machen sie?«

Ein Arzt gibt Anweisungen. Eine Hand mit einer Sauerstoffmaske legt sich auf Claudias Gesicht. Jemand drückt mehrmals gegen einen Beutel. Die Maske wird kurz angehoben, und ein Schlauch wird durch ihre Nase behutsam in ihre Lunge geführt.

Dave hat meinen Arm gefasst und versucht, mich wegzuziehen.

»Was ist los?«

»Wir müssen draußen warten.«

»Sie tun ihr weh.«

»Lass sie ihre Arbeit machen.«

Das ist alles meine Schuld. Wenn ich stärker und gesünder gewesen wäre, hätte ich Claudia vor Pearl retten können. Sie wäre direkt ins Krankenhaus gekommen, anstatt von der Fähre geschmuggelt zu werden. Sie wäre nie zu Yvonne gelangt und hätte auch keine Lungenentzündung bekommen.

Solche Gedanken quälen mich, während ich die Minuten zähle – fünfzehn insgesamt, von meiner Fantasie deformiert und ins Endlose gedehnt. Dann geht die Tür auf, und ein junger Arzt kommt heraus.

»Was ist passiert?«

»Der Blutgasmonitor hat einen Alarm ausgelöst. Ihr Sauerstofflevel war zu stark abgesunken. Sie ist zu schwach, um selber zu atmen, deshalb haben wir sie an ein Beatmungsgerät angeschlossen. Wir werden ihre Atmung eine Weile unterstützen und dann morgen sehen, wie es ihr geht.«

Ein Gefühl unendlicher Erleichterung saugt alle noch verbliebene Energie aus meinem Körper, und mir ist mit einem Mal schwindelig. Meine Augen sind klebrig, und ich habe einen Kupfergeschmack im Mund. Ich habe Samira noch gar nicht Bescheid gesagt, und schon jetzt fühlt sich mein Herz an wie durch den Reißwolf gedreht.

13

Manchmal wirkt London wie eine Parodie seiner selbst. Heute ist so ein Tag. Der Himmel ist voller dicker und schwerer Wolken, der Wind ist kühl, auch wenn es noch nicht kalt genug für Schnee ist. Die Wettgesellschaft Ladbroke bietet eine Quote von drei zu eins für eine weiße Weihnacht in London. Dafür muss nur eine einzige Schneeflocke auf das Dach des Met Office fallen.

Heute ist die Kautionsanhörung. Ich trage mein Gerichts-Outfit: einen roten, knielangen, engen Rock, eine cremefarbene Bluse und ein kurzes Jackett, das elegant genug für ein teures Designer-Label wäre, aber gar kein Label hat.

Shawcroft werden Menschenhandel, Nötigung und diverse Vergehen gegen Kinderschutzgesetze vorgeworfen. Allein die Höchststrafe für Menschenhandel beträgt vierzehn Jahre. Weitere Anklagepunkte werden vorbereitet, außerdem droht ihm ein Auslieferungsantrag der Niederlande.

Samira sitzt auf dem Bett und sieht zu, wie ich mich schminke. In ihrem Schoß liegt ein Mantel. Nachdem sie früh aufgewacht ist und gebetet hat, ist sie schon seit Stunden fertig angekleidet. Sie muss erst im Prozess als Zeugin aussagen, dessen Eröffnung sich noch ein Jahr hinziehen könnte, aber sie will trotzdem mitkommen.

»Shawcroft ist nach wie vor nur tatverdächtig«, sage ich. »In unserem Rechtssystem gilt ein Verdächtiger als unschuldig, bis seine Schuld *bewiesen* ist.«

»Aber wir wissen doch, dass er schuldig *ist*.«

»Ja, aber entscheiden muss das ein Geschworenengericht, nachdem es alle Beweise gehört hat.«

»Was ist eine Kaution?«

»Manchmal lässt ein Richter einen Angeklagten nur bis zum Beginn des Prozesses frei, wenn er oder sie verspricht, dass er nicht flieht und keinen Kontakt zu einem der Zeugen aufnimmt. Als Garantie verlangt der Richter eine hohe Geldsumme, die der Angeklagte nicht zurückbekommt, wenn er gegen Gesetze verstößt oder nicht zum Prozess erscheint.«

Sie sieht mich erstaunt an. »Er bezahlt dem Richter Geld?«

»Dieses Geld ist wie eine Sicherheit.«

»Schmiergeld.«

»Nein, kein Schmiergeld.«

»Du meinst also, Brother könnte Geld bezahlen und aus dem Gefängnis freikommen?«

»Ja, schon, aber es ist nicht so, wie du denkst.«

Das Gespräch dreht sich im Kreis. Ich kann es nicht besonders gut verständlich machen.

»So weit wird es bestimmt nicht kommen«, versichere ich ihr. »Er wird nie wieder jemandem etwas zuleide tun können.«

Vor drei Wochen wurde Claudia aus dem Krankenhaus entlassen. Ich mache mir immer noch Sorgen um sie – verglichen mit ihrem Bruder ist sie so klein –, aber die Entzündung ist abgeklungen, und sie nimmt an Gewicht zu.

Die Zwillinge sind Stars der Boulevardpresse geworden, Baby X und Baby Y, ohne Vor- und Zunamen. Der Richter, der über das Sorgerecht entscheiden muss, hat eine DNA-Analyse und Patientenakten aus Amsterdam angefordert. Samira muss beweisen, dass sie ihre Mutter ist, und dann entscheiden, was sie tun möchte.

Obwohl gegen ihn ermittelt wird, versucht Barnaby weiter, das Sorgerecht für die Zwillinge zu erstreiten und feuert dabei seine Anwälte im Wochenrhythmus. Bei der ersten Anhörung zum Sorgerecht musste Richter Feyne sogar drohen, ihn wegen Missachtung des Gerichts verhaften zu lassen, weil er die Verhandlung ständig mit wüsten Anschuldigungen unterbrach.

Ich hatte auch eine Anhörung – im Rahmen meines Disziplinarverfahrens musste ich mich einem Tribunal aus drei hochrangigen Polizeibeamten stellen. Ich habe gleich am ersten Tag meine Kündigung angeboten, aber der Vorsitzende weigerte sich, sie anzunehmen.

»Ich dachte, damit würde ich es ihnen leichter machen«, sagte ich zu Ruiz.

»Die können Sie nicht feuern, und gehen lassen wollen sie Sie auch nicht«, erklärte er mit. »Stellen Sie sich mal die Schlagzeilen vor.«

»Und was *wollen* sie?«

»Sie irgendwo in ein Büro sperren – wo Sie keinen Ärger mehr machen können.«

Samira rückt ihre Brustpolster zurecht und knöpft ihre Bluse zu. Sie pumpt vier Mal am Tag Milch für die Zwillinge ab, die dann per Kurier zu der Pflegefamilie gebracht wird. Sie darf sie jeden Nachmittag drei Stunden lang unter Aufsicht besuchen. Ich habe sie genau beobachtet und nach Zeichen Ausschau gehalten, dass sie mehr Nähe zu ihnen entwickelt. Sie füttert, badet und pflegt sie und vermittelt dabei den Eindruck, dass sie eine viel vollkommenere und gelassenere Mutter ist, als ich es mir für mich je vorstellen könnte. Gleichzeitig haben ihre Bewegungen etwas beinahe Mechanisches, als ob sie tut, was von ihr erwartet wird, und nicht das, was sie tun will.

Dabei hat sie im Umgang mit den Zwillingen eine seltsame Marotte entwickelt. Egal ob sie Milch abpumpt, Windeln wechselt oder sie ankleidet, sie benutzt immer nur ihre rechte Hand. Wenn sie einen von den beiden hochhebt, schiebt sie die Hand zwischen seinen Beinen hindurch unter sein Rückgrat, stützt seinen Kopf mit der Hand ab und nimmt ihn in einem Schwung hoch. Und beim Füttern klemmt sie sich die Flasche unters Kinn oder legt das Baby auf ihre Oberschenkel.

Zunächst dachte ich, es würde sich um einen muslimischen Brauch handeln, so wie nur mit der rechten Hand zu essen. Als ich sie danach fragte, hob sie abschätzig den Blick. »Eine Hand reicht für die Sünde, und eine für die Erlösung.«

»Was soll das heißen?«

»Genau das, was es sagt.«

Hari ist unten. »Bist du sicher, dass ich dich nicht begleiten soll?«

»Ganz sicher.«

»Ich könnte dir einen Schirm halten.«

»Es regnet nicht.«

»Man macht es auch für Filmstars, die nicht fotografiert werden wollen – Schirme hochhalten. Ihre Leibwächter tun das.«

»Du bist kein Leibwächter.«

Er ist wie ein liebeskranker junger Hund. An der Uni haben die Weihnachtsferien begonnen, und er sollte seinen Brüdern in der Werkstatt helfen, aber er erfindet ständig neue Vorwände, um Zeit mit Samira zu verbringen. Sie ist sogar allein mit ihm zusammen, aber nur im Gartenschuppen, wo sie an irgendeinem neuen pyrotechnischen Produkt arbeiten. Das Feuerwerk am Guy Fawkes Day sollte eigentlich eine einmalige Vorführung sein, aber diese Lunte hat Hari weiterbrennen lassen – aus naheliegenden Gründen.

»New Boy« wartet vor dem Haus auf mich.

»Du trägst kein Schwarz?«

»Ungewohnt, was?«

»Rot steht dir gut.«

»Da solltest du erst mal meine Unterwäsche sehen«, flüstere ich ihm zu.

Samira schlüpft in ihren Mantel, er hat keine Knöpfe, sondern Knebelverschlüsse. Es ist ein abgelegtes Stück aus Haris Garderobe, und sie hat die viel zu langen Ärmel zwei Mal umgeschlagen. Sie tastet nach den Taschen und vergräbt ihre Hände darin.

Gegen Mittag wird es endlich heller. Dave steuert durch den dichten Verkehr und findet eine Straßenecke vom Southwark Crown Court entfernt einen Parkplatz, von wo aus wir uns zu dem Spießrutenlauf aufmachen.

Die Anklage gegen Julian Shawcroft ist nur ein Nebenschauplatz der Hauptsensation – der Sorgerechtsschlacht um die Zwillinge. Sie hat alles, was der Boulevard liebt: Sex, eine schöne »Jungfrau« und gestohlene Babys.

Um uns herum flackern Blitzlichter auf. Samira senkt den Kopf und behält die Hände in den Taschen. Dave bahnt uns einen Weg durchs Gedränge und scheut sich dabei auch nicht, seine Schultern einzusetzen, eine Taktik, die er wohl eher beim Rugby als beim Segeln gelernt hat.

Southwark Crown Court ist ein seelenloses modernes Gebäude, dem der Charme von Old Bailey abgeht. Wir gehen durch die Metalldetektoren und weiter nach oben. Einige der Leute, die im Flur vor dem Gerichtssaal mit ihrem Anwalt letzte taktische Besprechungen abhalten, kenne ich. Dr. Sohan Banerjee hat in Erwartung, selbst angeklagt zu werden, einen eigenen Anwalt engagiert. Noch haben Shawcroft und er sich nicht offen gegeneinander gewandt, aber laut Forbes ist es nur eine Frage der Zeit, bis sie anfangen, sich gegenseitig zu beschuldigen.

Shawcrofts Anwältin ist mit ihren waffenscheinpflichtigen Pfennig-Absätzen gut 1,70 Meter groß mit weißblonden Haaren und Perlohrringen, die hin und her baumeln, wenn sie spricht.

Die Anklage wird vertreten von Francis Hague, der älter und grauer wirkt und sich seine Brille ins Haar geschoben hat. Er spricht mit Forbes und macht sich auf einem länglichen Block Notizen. Detective Sergeant Softell ist ebenfalls erschienen, möglicherweise in der Hoffnung, einen Hinweis für die Suche nach Brendan Pearl zu bekommen, der scheinbar vom Erdboden verschluckt ist. Ich frage mich, wie viele verschiedene Identitäten er gestohlen hat.

Samira ist nervös. Sie weiß, dass das Gerichtspersonal und die Reporter sie anstarren. Ich habe sie, so gut ich konnte, beruhigt, dass das Medieninteresse abflauen wird, wenn die Zwillinge zu Hause sind, weil niemand ihre Identität preisgeben darf.

Wir nehmen auf der Besuchergalerie an der Rückwand des Gerichtssaals Platz. Samira sitzt zwischen uns. Sie scheint in ihrem Mantel zu versinken und nimmt auch jetzt die Hände nicht aus den Taschen. Ich entdecke Donavon, der in die Reihe hinter uns schlüpft. Sein Blick gleitet durch den Saal, trifft auf meinen, verharrt kurz und schweift dann weiter.

Bald sind Pressetribüne und Zuschauerränge vollbesetzt. Die Gerichtsschreiberin, eine Asiatin undefinierbaren Alters, kommt herein, setzt sich an ihr Pult und beginnt, auf einer Tastatur zu tippen.

Man hört schlurfende Schritte, und alle erheben sich beim Einzug des Richters, der überraschend jung und auf spießige Art ganz attraktiv ist. Kurz darauf wird Shawcroft über eine Treppe direkt zur Anklagebank geführt. Er trägt einen schicken Anzug, eine getupfte Krawatte und geputzte Schuhe und dreht sich lächelnd zur Galerie um, als ob die ganze Veranstaltung zu seinen Ehren und Nutzen inszeniert worden wäre.

»Möchten Sie die Festsetzung einer Kaution beantragen?«, fragt der Richter.

Shawcrofts Anwältin Margaret Curillo ist bereits auf den Beinen und stellt sich mit sonorer Stimme und unterwürfiger Gestik vor. Der Staatsanwalt Francis Hague pflanzt die Hände auf den Tisch, hebt sein Hinterteil ein paar Zentimeter von seinem Stuhl und murmelt seinerseits eine kurze Vorstellung. Vielleicht denkt er, dass ihn alle schon kennen – oder wenigstens kennen sollten.

Die Tür des Gerichtssaals geht leise auf, und ein Mann kommt herein. Er ist groß und schlank mit einer eher femininen Ausstrahlung. Er nickt abwesend in Richtung Richterbank, bevor er, die blank gewienerten Schuhe kaum vom Teppich hebend, zum Tisch der Anklage schwebt und Hague mit gesenktem Kopf etwas zuflüstert.

Mrs. Curillo hat derweil mit der Begründung ihres Antrags begonnen und betont die »herausragenden Verdienste« ihres Mandanten und sein »lebenslanges Engagement für die Gemeinschaft«.

Diesmal erhebt sich der Ankläger zu voller Größe.

»Euer Ehren, ich bitte um Entschuldigung, wenn ich meine geschätzte Kollegin unterbreche, aber ich möchte eine kurze Vertagung beantragen.«

»Wir haben doch gerade erst angefangen.«

»Ich muss weitere Anweisungen einholen, Euer Ehren. Offenbar nimmt der leitende Oberstaatsanwalt eine Revision der Details des Falles vor.«

»Mit welchem Ziel?«

»Das kann ich Ihnen im Augenblick nicht sagen.«

»Wie lange brauchen Sie?«

»Wenn es Euer Ehren möglich ist, könnten wir eine Fortsetzung der Anhörung für drei Uhr heute Nachmittag verabreden.«

Der Richter steht abrupt auf und löst im ganzen Gerichtssaal eine Kettenreaktion aus. Shawcroft wird bereits zurück ins Untergeschoss geführt. Ich sehe Dave an, der die Schultern zuckt. Samira beobachtet uns und wartet auf eine Erklärung. Im Flur sehe ich mich nach Forbes um, der jedoch zusammen mit Softell verschwunden ist. Was in aller Welt geht hier vor?

Wir warten zwei Stunden. Fälle für verschiedene Gerichte werden aufgerufen. Anwälte besprechen sich. Leute kommen und gehen. Samira sitzt noch immer im Mantel mit hängenden Schultern auf einer Bank.

»Glaubst du an den Himmel?«, fragt sie.

Die Frage kommt so unerwartet, dass mir der Mund offen stehen bleibt und ich ihn bewusst wieder zumachen muss. »Warum fragst du?«

»Glaubst du, dass Hasan und Zala im Himmel sind?«

»Ich weiß es nicht.«

»Mein Vater glaubte, dass wir unser Leben immer wieder leben und jedes Mal besser werden sollten. Erst wenn wir vollkommen glücklich sind, würden wir in den Himmel kommen.«

»Ich weiß nicht, ob ich das gleiche Leben immer wieder leben wollte.«

»Warum nicht?«

»Es würde die Konsequenzen kleiner machen. Ich verschiebe jetzt schon alles auf den nächsten Tag. Stell dir vor, ich würde es bis zum nächsten Leben verschieben.«

Samira schlingt die Arme um ihren Körper. »Afghanistan verlässt mich.«

»Wie meinst du das?«

»Ich vergesse Sachen. Ich kann mich nicht erinnern, was für Blumen ich auf das Grab meines Vaters gepflanzt habe. Es waren die gleichen Blumen, die ich einmal zwischen Seiten des Korans gepresst habe, worüber er sehr wütend war. Er sagte, es wäre eine Entehrung Allahs. Ich sagte, ich würde Allah mit den Blumen loben. Darüber musste er lachen. Mein Vater konnte nie lange wütend auf mich sein.«

Wir trinken Tee in der Cafeteria und gehen den Reportern, deren Reihen sich langsam lichten, aus dem Weg. Francis Hague und Shawcrofts Anwältin sind immer noch nicht wieder aufgetaucht, genauso wenig wie Forbes. Vielleicht machen sie Weihnachtseinkäufe.

Kurz vor drei erscheint ein Vertreter der Anklagebehörde. Der Ankläger will mit Samira reden. Ich soll auch mitkommen.

»Ich warte hier auf euch«, sagt Dave.

Wir steigen eine Treppe hinauf und werden durch eine Tür mit der Aufschrift »Nur für Mitarbeiter« in einen langen Flur mit Büros geführt. An seinem Ende sitzt eine ziemlich wütend aussehende Frau neben einer einsamen Topfpflanze. Ihre Beine stecken in schwarzen Strümpfen und ragen wie abgebrannte Streichhölzer unter ihrem Pelzmantel hervor.

Unser Begleiter klopft leise an die Tür. Der erste Mensch, den ich sehe, ist Spijker, der selbst für seine Verhältnisse deprimierend melancholisch aussieht. Er fasst meine Hände, küsst mich drei Mal auf die Wangen und deutet eine Verbeugung in Samiras Richtung an.

Shawcrofts Anwältin sitzt am anderen Ende des Tisches gegenüber von Francis Hague. Zwischen ihnen sitzt ein weiterer

Mann, der es offenbar eilig hat. Die Dame vor der Tür könnte seine Frau sein, die eigentlich andere Pläne hatte.

»Mein Name ist Adam Greenburg«, sagt er, steht auf und ergreift Samiras Hand. »Ich bin der stellvertretende Leiter der öffentlichen Anklagebehörde.«

Er entschuldigt sich für die stickige Luft und tupft sich mit einem Taschentuch theatralisch die Stirn ab.

»Ich möchte Ihnen erklären, was meine Aufgabe ist, Miss Khan. Wenn jemand wegen einer Straftat verhaftet wird, kommt er nicht automatisch vor Gericht und ins Gefängnis. Die Polizei muss zunächst Beweise sammeln, und die Aufgabe der Anklagebehörde besteht darin, diese Beweise zu begutachten und sicherzustellen, dass die richtige Person für das richtige Vergehen angeklagt wird und dass dem Gericht alle relevanten Tatsachen bekannt sind. Verstehen Sie das?«

Samira sieht mich und dann wieder Greenburg an. Mir liegt ein Stein auf der Brust.

Die einzige Person, die sich bisher nicht vorgestellt hat, ist der Mann, der heute Morgen in den Gerichtssaal gekommen ist und die Anhörung unterbrochen hat. Er steht in einem Anzug von der Savile Row am Fenster. Er hat das Profil eines Raubvogels mit seltsam ausdruckslosen Augen, aber irgendetwas an seiner Haltung legt nahe, dass er von jedem im Raum ein Geheimnis weiß.

Mr. Greenburg fährt fort: »Die Entscheidung über eine Anklageerhebung erfolgt in zwei Schritten. Zunächst muss die Beweislage geprüft werden. Die Anklagebehörde muss überzeugt sein, dass genügend Beweise für eine realistische Chance auf Verurteilung des Beschuldigten in allen Anklagepunkten vorliegen. Anschließend wird das öffentliche Interesse geprüft. Wir müssen davon überzeugt sein, dass eine Anklageerhebung im öffentlichen Interesse liegt. Die Anklagebehörde wird nur dann eine Anklage vorbereiten, wenn in einem Fall, ganz gleich wie wichtig oder schwerwiegend er sein mag, beide Voraussetzungen erfüllt sind.«

Mr. Greenburg ist im Begriff, das Ermittlungsverfahren einzustellen. Spijker meidet meinen Blick. Alle starren auf den Tisch.

»Die Anklagebehörde hat beschlossen, nicht weiter gegen Mr. Shawcroft zu ermitteln, weil eine Anklageerhebung nicht im öffentlichen Interesse wäre und weil er sich zu einer umfassenden Kooperation mit der Polizei bereit erklärt und gewisse Zusicherungen bezüglich seines zukünftigen Verhaltens gegeben hat.« Einen Moment lang bleibt mir die Luft weg, und ich bringe kein Wort heraus. Ich blicke zu Spijker. Er starrt auf seine Hände.

»Ein Fall wie dieser wirft ernste moralische Fragen auf«, erklärt Greenburg. »Vierzehn Säuglinge, die das Produkt einer erzwungenen Schwangerschaft waren, wurden identifiziert. Diese Kinder leben heute mit ihren biologischen Eltern in stabilen liebevollen Familien. Wenn wir Anklage gegen Mr. Shawcroft erheben, werden diese Familien auseinandergerissen. Eltern werden als Mitverschwörer angeklagt und ihre Kinder möglicherweise für immer in Pflege gegeben werden. Wir riskieren, durch die Strafverfolgung eines Einzelnen das Leben vieler, vieler anderer zu zerstören. Die niederländischen Behörden stehen in sechs Fällen von Kindern aus einer Leihmutterschaft vor einem ähnlichen Dilemma. Die deutschen Behörden haben vier entsprechende Geburten identifiziert, in Frankreich könnten es bis zu dreizehn sein. Ich bin ebenso schockiert und empört über dieses schändliche Geschäft wie jeder andere auch, aber wir müssen hier heute Entscheidungen treffen, die bestimmen, welche langfristigen Folgen es haben wird.«

Endlich finde ich meine Stimme wieder. »Sie müssen die Paare nicht anklagen.«

»Im Falle einer Fortsetzung des Verfahrens hat Mr. Shawcrofts Anwältin die Vorladung aller betroffenen Paare angekündigt, die Kinder aufziehen, die juristisch und moralisch gesehen nicht ihre sind. Das ist die Situation, vor der wir stehen. Und

461

die Frage, die wir beantworten müssen, lautet: Ziehen wir einen Schlussstrich, oder machen wir weiter und erschüttern das Leben unschuldiger Kinder?«

Samira sitzt in ihrem Mantel da und hört unbeteiligt zu. Sie hat sich die ganze Zeit nicht gerührt. Alles geschieht so höflich und anständig, dass es beinahe unwirklich wirkt.

»Er hat unschuldige Menschen ermordet.« Meine Stimme klingt hohl.

Mrs. Curillo protestiert. »Mein Mandant bestreitet jede Beteiligung an diesen Verbrechen, und in diesem Zusammenhang wird auch nicht gegen ihn ermittelt.«

»Was ist mit Cate und Felix Beaumont? Was ist mit Hasan Khan und Zala?«

Greenburg hebt die Hand, um mich zum Schweigen zu bringen.

»Im Gegenzug dafür, dass wir alle Anklagepunkte fallenlassen, hat Mr. Shawcroft der Polizei den Aufenthaltsort von Brendan Pearl genannt, einem mutmaßlichen Menschenhändler und gesuchten Verbrecher, der zur Zeit wegen anderer in Nordirland begangener Straftaten noch auf Bewährung auf freiem Fuß ist. Mr. Shawcroft hat eine Aussage gemacht, in der er jede Beteiligung am Tod der Beaumonts bestreitet und erklärt, dass Brendan Pearl auf eigene Faust gehandelt hat. Des Weiteren erklärt er, dass er nicht in die Schleuseraktion verwickelt war, die zu den bedauernswerten Todesfällen im internationalen Hafen von Harwich im Oktober geführt hat. Eine kriminelle Bande hat seine Naivität ausgenutzt. Er gibt zu, kommerzielle Leihmutterschaften arrangiert zu haben, gibt jedoch zu Protokoll, dass Brendan Pearl und seine Kumpanen die Kontrolle an sich gerissen und ihn zur weiteren Teilnahme erpresst hätten.«

»Das ist lächerlich! Er ist der Architekt des Plans. Er hat Frauen zur Schwangerschaft gezwungen! Er hat ihnen die Babys abgenommen!« Ich kann mich schreien hören, aber sonst erhebt niemand die Stimme. Ich konzentriere meine Wut auf

Greenburg und verwende Wörter wie »Recht« und »Gerechtigkeit«, während er mir Begriffe wie »gesunder Menschenverstand« und »öffentliches Interesse« entgegenhält.

Langsam entgleist meine Wortwahl. Ich nenne Greenburg rückgratlos und korrupt, er droht mir, meines Gezeters überdrüssig, mich aus dem Raum entfernen zu lassen.

»Mr. Pearl wird an die Niederlande ausgeliefert, wo er sich einer Anklage wegen Zuhälterei, Menschenschmuggel und Mord stellen muss«, erklärt er. »Außerdem wird Mr. Shawcroft sich aus all seinen wohltätigen Einrichtungen einschließlich des New Life Adoption Centre zurückziehen und ab sofort alle Ämter ruhen lassen. Dem Zentrum wird die offizielle Genehmigung, Adoptionen durchzuführen, entzogen. Die Anklagebehörde wird ihrerseits eine Erklärung abgeben, in der sie mitteilt, dass die Tatvorwürfe aus Mangel an Beweisen fallengelassen wurden.«

Der Satz klingt endgültig. Greenburgs Job ist erledigt. Er erhebt sich und streicht sein Jackett glatt. »Ich habe meiner Frau versprochen, mit ihr zu Mittag zu speisen. Jetzt wird es wohl ein Abendessen werden. Vielen Dank für Ihre Kooperation.«

Samira schüttelt meine Hand ab und drängt sich an den Leuten vorbei zum Aufzug.

»Tut mir leid, Alisha«, sagt Spijker.

Ich weiß nicht, was ich antworten soll. Er hat mich davor gewarnt, als er in seinem Büro über die Büchse der Pandora gesprochen hat. Manche Deckel hält man lieber geschlossen, zugeklebt, zugenagelt, zugeschraubt und zwei Meter unter der Erde vergraben.

»Das Ganze hat schon eine gewisse Logik. Es ist sinnlos, die Schuldigen zu bestrafen, wenn wir dadurch Unschuldige bestrafen«, sagt er.

»Irgendjemand muss dafür bezahlen.«

»Jemand wird dafür bezahlen.«

Ich blicke über den gepflasterten Hof, wo Tauben eine Statue mit mausgrauen Exkrementen zugedeckt haben. Der Wind hat wieder aufgefrischt und weht prasselnde Tropfen gegen die Fenster.

Ich rufe Forbes an. Windböen zerren an seinen Worten.

»Seit wann wissen Sie es?«

»Seit heute Mittag.«

»Haben Sie Pearl?«

»Das ist nicht mehr meine Show.«

»Hat man Sie von dem Fall abgezogen?«

»Ich bin kein hinreichend hochrangiger Diener des Staates, um diese Sache zu erledigen.«

Mir tritt plötzlich das Bild des stillen Mannes vor Augen, der an seinen Manschetten zupfend am Fenster stand. Er war vom MI5. Die Sicherheitsdienste wollen Pearl. Forbes ist angewiesen worden, hinten Platz zu nehmen.

»Wo sind Sie jetzt?«

»Ein mobiles Sondereinsatzkommando hat eine Pension in Southend-on-Sea umstellt.«

»Ist Pearl drinnen?«

»Er steht am Fenster und beobachtet den Aufmarsch.«

»Er wird nicht fliehen.«

»Dafür ist es zu spät.«

Ein weiteres Bild tritt mir vor Augen. Brendan Pearl, der mit einer Pistole im Hosenbund lässig aus der Pension tritt, bereit zum Kampf oder zur Flucht. So oder so, er wird keinesfalls zurück ins Gefängnis gehen.

Samira. Was soll ich ihr sagen? Wie kann ich es ihr erklären? Sie hat gehört, was Greenburg gesagt hat. Ihr Schweigen hat Bände gesprochen. Es war, als hätte sie die ganze Zeit gewusst, dass es so kommen würde. Verrat. Gebrochene Versprechen. Falschheit. Das kennt sie schon. »Manche Menschen sind zum Leiden geboren«, hat Lena Caspar gesagt. »Für sie hört es nie auf, keine Sekunde lang.«

Durch die regennasse Fensterscheibe kann ich Samira in Haris Mantel neben der Statue stehen sehen. Ich möchte ihr Glauben an die Zukunft vermitteln. Ich möchte ihr die Weihnachtsbeleuchtung in der Regent Street vorführen, ihr von Narzissen im Frühling erzählen und ihr echte, wahre Dinge zeigen, Glück.

Ein dunkler Wagen ist vorgefahren und wartet am Straßenrand. Fotografen und Kameramänner kommen rückwärts und um den besten Platz rangelnd aus dem Gerichtsgebäude. Flankiert von seiner Anwältin und Eddie Barrett tritt Julian Shawcroft aus der Tür. Sein silbernes Haar glänzt im Licht der Fernsehscheinwerfer.

Er scherzt entspannt und jovial mit den Reportern, ganz Herr des Augenblicks.

Ich beobachte Samira, die sich im beiläufigen Zickzackmuster auf ihn zubewegt. Ihre Hände sind tief in den Taschen ihres Mantels vergraben.

Ich renne los, umkurve im Slalom die Leute im Flur, hämmere auf den Fahrstuhlknopf und entscheide mich dann doch für die Treppe. Ich stürme Absatz für Absatz hinunter und nehme den Notausgang im Erdgeschoss.

Ich befinde mich auf der falschen Seite des Gebäudes. Wohin? Nach links.

Es gibt Sportler, die gut Runden laufen können. Sie lehnen sich in die Kurven und verlagern ihren Schwerpunkt, anstatt sich gegen die Flugkräfte zu stemmen, die sie aus der Bahn werfen wollen. Der Trick besteht darin, nicht dagegen anzukämpfen, sondern sie zu nutzen, indem man kürzere Schritte macht und sich an die Innenbahn schmiegt.

Ein russischer Trainer hat mir einmal gesagt, dass ich die beste Kurvenläuferin sei, die er je gesehen hätte. Er hatte sogar ein Video von mir, das er beim Training seiner jungen Läuferinnen an der Moskauer Sporthochschule verwendete.

Jetzt habe ich keine gekrümmte Bahn vor mir, und die Pflastersteine sind vom Regen glitschig, aber ich renne, als ob mein

Leben davon abhinge. Ich sage mir, dass ich die Kurve eng, ganz eng nehmen muss, um dann auf der Geraden den Spurt anzuziehen. Meine Beine und meine Lunge brennt mit jedem Schritt, aber ich fliege.

Die zweihundert Meter waren meine klassische Distanz. Ich habe nicht die Ausdauer für die Mittelstrecke.

Die Medienmeute ist vor mir. Samira steht abseits und tritt von einem Fuß auf den anderen wie ein ängstliches Kind. Schließlich stürzt sie sich ins Getümmel und drängt sich zwischen den Menschen hindurch. Ein Reporter sieht sie und weicht zurück. Ein anderer folgt seinem Beispiel. Weitere Leute machen Platz, weil sie eine Story wittern.

Samiras Mantel ist offen. Sie hält etwas in der Hand, in dem sich das Licht spiegelt – einen Glaselefanten mit winzigen Spiegeln. Meinen Elefanten.

Shawcroft ist zu beschäftigt, um sie zu bemerken. Sie schlingt von hinten ihre Arme um ihn, drückt ihre linke Faust auf sein Herz und ihren Kopf an seinen Rücken. Er versucht, sie abzuschütteln, aber sie lässt nicht los. Zwischen ihren Fingern steigt kräuselnd Rauch auf.

Irgendjemand schreit, und die Leute gehen in Deckung. Sie sagen, es sei eine Bombe. Wie das?

Mein Schrei geht in einer Explosion unter, die die Luft zerreißt und erschüttert. Shawcroft dreht sich langsam um und sieht mich fragend an. Das Loch in seiner Brust ist so groß wie ein Speiseteller. Ich kann direkt hineingucken.

Samira fällt in die andere Richtung mit gespreizten Knien zu Boden. Sie schlägt mit dem Gesicht auf, weil ihr linker Arm ihren Fall nicht bremsen kann. Ihre Augen sind offen. Sie streckt ihre Hand zu mir aus. Aber da sind keine Finger. Da ist keine *Hand*.

Leute rennen schreiend davon und kreischen wie die Verdammten, die Gesichter mit Glasscherben übersät.

»Eine Terroristin«, ruft irgendjemand. »Vorsicht.«

»Sie ist keine Terroristin«, antworte ich.

»Es könnte weitere Bomben geben.«

»Es gibt *keine* weiteren Bomben.«

In Samiras Arm stecken Glas- und Spiegelscherben, aber ihr Gesicht und ihr Körper sind, abgeschirmt durch Shawcroft, unverletzt geblieben.

Ich hätte es wissen müssen. Ich hätte es kommen sehen sollen. Seit wann hat sie es geplant? Seit Wochen, vielleicht noch länger. Sie hat meinen Elefanten vom Nachttisch genommen. Hari hat ihr unwissentlich geholfen, indem er Modellraketenmotoren voller Schwarzpulver gekauft hat. Sie muss die Zündung an ihren Unterarm geklebt haben. Deshalb wollte sie auch den Mantel nicht ausziehen. Der Elefant aus Glas und Spiegeln löste bei dem Metalldetektor keinen Alarm aus.

Der ausgefranste Saum ihres Ärmels glimmt noch, aber sie blutet erstaunlicherweise kaum. Die Explosion scheint das Fleisch um den zerfetzten Knochen kauterisiert zu haben. Sie wendet den Kopf. »Ist er tot?«

»Ja.«

Sie schließt zufrieden die Augen. Zwei Sanitäter legen sie behutsam auf eine Trage. Ich versuche aufzustehen, taumele jedoch nach hinten. Ich will immer weiter fallen.

Ich dachte, ich wüsste alles über Freundschaft und Familie, über ihr Glück und ihre schlichte Freude. Aber es gibt eine andere Seite der Hingabe, eine Seite, die Samira versteht. Sie ist schließlich die Tochter ihres Vaters.

Eine Hand reicht für die Sünde, und eine für die Erlösung.

Epilog

Gestern Nacht habe ich geträumt, dass ich in einem weißen Kleid heirate, nicht in einem Sari. Mein Vater stürmte den Mittelgang hinunter und hielt mir eine Strafpredigt, worauf die Hochzeitsgäste in spontanen Applaus ausbrachen, weil sie das Ganze für eine Art Unterhaltungseinlage nach Art der Sikhs hielten.

Samira war auch da und hatte Jasper im Arm, der aufgeregt strampelte, kicherte und winkte. Hari hielt Claudia über den Kopf, damit sie etwas sehen konnte. Sie wirkte viel ernster und den Tränen nahe. Die vergoss meine Mutter natürlich eimerweise. Sie könnte gleich für zwei Länder heulen.

Solche Träume habe ich in letzter Zeit oft. Fantasien von einem vollkommenen Leben, in dem alles perfekt zusammenpasst, wie beim Happy End einer Seifenoper. Das zeigt nur, was für eine Heulsuse ich geworden bin. Ich war nie ein Mädchen, das bei traurigen Filmen geweint hat oder beim Anblick von Babys ganz gefühlsduselig wurde. Heute muss ich mir auf die Lippe beißen, um die Tränen zurückzuhalten, und möchte bis an die Decke schweben. Ich liebe sie so sehr.

Jasper ist immer fröhlich und lacht ohne erkennbaren Grund, während Claudia die Welt mit besorgtem Blick beobachtet und manchmal völlig unerwartet in bittere Tränen ausbricht. Ich weiß, dass sie für die weint, die selbst nicht weinen können.

Sie haben ihre Namen behalten. So was passiert manchmal:

Etwas bekommt einen Namen, und es kommt einem irgendwie verkehrt vor, ihn wieder zu ändern. Ich werde meinen Namen auch behalten, wenn ich heirate, aber andere Dinge haben sich schon verändert. Früher hieß es *Ich*, jetzt *Wir* und *Uns*.

Ich drehe mich auf die Seite und strecke die Hand aus, bis meine Finger Daves Brust berühren. Die Decke ist fest um uns gewickelt, und ich fühle mich sicher. Wir haben uns in einem Kokon gegen die Welt eingesponnen.

Er lässt sich die Haare wachsen. Das passt zu seinem neuen Leben. Ich hätte nie gedacht, dass ich mich in einen Mann verlieben könnte, der Norweger-Pullis und wasserdichte Hosen trägt. Seine Hand liegt zwischen uns, von den Segelleinen ganz schwielig.

Aus dem Nebenzimmer ertönt ein gedämpfter Schrei. Nach einer Pause höre ich ihn wieder.

»Du bist dran«, flüstere ich und kitzele Dave am Ohr.

»Du stehst doch jetzt sowieso auf«, murmelt er.

»Das ist egal.«

»Es ist das Mädchen.«

»Woher weißt du das?«

»Sie hat so eine weinerliche Art zu schreien.«

Ich gebe ihm einen Stoß in die Rippen. »Mädchen sind nicht weinerlich. Und seit wann gibt es dabei überhaupt Grenzziehungen?«

Er wälzt sich aus dem Bett und sucht seine Boxershorts.

»Halt du einfach das Bett warm.«

»Immer.«

Obwohl das Ganze erst drei Monate her ist, kommen mir die Ereignisse jener Tage fast unwirklich und verschwommen vor. Die Sorgerechtsschlacht ist ausgefallen. Barnaby Elliot zog seinen Antrag in aller Würde zurück, als er sich mit dem Tatvorwurf der Informationszurückhaltung gegenüber der Polizei und der Mithilfe konfrontiert sah.

Richter Freyne hat entschieden, dass Samira die Mutter der Zwillinge ist. Aber die DNA-Analyse brachte eine weitere Wendung. Die Zwillinge waren Bruder und Schwester, und die Eizellen stammten von Cate, aber sie waren nicht von Felix, sondern einer unbekannten dritten Partei befruchtet worden. Als dieses Detail bekannt wurde, ging mehr als ein Raunen durch den Gerichtssaal.

Wie war das möglich? Dr. Banerjee hatte durch künstliche Befruchtung zwölf überlebensfähige Embryonen gewonnen und Cate zehn von ihnen implantiert. Das verbliebene Paar nahm sie mit nach Amsterdam.

Es konnte sich natürlich um eine Verwechslung handeln, ein technisches Versehen, bei dem irgendwann im Laufe des Prozesses Fremdsperma hinzugekommen war. Laut Dr. Banerjee konnten Felix und Cate vor allem auch deshalb keine Kinder bekommen, weil ihre Gebärmutter seine Spermien wie Krebszellen behandelte und abtötete. In einer anderen Gebärmutter mit kräftigeren Spermien, wer weiß? Doch es gab noch ein weiteres Problem: ein rezessives Gen, das sowohl Cate als auch Felix in sich trugen und das eine seltene genetische Störung hervorrufen konnte, eine tödliche Form von Zwergwuchs. Bei einer Schwangerschaft hätte ein fünfundzwanzigprozentiges Risiko bestanden, dass der Fötus betroffen war.

Cate hätte Felix nie betrogen, weder im Schlafzimmer noch im Herzen. Aber sie wünschte sich verzweifelt ein Kind, und nachdem sie so lange gewartet und solche Risiken auf sich genommen hatte, konnte sie sich keine weitere Enttäuschung leisten. Vielleicht hat sie jemanden gefunden, dem sie vertraute, jemanden, dem Felix nie begegnen würde, jemanden, der ihm recht ähnlich sah und der ihr etwas *schuldete*.

Das ist natürlich nur eine Theorie. Reine Spekulation. Der Gedanke kam mir zum ersten Mal, als ich den Zwillingen beim Schlafen zusah und mit den Fingern über die Federn und Perlen des Traumfängers strich, der über ihren Köpfen baumelte.

Ich bezweifle, dass Donavon eine Ahnung hatte, was Cate plante. Und selbst wenn er der Vater ist, hat er sein Versprechen gehalten und es nie öffentlich gemacht. Es ist besser so.

Ich schlüpfe aus dem Bett, ziehe eine Jogginghose und ein fleecegefüttertes Oberteil an. Als ich aus dem Haus trete, dämmert über dem Solent und der Isle of Wight schon der Tag. Ich nehme die Sea Road vorbei am Smuggler's Inn, biege links ab und komme über den Parkplatz zu der Kiesbank, die sich fast den halben Weg bis zu der Insel in den Solent hinaus erstreckt.

Watende Vögel steigen aus den Marschen auf, als ich vorbeilaufe, und der alle paar Sekunden aufleuchtende Strahl des Leuchtturms verblasst vor dem heller werdenden Himmel. Ich lausche dem beruhigenden Rhythmus meiner Schritte auf den festen Steinen und lege die letzte Meile bis zum Hurst Castle zurück, das über die Küste im Westen wacht. An manchen Tagen peitschen die Südostwinde das Meer zu einem schäumenden Ungeheuer auf, dann schaffe ich es nicht bis zur Burg. Gewaltige, sich auftürmende Brecher mit weißen Kronen krachen gegen die Ufermauer und wirbeln Gischt auf, die die Luft verschwimmen und fest werden lässt. Selbst vornübergebeugt gegen den Wind gestemmt, komme ich kaum einen Meter vorwärts und muss mir das Salz aus den Augen blinzeln.

Heute ist das Wetter mild. Die ersten Skiffs sind bereits auf dem Wasser, und links von mir fischt ein Vater mit seinem Sohn im flachen Wasser nach Herzmuscheln. Die Segelschule macht im Mai wieder auf. Die Skiffs sind bereit, und ich bin ziemlich geschickt im Flicken von Segeln geworden. (All die Jahre, die ich meiner Mutter an der Nähmaschine zugeschaut habe, waren doch nicht völlig vergebens.)

Mein Leben hat sich in den letzten drei Monaten komplett verändert. Die Zwillinge wecken mich spätestens um sechs Uhr morgens, und manchmal nehme ich sie auch zu uns ins Bett, was ich nach Meinung aller Experten nicht tun sollte. Sie haben mich auf Trab gehalten, mir den Schlaf geraubt, mich erfüllt und zum Lachen gebracht. Ich bin ganz vernarrt in sie. In ihren Bann geschlagen. Mein Herz ist doppelt so groß geworden, um Platz für sie zu schaffen.

Am Ende der Kiesbank bemerke ich am Ufer eine Gestalt, die, die Stiefel in den Kieseln und die Hände in den Taschen, auf einem umgedrehten Ruderboot sitzt. Neben ihm stehen eine Anglertasche aus Leinen und eine Rute.

»Ich weiß, dass Sie nicht schlafen, Sir, aber das ist lächerlich.«

Ruiz lüpft seine ramponierte Mütze. »Man muss früh aufstehen, um etwas zu fangen, Grashüpfer.«

»Und warum angeln Sie dann nicht?«

»Ich habe beschlossen, den Fischen einen Vorsprung zu geben.«

Er hängt sich die Tasche über die Schultern, kraxelt den kleinen Abhang hinauf und geht neben mir.

»Haben Sie eigentlich je einen Fisch gefangen, Sir?«

»Wollen Sie etwa frech werden?«

»Dem Anschein nach verwenden Sie gar keine Köder.«

»Das heißt nur, dass wir unter gleichen Bedingungen starten. Ich mag es nicht, einen ungerechtfertigten Vorteil zu haben.«

Mit beschlagenem Atem gehen wir schweigend weiter. Kurz vor dem Haus kaufe ich gegenüber von Milford Green eine Zeitung und Muffins.

Samira sitzt in Schlafanzug und meinem alten Bademantel in der Küche. Jasper liegt in der Beuge ihres linken Arms und nuckelt an ihrer rechten Brust. Claudia liegt in ihrem Kinderwagen neben dem Herd und runzelt die Stirn, als wäre sie des Wartens überdrüssig.

»Guten Morgen, Mr. Ruiz.«

»Guten Morgen, Mädchen.« Ruiz nimmt seine Mütze ab und beugt sich über den Kinderwagen. Claudia schenkt ihm ihr seligstes Lächeln.

»Wie waren sie letzte Nacht?«, fragt Samira mich.

»Die reinsten Engel.«

»Das sagst du immer. Selbst wenn sie fünf Mal aufwachen.«

»Ja.«

Sie lacht. »Danke, dass du mich hast schlafen lassen.«

»Wann ist deine Prüfung?«

»Um zehn.«

Ruiz bietet an, sie nach Southampton zu fahren, wo sie am City College ihren Abschluss macht. Ihre Prüfung ist erst im Juni, und die große Frage ist, ob sie sie mit Genehmigung Ihrer Majestät oder als normale Schülerin in einem Klassenzimmer ablegen wird.

Ihr Anwalt ist zuversichtlich, dass er auf verminderte Schuldfähigkeit oder vorübergehende Unzurechnungsfähigkeit plädieren kann. Nach allem, was Samira durchgemacht hat, ist niemand besonders erpicht darauf, sie ins Gefängnis zu schicken, nicht einmal Mr. Greenburg – der seine Gefühle herunterschlucken musste, als er ihr erklärte, dass seine Behörde auf einer Mordanklage bestehen müsse.

»Was ist mit dem öffentlichen Interesse?«, fragte ich beißend.

»Die Öffentlichkeit hat die Tat zur besten Sendezeit auf BBC gesehen. Sie hat einen Mann getötet. Ich muss die Sache vor Gericht bringen.«

Mit Hilfe von Ruiz und meinen Eltern hat Samira die Kaution gestellt. Der DI ist so etwas wie ein Großvater für die Zwillinge geworden, die offenbar fasziniert sind von seinem zerfurchten Gesicht und seiner tiefen, brummigen Stimme. Vielleicht ist es das Zigeunerblut in seinen Adern, aber er scheint zu verstehen, wie es ist, gewaltsam in diese Welt zu kommen und sich an das Leben zu klammern.

Meine Mutter ist genauso vernarrt wie ich. Sie ruft vier Mal am Tag an, um den neuesten Stand in puncto Schlaf, Fütterung und Wachstum der Zwillinge abzufragen.

Samira reicht mir Jasper an, und ich lege ihn über meine Schulter und reibe sanft über seinen Rücken. Sie nimmt Claudia mit der rechten Hand hoch und bietet ihr eine Brust an. Die Kleine reibt hektisch mit der Nase darüber, bis sie die Brustwarze gefunden hat.

Samiras fehlende Hand kommt einem gar nicht mehr vor wie eine Behinderung, wenn man beobachtet, wie liebevoll sie die Zwillinge wäscht, füttert und ihre Windeln wechselt. Sie ist eine intelligente, hübsche, junge Mutter von Zwillingsbabys.

Samira spricht nicht von der Zukunft. Sie spricht auch nicht über die Vergangenheit. Das Heute zählt. Die Zwillinge zählen.

Ich weiß nicht, wie lange wir sie bei uns haben werden und was dann geschieht, aber mir ist klar geworden, dass man so etwas nie weiß. Es gibt keine Sicherheiten, weder im Leben noch im Tod. Das Ende einer Geschichte ist bloß der Anfang der nächsten.

DANK

Diese Geschichte hätte nicht erzählt werden können ohne Esther Brandt und Jacqueline de Jong, die mir bei meiner Recherche eine unschätzbare Hilfe waren. Durch sie habe ich Sytze van der Zee, Leonard Rietveld und den bemerkenswerten Joep de Groot kennen gelernt, meinen Führer durch das berühmte Rotlichtviertel von Amsterdam.

Des Weiteren bin ich Ursula Mackenzie und Mark Lucas zu Dank verpflichtet für ihre Freundschaft, ihren Rat und ihre Zuversicht, dass ich eine Geschichte in mir hatte, die zu schreiben sich lohnt. Richard, Emma, Mark und Sara danke ich für ihre Gastfreundschaft. Und ich wäre verloren ohne meine drei Töchter Alex, Charlotte und Bella, die mich zum Lachen bringen und die Arbeit vergessen lassen.

Aber trotzdem ist es wieder Vivien, der die meiste Anerkennung gebührt. Sie ist meine Rechercheurin, Handlungsspinnerin, Geliebte und Ehefrau, sie ist *meine* Liebesgeschichte.

Unsere Leseempfehlung

512 Seiten
Auch als
Hörbuch und
E-Book erhältlich

Der Londoner Polizistin Phil McCarthy steht eine große Karriere bevor. Bis sie zu einem Fall häuslicher Gewalt gerufen wird. Denn der Täter ist ein hochdekorierter Detective, der seine Geliebte Tempe schwer misshandelt hat. Als Phil diese zu schützen versucht, wird sie suspendiert. Zumindest Tempe zeigt sich dankbar: Die beiden Frauen werden enge Freundinnen, sind bald unzertrennlich. Doch allmählich wird Phil misstrauisch: Ist Tempe wirklich ein unschuldiges Opfer? Spätestens, als eine Leiche in Phils Umfeld auftaucht, weiß sie nicht mehr, wem sie trauen kann ...